环 境 科 学 与 工 程 丛 书

城市水资源与水环境国家重点实验室开放基金项目资助

城市节制用水规划原理与技术（第二版）

CHENGSHI JIEZHIYONGSHUI GUIHUA
YUANLI YU JISHU

刘俊良　编著　　张　杰　主审

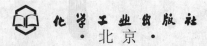

化 学 工 业 出 版 社
·北京·

本书为《环境科学与工程丛书》之一。全书以节制用水规划为中心，主要内容包括城市节制用水概论、内涵、有关术语及考核指标，城市节水现状及其潜力分析，城市用水量预测方法技术，城市供水水源规划及水资源供需平衡分析，城市节水规划目标及其实施技措，国家节水型城市创建，商品水水费体制与节制用水，城市污水资源化规划，城市雨水资源化规划。本书内容翔实，侧重理论与实践结合，作者在大部分章节均提出了许多新的见解和观点，并融入了近几年已完成的相关课题成果。

　　本书可作为水工业及环境专业管理人员及技术人员参考用书，也可作为高等院校相关专业师生教学用书。

图书在版编目（CIP）数据

城市节制用水规划原理与技术/刘俊良编著. —2版.
北京：化学工业出版社，2010.1
（环境科学与工程丛书）
ISBN 978-7-122-07496-6

Ⅰ．城… Ⅱ．刘… Ⅲ．城市用水-节约用水-规划
Ⅳ．TU991.64

中国版本图书馆 CIP 数据核字（2009）第 242451 号

责任编辑：刘兴春　汲永臻　　　　　　　文字编辑：糜家铃
责任校对：洪雅姝　　　　　　　　　　　装帧设计：杨　北

出版发行：化学工业出版社（北京市东城区青年湖南街 13 号　邮政编码 100011）
印　　装：北京市彩桥印刷有限责任公司
787mm×1092mm　1/16　印张 18¼　字数 481 千字　2010 年 4 月北京第 2 版第 1 次印刷

购书咨询：010-64518888（传真：010-64519686）　售后服务：010-64518899
网　　址：http://www.cip.com.cn
凡购买本书，如有缺损质量问题，本社销售中心负责调换。

定　　价：68.00 元　　　　　　　　　　　　　　　　版权所有　违者必究

第二版前言

《城市节制用水规划原理与技术》自出版至今已有七年。七年来，我国经济飞速发展，城市化水平不断提高，水资源紧缺日趋严重。节水规划作为一项专业性规划在广泛的社会范围内越来越受到重视。尤其近几年，节水规划研究与理论日益深化，并涌现了一些新的节水理论与技术，需水量预测也有了新的发展。因此，《城市节制用水规划原理与技术》第二版在第一版的基础上进行了较大的修改和补充。

本书自始至终以节制用水规划为中心，特别注重阐明有关城市节制用水规划的基本概念、原理和技术。主要内容如下：第 1 章，介绍城市水资源的基本特征，城市化水平和水资源综合利用的关系以及城市节水规划的内容、目的和意义；第 2 章，提出城市节制用水的内涵和可持续城市水管理的基本概念；第 3 章，全面阐述城市节水有关术语及其考核指标；第 4 章，对国内外节水现状进行深入调查，结合城市节水规划实例，系统论述城市节水现状和节水潜力的分析方法；第 5 章，结合近几年出现的新的需水量预测方法，增加了传统灰色模型的改进方法、系统动力学预测方法等，使关于水量预测的方法更加全面、现实，并根据实际选择预测模型，增加了预测模型优选方法的介绍；第 6 章，以节水规划实例，论述城市供水水源规划及其水资源供需平衡分析的方法和途径；第 7 章，提出了实现节水目标的实施策略和技术，为各地、各行业节水提供了努力方向；第 8 章，通过实例对城市的节约用水规划进行了分析，为各地实行节水规划提供了模板；第 9 章，介绍了创建节水型城市的考核标准、指标体系，并以实例介绍了节水型城市的创建过程；第 10 章，从水的商品属性和资源属性出发，分析现行水价体制存在的问题及水价对节水的影响，探讨水价体制改革的途径；第 11 章，全面系统地介绍了城市用水定额及其指标体系的制定原理和方法，提出了虚拟定额的概念，并结合实例论证了实施方法；第 12 章，城市污水资源化是城市节水的重要途径之一，主要阐述城市供水、节水和污水处理应统一规划，城市污水再生水应作为城市供水水源的一部分，同时以研究实例论述了城市污水再生水需求量的计算方法和城市污水资源化规划的原理与技术，为城市污水再生水的利用提供了切实可行的途径；第 13 章，结合城市节水发展的新现象，阐述了城市雨水资源化规划的内容。

本书由刘俊良编著，中国工程院院士、哈尔滨工业大学博士生导师张杰教授主审。应编著者之约，曾参加科研项目的宋智慧、张立勇、周利霞、任轶蕾、张铁坚、刘京红、陈旭等参加了本书的再版修订工作，同时本书再版中得到城市水资源与水环境国家重点实验室开放基金项目资助（资助项目编号 HC200903）。

限于编著者的时间与水平，书中疏漏和不足之处在所难免，敬请读者批评指正。

编著者

2009 年 10 月于古城保定

第一版前言

全球淡水资源极为有限，随着世界人口的增加和城市化水平的高涨，水资源危机已成为世界各国政治家、专家、学者瞩目的重大问题之一。我国是贫水国，水资源和水环境已制约了国民经济发展和人民生活水平的提高。个别缺水地区已经严重影响了人民的正常生活。节制用水、增强人民的节水意识和水资源的危机感、建立节水型社会应是我国当前和长远的国策，必对中华民族永续发展具有深远的战略意义。

为了支持21世纪我国城市社会、经济和环境的可持续发展，促进节水型城市的建立，解决水资源的严重不足，必须解放思想、转变观念、适时调整用水战略，进一步强调城市节制用水的主导地位，提高城市节水的科学管理水平，结合各地城市水资源状况编制城市节约用水规划。

城市节制用水规划属于专业规划，是城市水资源规划的重要组成部分，也是城市国民经济和社会发展计划的重要内容。因此城市节水规划必须在经济规划下进行。规划的根本目的在于使城市社会经济得到持续、稳定的发展，使人民的生活水平得到持续提高。按着城市水资源可持续利用的原则，要满足城市需水要求，节流永远重于开源；与此同时还要努力解决城市水资源短缺问题，并且搞好城市水资源管理和节约用水工作、采用科技手段促进合理用水，使有限的城市水资源发挥最佳经济效益、社会效益和环境效益。很显然指导思想应该是立足应用、指导决策。城市节水规划奋斗目标是城市要强化城市节约用水管理，建立比较完整的节水法规体系和管理体制；开展创建"节水型城市"和"节水型企业"活动，大力推广节水型设备、设施和器具的应用；进一步提高工业用水再用率和间接冷却水循环率的水平。城市节制用水规划的内容包括：城市水资源持续开发利用现状；城市节水现状及其潜力分析；城市用水量预测；城市供水水源规划和水资源供需平衡分析；城市节约用水规划目标及其实施技措等。

事实上全国城市节制用水规划研究刚刚起步，特别是城市节制用水规划的理论与技术亟待进一步探索和完善。本书是作者在近几年实践、研究和系统分析、编制城市节约用水规划经验的基础上，针对城市节水规划中存在的问题而编著的，可谓是有的放矢。在大部分章节中作者提出了许多新的见解和观点，融入了许多研究成果，其中相当一部分是作者业已完成的相关研究课题。

本书自始至终均以城市节制用水规划为中心，特别注重阐明有关城市节制用水规划的基本概念、原理和技术。主要内容如下。

第1章，介绍城市水资源的基本特征，阐述城市化水平和水资源综合利用的关系以及城市节水规划的内容、目的和意义。

第2章，提出城市节制用水的内涵和可持续城市水管理的基本概念。

第3章，全面阐释城市节水有关术语及其考核指标。

第4章，结合城市节水规划实例系统论述城市节水现状和节水潜力的分析方法。

第5章，全面、系统分析城市需水量预测的方法。结合不同城市的节水规划提出了适合城市生活和工业的需水量预测模型，如"以人均综合用水量为指标的BP神经网络预测模型"、"BP神经网络与灰色模型组合预测模型"以及"SPSS软件预测模型"等。这些预测方法与技术难能可贵也值得进一步探讨。

第 6 章，结合节水规划实例，论述并指出城市水资源规划及其水资源供需平衡分析的方法和途径。

第 7 章，介绍节水型城市的条件，以及城市 2010 年节水规划的各种目标，并提出了实现节水目标的实施策略和技术，为各地、各行各业节水提供了努力方向。

第 8 章，从水的商品属性和资源属性出发，分析现行水价体制存在的问题及水价对节水的影响，探讨水价体制改革的途径。

第 9 章，全面系统地介绍了城市用水定额及其指标体系的制定原理和方法，提出了虚拟定额的概念，并结合实例论证了实施方法。

第 10 章，从水的社会循环角度出发，指明城市污水资源化是城市节水的重要途径之一。城市供水、节水和污水处理应统一规划；城市污水再生水应作为城市供水水源的一部分。结合研究实例论述了城市污水再生水需求量的计算方法和城市污水资源化规划的原理与技术，为城市污水再生水的利用提供了切实可行的途径。

第 11 章，分析城市节水工程项目效益分析的特点和基本原则，讨论城市节水工程项目效益分析的方法和模型。

总之，本书强调理论与实践的结合，论述深入浅出，内容丰富翔实，信息点多。我们深信本书对编制城市节水规划、解决城市水资源短缺问题、促进合理用水、使有限的城市水资源支持城市可持续发展有一定的指导意义，所举实例颇具参考价值，甚至有触类旁通之妙。特别是引用的作者近几年的研究成果，作者倡导的节制用水的新问题和新观点，将会引起更多人的关注和思考。

本书由刘俊良编著，由中国工程院院士、哈尔滨工业大学博士生导师张杰教授主审。

应编著者之约，曾参加科研项目的王鹏飞、臧景红、李文朴、田智勇、郝桂珍、高永、尹向功、徐伟朴、杨薇、马毅妹、朱贵友、张月红、庞永俊、陈智慧等参加了本书的部分章节的编写工作。

在本书的编写过程中，哈尔滨工业大学教授、博士生导师马放博士提出了许多宝贵意见，并得到河北省城市节约用水办公室、河北省石家庄市、沧州市、保定市、邯郸市、唐山市、张家口市、衡水市、邢台市等节约用水办公室的大力支持，特别是在各城市节水规划及其实施技术课题的研究过程中，他们提供了必要的研究经费和大量的资料。同时，在编写过程中得到了河北建筑工程学院城建系、图书馆和科研处各部门领导的大力支持。在此一并表示衷心感谢。

由于作者水平有限，书中难免有错误与不足之处，敬请读者批评指正。

刘俊良
2002 年 11 月于塞外山城

目　　录

1 城市节制用水概论

水是人类及一切生物赖以生存和发展的基本物质之一，同时也是工农业生产及社会可持续发展不可替代的极为宝贵的自然资源。就所有的资源及人类环境的各种组成要素而言，水的重要性无可替代。

尽管地球上的水很丰富，总量达 $13.86 \times 10^8 \text{ km}^3$，但陆地表面的淡水量却只占地球总水量的很少一部分，约 $0.35 \times 10^8 \text{ km}^3$，大部分水都分布在海洋之中。由于海水的高含盐量，人类很难将其作为生活用水直接利用。

由于太阳辐射能量的作用，使地表和大气之间的水通过蒸发和降水得以不断地循环。正是这些以雨雪形式降落到陆地上、或在漫长的地质时期以地下水的形式汇集和储存的淡水，成为人类赖以生存的资源，满足了人类的各种需求。

虽然水资源（water resources）一词的出现由来已久，但由于人们对水体作为自然资源的基本属性的认识程度和应用角度的差异，使得目前有关水资源的确切定义很难统一，而且，随着时代的进步，其内涵也将得到不断的丰富和发展。另外，水资源的准确定义也是业内工作者广泛讨论的问题。

1.1 水资源及其相关概念

1.1.1 水资源的概念

关于水资源的概念，国内外的有关文献和著述中有多种提法，比较权威的提法有以下几种。

《大不列颠大百科全书》：全部自然界任何形态的水，包括气态水、液态水和固态水的总量。

1963 年英国《水资源法》：（地球上）具有足够数量的可用水。

1988 年联合国教科文组织和世界气象组织定义水资源是"作为资源的水应当是可供利用或可能被利用，具有足够数量和可用质量，并且可适合对某地的水资源需求而能长期供应的水源"。

联合国教科文组织（UNESCO）和世界气象组织（WMO）共同制订的《水资源评价活动——国家评价手册》：可以利用或有可能被利用的水源，具有足够的数量和可用的质量，并能在某一地点为满足某种用途而可被利用。

《中华人民共和国水法》（2002 年 8 月 29 日第九届全国人民代表大会常务委员会第二十九次会议通过）：水资源包括地表水和地下水。水资源属于国家所有。水资源的所有权由国务院代表国家行使。农村集体经济组织的水塘和由农村集体经济组织修建管理的水库中的水，归各农村集体经济组织使用。开发、利用、节约、保护水资源和防治水害，应当全面规划、统筹兼顾、标本兼治、综合利用、讲求效益，发挥水资源的多种功能，协调好生活、生产经营和生态环境用水。国家鼓励单位和个人依法开发、利用水资源，并保护其合法权益。开发、利用水资源的单位和个人有依法保护水资源的义务。国家对水资源依法实行取水许可制度和有偿使用制度。但是，农村集体经济组织及其成员使用本集体经济组织的水塘、水库中的水除外。国务院水行政主管部门负责全国取水许可制度和水资源有偿使用制度的组织实施。

《环境科学词典》（1994）：特定时空下可利用的水，是可再利用资源，不论其质与量，水的可利用性是有限制条件的。

李广贺等：水资源可以理解为人类长期生存、生活和生产活动中所需要的各种水，既包括数量和质量含义，又包括其使用价值和经济价值。水资源的概念具有广义和狭义之分。狭义上的水资源是指人类在一定的经济技术条件下能够直接利用的淡水；广义上的水资源是指能够直接或间接使用的各种水和水中物质，在社会生活和生产中具有使用价值和经济价值的水都可称为水资源。

在《中国大百科全书》中，水资源被定义为"地球表层可被利用的水，包括水量（水质）、水域和水能资源。"

从以上表述可发现同一概念的差异较大，都有一定道理，但又都不够准确和完整。

本文认为，自然界中的水，不管以何种形式（如江河、湖泊、地下水、土壤水、大气水等）、何种状态（液态、气态、固态）存在，只有同时满足以下三个前提时才能被称为水资源，即：其一，可作为生产资料和生活资料使用；其二，在现有的技术、经济条件下可以得到；其三，必须是天然（即自然形成的）来源。

此三个前提即构成水资源的三要素——可使用性、可获得性、天然性。

① 可使用性　显而易见，不能作为生产资料或生活资料来使用的水，首先失去了成为资源的资格，又如何能称得上是水资源呢？只有满足其可使用性才有成为水资源的可能。

② 可获得性　因不能取得而无法利用的水，不能称为水资源。如极地冰盖，其具备可使用性和天然性，但人类现有的技术、经济条件下还无法将其作为具有一定规模供水意义的水源来使用，因此它还不能称为水资源，至多只能算是潜在的水资源。在技术、经济高度发达的未来，它们或许因能被人类使用而成为真正意义的水资源。

③ 天然性　这是由资源的定义所确定的。非天然物质的来源不能称为资源，非自然形成的水的来源不是水资源。

所以，"水资源"可以用更准确、更完整的表述来定义，即在现有的技术、经济条件下能够获取的，并可作为人类生产资料和生活资料的水的天然资源。

1.1.2　水资源的分类

根据分类原则的不同，水资源可以划分为许多类型。宏观水管理最常用的方法，是根据水的生成条件和水与地球表面的相互位置关系（或者说是赋存条件）来划分的。

(1) 大气水

赋存于地球表面之上大气圈中的水，如云、雾、雨等。在炎热的夏季里，每平方英里的陆地或海面上，大约含有 10 万吨水蒸气。

(2) 地表水

聚集赋存于地球表面之上，以地球表面为依托而存在的液态水体。根据其生成要素、聚集形态、汇水面积、水量大小、运动、排泄方式的不同而分为江、河、湖、海等。通常所说的地表水主要指河流水和湖泊水，也包括冰川水与沼泽水等。中国境内的河流总长度达 420×10^3 km，有 5000 条河的流域面积超过 100km^2。河流年径流总量达 $26000 \times 10^8 \text{m}^3$。中国的河流首先可分为外流河和内流河两大系统，外流区域包括众多流量丰富的河流，其面积占全国土地面积的 64%。

(3) 地下水

聚集赋存于地球表面之下各类岩层（空隙）之中的水。

根据地下水的埋藏条件，地下水可分为包气带水、潜水、承压水。包气带，或称为非饱和带，是指地表面与潜水面之间的地带。存在于包气带中的地下水称为包气带水，它一般分为两种：一是土壤层内的结合水和毛细水，又称土壤水；二是上层滞水。上层滞水是指赋存于包气带中局部隔水层或弱透水层上面的重力水。它是由大气降水和地表水等在下渗过程中局部受阻聚积而成的。潜水是指赋存于地表之下第一个稳定隔水层之上，具有自由表面的含水层中的重力水。承压水是指充满于两个隔水层之间的含水层中的水。补给区位置较高，水由补给区进入承压区，含水层充满水，受到隔水顶底板的限制，水自身受到压力，并以一定压力作用于隔水顶板。承压性是承压水的一个重要特征。

根据含水介质空隙的不同，地下水可分为孔隙水、裂隙水和岩溶水。

此外，根据地下水的温度、化学成分及特有的生成、埋藏条件，又可划分出一些特殊类型的地下水，如地下热水、矿水、咸水、卤水、多年冻土带水等。

地下水资源在我国水资源中占有举足轻重的地位，由于其分布广、水质好、不易被污染、调蓄能力强、供水保证程度高，正被越来越广泛地开发利用。尤其在我国北方、干旱半干旱地区的许多地区和城市，地下水成为重要的甚至是唯一的水源。

我国可更新地下淡水资源总量为 $8700 \times 10^8 \, m^3$，占水资源总量的 31%，其中地下淡水开采资源为 $2900 \times 10^8 \, m^3$。微咸水开采资源量为 $30 \times 10^8 \, m^3/a$。平原区（含盆地）地下水储存量约 $23 \times 10^8 \, m^3$，10m 含水层中的地下水储存量相当于 840mm，水层厚度略大于全国平均降水量 648mm，这个比例与世界地下水储存量的平均值相近似。

我国地下水的开发利用主要是以孔隙水、岩溶水、裂隙水三类为主。其中以孔隙水的分布最广，资源量最大，开发利用得最多，岩溶水在分布、数量开发上均居其次，而裂隙水则最小。在以往调查的 1243 个水源地中，孔隙水类型有 846 个，占 68%，岩溶水类型有 315处，占 25%，而裂隙水类型只有 82 处，仅占 7%。从供水情况看，全国地下水的利用量约占全国水资源利用总量的 16%。

1.1.3　水资源的品位

水资源是一种动态、可再生资源。同其他资源一样，水资源也存在着品位的高低之分。水资源的品位主要受下列因素影响。

（1）生成条件

大气水的生成主要受地表、海洋蒸发水量和各种气象因素的影响。决定地表水生成的因素主要有大气降水、地表汇水面积、地表植被状况、地形、地貌等。影响地下水生成的主要因素有地质构造、地层岩性和补给条件。具备优越的生成条件才有形成高品位水资源的基础和可能。

（2）补给条件

大气水主要靠地表蒸发水量和海洋蒸发水量的补给。地表水的补给主要有大气降水的直接补给、其他地表水的直接补给和地下水的补给。地下水的补给主要有大气降水入渗补给、地表水的入渗补给、地下水的侧向径流、越流补给。各类水资源如无充足的补给源，则无法形成较高的品位。

（3）时空分布

水资源的时空分布状况是评价各类水资源品位的重要因素。不同类型水资源的时空分布有很大差异。相对而言，地表水的空间分布受水文网的制约，局限性较强，距离稍远，对其利用就会受到影响，甚至无法利用。在时间分布上，受季节大气降水规律的影响，年丰水期与枯水期的水量会有很悬殊的差别，多年周期的规律亦如此。许多大的江河在丰水期时会形成洪灾威胁，而在枯水期断流的现象正是地表水时间分布不均匀的真实例证。

地下水的分布主要受地质条件（储水构造）的控制，在远离地表水的山区和平原也有着广泛的分布，这就为无法使用地表水地区的供水提供了条件。在时间分布上，由于地下水流的水力坡度较缓，以及含水层的阻滞作用，地下水的流速相对迟缓，这就使得大量的地下水相对长时间地滞留在含水层中。这就为人们在缺少地表水的地方和季节确保供水提供了可能。综上所述，地下水在时间分布和空间分布的均匀性上较地表水优越。

(4) 水质条件

水质的优劣是评价水资源品位高低的关键条件之一。从利用的角度讲，水质应包括水中所含物质成分和水的温度。天然状态下地表水水质的形成较为简单，其悬浮物质和化学成分的形成，主要受地表植被、水流对沿途岩土的溶解、地下水渗出、日光照射等因素的影响。地表水的水温则主要取决于大气环境温度，因此，地表水的水温随季节、昼夜气温的变化而做大幅度、频繁的变化。

天然状态下影响地下水水质形成的主要因素有过滤作用、溶解作用、浓缩作用、脱碳酸作用、脱硫酸作用、阳离子交换吸附作用、混合作用等。在这些因素的作用下，地下水水质处在变化-平衡-变化的动态平衡状态。一般来说，地下水的水温是含水层位置的地温和补给源水温的综合作用的结果。

实际上，现代人类的生产、生活活动已经越来越大地影响着各类水资源的水质。其主要表现在两方面：一是人类活动废弃物对水资源的污染；二是人类活动改变了水资源的形成条件，导致其水质发生变化。

理论上，人类活动对水质的影响应是双向的，既可向恶化方面发展，又可向优化方面发展。现实中是恶化的影响大于优化的影响，有些地方则是迅速恶化，以至出现了污染性缺水局面，这是一个需要特别警惕的问题。

(5) 取水条件

取水条件主要是指取水的难易程度，单位时间内取得单位水量所需建设的取水工程的规模和复杂程度，以及所需付出的经济代价。

一般而言，与地下水相比，地表水的取得较为容易，取水工程设施也较简单，经济代价亦较小。

需要指出的是，虽然水资源的状况因上述因素的影响而千差万别，但最基本的规律是存在的。地表水与地下水相比较存在着以下弱势：a. 容易受到污染；b. 水温随气温变化（夏季作为工业冷却水使用有诸多不利影响）；c. 缺乏有利于人体健康的矿物质；d. 水量保证率低。

综上所述，我们当然希望拥有生成条件优越，补给条件充足，时空分布广泛、均匀，水质条件优良，取水条件简易、经济，水量保证率高的高品位水资源，而现实中这种面面俱优的情况几乎是不存在的。所以对于水资源品位的评价不能仅考虑上述诸因素，还要考虑供水的主要目的。在实际工作中，我们应根据供水的主要目的、要求和水资源的具体状况，选择品位相对适合的水资源。如：若以生活饮用水为供水目的，则最应注重的是水质条件，在取水条件允许的情况下选择最适宜饮用水水质的水源；若以工、农业生产为供水目的，则应以取水条件、时空分布和补给条件为要。这样，才能在水质条件满足要求的情况下，达到供水的经济性、整体（全局）供水的合理性和供水量的长期高保证率的和谐统一。若以特殊用途如供热、医疗等为供水目的，则必须视水温、水中的特殊矿物质含量、特有的化学成分能否满足要求，即以水质条件为先决条件。

评价水资源品位的目的，在于鉴别、比较以致最后确定出最适合的供水水源，以最小的代价为社会生产和生活提供最基本的物质保证。

1.2 城市水资源及其基本特征

1.2.1 水的自然循环与社会循环

地球上的水处于不停地循环运动状态中。海水蒸发变云，云又以雨的形式降到地面，部分蒸发，部分渗入地下或汇入河川形成地下、地表径流，最终又回归大海。地球上的水在周而复始地进行着大循环，我们就是在其循环中利用地表或地下径流。城市从自然水体中取水，经净化供给工业和居民使用，用过的废水经排水系统输送到污水处理厂，处理后又排回自然水体。这是水的社会循环，又称为水的小循环。水的自然循环和社会循环交织在一起，社会循环依赖于自然循环，自然循环又影响着社会循环。图1-1为自然界水和人类社会用水的循环框图。我国人均水资源量虽然偏低，但是水是可以循环利用的，是可以不断往复再生的。如果人们不破坏水自然循环的规律，尊重水的品格，仅有的一点淡水资源可以不断循环地满足工业、农业、市政和人民生活的需要。这些都需要水的社会循环良性健康地发展。

水的社会循环系统是由城市给水系统和排水系统所组成，二者是统一的有机体，而污水处理正是水循环的心脏，是水良性循环的保障，是连接水的社会循环和自然循环的纽带。所以水资源的可持续利用和人类社会的持续发展直接与城市污水处理息息相关。城市污水必须处理到能为自然水体自净能力所容纳的程度。然而由于污水处理的昂贵费用和人们对于水环境和水资源相对滞后的意识形态，至今世界上很多城市尚未达到水良性循环的目标，而我国江河污染的严重势态也还没有得到遏制。水污染和水资源的危机制约着我国经济建设、城市发展和人民生活水平的提高。

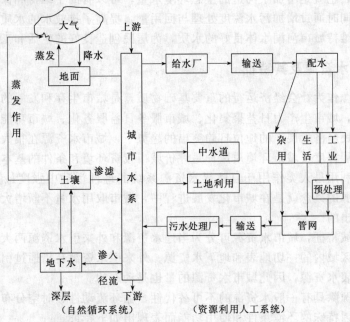

图 1-1 自然界水与人类社会水循环框图

1.2.2 水循环的意义

水循环是地球上最重要的物质循环之一，它实现了地球系统水量、能量和地球生物化学物质的迁移与转换，构成了全球性的连续有序的动态大系统。水循环联系着海陆两大系统，

5

塑造着地表形态，制约着地球生态环境的平衡和协调，不断提供再生的淡水资源。因此，水循环对于地球表层结构的演化和人类持续发展都意义重大。

第一，水循环深刻影响着地球表层结构的形成、演化和发展。它不仅将地球上的各种水体组合成连续、统一的水圈，而且在循环过程中渗入大气圈、地圈和生物圈，将地球上的四大圈层紧密地联系在一起。水循环在地质构造的基地上重新塑造了地球的地貌形态，同时影响着全球的气候变迁和生物群类。

第二，水循环的实质就是物质与能量的传输过程。水循环改变了地表太阳辐射能的纬度地带性，在全球尺度下进行着高低纬、海陆间的热量再分配。水是一种良好的溶剂，同时又有良好的搬运能力，水循环负载着众多物质不断迁移、聚集。

第三，水循环是海陆间联系的纽带。水循环的大气过程实现了海陆上空的水汽交换，海洋通过蒸发源源不断地向陆地输送水汽，进而影响着陆地上一系列的物理、化学和生物过程；路面过程通过径流归还海洋损失的水量，并源源不断地向海洋输送大量的泥沙、有机质和各种营养盐类，从而影响着海水的性质、海洋沉积及海洋生物等。

第四，水循环是地球系统中各种水体不断更新的总和，这使得水成为可再生资源，植根于人类社会和历史的变迁之中。水循环强弱的时空变化，是制约一个地区生态环境平衡和协调的关键，同时影响着地区内生物体的分布与活动。

在一个城市中，水健康循环要求城市有完美的给水排水系统，既要有安全、可靠的供水系统，为居民提供洁净的饮用水，又要有污水收集、处理、深度净化、有效利用与排除系统。污水处理程度应按下游水体功能需求而定。此外，还要维持氮磷营养物的循环利用。

通过再生水利用，增加水资源可供给量，从而很大程度上减少自然水体取水量，减少河道外用水水量，也就是增加了河道的生态环境水量，可以有助于维持和保持河系良好的水生态环境质量。同时通过增加污水深度处理与回用量，提高了排放水的水质，降低了污染排放负荷，有利于维持城市河湖水体良好的水质，为居民创造良好的生活和工作环境。

1.2.3 城市水资源及其特征

城市水资源作为社会经济运行的重要基础物质，是城市生存和发展的命脉。随着世界城市化进程加快，城市生产力日益聚集化、城市服务日益服务化、城市功能日益多样化、城市区域经济及国民经济发展中的地位日趋突出的趋势下，城市水资源在很大程度上决定着城市经济社会的发展程度及城市环境质量，是评价城市投资环境和条件的基本因素之一。对城市水资源的开发利用是人类作用于自然界水资源系统的理性活动中强度最大、范围最广的行为。城市水资源的概念就是在城市化发展进程中，城市取用水量不断增大、城市供水日益短缺的背景下提出的。

按水的地域特征，城市水资源可分为当地水资源和外来引水资源两大类。前者包括流经和储存在城市区域内的一切地表和地下水资源；外来引水资源是指通过引水工程从城市区域以外调入的地表水资源，因此此城市水资源的量也是动态的。

城市水资源除具有一般水资源的不可替代性、循环流动性、时空分布不均匀性和社会性等特点外，还因特殊的环境条件和使用功能而表现出如下特征。

(1) 系统性

城市水资源系统性表现为两个方面：一是城市区域以内和以外的水资源通常处于同一水文系统，相互间有着密切的水力联系，不可人为分割；二是城市水资源开发利用过程中的不同环节（如取水、供水、排水等）是个有机整体（见图1-2），任何一个环节的疏忽都将影响到水资源利用的整体效益。

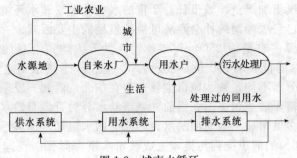

图 1-2　城市水循环

(2) 有限性

相对于城市用水需求量的持续增长，城市水资源量是极为有限的。其中，由于当地水资源开发成本低，便于管理等有利条件而被优先开发利用，许多城市的当地水资源已接近或达到开发利用的极限，一些城市的地下水已处于超采状态，而外来引水资源受水资源分布、生态环境、经济条件和水所有权等多种因素的制约，能被城市获取和利用的量也不可能无止境地增加。它只能在一定的数量限度内被不断取用。

(3) 脆弱性

城市水资源因开发利用集中和与人类活动关系密切而显示的脆弱性表现在两个方面：一是易受污染；二是易遭破坏。城市水资源一旦遭受污染或失去平衡，治理恢复非常困难，代价很大。

(4) 可恢复和循环使用性

城市水资源可恢复性表现在水量的可补性和水质的可改善性。

地球上的水是不断地循环的，城市用水也是在其给水排水系统中循环的。只要人类社会与水的质与量的循环规律相和谐，地球上有限水资源就可以循环地、持续地为人类所利用。

(5) 可再生性

城市水资源在利用过程中被直接消耗掉的只有少部分，而大部分水则因失去特定的使用价值而变为废（污）水。废（污）水是可以再生的，有些只需改变用途，便可恢复其使用价值。但在多数情况下，废（污）水要经过处理后排入水体，才可被下游城市重复利用，也可再经深度净化，直接用于城市工业生产。

(6) 高附加值

据统计，我国现有城市集中了全国 80％的工业总产值和 60％的工农业总产值，而城市用水量仅占全国用水总量的 16％。显然，城市水资源的单位用水附加值是非城市用水的 8 倍左右，这是城市用水量快速增长的重要原因之一。在市场经济条件下，不能忽视水资源的效益取向。

只有充分认识城市水资源的特点，才能有效、合理地利用它。城市水资源作为一种重要资源，与国民经济各部门、城乡人民生活有着密切关系，是人类社会和经济发展的物质基础，同时也是构成人类生存环境的最基本的要素。水资源状况及开发利用情况如何，不仅关系到工农业的发展，而且关系到整个国民经济和社会的可持续发展。

1.3　城市水资源短缺现状及其相关问题

1.3.1　城市水资源短缺现状

随着城市化进程加快，我国许多城市严重缺水，特别是在工业和人口过度集中的大都市和超大都市地区，情况更加严重。城市日益严重的水资源短缺和水环境污染问题不但严重困扰着国计民生，而且已经成为制约社会经济可持续发展的主要因素。

我国的人均水资源占有量为 2500m³/年，约为世界人均占有量的 1/4，相当于美国的 1/6，加拿大的 1/58，居世界第 110 位，被列为世界上 13 个贫水国之一。同时，我国不仅资源匮乏，而且时空分布不均，缺水城市主要分布在华北、西北、胶东及沿海地区，北方和沿海地区水资源的供需矛盾更为突出。目前，城市缺水分为资源型缺水、水质型缺水和工程型缺水三种类型，很多城市属于水质型缺水，即原有的水源和水体因污染而无法利用，全国有 50% 的地下水和 70% 的河道受到污染，造成城市水资源紧张。我国虽然早已把水资源保护列为国策之一，但 20 年来水环境质量在总体上非但没有改善，反而持续恶化。50% 的城市水资源受到污染，已严重危害人体健康，并制约着城市经济的发展，使原本紧缺的城市水资源更是雪上加霜。由于城市规划区的滚动式扩展，城市的用水需求和用水构成会因城市人口和经济的发展而变化，城市水资源的质量和数量也会因城市的发展而改变，如果不倍加珍惜和保护，这种变化的总趋势将使水质的持续下降和可用水量不断减少。

当前的缺水问题已严重影响了城市建设和城市居民的基本生活，并将进一步成为制约经济和社会可持续发展的重要因素。因此，为保障未来 50 年以至更长时期城市经济和社会可持续发展，必须基于人均水资源量很少、污水排放量急剧增加的现实情况，建立和实施水资源可持续开发利用的新战略。

1.3.2 城市缺水的原因

"缺水"是一个相对概念，"城市缺水"的含义是城市供水量满足不了城市的用水需求。导致"城市缺水"的原因常常是复杂的，有供给方面，也有需求方面，不同城市不能一概而论，具体城市应做具体分析，对症下药，寻找解决缺水问题的最佳途径。在需求方面，导致或加剧城市缺水的原因很多，如浪费用水、低效用水、不合理的用水结构和过于膨胀的用水需求等；在供给方面，导致城市缺水的主要原因是供水的设施不足，水污染和水资源短缺。具体来说有以下几个方面。

（1）水资源短缺且浪费严重

随着人口的增长和国民经济的迅猛发展，在有限空间内的城市对水资源量和保证率要求不断提高，而我国水资源短缺，属世界最贫水国家之一。一些城市现有的水资源量无法满足正常用水的需求，从而导致城市与城市之间、城市各行业之间、城乡之间争水矛盾日益突出。特别是以地下水作为供水水源的北方城市和部分沿海城市，为维持供水的需求，多数城市被迫超量开采或过分集中开采地下水，而地下水源开采量有限，由此造成一些城市出现地下水位持续下降、地下水降落漏斗不断扩大、地面沉降、地裂缝、海水入侵和岩溶塌陷等一系列环境地质问题，甚至出现地下水资源濒临枯竭，水源供应能力下降等不良后果。相反，在城市水资源严重短缺的情况下，水资源浪费现象却相当严重，大大地降低了水的利用率。

① 在生活用水方面浪费严重 由于水价低廉以及人们对水资源的珍贵性缺乏正确的认识，城市居民生活用水浪费严重，跑、冒、滴、漏现象十分普遍。据不完全统计，我国目前包括近 4000 万套便器水箱在内的大量用水器具，其中竟有 25% 的器具漏水，每年漏失量 4 亿多立方米，相当于 2 座日供水能力 55 万吨的水厂的供水未经使用就白白漏掉了。在许多城市居住小区以及宾馆饭店中，至今尚未实行一水多用和中水回用，不管作何用途，一律使用饮用水。如消防、土建、绿化、冲厕、洗车等都消耗了大量的饮用水。这些表明人们的节水意识还很淡薄，节水措施还很落后，同时也从一个侧面反映生活用水浪费的普遍性和严重程度。除少部分水回收再利用之外，绝大部分污水未经处理就一次性地排入江河湖海。仅就水槽式公厕而言，一个水箱一天一夜要耗水 30～60t 饮用水。这些水的不合理利用给本来就

超工作负荷工作的水厂增加了不必要的负担。水的分质供给和重复循环使用迫在眉睫。

② 在工业用水方面，用水效率普遍低　由于科学技术落后，工矿企业尤其是小型企业、民营企业包括个体户未能使用节水设备，用水效率极低，浪费现象严重，使用后的污水未及时处理便排放，对原本纯净的河流、湖泊等自然水体造成严重污染。以 2003 年为例，我国国内生产总值每增加一万美元，需消耗水 $3860m^3$，是世界平均水平的 4 倍，与美国等发达国家相比，我国企业要多消耗 5～10 倍的水资源才能创造出同样的产值。如此惊人的差距，使我国企业对水的需求量更加紧张。

（2）水资源综合开发利用程度低

尽管我国水资源短缺，水资源时空和地域分布不均，但水资源开发利用的潜力还是很大的。然而，我国城市中，在就地开采、开发可利用水资源，跨地区、跨流域引水或者调水，节约用水，净化污水、废水、海水和低质矿化水等方面，研究和进展的程度却很低，由此造成水资源的优化配置和合理利用程度低。

（3）城市供水设施落后且能力不足

城市用水是通过供水设施来完成的。长期以来，由于城市供水设施特别是配水管网落后、不足，在投资方面又比较有限，造成对供水设施的改造不及时、不彻底，长期依靠挖潜来维持用水的需求，使供水设施长期超负荷运行。特别是用水高峰时，更难以保证城市正常的用水需求。这充分说明，城市供水能力不能满足城市发展的需要。

造成我国漏水量大的主要原因是，供水管网年久失修、管材质量差、管道施工质量低劣、管网压力控制不当等。这些问题在众多的城市中具有普遍性，经常造成管道的突然破损，供水量大量流失浪费。明漏水量大的另一原因是"长流水"，而一般而言"长流水"现象之所以发生和继续存在，仍在于疏于管理。

（4）水资源污染严重，治理效果差

随着经济的发展和人们生活水平的提高，城市化进程的加快，城市污水和废水的排放量随之剧增。长期以来，人们对水资源的脆弱性没有给予足够重视，在处理资源、环境与发展之间的关系问题上受到了经济条件的限制，导致大量的城市污水和废水未经处理或虽经处理但达不到排放标准就直接排入了水域，或者经过处理后达到排放标准的水，大部分又排入了没有集中处理的城市排水系统中，如此恶性循环，降低了污水和废水达标排放的意义。更重要的是由此逐渐造成和加剧了城市水资源的污染，使水源的可利用程度下降，可利用水量减少，加深了水的供需矛盾，使水资源的短缺更为突出和严重。

水源污染的直接后果是一些水源被迫停止使用，从而导致或加剧城市缺水，而寻找和建设新水源需要耗费巨额投资；水源污染的间接后果是影响供水水质，进而损害城市居民的身体健康。提高水资源质量，减少其受污染的程度，对增加水资源量，维持水资源可持续循环将发挥关键的作用。

（5）水资源科学管理水平低

水资源管理是统一、分层次的综合管理。长期以来，城市水资源管理工作中存在责、权、利不清，管理体制不顺，政策不到位，有关的法规、制度尚不健全，缺少配套的技术方针、技术政策，缺乏系统、科学的管理办法等弊端。由此，在某种程度上影响了顺利解决城市水资源量的供需矛盾问题。

（6）水价标准不合理，建设资金投入不足

我国水价长期偏低，部分城市售水价格低于制水成本。水长期作为一种福利商品向社会供应，水价由政府控制，水失去了它应有的价值。由于水价背离价值规律，失去了经济杠杆的调控作用。一方面，过低的水价，使得各种资金筹措渠道不畅，影响了城市供水、节水、排水和净化污水废水建设的资金投入、技术投入与经济效益；另一方面，过低的水价，助长了人们浪费用水的潜在意识。从而加剧了水的供需矛盾，不利于水资源的管理和水资源的可持续开发利用。

(7) 城市产业结构与布局不尽合理

城市的产业结构与布局必须与当地的水资源条件相适应，否则，引起水资源供求矛盾在当地是难以解决的。但是，随着经济的快速发展和城市化水平进程的加快，一些城市忽略了水的因素，工业布局出现了单纯追求经济效益或者过分强调建立完整的工业体系，且有盲目增加的趋势，甚至一些本身缺水的城市仍以高耗水的生产为主。从而使需水量超过城市水资源的承载力，形成了新的、人为的水供需矛盾。

社会在发展，城市在扩大，城市缺水问题已迫使越来越多的人来关注水资源问题。许多大城市都在研究开辟新水源问题，包括建自来水厂、建坝蓄水、远距离引水、开发地下水、海水利用、污水回用、中水道工程等多种方案。但从总体上看，城市水资源的紧张使得建自来水厂、建坝蓄水、远距离引水、开发地下水越来越困难。对于如何解决城市缺水问题，国内外实践证明，实施节水措施，建立节水型社会是解决缺水问题的根本途径。

1.4 城市节水规划的基本内容

1.4.1 城市节约用水规划的意义

(1) 城市节约用水的意义

节约用水问题，早在 20 世纪 70 年代之前就已受到许多国家特别是一些水资源短缺的国家的重视。70 年代以来，联合国在举办的水资源、人类环境与水务等一系列国际会议上，曾高瞻远瞩再三向全世界明确地发出警告："我们正进入新的水资源短缺时代"，"水不久将成为一项严重的社会危机"，并庄严地号召世界各国要"合理开发利用水资源"，要重视"节约用水"，因此，最近 30 年以来，全世界已逐渐对节约用水问题达成了共识，对日趋严重的水资源危机普遍给予了高度的重视。

在 20 世纪 60 年代中期以前，全世界广大农村以灌溉为主的农业用水占全球总用水量的比重，长期维持在 80% 以上；城镇工业与生活用水一直保持在 20% 以下，直至 1965 年前后才突破了 20%。但当时一些工业化与城市化水平高的发达国家，它们的城市工业与生活用水接近 50%，甚至高于 50%，这些国家由于城市用水的压力迅速增大，而被迫把节水的重点转向城市，并相应地对城市节水及水资源管理与水环境保护、整治等方面加强了研究。甚至像美国和日本这类富水国家，也对其城市的节水与水资源管理问题给予了极大的关注，这说明对城市节水的重视程度是与城市化水平密切相关的。就广大发展中国家而言，由于其城市化水平远低于先进的发达国家，城市用水比重至 70 年代仍然不到国家总用水量的 20%，甚至不足 10%。所以这些国家最关注的仍然是农村灌溉用水，而对城市节水问题并没有提到重要的议事日程，因而包括我国在内的发展中国家对城市节水问题的研究开展得很少。20世纪中期以来，城市节水问题在全球范围内引起普遍重视。这根源于全球城市化的不断加快，城市工业与生活用水大幅度增长，并且意识到它在不久的将来会发展成为全球耗水的主体。作为发展中国家的我国，按 1986～1997 年城市用水增长速度外推，至 2006 年城市工业与生活用水比重将上升至 50% 以上，成为全国耗水的主体。在这种情况下，节水具有非常重要的意义：a. 可以减少当前和未来的用水量，维持水资源的可持续利用；b. 节约当前给水系统的运行和维护费用，减少水厂的建设数量，或降低水厂建设的投资；c. 减少污水处理厂的建设数量或延缓污水处理构筑物的扩建，使现有系统可以接纳更多用户的污水，从而减少受纳水体的污染，节约建设资金和运行费用；d. 增强对干旱的预防能力，短期节水措施可以带来立竿见影的效果，而长期节水则因大大降低了水资源的消耗量从而能够提高正常时期的干旱防备能力；e. 具有社会意义，通过用水审计及其他措施，可以调整地区间的用水差异，避免用水不公及其他与用水有关的社会问题；f. 具有明显的环境效益，除了对野生生物、湿地和环境美化等方面的效益外，还有维护河流生态平衡、避免地下水过度开采而带来的地下水污染等方面的效益。

（2）城市节约用水规划的意义

城市节约用水规划属专业规划，是城市水资源规划的重要组成部分，也是城市国民经济和社会发展计划的重要内容。因此，城市节水规划是在经济规划下进行的，规划的根本目的是有效地开发与利用城市水资源，提高科学合理用水的水平，使有限的水资源能满足人民生活、适应经济持续发展和城市建设的需要，使城市社会经济得到持续、稳定的发展，提高人民的生活水平，开展创建节水型城市活动，制定节水型城市目标导则。节水规划不但对于解决城市水资源短缺问题，搞好城市水资源管理和节约用水工作，采用科技手段，促进合理用水，使有限的城市水资源发挥最佳经济效益、社会效益和环境效益，而且为城市用水提供决策依据。指导思想应该是立足应用、指导决策。

节水规划的主要任务：一是分析水资源和社会经济发展的对立统一关系，通过节水，实现合理用水后，寻求水资源与社会经济发展的协调点；二是分析城市自身系统的供水、用水、节水，可回用污水与水资源系统的关系，探索合理的供水、用水结构；三是探索各用水系统内部的用水结构，找出合理的用水方向；四是确定节水目标和保证措施；五是提出解决规划期内城市总体用水的对策意见。

1.4.2 城市节水规划的研究内容

2007 年 1 月，国家发展和改革委员会、水利部等有关部门联合发布了《节水型社会建设"十一五"规划》（以下简称《规划》）。《规划》在全面分析节水型社会建设现状和面临形势的基础上，针对形势要求和存在的主要问题，提出了"十一五"期间节水型社会建设的目标，明确了主要任务和对策措施等，是"十一五"期间我国节水型社会建设的行动纲领。

依据国家已经颁布实施的有关法律法规和管理政策，以及《节水型社会建设"十一五"规划》等相关的发展规划、工作要点等文件，将节水规划分为八部分进行。

（1）现状与潜力分析

城市节水现状及其潜力分析是城市节约用水规划的重要组成部分，它是规划的核心基础数据。首先需要归纳分析研究城市生活节水现状以及工业节水现状，然后进行横向纵向的比较，最终得出规划城市的节水潜力。

（2）目标与任务

城市节水规划分两个层次提出全国节水型社会建设的目标：一是总体层面的目标；二是分行业的目标。根据"十一五"期间提出的节水规划的主要任务，即建立节水型社会的四大体系：一是建立健全以用水总量控制与定额管理为核心的水资源管理体系；二是建立与水资源承载能力相适应的经济结构体系；三是建立水资源优化配置和高效利用的工程技术体系；四是建立自觉节水的社会行为规范体系。

（3）总体布局

总体布局中主要阐述了节水规划过程中的用水和节水量。城市节约用水规划的关键是城市用水量的预测，其中城市生活用水指标的预测推荐采用庞伯兹生长曲线方法，符合国内城市生活用水的发展规律；工业用水量的预测推荐采用万元产值用水量降低和再用率提高的方法，充分考虑节水产生的效果，综合分析用万元产值用水量降低和再用率提高两方面的因素变化，符合工业用水的实际，预测结果精度较高，特别适用中远期的预测。

（4）重点领域节水

我国各地经济社会发展水平、水资源条件及承载能力差异较大，节水型社会建设的侧重点也有所区别。结合实际分别提出农业、工业、生活和非常规水源利用四大重点领域中的主要内容。经过城市供水水源规划和水资源供需平衡分析，提出城市在规划年范围内随国民经济发展所必需的水资源量，对供水量不足部分提出可行的解决途径，探索合理供、用水结构，通过节水使城市用水达到最大限度的合理应用，以保证水资源的可持续利用和城市的可持续发展。

（5）节水型社会制度建设

我国节水水平低下，最核心的问题是制度不健全、管理不到位，没有形成促进节水的机制。通过该部分内容完善制度、加强监督管理，形成节水机制，所以这部分是建设节水型社会的核心部分。

（6）重点工程项目

节水型社会建设的重点工程项目主要分为六类，分别是：农业节水重点工程项目、工业节水重点工程项目、城市生活节水重点工程项目、非常规水源利用重点工程项目、节水型社会建设示范和能力建设工程项目。这部分是建设节水型社会的基本硬件保障。

（7）环境影响评价

通过节水规划，可以从水资源可持续利用和生态与环境保护的层面上促进我国经济结构和产业布局更加趋于科学合理，实现结构节水，在水资源高效利用的同时有效保护生态与环境。

（8）保障措施

通过加强组织领导、完善法规政策、加强用水管理、加大政府投入、加强市场监管等措施保证节水规划的顺利实施。

节水型城市的主要标志为：a. 使水资源得到合理的调蓄、优化调度、科学利用和有效保护，实现良性循环，并逐步使地区环境生态有所改善；b. 具有完善的水资源管理法规，使开发、利用、排放、处理、再利用各个环节能体现节水的要求，以"法"治水、管水；c. 制定并实行科学合理的用水标准，具有完善、先进的计量设施和严格的考核与奖惩制度；d. 各用水单位采用先进的节水工艺、具备先进的节水设施和设备，充分发挥单位水量的最大效益，各项用水指标达到国内先进水平。节水型社会注重使有限的水资源发挥更大的社会经济效益，创造良好的物质财富和良好的生态效益，即以最小的人力、物力、资金投入以及最少水量来满足人类生活、社会经济的发展和生态环境的保护。

综上所述：a. 城市节约用水规划是城市总体规划的一部分，和国民经济的发展密切相关；b. 城市节约用水规划的关键是城市用水量的预测，其中城市生活用水指标的预测推荐采用庞伯兹生长曲线方法，符合国内城市生活用水的发展规律；工业用水量的预测推荐采用万元产值用水量降低和再用率提高的方法，充分考虑节水产生的效果，综合分析用万元产值用水量降低和再用率提高两方面的因素的变化，符合工业用水的实际，预测结果精度较高，特别适用中远期的预测；c. 城市节约用水规划的目的是解决城市节水问题，水资源短缺的城市需要节水，水资源相对丰富的城市也需要节水，不但因为水资源是有限的，水作为国有资源，应保证持续开发利用，而且为了减轻污水治理的沉重负担，也必须节制城市用水；d. 城市节约用水规划的核心是如何解决城市缺水的问题，也就是节水规划的实施策略问题。我们认为应改变传统水资源的管理模式，强调市场经济的经济杠杆作用，提倡城市污水资源，尽快发展城市雨水资源的利用。

参 考 文 献

[1] 李广贺等编著. 水资源利用与保护. 北京：中国建筑工业出版社，2002.

[2] 刘昌明，王红瑞. 浅析水资源与人口、经济和社会环境的关系. 自然资源学报，2003，18（5）.

[3] 刘书俊. 水资源立法浅探. 环境保护科学，2007，33（3）.

[4] 世界资源研究所等编. 世界资源报告（1996—1997）. 北京：中国环境科学出版社，1994.

[5] Ismail Serageldin. Water Reseources Management. 1995，20（1）：15-21.

[6] 刘俊良等. 河北省城市节约用水规划（1998—2010）. 1998.

[7] 金同轨等. 水工业学科发展的规律及趋势. 水工业及其学科体系研讨会论文集. 1997.

[8] 王宏哲. 我国城市缺水的原因与对策. 吉林建筑工程学院学报，2001.

[9] 徐樵利. 论创建节水型城市的战略意义. 华中师范大学学报，2003，37（4）.

[10] 武文慧. 浅析我国水资源现状. 资源调查与评价，2005，4（22）.

[11] 陈明，齐兵强. 节水型社会建设"十一五"规划解读. 中国水利，2007.

[12] 刘昌明等. 中国 21 世纪水问题方略. 北京：科学出版社，1998.

[13] 邵益生. 城市用水问题与战略对策研究. 中国工程院咨询项目（内部），1999.

2 节制用水与可持续城市水管理

水是构成生态环境的基本要素，也是人类生存与发展不可替代的重要资源。由于自然和人为因素的影响，水资源危机日益突出，已经成为许多国家社会经济可持续发展的瓶颈，也是我国 21 世纪亟待解决的重大问题之一。缓解水资源危机的根本出路在于实施可持续水管理，将水资源的开发、利用与管理纳入社会经济-水资源-生态环境复合系统之中加以全面考虑，并从协调社会经济、水资源和生态环境的相互关系入手，寻求水资源可持续利用的具体途径。

可持续"城市水管理"的概念融会了可持续发展的思想，自提出之日起便成为世界各国水问题研究的热点，但在具体量化研究中，有许多难点问题急需解决。其中，有一个至关重要的问题是建立一套管理体系来定量评估水资源开发、利用和管理的可持续性，评价和预测水资源可持续利用的发展态势。

2.1 城市水管理的定义和内涵

2.1.1 可持续城市水管理的概念

城市水管理是为达到城市科学供、用、排水管理的目标而进行的多方位、多学科的系统的、动态的、综合性的管理工程。

城市水管理因涉及的因素较多而显现出其复杂性。国家法律、政策及各级政府的政令、城市的经济能力、科技发展水平及掌握程度、各级决策者的决策水平、水管理机构的性质、被授予的权限及工作能力等，均在宏观上对城市水管理的成败产生重大影响。供水、用水、节水、排水、治污等各环节的具体操作也无一不影响着城市水管理的效果。因此，城市水管理是一项十分复杂、难度较大的管理工程。

可持续"城市水管理"是 1996 年联合国教科文组织国际水文计划工作组提出的"可持续水资源管理"（Management of Sustainable Water Resources）的进一步升华，工作组将"可持续水资源管理"定义为"支撑从现在到未来社会及其福利而不破坏它们赖以生存的水文循环和生态系统完整性的水的管理与使用"。现代可持续"城市水管理"的观点继承了其可持续性的先进思想（即强调未来变化、社会福利、水文循环、生态系统保护这样完整性的水的管理），并从城市可持续发展这一更深入的层次提出：可持续城市水管理的目标与重点是要通过节制用水、科学管理城市水资源，实现社会发展的最终可持续性（其中生态持续是基础，经济持续是前提，社会持续才是最终目标）。

2.1.2 可持续城市水管理的核心——节制用水

节约用水从 20 世纪 80 年代提出至今，已将近 30 年。无论是作为一个口号、一个号召，还是一项事业和工作，都在广泛的社会范围内越来越受到重视。究其原因，迅速膨胀的社会生产力、持续增长的人口、日渐形成的文明习惯和不断提高的生活水平，使整个社会对水的需求呈现了前所未有的强烈欲望。现实生活中能够获得的可利用水量又不能长期支撑这种巨大的社会需求，于是首先被人们想到的是缩小用水供求巨大反差的最快捷的办法——节约用水。

　　节约用水最初的含义是"节省"和"尽量少用"水。随着节水工作的深入开展，很多城市对节水的解释已远远超出了最初的范畴，节水已经从原始自发性，发展成城市水资源环境的胁迫性，政府可持续发展的强制性，而节制用水方能涵盖其真实意义。其内涵是：a. 遵循水的社会循环规律，将城市供水、节水和污水处理统一规划，有机结合；b. 科学管理城市水资源，使水的社会循环质量满足城市可持续发展的最低要求；c. 合理开发城市水资源使之可持续利用；d. 政府职能部门行政强制措施。

　　可见，节制用水不是一般意义上的节约用水，从节约用水到节制用水不但是认识上的提高、意识上的进步，而且是城市水管理方法与手段的一种升华。节制用水才是现代可持续"城市水管理"的核心。节制用水就是要以可持续的城市水管理手段，通过可持续的城市水管理方法，实现城市水资源的可持续利用，从而支持城市与社会的可持续发展。但是，真正意义上的可持续城市水管理，从理论到实践目前尚处在初始阶段，仍需要在实践中进一步摸索。

2.1.3　国内外城市水行业管理

　　按照国际惯例，城市水行业管理属于公共工程（public works）和公用事业（pbulic utilities）范畴。城市基础是随着现代城市的出现而产生的，是既为城市物质生产又为人民生活提供的一般的、共同的、社会化的物质条件，即公共设施或公共工程，是城市赖以发展和生存的基础。城市基础设施建设形成了支撑城市运转的完整的系统，城市给、排水与城市规划、道路建设、建筑工程、房地产管理密切相关；各类城市基础设施之间在建设和运行上构成一个整体，不能割裂；否则将无法正常运行。

　　城市水行业管理包括城市供水、排水及污水处理、城市节水及行政管理。按照我国的分类方法，城市供水属于公用事业，城市排水及污水处理属于市政工程，城市节水属于行政管理。

(1) 国外城市水行业管理现状

　　① 拥有各级各类水资源管理机构　美国 1965 年成立了国家水资源利用委员会，负责制定统一的水政策，全面协调联邦政府、州政府、地方政府和私人企业的用水矛盾，以促进水资源的保护、开发和使用。

　　英国的节水管理是以流域为单位的综合性集中管理。根据 1963 年颁布的水资源法，英国建立了国家水资源委员会，将英格兰和威尔士分成若干个区，每个区都建立了流域管理局，如英国泰晤士管理局，其服务人口约 1200 万，其中包括伦敦区内的 700 万人，拥有 14000km² 的范围。1974 年颁布水法后，英国对水管理体制进行了重大改革，在英格兰和威尔士地区成立了 10 个水管理局，实施水资源综合管理，逐步解决了水资源开发利用、污染控制和其他方面的矛盾。

　　法国 1964 年制定水法以来，将水资源从政策、行政管理改成按地理特点及水文特点的分区管理。全国共分成 6 个流域委员会，负责水资源开发、水质保护及防洪规划等方面工作。流域委员会由行政当局、流域集团、用水户代表共同经营管理，并广泛采用合同制。无论是私营公司，还是政府机构以及公共行政管理部门，只要是合同规定授予的权利，就受法律的保护。

　　以色列的节水工作由隶属于农业部的水务委员会负责，通过推行有关的行政、法规和技术措施，促使市政、工业、农业三个主要用水部门更加有效地用水。另外，法律及行政系统中还包括许多公众团体，如水协会、计划委员会、水务法庭等，政府通过这样的机构对水资源的开发、分配、收费及污水处理等事宜实行统一管理，并且这些团体保证公众参与水务管理，受理对水资源管理中不合理行为的反对意见。

　　日本的水资源管理由厚生省、农林水产省、通商产业省、建设省和国土厅五个部门分管，各自负责生活节水、农业节水、工业节水以及发电等工作。其中，国土厅负责在各部门制订的水供求计划的基础上编制全国长期节水计划。此外，为了加强节水工作，日本政府早在20世纪80年代中期就成立了"推行建设节水型城市委员会"。

韩国政府中，涉及节水管理的有建设部、健康和社会事业部、环境部。建设部通过其所属的给排水管理局对各地方的供水系统和污水处理厂进行规划、设计和建设；韩国水资源开发公司，是从属于建设部的半自主的公共企业，它负责为市政当局和工业区提供地区性给水系统的建设与运行；健康和社会事业部负责制定饮用水标准和监测饮用水水质；环境部负责建立污染控制法规并配合有关活动。

② 借助水资源立法工作实行依法管水　美国于20世纪40年代就颁布了《水污染控制法》，60年代颁布的《清洁水保护法》要求各州必须制订消除地表水污染的计划。1972年颁布的《防止水污染法》要求1977年全国污水要普及二级处理，1982年所有水体要达到适合文化娱乐用途的目标，1985年要达到不排污即"零排放"的目标。

英国于1944年颁布了《水资源保护法》，以后又在1945年、1958年、1963年和1974年相继做了补充完善；1991年制定了《水资源法》、《土地排水法》和《水事管理法》；1995年制定了《环境法》。

法国于1964年制定了《水法》，对水的分配、水污染控制以及相关制度等进行了规定。

以色列自20世纪50年代以来，先后颁布了《水计量法》、《水灌溉控制法》、《排水及雨水控制法》以及《水法》，以达到节水的目的。

日本自20世纪50年代以来，先后颁布了《日本水道法》、《水质保护法》、《工厂废水控制法》、《环境污染控制法》和《水污染控制法》等。

③ 采用经济措施实行计划用水管理，促进节约用水　当今世界各国已颁布了许多种法规，严格实行限制供水，对违者实行不同程度的罚款处理。另外，许多城市通过制定水价政策来促进高效率用水，偿还工程投资和支付维护管理费用。国外比较流行的是采用累进制水价和高峰水价。美国一项研究认为：通过计量和安装节水装置（50%用户），家庭用水量可降低11%，如果水价增加1倍，家庭用水可再降低25%。日本东京采取了"抑制需要型"的收费方法，即东京都内一般用户水费分为"基本水费"和"超量水费"两种，对超量用水的增收"超量水费"，按每10m³为单位递增，超出水量越大，收费标准就越高。

④ 水行业行政管理划分　世界各国水行政管理分为城市用水管理和农业用水管理两大系统。城市用水管理一般属于城市公共工程或公用事业；农业用水管理一般属于灌溉、水利工程和水电等部门。

a. 城市化水平比较低的农业国家，一般单独设立水利（灌溉）部；城市供水和排水由公共工程部负责。属于这种情况的国家有36个，分布在非洲、亚洲，见表2-1。

b. 城市化水平比较高、经济发达的国家和地区，农业用水较少，水行政管理以城市型为主，国家不单独设水利行政主管部门。城市供水、排水和水行政管理多数属于建设（建筑）部，公共工程部或公共事业部，有的属于城市发展部。农业用水分属不同部门，主要是农田灌溉和水资源管理。这些国家主要集中在欧洲、美洲和澳洲。美国，内阁设住房和城市发展部，联邦不直接管理公共工程，各城市的市政工程分不同属部门。内阁设内务部，下设负责水利和土地的部长；内务部土地管理局下设灌溉局，部内设水利政策局。日本，城市和水利行政主管部门均设在建设省；有河川局、道路局、都市局等，未单独设立水行政主管部门。德国，联邦政府设区域、规划、建筑和城市发展部，管理公共工程，未单独设立水利行政部门。法国，内阁设城市、住房和运输部管理公共工程，未单独设立水行政主管部门。加拿大，内阁设公共工程部管理公共工程，未单独设立水行政主管部门。澳大利亚，内阁设住房和建筑部管理公共工程，未单独设立水行政主管部门。

表 2-1 世界各国水行政管理机构设置统计表

国家名称	城市水行政机构	水利行政机构	国家名称	城市水行政机构	水利行政机构
中国	建设部	水利部	阿富汗	公共工程部	灌溉部
孟加拉	工程部	灌溉、水利发展及防洪部	印度	工程、住房、国务部	灌溉国务部
伊拉克	住房及建设部	灌溉部	科威特	公共工程大臣	电力水利大臣
泰国	不详	农业和合作社部(灌溉厅)	黎巴嫩	公共工程、运输及旅游部	水利资源、电力、司法部
蒙古	公用事业与服务部	水利部	巴基斯坦	工业住房与工程部	水电部
沙特阿拉伯	城乡事务大臣	农业和水利大臣	叙利亚	建设部	灌溉部
老挝	建筑部	农业、水利部	阿联酋	公共工程与住房部	水电部
刚果	公共工程建筑规划及住房部	能源及水利部	博兹瓦纳	工程和交通部	矿业资源与水利部
也门	公共工程部	水电和管道部	布基纳法索	不详	水利部
阿尔及利亚	公共工程部	水利、环境、森林部	中非共和国	公共工程及城市规划部	水利、林业和旅游部
乍得	公共工程及矿业部	能源、水利部	越南	建设部	水利部
埃及	住房及公用事业部	灌溉部	加蓬	公共工程、装备及建设部	水利、森林及绿化部
冈比亚	公共工程及交通部	水利资源及环境部	科特迪瓦	公共工程、建筑及邮电部	农业、水利及林业部
肯尼亚	工程、住房及自然规划部	水利发展部	莱索托	工程大臣	水利、能源、矿业大臣
塞内加尔	住房、城建和环境保护部	水利部	尼日尔	公共工程及城市规划部	水利与环境部
毛里塔尼亚	不详	水利能源部	苏丹	建筑和公共工程部	水利部
索马里	公共工程部	矿业、水利资源部	坦桑尼亚	水利、建筑、自然资源部	

c. 城市供水和水利合一的体制,世界上仅有一例,即坦桑尼亚,其设立"水利、建筑、自然资源部"。

(2) 国内水行业管理现状

针对我国水资源短缺问题,我国在水行业管理方面采取的措施有以下几项。

① 关于节水的法律法规以及水行业管理机构的成立　为了使节水工作有章可循,我国制定了大量与节约用水有关的法律、法规。1984 年颁布了《国务院关于大力开展城市节约用水工作的通知》,提出在加快供水设施建设的同时,大力开展城市节约用水工作。随后,国家和各级地方政府陆续成立了城市节约用水管理机构,组织制定了一系列法规、规章和标准规范,形成了一套比较健全的管理体系。1993 年建设部又发布了《城市地下水开发利用保护管理规定》,为加强城市地下水的开发、利用和保护的管理,保证城市供水,控制地面下沉,保障城市经济和社会发展,提供了法律保障。1998 年国务院批准了建设部《城市节约用水管理规定》,规定城市实行计划用水和节约用水,国家鼓励城市节约用水科学技术研究,推广先进技术,提高城市节约用水科学技术水平。这一系列国家政策和法律法规的颁布和实施,有力地推动了城市节水事业的发展。仅就设有节约用水管理机构的城市统计,全国城市节约用水量在不断扩大,工业生产节约用水量从 1991 年的 $21.13 \times 10^8 \, \text{m}^3$,增加到 2002 年的 $37.24 \times 10^8 \, \text{m}^3$,11 年间全国城市累计工业节水近 $331.2 \times 10^8 \, \text{m}^3$,平均每年节水 $26.72 \times 10^8 \, \text{m}^3$。工业用水重复利用率 1983 年仅有 18%,1991 年提高到 49%,2002 年达到了 68.8%。工业用水重复利用量也由 1991 年的 $198.5 \times 10^8 \, \text{m}^3$ 提高到 2002 年的 $460.9 \times$

10^8m^3，表明城市生产节约用水的成效还是很显著的。

② 关于预防和治理水污染的水行业管理措施　早在 1982 年国务院就制定了《征收排污费暂行办法》，依据该办法的规定，企业事业单位凡是其污水排放的污染物超出国家和地方标准的均需缴纳排污费，征收的排污费纳入预算内专项资金管理，用于污水处理，由此开创了企事业单位缴纳污水处理费的先河，为了加强水源的保护力度，1996 年修订了《中华人民共和国水污染防治法》，明确了"城市污水应当集中进行处理"，强调城市污水集中处理设施在向排污者提供污水处理服务的同时要征收污水处理费。另外，我国也采用一些先进技术处理污染过的水，并将之运用于农田和园林的灌溉，以及美化城市的喷泉。

③ 水资源管理体制　实行流域水资源的统一管理成为我国水资源管理体制改革的一个方面。自 20 世纪 90 年代以来，黄河断流不断加剧，为此，1998 年 12 月国务院授权水利部黄河水利委员会对黄河水量实行统一调度管理和行政区域管理相结合的体制。除实行流域统一管理外，水务一体化的管理方式也在我国城市中推广开来，所以水务一体化管理就是把水资源管理权限收归到水行政部门，由水利部门作为当地政府的水行政主管部门，统一管理水资源的规划、开发，建设防洪排涝设施，管理城市供水、节水和水污染防治等与水务有关的事宜。1993 年，深圳市在全国率先组建水务局，至今，现代化的水务管理模式已具雏形。2005 年 5 月 13 日，上海也成立了水务局，把原来市水利局、公用事业管理局、市政工程管理局等有关水职能部门统统合并在一起。

2.2　城市水管理中亟待解决的问题

相对国外对水行业管理所做的贡献，虽然我国在水行业管理方面已取得了一定的成绩，但实事求是地说，这些并不尽善尽美。从管理内涵和措施看，应充分通过行政、立法和经济手段加强管理。同时要强化水资源系统管理，克服部门保护主义和分散管理的弊端，对地表水和地下水、给水和排水（污水）、供水和需水由一个管理机构实行统一全面管理。水管理机构对本地区需水要求应拥有否决权，对经济计划部门提出的需水要求应进行严格控制和监督。防止经济计划部门不顾当地水资源条件盲目争项目，搞"无水之炊"，造成恶性循环，导致一个地区水资源供需矛盾尖锐化，甚至影响整个地区经济发展和社会稳定。在水资源开发利用的历史进程中，21 世纪将是全面实现科学化管理的世纪。通过管理提高用水效益，缓解水资源供需矛盾，以确保社会、经济、环境的协调发展，奠定社会经济持续发展的物质基础。

(1) 节水管理体制不健全，缺乏有效的节水激励机制

农村节水与城市节水工作也是分割管理，水价形成机制不合理，水价偏低造成水的浪费严重。目前全国水费收入只能达到成本的 40% 左右。当前，我国的节水体制仍不健全，节水型社会建设试点主要采取以下两大经济激励措施：a. 积极建立完善合理水价形成机制。价格是市场经济的晴雨表，试点城市普遍实行超定额用水累进加价制度，充分发挥水价经济调节杠杆作用；b. 建立水权分配和流转机制。在建立合理的水权制度和初始水权分配制度的基础上，使得节水户能够将节约的水转让给其他用户并获得收益，通过这种利益的驱动促进水资源从低效益的用途向高效益的用途转移。

(2) 水行政执法机制不健全

虽然我国在水管理政策方面，已经提出了相应的法律、法规，但配套法规、规章不够完善，同时，还存在有法不依、执法不严、违法不究的现象。加上思想认识上存在障碍，致使水管理受到各方面的干扰，有制度而执行难的问题比较普遍。

(3) 城市水管理不统一，政府职能分散

中国城市的水管理体制较为复杂，在中央的政府机构中，"涉水"管理部门众多，因而素有"多龙治水"之称。其中，城市供水和污水处理的行业管理职能归属建设部，而在地方城市的机构组织中，城市供水和污水处理的行业管理职能归属各式各样，可谓五花八门。自1997年深圳成立水务局后，全国掀起一场"涉水"职能合并大行动，数百个县级水务局应运而生，一些城市也撤销水电局或水利局，成立水务局，将城市与水相关的所有管理职能都归属到水务局之下，而有些城市的"涉水"职能却极为分散，城市供水、城市排水管网、城市污水管理的管理分属不同的职能部门。

总体来看，中国的"涉水"管理体制存在一些缺陷。政府职能较为分散，造成了提供服务与监管职能的交叉重叠；政府有关部门之间责任不清，存在权力相争、责任不明的问题；管理体系不清楚，在很多城市里，水企业的政府分离工作尚未完成，造成了政府职能弱化且模糊的管理体系；管理程序繁冗、管理效率低下。对于已经成立水务管理机构的城市，由于政府权力过分集中，对政府缺乏有效的监管机制，管理的垄断性加剧，水管理的社会和资产投入率并没有得到改善，解决水管理的深层次问题仍然面临严峻的挑战。

（4）新科技、新理念欠缺与滞后

社会、经济的快速发展对水资源构成越来越大的压力，对水资源管理提出了更高的要求，而我国目前水资源管理观念还比较陈旧，技术创新不足。

2.3　城市水管理的原则与途径

2.3.1　城市水管理的原则

（1）布局合理

为了防止新的污染源和新的污染物的危害，必须做好规划评价工作，切实把好城市规划与工业规划这一关，将保护水源、防止污染，纳入建设规划和设计工作，使用水和排水布局合理，严禁一切超标污水、废水的排放。

（2）科学处理

水资源的开发必须做好水质水量的评价，遵照水的变化规律科学用水，处理污水要不断改革工艺，提高回收和利用中间产物和副产品的效率，大力发展一水多用，重复利用，循环利用技术，合理发挥环境容量和自净能力的作用。

（3）综合治理

已污染的水体要进行全面和综合的治理，以改善水质，采用多目标多约束条件的优化技术，建立完善的排水管网和污水处理设施。

（4）经济管理

保证控制水污染的费用与国民经济总产值的增长的比例，既发展生产又保护水源不受污染，安全用水与持续发展相结合，坚决执行国家环境质量标准和污染物排放标准，违反者，应按国家规定进行经济处罚，并令其治理。

（5）保护水源

坚持开源与节流并重的方针，继续加强对城市节约用水工作的宣传和领导，合理解决工农用水矛盾。加强水质管理，与经济、技术、环境、社会、政策和法令等各方面都密切相关，要全面监督、全面实施，才能收到良好的效果。

2.3.2　城市水管理的途径

（1）水质标准

水质保护是水资源管理的关键。由于城市本身的污染，使可利用水大为减少或根本无法利用，如不及时加以解决，到 21 世纪由于污染而造成的缺水的潜在危机将会越来越严重。

根据合理利用水资源，改善和保护各种水体的水质，确保环境安全，促进工、农业生产持续健康发展，保障人类健康等原则，制定一系列的水质标准，饮用水主要平衡考虑水中元素对人体及土壤的影响；农田用水、渔业用水主要保证水质对生物无害和保证质量、产量；工业用水要根据不同行业对水质要求的差异而定。

（2）水质监测指标体系

水质标准是水资源管理的一个组成部分，要了解水质好坏，是否达到用水标准，就要进行采样分析和监测工作，按照用水需要，选择水质监测指标，建立科学合理的水质评价指标体系，尤其要强调水质生物、生态监测与水质物理、化学监测的总和。

（3）合理的水价体系

合理的水价体系应包括水商品价格、水资源价格和排污收费价格三部分，但长期以来，人们一直把水利建设看成是一种浅公益性的福利事业，许多人和企事业对于水的利用毫无计划、节约可言，社会上存在着一种"贱水"心态，政府一直没有把工程供水作为商业来定价，收费仅为成本的一半或更少。这种水费价格与价值严重偏离，除导致了水利行业日益萎缩，难以维系之外，还导致了水的浪费异常严重。把市场机制引入供水管理中，逐步由福利水过渡到商品水，以达到水行业的良性循环，这也是解决水资源危机的关键所在。除了水费以外，尚应规定缴纳水资源费，即部分用户的供水不需供水工程供应，而是直接采取自然状态的水，如地下水等。征收水资源费可以保护水资源，防止无偿取用自然水，利用水资源费造林、涵养水源，以促进生态环境良性循环。若能适当提高污水排放收费水平，使之能反映使用环境的真正价格，从而使污染者处理污染物比不处理直接排放在经济上更为有利。

（4）水域保护

江河、湖泊、港湾、近海等水域为某些城市的工农业生产、水运、人民生活用水、水产、防护和旅游等提供了宝贵的资源，发挥了综合效益，提高了经济效益，促进了经济的发展。然而对水域的管理往往相对比较混乱，使水域的保护工作存在不少问题。如城乡工农业生产与水域争地，堆（排）放废弃物，阻碍行洪等。水域的保护只有通过管理的立法和执法的手段，实行科学管理来实现。同时针对不同水域的具体情况，制定与执行其发展目标相协调的管理、保护方案。

（5）宣传与合作

水涉及千家万户和各个领域，为了确保水量的稳定性，水质的优良性，充分发挥水资源的利用价值，必须使每个公民认识到水是宝贵的资源，水的储量是有限的，对人类的贡献是巨大的，政府应以节水为目标，广泛宣传。同时，注意同周围地区以及国际开展合作和双边交流，共同管理和保护好珍贵的水资源。

2.4 城市水管理的对象与任务

2.4.1 基础管理

（1）依法管水

有城市供水、城市节水、城市地下水管理的法规、规章，依法对用水单位定期全面进行检查，对节水各项工作进行管理。

（2）节水机构

由主管部门负责城市节水和城市地下水管理工作，市、区（县）、局（总公司）及用水单位都有专门机构或专人负责。

(3) 节水规划

依据本市总体规划，根据国家、省提出的编制节水中长期规划大纲的深度要求，编制完成本城市节水中长期规划，并经省级城市建设行政主管部门批准。

(4) 水资源利用

合理配置水资源，有条件的城市要积极开展污水处理回用设施和中水设施建设，使污水资源化。沿海城市鼓励使用海水资源，节约淡水资源。有全市水资源储量、分布情况等完整的资料。合理开发、调蓄地下水、地表水资源，有效控制用水量的增长。

(5) 城市地下水管理

根据水资源的中长期规划对城市地下水实行有效管理，征收城市水资源费，有计划地开发、利用和保护城市地下水，控制地面下沉，保证城市建设安全。

(6) 建立城市节水指标体系

要有科学合理的节水指标体系，有相应的统计报表制度，规范化的统计报表和科学合理的计算方法。统一使用建设部编制的城市节水和城市地下水管理规范性通用软件。

(7) 节水科研和设施建设

有计划、有组织地进行节水科研和节水设施建设，并落实资金来源渠道。新建、改建、扩建工程项目必须要求节水设施与主体工程同时设计、同时施工、同时投产使用。对浪费水的工艺、设备要有计划地进行更新改造。

(8) 节水器具

禁止使用国家明令淘汰的卫生洁具和其他浪费水的器具，优先选用国家推荐的定点产品。

(9) 定额管理

要建立科学合理的单位产品先进用水定额。城市主要产品的单位产品取水量要达到国内较先进水平。

(10) 节水科学管理

提高节水科学管理水平，运用微机等先进手段和水平衡测试等科学方法进行节水日常管理，使基础管理达到规范化、标准化。

2.4.2　城市水管理的对象

城市水管理的对象不仅仅是水资源本身，还应包括人类从事水资源开发利用和保护的全过程的不同环节，即城市水系统。该系统由城市水源、城市供水、城市用水和城市排水四个子系统组成，每个子系统又可分为若干个次一级的子系统，各子系统既自成体系，又彼此相关，不可分割。因此，城市水资源管理的对象实际上是一个动态的多目标系统，是涉及城市水资源开发利用和保护的复杂工程，不仅要用系统的观点、理论与方法去分析和解决水管理问题，还应按"系统"的原则去构架城市水管理的组织机构。

城市水系统的四个子系统分别如下。

(1) 城市水资源状态系统（水源系统）

该系统主体是地表水和地下水系统，土壤水源、海水、雨水和污（废）水也是现实和潜在的水源。该系统管理的主要任务是：a. 调查水资源的组成及空间分布；b. 监测水资源质与量的动态变化；c. 评价水资源质与量的状态；d. 预测水资源的变化趋势；e. 划分并设立水源保护区（带）；f. 防止水资源污染和水环境恶化；g. 开展水资源的人工调蓄，扩大补给；h. 合理控制水资源的开发利用；i. 制定水资源保护规划。

(2) 城市水资源开发系统（供水系统）

该系统是城市水资源管理的前提和基础，既要满足城市用水需求，又要考虑水资源、环境和经济的承受能力，其主体是供水系统。现阶段，我国城市供水系统由取水系统、净水系统、输水系统和配水系统四部分组成。该系统管理的主要任务是：a. 调查用水需求现状，预测用水需求发展趋势；b. 根据水资源和需求状况制定供水规划；c. 执行取水许可制度，优化确定取水点和取水量；d. 根据城市用水的不同需要，分质供水，按质计价；e. 对供水系统实行监测、调度和控制，保证安全供水；f. 防止供水设施渗漏，提高供水效率；g. 维护供水设施，降低供水成本，提高供水效益。

(3) 城市水资源利用系统（用水系统）

该系统管理的主要对象是用户的用水行为和用水过程，所以又称用水系统，主要是指生活用水、工业用水、市政用水、农业用水等。管理的主要任务是计划用水和节制用水，具体工作如下：a. 编制用水定额，确定用水指标；b. 根据供需情况，制订用水计划；c. 下达并检查用水计划执行情况；d. 普及用水计量，实施用水收费；e. 制订节水规划，落实节水措施；f. 组织开发、推广节水技术和节水器具；g. 加强节水宣传教育，提高公众节水意识。

(4) 污（废）水再生系统（排水系统）

该系统包括收集、处理、回用和排放。强调污（废）水的再生利用具有增加水资源供给、保护水资源和环境的积极意义。因此，重视对该系统的管理是个战略问题。对该系统的主要管理任务如下：a. 根据城市经济发展水平、水资源裕缺程度和生态环境特征制定排放标准；b. 编制城市排水规划，促进雨污分流制排水管网的建设；c. 加强对排水口的动态监测，严格执行"污染者付费"制度；d. 加强城市污水的集中处理和再生利用；e. 鼓励污（废）水分散处理与中水回用相结合；f. 开发、推广污（废）水处理的工艺、技术和设备。

2.5　城市水管理的战略模式

在过去的 20～30 年里，全球城市在水资源的规划、设计和管理方面发生了许多重大的变化。人类活动对环境的影响、潜在气候的变化、人口的膨胀、超大超市的发展等问题受到了人们越来越强烈的关注，人们迫切需要提出一个新的针对稀缺水资源综合管理的战略模式，以下是对长期水资源战略模式转变进行总结。

2.5.1　需求侧管理战略模式

面对"水资源极限"的家底，我国城市一定要"量水发展"，尤其是那些已是资源型缺水的城市，更应当以当地的水资源条件和水环境的承受能力为约束，严格控制用水的盲目增长，切不可耗尽"家底"，更不能透支"未来"，断子孙的"水路"，因为无节制增长的用水需求与水资源的有限性是格格不入的，是行不通的，因此控制用水需求无节制的增长，实行用水需求的总量控制是我国水资源现状所必需的，也是迫不得已的，必须改变传统的"以需定供"的模式为"以供定需"。

DSM 系英文 Demand Side Management 的缩写，译成中文为需方管理，有的译为需求侧管理，是近几年从西方引进的关于能源与管理的一种新的观念和方法，它把节能工作上升到管理的高度，有一些国家在电力行业推行需求侧管理，收到了明显的效果，美国多家研究机构系统地分析了能源需求侧管理的实施效果后，美国 90 年代 DSM 减少电力需求的三分之一以上。需求侧管理是一种可供选择的资源，称为需方资源。它以资源的最佳配置为目的，通过使资源两个侧面（供应侧和需求侧）达到最优组合的一种计划及其执行和监督的管理模式。它包括费用最小和费用最有效原则及综合资源规划（integrated resource plan，IRP）。费用最小和费用最有效原则：把需求侧管理的两个侧面放在同等重要的位置，进行优化、排列、组合，选出最佳资源配置，最小费用的满足用户需求。综合资源规划是一项综合技术，是实现资源计划的工具。通过综合考虑供需双方资源及上述资源的合理组合，制订出最优化的最小费用资源计划，选择最佳资源配置，最小费用的满足用户要求，使资源使用效率最高。

在市场经济条件下，为了健康地发展水工业事业，我们依据需求侧管理原理，以供水部门为主体，把供水部门和用户综合为一个有机的整体，在政府的干预和政策的扶持下，由供水管理部门采取行政、经济、技术措施，鼓励用户采取各种有效的节水技术，改变需求方式。推行需求侧管理，能够使供水部门系统运行条件得到改善，降低成本，提高运行效益，并且可以提高供水质量，明确供水部门不仅是商品水的生产者、经营者，更主要的是社会的服务者。用户可以因合理有效地利用水资源，减少水费支出，社会也因污水排放量减少和水资源减缓开发，充分利用，而使环境得以保护，水资源得以持续开发利用。同时，DSM 的目标在于减少水的需求，向零增长或负增长的目标努力，而且 DSM 促使工业用户实施清洁生产，最大限度地节约能源，节制用水，充分利用可再生能源。

在水工业中，实施 DSM 所采取的技术手段，可归纳为两大类，一类是用水管理，另一类是节水技术措施。对于用水管理，一是技术手段，如工艺改造技术；二是经济手段，即季节水价，超额加价。这对用户的节水必将起到积极作用。我国用水管理的现行政策主要依靠的还是强制性行政干预，即计划用水。计划用水在一定历史阶段，对解决水的供求矛盾确实产生过积极作用，为促进我国国民经济的发展做出了一定贡献。但是在市场经济的新形势下，计划用水显然有些不适应，因而应该采用技术限水方法。

DSM 是一项庞大的，设计供水部门、居民用户、工业企业用户的系统工程。它的实施大体可分为三个阶段，周期一般是 10 年（或 6～8 年），2～3 年可完成一个阶段过程。

第一个阶段为宣传、鼓励及 DSM 主计划的制订阶段。介绍 DSM 实施所带来的显著的经济效益和社会效益，以及 DSM 主要技术措施的内容。在我国，DSM 这一概念及其主要内容和实施机制对于公众、设备制造者、各级政府部门和供水部门而言，还是神秘而生疏的。因而第一阶段的首要工作是进行 DSM 的宣传和鼓励，包括免费提供技术资料，进行商业广告活动。此外，DSM 的技术设计方案包括了十分丰富的内容，大多代表了当代最新技术的主要实用方向。如何安排这些内容，使其发挥最大作用，在最小费用下能获取最大的经济利益，以及采用何种有效的交付机制，这些则是 DSM 主计划设计的工作任务。另外，再好的综合最小费用资源计划也得靠人去实施，更有赖于用户的积极参与和工商界的积极配合，以及随之而来的三方（供水公司、用户、工商界）DSM 费用投入及效益共担、共享问题。

第二阶段为实施示范工程阶段。示范工程在主计划设计阶段同时完成设计（含交付机制）。工业发达国家的经验是，没有示范工程或临近供水公司全面 DSM 实施的成功经验作保证，再好的 DSM 设计也不予批准，其目的是为了减少所建议的 DSM 全面实施的风险。在我国，除有与发达工业国家类似的风险之外，还有一种在工业发达国家所不常见，而在我国确实十分突出的风险来源，即节水产品的质量致命问题。特别是我国的劣质产品无孔不入，因此必须建立完善的防范措施。示范工程的技术措施内容应注意到 DSM 主计划建议的主要技术措施方案，使之有代表性。这一阶段的工作，一般在 DSM 出台后的第二年实施，为期一年。

第三阶段为 DSM 全面实施阶段。DSM 的主要技术措施如下。

① 供方侧　用水监控系统，减少水厂自用水量，减少输配管网漏失水量，降低处理成本及运行费用等。

② 需方侧　工业项目包括污水回用；中水利用；冷却水循环利用，提高重复利用率；海水利用；节水新工艺应用；工艺节水改造；水的串联使用；水冷改空冷；水的直流改为循

环以及清洁生产等。

生活项目包括节水型器具应用；建设中水道设施；提高公共设施冷却水的循环率；合理调整水价，用经济手段推动节水等。

农业项目包括低压管道灌水、喷灌、滴灌、微灌等节水农业灌溉技术；平整土地提高渠系利用率等。

供水公司应充分利用用水在时间上的分布，增加供水能力的利用，从而降低其供水成本。由于峰时水价和谷时水价比差较大，因而采取契约供水中鼓励使用谷水的措施，促进企业利用谷水的积极性，这就是 DSM 中的分时费率项目。根据契约规定，在用水低谷时，企业停一部分机组，使一部分水进入自备储水池储存，尽可能多用市政水网水；而在用水高峰期，自备水池放水。此外，供需双方信息联系应该快捷、畅通，能及时进行信息交换。因而，自备水池的停水和放水，能按数学模型在运行方式优化的条件下进行全自动控制，从而降低企业产品的万元产值取水量。当然，供水公司通过分时费率项目有效地利用了其供水能力，收益最大。

由于 DSM 的目标在于减少水的需求，向零增长或负增长（零增长或负增长是旨在保证城市需水量增长的条件下，供水能力不增长或负增长）的目标努力，因此，DSM 的受益者不仅仅是供水部门，它对用户、社会及水环境产生的效应是不可低估的。它不仅减少了水资源的需求量，更重要的是，最大限度地减少了因污染、缺水而造成的直接和间接经济损失。在缺水严重地区，节水的经济效益、环境效益和社会效益很大。

2.5.2　综合资源管理战略模式

20 世纪 80 年代中期，电力和燃气公用事业开始使用一种被称之为"综合资源规划"的综合规划方法。最近，为了把需求方和供给方的选择方案整合起来，供水公用事业对这个概念也比较感兴趣。IRP 方法将规划的临界标准和灵活性并入一个系统的规划过程中。虽然它考虑到不断变化的经济环境，制定了灵活的规划方案，但为了将成本减到最低，它仍强调选择方案的最低成本原则。IRP 方法也同时考虑了包括长期和短期可选择方案在内的需求和供给的选择项。这种方法引导使用了一种开放的和多方共同参与的规划过程，同时它也强调与水资源政策和规划相关的诸多机构之间的合作。它也对可选方案的外部成本和效益（称之为"外在因素"）进行了定性和量化，而且对每一个可选方案所固有的不确定性进行仔细考虑。

IRP 对于开发制定中的最佳用水管理计划而言并没有一个明确的程序。它只是一个概念性的方法，必须被进一步地开发为一种针对所存在问题的详尽规划编制方法。IRP 的主要原理要求把用水管理机构内部的和外部的规划活动综合起来，这是最关键的概念。在稀缺资源和竞争性领域里，对外部的制度政策进行考虑时要结合管理机构的内部目标。这样做既具有实际意义，也是政治上的需要。

IRP 的基本前提是：需要在一个较大的范围里整合传统的和新的供给方和需求方的可选方案。虽然可能有一个相对于单一目标函数和单一约束条件因素的特定可选方案，但不会有一个目标函数进行共同分析，以期对它们进行正确的加权和排列。于是每一个目标函数的排列都可以用于不同方案及数据分析。作为分析结果，IRP 就成为了唯一的和单独的成果；没有两个 IRP 是完全一样的。在每一个基本规划的假设、目标函数和约束条件的数据排列中都存在差别，而且决定其排列方法的公众参与的选择也会有差别。因此，IRP 通过修改，能够适应用水管理机构和一些区域性的特殊环境。它作为一种规划工具的优势在于它的灵活性、专一性和适应性。

IRP 非常专一，这也使得它非常有效。世界各地的用水管理机构正面临着与过去完全不同的供水问题。无论何处，即使在那些"丰水"地区，虽然可获得大量的供水，但其中一部分早已经不适合再使用了。环境的制约、政治现实、经济上的可行性问题以及民众的意愿，所有这些改变了传统的供水规划模式。敏感的规划方法，例如 IRP，能够为供水公用事业和它们的管理者提供指导，同时也为整个社区在给定的管理机构和管理区域内采用最佳的供水选择方案有效地贯彻执行。因为 IRP 反映了多种需求和约束因素，所以它是解决区域性供水难题的一个理想的规划方法。

越来越多的实践表明，需求侧管理策略与 SSM（supper side management）的综合资源管理战略（integrated resource management，IRM）可以有效地提高用水效率，正逐渐为多数国家所接受和采纳。IRM 在促进节水、减少污水排放、缓解水生态环境恶化等方面具有明显的成本优势。用水系统整体效率的改进，还具有减少或推迟供水基础设施建设、减轻政府资金负担的作用。实施 IRM 的关键在于对可选方案的风险和不确定性控制。增强对用水规律的认识是降低风险和不确定性的重要途径。

2.6　城市水管理的目标与手段

城市水管理，必然有明确的系统目标，那就是：要充分利用城市水资源的可恢复性和可再生性特征，通过综合手段，加强科学管理，最大程度地降低或消除因城市水资源固有的脆弱性带来的不利影响，使有限的城市水资源得到持续合理地开发利用，以满足因城市社会经济持续发展和城市居民生活水平不断提高而持续增长的用水需求，并产生最大的资源效益、环境效益、经济效益和社会效益。实现该系统目标应采取的综合手段主要包括技术、经济、法律、政策、教育和行政六个方面。

(1) 技术手段

技术手段的主要功能是提高管理水平和管理效率。以系统论、信息论和控制论等现代理论为基础发展起来的信息技术、模拟技术、优化技术、决策技术和监控技术是城市水管理中必不可少的重要手段。

建立监测系统，利用各种监测手段对污染源排放的主要污染物进行定期监测，实行排污监督；建立废水无害化处理技术系统，目前生物处理技术已经相当成熟，污水经过二级处理或深度处理后，可达到排放标准或进行回收利用；建立资源化处理利用系统，包括企业内部、外部的资源化系统和外环境的资源化系统（氧化塘系统、污水养鱼系统、生态农场系统等）；建立控制水污染物排放量的方法，如污染物浓度控制法、污染物总量控制法、排放地点控制法等。

同时，计算机技术的发展为这些技术应用创造了条件。近年来，我国有近百个城市在水资源、供水、节水和污水处理等领域的管理工作中不同程度地应用了上述技术，取得了一些成果。

(2) 经济手段

经济手段的主要功能是通过经济杠杆调整用水结构，促进合理用水；激励节水，减少浪费，提高用水效益。主要措施如下。a. 制定水收费制度，适当提高水价。凡是一切用水单位及个人均应根据用水水质、水量，水的开发、输送、处理，水的环境经济价值缴纳水费，对超出定额用水标准的部分，累计收费，以此促使节约用水。b. 制定排污收费制度。排污收费在国外早已成为一种普遍的制度，排污收费制度有两种概念：一是指排入城市下水道系统（包括处理系统），有关部门向排放者收取污水接纳费及处理费，即"用户付费"；二是指直接向自然水体排放废水（经处理或未经处理）所必须担负的经济义务，即"污染者付费原则"。

在市场经济条件下，合理利用城市水资源也必须按价值规律办事，其首要任务是制定合理水价。合理水价应由以下几个部分组成：a. 制水、供水直接成本（包括水资源费）；b. 企业资产折旧、投资回报；c. 排水与污（废）水处理费用；d. 水资源保护与水环境恢复费用；e. 国家税收；f. 供水企业的一定赢利。

合理水价是动态的，是随时空不同而变化的，制定时要考虑：a. 水资源供给与需求的裕缺程度；b. 不同用水户的用水需求和经济承受能力；c. 不同用水行业的用水需求和行业发展优先次序；d. 不同的水质和不同的用水目的；e. 用水量的季节变化。合理水价要体现优质优价，要实行基本水价与阶梯式递增水价相结合的制度。

（3）法律手段

法律最具权威性，是强制性的管理手段。以法治水是社会进步的必然趋势，是现代社会的客观要求。具体法律措施如下。①制定国家、地区水污染控制法。我国已经制定的有关法律有：《生活饮用水卫生标准》——最新修订标准为《生活饮用水卫生标准》（GB 5749—2006），于 2007 年 7 月 1 日起实施；《工业"三废"排放标准》（1973）；《污水综合排放标准》——最新修订标准为《污水综合排放标准》（GB 8978—1996）；《地面水环境质量标准》（1988）以及《水污染防治法》，最新《水污染防治法》在 2008 年 2 月 28 日，十届全国人大常委会第三十二次会议对原水污染防治法予以了全面修订。②制定并实行取水、用水、排水许可证制度，只有对水资源、水源、污染排放等各个环节都实行严格的管理，才有可能杜绝任意动用地面水源，任意开采地下水和任意排水。③制定各种有关标准，如按产品、品种单耗标准；按产品、品种制定排放物的经济、可行、有效的浓度标准；按环境容量制定区域污染物总量控制标准等。虽然这些标准不是法律，但属于强制性管理措施，应逐步纳入生产管理体系中，违反者应按轻重受到行政上或经济上的处理。

法律措施应由执法单位贯彻执行，并通过建立和健全相应的环境法庭、环境警察等机构和执法人员，来保证法律措施的顺利执行。目前为止，我国在立法方面已做了大量工作，现行法规的系统性、科学性和合理性还有待于执法实践的检验，有待于进一步修改、充实和完善。

（4）政策手段

政策是行政管理的依据。通常情况下，技术和经济手段也要通过相应的政策（如技术政策、经济政策等）的制定和贯彻来实施。

（5）教育手段

教育与宣传密不可分。宣传教育是城市水管理的重要手段，主要任务是：强化社会公众的资源、环境和生态意识，提高节制用水和保护水资源的自觉性；加强管理队伍建设，提高队伍素质和管理水平；转变传统观念，提高公众对诸如中水回用、污（废）水再生利用、水费涨价等新生事物的心理承受能力。

（6）行政手段

行政手段是现代城市水管理中采用的主要手段，也是其他各种手段具体实施的关键环节，是任何时候、任何情况下都离不开的一种管理手段。所不同的是，行政管理在不同的时期有不同的特点。在管理的初期，行政管理带有一定的经验性，管理的正确与否取决于管理者个人的素质与决策水平，因此，主观片面性在所难免。随着技术、法律等的引入，行政管理将逐渐向规范化、科学化和法制化过渡，最终将发展成为以行政执法为主体的科学管理。具体的行政措施如下：a. 建立和健全水环境管理的行政机构，由水管理机构负责制定区域、流域、水域的各种水环境保护政策、方针、法令、标准和制度；b. 编制区域、流域、水域各种水资源保护和利用的总体规划，统筹安排水资源的分配，制定水污染控制规划和措施。c. 建立水环境监测机构，形成分级监测网络系统；d. 运用计划管理手段，对各个水污染源，根据其技术与管理水平，规定污染源排放指标，或者规定单位产品排污指标等，并且进行定期检查和考核。

2.7 城市水管理体制及运行机制

城市水管理体制是城市水管理的核心，水资源管理必须纳入国家开发的长远规划，水战略必须与更广泛的目标相结合——食品卫生、健康的良好的生态环境，这样才能更好地管理水，形成水的良性自然循环与社会循环。

《中华人民共和国水法》中明确规定："国家对水资源实行统一管理与分级分部门管理相结合的制度"，为实行这一制度而配套颁布的《城市供水条例》是城市水管理现行体制的法律基础。我们必须终止单纯按不同用途分块管理水的办法，从而开始进行系统的水管理，也就是部门间协调管理。我们已经认识到开发综合水资源管理体系的效益，在城市水资源开发利用和保护过程中，用水系统是消费系统，是龙头；供水系统是核心，是体现水资源商品价值的最终环节；水源系统是供水系统的源泉；排水系统既是水源的补充系统，又是水源的破坏因素，同时也是潜在的供水系统。节制用水是联系各个系统的纽带，通过节制用水，用水系统的用水结构更加合理化、用水效率更高，同时既减轻了供水系统的供水压力，又减少了污水的产生量，使四个系统步入良性循环的轨道。由此可见以节制用水为核心的城市水管理体系与各系统间关系非常密切，因此，对四个系统实行一体化管理，实行节制用水，提高综合效率、发挥整体效益是21世纪城市水管理的必然趋势。"一体化管理机构"并不是说城市水管理必须只能由一个机构来行使，而是强调管理水的政府职能应尽可能集中在城市政府的某一个机构，暂不能集中的城市应通过地方立法或政府授权，强化某一机构的协调能力，机构的管理对象应是城市水源、供水、用水、排水、节水和污水处理的整个"城市水系统"，也就是城市水管理开发利用和保护的全过程。要处理好宏观管理与微观管理、整体管理与局部管理的关系；要把管理的责任和权利真正落实到城市。

另外，水在相互竞争的用户间的分配在一定程度上应由市场和水价来改善与完成。许多国家已经从水是免费的、可再生的资源的观念转变过来，看到水的经济价值和越来越少的趋势，并着手修改国家政策，加强激励机制、定价和管理。

参 考 文 献

[1] 刘俊良等. 城市用水健康循环及其可持续城市水管理体系探讨. 中国给水排水，2003.

[2] 严伟，邵益生. 中国城市水价. 北京：中国建筑工业出版社，2006.

[3] 胡爱军. 城市节约用水若干对策的研究：[硕士论文]. 上海：同济大学，2002.

[4] 国外建设节约型社会概览. 中国党政干部论坛. 2005.

[5] 朱尔明，赵广和主编. 中国水利发展战略研究. 北京：中国水利水电出版社，2002.

[6] 万育生，张继群，姜广斌. 我国水资源管理制度的研究. 中国水利，2005.

[7] 朱雪宁. 我国解决水资源短缺的现有政策及对其评价. 经济研究参考，2005.

[8] 吴佩林. 我国城市节约用水的潜力和对策分析. 山东理工大学学报，2005.

[9] [英]赛度·马克斯毛维克，[法]约瑟·阿伯塔·特加大-古波特，陈吉宁编著. 城市水管理中新思维——是僵局还是希望. 北京：化学工业出版社，2006.

[10] 褚俊英，陈吉宁著. 中国城市节水与污水再生利用的潜力评估与政策框架. 北京：科学出版社. 2009.

[11] 褚俊英，王浩，秦大庸等. 我国节水型社会建设的主要经验、问题与发展方向. 中国农村水利水电，2007.

[12] 由文辉. 上海的水资源管理和保护. 长江流域资源与环境，1999，8 (4).

[13] [美]杜安·戴维·鲍曼，[美]约翰·J·波朗特编著. 城市需求管理与规划. 北京：化学工业出版社，2005.

3 城市节水有关术语及考核指标

3.1 城市节水有关术语

了解并掌握节水相关术语，有助于科学准确地分析城市节水目标、节水指标及节水举措，对于深入研究节约用水规划，考核节水水平具有十分重要的意义。

(1) 城市水资源

城市一切可被利用的天然淡水资源，从广义上讲还应包括海水和可再生利用水。

(2) 当地水资源

当地水资源指流经城市区域的水资源、储存在城市区域或在该区域内被直接提取的水资源和可再生利用的废（污）水资源。

(3) 外来水资源

外来水资源指通过引水工程从城市区域以外调入的地表水资源。

(4) 水资源合理配置

水资源合理配置可以定义为：在一个特定流域或区域内，以有效、公平和可持续的原则，对有限的、不同形式的水资源，通过工程与非工程措施在各用水户之间进行的科学分配。

水资源合理配置从广义的概念上讲就是研究如何利用好水资源，包括对水资源的开发、利用、保护与管理。

水资源的合理配置是由工程措施和非工程措施组成的综合体系实现的。

根据稀缺资源分配的经济学原理，水资源合理配置应遵循有效性与公平性的原则，在水资源利用高级阶段，还应遵循水资源可持续利用的原则，即有效性、公平性和可持续性应是水资源合理配置的基本原则。

(5) 水资源管理一体化

水资源管理一体化是指水资源放在社会-经济-环境所组成的复合系统中，用综合的系统方法对水资源进行高效管理。

(6) 水资源的需求管理

水资源的需求管理是指综合运用行政的、法律的和经济的手段来规范水资源开发利用中的人类行为，从而实现对有限水资源的优化配置和合理利用。它强调把水资源作为一种稀缺的经济资源，对水资源的优化利用应着眼于现存的水资源供给，不是自发地向新的供水能力投资以满足未来对水的要求。

(7) 水资源的供水管理

水资源供水管理是原有的或者说是一种传统的管理方法，其主要特征是根据工农业用水需求，建设大中型水利工程来实现水资源供需平衡。供水管理最大的缺陷是忽略了用水者节水的可能性，它将水资源供需矛盾的解决寄托在水资源供给上，其结果是水资源的浪费和低效。

(8) 自建供水设施

自建供水设施指用水单位以自行建设的供水管道及其附属设施，主要向本单位的生活、生产和其他各项建设提供用水的设施。

（9）城市公共供水

城市自来水供水企业以公共供水管道及其附属设施向单位和居民的生活、生产和其他各项建设提供的用水。按用水性质分为工业用水、生活用水和城市建设用水。生活用水包括商业用水、机关事业单位用水（含部队、院校等）和居民用水。

（10）地区供水总量

地区供水总量是指一定计算期内，通过供水设施供给本地区的地下水、地表水、海水（包括直接利用的海水及淡化海水）、经处理后回用的污水及外调的水量总和。

（11）工业供水总量

工业供水总量是指一定计算期内，地区供水总量中用于工业生产的水量。具体为乡及其以上工矿企业的生产过程中，用于制造、加工、冷却、净化、洗涤和锅炉等方面的供水。

（12）生活供水总量

生活供水总量是指一定计算期内，地区供水总量中用于居民生活的水量。具体为居民生活供水及城市公共设施供水的总和。

（13）自来水供水总量

自来水供水总量是指一定计算期内，城市自来水厂供出的全部水量，包括有效供水量及损失水量。计算公式：

$$G_{自来水} = 有效供水量 + 损失水量$$

（14）自来水供水能力

自来水供水能力是指城市现有自来水厂设计每日供水能力之和。计算公式：

$$自来水供水能力 = 全部自来水设计每日供水能力之和$$

（15）自来水日均供水量

自来水日均供水量是指自来水厂报告期内平均每日的供水量。计算公式：

$$自来水日均供水量 = 报告期内自来水供水总量 \div 报告期天数$$

（16）自来水最高日供水量

自来水最高日供水量是指自来水厂报告期内供水量最高一天的供水量。计算公式：

$$自来水最高日供水量 = 报告期内供水最高峰日的供水量$$

（17）自来水供水漏失量

自来水供水漏失量是指一定计算期内，通过自来水管网供水过程中，由于输配水管道漏损等原因造成由水厂供给的总水量与用水户实际使用的总水量之差。计算公式：

$$自来水供水漏失量 = 净水厂供给总水量 - 用水户实际使用总水量$$

（18）自备井供水总量

自备井供水总量是指一定计算期内，自备井供水单位的自备井供应水量之和。计算公式：

$$G_{自备水} = 各单位自备井供给水量之和$$

（19）城市用水相对经济年增长指数≤0.5

城市用水相对经济年增长指数是指城市用水年增长率与城市经济（国民生产总值）年增长率之比。计算公式：

$$城市用水相对经济年增长指数 = 城市用水年增长率 \div 城市经济年增长率$$

（20）城市取水相对经济年增长指数≤0.2～0.25

城市取水相对经济年增长指数指城市取水年增长率与城市经济（国民生产总值）年增长率之比。计算公式：

$$城市取水相对经济年增长指数 = 城市取水年增长率 \div 城市经济年增长率$$

（21）万元国内生产总值（GDP）取水量降低率≥4%

万元国内生产总值取水量降低率是指基期与报告期万元国内生产总值（不含农业）取水量之差与基期万元国内生产总值取水量之比。计算公式：

万元国内生产总值（GDP）取水量降低率＝（基期万元国内生产总值取水量－报告期万元国内生产总值取水量）÷基期万元国内生产总值取水量×100%

（22）计划用水管理，城市计划用水率≥95%

城市计划用水率是指在一定计量时间内（年），计划户取水量与城市非居民有效供水总量（自来水、地下水）之比。计算公式：

城市计划用水率＝城市计划用水户取水量÷城市非居民有效供水总量×100%

（23）工业节水

① 工业用水重复利用率≥75%　工业用水重复利用率是指在一定的计量时间（年）内，生产过程中使用的重复利用水量与总用水量之比。计算公式：

工业用水重复利用率＝重复利用水量÷（生产中取用的新水量＋重复利用水量）×100%

② 间接冷却水循环率≥95%　间接冷却水循环率是指在一定的计量时间（年）内，冷却水循环量与冷却水总用水量之比。计算公式：

间接冷却水循环率＝冷却水循环量÷（冷却水新水量＋冷却水循环量）×100%

③ 锅炉蒸汽冷凝水回用率≥50%　锅炉蒸汽冷凝水回用率是指在一定计量时间（年）内，用于生产的锅炉蒸汽冷凝水回用水量与锅炉产汽量之比。计算公式：

锅炉蒸汽冷凝水回用率＝锅炉冷凝水回用量÷（锅炉产汽量×年工作小时数）×水密度×100%

④ 工艺水回用率≥50%　工艺水回用率是指在一定的计量时间内，工艺水回用量与工艺水总量之比。计算公式：

工艺水回用率＝工艺水回用量÷工艺水总量×100%

⑤ 工业废水处理达标率≥75%　工业废水处理达标率是指经处理达到排放标准的水量占工业废水总量之比。计算公式：

工业废水处理达标率＝工业废水处理达标量÷工业废水总量×100%

⑥ 工业万元产值取水量递减率（不含电厂）≥5%　工业万元产值取水量递减率是指基期与报告期工业万元产值取水量之差与基期工业万元产值取水量之比。计算公式：

工业万元产值取水量递减率＝（基期工业万元产值取水量－报告期工业万元产值取水量）÷基期工业万元产值取水量×100%

（24）自建设施供水（自备水）

① 自建设施供水管理率≥98%　自建设施供水管理率是指各城市法规及政府规定已经管理的自备水年水量与要管理的自备水年水量之比。计算公式：

自建设施供水管理率＝已经管理的自备水年水量÷应管理的自备水年水量×100%

② 自建设施供水装表计量率达到100%　自建设施供水表计量率是指自备水纳入管理范围内已装表与应装表计量水量之比。计算公式：

自建设施供水装表计量率＝自备水已装表计量水量÷自备水应装表计量水量×100%

（25）城市水环境保护

① 城市污水集中处理率≥30%　城市污水集中处理率是指在一定时间（年）内城市已集中处理污水量（达到二级处理标准）与城市污水总量之比。计算公式：

城市污水集中处理率＝城市污水集中处理量÷城市污水总量×100%

② 城市污水处理回用率≥60%　城市污水处理回用率是指在一定时间（年）内城市污水处理后回用于农业、工业等的水量与城市污水处理总量之比。计算公式：

城市污水处理回用率＝城市污水处理后的回用水量÷城市污水处理总量×100％

(26) 城市公共供水

① 非居民城市公共生活用水重复利用率≥30％　非居民城市公共生活用水重复利用率是指在一定计量时间（年）内，扣除居民用水外的城市公共生活用水的重复利用水量与总用水量之比。计算公式：

非居民城市公共生活用水重复利用率＝重复利用水量÷（生活用新水量＋重复利用水量）×100％

② 非居民城市公共生活用水冷却水循环率≥95％　非居民城市公共生活用水冷却水循环率是指在一定计量时间（年）内，冷却水循环量与冷却水总用水量之比。计算公式：

非居民城市公共生活用水冷却水循环率＝冷却水循环量÷（冷却用新水量＋冷却水循环量）×100％

③ 居民生活用水户装表率≥98％　居民生活用水户装表率是指按宅院、门楼计算，已装水表户数与应装水表户数之比。计算公式：

居民生活用水户装表率＝已装居民生活（宅院、门楼）户表数÷应装居民生活（宅院、门楼）户表数×100％

④ 城市自来水损失率≤8％　城市自来水损失率是指自来水供水总量之差与供水总量之比。计算公式：

城市自来水损失率＝（供水总量－有效供水量）÷供水总量×100％

(27) 自备井供水能力

自备井供水能力是指自备井供水单位的自备井每日可供水量。计算公式：

自备井供水能力＝各单位自备井每日可供水量之和

(28) 自来水有效供水量

自来水有效供水量是指一定计算期内，城市自来水用水户的总取水量。计算公式：

自来水有效供水量＝城市自来水用水户取水量之和

(29) 自来水有效供水率

自来水有效供水率是指自来水有效供水量与其供水总量对比的相对指标。计算公式：

有效供水率＝（有效供水量÷供水总量）×100％

(30) 水价

水价是指用户使用自来水时每吨自来水需交纳的费用。

(31) 不变价格

在计算不同时期的总产值时，采用同一时期或同一地点的产品价格。

(32) 自来水价格成本比

自来水价格成本比是指自来水供应价格与供水成本的比值。计算公式：

自来水价格成本比＝（自来水供应价格÷供水成本）×100％

(33) 水表普及率

水表普及率是指城市已安装水表总户数与城市用水户总户数之比。计算公式：

水表普及率＝（城市已安装水表总户数÷城市用水户总户数）×100％

(34) 城市供水有效率

城市供水有效率是指报告期（通常为年）内，城市用水户的总取水量（有效供水量）与城市净水厂（包括工业自备水源）供给的总水量（供水总量）的比值。

城市供水有效率是评价城市供水有效利用程度的重要指标，是城市节约用水指标的主要组成部分。自来水漏损量与净水厂厂供出的总水量的比值称为漏损率，漏损率的大小据城市供水管网的长短不同和管网的新旧程度不同而不同，我国城市供水的漏损率是相当大的，一般都大于10％左右，特别是部分城市由于管网陈旧失修，从而使管网供水的漏损量较大，这部分损失的水量是一种无形的浪费，加强管网的维护和管理，减少漏损量，降低漏损率，提高城市供水有效率是城市节约用水工作的重要内容之一。

(35) 取水量或新水量（Q_f）

取水量是为使工业生产正常进行，保证生产过程对水的需要或保证城市居民正常生活，而从各种供水系统中实际引取的新鲜水量。新鲜水同时具有被第一次使用与来自天然淡水水源之意。在此，取水量有别于给水排水工程中的所谓取水量。

(36) 用水量（Q_t）

用水量有时也称总用水量，它是一定期间内某用水系统中的用水总量。工矿用水量是工矿企业完成全部生产过程所需要的各种水量的总和，包括重复循环利用水量和补充水量。对城市住宅生活用水而言，因水都直接使用、排放，故习惯上所谓城市住宅生活用水是指全部为补充水量——取水量或新水量。

(37) 循环水量（Q_{cy}）与循环率（P_{cy}）

循环水量亦称循环利用水量，它是一定期间内某用水系统中用水设备自身动态的循环用水量。在工业用水系统中大量地水被循环利用。水被循环利用的程度以循环率表示，即某一用水系统中循环利用的水量占系统用水量的百分比。

(38) 回用水量（Q_s）与回用率（P_s）

回用水量是指一定期间某用水系统的排放废水经净化处理再回用于系统内部某些用水过程的水量。水的回用程度通常以回用率表示，即某一用水系统中回用的水量占系统用水量的百分比。

(39) 重复利用水量（Q_r）与重复率（P_r）

重复利用水量是指同一用水系统中一定时期内，某些用水设备的排水再次或多次用于其他设备的水量。水的重复利用程度通常以重复率表示，即某一用水系统中重复利用水的总量占系统总用水量的百分比。计算公式：

$$重复率＝\sum 重复用水量 \times 重复次数 \div 系统总用水量 \times 100\%$$

(40) 总用水量

总用水量是指一定期间内某用水系统中用水总量，包括取用新鲜水量、循环水量、回用水量和重复用水量。

(41) 再用水量与再用率

再用水量是指一定期间内某用水系统中循环用水量、回用水量和重复用水量之和。再用率为再用水量占总取水量（新鲜水）的百分比。

(42) 新鲜水率

新鲜水率是指一定期间内某用水系统中取用的新鲜水总量占总用水量的百分比。

(43) 水有效利用倍数

水有效利用倍数是指一定期间内某用水系统中总用水量与取用新鲜水总量的比值。

(44) 水资源率

水资源率是反映水资源合理开发程度的指标。

水资源率的定义为现状 $P=75\%$ 保证率下的供水量与总资源量之比。水资源总量是指一个地区降水形成的地表水和地下水的产水量。地表水资源量是指河流、湖泊、沼泽等水体的动态水量，包括当地地表径流和河流入境水量。地下水资源量指地下含水层的动态水量，用地下水补给量来表示。

不同地区的水资源的总量不同，水资源总量制约着地区的用水总量，制约着地区的经济发展，对地区的产业结构也有很大的影响。我国幅员辽阔，水资源分布很不均匀，南北丰枯不一，而且存在着明显的季节性差异。

城市水资源的开发和利用，随着城市的发展而不断扩大。就水资源而言，它是有限的经济资源，对一个城市来说，在一定的技术经济条件下，城市的水资源存在着一个极限容量，只要在人口和经济上没有重大突破，极限水资源容量就会在长时期内保持相对稳定。因此城市水资源的开发和利用绝不能超越这个极限，而要实现不超越这个极限，又要使城市的供水能力能够满足城市的用水需求，那么，就要一方面控制对水资源的过量开采，保持一定的水资源率，做到合理开发和使用，另一方面必须加强节约用水的力度，建立节水型城市，否则就会破坏供需平衡，破坏水资源的再生平衡，使资源逐步枯竭。

(45) 耗水量（V_c 或 Q_c）

对于工业用水而言，耗水量是指一定期间内某工业用水系统生产过程中，由蒸发、吹散、直接进入产品，污泥等带走所消耗的水量。

(46) 排水量（V_d 或 Q_d）

排水量是指一定期间内某用水系统排放出系统之外的水量，它包括生产与生活排水量。

(47) 补充水量

补充水量包括一定期间内用系统取得的新水量与来自系统外的回用水量。对城市生活用水而言，补充水量即取水量或新水量。

(48) 城市生活用水

在城市用水中扣除工业用水（包括生产区生活用水）之外所有用水的统称，简称生活用水、综合生活用水或总生活用水。它包括城市居民住宅用水、公共建筑用水、市政水、环境、景观与娱乐用水、供热用水及消防用水。

(49) 城市居民住宅用水

城市居民（通常指城市固定人口）在家中的日常生活用水，亦称居住生活用水、居民生活用水等。它包括冲洗卫生洁具、洗浴、洗衣、炊事、烹调、饮食、清扫、浇洒、庭院绿化、洗车和其他用水及室内的漏失水。

(50) 公共建筑用水

公共建筑用水包括机关、办公楼、学校（包括集体宿舍）、医疗卫生部门、文化娱乐场所、体育场馆、宾馆、旅店及商贸服务行业用水，其中相当一部分属第三产业用水。

(51) 市政用水

市政用水包括浇洒街道与公共场所用水，绿化用水，补充河道、人工河湖、池塘保持景观和水体自净能力的用水，人工瀑布和喷泉用水，划船、滑水（冰）、涉水与游泳等娱乐用水等，简称市政用水。

(52) 城市公共市政用水

城市公共市政用水又称城市大生活用水，是公共建筑用水与市政用水的统称。

(53) 万元国民生产总值取水量

万元国民生产总值取水量是指产生每万元国民工业生产总值所取用的新水量。城市万元国民生产总值是综合反映一个城市经济实力的指标，是宏观的总量指标，而万元国民生产总值取水量则是综合反映在一定的经济实力下城市的宏观用水水平的指标。

该指标的定义及计算公式与城市水资源统计指标中的相同，该指标忽视了城市经济结构的影响。

(54) 万元工业产值取水量减少量

万元工业产值取水量减少量是指基期万元工业产值取水量减去报告期万元工业产值取水量的差值。

在城市用水中，工业用水占绝大部分，工业用水的合理与科学程度直接影响城市总体用水的合理与科学程度。"万元工业产值取水量"常用来反映城市工业用水宏观水平的指标，但是由于万元工业产值取水量受产品结构、产业结构、产品价格、产品加工深度等因素的影响较大，所以该指标的横向可比性较差，有时难以真实反映用水效率和科学评价其合理用水程度，因此城市间不宜使用该指标进行比较。

"万元工业产值取水量减少量"指标淡化了城市工业内部行业结构等因素的影响，适用于行业间的横向对比，也适用于城市间的横向对比，但不反映城市、行业的节水水平。

（55）第二、三产业每万元增加值取水量

第二、三产业每万元增加值取水量是指在报告期内（通常为年），城市行政区划分（不含市辖县）取水总量增加量与行政区划（不含市辖县）第二、三产业增加值之和的比值。

按照国家统计局《关于建立第三产业统计的报告》通知中规定的第一、二、三产业的划分标准，第二、三产业分别是指除农业外的工业、建筑业和除农业、工业、建筑业外的其他各业。显然第二、三产业是城市经济的主体。我国城市缺水的矛盾比较突出，许多城市因缺水而限制了城市经济的发展。"第二、三产业每万元增加值取水量"指标综合反映城市的用水效率，是评价城市用水效率的重要指标，提高用水效率是节约用水的一个重要方面，以较小的用水量创造较大的经济效益。

（56）城市人均日生活用水取水量

城市人均日生活用水取水量是我国城市民用水统计分析的常用指标，也是国外城市用水统计的内容。随着城市经济的发展，城市居民生活水平的不断提高，人民居住条件、卫生条件和社会环境条件的逐步改善，城市居民日常生活和福利设施的用水量、市政用水量等将不断增长。城市人均日生活取水量的多少从一个侧面反映城市居民生活水平及卫生、环境质量，但绝不是越高越好，目前我国城市居民生活用水的许多方面还存在着浪费现象，通过推广各种节水器具、设施以及加快城市水资源的开发利用，节约生活用水还是有潜力可挖的。

但是我国地域广阔，地理、气候条件差异较大，用水习惯有所不同，不同城市应有不同的生活合理用水标准，如何考核和评价城市生活用水的合理程度还需进一步研究。制定合理的城市生活用水标准对城市生活节约用水具有重要意义。

（57）第二、三产业每万元增加值取水量降低率

第二、三产业每万元增加值取水量降低率是指基期与报告期的第二、三产业每万元增加取水量的差值与基期第二、三产业每万元增加值取水量之比。

"第二、三产业每万元增加值取水量降低率"指标与"第二、三产业每万元增加取水量"指标不同的是该指标排除了城市间产业结构不同的影响，具有城市间的可比性。

"第二、三产业每万元增加值取水量降低率"的高低反映城市节水工作的好坏，通过本指标能清楚地表明城市节约用水、计划用水的开展程度。同样对国家来讲，通过本指标，从宏观上也可评价国家节约用水与计划用水的执行情况。

（58）工业用水结构系数

首先将一定数量的城市工业产值分行业汇总，求出各行业产值在累计产值中的比重。以此作为用水结构的对比标准，并选择工业行业节水水平对比标准作为水量的计算依据。把参加分析的某城市工业总产值按结构对比标准进行行业分配调整，调整后的分行业产值乘以节水水平对比标准，求出未经行业结构调整的工业取水量，未经结构调整的工业取水量与经过结构调整的工业取水量的比值即为工业用水结构系数。

以此系数表示城市工业队取水量的影响。其计算公式如下：

$$J_x = \frac{\sum_{i=1}^{n}(C_i q_i)}{\sum_{i=1}^{n}(C_{ti} q_i)}$$

式中，J_x 为工业用水结构系数；C_i 为某城市某年的 I 行业产值，万元；q_i 为工业行业节水水平对比标准，$m^3/$万元；C_{ti} 为结构调整后的 I 行业的产值，万元；n 为工业行业分类

数，按国家统计局规定划分，一般为 15 个。

(59) 节约用水（water conservation）

节约用水是指通过行政、技术、经济等管理手段加强用水的管理，调整用水结构，改进用水工艺，实行计划用水，杜绝用水浪费，运用先进的科学技术建立科学的用水体系，有效地使用水资源，保护水资源，适应城市经济和城市建设持续发展的需要。这里，节约用水的含义已经超过了节省用水量的意义，它包括水资源（地表水和地下水）的保护、控制和开发，并保证其可获得的最大水量进行合理经济利用，也有精心管理和文明使用自然资源之意。还包括有关立法、水价、管理体制等一系列的行政管理措施。

(60) 节水率

"节水率"指标是最直接体现城市节约用水工作的成效，反映城市节约用水水平的指标。

"节水率"的定义是：报告期内，城市节约用水总量与城市取水总量之比。从节水率的定义可知，节水率不同于节水计划完成率，节水计划完成率的大小和节约用水管理部门制订的计划值的高低直接相关，计划值的高低决定了完成率的高低，而目前我国各城市的用水定额的水平高低不同，则根据定额制订的计划值的水平也不同，计算出的节水计划完成率在城市间就没有太大的可比性。节水率不受计划的影响，直接和节水量相关，而节水量是城市实际节约的实实在在的水量，因此节水率指标是体现城市节约用水工作的成效，反映城市节约用水水平的重要的指标之一。

(61) 计划节水量

计划节水量是指一定计算期内，城市节水管理部门对计划用水户按用水定额核定的节水量。

(62) 节约用水量

节约用水量是指一定计算期内，计划用水户实际用水量低于核定计划用水量的水量。

(63) 节水计划完成率

节水计划完成率是指实际节水量占计划节水量的百分数，用以检查节水计划的完成程度。

(64) 节水指数

节水指数是指计算以一定数量城市的工业各行业平均万元产值取水量作为行业节水水平对比标准，分别乘以参加分析的某城市工业分行业产值，求出分行业取水量，经累计后作为对比取水量，然后再与该城市工业实际取水量比较，实际取水量与对比取水量的比值。

当节水指数小于 1 时，说明该城市工业节水水平高于对比标准；当节水指数大于 1 时，说明该城市工业节水水平低于对比标准。节水指数的计算公式为：

$$J_z = \frac{Q_s}{\sum_{i=1}^{n}(C_i q_i)}$$

式中，J_z 为某城市的节水指数；Q_s 为某城市某年的工业实际取水量，10^4m^3；C_i 为某城市某年的 I 行业产值，万元；q_i 为工业行业节水水平对比标准，$\text{m}^3/\text{万元}$；n 为工业行业分类数，按国家统计局规定划分，一般为 15 个。

(65) 节水型器具

节水型器具是指低流量或超低流量的卫生器具，一般包括节水型便具、节水型洗涤器具、节水型淋浴器具等，这类器具节水效果明显，用以代替低用水效率的卫生器具可平均节省 32% 的生活用水（禁止使用国家明令淘汰的卫生洁具和其他浪费水的器具。优先选用国家推荐的定点产品）。

节水器具普及率是指在用用水器具中节水型器具数量与在用用水器具的比率。公共场所用水必须使用节水型用水器具，居民家庭应当使用采取节水措施的用水器具。

(66) 需水零增长

需水零增长是指新鲜水的消耗量（原水取水量）不再增长，但水资源的使用效益可不断提高，以满足社会、经济与生态环境协调发展的要求。

其研究实质是预测未来的水资源量的需求，着重于水量的研究，水质是作为影响供水量的因素来考虑的。

零增长是正增长与负增长之间的状态，零增长并非绝对的静止，具有很小的政府变化状态都可以认为是零增长状态。其类型可分为自由零增长和约束性零增长。

(67) 城市人口

城市人口以《中国城市建设统计年报》中的人口统计口径为准。

(68) 万元地区生产总值取水量

万元地区生产总值取水量（GDP）是指年取水量与年地区生产总值取水量的比值。

(69) 万元工业增加值取水量

万元工业增加值取水量是指年工业取水量与年工业增加值的比值。

(70) 工业用水重复利用率

工业用水重复利用率 是指在一定的计量时间（年）内，生产过程中使用的重复利用水量与总用水量的比值。

(71) 节水型企业（单位）覆盖率

节水型企业（单位）覆盖率是指省级及以上节水型企业（单位）年取水量之和与非居民取水量的比值。

(72) 城市供水管网漏损率

城市供水管网漏损率是指城市供水总量和有效供水总量之差与供水总量的比值。

(73) 城市供水

城市供水是指城市供水企业以公共供水管道及其附属设施向单位和居民生活、生产和其他各项建筑提供用水。

(74) 有效供水量

有效供水量是指水厂将水供出厂外后，各类用户实际使用到的水量，包括售水量和免费供水量。售水量指收费供应的水量，免费供水量指无偿供应的水量。

(75) 城市再生水利用率

城市再生水利用率是指城市污水再生利用量与污水排放量的比率，城市污水再生利用量包括达到相应水质标准的污水处理厂再生水和建筑中水，包括用于农业灌溉、绿地浇灌、工业冷却、景观环境和城市杂用（洗涤、冲渣和生活冲厕、洗车）等方面的水量。不包括工业企业内部的回用水。

(76) 城市污水处理率

城市污水处理率是指达到规定排放标准的城市污水处理量与城市污水排放总量的比率。污水处理量包括城市污水集中处理厂和污水处理设施处理的污水量之和。污水排放总量指生活污水、工业废水的排放总量，包括从排水管道和排水沟（渠）排出的污水总量。

(77) 工业废水排放达标率

工业废水排放达标率是指工业废水处理达到排放标准的水量与工业废水总量的比率。

(78) 非常规水资源替代率

非常规水资源替代率是指雨水、海水、微咸水等非常规水资源利用量（不含再生水）与非常规水资源利用量和城市总取水量之和的比率。用于直流冷却的海水利用量，按其用水量的10%纳入非传统水资源利用量。

(79) 节水专项资金投入

节水专项资金投入包括节水宣传、节水奖励、节水科研、节水技术改造和节水技术推广、再生水利用设施建设和公共节水设施建设（不含城市供水管网改造）等的投入。

(80) 城市污水

城市污水是指城市和建制镇排入城市全污水系统的污水的统称，在河流制排水系统，还包括生产废水和截流的雨水。

(81) 城市污水再生利用

城市污水再生利用是指以城市污水为再生水源，经再生工艺净化处理后，达到可用的水质标准，通过管道输送或现场使用方式予以利用的全过程。

(82) 用水定额

用水定额是指以用水核算单元规定或核定的使用新鲜水水量限额。核算单元，对于工业生产可以是某种单位合格产品、中间产品、初级产品等，对于城市用水可以是人、床位面积等。用水定额可根据城市用水类别划分，其中主要有工业用水定额、居民生活用水定额（标准）、公共建筑用水定额（标准）及市政用水定额等。除工业用水定额外，其他定额的水量限额实际上均指新水量而言，但在名称上并不统一，一般对新水量（取水量）、用水量、耗水量等亦不加区分。

(83) 计划用水实施率

计划用水实施率是指一定时间（年）内，实施取水定额管理产品户取水量与城市工业取水总量（自来水、地下水）之比的百分数。计算公式：

产品用水定额管理率＝（城市产品定额管理户取水量÷城市工业取水总量）×100%

(84) 城市建成区

城市建成区是指城市行政区内实际已成片开发建设、市政公用设施和公共设施基本具备的区域。

(85) 深度处理

深度处理也称作高级处理、三级处理，一般是污水回用必需的处理工艺。它是将二级处理出的水再进一步进行物理化学和生物处理，进一步去除常规二级处理所不能完全去除的污水中杂质的净化过程，以便更有效地去除污水中各种不同性质的杂质，从而满足用户对水质的使用要求。深度处理通常由以下单元技术优化组合而成：混凝、沉淀（澄清、气浮）、过滤、活性炭吸附、脱氮、离子交换、微滤、超滤、纳滤、反渗透、电渗析、臭氧氧化、消毒等。

(86) 再生水

再生水是指污水经适当再生处理后供作回用的水。再生处理一般指二级处理和深度处理，当二级处理出的水满足待定回用要求并已回用时，二级处理出的水也可称为再生水。再生水用于建筑物内杂用时，也称为中水。

(87) 再生水厂

再生水厂是指以回用为目的的水处理厂。与常规污水处理厂不同，常规污水处理厂只是以达标排放为目的。再生水厂一般包括二级处理或深度处理。

(88) 二级强化处理

二级强化处理是指在去除污水中含氮有机物的同时，也能脱氮除磷的二级处理工艺。通常包括生物脱磷、生物脱氮除磷、好氧生物滤池、SBR 工艺、氧化沟工艺等。

(89) 城市污水再生回用系统

城市污水再生回用系统一般是由污水收集、二级处理、深度处理、再生水回用、用户用水管理等部分组成，回用工程设计应按系统工程综合考虑。

(90) 中水利用量

中水利用量是指一定计算期内，城市污水或生活污水处理后达到规定的水质标准后，在一定范围使用的非饮用水量（如厕所冲洗、绿地、树木浇灌、道路清洁、车辆冲洗等）。

(91) 灰水（greywater）与黑水（blackwater）

灰水指的是住宅室内排水中未被粪便污染的部分，包括厨房、洗衣、沐浴和盥洗等污水；黑水指的是住宅内排水中的粪便污水。

(92) 附属生产人均日取水量

附属生产人均日取水量是指工业企业内，附属生产（包括每个职工在生产中生活用水和厂区绿化用水）人均每天的取水量。

(93) 节水型城市

节水型城市是指国家按行政建制设立的直辖市、市、镇。城市规划区包括城际市区、近郊区以及城市建设和发展需要实行统一控制的区域。城市规划区的具体范围，由城市人民政府在编制的城市总体规划中划定。

节水型城市指一个城市通过对用水和节水的科学预测和规划，调整用水结构，加强用水管理，合理配置、开发、利用水资源，形成科学的用水体，使其社会、经济活动所需用的水量控制在本地区自然界提供的或者当代科学技术水平能达到或可得到的水资源的量的范围内，并使水资源得到有效的保护。

(94) 城市化

城市化是指人类生产和生活方式由乡村型向城市型转化的历史过程，表现为乡村人口向城市人口的转化以及城市不断发展和完善的过程，即人类进入工业社会后，随着社会经济发展，农业活动的比重逐渐下降，非农业活动的比重逐步上升的过程。

城市化不仅包括城镇人口数量的增加，更重要的是包括经济社会的进一步集约化、社会化和现代化。城市化又称城镇化、都市化。

(95) 城市节水行政主体

城市节水行政主体是指依法建立的、拥有城市节水行政职权，并能以自己的名义行使其职权，能独立承担相应的法律责任的国家行政机关或组织。根据我国现行的城市节水行政管理模式，我国的城市节水行政主体有：中华人民共和国建设部、各省（自治区、直辖市）建委（局）节水办、各城市建委（局）、各城市节约用水办公室。

(96) 城市节水行政行为的特点

① 单方意志性　城市节水行政行为是城市节水行政主体代表国家行使城市节水管理职权，在实施过程中，只要是在有关城市节水法律法规规定的职权范围内，就无需与城市节水行政相对人协商，不必征得城市节水行政相对人的同意，而是根据有关城市节水法律、法规规定的标准和条件，自行决定是否做出某种行为，并可以直接实施该行为，如对用户核定用水计划指标，或对浪费用水行为实施处罚等。

② 效力先定性　城市节水行政行为一经做出，在没有被有权机关宣布撤销或变更之前，对城市节水行政主体及其相对人都具有拘束力，其他任何组织、个人也应遵守和服从。城市节水行政行为的效力先定是事先假定，并不意味着城市节水行政主体的行政行为就绝对合法、不可否定，而是只有国家有权机关才能对其合法性予以审查。

③ 强制性　城市节水行政行为是城市节水行政主体代表国家，以国家的名义实施的行为，故以国家强制力作为其实施保障。城市节水行政主体在行使其管理职能时，可以运用其行政权力和手段，或依法借助其他国家机关如公安、人民法院的强制手段，保障行政行为的实现。

④ 无偿性　城市节水行政行为以无偿为原则。城市节水行政主体对城市节水实施管理，

体现的是国家和社会公共利益，所以应当都是无偿的，城市节水行政相对人无偿地享受城市公共服务，自然也应无偿地承担城市节水的义务。

⑤ 自由裁量性　由于有关城市节水的法律、法规不可能对城市用水、节水的每一个环节、每一个细节都做出细致、严格的规定，因此城市节水行政主体在适用相关的法律、法规时，就具有自由裁量性，如对违章用水的处罚及罚款额度等。但是，城市节水行政主体的自由裁量权并不是没有限制的，而是必须在有关城市节水法律、法规所规定的范围内。

(97) 城市节水管理机构与职责

目前，我国城市节约用水管理机构的设置是：建设部主管全国的城市节约用水工作，业务上受国务院水行政主管部门的指导；绝大部分省、自治区、直辖市人民政府建委（建设厅、局）和县级以上城市人民政府建委（局）负责所辖行政区域内的城市节约用水工作。在一些城市化率很高、农业用水较少的城市，如上海市、深圳市等则实行城市水务一体化管理，设立城市水务局，主管城市节约用水工作。

① 国家级城市节水管理机构与职责　中华人民共和国建设部是全国城市节水行政主管部门，其主要职责有：a. 拟定全国城市节水工作的方针政策、发展战略和城市节水中的长期规划；b. 组织起草全国性的有关城市节水的法律法规，颁布部门节水规章并贯彻实施；c. 组织开展全国性的城市节水宣传工作，采用多种形式宣传城市节约用水的重要意义、政策法规、先进技术，普及节约用水知识；d. 组织制定和完善城市各行业用水定额，促进城市用水的定额管理；e. 组织开展城市节约用水科学研究，推广先进技术，提高城市节约用水科学技术水平；f. 组织进行节水型设备、器具的推广工作，制定节水型设备、器具的强制性技术标准，定期公布节水型设备、器具的产品目录，从生产、销售、安装、使用等各个环节，监督检查节水型设备、器具的推广使用工作；g. 配合物价部门改革城市水价，制定合理的城市水价及配套收费政策，促进经济杠杆对城市节约用水的调节作用；h. 组织开展创建"节水型城市"和"节水型企业"活动，制定颁布《节水型城市目标导则》、《节水型企业（单位）考核指标》、《节水型城市达标验收标准》，并做好创建节水型城市的指导、检查和验收工作。

② 省级城市节水管理机构与职责　各省（自治区、直辖市）的建委（建设厅或城市化率较高市的水务局）是该省（自治区、直辖市）人民政府对本行政辖区的城市节水行政主管部门，也是行政区域管理中以宏观管理为主，兼有部分微观管理的管理层次，其主要职责有：a. 贯彻执行国家城市节约用水的法律法规、方针政策及本辖区内地方性城市节水法规和有关政策；b. 组织拟定本辖区内地方性城市节水法规和地方人民政府规章；c. 组织制订本辖区城市供水中长期计划，水量分配方案，城市节水中长期规划及城市污水排放、处理和资源化的中长期发展规划；d. 组织制定本辖区行业用水定额；e. 审查、批准本辖区内重大的基本建设项目涉及城市节约用水的设计、可行性报告及节水设备、器具的推广使用工作；f. 指导对本辖区的城市地下水审核批准工作；g. 指导本辖区的城市节水行政监察工作，并依法审理节水行政复议；h. 指导本辖区内城市节约用水的宣传工作；i. 指导本辖区内创建节水型城市和"节水型企业"工作；j. 配合物价部门制定城市水价及有关规费的征收政策，充分发挥经济杠杆对城市节约用水的调节作用。

③ 市、县级城市节水管理机构与职责　市、县级人民政府建委（建设局）或城市节约用水办公室是对本行政区域的城市节约用水实施统一管理的主管部门，在我国行政区域管理体制中，属于微观管理层次，其主要职责有：a. 贯彻执行国家、省有关城市节约用水的法律、法规、政策和本辖区内地方性城市节水的法规、政策；b. 组织编制城市节水及城市污水资源化的中长期规划；c. 审批并下达城市计划用水指标，并检查考核用水计划的执行情

况；d. 考核用水单位用水定额，对企业用水实施定额管理；e. 定期组织开展对用水单位的水平衡测试，分析、评价和考核用水单位的合理用水水平；f. 负责节水设备和器具的推广应用和认证许可工作；g. 负责新建、改建、扩建项目中节水设施与主体工程的"同时设计、同时施工、同时投入使用"的审批、监督和管理工作；h. 负责对取用城市规划区内地下水的核准审查工作；i. 负责新增用水量增容费、超计划用水加价费及城市污水处理费的征收工作；j. 负责城市节约用水行政监察工作；k. 组织开展城市节约用水宣传教育、人员培训、普及节水知识的工作；l. 负责创建"节水型城市"和"节水型企业"的组织、协调、实施和达标考核验收工作。

(98) 节水型社会

节水型社会指人们在生活和生产过程中，对水资源的节约和保护意识得到了极大提高，并贯穿于水资源开发利用的各个环节。在政府、用水单位和公众的参与下，以完备的管理体制、运行机制和法律体系为保障，通过法律、行政、经济、技术和工程等措施，结合社会经济结构的调整，实现全社会的合理用水和高效益用水。

(99) 节约用水

节约用水（简称节水）是指通过行政、法律、技术、经济、工程等手段加强用水管理机构，提高全民的节水意识，改进用水工艺，实行计划用水，杜绝用水浪费，应用先进的科学技术建立科学的用水体系，有效地利用和保护水资源，以适应经济可持续发展的需要。

3.2 节水指标体系

3.2.1 工业节水指标体系

(1) 工业用水分类

按工业用水的不同用途分为以下两类。

① 生产用水 生产用水是指直接用于工业生产的水。生产用水包括间接冷却水、工艺用水、锅炉用水。

② 生活用水 生活用水是指厂区和车间内职工生活用水及其他用途的杂用水，如图 3-1 所示。

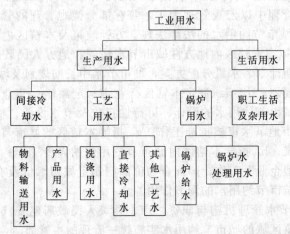

图 3-1 工业用水分类

(2) 工业节水指标体系

工业节水指标体系归纳为两类 8 种指标，见图 3-2 和表 3-1。

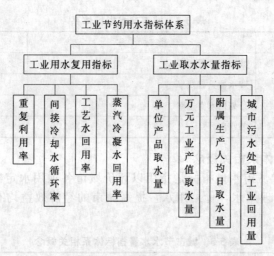

图 3-2　工业节水指标体系

表 3-1　工业节水指标体系

类　别	指标名称	反映内容
工业节约用水水量指标	万元工业产值取水量（万元工业产值取水量减少量）	总体节水水平纵向水平比较
	单位产品取水量	产业节水水平
	城市污水处理工业回用量	污水再生回用水平
	附属生产人均日取水量	生活节水水平
工业节约用水水率指标	工业用水重复利用率	重复利用水平
	间冷水循环率	分类节水水平
	工艺水回用率	分类节水水平
	冷凝水回用率	分类节水水平

3.2.2　城市节水指标体系

（1）城市节水指标体系

城市节水指标体系见图 3-3 和表 3-2。

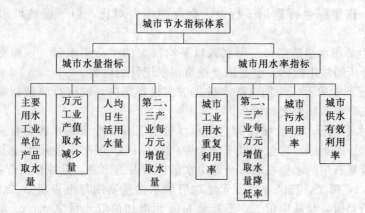

图 3-3　城市节水指标体系

表 3-2　城市节水指标体系

类　　别	指标名称	反映内容
城市节约用水水率指标	城市污水回用率	污水再用水平
	节水器具普及率	节水管理水平
	计划用水实施率	节水管理水平
	节水率	节水管理水平

（2）城市节水指标体系相关概念

① 城市水量指标　城市水量指标是指用以评价城市各项用水定额是否合理，对促进城市节约用水，科学地合理用水，计划用水，提高城市的经济效益均有直接作用。它包括表3-3中各专项指标。

表 3-3　城市节水水量指标体系相关概念

类　　别	指标名称	反映内容
城市节水水量指标	万元国内生产总值取水量	总体节水水平
	城市人均综合取水量	总体节水水平
	第二、三产业万元产值取水量	产业节水水平
	万元工业产值取水量	纵向水平比较
	主要用水工业单位产品取水量	行业节水水平
	城镇人均日生活用水取水量	生活节水水平
城市节水率指标	城市水资源利用率	水资源状况
	城市自来水有效供水率	供水状况
	城市工业用水重复利用率	重复利用状况
	第二、三产业万元增加值取水量降低率	纵向水平比较
	城市污水处理率	污水处理量水量

a. 主要用水工业单位产品取水量其定义、计算公式及有关说明见工业节水指标体系工业用水量指标中的单位产品取水量部分。

b. 万元工业产值取水减少量是指基期万元工业产值水量减去报告期万元工业产值取水量。

该指标淡化了城市工业内部行业结构的影响，适用于城市间的横向对比，以促进城市节水工作的开展。该指标也可适用于行业、企业的横向对比，但不反映城市、行业的节水水平。

c. 人均日生活用水量是指每一用水人口平均每天的生活用水量。该指标是我国城市目前民用水统计分析的常用指标，也是国外城市用水统计的内容。

d. 第二、三产业每万元增加值取水量是指在报告期内，城市行政区划取水量与城市行政区划第二、三产业增加值之和的比。

② 城市用水率指标　评价城市对自来水（包括工业企业自备水源的自来水）的有效利用、重复回用水平的指标。它包括以下四个专项指标：a. 城市工业用水重复利用率是指城市工业用水中重复利用的水量在城市全部用水量中所占的比例，是综合城市各个工业行业的重复用水指标；b. 第二、三产业每万元增加值取水量是基期与报告期第二、三产业每万元增加值取水量的差值，与基期第二、三产业每万元增加值取水量之比；c. 城市污水回用率是指报告期内（如年），城市污水回收利用总量与同一城市的污水总量之比，是评价城市污

水再生回用的重要指标，城市污水的回用必须经过污水处理；d. 城市供水有效利用率是指报告期内（如年），城市用水的总取水量（有效供水总量）与同一城市净水厂（包括工业自备水源）供给的总水量（供水总量）之比，是评价城市供水有效利用程度的重要指标，是城市节水指标的重要组成部分。

参 考 文 献

[1] 刘俊良等. 河北省城市节约用水规划（1998—2010）. 1998.
[2] 刘俊良. 城市节制用水途径及其实施策略的研究：[博士论文]. 哈尔滨：哈尔滨工业大学，2000.
[3] 祁鲁梁，李永存. 工业用水与节水管理知识问答. 北京：中国石化出版社，2003.
[4] 节水型社会编制组. 节水型社会建设标准指南. 北京：中国水利水电出版社，2007.
[5] 祁鲁梁，李永存，宋业林. 工业用水节水与水处理技术术语大全. 北京：中国水利水电出版社，2003.
[6] 沈建国著. 新世纪中国城市化道路的探索. 北京：中国建筑工业出版社，2001.
[7] 崔玉川主编. 城市与工业节约用水手册. 北京：化学工业出版社，2002.
[8] 董辅祥，董欣东编著. 城市与工业节约用水理论. 北京：中国建筑工业出版社，2000.

4 城市节水现状及其潜力分析

4.1 国外城市节水技术现状

4.1.1 国外城市节水做法

(1) 依法治水并建立全国性或地区性水管理机构，加强水资源管理

国外在水管理方面有许多好的做法和经验，值得我们借鉴。其中，日本东京的节水管理措施比较典型。它实行水源、输供水一体化的管理体制。东京的城市供水由水道局统一管理，水道局具有从源水到给用户供水的全部职能，便于对全市的供水系统进行统一规划、开发和有效的管理调度。

(2) 采用经济措施实行计划用水管理，促进节约用水

当今世界各国已颁布了许多种法规，严格实行限制供水，对违反者实行不同程度的罚款处理。另外，许多城市通过制定水价政策来促进高效率用水，偿还工程投资和支付维护管理费用。国外比较流行的是采用累进制水价和高峰水价。美国一项研究认为：通过计量和安装节水装置（50％用户），家庭用水量可降低 11％，如果水价增加 1 倍，家庭用水可再降低 25％。日本东京采取了"抑制需要型"的收费方法，即东京都内一般用户水费分为"基本水费"和"超量水费"两种，对超量用水的增收"超量水费"，按每 $10m^3$ 为单位递增，超出水量越大，收费标准就越高。

(3) 改进产业结构，压缩工业用水

在缺水地区，发展耗水量小的工业行业，压缩耗水量大的工业，从而使有限的水资源发挥最大的效益，这是当今世界节水工作的一大趋势。

美国、日本近年来出现的工业用水量下降现象，与其工业结构的变化密切相关，两国注重压缩一些耗水量大的化工、造纸等行业，甚至将其部分转移到国外，支持发展耗水小、利润高的电子信息等行业，从而使工业取水量出现负增长。

以色列则根据自身所处的地理环境，积极发展面向国际市场、高效益的商品农业，将有限的水用于效益高的作物灌溉，在近乎沙漠的土地上，取得了令人瞩目的农业成就。

(4) 开发节水新技术

国外非常重视在日常生活中采用节水型家用设备，如以色列、意大利以及美国的加利福尼亚、密执安和纽约等州，分别制定了法律，要求在新建住宅、公寓和办公楼内安装的用水设施必须达到一定的节水标准。不少国家政府要求制造商生产低耗水的厕所设备和水喷等，如 1985 年美国加州的法律规定，每家装的便器水箱，每次充水量不得大于 5.7L；美国许多厂家已研制出多种家庭节水装置，如节水型厕所冲洗器、节水型淋浴喷头、节水型洗衣机、节水型水龙头、节水型洗碗机等，这些简单的节水措施可使家庭用水量减少 20％～30％；日本福岗市 1979 年制定的"建设节水型城市纲要"的第一项内容，就是要普及家庭节水器具；以色列水务委员会则规定：所有居民区的厕所必须设置冲洗水箱以代替原有的水龙头冲洗，并引进两档冲洗水箱、流量控制淋浴头、水龙头出流调节器等节水装置。

为避免城市供水的不必要损失，对管道检漏工作非常重视。根据美国东部、拉丁美洲、欧洲和亚洲许多城市的统计，供水管网的漏损量占供水量的 25％～50％；维也纳通过在防止漏水方面做出的努力，每天减少了 $64 \times 10^4 m^3$ 洁净水的损失，足以满足当地 40 万居民生活用水的需要；美国洛杉矶供水部门中，有 1/10 的人员专门从事管道检漏工作，使漏损率减到 6％；日本东京自来水局建立了一支 700 人的"水道特别作业队"，其主要任务就是及早发现漏水并及时修复；澳大利亚悉尼水务公司在与政府签订的营业执照中，明确了漏损率的降低幅度；韩国建设部建立了一整套减少泄漏的措施，其中包括预防措施、诊断措施和一些行政管理手段；以色列研制了管道漏水快速检测和堵漏的克劳斯液压夹具，作用巨大。

（5）开展水资源危机教育，提高人们的节水意识

当前，世界各国采用各种方式宣传节水的重要性、迫切性，提高节水的自觉性。如美国、加拿大、日本、韩国、澳大利亚等国家注重通过学校、新闻媒体来教育青少年，宣传节约用水的重要性。许多国家确定了自己的"水日"或"节水日"。在日本东京，为了抓好节水工作，该市建立了一整套宣传体系，通过新闻、广播、报纸及专门编制的宣传手册，并组织参观城市供水设施等活动，教育群众，还将节水内容编入课本。美国洛杉矶为了节水，曾动员 100 人做了 188 次节水报告，并让 7 万名中学生先后看了有关节水方面的电影。

4.1.2 国外工业节水技术

城市中工业用水量占总用水量的比重逐年增加，2000 年世界各国的工业需水量约占世界总需水量的 25％。据统计，城市和工业用水大体上经过 15 年的时间用水量翻一番。尤其是欧洲和美国等一些工业发达国家，工业用水量占城市总用水量的比例还要大。

（1）循环用水

循环用水是重复利用工业内部已使用过的水，即一水多用。据报道，炼油厂用单程冷却水加工 1t 原油需用水 30t，如采用循环水冷却，用水量可降至原来的 1/24。原西德鲁尔市比较注意一水多用、循环用水，使工业产品的单位耗水量降低。以炼钢为例，每炼 1t 粗钢美国通常用水 $100 m^3$，而鲁尔市只用 $5 m^3$。鲁尔市生产 1t 煤耗水仅用 $1.74 m^3$。日本大阪 1970 年工业用水重复利用率只有 47.4％，到 1981 年已提高到 81.7％。如日本的横滨市 1982 年水的重复利用率已达到 92.7％，其中冷却水为 95.2％，锅炉为 77.9％，冲洗水为 91.2％，其他为 50％。

以美国为例，1978 年美国制造工业的需水量为 $490 \times 10^8 m^3$，每立方米的水循环使用 3.42 次，这就相当于减少 $1200 \times 10^8 m^3$ 的需水量。美国制造工业的水重复利用次数，1985 年为 8.63 次，2000 年将达到 17.08 次。因此到 2000 年美国制造工业的需水量不但不增加，反而比 1978 年的需水量减少 45％，而美国工业总需水量将由 1975 年的 $2033 \times 10^8 m^3$ 降至 2000 年的 $1528 \times 10^8 m^3$。

火电厂如采用循环用水，可使需水量减少 98％。如美国亚利桑那州菲尼克斯城外沙漠中修建的一座核电站，从村中引用经过处理污水，重复利用 15 次。

（2）冷却塔回用水

国外很多公司通过改进冷却塔给水系统而节约用水，也有一些大公司如 Exel 微电子公司、Intel 公司等采用臭氧对空调用水或其他轻度污染水进行处理回用，明显地减少了废水排放量。另外，很多工厂通过改进生产工艺和生产设备达到节约生产用水的目的。

（3）工业大力推进清洁生产技术

清洁生产主要是在生产过程的开始和过程中，就采用节约能源与原材料的工艺和技术，以达到提高各类资源利用效率的目的。

西班牙在工业领域逐步推行清洁生产政策，包括减少用水量、降低污染负荷以及循环利用工业废水等。一家生产铸铝零件的工厂，实施清洁生产项目，通过循环使用清洗液，总用水量降低了33%，产生的废水量减少了95%，化学品的消耗量减少了70%。

泰国政府在尝试了若干种工业调控措施后，决定通过清洁生产来控制工业排放和改善资源利用。鼓励在生产工艺中或工商业经营中使用清洁或无污染技术，鼓励废物再循环，促进再循环水的利用，实施以污染发生源为重点的治理污染措施。

日本各企业对节水产品的开发竞争已经进入白热化。三洋公司推出了循环式洗衣机，洗衣服用过的第一筒水经过臭氧净化后重新流回滚筒里，用于漂洗或冲洗，用水量减少了2/3，西服、玩具、运动鞋等甚至可以不用水，直接用臭氧来分解脏东西和除去异味。

(4) 用水监测和雇员教育

资料表明，国外十分重视用水量监测，大部分工业监测设备较为完善，确保了节水措施发挥作用，同时促进降低漏损和杜绝其他浪费用水。除此之外，国外极其重视对雇员进行节水教育，雇员是节水运动的主体，他们节水意识的提高对保证节水效果是极其重要的。

4.1.3 国外生活用水节水及其他节水技术

城市生活用水在城市用水中占有较大份额，例如沙特阿拉伯占47%左右，具有较大的节水潜力，其节水技术也研究得最为成熟。目前国外城市生活用水节水主要注重以下几个方面。

(1) 城市生活用水监测和用水量估计

实行用水量监测，是为了了解实际的用水量和用水方式，进而得知供水系统的运行状况，为合理、公正地确定水价提供依据。用水量估计主要是通过调查和评估用水现状，按照节水原则合理估计将来的生活用水量。城市生活用水的经验表明，有水表比无水表用水节约，而一户一表用水比一单元装一个总表节水。

(2) 采用节水型家庭卫生器具

节水型卫生器具一般是低流量或超低流量的卫生器具，研究表明，这种器具节水效果明显，用以代替低用水效率的卫生器具可平均节省32%的生活用水。节水型卫生器具包括节水型便具、节水型淋浴器具等。

(3) 城市节水灌溉

随着人民生活水平的提高，城市绿化面积不断增加，城市灌溉用水量逐年增长。目前我国着重推广喷灌、微喷灌和滴灌等新技术，比原来的地面灌溉节水30%~50%，同时节省了大量劳力。据统计，美国大约有50%的拥有草坪的居民过量浇水，因此具有较大的节水潜力。该技术通过改进浇水方式、建立不同季节的浇水规定、控制浇水时间、选择抗旱草种等达到节水目的。

(4) 水价结构和漏水控制

城市生活用水的水价结构反映了水的制造成本、销售效益和其他效益。居民生活用水的水价是大多数公司首先关注的问题，因为其份额大且使用群体稳定。节水型水价的研究在美国进行得很多。国外研究证明，漏水控制的节水效果也是相当明显的，英国北爱尔兰在未实行漏水控制之前，每幢建筑物平均漏水量为23~40L/h，在实行漏水控制后，平均漏水降至8~11L/h。城市供水管网漏失是造成城市用水浪费和损失的一个重要原因。漏水的位置主要在主干管、蓄水池、配水管、连接管、卫生器具等，同时管网压力也是一个重要因素。城市供水企业必须采取积极措施，加大管网检漏力度，加强管网技术改造；城市建设行政主管部门应加强对供水企业管网漏损的考核和监督管理，并限期达标。

国外其他节水技术还包括供水厂节水、供水系统漏水控制、用水审计、雨水管理、废水回用、节水经济激励、立法、公众宣传、水资源一体化规划等。

4.2 我国城市节水现状与潜力分析

4.2.1 我国城市与工业节水发展

目前，在我国668个城市中85%以上已建立节约用水办公室，50%以上的县建立了节约用水机构，并且有组织有计划地开展节水工作。a. 大体自1990年以后城市年节水量有较大幅度增长，其他节水考核指标也相应提高，反映节水工作的力度有所加强并走向普及。b. 就节水管理的阶段性特征而言，目前的节水工作大致仍处于从水资源的"自由"开发与松弛管理阶段向合理开发与科学管理阶段转化的过渡时期，即限制开发与强化管理阶段。目前这个阶段的节水工作仍较多地依靠行政与计划手段，而没有很好地发挥经济杠杆和市场机制的作用。这种状态显然已不适应社会主义市场经济的发展形式。c. 我国工业生产及相应的节水水平与国外发达国家相比还比较落后，其特点是新水量的节约主要是增加重复利用水量取得的，在保持较高再用率的前提下大量的水在重复循环，其结果是徒耗许多能量。我国的节水进程表明，今后单靠提高用水系统的用水效率即再用率以节约新水的潜力已越来越小，应转向依靠工业生产技术进步去减少水的需求即单位产品用水量，也就是说以工艺节水为主。

4.2.2 我国工业节水现状与节水潜力分析

根据工业生产特点，工业节水的基本途径大致分为三类。其一，提高生产用水系统的用水效率，即通过改变生产用水方式提高水的再用率，简称"系统节水"。系统节水一般可在生产工艺条件基本不变的情况下进行，故较易实现。其二，通过加强节水管理，减少水的损失，或通过利用海水、大气冷冻、人工制冷等，减少淡水或冷却水量，提高用水效率。这类节水简称"管理节水"。其三，通过实行清洁生产、改变生产工艺或生产技术进步；采用少水或无水生产工艺和合理进行工业布局，以减少水的需求，提高用水效率，简称"工业节水"。

根据《全国"十一五"节水型社会建设规划》统计成果，年各个水资源一级区工业用水重复利用率情况见表4-1，我国全国平均工业用水重复利用率仅相当于20世纪年代初的水平，与发达国家已经超过的现状相比，差距很大，同时也具有更大的节水空间。

表 4-1　我国工业用水重复利用率　　　　　　　　　　　　单位：%

指　标	全国	松花江	辽河	黄河	海河	淮河	长江	东南诸河	珠江	西南诸河	西北诸河
重复利用率	60	55	66	58	75	61	57	52	55	50	48

表4-2是中国分行业单位产品耗水量与国外先进水平比较的情况，一方面说明我国工业用水效率不高，另一方面也说明我国工业节水潜力很大。

表 4-2　中国分行业单位产品耗水量与国外先进水平比较

工 业 类 型	中国	国外先进水平
炼钢耗水量/(m³/t)	60~100	3~4
炼油耗水量/(m³/t)	2~30	0.2~1.2
造纸耗水量/(m³/t)	400~600	50~200
合成氨耗水量/(m³/t)	500~1000	12
生产啤酒耗水量/(m³/t)	20~60	<10

4.2.3 我国城市生活用水状况与节水潜力分析

中国城市生活用水量自改革开放以来持续增加，城市生活用水增加的原因有两个方面，即城市用水人口的增长和人均日生活用水量的增长。分析我国近年城市用水结构发现，1990～2003年我国城市人口由1.56亿增加到2.92亿，而城市总用水在1995年后趋于稳定，其中生产用水量随着城市产业结构调整、节水技术提高、政策等因素的影响，在1994年出现峰值后呈明显下降趋势，而生活用水量呈线性上升趋势。近年来，虽然人均日生活用水量略有下降，但由于用水人口增长量大，生活用水量仍持续增加。

城市生活用水的节水潜力很大，据调查大约有1/3～1/2潜力可挖。随着社会经济的发展，人均生活用水量是逐步上升的。但是，通过节水措施可以减少无效或低效耗水。生活节水的环节很多，但主要在于厕所冲洗水、洗浴用水等。对于现代城市家庭，厕所冲洗水和洗浴用水一般占家庭生活水总量的2/3。厕所冲洗节水方式主要有两种，一种是中水道系统，利用再生水冲洗；另一种是选用节水型抽水马桶，比传统型节省用水2倍左右。采用节水型淋浴头，可以节约大量洗浴用水。此外，新型控水阀门有自动延时关闭功能，杜绝长流水；在阀门上装设节流塞等节水效果也很明显。

除各种节水器具外，最重要的是节水意识。目前城市大居民节水意识淡薄，往往在不自觉中造成浪费，通过宣传使公民树立起较强的节水意识是生活节水的关键。节水是全社会的义务，要动员各方面的力量，利用多种渠道广泛做好宣传工作，努力营造"节水光荣，浪费水可耻"的良好氛围。政府也应采取措施鼓励企业开发可节水的生活设施。

提高用水价格也是促成节水意识的重要的有效途径。国内外的实践证明，合理调整水价可对节水起重大作用，尤其是在水价格背离价值的时候，往往起关键的作用。城市中长期的低水价政策，不仅抑制了城市供水事业的发展，也阻碍着节约用水工作的开展。要进一步完善水价体系，将污水处理费明确规定为水价的重要组成部分，并加大征收力度。改革单一水价计价方式，实行分类水价，充分体现不同性质城市用水特征，同时实行累进加价，控制用水量的增长。另外，要实行分质论价，鼓励中水和循环水的消费，提高水的利用效率。

20世纪90年代以来我国水价开始得到迅速提高。据调查，1990～2000年我国城市水价平均上调了6次，年均增长率达16.5%。当前，大部分城市供水价格已基本达到供水成本水平，一些城市如深圳、张家口、厦门、银川对居民用水还实行了超额用水多付费的阶梯式水价形式。但从根本上看，当前我国城市水价的调整主要以解决企业亏损、减少财政补贴为目的，不能体现水价对资源配置的调控作用。这必然使得城市居民无法感受水资源的紧缺、节水器具难以推广、污水再生利用缺乏市场条件，也不利于给排水企业的市场化运营。

综上所述，城市节水管理首先要面临的问题是节水是否有潜力、潜力多大？城市节水现状及其潜力分析是城市节约用水规划的重要组成部分，它是规划的核心基础数据。首先需要归纳分析研究城市生活节水现状以及工业节水现状，然后进行横向纵向的比较，最终得出规划城市的节水潜力。

由于城市节水与城市本身的性质、规模以及所处的自然环境有关，还与人的生活方式、消费水平有关，因此，一般应进行下列分析比较。

(1) 同国内外先进节水指标相比较分析节水潜力

a. 选取同规划区域工业结构大致相当的城市进行对比分析，指标可选取工业用水重复利用率、间接冷却用水循环率、万元产值取水量和城市污水集中处理回用率等；b. 经过对比，分析规划区域内的这些指标哪些与其他城市有差距，如果能够达到国内的先进水平，将有多大的节水潜力；c. 从节水技术途径分析节水潜力。

工业节水所采取的技术措施，根据不同类别用水节水的难易程度可以分为三个层次：

a. 间接冷却水用水的循环利用，间接冷却用水作为生产过程中的载热介质，其进出口温差越大，载热能力就越大，水的利用效率也就越高；b. 工艺用水中无机废水和部分直冷水的回收利用；c. 回收利用锅炉蒸汽冷凝水以及其他工业废水。

通过改革生产工艺，使工业生产的主要过程中少用水或不用水，是工业节水技术措施中最根本的、最有效的途径。例如电力行业的水冷改空冷、水冲灰改干法储灰，节水量可达到 90%～95%；冶金行业的水冷却系统改汽化冷却系统，节水量可达 70% 以上；化工行业的水洗除尘改酸洗除尘等都有着十分明显的节水效果。但是，工艺改革往往涉及原材料、操作流程和生产设备的变动，因此经济能力往往是这类节水技术措施能否实施的关键因素。

（2）从污水再生回用分析节水潜力

a. 通过了解规划区域内每天的污水排放量及污水处理能力，分析污水处理能力能否进一步提高，是否满负荷运行；b. 了解规划期内是否将建设新的污水处理设施，若将规划期内新增污水处理量部分回用于城市工业、生活用水，就可减少取新水量，对缓解城市工业用水的紧张状况将发挥极大的作用；c. 在工业企业中建立废水闭路循环系统，是减少废水排放量、降低工业取水量的有效措施。

（3）从单位产品耗水量分析节水潜力

分析规划区域内的主要工业产品的单位耗水量与国内外先进水平的差距，若采用先进的方法与技术，可减少单位产品耗水量。如在钢铁企业采用国外先进的阶梯式循环用水法与分离处理技术（即：首先向最需要高质量水的单位供应新水，然后把经过处理的再生水依次供应给其他对水质有不同要求的单位；分离处理则是对各种不同的废水分别进行处理，而不是把所有废水混在一起再行处理），吨钢取水量就可大大降低，达到节约用水的目的。

4.3 城市节水潜力分析实例

城市水循环系统节水潜力主要包括供水系统减少管网水漏失的节水潜力、用水系统通过节水设施和工艺改革等形成的节水潜力以及城市污水处理系统污水资源化的节水潜力等。此外，充分利用天然雨水，实现雨水资源化也可以节省大量宝贵的淡水资源。下面以河北省廊坊市城市生产、生活节水潜力分析为例，阐述节水规划中节水潜力分析和比较的方法步骤。

4.3.1 工业用水水平评价及节水潜力分析

影响工业用水量大小的主要因素是工业结构及其发展水平、工业用水结构和用水水平、管理水平等，反映这些因素的可量化指标有产值增长率、产值部门比例、水的重复利用率、万元产值取水量等。可用下列指数模型表示工业取水量的变化。

$$q = abcd$$
$$q = Q(t)/Q(0)$$
$$a = Y(0)Q(t)/Y(t)Q$$
$$b = G(t)V(0)/Y(0)$$
$$c = V(t)/V(0)$$

式中，q 为取水量变化指数；$Q(0)$ 为基础年工业取水量；$Q(t)$ 为第 t 年工业取水量；a 为节约指数，可表示复用率提高或降低对取水量的影响；$Y(0)$ 为基础年工业用水量；$Y(t)$ 为第 t 年的工业用水量；b 为用水水平变化指数，它表示了万元产值用水量的变化对取水量所产生的影响；$V(0)$ 为基础年工业总产值；$G(t)$ 为第 t 年万元产值用水量；c 为产值变化指数；$V(t)$ 为第 t 年的工业产值；d 为工业结构调整的变化系数。

当某种指数大于 1 时，说明该因素的变化有导致取水量增加的趋势；若某种指数等于 1 时，则该因素的变化对取水量没有影响；当某种指数小于 1 时，说明该因素的变化有导致取水量减少的趋势。根据廊坊市 1991～2001 年工业产值及用水量情况统计资料（见表 4-3），建立了廊坊市工业用水指数模型，计算结果如表 4-4 所示。

表 4-3　廊坊市历年工业用水情况表

年份	工业总产值 /万元	总取水量 /×10⁴m³	万元产值用水量 /(m³/万元)	循环水量 /×10⁴m³	循环利用率 /%	总排水量 /×10⁴m³
1991	62952	2380.51	378	880.79	37	1499.72
1992	74283	2547.14	343	993.38	39	1553.76
1993	87654	2730.44	312	1092.18	40	1638.26
1994	103430	2900.32	280	1218.13	42	1682.19
1995	121949	3002.36	246	1321.04	44	1681.32
1996	144018	3238.79	225	1425.06	44	1813.73
1997	165002	3572.50	217	1643.35	46	1929.15
1998	200531	3822.57	191	1873.06	49	1949.51
1999	236627	4190.15	177	2095.08	50	2095.07
2000	262423	4667.38	178	2380.36	51	2287.02
2001	299361	5418.43	181	2925.95	54	2875.76

表 4-4　工业取水量平均指数计算表

指数	92/91	93/92	94/93	95/94	96/95	97/96	98/97	99/98	00/99	01/00	平均
a	1.02	0.90	0.98	1.02	0.99	0.94	1.00	0.84	1.03	0.83	0.96
b	0.93	1.09	0.90	0.88	0.96	1.00	0.94	1.11	0.18	1.14	0.98
c	1.06	1.04	1.19	1.16	1.09	1.02	1.03	1.02	1.00	1.01	1.06
d	1.00	1.00	1.00	1.00	1.00	1.00	1.00	1.00	1.00	1.00	1.00
q	1.00	1.03	1.05	1.04	0.99	0.96	0.97	0.97	0.86	0.96	0.99

由计算结果可以看出，1991～2001 年廊坊工业取水量平均增长指数 q 为 0.99，表明工业取水量是逐年下降的。工业产值变化指数 c 为 1.06，说明工业取水量随工业产值的增长而增加，但取水量增长速率远小于产值的增长速率。使取水量减小的因素是工业用水水平 b 和重复利用率 a 的提高，其平均增长指数分别为 0.98 和 0.96，这说明万元产值取水量 b 的降低对取水量产生的影响稍大。工业结构的调整 d 按 1.00 考虑，实际上近几年工业结构的调整也有利于节水工作。

4.3.1.1　按指标分析城市节水潜力

以工业用水三项指标（万元产值取水量、重复利用率、节水率）进行城市节水潜力的分析。

（1）万元产值取水量

2001 年廊坊市万元产值取水量为 181m³。表 4-3 中廊坊市万元产值取水量远高于国内其他城市。因此，具有很大的节水潜力。

（2）重复利用率

如表 4-5 所列，2001 年廊坊市工业用水重复利用率为 54%，低于全国平均水平 78.81%，而与全国先进水平差别较大，也存在很大的节水空间。

表 4-5　工业用水指标对比表

指　　标	北京	天津	上海	山东	河南	廊坊
万元产值取水量	45.93	35.62	35.43	43.39	94.62	181
重复利用率/%	90.45	79.03	77.80	79.19	72.82	54

(3) 节水率

2001 年廊坊市节水率为 16.68%，略高于全国平均水平 16.2%，远低于北京市，与河北其他市情况类似。

总之，廊坊市工业用水方面，无论从万元产值用水量，还是从重复利用率和节水率来分析，都存在可观的节水潜力。

4.3.1.2　按行业分析城市节水潜力

廊坊市用水量较大的行业主要是冶金、医药、化工、纺织、机械、食品、印染、造纸、建筑等行业。因此，对上述行业进行节水分析是进一步了解工业节水潜力的关键。表 4-6 显示廊坊市各主要行业工业用水重复利用率与全国平均水平的比较。

表 4-6　廊坊市主要行业工业用水重复利用率与全国平均水平的比较

指　　标	冶金	医药	化工	纺织	机械	食品	印染	造纸
2000 年全国规划目标/%	85	75	78	75	60	50	50	50
廊坊市规划目标/%	80	75	75	70	55	50	40	50

由上表可以看出，廊坊市工业用水重复率均低于全国平均水平，所以节约用水首先应从提高工业用水重复率入手。

(1) 冶金行业

廊坊市冶金行业基本达到全国平均水平，但距先进水平仍有不少差距，可采用循环利用生产冷却水高梯度磁性分离技术回收利用热轧钢废水以改造空调系统等方法来节约用水。

(2) 纺织行业

廊坊市纺织行业工业用水重复利用率低，但和全国平均水平相比差距却不大，主要由于我国纺织行业工艺普遍落后，用水结构不合理，为此提高工艺水平、调整用水结构应从两方面下手，如合理套用纺织生产用水、回用空调回水、洗衣机逆流水洗、回用平洗机倒流水等方法来提高用水重复率。

(3) 机械行业

廊坊市本行业重复用水率略低于全国平均水平，应进一步提高用水重复利用率，节水措施主要是提高冷却水的循环率和提高工艺水的回收利用以及改革工艺如循环冷却高频发电机、改造无缝焊机、逆向漂洗镀件等方法来节约用水。

(4) 化工行业

由于化工行业的特殊性，导致了管道较多，容易变化，漏水现象严重，应注意管道维修和改造。另外，可以充分利用蒸汽冷凝水，通过改造工艺可以从综合利用蒸汽冷凝水等方法来节约用水。

(5) 医药行业

廊坊市医药行业重复用水率与全省平均水平相当，但仍有节水潜力，具体可采用闭路循环空调喷淋水，建立循环系统以及套用制药冷却水等方法来节约用水。

(6) 交通行业

交通行业用水复杂多样，其中主要体现在类型复杂。节水潜力主要体现在洗车水的使用，可采用城市污水再生水来代替自来水洗车，以合理高效利用水资源。

（7）印染行业

我国目前印染行业较好的企业水的重复利用率约为 60%，而廊坊市约为 40%，节水方面还有潜力可挖。改革工艺是节水的关键措施，如推广逆流洗涤工艺和开展白水回收等。

（8）建筑

本行业主要用水为施工用水，可采用开采浅层水来进行施工，具有特殊性，因浅层水层含量丰富，故供水较为充沛。

（9）食品

由于食品行业包含各类结构不同的行业，产品种类复杂，用水特点与用水设备各有差异，因此，不可能像其他工业一样单纯以重复利用率提高的水平推算节水潜力，但也可以采取冷却水循环措施，使间接冷却水循环率达到一定高度。因此，大力推广改革节水措施，对于控制节水潜力具有普遍意义。

从上述分析可以看出，全市工业用水节水，在继续做好"系统节水"和"管理节水"的同时，把节水重点应放在"工艺节水"方面。在工业企业中采用新工艺方法、流程和设备，采用少水、无水生产工艺，推行清洁生产，调整产品结构和工业布局，发挥规模效应。

4.3.2　生活用水水平评价及节水潜力分析

随着经济和城市化进程的加快，用水人口相应增加，城市居民生活水平不断提高，公共市政设施范围不断扩大与完善，在今后相当长的时期内城市生活用水量将呈增长趋势。因此，此处所谓城市生活节水潜力，即表现为通过一定的节水措施控制城市生活用水量的增长，其核心是：在满足人们对水的合理需求的基础上，控制公共建筑、市政和居民生活用水量的无节制增长，使水资源得到有效利用。同时，由于生活用水过程多属个人行为，使得生活节水潜力具有很强的可塑空间。

由表 4-7 可以看出，全省大部分城市生活用水指标均偏高。只有廊坊市在合理范围之内。如表 4-8 所列，参照河北省水利厅和河北省节约用水办公室于 2001 年 11 月公布的《河北省用水定额》（试行），可见廊坊市生活用水水平类似于其他北方城市，人均生活用水量相对来说不是很高。

表 4-7　2001 年河北省城市生活用水量统计表

名　称	总用水量 /×10⁴ m³	生活用水量 /×10⁴ m³	用水人口 /万人	人均综合用水量 /[L/（人·日）]	人均生活用水量 /[L/（人·日）]
石家庄	16411.00	8031.00	140.00	321.00	150.00
张家口	2399.00	926.00	41.00	162.30	62.66
承德	1787.70	931.10	17.70	277.00	202.00
秦皇岛	8918.30	3270.70	5211.00	468.90	255.60
唐山	9233.00	3528.00	80.68	314.00	120.00
廊坊	1062.00	385.00	25.83	113.00	110.00
保定	8099.00	2618.00	81.93	271.00	123.00
沧　州	1931.00	879.00	36.00	146.96	86.07
衡　水	1280.50	813.80	20.90	168.00	145.00
邯　郸	6671.00	3354.00	81.82	223.37	166.01
河　北	61881.12	26920.21	5861.67	10.56	19.76

表 4-8　河北省城市综合用水表

行业代码	行业名称	城市性质	定额单位	用水定额	其中居民用水定额
999	城市	特大城市	L/(人·日)	180～234	110～130
		大城市	L/(人·日)	176～221	110～130
		中等城市	L/(人·日)	165～208	110～130
		小城市	L/(人·日)	165～195	110～130

然而，据典型调查分析，在居民家庭生活用水中，厕所用水约占 39％，淋浴用水约占 21％，难于节水的洗衣（机）用水占 8％，饮食及日常用水量（即可采用节水龙头水量）占 32％；在公共事业用水中，厕所用水约占公共用水的 8％，淋浴用水约占 5％，饮食及日常用水量（即可采用节水龙头水量）占 30％，其他难以使用节水器具的用水（如饮水锅炉、暖气锅炉、市政用水等）占 57％。目前推广的节水器具中，节水便器主要包括节水型水箱（6～9L）、红外小便冲洗控制器等；节水淋浴器包括脚踏式淋浴器、电子感应淋浴器等；节水龙头包括节水阀芯龙头（泡沫龙头）、陶瓷龙头等。据有关资料分析，上述节水器具与普通节水器具相比，节水便器平均可节水 38％，节水淋浴器可节水 33％，节水龙头可节水 10％。因而，节水潜力十分巨大。

4.3.3　污水资源化潜力分析

4.3.3.1　污水资源化意义

污水排放是水社会循环的一个重要环节，污水资源化是实现水循环良性发展的重要途径。地球上的水处于不停的自然循环之中，城市用水、排水是干扰水自然循环的子循环。人们从自然水体取用的是水质良好的自然水，还给水体的也应该是为水体自净所能允许的、经过净化了的污水再生水，从而形成良性子循环，以保障水环境不遭破坏和水资源的可持续利用。

污水资源化是城市节制用水的必然途径。城市污水经处理后，能达到水体自净能力的要求，就能满足天然水不断循环再用的要求，也就在普遍意义上实现了水的再生回用。因此，污水处理的达标排放或深度净化都是污水资源化的过程。也就是说，只有实现污水资源化，才能彻底解决水体污染问题，从根本上解决城市缺水问题。

城市污水资源化技术上可行，经济上合理。污水处理和深度净化用于农田灌溉、工业用水、市政用水的技术已解决，相应规范和水质标准正在建立。城市污水资源化在经济上也是十分可行的，比远距离引水便宜，比海水淡化经济。

综上所述，污水回用不仅是经济的，而且是可靠的，更是可行的。这一工程一旦实施，将会大大改善廊坊市区的水环境，对廊坊市水资源的可持续利用和社会的延续发展，具有重大的理论意义和现实价值。

由于廊坊市现状排水和污水处理设施的不完善，污水回用工程不能很好地实施。城区目前实施雨污合流制排水体制，雨季雨水经合排涝泵站排至北排渠、八干渠和五干渠，管道服务面积为 26km²，基本覆盖了整个城区，然而，却没有再生水的回用管道及设施。目前，廊坊市城区建成一座城市污水处理厂，但刚刚起步运行。因此，目前除污水灌溉农田以外，无其他回用方式。但污水资源化节水的潜力是十分巨大的。

4.3.3.2　廊坊市污水资源化节水潜力

污水回用需求量不仅与当地城市的水环境、产业结构、居民生活水平等密切相关，而且主要受当地的政策和经济能力的制约，在不同的国家和地区，污水回用具有不同的用水对象和用户，用水量也就相差甚多。如日本，作为中水道技术的发源地，再生水主要用于生活冲厕和小溪河流恢复生态环境用水，很少用于农业，而在以色列污水回用率高达 70% 以上，广泛用于农业。因此，根据城市目前的用水情况和相关规划，确定廊坊的污水回用对象为工业用水（冷却用水）、城市用水、农业灌溉等几个主要方面。

开展以保护水环境、防治水污染的科学研究，建立健全科学完整的水质监控网络体系，实现分质供水以及污水的净化和资源化。规划 2010 年廊坊市的污水处理率为 83%，处理规模为 $24 \times 10^4 m^3/d$，使市区城市污水回用达 $1300 \times 10^4 m^3$。

(1) 工业回用水

工业用水是城市用水的重要组成部分，根据用途的不同，工业用水对水质的要求差异很大，水质要求越高，水处理费用也就越高。目前，一般主要用于需水量较大且水质要求不高的部门。

污水回用是节水措施之一，是规模大、效益高的节水措施，比一般的节水措施更有潜力。污水回用并不排斥工业内部的循环用水，对于工业用户应先搞厂内节水，提高循环用水率，但工业节水有限度，实际上还需要补充新鲜水，必要的新鲜水补给前应优先使用城市回用水。缺水城市能使用且有条件使用回用水的工业企业，不应供给自来水和使用自备井。

工业回用对象一般用水量较大。对处理程度要求不高的冷却水和工艺低质用水，污水处理厂出水只需进行物化处理即可满足许多工业用水用户的水质要求，处理工艺简单，成本低。

经调查，廊坊市区的工业用水有其自身的特点，用水结构如表 4-9 所列。

表 4-9　廊坊市工业用水结构表

行 业 名 称	取水量/$\times 10^4 m^3$	产值/亿元	万元产值取水量/m^3/万元
皮革	2	0.055	36.36
石油	19	0.46	41.30
化学工业	301	5.58	53.94
造纸	15	0.37	40.54
冶金	203	3.20	63.44
纺织	252	2.42	104.13
建材	295.7	2.89	102.32
机械制造	725	13.84	52.38
食品制造及饮料配置	327	6.16	53.08

由表 4-9 可以看出，廊坊市万元产值取水量最低的是皮革行业为 $36.36 m^3$/万元，最高的是纺织行业，其万元产值取水量为 $104.13 m^3$/万元。廊坊市主要的用水大户分别为：廊坊市颖丽纺织集团、廊坊市冶炼厂等，其取水量约占市区取水量的 75%，占市区总取水量的 40%，因此，大用户是再生水用户的主要部分，据调研资料，工业取水量是考虑了冷却水重复利用等因素所取得的新鲜水量。

① 工业再生水需求潜力分析

a. 冷却水。工业用水中冷却水用量所占的比重较大（我国约占 84%），且对水质的要求较低。间接冷却水对水质的要求（如碱度、硬度、氯化物以及铁锰含量等），城市污水的二级处理出水均能满足，其他水质指标，如 SS、氨氮、COD_{Cr} 等，二级处理出水经适当净化后也能满足要求，因此城市污水再生水回用于工业冷却水是目前国内外应用较广的回用用途之一。

b. 工艺用水。工艺用水包括产品处理水、洗涤用水、原料用水和锅炉用水等。这部分用水或与产品直接接触，或作为原材料的一部分而添加到生产过程中。用水工艺比较复杂，各行各业对水质有不同的要求，且水质要求较高，虽然可以利用再生水作为水源水，但是需要在用水设备前设置深度处理设施，例如离子交换、超滤、反渗透纳滤、膜滤等处理工艺，只有在城市再生水利用水平达到一定程度之后，才具有较大的市场和可行性。

c. 锅炉用水。锅炉用水在工业用水中占较大的一部分，高、低压锅炉对水质有不同的要求，主要集中在硬度、腐蚀性和结垢等方面，这部分水质要求较高，利用再生水管网供应的深度处理的再生水一般难以直接满足其水质要求，但是可以作为锅炉用水的水源水，在需要使用的地方设置更高程度的处理设施。例如使用离子交换、超滤、反渗透、纳滤等处理工艺，使得出水可以满足不同用水的需要。

综上所述，规划廊坊市工业污水资源化规划应当立足于污水回用初期，先规划回用水质要求较低的工业冷却水，水质要求较高的工艺用水暂不考虑；先回用于几个工业用水大户，其他较小的工业企业可根据污水再生回用的运行情况和管线的完善程度，逐步进行再生水回用。

② 工业再生水回用规模　工业低质用水和冷却水约占工业取用水量的 70%，再生水用水量约占工业取用水量的 40%，即回用规模为 $2525.32 \times 10^4 \, m^3/a$。

(2) 城市回用水

城市回用水可分为饮用水和非饮用水。将污水处理到非饮用水程度，作为中水回用于绿化、清洁、洗车、消防或补给河湖、地下水。研究表明，中水的长期使用不会对用水器具产生不利影响；其水质也满足消防要求，对消防系统几乎不产生危害；经脱氮除磷后，将总磷控制在 0.5mg/L 以下，可以有效地控制回用水体的富营养化进程。创造城市良好的水溪环境。再生水可补给维持城市溪流生态流量，补充公园、庭院水池、喷泉等景观用水。日本从 1985～1996 年用再生水复活了 150 余条城市小河流，给沿河市区带来了风情景观，愉悦着人们的心情，深受居民的欢迎。北京、石家庄等地也利用再生水维持运河与民心基流。

① 绿化用水　如上分析，根据《廊坊市城市总体规划》和《廊坊市城市大园林建设规划方案》，廊坊市的公共绿地、生产防护绿地、城市道路绿地、运河两岸绿化绿地等绿化用水的需求量是很大的。到 2010 年廊坊市园林建设绿化面积 5.4 万亩，绿化用水 $1028 \times 10^4 \, m^3/a$；城区园林绿地面积 1475hm²，地被植物面积 15.2hm²，街道绿化再生水用水量 $2162.7 \times 10^4 \, m^3/a$。

② 环卫用水　环卫用水主要是指清洁用水，包括街道和广场洒水、冲厕、水果箱冲洗等。

道路广场浇洒可以增加空气湿度，减少地面扬尘。目前，环卫部门在夜间或早上对市区主要道路广场进行浇洒，浇洒的季节主要集中在秋、冬两季，浇洒道路用水一般由洒水车在固定的取水栓取水，再浇洒到附近的道路广场上，每个取水栓的服务半径约为 1.2～1.5km。由于浇洒道路和广场用水的水质仅对嗅、味以及细菌数量等指标有较严格要求，所以水质要求较低，再生水的水质指标能够满足其要求。

预测洒水量按标准为 1.5L/(m²·次)，每天浇洒 1 次，每年浇洒天数按 6 个月 180 天计，浇洒的道路广场面积按规划面积的 75% 计，规划 2010 年城市主干道间距为 800～1000m，红线宽度为 40～50m；次干道间距为 400～500m，红线宽度控制在 20～30m。市区道路面积为 1509.625hm²。预测 2010 年道路洒水的再生水需求量为 $611.4 \times 10^4 \, m^3/a$。

公厕用水，由于其水质要求与道路浇洒用水的水质指标要求近，同时大多数公厕又集中于城市的主、次干道和广场附近，所以也较适合利用再生水。但随着经济的发展和居住环境设施水平的提高，公厕数量逐年递减，所以 2010 年这部分水量可暂不予考虑。

③ 洗车用水　中水洗车在水质、水量上都能满足要求，并具有一定的优势：第一，节约用水；第二，中水水价比现行洗车水价低廉，客户容易接受，推广起来容易；第三，水量

丰富，可以节省循环设备的投资，用于引进洗车先进设备，提高工作效率；第四，能发挥洗车站的宣传效应，在已铺中水管线适宜地点多建洗车站点，宣传中水使用，给人以较直观的印象。

洗车用水由于没有相对完整的长期实测资料，因此采用定额法进行预测，按规划，到2010年小型汽车数量将达到3.5万，大型汽车达到5000辆。汽车冲洗用水定额，应根据道路路面等级和沾污程度等确定，洗车用水标准按照《给水排水标准规范实施手册》中汽车冲洗用水定额：小轿车，250～400L/(辆·次)，公共汽车和载重汽车，400～600L/(辆·次)。

本规划分别按照350L/(辆·次)和500L/(辆·次)计。汽车平均冲洗周期按一个月冲洗一次计算。2010年汽车再生水需求量按照预测洗车用水量的60%计算，结果见表4-10。

表 4-10　洗车用水再生水需求量

年　　份	洗车需水量/($\times 10^4$m³/a)	再生水需求量/($\times 10^4$m³/a)
2010	17.7	10.62

④ 消防用水　消防用水量和管网漏失率约占取水量的20%，不妨认为消防用水占10%，再生水取总需水量的50%，则消防用水为750.45m³/a。

(3) 城市生态回用水

廊坊市池塘面积总计10.33×10^4m²，年换水量按换水次数乘以每次换水量计算（每次换水1m深），每年换水按6次计。水体的蒸发补给量按2.1mm/d计，每日需补水0.073×10^4m³，2010年廊坊市湖泊生态用水量总计为163.93×10^4t/a。

由上述分析可得，2010年再生水回用量为5103.95×10^4m³/a，即13.98×10^4m³/d。回用水率按60%计，并考虑到再生水供水的未预见水量，规划再生水厂的处理规模为16×10^4m³/d，详见表4-11。

表 4-11　再生水回用量规划表

项　　目		2010年再生水利用规模/($\times 10^4$m³/a)
工业用水		2525.32
城市用水	绿化用水	3190.7
	环卫用水	611.4
	洗车用水	10.62
	消防用水	750.45
	河湖生态用水	163.93
	合　　计	1327.10
总　　计		3852.42

由此可见，廊坊市城市污水再生水需求量很大，通过污水资源化进行节水的潜力和效益是十分可观的。

4.3.4　供水系统减少管网漏失的节水潜力

2001年廊坊市城市供水管网长72.00km，漏失水量为310.00×10^4m³，管网漏失率为22.59%，如加上入户管网损失，增加漏失3%左右，总损失率为25.59%（管网漏失情况见表4-12）。由该表可见，廊坊市城市管网漏失率与全省其他城市相比是比较高的。廊坊市供水管网漏失率较高的原因主要有三方面：一是城市供水管网老化，年久失修；二是管材质量差，管道施工质量低劣；三是管网压力控制不当，管网维护不及时。降低管网漏失率应加快旧有供水管网改造工作，推广应用新型供水管材，加强管网建设的施工管理和日常维护工作，合理控制管网压力。

如果廊坊市管网漏失率控制在全省平均水平（13.66%），年节水量可达 $122.58 \times 10^4 \, m^3$ 左右；如果漏失率控制在国家标准的 8% 以内，年节水量将达 $200.24 \times 10^4 \, m^3$ 左右。

由此可见，廊坊市通过供水系统减少管网漏失的节水潜力也是十分巨大的。

表 4-12　2001 年 11 个省辖市管网漏失情况一览表

城　市	管网长度/km			供水总量 /($\times 10^4 m^3$)	漏失水量 /($\times 10^4 m^3$)	漏失率 /%
	合计	取水	供水			
河北	6188.99	656.65	4389.34	75567.50	10320.76	13.66
石家庄	1112.00	182.00	930.00	20469.00	3755.00	18.30
张家口	268.62	67.16	201.46	2960.00	553.00	18.68
承德	166.20	27.60	138.60	2394.60	547.60	22.80
秦皇岛	660.40	66.00	594.40	9816.00	665.20	6.80
唐山	681.00	—	—	11348.00	864.00	7.61
廊坊	112.00	40.00	72.00	1372.00	310.00	22.59
保定	662.70	130.00	532.70	9017.00	661.00	7.30
沧州	415.00	—	—	2628.00	697.00	26.52
衡水	93.50	4.72	88.78	1687.40	406.90	24.00
邯郸	497.00	102.00	395.00	7851.00	775.00	9.88
平均	466.84	77.38	369.12	6954.30	923.47	16.45

注：以上数据来源于《城市供水统计年鉴》（2002 年）。

4.3.5　其他节水潜力分析

传统意义上，给水水源外的可利用的低质水源被称为边缘水，主要是指微咸水、生活污水、暴雨洪水。它们不属于通常资源范畴的水源，而被认为是污水、弃水，但在水资源缺乏地区，这些水经过处理后可以用于工农业生产和生活用水，或直接用于工业冷却水、农业用水及市政用水等。

在水资源短缺日益严重的情况下，对海水和低质水的开发利用，是解决城市用水矛盾的发展方向，城市给水排水工程规划应对此有充分考虑。

4.3.5.1　近郊农业用水节水潜力

农业是国民经济的基础，水利是农业的命脉。因此水对于农业有着特殊重要的意义，是任何物质所不能替代的。在中国，农业是需水量最大的产业，但长期以来，采用粗放型灌溉方式，水的利用效率很低，农业灌溉水量超过作物需水量的 1/3，甚至 1 倍以上。面对水资源危机的现象，要使农业持续发展，采取的对策是改传统型农业为节水型农业，以便合理开发利用水资源，使有限的水发挥更大的作用（见表 4-13）。

表 4-13　实施节水技术前后灌溉水利用系数变化表

项　　目	渠灌区		井　灌　区			
	渠道防渗	防渗垄沟	低压管道	喷灌	微灌	地面灌溉
实施前	0.30	0.63	0.63	0.63	0.63	0.63
实施后	0.631	0.807	0.861	0.95	1.00	0.85

目前许多发达国家农业水灌溉利用系数已达 0.7～0.8，然而农业水灌溉利用系数只有 0.3～0.5。如果加大农业节水投资，适当时由城市对城郊农业节水措施给予投资上的补贴，大力发展防渗渠道、管道灌溉，适度发展喷灌、滴灌，并调整城市城郊的种植业结构，普遍

推行以小流域为单位的综合治理，灌水采用科学的灌溉制度和经济灌溉定额，提高农业用水效率，由表 4-13 可知，实施节水技术后灌溉水利用系数大大提高，可节省大量的淡水资源。城市可将郊区节约的水量通过直接或间接的方式调入城市使用，这是能够体现双方利益的可行办法。此外，随着现有城市规划区的扩展和大量乡镇升格为新的建制市，其用水的性质将因人口的性质和土地性质的改变而"转移"，成为"城市用水"。

4.3.5.2 城市雨水的调蓄利用

暴雨出现时间集中，如不能为农田和城市充分利用，且短时间的大量积水，危害城市安全。一般被城市管道收集后，经河道排入大海，成为弃水。在缺水地区修建一定的水利工程，形成雨水贮留系统，一方面可以减少水淹之害，另一方面可以作为城市水源。这样，当雨水作为一种用来满足人们生产和生活活动要求的物质资料时，就成为雨水资源。将雨水转化为雨水资源的过程称为雨水资源化。

城市雨水利用系统是指对城区降雨进行收集、处理、存储、利用的一套系统，主要包括集雨系统、输水系统、处理系统、存储系统、利用系统等。

(1) 集雨系统

集雨系统主要是指收集雨水的集雨场地。雨水利用首先要有一定面积的集雨面。在城市雨水利用方面，屋顶、路面等不透水面都可以作为集雨面来收集雨水，城市绿地也可以作为雨水集水面。

(2) 输水系统

输水系统主要是指雨水输水管道。在整个城市的雨水利用系统中输水系统还包括城市原有的雨水沟、渠等。收集屋面雨水用雨水斗或天沟集水；收集路面雨水用雨水口；绿地雨水可由埋设穿孔管或挖雨水沟的方法收集。地面上的雨水经雨水口流入街坊、厂区或街道的雨水管渠系统。雨水管渠系统应设有检查井等附属构筑物。

现在的城市一般都有较完善的雨水排水系统，这为城市雨水的利用提供了相当便利的条件。

(3) 处理系统

处理系统是由于雨水水质达不到标准而设置的处理装置。天然降雨通过对大气的淋洗以及冲洗路面、屋面等汇集大量污染物，使雨水受到污染。但总体来说，雨水属轻污染水，经过简单处理即可达到杂用水标准。一般情况下，处理系统设过滤池。如不能达标，可用投加混凝剂或活性炭吸附等工艺处理。

(4) 存储系统

存储系统以雨水存储池为主要形式，我国降雨时间分布极不平衡，特别是在北方，6～9月份汛期多集中全年降雨的 70%～80%，且多以暴雨形式出现。要想利用雨水必须与一定体积的调节池存储雨水，其体积应根据具体的集雨量和用水量具体确定。

(5) 加压系统

雨水调节池一般设于地下，这样可以减少占地面积及蒸发量。但是造成了用水器具高于调节池水位，而且用水器具都要求一定的水头以及补偿中间管道损失，需要加压系统。在单幢建筑雨水系统利用中，加压设施可采用变频调速泵，在城市或小区雨水利用系统中，用普通加压水泵即可。

(6) 用水系统

为实现雨水的高效利用，用水器具应推广采用节水器具。

城市绿地、园林和花坛等是现代化城市基础设施的重要组成部分。随着市民生活水平的提高和环保意识的增强，城市绿化建设不仅可为市民提供娱乐、休闲、游览和观赏的场所，而且是改善和美化城市环境的重要措施。

随着城市化的发展，大量的道路、房屋等不透水面积的存在，使城市的降水入渗量大大减少，雨洪峰值增加，汇流时间缩短，并且随着城市面积增加，雨洪水量也将增加，导致城市下游地区的雨洪威胁加剧。扩大城市绿地面积，通过工程措施增加雨洪利用，既可减少城市雨洪灾害，又可缓解城市水资源短缺的矛盾，故对城市雨洪的调蓄利用是未来城市节水的方向之一。

4.3.5.3 沿海城市的海水利用

所谓海水利用是指不经过淡化处理而直接替代某些场合下所需的淡水（新水）资源。

海水作为水源一般用在工业用水和生活杂用水方面，海水的开发利用中，海水腐蚀和海生物附着会对管道和设备造成危害。海水利用范围近来随着防垢、防腐和海生生物防治技术的发展正在逐步扩大。按水的用途，我国沿海地区海水利用有以下几种。

(1) 海水用作工业冷却水

城市用水中，工业用水一般占 60% 左右，而工业用水中又有 70%~80% 为工业冷却水。目前，工业冷却用水是海水在工业上直接利用的主要用水，可广泛用于电力、机械、纺织、食品等行业。海水冷却应从间接直流循环为主转向循环冷却为主。

(2) 海水用作工业生产用水

在建材、印染、化工等行业，海水可直接作为生产用水。如用海水为原料可制成各种建筑用管材，包括制造类似钢筋混凝土的材料。因海水中含有许多促进染整作用的天然物质，直接用于印染工业，能促进染料分子加速上染；某些负电的元素还可以使纤维素表面产生排斥作用，减少灰尘，提高织物的质量。海水还可以用于洗涤和海产品加工。海水经过适当的预处理后，使之澄清并除去其中的菌类物质，完全可以代替淡水进行海产品的洗涤和加工。另外，碱厂采用海水作为化盐水，既节约了相当数量的自来水，又降低了盐耗，具有较大的社会效益。

(3) 海水用作城市生活用水

海水经过简单的预处理后即可替代自来水用于城市生活杂用，主要用于冲洗道路、冲洗厕所、消防、游泳用水等几个方面，其中海水冲洗厕所应用最广，其处理费用一般低于自来水的处理费用。推广应用后可取得一定的直接经济效益。据估计，冲洗厕所占城市生活用水的 1/3 左右，利用海水代替淡水冲厕，将对缓解沿海城市淡水资源紧缺做出一定的贡献。因而，海水冲厕将成为节水技术进步的一个新途径。

(4) 海水用作其他用水

海水还可直接用于其他方面，很多电厂用海水作为冲灰水，节省了大量的淡水。近来研究表明，海水用作烟气洗涤水，可以将烟气中的 SO_2 吸收再经曝气氧化为硫酸盐，经济有效地实现烟气脱硫，既节约了淡水资源，又消除了 SO_2 对大气的污染。

参 考 文 献

[1] 李云玲. 水资源需求与调控研究：博士论文. 中国水利水电科学研究院，2007.

[2] 霍雅勤，姚华军，王瑛. 中国水资源危机与节水潜力分析资源产业. 2003.

[3] 孙景亮. 海河流域节水型社会建设与国外节水技术经济的借鉴.

[4] 龙腾锐，何强. 国内外城市节水技术概述. 21st 中国城市水管理国际研讨会研究报告与论文.

[5] 杨建峰. 城市化和雨水利用. 北京水利，2001，(1).

[6] 刘昌明. 中国 21 世纪水问题方略. 1998，69.

[7] 吴佩林. 我国城市节约用水的潜力与对策分析. 山东理工大学学报. 2005，21 (6).

[8] 任杨俊等. 国内外雨水资源利用研究综述. 水土保持学报，2000.

[9] Doppelt B, Scurlock M, rissell C F, Karr J, Entering the Watershed. A New Approach to Save America's River Ecosystems. Island Press. Washington. D. C. , 1993.

[10] Naiman R J, Magnuson J J, Mcknight D M, Stanford J A. The Freshwater Imperative. Island Press. Washington. D. C. , 1995.

[11] 褚俊英，王灿，陈吉宁，王浩．城市节水和污水再生利用潜力的政策框架．中国给水排水，2007.

[12] 唐鹏等．国外城市节水技术与管理．北京：中国建筑工业出版社，1999.

[13] Colenbander H J. Water in the Netherland. The Hague, TNO Committee on Hydrological Research. The Netherlands Organization for Applied Scientific Research，1986, (11).

[14] 马小俊译．美洲的水资源管理．水利水电快报，1999. 29 (1)：26-27.

5 城市用水量预测方法技术

城市用水量预测在水资源规划和管理中起着重要的作用，它是供水决策、水利投资时的重要参考目标。合理的用水预测能使供水的投资更趋合理，推动经济的发展，需水预测要求以经济的发展特征和用水现状的研究为基础，需涉及地区经济模式和发展趋势。具体地说，必须研究工业发展趋势与产业结构的调整，人民生活水平提高的速度与程度等。由于工业、生活用水的供需规律不同需分别预测。

5.1 概　述

城市用水量预测是用预测理论和方法，并通过研究城市经济活动和文化活动等来推知需水发展规律，并对其可能产生的效果和趋势做出定性或定量的预见。其目的是在城市国民经济总体目标已定的条件下，预测满足国民经济发展规划和人民生活水平提高所需的水量，在此基础上进行水资源供需平衡分析，提出解决水资源紧缺的途径，为国民经济的宏观调控提供参考依据，因而城市用水的准确预测是保证国民经济发展战略目标实现的基础。

城市用水的发展和变化是由经济发展、生产力布局、科技水平、管理水平、人民生活水平、水资源条件、环境质量等一系列因素所决定的，要精确地描述其发展和变化规律是十分困难的，因而只能采用各种预测方法从不同的侧面，不同的层次来描述城市用水的发展变化规律，以求最大限度准确地估计出规划期用水量。

5.1.1 预测程序

城市需水量预测按预测的时效分为三类：短期预测，1～4年；中期预测，4～14年；长期预测，14～40年。城市用水量预测的时限一般与节水规划的规划期一致，按预测的需要来确定。城市需水预测一般为中、长期预测。在可能的情况下，应提出远景（30～40年）规划设想，对未来城市用水量做出预测，以便对城市发展规划、产业结构、水资源利用与开发、城市基础设施建设等提出要求。但是，较为长期的预测往往受用水政策变化、水价调整等宏观、全局因素的影响，容易造成较大的偏差。

城市需水预测的基本工作程序，一般可按图 5-1 所示的程序进行。

在图 5-1 所示的程序中，预测水平年是指按预测的期限确定的具体预测年份；预测方案是指在同一预测年份内，根据城市发展可能出现的情况选择几个预测方案。每一水平年还应根据国民经济和社会的发展，列出

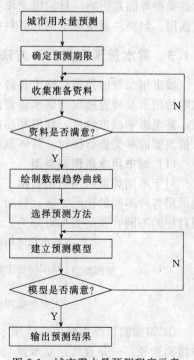

图 5-1　城市需水量预测程序示意

人口增长的高、低方案，工业总产值的高、低方案。

5.1.2　城市需水预测的基本资料

(1)　基本资料的种类

城市需水预测所用的基本资料有以下几种。

① 城市发展规划资料　城市发展规划资料包括城市的发展规模、城市的结构、工农业总产值、产值增长率、城市人口数及增长率等。

② 城市现状用水资料　城市现状用水资料包括城市历年用水量、各项用水考核指标等。

③ 工业企业用水资料。

④ 有关用水定额及标准、规定等。

⑤ 在有些水量预测方法中，还需要与用水量统计年份相应的平均气温、湿度等水量影响因素的资料。

(2)　基本资料获取的途径

城市需水预测的基本资料，可通过以下几个途径获得。

① 城市用水普查　这种方法是对城市内所有的用水单位，用统一标准、统一时间进行水平衡测试和统计计算。该法获得的资料精度较高，但费时费力，适用于中小城市。

随着城市水平衡测试工作的逐年开展，这一途径将是今后用水资料获取的主要来源。

② 抽样调查　根据城市各类用水分布情况，在同类行业用水单位中，选择有代表性的用水单位进行用水测试，求出各项用水的扩大指标，并以此推求同行业及整个城市的用水资料。该法所获得的资料精度受被抽样的单位影响较大，大中型城市一般采用此法。

③ 从各级政府发布的有关文件获得。

④ 从已公开发表的统计资料上获得。

⑤ 参考其他城市的有关资料　例如工业产品用水定额，因受生产的发展、工艺流程、设备类型等因素影响，目前国家没有统一标准，在缺乏本地区资料时，可参考其他城市的标准选用。但要注意参考引用的资料应具有一定的先进性，并结合本地区条件合理选用。

5.1.3　需水量预测类型及方法评述

城市用水量的预测是城市各种水规划的首要工作，是进行整个水系统规划设计的基础。规划的用水量将直接影响供水建设的规模、市政建设资金的投入和利用、水资源的开发和规划，甚至影响城市性质、规模和功能布局。目前，城市用水量预测的方法多种多样，下面对水量预测的种类进行探讨，具体预测方法手段将在后续内容中做进一步阐述。

(1)　城市用水量预测类型

对于不同类型的用水量，由于其影响因素及发展趋势不尽相同，遵循不同的发展规律，故采用各种不同的预测方法。针对不同的预测目标，可选择不同的数学模型进行预测。按预测目标的不同，预测类型可分为：

$$
\text{预测类型}
\begin{cases}
\text{城市总体用水量预测} \\
\text{城市综合生活用水量预测}
\begin{cases}
\text{人均生活用水量预测} \\
\text{人均居民生活用水量预测}
\end{cases} \\
\text{工业企业用水量预测}
\begin{cases}
\text{万元产值（或工业增加值）取水量预测} \\
\text{单位产品用水量预测}
\end{cases}
\end{cases}
$$

① 如预测目标为城市总体用水量、城市综合生活用水量、工业企业用水量，主要有两种预测途径：一是直接建立水量与时间的关系方程；另一种是建立水量与其影响因素的关系方程或函数关系。其中第二种方法需考虑各影响因素与时间的变化关系。

② 如预测目标为人均用水指标时，首先要预测两个要素：一是城市用水人口、城市生活设施的发展规模或工业总产值（或工业总增加值），其值一般要参考规划确定，此处用 H_i 表示；二是相应的用水指标 L_i，两者乘积后总和，得到预测年份的城市用水量 Q，即：

$$Q = \sum_{i=1}^{n} L_i H_i$$

当式中的 $n=1$ 时，就是综合用水指标法，此时 L 为用水指标综合加权平均值；H 为城市总人口、城市公共设施总规模或工业总产值（或工业总增加值）。

以上步骤的实现一般要通过建立数学模型的方法来实现，就是依据过去若干年的统计资料，建立起一定的数学模型，找出影响用水量变化的因素、时间因子与用水量之间的相互关系，来预测城市未来的用水量。对历史数据的利用和数学模型的选择是预测准确与否的关键。具体建模预测方法将在第二节详细介绍。

（2）城市各类用水量的预测

在完成水量预测之前，我们必须首先了解城市用水量预测都是哪些"用水量"的预测，这些用水量的概念是什么，它们各自都有什么特点，只有掌握了各类型用水量的规律、特性，才能进一步保证准确地预测出所需的城市用水量。这里按照城市综合生活用水量预测、工业企业用水量预测和城市总体用水量预测三种类型进行阐述。

① 城市综合生活用水量　城市综合生活用水量与城市的地理位置、性质、城市发展规模以及居民的生活习惯、气候特征、生活条件等因素有关。它是城市居民生活用水和公共市政用水两部分的总量。

a. 城市居民生活用水。城市居民生活用水是指使用公共供水设施或自建供水设施供水的，城市居民家庭日常生活使用的自来水。用水人是城市居民，用水地是家庭，用水性质是维持日常生活使用的自来水。核定居民生活用水量时，对于家庭内部走亲访友流动人口可不做考虑，对户口地与居住地分离的，按居住地为准进行用水量核定或考核。

影响居民生活用水量的因素有人口、居民居住条件、给排水及卫生设施水平、居民生活水平、气候条件、生活习惯等，同时供水条件、水价、计量方式也与之有一定的关系。

在预测城市居民生活用水时，一种方法是直接用城市居民生活用水量历史数据进行建模预测；第二种方法是当城市居民生活用水量的历史数据规律不明显或建模较复杂时，可以考虑用人均值进行预测，按照城市总体规划找出规划期内各年城市人口数，再乘以预测出的人均城市居民生活用水量，就得到了所需的城市居民生活用水量。

b. 公共市政用水。公共市政用水包括宾馆、办公、商业、娱乐、浴室、学校等处的用水。影响人均公共市政用水量的因素有公共市政配套水平、城市性质、城市规模等，同时与节水管理方式与管理水平、气候条件等有一定的关系。因此该指标应是随时空变化而变化的，即同一时间不同地点或同一地点不同时间都应是不同的。确定该指标时应充分考虑上述各因素，力争使该指标能符合当时当地的实际情况，以便使预测结果更加真实。

通常对城市各类公共市政历年和现状用水单耗进行统计，并参照有关公共建筑用水标准，确定规划期该城市的公共市政用水标准，从而算出公共市政用水量。

由于公共市政的种类和数量是按城市人口规模配置的，居民生活用水与公共市政用水间存在一定比例关系，因此在总体规划阶段可由居民生活用水量来推求公共市政用水量。城市性质、规模、第三产业发达程度等将影响其比例关系，且随社会经济发展而改变。如上海市1976 年居民生活用水与公共市政用水比例为 1：(0.22～0.47)，1992 年为 1：(0.41～1.30)。

在进行城市综合生活用水量预测时，只要根据上面的内容，分别求出城市居民生活用水量和公共市政用水量之后，将两项用水量加和，即可得城市综合生活用水量。

除此之外，要得到城市综合生活用水量预测值，还可以借助人均综合生活用水量进行预测。在现阶段我国的统计数据还不够系统、完善的情况下，此方法是一种较为实用的用水量预测手段。

该方法的主要参数为人均综合生活用水量，由于该参数是一个综合性的参数，其变化是有规律可循的，它就像模糊数学中的黑箱一样，无论有多少影响因素，中间变化过程多复杂，而最终输出的结果却是固定的、有章可循的。因此根据历史数据，参考国外的经验，并结合用水趋势情况，该参数是能够确定且可准确找出其规律的。用数学模型预测出人均综合生活用水量后，带入如下公式即可求出城市综合生活用水量。

其公式为：

$$Q_z = Nq_z k$$

式中，Q_z 为城市综合生活用水量；N 为规划期末人口数；k 为规划期用水普及率；q_z 为规划期的城市综合生活用水量。

② 城市工业用水量 城市工业用水量在城市总用水量中占有较大比例，其预测的准确与否对城市用水量规划具有重要影响。城市工业用水量对于城市规划中的工业结构调整、重大工业项目选址及城市用水政策制定等都有作用。城市工业取、用水量预测主要依据是城市国民经济和社会发展计划纲要和规划年远景目标，以城市工业总产值平均增长率作为控制指标进行预测。城市工业用水量涉及多方面的因素，与国民经济发展计划和远景规划密切相关。

城市工业用水量预测方法除了后面将要介绍的几种数学建模方法，还可以根据其特点采用单位面积指标法和万元产值需水定额法等方法进行预测。

a. 单位面积指标法。总体规划时，难以精确确定工业种类和产品生产情况，无法按单位产品的生产用水指标精确计算，再者，由于市场经济情况下工业项目的性质、生产管理、项目期限等都有不确定性，所以可采用工业用地单位面积用水指标来预测工业用水量。因为城市性质、工业种类、生产力水平的差别，工业用地用水指标也因地而异，各地应根据统计资料分析确定。工业性质和种类对用水指标的影响极大，如城市以化工、食品、制药、机械工业为主，工业用地面积比流量为 $(1.4\sim3)\times10^4 m^3/(km^2 \cdot d)$；以轻纺、电子、商贸为主，为 $(1\sim1.4)\times10^4 m^3/(km^2 \cdot d)$。按工业用地类型分，在规划时可以采用如下指标：一类工业用地 $(1.20\sim2.00)\times10^4 m^3/(km^2 \cdot d)$；二类工业用地 $(2.00\sim3.40)\times10^4 m^3/(km^2 \cdot d)$；三类工业用地 $(3.00\sim4.00)\times10^4 m^3/(km^2 \cdot d)$。除用地单位面积用水指标外，还可采用建筑单位用水指标，这比较适应于确定了容积率的情况，特别是控制性详细规划。表 5-1 是上海市工业建筑单位面积用水现状和规划值。

表 5-1 上海市工业建筑单位面积用水现状和规划值 单位：$m^3/(km^2 \cdot d)$

用水时间	1990 年	1994 年	2000 年	2020 年
工业建筑单位面积用水	3.10	2.40	2.20	1.60

b. 万元产值需水定额法。万元产值需水定额法是目前我国预测工业用水量常用的方法，该预测方法的准确与否主要取决于万元产值用水量这一指标，而这一指标具体量化起来又是非常困难的。影响万元产值用水量的因素比较多，如工厂加强管理，减少水的漏失及浪费，对用水多的老设备进行技术改造，采用用水少的工艺设备，工厂采用节水型卫生洁具节约用水，以及城市新建一些经济效益好、产值高、用水少的企业等，均会使万元产值用水量降低。因此不同行业或同行业不同企业，或同一企业不同产品或同类产品不同工艺之间的万元产值耗水量可相差几倍、几十倍，甚至是几百倍，而这些具体数据又难以系统、完整地获得。因此对此定额的简化处理往往是非常困难的。再者"产值"的概念及其"含金量"具有

不确定性，不便于横向和纵向的比较，因而也难以反映用水效率的水平，往往使预测结果偏大。随着我国统计工作的普及与深入、统计数据的系统与完善，万元产值定额法将被单位产品定额法所取代。

现将工业用水指标中在应用时易混淆的一些概念如取水量、用水量、再用量、耗水量、排水量等之间的相互关系说明如下（见图5-2）。

对城市水规划来讲，关心的是工业企业从水源或管网中所取用的水量和排放到城市污水管道的水量。所以给水工程通常把工业取水量称为工业用水量，城市用水量预测所言的工业用水量也是指工业取水量，而不注意工业企业生产单位产品所需要的

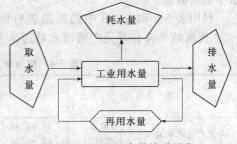

图 5-2　工业用水量关系示意

总的用水量。万元工业产值取水量指工业企业在某段时间内，每生产1万元产值的产品所使用的生产需水量。根据确定的万元产值取水量和规划期的工业总产值，可以算出工业用水量：

$$Q=WA$$

式中，Q 为规划期工业用水量，m^3；W 为规划期工业万元产值取水量，$m^3/$万元；A 为规划期市区工业总产值，万元。

不同的行业和同行业不同企业之间的万元产值取水量的差距较大，有的达 $1000m^3/$万元以上，也与一些用水量较少的无污染和高新技术工业有关系。由于各地在工业结构、产值、工艺技术、管理水平、水资源情况上的差异，万元产值取水量相差较大。

我国许多城市通过技术改造、推广节水措施、增加产值高且用水少的企业等使万元产值取水量只有 $20\sim40m^3/$万元，这与工厂加强节水管理、设备的技术改造、产品结构、工业性质工艺流程等因素有关，呈下降趋势，但下降速度在逐年减慢。世界发达国家的情况也表明了这一点。万元产值取水量的确定可采用指数回归和庞伯兹曲线法推求，也可利用工业万元产值用水量降低及再用率提高法来计算。

这里以河北省某中等城市为例说明使用万元产值需水定额法预测工业取水量。

该中等城市万元产值取用水量（不含电）、万元产值取用水量（含电）数据如表5-2和表5-3所列（表中数据均是按90年不变价计算得到的）。

表 5-2　该城市 1989～1998 年万元产值取、用水量（不含电）　单位：$m^3/$万元

年　份	1991	1992	1993	1994	1994	1996	1997	1998
万元产值取水量	116.10	139.40	110.20	110.13	93.40	88.07	97.11	102.08
万元产值用水量	433	826	613	682	484	440	607	638.00

表 5-3　该城市 1983～1998 年万元产值取、用水量（含电）　单位：$m^3/$万元

年份	1983	1984	1984	1986	1987	1988	1989	1990
万元产值取水量	269.76	267.44	208.24	187.69	167.03	162.49	147.76	143.47
万元产值用水量	1979.19	1910.97	991.41	1042.72	1044.03	1136.14	1044.46	1467.04
年份	1991	1992	1993	1994	1994	1996	1997	1998
万元产值取水量	116.10	140.00	124.10	113.26	97.24	92.00	101.86	101.49
万元产值用水量	432.94	937.44	781.82	716.83	614.40	496.41	640.62	638.94

万元产值取（用）水量的值总体趋势是递减的，有比较明显的线性特征。因此，采用指数型回归方程进行计算，其数学表达式为：

$$Q_n = a \cdot x^b$$

式中，Q_n 为第 n 年的万元产值用水量预测值；a、b 为回归系数；x 为预测年与预测起始年的差值加 1。

利用表 5-2 和表 5-3 中的数据进行回归计算，求出回归系数，即可进行预测，详见表 5-4。预测结果符合万元产值取水量理论上的变化趋势，这说明模型的精确度是较高的。

表 5-4　规划年万元产值取、用水量预测表　　　　　　单位：m^3/万元

项　　目		2000	2010	回归系数		相关度 R
				a	b	
万元产值取水量	含电力	97.64238	80.24741	324.6782	−0.424049	0.94378
	不含电力	93.41284	83.74963	128.7378	−0.144979	0.71142
万元产值用水量	含电力	634.0973	419.9194	2138.881	−0.429137	0.86421
	不含电力	463.7847	401.9404	749.428	−0.143246	0.74140

得到万元产值取、用水量后，可以通过下列公式进行工业取、用水量的计算。计算结果见表 5-5。

$$Q_i = A_i W_i \tag{5-1}$$

式中，Q_i 为预测年工业取（用）水量；A_i 为预测年工业总产值；W_i 为预测年万元产值取（用）水量。

表 5-5　万元产值取水量法预测规划年工业取、用水量

项　　目	含电力		不含电力	
	2000	2010	2000	2010
工业产值/万元	48.1494	114.0126	46.23	109.44
万元产值取水量/(m^3/万元)	97.64238	80.24741	93.41284	83.74963
取水量/m^3	4700	9100	4320	9100
万元产值用水量/(m^3/万元)	634.0973	419.9194	463.7847	401.9404
用水量/m^3	30440	47230	23210	44000

c. 单位产品需水定额法。单位产品需水定额法是一种较为准确的工业用水量预测方法，在我国还没有被普遍应用，其原因是现阶段我国没有建立该项指标的统计体系，使该方法的应用受到了限制，不过随着统计工作的健全完善，该方法将会被广泛使用。

单位产品需水定额法是根据单位产品的用水量以及该产品的总生产量，计算出生产该产品的用水量，行业中各产品的用水量之和便是行业用水量，各行业用水量之和便是工业生产总用水量。

d. 万元产值用水量降低及再用率提高法。采用万元产值用水量降低及再用率提高法进行工业取水量预测，充分考虑了在再用率提高的同时，万元产值用水量变化的情况，比较符合实际情况，适用于中长期城市工业取水量的预测。

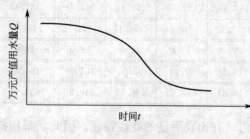

图 5-3　万元产值取水量变化曲线

工业总用水量为所取用新水与再用水量之和。工业用水再用率就是指在一定的时间内（如年），生产过程中使用的再用水量与总用水量之比。科技的进步和节水措施的采用使工业产值不断增加，水的再用率逐渐提高，而万元产值取水量不断减少。当再用率增长到一定程度后，再提高就比较困难了，因此再用率的速度增长缓慢，如图 5-3 所示。表 5-6 列有各种

工业用水再用率的合理值。

表 5-6　各种工业用水再用率合理值

行　　业	钢铁	有色金属	石油工业	一般工业	造纸	食品	纺织	印染	机械	电力
重复利用率/%	90~98	80~94	84~94	80~90	60~70	60~80	60~80	30~40	40~60	84~94

当城市工业结构已基本趋向稳定、无根本性变化时，万元产值取水量基本取决于工业用水再用率。根据万元产值取水量与用水再用率之间的关系，可以推导出下式：

$$W_i = \frac{1-P_i}{1-P_0} W_0$$

式中，W_i 为预测年份（i）的万元产值取水量，$m^3/$万元；P_i 为预测年份（i）所规划的工业用水再用率，%；P_0 起始年份所统计的实际工业用水再用率，%；W_0 为起始年份所统计的实际万元产值耗水量，$m^3/$万元。

求出 W_i 后，再根据式(5-1)计算出工业用水量。

e. 生产函数法。在城市工业用水预测中，引入经济理论中描述生产过程的柯布-道格拉斯（Cobb-Douglas）生产函数，可以建立预测模型。首先构造一个描述逐年城市供水能力的生产函数。

$$W_{(t)} = b_0 \left[P_{(t)} \right]^{b_1} \left[W_{(t-1)} \right]^{b_2}$$

式中，b_0、b_1、b_2 为参数；$W_{(t)}$ 为城市第 t 年的供水能力；$W_{(t-1)}$ 为城市第（$t-1$）年的供水能力；$P_{(t)}$ 可以为城市第 t 年的工业产值，也可以为第 t 年的人口数。

根据历史数据系列，用回归方法求出生产函数的参数值，然后再依历史数据和此数字模型求解，得到城市工业用水量的预测。为了达到较好的精度，可建立多层模型进行预测。利用计算机能快捷有效地求得结果。

f. 用水增长率趋势法。用水增长率趋势法是一种较为简便快捷的需水预测方法，该方法是通过历年工业用水增长率，来推算未来工业用水量。预测不同年份用水量的计算公式为：

$$S_i = S_0 (1+d) n$$

式中，S_i 为预测某一年工业用水量，m^3；S_0 为预测起始年份工业用水量，m^3；d 为工业用水平均增长率，%；n 为从起始年份至预测某年份所间隔的时间，年。

这种方法是一种纯数学的方法，对资料的要求不高，因其易于计算而被普遍应用。但此方法由于考虑的因素较少，预测结果往往与实际偏差很大，一般不宜单独使用，而是首先以其预测发展趋势，然后再配合其他方法进行预测。

g. 因子分析法。工业用水与工业产值（a）和单位工业产值用水量（b）具有内在的联系，因此，要预测某年的工业用水量，首先应对公式 $Q=ab$ 中所含因子 a 和 b 做出具体的分析，并进行计算和检验。

h. 工业用水增长弹性系数法。工业用水量不仅与工业用水增长率有关，而且与工业总产值增长率有关。如果单用工业总产值增长率来预测，只考虑未来工业发展的速度，显然误差较大。为此，进行预测时需同时考虑工业用水增长率和工业总产值增长率，二者的比值叫做工业用水增长弹性系数（TA）。这种方法充分考虑了未来工业产值对工业用水增长的限制。计算公式为：

$$Q_n = Q_{n-1} \times [1 + TA \times F_n]$$

式中，Q_n、Q_{n-1} 分别为第 n 年和第 $n-1$ 年对工业用水量；F_n 为第 n 年的工业产值增长率。

工业用水量预测除了上述方法外，还可采用生长曲线法、灰色系统理论方法等，各种预测方法都有一定的适用范围，应根据可能获得的资料和规划要求选用。影响工业用水的因素很多，比较密切的有工业用水再用率、工业产值、工业产品技术进步指数、工业水价格、政策性节水率等。从城市角度，有工业结构、产业政策、生产力发展水平、城市水资源、城市用水政策等因素影响城市工业用水量。在预测时，应防止简单地选用参数、套用公式，而要科学分析、合理把握诸多因素对工业用水的影响，掌握大的趋势。如由于我国城市水资源的紧张和水环境的局部恶化，治水成本的提高，许多城市努力减少用水量，工厂纷纷采用节水措施，推行清洁生产，从而使万元耗水量逐年下降，工业水再用率逐步提高，所以尽管工业产值和规模增加了，用水量反而没有增加。一些城市调节产业结构，"退二进三"（努力发展第三产业，适当压缩第二产业），大力发展高新技术产业，使工业用水量减少。

③ 城市用水总量　城市用水总量是整个城市在一定时间内的耗水总量，除城市给水工程统一供水的居民生活用水、公共建筑用水、工业用水、市政用水及消防用水的总和外，还包括企业自备井的用水量。要完成一个城市的供水规划，城市用水总量的预测是必需的，因为只有确定了城市用水总量，才能进一步估算城市管网的具体铺设方案，供水公司的供水量大小等。

(3) 城市用水量预测应注意的问题

① 充分分析判别过去的资料数据　由于历史的原因，我国城市经济发展和建设有过一些波折，不同的历史阶段，用水量有不同的变化规律。选用数据时，应考虑各种历史因素，若采用不恰当的资料，可能使外推结果随时间失去精确性。如改革开放以来，不少城市的供水递增率都很高，有一些都在8％以上，但这种情况只能存在于一定的历史阶段，若直接采用这些指标就可能失误很大。

② 应充分考虑各种因素的影响

a. 注意人口的增长流动。随着城市化水平的提高，大量的农业人口涌入城市，使得城市用水人口增长率远远大于城市人口增长率。预测城市用水量时，应充分考虑、认真研究流动人口的用水情况。

b. 掌握城市用水的变化趋势。一个特定的城市，在一定的历史阶段，受到技术经济发展和水资源的限制，城市用水量变化呈阶段性。在初始阶段，经济发展和生活水平较低，用水量变化幅度较小，但随时间推移会增大；发展阶段，随着工业的发展、城市人口聚集、生活水平的提高，城市用水量骤增，变化幅度较大；饱和阶段，城市水资源的开发受到限制，重复用水措施大力推广，新增用水量主要靠重复用水来解决，城市用水总量趋于饱和，变化幅度逐渐变小，有时还会负增长。这是许多城市的发展规律，在规划城市用水量时应注意这种趋势。如东京在20世纪60~70年代的高速发展期，城市用水量增长很快。1969年曾规划预测1990年城市人均用水量将由1969年的471L/(人·日)上升到1990年的920L/(人·日)，但1973年后由于社会大力节约用水，且经济发展速度减缓，至1989年人均用水量下降到444L/(人·日)，而工业用水再用率由48.1％上升到74％。据我国"七五"、"八五"期间部分城市供水量统计资料，年供水量增长率的大小与供水规模成反比，即随人口增长，工业发展速度趋于平稳，自来水发展到一定规模，城市供水量增长率会放慢或下降。

③ 应注意城市自备水源的水量　城市中的一些用水大户（如大型工矿企业）常以自备水源供水，而不直接从城市管网中取水，这部分水量有时没有包含在历年数据中，预测时不应漏掉。在水资源规划和水量平衡时，对自备水源应进行统一规划。

(4) 小结

① 城市用水根据用水使用目的不同，在进行用水量的计算时，可分为生活用水、工业用水、市政用水和消防用水四种基本类型。根据对用水类型的不同归类，也有其他几种分类方法；另一种分类是按居民生活用水、工业用水、大生活用水（又称非工业用水）来进行分类，其中大生活用水指除居民生活用水和工业用水以外的其他用水，包括公共建筑、市政用

水等；第三种分类是按大生活用水和工业用水分成两类，其中大生活用水包括居民生活用水、公共建筑用水、市政用水等。

② 城市用水量预测可按照城市综合生活用水量预测、工业企业用水量预测和城市总体用水量预测三种类型进行分类。

③ 对于目前我国普通中小城市的用水量预测，较适合采用以下预测模式。

a. 城市综合生活用水量预测。城市生活用水指标的预测推荐采用庞伯兹生长曲线方法，符合生活用水的发展规律。庞伯兹生长曲线法的数学模型为：

$$Q = Le - b\exp(-kt)$$

公共设施用水指标为居民生活用水指标的 $0.6 \sim 0.7$，再用加和法（城市居民生活用水量与公共市政用水量之和）得到人均综合生活用水定额。

b. 城市工业用水量预测。工业用水量的预测推荐采用万元产值用水量降低和重复利用率提高的方法，充分考虑节水产生的效果，综合分析万元产值用水量降低和重复利用率提高两方面因素的变化，符合工业用水的实际，预测结果精度较高，特别适用中远期的预测。

采用如下预测模型：

$$Q_i = W_i A_i = \frac{1-P_i}{1-P_0} W_0 A_i$$

c. 城市用水总量预测可采用人均综合指标法来预测城市用水总量。

④ 我国城市用水量预测中存在的问题　长期以来，我国在用水需求的预测上一直过于"超前"，过去许多部门的预测结果都已经或即将被证明是明显偏大的。造成需水量偏高的基本原因：主观上对经济发展和用水需求的客观规律没有认识清楚，误以为随着经济发展，用水量也必然不断增加。实际上随着科技水平的提高，经济结构的变化以及防治污染和水价提高等各种因素的影响，用水定额会不断降低。一些发达国家在国民经济增长的情况下，用水量出现零增长甚至负增长的事实，客观上许多预测方法本身也存在明显的局限性。

从原有预测结果的验证及现有预测结果的分析来看，由于预测方法的不同甚至局限性，许多预测的长期需水量都处于偏大状态。如有关预测表明，我国 1990 年的总需水量为 $4411 \times 10^8 \mathrm{m}^3$，而 1994 年我国总用水量实际上仅 $4100 \times 10^8 \mathrm{m}^3$。长期预测结果偏大的原因如下。

a. 目前各地常用的指数法、定额预测方法具有一定的局限性，因为这些常用的方法只能反映一种平稳几何的增长过程，随着时间的延伸可以无限地增大。但实际用水过程是与社会经济发展速度、方向、政策、技术进步等难以确定的因素密切相关，甚至受自然条件（丰枯水）波动的影响。预测模式中参数机制与取值不当使需水过程难以被准确描述。

b. 工业结构复杂而且多变，单一的万元产值耗水量与单位产品耗水量用来计算整个工业需水误差较大；工业用水量取决于工业的规模、结构、工艺水平、节水技术与管理水等因素，其中工业结构对工业用水长期增长趋势具有明显的影响，而工业结构在工业化过程中变化很大，故简单地根据工业总规模（如总产值）预测用水量的长期增长趋势误差较大。

预测工业用水的增长趋势，需要考虑用水条件改善、单位产品耗水降低及管理水平提高等因素。工业用水的增长率一般呈下降趋势。如日本 $1960 \sim 1970$ 年工业用水平均增长率为 6%，$1970 \sim 1984$ 年的计划增长率为 4.4%；法国 $1944 \sim 1970$ 年工业用水平均增长率为 4%，计划 $1970 \sim 2040$ 年的增长率为 3%。

随着统计资料的日趋完善以及人们对水量预测理论方法的更深入研究，以往像用水增长趋势法、弹性系数法等简单的预测方法就显得理论过于简单、结果可信度不高，基本不再应用。现阶段我们常常应用于城市水量预测实际的方法是回归分析法、时间序列、灰色模型、BP 神经网络模型、系统动力学方法等基于数学模型建立的科学系统的预测方法。这些预测方法虽然比较复杂，但是它们却能更精确地反映出城市用水量的变化趋势。城市用水量数学模型的建立也成为城市水量预测的核心环节。

下面就对各种建立城市数量预测模型的方法进行介绍。

5.2 预测方法及模型建立

根据不同的水量变化趋势以及已知资料的完整程度，有不同的水量预测方法。常用的水量预测模型和方法有：回归分析模型、灰色模型、时间序列模型、BP神经网络模型、系统动力学方法等。下面分别对这几种方法在水量预测中的应用进行探讨。

5.2.1 回归分析模型

回归分析法是通过数理统计方法确定观察数据变量之间定量关系的统计方法，通过回归分析建立起来的变量间函数关系式就是回归方程。回归分析中，根据自变量的数目可分为一元回归分析和多元回归分析；根据描述自变量与因变量之间因果关系的函数表达式是线性的还是非线性的，分为线性回归分析和非线性回归分析。

目前，回归分析法已较为成熟，在各个领域得到了广泛的应用。在城市水量预测中，我们利用回归分析法分析所获得的水量历史数据，确定水量及其影响因素等变量之间的函数关系，进而建立回归预测模型，这样我们利用得到的回归模型以及自变量（如降水量、水价、气温等），便可对城市未来需水量进行预测，对所得结果进行误差分析合格后就确立了城市水量的预测模型。

(1) 一元线性回归模型

一元线性回归模型即描述因变量与一个自变量之间线性关系的模型，它是最简单的一类回归分析模型。要判断水量历史数据与变量之间是否符合一元线性回归关系，我们可将水量历史数据 q 和自变量 x 在直角坐标系中绘制出 x-q 散点图。通过对散点图的观察，看其变化规律是接近直线，还是曲线，这样就可以直观地、整体地对 q 和 x 的关系以及它们之间的变化规律形成初步认识，判断它们是否符合线性关系。

① 模型形式　我们知道，标准的线性关系是：

$$y = a + bx$$

在水量预测中，由于各期水量都是随机过程，所以水量与主要影响因素之间不可能呈现严格的线性关系，而这些随机偏差在一元线性回归模型中就表现出误差项的存在。如果水量 q 和自变量 x 满足：

$$q_i = a + bx_i + \varepsilon_i \quad (i = 1, 2, \cdots, n)$$

则水量 q 和自变量 x 就符合一元线性回归关系。式中，a 作为常数项，b 是回归系数，$a + bx$ 构成了水量 q 随 x 变化的线性趋势部分，也叫做经验回归公式；ε_i 是随机误差项，反映了一切随机影响因素的总和，且 ε_i 应满足如下条件。

a. 正态性假设：ε_i 应服从正态分布；

b. 无偏性假设：ε_i 的数学期望应等于零，即：$E(\varepsilon) = 0$；

c. 同方差性假设：所有的 ε_i 具有相同的方差，即：$D(\varepsilon) = \sigma^2$，这也说明了随机误差项 ε_i 与自变量 x_i 及因变量 q_i 之间是相互独立的；

d. 独立性假设：ε_i 表示的是随机过程中抛开线性成分的所有随机因素的总和，因此 ε_i 中每项都是相互独立的，且满足 $\mathrm{COV}(\varepsilon_i, \varepsilon_j) = 0$，$(i \neq j)$。

② 一元线性回归方程系数的最小二乘估计　一般来说，不可能求出回归方程 $q = a + bx$ 的精确表达式，我们只能根据样本数据 (x_1, q_1)，(x_2, q_2)，…，(x_n, q_n) 对回归方程进行估计。

假设 $\hat{a}$，$\hat{b}$ 分别为 a，b 的估计值，则称以下方程：

$$\hat{q} = \hat{a} + \hat{b}x$$

为 q 关于 x 的经验回归方程，其图形称为回归直线。

由一元线性回归模型 $q_i = a + bx_i + \varepsilon_i$ 可知，每一个散点 (x_n, q_n) 与回归直线之间的偏差为：

$$\varepsilon_i = q_i - a - bx_i \quad (i = 1, 2, \cdots, n)$$

随机误差项 ε_i 在散点图上表现为各个散点 (x_i, q_i) 与回归直线的纵向距离。要通过样本的观测值得到回归方程 $\hat{q} = \hat{a} + \hat{b}x$，也就是选取适当的 $\hat{a}$，$\hat{b}$，使各散点与回归直线之间的总偏差达到最小，即使偏差平方和：

$$Q(a,b) = \sum_{i=1}^{n} \varepsilon_i^2 = \sum_{i=1}^{n} (q_i - a - bx_i)^2$$

达到最小。由于 $Q(a,b)$ 是 a，b 的非负二元函数，因此最小值一定存在，此时就确定了最合适的 $\hat{a}$，$\hat{b}$，它们也分别称作 a，b 的最小二乘估计。

要使 Q 达到最小，求它关于 a，b 的偏导数并令其为零即可。由此，得到如下方程组：

$$\begin{cases} \dfrac{\partial Q}{\partial a} = -2 \sum_{i=1}^{n} (q_i - a - bx_i) = 0 \\ \dfrac{\partial Q}{\partial b} = -2 \sum_{i=1}^{n} (q_i - a - bx_i)x_i = 0 \end{cases}$$

经整理，可得：

$$\begin{cases} na + b \sum_{i=1}^{n} x_i = \sum_{i=1}^{n} q_i \\ a \sum_{i=1}^{n} x_i + b \sum_{i=1}^{n} x_i^2 = \sum_{i=1}^{n} x_i q_i \end{cases}$$

此方程组称为正规方程组，通过解此方程组可得到 a，b 的最小二乘估计值：

$$\begin{cases} \hat{a} = q_i - \hat{b}\bar{x} \\ \hat{b} = \dfrac{S_{xq}}{S_{xx}} \end{cases}$$

其中：

$$S_{xx} = \sum_{i=1}^{n} (x_i - \bar{x})^2$$

$$S_{xq} = \sum_{i=1}^{n} (x_i - \bar{x})(q_i - \bar{q})$$

由此就得到了关于水量样本的一元线性回归方程：

$$\hat{q} = \hat{a} + \hat{b}x$$

③ 一元线性回归模型的显著性检验　仅仅凭借对 x-q 散点图的观察就主观确定水量 q 与自变量 x 之间呈线性关系是错误的，因为最小二乘法可以对任意一组观测样本值 (x_1, q_1)，(x_2, q_2)，$\cdots$，(x_n, q_n) 求出一条回归直线方程，但只有通过模型显著性检验的一元线性回归模型才能证明水量 q 与自变量 x 之间确实是呈线性关系，也只有通过模型显著性检验的一元线性回归模型才能应用于水量预测。

对一元线性回归模型进行显著性检验，也就是检验 q 与 x 是否有显著的线性关系，亦即

检验回归系数 b 是否为零，于是提出检验假设：

$$H_0 : b = 0$$

在一定的显著性水平下，若假设检验拒绝了 H_0，则认为 q 与 x 之间存在显著的线性关系，即所求回归方程是显著的，可以用于水量预测；反之则回归方程不显著，不可用于水量预测。

记：

$$U = \sum_{i=1}^{n} (\hat{q}_i - \bar{q})$$

U 称为回归平方和，它是回归值 $\hat{q} = \hat{a} + \hat{b} x_i$ 与平均值 $\bar{q}$ 之差的平方和，反映由于 x 对 q 的线性影响引起的 q 的观测值与平均值 $\bar{q}$ 的离散程度。

记：

$$Q = \sum_{i=1}^{n} (q_i - \hat{q}_i)^2$$

Q 称为剩余平方和或残差平方和，它反应的是刨除 x 对 q 的线性影响后，其他因素及随机误差引起的水量观测值 q 与平均值 $\bar{q}$ 的离散程度。

于是统计量：

$$F = \frac{U/1}{Q/(n-2)} \sim F_\alpha (1, n-2)$$

式中，α 为显著性水平。若 $F > F_\alpha(1, n-2)$，拒绝原假设 H_0，表明回归效果显著，求得的回归方程可用于水量预测；若 $F \leqslant F_\alpha(1, n-2)$，接受原假设 H_0，此时回归效果不显著，所求回归模型并不适合该情况下的水量预测。

(2) 多元线性回归模型

在大多数水量预测实际问题中，仅仅用一个变量来解释预测用水量 q 的变化规律是不够的，用水量 q 往往与多个影响因素变量有关，如降水量、温度、节假日、水价等。因此要较准确地进行水量预测，就应当将所有影响因素变量包容到回归模型中，也就是建立多元回归模型。多元回归模型包括：多元线性回归模型和多元非线性回归模型。

① 多元线性回归模型形式　多元线性回归模型就是回归方程呈线性形式的多元回归模型，它的回归方程形式为：

$$q_i = a + b_1 x_{i1} + b_2 x_{i2} + \cdots + b_p x_{ip} + \varepsilon_i, \ i = 1, 2, \cdots, n$$

方程也可写成如下形式：

$$q_i = a + \sum_{p=1}^{p} b_p x_{ip} + \varepsilon_i, \ i = 1, 2, \cdots, n$$

式中，p 为影响因素变量 x 的个数；n 为历史数据个数。多元回归方程的样本即：

$$(x_{11}, x_{12}, \cdots, x_{1p}, q_1), \cdots, (x_{n1}, x_{n2}, \cdots, x_{np}, q_n)$$

② 参数的最小二乘估计　和一元线性回归一样，我们用最大似然估计法，求出系数 b_1，b_2，$\cdots$，b_p 的最小二乘估计值。也就是使当：$a = \hat{a}$, $b_1 = \hat{b}_1$, $\cdots$, $b_p = \hat{b}_p$ 时，$Q = \sum_{i=1}^{n} (q_i - a - b_1 x_{i1} - b_2 x_{i2} - \cdots - b_p x_{ip})^2$ 达到最小。

分别令 Q 对 a，b_1，b_2，$\cdots$，b_p 的偏导数等于零，得到如下方程组：

$$\begin{cases} \dfrac{\partial Q}{\partial a} = -2 \sum_{i=1}^{n} (q_i - a - b_1 x_{i1} - b_2 x_{i2} - \cdots - b_p x_{ip}) = 0 \\ \dfrac{\partial Q}{\partial b_j} = -2 \sum_{i=1}^{n} (q_i - a - b_1 x_{i1} - b_2 x_{i2} - \cdots - b_p x_{ip}) x_{ij} = 0 \end{cases}$$

式中，$j=1$，2，$\cdots$，p。由此化简可得到正规方程组，如下：

$$\begin{cases} na+b_1\sum_{i=1}^{n}x_{i1}+b_2\sum_{i=1}^{n}x_{i2}+\cdots+b_p\sum_{i=1}^{n}x_{ip}=\sum_{i=1}^{n}q_i \\[2mm] a\sum_{i=1}^{n}x_{i1}+b_1\sum_{i=1}^{n}x_{i1}^2+b_2\sum_{i=1}^{n}x_{i1}x_{i2}+\cdots+b_p\sum_{i=1}^{n}x_{i1}x_{ip}=\sum_{i=1}^{n}x_{i1}q_i \\[2mm] \qquad\qquad\qquad\qquad\qquad\vdots \\[2mm] a\sum_{i=1}^{n}x_{ip}+b_1\sum_{i=1}^{n}x_{ip}x_{i1}+b_2\sum_{i=1}^{n}x_{ip}x_{i2}+\cdots+b_p\sum_{i=1}^{n}x_{ip}^2=\sum_{i=1}^{n}x_{ip}q_i \end{cases}$$

此方程组的求解远比一元线性回归模型的求解复杂得多，在实际应用中常借助计算机来求解。通过对正规方程组的求解可以得到：

$$\hat{q}=\hat{a}+\hat{b}_1x_1+\hat{b}_2x_2+\cdots+\hat{b}_px_p$$

此方程式称为 p 元经验线性回归方程。

③ 多元线性回归模型的显著性检验　与一元线性回归一样，我们所求解的回归模型仅是对水量 q 和影响因素变量之间关系的主观判断，具体实际是否符合求得的回归模型需要通过对模型的假设检验以验证其显著性。

提出检验假设：

$$H_0：b_1=b_2=\cdots=b_p$$

若在显著性水平 α 下拒绝 H_0，则认为回归效果显著，回归模型可以应用于实际预测。

记：

$$U=\sum_{i=1}^{n}(\hat{q}_i-\bar{q})$$

U 称为回归平方和，它是回归值 $\hat{q}_i=\hat{a}+\sum_{p=1}^{p}\hat{b}_px_{ip}$ 与平均值 $\bar{q}$ 之差的平方和，反映由于 x 对 q 的线性影响引起的 q 的观测值与平均值 $\bar{q}$ 的离散程度。

记：

$$Q=\sum_{i=1}^{n}(q_i-\hat{q}_i)^2$$

Q 称为剩余平方和或残差平方和，它反应的是刨除 x 对 q 的线性影响后，其他因素及随机误差引起的水量观测值 q 与平均值 $\bar{q}$ 的离散程度。

于是统计量：

$$F=\frac{U/p}{Q/(n-p-1)}\sim F_\alpha(p,n-p-1)$$

式中，α 为显著性水平。若 $F>F_\alpha(p,n-p-1)$，拒绝原假设 H_0，表明回归效果显著，所求回归方程可用于水量预测；若 $F\leqslant F_\alpha(p,n-p-1)$，接受原假设 H_0，此时回归效果不显著，表明该回归模型不适于该情况下的水量预测。

(3) 非线性回归模型

水量是受多种因素共同影响的变化量，水量历史数据的产生可以看做是一个随机过程。因此，在水量预测实际问题中，水量与影响因素变量之间很少存在上述的线性关系，而大多数是呈非线性关系的。要解决此类问题，即对水量与影响因素变量之间呈非线性关系的水量历史数据进行回归分析预测，就要建立非线性回归预测模型。

在非线性回归模型中又包括这样两类模型：本质线性回归模型和本质非线性回归模型。

对于模型形式是非线性的，但是可以通过变量的转换转化为线性模型的非线性模型，我们称之为本质线性回归模型。对于模型形式是非线性的，且不能通过变量转换转化成为线性模型的称之为本质非线性回归模型。对于不同种类的非线性模型，需采取不同的方法进行处理。下面将对这两类非线性模型的处理方法进行介绍。

① 本质线性回归模型 对于给定的水量 q 及变量 x 的历史数据，我们需通过描绘出 x-q 散点图对 q、x 的关系进行初步判断。对于明显呈非线性关系的数据样本，需要我们根据其形式判断出 q、x 是否呈本质线性回归模型。

本质线性模型的处理方法的基本思想是：通过变量替换，并利用原始数据及变换形式求得变换后新变量的样本值，再对变换后的线性模型进行线性回归分析。

常见的本质线性模型有六种，表 5-7 给出这些模型的标准方程以及转换方法。

表 5-7 曲线模型的标准方程及转换方法

曲线名称	标准方程	变量替换	变换后线性方程
幂函数曲线	$y=ax^b(x>0,a>0)$	$v=\ln y, u=\ln x$	$v=\ln a+bu$
双曲线	$\dfrac{1}{y}=a+\dfrac{b}{x}$	$v=\dfrac{1}{y}, u=\dfrac{1}{x}$	$v=a+bu$
指数曲线	$y=ae^{bx}(a>0)$	$v=\ln y$	$v=\ln a+bx$
倒指数曲线	$y=ae^{\frac{b}{x}}(a>0)$	$v=\ln y, u=\dfrac{1}{x}$	$v=\ln a+bu$
对数曲线	$y=a+b\ln x(x>0)$	$u=\ln x$	$y=a+bu$
S 形曲线	$y=\dfrac{1}{a+be^{-x}}$	$v=\dfrac{1}{y}, u=e^{-x}$	$v=a+bu$

通过以上变换处理，水量 q 与影响因素变量 x 之间的非线性函数关系就转换成为了现行的回归方程函数关系，进而用前两节解线性回归方程的方法便可以进行方程的求解。

本质线性函数的线性化方法具有简单易行等优点，但是它也具有很多不足之处：

a. 只适用于本质非线性模型，对于其他的非线性模型不能应用此方法分析；

b. 解线性化方程得到的最小二乘估计值只是针对该线性方程的，得到的最优解也是该线性方程的最优解，也就是说线性化方法得到的最优解对原非线性方程没有最优性可言，这就使回归效果受到一定程度的影响，对解得的非线性方程必须进行后续检验；

c. 非线性模型函数形式及变换方法源自预测人员对原始数据样本的判断，如果预测人员确定的模型形式与实际 x-q 关系不符，那么虽然经线性化方法处理分析后会得到非线性方程的解，但是这个结果对水量预测没有任何意义。

② 本质非线性回归模型 上述的六种本质线性回归模型，我们已经知道了其模型的标准函数方程，但是，在有些水量预测问题中，函数形式复杂且不能通过散点图做出明确判断，针对这种情况，我们就可以用多项式回归的方法或是借助于 SPSS 进行分析处理。

a. 多项式回归分析。多项式回归分析根据自变量 x 的多少可分为一元多项式回归分析和多元多项式回归分析。这里，仅对一元多项式回归分析做简要介绍。

设水量 q 和影响因素变量的回归模型为：

$$q=a+b_1x+b_2x^2+\cdots b_px^p+\varepsilon$$

式中，p 为变量个数；ε 随机误差项服从正态分布，即 $\varepsilon \sim N(0,\sigma^2)$；$a$，$b_1$，$b_2$，$\cdots$，$b_p$ 为模型参数。多项式回归模型可以通过变量代换使其线性化，具体方法是：

令　　　　　　　　　$x_1=x$，$x_2=x^2$，$\cdots$，$x_p=x^p$

这样就将原多项式回归模型转换成了多元线性回归模型：

$$q=a+b_1x_1+b_2x_2+\cdots+b_px_p+\varepsilon$$

其后续步骤就是求解多元线性回归方程，因此，很容易得出各参数的估计值 $\hat{a}$，$\hat{b}_1$，$\hat{b}_2$，…，$\hat{b}_p$，进而得到多项式回归方程为：

$$\hat{q} = \hat{a} + \hat{b}_1 x_1 + \hat{b}_2 x_2 + \cdots + \hat{b}_p x_p + \varepsilon$$

在水量预测问题中，如果水量 q 与影响因素变量 x 的关系是非线性的，而又找不到合适的曲线来拟合，就常常采用多项式回归分析来进行处理。它的数学思想是：任一曲线都可在某一邻域内用多项式逼近，也就是说任一函数都可以分段用多项式来逼近。因此，多项式回归的优点也就是：不需了解曲线类型或表达式，可以通过增加 x 的高次项对实测点进行逼近，直至满意为止，甚至在某些情况下，如有需要，可以在多项式回归方程上加上一些其他超越函数项，如指数项、对数项或三角函数项等。但是，多项式回归一般又具有回归误差较大、方程变量数不好掌握且增加变量数会使方程复杂化等缺点，所以，在进行多项式回归预测后，我们也必须进行模型检验。非线性模型线性化预测检验同多项式回归模型检验将在后面介绍。

b. SPSS 非线性回归分析。SPSS 是世界上最早的统计分析软件，它具有强大的数据统计及分析功能，现已广泛应用于各个领域。

SPSS 软件具有强大的回归分析功能，除了可以解决一元、多元线性回归外，还可以进行曲线回归分析和非线性回归分析。

软件中的曲线回归要求自变量与因变量的类型都为数值型的连续变量，它的曲线估计可以自动拟合包括线性模型、对数曲线模型、二次曲线模型和指数曲线模型在内的十余种曲线模型。在许多情况下，预测人员对数据认识不完整或是不能准确辨别变量之间的关系，尤其对于形式相近的曲线类型来说，非常不容易准确选择。利用 SPSS 则可以同时引入多种非线性模型，并选择出一种比较合适的回归模型。SPSS 的 Curve Estimation 过程则与本质线性模型的线性化方法类似，即按照指定的要求对变量进行变换，再通过线性回归的方法估计参数值。

SPSS 对本质非线性函数的分析模块称为非线性回归分析。其中的 NLR 算法是首先估算模型中参数的起始值及其取值范围，再利用迭代算法使残差平方和达到最小以得到参数估计值；另一种 CNLR 算法是最小化一个光滑的非线性损失函数。

利用 SPSS 进行回归分析预测城市用水量方便简洁，并且具有较为精准的计算结果，不失为一种城市用水量预测的好方法。至于 SPSS 软件回归分析的具体操作在这里就不再赘述。

5.2.2　灰色系统理论法

灰色系统理论是一种基于模糊数学的决策优化方法，在各行业的建模预测中有很广泛的应用。灰色系统理论认为，尽管客观事物或系统表象复杂、数据离乱，但总是有整体功能，也具有某种内在的规律，关键在于怎样用适当的方法去挖掘和利用它。灰色预测模型（gray model，GM）用来预测城市用水量，就是建立城市用水量与时间的关系函数。其基本原理是对已有的白色系统（已知历年用水数据）做累加生成，对原白色系统信息的随机性加以弱化，然后对弱化的白色信息拟合，建立预测模型。GM 的一般表达式为 GM(h, n)，即对 n 个变量用 h 阶方程表示。鉴于灰色系统的特点，预测方法较为复杂，一般利用计算机求解或采用 GM$(1, 1)$ 及其改进模型。GM$(1, 1)$ 模型是最常用的一种灰色模型，它本身是一个指数模型，其预测效果在很大程度上取决于原始数据的特点，用水量在某些时期内表现出一定的指数关系变化规律，适用于 GM$(1, 1)$ 模型，而在某些时期则表现出较强的波动性，不宜用 GM$(1, 1)$ 模型。此外，一般按指数规律变化的状态，变量的增长常数随时间变化，所以

GM(1,1) 模型的预测周期不宜太长，否则将带来很大的系统误差。

5.2.2.1 GM(1,1) 建模过程及模型精度检验

(1) 建模过程

设需水量预测原始数列：

$$q^{(0)} = \{q^{(0)}(1), q^{(0)}(2), \cdots, q^{(0)}(n)\}$$

定义一次累加生成数列 AGO：

$$q^{(1)} = \{q^{(1)}(1), q^{(1)}(2), \cdots, q^{(1)}(n)\}$$

其中

$$q^{(1)}(1) = q^{(0)}(1), q^{(1)}(n) = q^{(1)}(n-1) + q^{(0)}(n)$$

由 $q^{(1)}$ 构成的灰色模块构成微分方程：

$$\frac{\mathrm{d}q^{(1)}}{\mathrm{d}t} + aq^{(1)} = u$$

式中，a，u 为待定系数。

上式离散化写成矩阵形式有：

$$Y_n = BA$$

其中：

$$Y_n = \begin{vmatrix} q^{(0)}(2) \\ q^{(0)}(3) \\ \vdots \\ q^{(0)}(n) \end{vmatrix}, B = \begin{vmatrix} -\frac{1}{2}[q^{(1)}(1) + q^{(1)}(2)] & 1 \\ -\frac{1}{2}[q^{(1)}(2) + q^{(1)}(3)] & 1 \\ \vdots & \vdots \\ -\frac{1}{2}[q^{(1)}(n-1) + q^{(1)}(n)] & 1 \end{vmatrix}, A = \begin{vmatrix} a \\ u \end{vmatrix}$$

由最小二乘法解方程 $Y_n = BA$ 得：

$$\hat{B} = (A^{\mathrm{T}}A)^{-1}(A^{\mathrm{T}}Y_n) = \hat{a}\hat{u}$$

解得，模型的时间响应方程为：

$$\hat{q}^{(1)}(k+1) = \left[q^{(0)}(1) - \frac{\hat{u}}{\hat{a}}\right]\mathrm{e}^{-\hat{a}k} + \frac{\hat{u}}{\hat{a}}, k = 0, 1, 2, \cdots, n$$

累减还原得到 GM(1,1) 预测模型方程为：

$$\hat{q}^{(0)}(k+1) = \hat{q}^{(1)}(k+1) - \hat{q}^{(1)}(k), k = 0, 1, 2, \cdots, n$$

(2) 模型精度检验

要评价模型对原始数据的拟合精度，就在模型建立完成之后对模型进行精度检验。对灰色模型而言，我们通常采用后验差检验来评价模型的精度。具体做法如下。

分别算出历史数据方差：

$$S_1^2 = \frac{1}{n}\sum_{i=1}^{n}[k_3(i) - \bar{k}_3]^2$$

残差方差：

$$S_2^2 = \frac{1}{n}\sum_{i=1}^{n}[e(i) - \bar{e}]^2$$

后验差比值：

$$C = \frac{S_2}{S_1}$$

小误差概率：

$$P=P\{\,|e(i)-\overline{e}\,|<0.6745\times S_1\},\ i=1,2,\cdots,n$$

模型精度的评价指标为 C 和 P。C 越小、P 越大表示模型精度越好。具体评价方法见表 5-8。

表 5-8 模型精度评价标准

P	C	模型精度评价
$P\geqslant0.95$	$C\leqslant0.35$	好
$0.8\leqslant P<0.95$	$0.35<C\leqslant0.5$	合格
$0.7\leqslant P<0.8$	$0.5<C\leqslant0.65$	勉强
$P<0.7$	$C>0.65$	不合格

对于周期较长的水量预测，灰色模型会产生较大的系统误差，造成预测失准；另外，当历史数据离散程度较大时，也会使灰色模型的预测精度下降。因此，要达到准确预测水量的目的，就需要对预测技术进行适当改进，主要的改进方法有改造历史数据、改进模型、改进技术方法等。通常我们通过较为简单易行的对历史数据的改造，完成灰色预测技术的改进。

对于城市需水量预测来说，预测的依据主要是历史数据所呈现出的变化趋势，在所有的历史数据中，越靠后的数据，即距离预测数据越近的历史数据，对预测值产生的影响越大。这是由于影响城市需水量的因素复杂而多变，影响因素是随时间变化的，而这种变化就反映在渐变的历史数据上。越新的历史数据就越能准确地反映当前影响因素对城市需水量的影响。

因此，对于历史数据，我们就需要进行一些处理，使其实现"重近轻远"。

5.2.2.2 GM(1,1) 模型应用实例

已知唐山市中心区 1999～2008 年人均综合用水量，现利用加政策因子法对历史数据进行改造，用以提高 GM(1,1) 模型预测结果相对实际值的准确性，完成唐山市中心区至 2020 年的人均综合用水量预测。

唐山市中心区 1999～2008 年人均综合用水量如表 5-9 所列。

表 5-9 唐山市中心区 1999～2008 年人均综合用水量

年份	总用水量	用水人口	人均综合用水量
1999	14233.86	73.37	531.51
2000	14181.17	74.55	519.74
2001	13040.60	75.74	471.71
2002	11926.07	76.95	424.62
2003	11631.91	78.18	407.63
2004	11405.90	79.43	392.34
2005	10957.06	80.70	371.99
2006	9947.16	81.99	332.39
2007	9457.71	85.40	303.41
2008	10116.79	88.96	310.72

将人均综合用水量随时间变化的曲线图绘出，如图 5-4 所示。

从图 5-4 可以看出：自 1999 年来，人均综合用水量有逐年下降的趋势，但下降趋势逐渐减小；自 2005 年后，人均综合用水量渐趋平稳。

将已知数据唐山市中心区 1999～2008 年的人均综合用水量进行加政策因子法处理，得表 5-10。

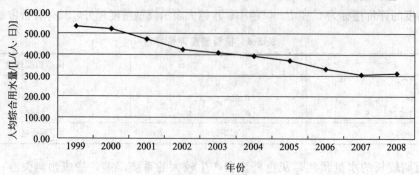

图 5-4　人均综合用水量变化示意

表 5-10　唐山市中心区人均综合用水量加政策因子处理值

年份	人均综合用水量	第一次处理	第二次处理	第三次处理
1999	531.51	406.61	349.77	325.60
2000	519.74	392.73	343.45	322.91
2001	471.71	376.85	337.29	320.34
2002	424.62	363.30	331.64	317.92
2003	407.63	353.08	326.36	315.64
2004	392.34	342.17	321.02	313.49
2005	371.99	329.63	315.73	311.61
2006	332.39	315.51	311.10	310.24
2007	303.41	307.07	308.89	309.81
2008	310.72	310.72	310.72	310.72

　　由于人民节水意识的提高、水价的上涨、节水技术的发展以及城市节制用水政策的实施等原因，唐山市人均综合用水量呈总体下降趋势。但是，人民生活水平的提高及工业的飞速发展又使得唐山市总耗水量逐年增长。由图 5-4 可看出，人均综合用水量渐趋平稳。综合以上各要素，认为加一次政策因子并不能将渐趋平稳的趋势充分考虑，而加三次政策因子的处理又使近期的影响过于"扩大化"。因此，根据预测经验，采用加两次政策因子的生成数列作为新的原始数据，进行后续预测步骤。

　　以两次加政策因子处理的历史数据为源数据，经 GM(1,1) 模型运算可得拟合曲线图，如图 5-5 所示。

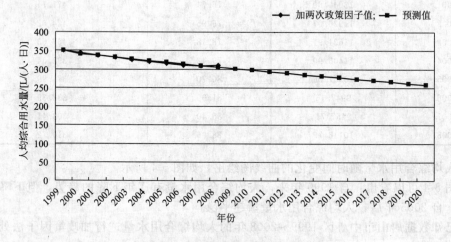

图 5-5　加两次政策因子灰色模型

模型所得 2009～2020 年人均综合用水定额预测值见表 5-11。

表 5-11   2009～2020 年人均综合用水定额预测值

年份	2009	2010	2011	2012
预测值 /[L/(人·日)]	301.02	296.86	292.76	288.72
年份	2013	2014	2015	2016
预测值 /[L/(人·日)]	284.73	280.80	276.92	273.10
年份	2017	2018	2019	2020
预测值 /[L/(人·日)]	269.33	265.61	261.94	258.32

对预测结果进行后验差检验，得到 $C=0.17$，$P=1.00$，模型评价："优"。

5.2.3   时间序列模型

5.2.3.1   时间序列简介

时间序列是一种单因素变量 $y(t)$ 随单调递增的自变量 t 变化的序列，其在 $t_1<t_2<\cdots<t_N<\cdots$ 处的观测值 $y(t_1)$，$y(t_2)$，$\cdots$，$y(t_N)$，$\cdots$ 组成的序列 $\{y(t)\}$ 就称为时间序列。

在水量预测中，水量记录的时间即为单调递增的自变量 t，按该时间记录下来的用水量历史资料即为单因素变量 $y(t)$。对于每个 t 处的水量都可看做一个随机变量，但是整个体现这个随机过程的时间序列 $\{y(t)\}$ 又可以用一个合适的数学模型来描述，建立这一合适的数学模型的过程就是时间序列的建立过程。

根据时间序列是否为平稳的随机过程，可将时间序列分为平稳时间序列和非平稳时间序列。通过在时间序列中任取两段不相交的子序列，它们的样本均值、方差是否基本相同来直观判断该时间序列是否平稳，如果两子序列统计特性基本相同，则序列是平稳时间序列，否则为非平稳时间序列。在水量预测中，大部分水量历史数据所形成序列是非平稳的序列，它们的不平稳性主要体现在不断增长或减缓的趋势，各种外界因素的影响导致的变化、季节性周期变化等。对于非平稳时间序列，我们经常采用累积式自回归滑动平均模型，即 ARIMA。

5.2.3.2   自回归移动平均模型

（1）模型简介

对非平稳时间序列建模，就要设法将序列中的趋势项和周期项这两个决定序列非平稳性的项提取出来，这样原来的非平稳时间序列就变成了一个平稳时间序列。

对于非平稳时间序列 $\{y_t\}$，称 $\varphi_p(B)\nabla^d y_t=\theta_q(B)a_t(t>d)$ 为 (p,d,q) 阶的自回归移动平均模型。其中：

$$\varphi_p(B)=1-\varphi_1 B-\cdots\varphi_p B^p$$
$$\theta_q(B)=1-\theta_1 B-\cdots\theta_q B^q$$

式中，B 为延迟算子；∇^d 为 d 阶拆分算子。

ARIMA 模型是时间序列分析中最为常用的模型，是由博克思（Box）和詹金斯（Jenkins）于 70 年代初提出的一著名时间序列预测方法，所以又称为 box-jenkins 模型。它可以对含有季节成分的时间序列数据进行分析。该模型的形式一般为：

$$ARIMA(p,d,q)$$

式中，p 为自回归阶数；d 为拆分阶数；q 为移动平均阶数。它们是 ARIMA 模型的三个主要参数。

(2) 模型建立思想

① 拆分　拆分的目的是使序列平稳化，常用一般性拆分和季节性拆分两种形式来处理数列。

一般性拆分形式是，序列的一阶拆分：

$$\nabla y_t = (1-B)y_t = y_t - y_{t-1}$$

d 阶拆分：

$$\nabla^d y_t = \nabla(\nabla^{d-1} y_t) = (1-B)^d y_t$$

季节性拆分以 T 表示序列周期，∇_T 表示季节拆分算子，则有：$\nabla_T y_t = y_t - y_{t-T}$。

为使原非平稳序列经过拆分后变成平稳序列，可将这两种拆分任意组合使用。对于非季节性序列，通常一阶拆分就足够了；对于周期为月即周期数为 12 的序列，如果季节效应是相加属性，通常使用 ∇_{12} 作为拆分算子，如果季节效应是相乘属性时，通常使用 ∇_{12}^2 作为拆分算子；对于以季度为周期的数据，通常使用 ∇_4 作为拆分算子。

② 模型分类　拆分后的 ARIMA 模型可分为自回归模型（AR）、移动平均模型（MA）、自回归移动平均模型（ARMA）。

a. 自回归模型。自回归模型的一般形式为：$y_t = \varphi_1 y_{t-1} + \varphi_2 y_{t-2} + \cdots + \varphi_p y_{t-p} + \varepsilon_t$，它体现了时间序列 $\{y_t\}$ 在某个时刻 t 的随机值和它之前 p 个时刻随机值的相互关系。其中，假设 ε_t 为白噪声序列，且和 t 时刻之前的原始序列 y_k（$k<t$）互不相关，此式即为 p 阶自回归模型，记为 AR(p)。

AR(p) 模型的自相关函数具有拖尾性，偏相关函数具有截尾性。

b. 移动平均模型。移动平均模型的表达式为：$y_t = \varepsilon_t + \theta_1 \varepsilon_{t-1} + \theta_2 \varepsilon_{t-2} + \cdots + \theta_q \varepsilon_{t-q}$，此式称为 q 阶移动平均模型，记为 MA(q)。其中 ε_t 为白噪声序列，该式实际上是将时间序列 $\{y_t\}$ 表达成了多个白噪声序列的加权平均和。

MA(q) 的自相关函数具有截尾性，偏相关函数具有拖尾性。

c. 自回归移动平均模型。顾名思义，自回归移动平均模型即自回归模型与移动平均模型的结合，表达为：$y_t = \varphi_1 y_{t-1} + \varphi_2 y_{t-2} + \cdots + \varphi_p y_{t-p} + \varepsilon_t + \theta_1 \varepsilon_{t-1} + \theta_2 \varepsilon_{t-2} + \cdots + \theta_q \varepsilon_{t-q}$，记为 ARMA($p$,$q$)。其中，认为 ε_t 为白噪声序列且和 t 时刻之前的原始序列 y_k（$k<t$）互不相关。

ARMA(p,q) 的自相关函数和偏相关函数都具有拖尾性。

③ 建立 ARIMA 模型的基本步骤

a. 平稳性识别。根据时间序列的散点图、自相关函数和偏自相关函数图以 ADF 单位根检验其方差、趋势及其季节性变化规律，对序列的平稳性进行识别。通常水量预测实际中的时间序列都为非平稳序列。

b. 非平稳时间序列的平稳化处理。对于非平稳时间序列，要通过拆分等变换使时间序列满足平稳性要求，继而对处理得到的平稳化序列进行建模。

c. 模型识别。根据时间序列模型的识别规则，建立相应的模型。若平稳序列的偏相关函数是截尾的，而自相关函数是拖尾的，可断定序列适合 AR 模型；若平稳序列的偏相关函数是拖尾的，而自相关函数是截尾的，则可断定序列适合 MA 模型；若平稳序列的偏相关函数和自相关函数均是拖尾的，则序列适合 ARMA 模型。

d. 参数估计和模型诊断。对模型识别阶段所确定的模型参数进行估计和假设检验，并对模型的残差序列进行诊断分析，诊断残差序列是否为白噪声，以判断建立的模型是否合理。

e. 预测。如果模型通过检验，则直接用以进行水量预测。如果未通过检验，则必须对模型进行修正，直至其通过假设检验为止。要保证最终用于水量的时间序列模型是满足要求的。

5.2.3.3 指数平滑模型

(1) 模型简介

指数平滑模型和移动平均模型一样，它们的目的都是去除序列中的不规则成分，使趋势项和周期项变得更为清晰，以便于序列的数据分析。

指数平滑法最早是由 C. C. Holt 在 1958 年左右提出的，最初只应用于以无趋势、非季节性作为基本形式的时间序列分析，后来在 Brown、Winter 等统计学家的研究发展下，逐步将其应用于更多数据类型的分析处理。简单的全期平均法是对时间数列的数据一个不漏地全部加以同等利用。移动平均法则不考虑较远期的数据，并在加权移动平均法中给予近期资料更大的权重。指数平滑法则兼容了全期平均和移动平均之所长，不舍弃过去的数据，但是仅给予逐渐减弱的影响程度，即随着数据的远离，赋予逐渐收敛为零的权数，这也正符合了水量预测应当"重近轻远"的原则。

(2) 基本原理

指数平滑法自动加权平均的方法是：自当前期向前，令各期权重按指数规律下降，把第 t、$t-1$…期观测的权重依次记为：α，$\alpha\beta$，$\alpha\beta^2$，$\cdots$ （$\alpha>0$，$0<\beta<1$）；为使权重之和等于 1，令 $t\to\infty$ 时，有此式成立：$\alpha+\alpha\beta+\alpha\beta^2+\cdots=1$。由此可得，第 t、$t-1$、…期观测的权重依次为：α、$\alpha(1-\alpha)$、$\alpha(1-\alpha)^2$、$\cdots$

继续考虑 t 充分大时的情形，这时有下式成立：

$$T_t=\alpha x_t+\alpha(1-\alpha)x_{t-1}+\alpha(1-\alpha)^2 x_{t-2}+\cdots+\alpha(1-\alpha)^{t-1}x_1$$

把之后一期的估计值单独提出，可得：

$$T_t=\alpha x_t+(1-\alpha)T_{t-1}$$

此式称为指数平滑法的基本公式。α 为平滑常数，且满足：$0<\alpha<1$；T_t 为时间序列 x_t 第 t 期的指数平滑值。

指数平滑法的预测方程就是把第 t 期的指数平滑值作为第 $t+1$ 期的预测值，即：

$$\hat{x}_{t+1}=T_t$$

指数平滑模型的建立由 SPSS 统计分析软件来完成。

(3) 指数平滑模型应用实例

① 原始数据的光滑处理　人均综合用水量原始数据随时间变化的曲线图反映了人均综合用水量变化的总体趋势。但是作为离散数据，原始数据中必然存在或大或小的波动，有的数据会存在一些异常值。如果直接用存在波动或异常值的原始数据进行水量预测，就会造成模型误差过大、预测值不准确等影响。因此，在建模前对原始数据进行光滑处理以减弱波动，消除异常值是十分必要的。

对于唐山市中心区的人均综合用水量预测，我们采用 SPSS 统计分析软件中的 Smoothing 光滑处理法进行建模前的原始数据光滑处理。Smoothing 光滑处理即计算原始序列的 T4253H 平滑序列。

T4253H 是一种复合光滑法，它先对数列依次做 4 次移动中位数（running median）处理，计算范围（span）分别为 4、2、5、3；然后以 Hanning 权重再做移动平均处理。此方法对一般序列均有显著有效的处理效果，它先把异常值剔除，再使序列变得更为平滑。但此方法要求原序列含有大于三个的记录，而且序列中不能含有缺失值。

经 SPSS 光滑处理所得结果见表 5-12。

表 5-12　SPSS 光滑处理值

年份	人均综合用水量	光滑处理值
1999	531.51	531.51
2000	519.74	506.12
2001	471.71	471.42
2002	424.62	435.68
2003	407.63	409.31
2004	392.34	388.72
2005	371.99	364.92
2006	332.39	338.15
2007	303.41	318.39
2008	310.72	310.06

　　将上述处理后的光滑序列作为新的源数据进行建模即可。

　　② 时间序列-指数平滑模型的建立　　将光滑处理后的人均综合用水量数据作为因变量，经 SPSS 统计分析软件建模，得到时间序列-指数平滑拟合模型（见图 5-6）。

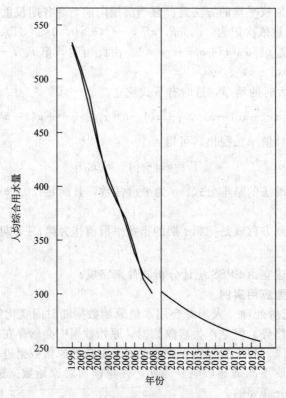

图 5-6　拟合模型示意

　　所得 2009～2020 人均综合用水量预测值见表 5-13。

　　历史及预测数据折线示意如图 5-7 所示。

　　③ 模型精度的后验差检验

　　平稳化数据方差：

$$S_1^2 = \frac{1}{n} \sum_{i=1}^{n} \left[q(i) - \bar{q} \right]^2 = 5439.06$$

　　残差方差：

表 5-13　2009～2020 人均综合用水量预测值

年份	2009	2010	2011	2012
预测值 /[L/(人·日)]	302.56	295.80	289.72	284.25
年份	2013	2014	2015	2016
预测值 /[L/(人·日)]	279.32	274.89	270.90	267.30
年份	2017	2018	2019	2020
预测值 /[L/(人·日)]	264.07	261.15	258.53	256.17

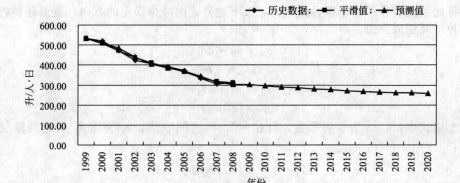

图 5-7　历史及预测数据折线示意

$$S_2^2 = \frac{1}{n}\sum_{i=1}^{n}\left[e(i)-\overline{e}\right]^2 = 38.32$$

后验差比值：

$$C = \frac{S_2}{S_1} = 0.08$$

小误差概率：

$$P = P\{|e(i)-\overline{e}| < 0.6745 \times S_1\} = 1.00 \quad i = 1,2,\cdots,n$$

经检验，该模型精度评价："好"。

由此可见，时间序列——指数平滑模型对唐山市人均综合用水量的预测有非常好的效果。

5.2.4　BP 神经网络模型

5.2.4.1　建模原理

人工神经网络（artificial neural network，ANN）是智能科学的前沿热点，是模仿大脑机制的信息分析处理技术。神经网络属于隐式数学处理方法，它将由网络训练从数据中概括出来的知识（因果规律），以多组权值和阈值的形式分布存储于各个神经元中，即隐含在模型软件内。

BP 网络（back-propagation network，反向传播网络）是人工神经网络最具代表性的模型，是对非线性可微分函数进行权值训练的一种多层网络。由多个节点的输入层、隐含层和多个或一个输出节点的输出层组成，相邻两层节点之间单向互联，其学习过程由正向和反向传播过程组成。首先，赋予网络相邻两层节点之间的连接权值和阈值。然后，从输入节点输入样本的信息。信息在正向传播过程中，在隐含层和输出层节点均经过 S 形激活函数 [一般采用 $f(x)=1/(1+e^x)$] 作用，在输出节点 k 得到的输出信息为：

$$Q_k = f\left(\sum_{j=1}^{L} v_{jk} z_j + \phi_k\right)$$

$$z_j = f\left(\sum_{i=1}^{m} W_{ij} x_i + e_j\right)$$

式中，z_j 为隐节点 j 及输出信息；e_j 和 ϕ_k 分别为隐节点 j 和输出节点 k 的阈值；W_{ij} 和 v_{jk} 分别为输出节点 i 和隐节点 j 及输出节点 k 之间的连接权值。接着进入网络的反向学习过程，建立的样本网络输出信息与期望输出信息的误差信号函数为：

$$\delta_k = (O_k - T_k) O_k (1 - O_k)$$

并将此误差信号沿原连接通路返回，按下述公式向减少误差的方向，逐层调整各层之间的连接权值和阈值，即：

$$v_{jk} = v_{jk} + a\delta_k z_j$$
$$\phi_k = \phi_k + b\delta_k$$
$$\omega_{ij} = \omega_{ij} + a\gamma_j x_i$$
$$e_j = e_j + b\gamma_j$$

以上诸式中，a、b 为学习参数，且在（0,1）之间取值；γ_j 为由 δ_k 引起的隐层误差信号，有：

$$\gamma_j = \left(\sum_k \delta_k v_{ij}\right) z_j (1 - z_j)$$

对训练样本集中的每一个样本通过往复学习上述过程，反复调整权值和阈值，直至全部样本集的网络输出与期望输出的均方误差：

$$E = 1/N \sum_{l=1}^{N} (O_{kl} - T_{kl})^2$$

达到某一指定精度要求为止，学习结束，并输出最后调整好的权值和阈值。

BP 网络以三层网络最为常用，也最为成熟。理论上也已证明，一个三层网络可以以任意精度逼近任意给定的连续函数。三层神经网络技术应用中最关键的构造参数包括输入层、隐含层和输出层的节点数，以及在神经网络各层之间的连接权值和节点阈值的初始化。其中输入层、输出层节点数一般是取输入向量和输出向量的维数，相对来说优化的可能性小一些，而连接权值和阈值一般的初始化方法是取一定范围内的随机数，一般也不进行优化。由于网络训练精度的提高，可以通过采用一个隐含层，而增加其神经元数的方法来获得。因而影响误差精度最重要的构造参数是隐含层的节点数。但是，目前尚无标准的原则用于指导选择，一般采用试算方法。这类方法有两种：一种是从较多的隐单元开始，然后加以适当舍弃；一种是从较少的隐单元出发，然后逐渐增多。之后在能够解决问题的前提下，再加上1~2 个神经元以加快误差的下降速度即可。

5.2.4.2 以人均综合用水定额为基础的 BP 神经网络模型应用

(1) BP 网络预测水量的精度及其检验

以南水北调工程（中线）河北省受水区（简称"受水区"）城市需水量预测为背景，受水区城市包括石家庄、邯郸、邢台、保定、沧州、廊坊和衡水 7 个省辖市。

根据《河北省城市建设统计年报》，对受水区 7 个省辖市需水量进行加和，得到受水区历年城市总需水量，并以此作为预测的基础数据，如表 5-14 所列。由于影响需水量的因素很多，难以按时间序列一一量化。从中选取相关性最好、最具代表性的两个因素：用水人口

表 5-14　需水量预测基础数据

项　目	1991	1992	1993	1994	1995	1996	1997	1998	1999
城市需水量	99367	90739	89541	103419	108985	107282	107326	99696	96855
极差规格化	0.505	0.062	0	0.714	1	0.912	0.915	0.522	0.376
用水人口/万人	407.30	421.30	424.20	436.90	450.00	458.80	474.00	482.00	504.40
极差规格化	0	0.144	0.174	0.305	0.440	0.530	0.687	0.769	1
万元产值取水量	219.05	189.4	171.34	172.43	160.52	152.98	146.67	123.59	116.82
极差规格化	1	0.710	0.533	0.544	0.427	0.354	0.292	0.066	0

和万元产值取水量，作为影响需水量的前期因子。其中，用水人口代表使需水量增长的因子；万元产值取水量代表使需水量减少的因子。

为便于训练，需将样本的输入和输出数值均限定在 [0,1] 的区间内。为此，用下面的极差规格化公式将其规格化：

$$x_i'(t) = \frac{x_i(t) - x_{i,\min}}{x_{i,\max} - x_{i,\min}}$$

以影响需水量的因子——用水人口和万元产值取水量的极差规格化数据作为输入向量，将历年需水量的极差规格化数据作为目标向量。取表 5-14 中的前 7 个样本作为 BP 网络建模的学习样本，后 2 个样本作为模型建立后的预留检验样本。经过运行试验，当隐含层节点数为 5 时，运行效果好，而且运行速度快，此时的误差变化曲线如图 5-8 所示。因此建立 2 个输入节点、5 个隐层节点和 1 个输出节点的三层 BP 网络结构模型，如图 5-9 所示。

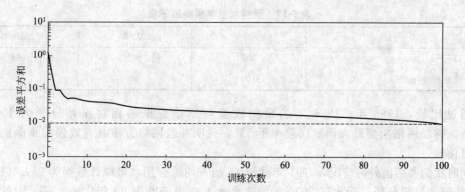

图 5-8　BP 网络的误差变化曲线

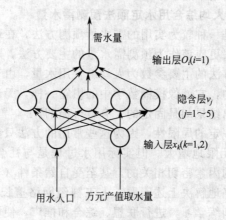

图 5-9　需水量预测的 BP 网络结构示意

表 5-15 中列出了前 7 个学习样本的输出拟合值和后 2 个样本的预留检验结果以及与实测值的相对误差。预测水平年用水人口和万元产值取水量的数值采用规划数据（见表 5-16）。将 BP 网络的输出权值和阈值及预测水平年用水人口、万元产值取水量的规划数据代入 BP 网络的计算公式，得到预测水平年的需水量，如表 5-17 所列。

表 5-15 拟合数据与原始数据误差分析表

年份	原始数据/×10⁴m³	拟合数据/×10⁴m³	相对误差/%
1991	99367	98980	−0.39
1992	90739	91810	1.18
1993	89541	89560	0.02
1994	103419	102730	−0.67
1995	108985	107860	−1.03
1996	107282	108010	0.68
1997	107326	107730	0.38
1998	99696	100830*	1.14
1999	96855	98960*	2.17

表 5-16 7 个省辖市规划水平年需水量

项 目	2005 年	2010 年	2030 年
预测需水量/×10⁴m³	92980	90960	90280
人均综合用水量/[L/(人·日)]	433.97	376.44	255.52

表 5-17 预测水平年预测因子值

项 目	2005 年	2010 年	2030 年
用水人口/万人	587	662	968
万元产值取水量/m³	100	90	60

通过比较，1998 年、1999 年的预测数值与原始数据的相对误差分别为 1.14% 和 2.17%，神经网络模型最大预测误差小于 5%，说明神经网络方法具有较强的预测能力和很高的可信度。

同时我们参照国外的情况，1991 年欧洲 15 国人均综合用水量统计数据为 259.40L/(人·日)。从预测结果分析，受水区 2030 年的节水水平相当于欧洲 90 年代的水平。因此符合城市发展用水规律，整个预测结果是节水型的。

(2) 应用 BP 网络采用人均综合用水定额法预测需水量

人均综合用水定额法是一种较为实用的需水量预测方法，在现阶段我国的统计资料还不系统完善的情况下，该方法更应该作为预测需水量的主要方法，其公式为：需水量＝人均综合用水量×用水人口，该方法的主要参数为人均综合用水量，由于该参数是一个综合性的参数，其变化是有规律可循的，它就像模糊数学中的黑箱一样，无论有多少影响因素，中间变化过程多复杂，而最终输出结果却是固定的、有章可循的。

一般常用的方法具有一定的局限性，因为这些常用的方法只能反映一种平稳几何的增长过程，随着时间的延伸可无限地增大。但实际用水过程是与社会经济发展速度、方向、政策、技术进步等难以确定的因素密切相关的，甚至受自然条件（丰枯水）波动的影响。

人工神经网络能够很好地解决上述问题。人工神经网络擅长描述多因素、非线性关系，并可以针对基础资料进行训练学习，进行联想、综合和推广，使资料更趋优化，预测结果更准确。能够针对已有数据进行反复训练学习，并将变量间因果关系用权值和阈值的形式表现出来，是人工神经网络的独特之处。

需水量的变化和发展受到许多因素的影响和制约，如城市用水人口、城市工业发展水平等，具有一定的非线性因果关系，传统的线性回归等预测方法一般难以准确反映。采用人工神经网络方法，把城市总体需水作为一个系统，把与其相关的前期因子视作需水系统的一组输入变量，将需水量视作系统的输出变量，则可从系统角度出发建立需水预测模型。

人工神经网络还可以用于组合预测。组合预测的关键在于确定各个模型的权重。因此确定权重的方法尤为重要。近年来人们提出基于人工神经网络的组合预测，充分利用人工神经网络擅长训练权重、处理非线性问题的优点，取得了良好的效果。

人均综合定额法优点突出，采用人工神经网络与人均综合定额法相结合的方法，即用人工神经网络预测水平年的人均综合用水量，再根据公式：需水量＝人均综合用水量×用水人口来确定年需水量。

根据调研资料可得华北某大城市历年需水量，以此作为基础数据。由于影响用水量的因素很多，难以按时间序列一一量化。从中选取最具代表性的四个影响因素：工业生产总值、用水人口、工业用水重复利用率和人均生活用水量，作为影响需水量的前期因子。

首先对拟合数据及原始数据进行分析，判断出其大体拟合状况（见图 5-10），然后取表 5-18 中前 7 个样品作为 BP 网络建模的学习样本，后 2 个样本为模型建立后的预留检验样本，初步检验 BP 网络的运转精度。表 5-19 中列出了前 7 个学习样本的拟合值和后 2 个样本的预留检验结果以及相对误差。通过比较，1998 年的预测数值与原始数值的相对误差分别为 0.28％和－4.06％，1991～1997 年拟合数据的最大误差为 1.77％，小于 4％，表明 BP 神经网络具有较高的精度。在此基础上，根据 1991～1999 年的极差规格化数据作为 BP 神经网络的学习样本，进行需水量预测。

图 5-10　拟合数据与原始数据分析

表 5-18　拟合数据与原始数据误差分析（以 1998、1999 年为校验）

年份	原始数据/$\times 10^4 m^3$	拟合数据/$\times 10^4 m^3$	相对误差/％
1991	404.96	404.87	－0.02
1992	406.42	404.97	－0.14
1993	414.79	423.37	1.82
1994	421.11	420.43	－0.16
1995	417.22	410.33	－1.64
1996	388.26	386.18	－0.44
1997	334.70	338.71	0.90
1998	318.46	317.46	－0.28
1999	310.64	248.04	－4.06

表 5-19　拟合数据与原始数据误差分析（最后预测）

年份	原始数据/$\times 10^4 m^3$	拟合数据/$\times 10^4 m^3$	相对误差/%
1991	404.96	404.63	−0.08
1992	406.42	404.33	−0.29
1993	414.79	423.16	1.77
1994	421.11	421.49	0.11
1995	417.22	410.41	−1.61
1996	388.26	384.48	−0.72
1997	334.70	338.80	0.92
1998	318.46	319.80	0.42
1999	310.64	309.60	−0.34

　　城市需水量包括生活需水和生产需水两部分，生产用水中由于电力工业用水量大，重复利用率较高，其变化对总需水量的影响很大，因此对需水量的预测应以是否包括电力工业为准则分别进行预测。

　　① 含电力工业的需水量预测　为便于训练，需将样本的输入和输出数值均限定在 [0，1] 的区间内。为此用下面的极差规格化公式将其规格化：

$$x_i(t) = \frac{x(t) - x_{i,\min}}{x_{i,\max} - x_{i,\min}}$$

　　式中，$x_i(t)$、$x_{i,\max}$、$x_{i,\min}$ 分别代表各组样本的任意值、最大值以及最小值。计算结果如表 5-20 所列。

表 5-20　预测基础资料及结果

项　　目	1991 年	1992 年	1993 年	1994 年	1995 年	1996 年	1997 年	1998 年	1999 年
人均综合用水量/(m³/人)	404.96	406.42	414.79	421.11	417.22	388.26	334.70	318.46	310.64
极差规格化	0.844	0.868	0.942	1	0.964	0.703	0.227	0.071	0
工业生产总值/万元	774399	920440	1127908	1043734	1070162	1032329	942490	937094	964339
极差规格化	0	0.110	0.266	0.210	0.222	0.194	0.134	0.122	0.144
工业用水重复利用率/%	83.7	84.6	83	83	84.11	84.6	87.7	88.3	91.99

　　以影响用水量的因子：工业生产总值、用水人口、工业用水重复利用率和人均生活用水量的极差规格化资料作为输入向量，将历年人均综合用水量的极差规格化资料作为目标向量，建立 BP 神经网络模型。

　　由于用水人口和工业用水重复利用率随时间变化的趋势符合生长曲线模型，其预测水平年值可由生长曲线回归法求得；人均生活用水量随时间变化曲线符合指数模型，因此预测水平年的数值可由指数回归方法求得；工业生产总值根据该市"十五"规划及其远景目标中"1999～2004 年国内生产总值平均年增长率为 9%；2004 年国内生产总值翻一番"和现状年工业生产总值，并考虑工业生产总值在国内生产总值所占比重综合确定。

　　将 BP 网络的输出权值、阈值和预测水平年的各影响因子极差规划值代入 BP 网络的算法公式和极差规格化公式，得到预测水平年的人均综合用水量，进而确定预测年总需水量（见表 5-21）。

表 5-21　预测水平年预测因子值及预测结果

项　　目	2004 年	2010 年
工业生产总值/万元	1618970	2103700
工业用水重复利用率/%	93	94.24
人均生活用水量/(m³/人)	73.74	71.41
用水人口/万人	94.43	104.98
人均综合用水量/(m³/人)	324.00	337.76
总需水量/$\times 10^4 m^3$	30919.49	34794.31

② 不含电力工业的需水量预测　方法与上述相同，基本数据及预测结果分别见表 5-22 和表 5-23。

表 5-22　预测基础资料及结果

项　目	1991 年	1992 年	1993 年	1994 年	1994 年	1996 年	1997 年	1998 年	1999 年
人均综合用水量/(m³/人)	197.18	207.88	214.49	210.12	211.6	191.7	190.84	173.73	164.71
极差规格化	0.632	0.847	1	0.892	0.922	0.422	0.404	0.161	0
工业生产总值/万元	721294	869334	1073776	1003140	1012314	971146	890721	874683	894694
极差规格化	0	0.120	0.287	0.229	0.237	0.203	0.138	0.126	0.141
工业用水重复利用率/%	66.8	74.1	71	74	74.42	74.4	76.8	77.4	78.42
极差规格化	0	0.340	0.196	0.336	0.360	0.401	0.466	0.499	0.446
人均生活用水量/(m³/人)	90.42	99.41	86.03	80.94	84.74	69.46	74.79	73.2	82.41
极差规格化	0.702	1.000	0.442	0.381	0.409	0.000	0.174	0.122	0.430
用水人口/万人	72.03	74.44	76	77.4	78	80	82	82	84.9
极差规格化	0	0.074	0.117	0.161	0.176	0.234	0.294	0.294	0.379

表 5-23　预测水平年预测因子值及预测结果

项　目	2005 年	2010 年
工业生产总值/万元	1500491	1950433
工业用水重复利用率/%	84.31	88.25
人均生活用水量/(m³/人)	73.74	71.51
用水人口/万人	95.43	105.98
人均综合用水量/(m³/人)	151.7517	148.7898
需水量/×10⁴m³	14481.66	15768.74
总需水量/×10⁴m³	26786.66	28073.74

5.2.5　系统动力学方法

5.2.5.1　方法简介

美国麻省理工学院 Jay W. Forrester 教授于 1956 年创立的系统动力学（system dynamics，简称 SD）是一种以反馈控制理论为基础，以计算机仿真技术为手段的分析研究，非线性复杂大系统和进行科学决策的一种定性与定量分析相结合、系统分析与综合推理相结合的方法。该方法是在总结运筹学的基础上，综合系统理论、控制论、信息反馈理论、决策理论、系统力学、仿真与计算机科学等基础上形成的崭新的学科。它以现实存在的系统为前提，根据历史数据、实践经验和系统内在的机制关系，借助计算机模拟建立起动态仿真模型，对各种影响因素可能引起的系统变化进行实验，从而寻求改善系统行为的机会和途径，使系统动力学模型成为实际系统的"实验室"。这是一种不需在真实系统上实验，节省人力、物力、财力和时间的科学方法。

由于城市需水量处于整个社会经济的大系统中，受多方面不确定因素的影响。现有的基于需水量本身数据进行加工处理以预测未来水量的方法，如生长曲线法、弹性系数法、用水增长趋势分析法等，进行中长期预测已很难得到满意的效果。其不足之处主要表现在以下几个方面。

① 拟合历史数据的预测模型参数的物理意义不清楚，当预测结果不理想时，不易就模型本身进行分析和调整。

② 模型参数是根据历史数据确定的某一定数，不能根据规划专家的经验和未来的不同情况而变。模型使用过程中预测工作人员的经验和意见难以利用。

③ 未能体现因素多方面的综合作用。

系统动力学可在城市需水量的中长期预测中全面地考虑各种因素对它的影响，充分发挥专家的经验，将他们的预测经验与数学模型预测方法有机结合，所建模型具有很好的直观性，参数物理意义明晰，各相关因素关系清楚，可较好地解决中长期需水量受政策性和社会性因素影响而造成的预测误差问题，同时在使用中能充分发挥工作人员实践经验的作用。

5.2.5.2　模型建立

运用系统动力学建模是一个多次反复循环、逐渐深化、逐步达到预定目标和满足要求的过程，这个过程大体可分为五步。

(1) 矛盾与问题分析

建立城市需水量预测模型，以河北省 11 个省辖市的用水人口、用水人口增长系数、人均综合用水量、自来水公司供水能力、自备井供水能力、污水处理率、污水回用率、管网漏失率和节水率等基本资料为基础，描述 1991~2001 年这一时域里复杂的系统行为，借助计算机对 11 年内河北省 11 个省辖市的需水量进行定性和定量情形的仿真，并预测 2010 年、2020 年和 2030 年的需水情况。

本方法将整个城市需水量预测系统看成是一个复杂的大系统，该大系统又分为四个子系统，即城市新鲜水供应系统、人口和城市需水系统、节水系统和污水回用系统，以水资源的供需矛盾为主导结构，分析了子系统间的依赖与制约，从而得到整个系统发展的特征。

系统边界的确定：Forrester 认为，就概念而言，一个反馈系统就是一个封闭系统，在系统边界内部，必须包含对正被研究的行为模式来说是必须的任何相互作用关系。也就是说，模型边界所包围组成部分可以很少，但必须要能解释边界内发生的系统行为。城市需水量预测系统仅是复杂社会经济系统中的一个子系统，除了系统内的相互关联，还要和其他外部系统发生联系，所以系统的边界是模糊的，不易确定。针对研究问题的需要，根据系统的结构和系统边界划分的原则，由远而近地先对总体系统，然后再对各子系统一一进行系统边界的确定。在城市需水量预测系统中，对城市需水量的计算方法不同，系统的体系界定就不同。由于城市需水的发展和变化是由经济发展生产力布局、科技水平、管理水平、人民生活水平、水资源条件、环境质量等一系列因素所决定的，要精确地描述其发展和变化规律是十分困难的，所以在现阶段我国的统计资料还不太完善的情况下，我们采用人均综合用水定额法预测城市需水量。诸如分类预测中的工业需水量、生活需水量、工业用水重复利用率、工业总产值、万元产值用水量等因素就不在系统研究范围内。

(2) 系统的结构分析

系统动力学认为，系统与系统之间，系统内部各因素之间存在着因果关系，并且这种因果关系构成闭合的反馈回路。因此，明确了系统边界之后，还需确定系统的构成单元和影响因素，然后确定各子系统的接口。根据上述分析，对系统的主要因果关系进行如下概括。

① 人口和城市需水子模块　由于本文采用人均综合用水定额法预测城市需水量，所以城市需水量受人均综合用水定额和用水人口两个因素的制约，它等于人均综合用水定额与用水人口的乘积。用水人口是一个随时间积累的状态变量，所以它要受人口增长率的限制而呈指数增长，当用水人口增加到某一程度时，它反过来要影响人口增长率。城市人均综合用水定额就是为了保证城市社会经济文化生活的正常发展城市中的每个人所需的水量；也可以理解为城市中的工业用水量和生活用水量之和与用水人口的比值。但本文并不按分类预测法预测城市需水量，所以从另一角度考虑，为了满足城市的工业和生活用水量，城市的供水系统除供应新鲜水之外，在供水不足的情况下要通过节水和回用污水来满足城市发展的需要，所

以人均综合用水定额又等于城市新鲜水供应总量、节水量和污水回用量的总和与用水人口的比值。

② 城市新鲜水供应子模块　当一个地区或城市出现水的供需矛盾时，解决矛盾的唯一原则是"开源节流"。节流主要是通过节约用水和回用污水来缓解城市的供水紧张，但当通过节水和污水回用仍不能满足城市的发展需要时，在可用水资源允许的情况下，就要开发新水源，增加城市的新鲜水供应总量，来满足城市正常发展所缺的水量。所以城市的新鲜水供应总量是一个随时间积累的状态变量，而新鲜水的实际增加并不是突然产生的，它要通过新建水厂、外流域调水等一系列措施来实现，有一个建设时间的问题，所以新鲜水供应总量实际增加率有一个时间上的延迟，在系统动力学上就表现为物质的三阶延迟函数。由于输水过程中存在管网漏失，所以城市实际新鲜水供应总量除受供水能力即城市新鲜水供应总量制约外，还受管网漏失率的影响。

③ 节水子模块　节约用水不外是运用技术、经济、行政、法制和宣传教育等多种手段，杜绝水的浪费，提高水的利用率，节省或减少用水，限制需水量增长甚至削减需水量，使有限的水资源得以合理分配与利用。该模块中节水量是随时间积累的状态变量，通常节水要制定节水目标和实施时间，所以节水率受期望节水量和实施时间的制约，在系统动力学上表现为一阶负反馈关系。

④ 污水回用子模块　由于污水处理与再生回用可有序按比例实现，工程周期比较短，可逐年见到污水回用的实际成果，并持续实现污水处理与再生回用的良性循环，所以我国城市如能坚定地执行污水再生与回用的开源节流决策，就能较有效地缓解我国城市水资源的紧缺问题，实现城市用水量增加而新鲜水取水量增加不大的良性循环局面。

污水回用要受污水排放系数、污水处理率和污水再生回用率的影响，三者的乘积即为回用污水占城市实际新鲜水供应总量的百分比。

在系统内部因果关系的基础上，再将各个子系统的构成要素按城市水的供需矛盾连接起来，这时系统的结构特征就基本展现出来。

(3) 建立仿真模型

本文使用的是目前比较典型的、应用较广泛的系统动力学 Vensim 软件。它可在 Windows 环境下操作，利用图示化编程建立模型，在应用中只要在模型建立窗口画出流图，再通过等式编辑器输入方程和参数，就可完成模型建立。所以在 Vensim 中，省去了利用系统动力学语言（例如 Dynamo）编程的过程，故能使模型建立和模拟快捷简便。

首先针对系统的特点，选取模型预测指标，建立城市需水量预测模型的指标体系，随后根据系统动力学对各种变量的定义，结合大量历史数据，在对系统主要变量的变化特征进行细致分析的基础上，将模型的具体因果关系转化为详细的流图。

① 城市需水量预测模型的指标体系（见表 5-24）

表 5-24　用系统动力学方法预测城市需水量仿真模型的指标体系

项　目	参　数
状态变量	城市新鲜水供应总量、节水量、用水人口
速率变量	新鲜水供应总量规划增加率、节水率、人口增长率
辅助变量	新鲜水供应总量实际增加率、建设时间、城市实际新鲜水供应总量、供水紧张程度城市缺水量、城市需水量、人均综合用水定额、回用污水占城市实际新鲜水供应总量的百分比、污水回用量
常量	规划时间、管网漏失率、期望节水量、实施时间、人口增长系数、污水排放系数、污水处理率、污水再生回用率

② 城市需水量预测仿真模型流图（见图 5-11）

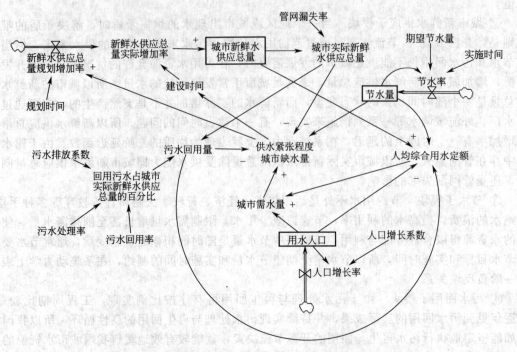

图 5-11　用系统动力学方法预测城市需水量仿真模型流图

③ 模型涉及的主要方程　流图只说明了系统中各变量间的逻辑关系与系统构造，并不能显示其定量关系，为此，需要建立系统动力学方程。

a. 城市新鲜水供应系统。

新鲜水供应总量规划增加率＝供水紧张程度城市缺水量/规划时间

新鲜水供应总量实际增加率＝DELAY3(规划增加率,建设时间)

建设时间＝供水紧张程度城市缺水量/每年通过建设增加的城市供水量

城市新鲜水供应总量＝INTEG(新鲜水供应总量实际增加率,城市新鲜水供应总量的初始值)

城市实际新鲜水供应总量＝城市新鲜水供应总量×(1－管网漏失率)

b. 人口和城市需水系统。

人均综合用水定额＝(城市新鲜水供应总量＋节水量＋污水回用量)/用水人口

城市需水量＝人均综合用水定额×用水人口

用水人口＝INTEG(人口增长率,用水人口的初始值)

人口增长率＝人口增长系数×用水人口

c. 节水系统

节水量＝INTEG(节水率,节水量的初始值)

节水率＝(期望节水量－节水量)/实施时间

d. 污水回用系统

回用污水占城市实际新鲜水供应总量的百分比＝污水排放系数×污水处理率×污水再生回用率

污水回用量＝城市实际新鲜水供应总量×回用污水占城市实际新鲜水供应总量的百分比

e. 各子系统间的连接

供水紧张程度城市缺水量＝城市需水量－城市实际新鲜水供应总量－污水回用量－节水量

（4）模型的检验与评估

这一步骤的内容并不都是放在最后一起来做，其中相当多的内容在上述诸步骤中已分散进行。

① 模型的合理、有效性检验　将由前面主要方程所建立的系统动力学模型用计算机语言表达后上机运行，应用 Vensim 软件所提供的编译检错和跟踪功能检验了模型的表达正确性，由观测运行结果判断了模型的合理性。把河北省 11 个省辖市 1991～2001 年 11 年的系统状态变量的仿真值与历史统计数据进行比较，得到二者拟合程度较好的结论，从而验证了模型的有效性。例如，该 11 个省辖市城市新鲜水供应总量 2001 年为 1302.9 万吨/天，模型以其 1991 年的供水总量 1130.6 万吨/天为初始值进行仿真模拟，模拟后的 2001 年供水总量值为 1260.2 万吨/天，相对误差为 3.28%，在 5% 以内，所以拟合程度良好。

② 结构和参数灵敏度检验　通过变化模型方程和模型参数值，得知这种变化对模型行为的影响很小，而且在特定干扰和随机干扰下，系统都能实现特定的目标，从而对模型进行了结构和参数灵敏度检验。

③ 方程式极端条件检验　为了了解模型的非线性特性和揭露模型中的弱点，对模型中各方程式在其变量的可能变化的极端条件下进行检验，特别是对速率方程严格进行极端条件的检验，发现模型中各方程式仍然有意义，可知模型中的每一个方程都是"强壮"的，从而验证了模型的"强壮"性。例如，检验人口增长率方程，它等于人口增长系数乘以用水人口，模型仿真时取人口增长系数为河北省 11 个省辖市 1991～2001 年 11 的平均值为 0.041，假如把其值定为 1，也就是假设每年人口都成倍增长，可发现方程人口增长率（万人）＝人口增长系数×用水人口（万人）仍有意义。

④ 极端条件下的模拟　本步骤主要是检查在极端条件下或极端政策下的模型行为是否合理。系统动力学认为，虽然极端条件下的模拟结果在实际系统中未必会产生，然而此检验对提高系统动力学模型的有效度和信度均很有意义。一个模型若在极端条件下不能产生合理、合乎逻辑的行为模式，其可靠性就值得怀疑。由于我们的建模目的是预测城市需水量，所以可观察城市需水量在人口增长系数设定为 1 的极端条件下的变化。当人口增长系数为 0.041 时，城市需水量为 1357.9 万吨/天，当其取值为 1 时，城市需水量仍为 1325.1 万吨/天。所以该模型在极端条件下的模拟仍可产生合理的行为模式。这一步也同时进行了参数灵敏度检验。

（5）城市需水量预测系统仿真结果分析

运用模型对河北省 11 个省辖市的城市需水量进行仿真预测，该模型所选参数如下。

① 每年通过建设增加的城市供水量　河北省 11 个省辖市每年通过建设增加的城市供水量设为 5 万吨/天，即每年增加 1825 万吨。

② 城市新鲜水供应总量的初始值　即预测起始年份 1991 年的河北省 11 个省辖市的新鲜水供应总量。1991 年河北省 11 个省辖市自来水公司供水能力为 704.6 万吨/天，自备井供水能力为 426.0 万吨/天，合计（704.6＋426.0）×365＝412669 万吨/年。

③ 用水人口的初始值　即预测起始年份 1991 年的用水人口，为 794.9 万人。

④ 节水量的初始值　河北省 11 个省辖市 1991 年供水量为 1130.6 万吨/天，节水率为 3.83%，故节水量的初始值为 15805.2 万吨/年。

根据《河北省城市供水、节水和污水处理"十五"计划及 2010 年远景目标规划（纲要）》，确定了污水排放系数、污水处理率、污水再生回用率、人口增长系数、期望节水量和管网漏失率等几项指标的参数值。通过调整这些变量的组合，可对城市需水量进行各种分析与预测。根据以上参数值，以 1991 年为初始年拟合了 2001 年的城市需水量，并预测了

2010 年、2020 年、2030 年的值，由于模型的基本结构是具有因果关系的一阶反馈回路，在对城市需水量预测的同时，也得到了其他一些重要变量的变化情况。但根据系统动力学建模原理，预测精确度最高的仍是城市需水量，其他变量只可在结果分析时作为参考，具体结果如表 5-25 所列。

表 5-25　城市需水量预测仿真模型对河北省 11 个省辖市主要预测变量的仿真结果

	指标	1991 年	2001 年	2010 年	2020 年	2030 年
政策变量	污水排放系数		0.80	0.75	0.70	0.65
	污水处理率		0.75	0.85	0.90	0.92
	污水再生回用率		0.05	0.20	0.30	0.35
	人口增长系数		0.0410	0.0268	0.0192	0.0192
	期望节水量/(万吨/年)		28938.1	35000.0	40000.0	45000.0
	管网漏失率		0.133	0.120	0.110	0.090
预测变量	人均综合用水定额/[t/(人·年)]	552.53	414.66	406.32	405.98	338.36
	城市新鲜水供应总量/(万吨/天)	1130.6	1260.2	1253.6	1246.7	1228.2
	城市缺水量/(万吨/天)	150.4	167.6	150.4	137.1	110.5
	城市需水量/(万吨/天)	1203.3	1357.9	1469.9	1540.8	1555.3

根据表 5-25 对预测变量的仿真结果，可做出图 5-12 和图 5-13。

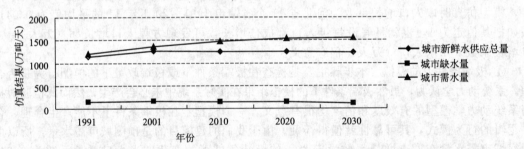

图 5-12　城市蓄水量预测仿真模型对河北省 11 个省辖市供、需、缺水量仿真结果曲线

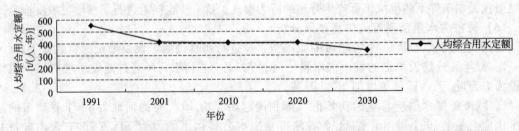

图 5-13　城市需水量预测仿真模型对河北省 11 个省辖市人均综合用水定额仿真结果曲线

从图 5-12 可知，随着河北省经济的高速发展和人民生活水平的提高，2001～2020 年间，其用水需求快速增长，平均达到 91.5 万吨/天。但当人民的生活水平和经济发展到一定阶段后，受当地各种资源和自然环境承载力的约束，其发展速度会逐渐变缓，故其需水量也呈缓慢增长态势，2020～2030 年间只增长了 14.5 万吨/天。虽然河北省 11 个省辖市的需水量一直增长，但其供水量受当地水资源有限性的限制和其他原因如水污染严重、可用水资源减少等，一直呈缓慢下降趋势。如按此分析，其供水缺口应越来越大，供需矛盾更加严重，但是河北省在大力开展需水管理，加强节约用水和污水回用工作后，使其城市缺水量呈逐年

下降趋势，2001～2030 年三十年间共减少了 57.1 万吨/天，从而大大缓解了河北省水资源的供需矛盾，可实现该省各方面的可持续发展。

从图 5-12 可知，河北省的人均综合用水定额在 2001～2020 年二十年的时间中基本保持不变，在 2020～2030 年 10 年中缓慢降低。从上述的分析中也可知其原因，虽然随着人们生活水平的提高和经济的发展，其人均用水需求会越来越大，但在大力开展需水管理后，提高了用水效率，加强了水资源合理使用，所以其人均用水定额不仅不增长，反而会呈下降趋势。美国研究人员认为，实施全国节水后，城市人口每人每年用水 125t，便可满足生活、工业和商业用水。我们预测河北省 2030 年人均综合用水定额为 338.36t/(人·年)，所以我们在合理利用水资源的道路上还有很长的路要走。

（6）模型的改进

由于建模过程中，有些数据很难搜集（如城市社会总产值、供水紧张程度对产值增长的影响、社会投资对供水量增长的影响等），所以上述系统动力学建模过程中没有考虑这些因素。如果能获得这些数据，我们建议模型可改进为如图 5-14 所示。

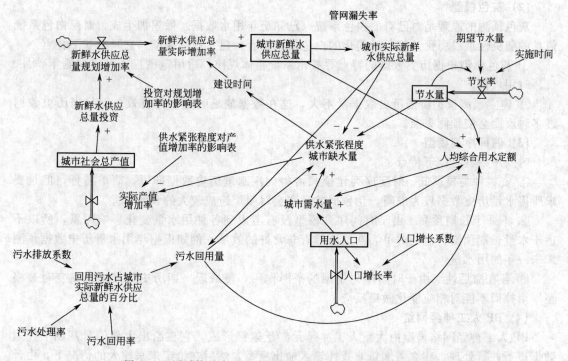

图 5-14　用系统动力学方法预测城市需水量改进仿真模型流图

5.3　水量预测方法的优选

如前所述，城市用水量预测的方法有许多种，每种预测方法都有自身的特点，在预测时，我们必须根据水量历史数据及相关资料的特点，因地制宜的选择最适合的预测方法进行预测，得出最准确的预测结果。那么，怎样才能准确合适地选择预测方法呢？这就需要我们掌握各预测方法的预测特性，根据笔者的预测经验及所学，对几种预测方法进行评价，供广大读者参考。

（1）回归分析模型

回归模型是通过回归分析，寻找预测对象与其影响因素之间的因果关系，进而建立起的预测模型。它具有如下特点。

① 变量的选择不好掌握　　回归分析的变量如果漏选会造成模型无法精准拟合水量变化的趋势，然而，如果将次要的变量引入模型，不但会大大增加计算量，而且会降低模型稳定性，反而使模型的预测误差增大。

② 对资料要求高　　回归分析对资料的高要求主要表现在资料的数量种类方面。由于回归分析往往有多个自变量，因此需要搜集各自变量的历史数据，牵涉部门众多，有一定的难度。

③ 外推性优良，适合长期预测　　在系统发生较大变化时，回归模型可以根据相应变化因素修正预测值，适合长期用水量预测；而在短期预测中，由于水量历史数据波动较大，影响因素复杂，所以回归模型不宜使用。

根据回归模型的以上特点，在城市年用水量预测中，比较适合采用回归模型进行预测，但是由于回归预测所需资料种类多，牵涉范围广，耗费人力物力大，因此也要视水量预测目的而定，在以经济为重或以效果为重之间进行选择。

(2) 灰色模型

灰色预测的原理是对已有的白色系统（已知历年用水数据）做累加生成，对原白色系统信息的随机性加以弱化，然后对弱化的白色信息拟合，建立预测模型。它具有如下特点。

① 灰色模型根据历史数据的特点寻找出系统整体规律，适用范围广，可以预测年、月、日、时用水量。

② 建立预测模型所需历史数据量不大，这在数据缺乏时就十分有效，而且当历史数据过多时反而会使预测失准。

(3) 时间序列模型

时间序列具有以下特点。

① 资料种类要求低　　时间序列建模只需得到用水量历史数据即可，简单易行，但是要求所得水量历史数据较为准确，伪数据的存在会对模型造成较大的预测误差。

② 不适于长期预测　　由于时间序列模型没有考虑到各种用水量变化影响因素，所以不适于水量长期预测，但是对单周期预测具有非常好的效果。例如根据年用水量历史数据预测未来一年的用水量。

③ 存在滞后性　　由于时间序列模型的平滑作用，使最近一期历史数据出现突变时被模型平滑掉而不能对相应变化做出反应。

(4) BP 人工神经网络

BP 人工神经网络模型由大量人工神经元广泛连接形成，它在给出大量信号基础上，对数据进行并行处理，建立需水量非线性输入输出模型，然后在给定未来输入的情况下，由计算机根据已建立起的"神经"模式判断对应输出。它具有如下特点。

① 神经网络可以根据对样本数据的学习，实现水量规律的非线性描述，对异常数据具有一定的包容性。

② 可以根据实际水量情况即时调整，不断提高预测准确性。

③ 受用水政策等因素影响较大，不适用于较长期的用水量预测。

(5) 系统动力学方法

该方法通过系统分析绘制出系统流图，然后把各变量之间的关系定量化，建立系统的结构方程式，进而通过计算机仿真实验得到预测结果。它具有如下特点：a. 系统分析过程复杂，工作量较大，对预测人员能力要求较高；b. 在选取因素适宜条件下，有较为精准的预测效果，适合于城市用水量的长期预测。

根据以上所述各种城市用水量预测方法，再结合我们在世纪预测中的经验总结，就可以较准确地预测出所需的城市用水量。

参 考 文 献

[1] 刘俊良，蒋洪江等. 河北省城市供水、节水和污水处理"十五"计划及 2010 年远景目标规划（纲要）. 2001.

[2] 戴慎志，陈践. 城市给水排水工程规划. 合肥：安徽科学技术出版社，1999：23～30.

[3] 朱东海等. BP 神经网络用于给水管网模拟试验时的构造参数设计. 给水排水，2001.

[4] 刘俊良. 城市节制用水途径及其实施策略的研究. 哈尔滨建筑大学，2005：40～46.

[5] 建设部"南水北调"城市水需求研究课题组. 城市节水治污及供水需求研究报告. 2001，4.

[6] 钱正英，张光斗. 中国可持续发展水资源战略研究综合报告及各专题研究. 北京：中国水利水电出版社，2001.

[7] 《河北省经济年鉴》（2000），河北省人民政府办公厅等编，中国统计出版社，1999.

[8] 杜强，贾丽艳编著. SPSS 统计分析从入门到精通. 北京：人民邮电出版社，2006.

[9] 刘兴坡，城市需水预测及水资源可持续利用策略研究. 武汉大学硕士学位论文，2001.

[10] 张忠祥，钱易主编. 城市可持续发展与水污染防治对策. 北京：中国建筑工业出版社，1998.

[11] 张杰. 水资源、水环境与城市污水再生回用. 中国给水排水，1998.

[12] 刘昌明，何希吾. 中国 21 世纪水问题方略. 北京：科学出版社，2001.

[13] 张观俊，刘俊良等. 沧州市城市节约用水规划（1999—2010）. 1999.

[14] 蒋大有，刘俊良等. 唐山市城市节约用水规划（1998—2020）. 1998.

[15] 侯捷等编. 中国城市节水 2010 年技术进步发展规划. 北京：文汇出版社，2000.

[16] 北京市用水调研课题组. 关于北京市水资源利用状况及有关建议. 城市与节水，1999，（3）：2～3.

[17] 藏景红. 河北省城市用水健康循环途径与需水管理策略研究. 2004.

[18] 尚跃清，刘俊良等. 邯郸市城市节约用水规划（2000—2010）. 2001.

[19] 张雅君，刘全胜. 蓄水量预测方法的评析与择优. 中国给水排水，2001，17（7）.

[20] 薛定宇主编. 科学运算语言 Matlab5.3 程序及设计应用. 北京：清华大学出版社，2004.

[21] 张丽娜，李春兰主编. 概率统计教程. 北京：科学出版社，2006.

[22] 尹学康，韩德宏编著. 城市需水量预测. 北京：中国建筑工业出版社，2006.

6 城市供水水源规划及水资源供需平衡分析

6.1 城市供水水源规划

工业生产过程和城镇居民生活及其他方面的全部淡水引取来源，称为城市用水水源，简称城市水源。城市水源规划是对寻找与选择城市水源，合理开发利用、科学管理和有效保护城市水资源，做出全面妥善的安排，并保证城市用水能满足城市可持续发展的需要。城市水源规划应在地区（流域）水资源规划的指导下进行。遵照水资源可持续利用的原则，综合考虑天然淡水、雨水、海水和城市污水再生水水源开发。在制定规划期限的城市总取水量时，要充分考虑科技进步，污水和节水工艺的普遍采用，供水系统管理水平的不断提高，居民节水意识不断增强的必然趋势。城市总取水量应是有节制的增加，并且终会有一个平稳甚至下降的趋势，切不可过高估量。

城市水源规划是城市给水排水工程规划的一项重要内容，它影响到给水排水工程系统的布置，城市的总体布局、城市重大工程项目选址、城市的可持续发展等战略问题。城市水源规划作为城市给水排水工程规划的重要组成部分，不仅要与城市总体规划相适应，还要与流域或区域水资源保护规划、水污染控制规划、城市节水规划等相配合。

新中国成立以来，我国水资源的开发利用在带来巨大经济效益和社会效益的同时，也导致了严重的水环境问题，要保证我国经济和社会的持续稳定发展，保证水资源能够持续开发利用，水资源利用不能再像过去那样大规模地开发并不丰富的淡水资源，而必须考虑水资源本身的潜在能力，即必须"量水而行"。因此，在进行水资源开发利用规划时，必须知道区域水资源的开发利用极限与高效利用。面对当前的形势，必须扎实做好城市水源规划，确保城市未来用水的需要。为保证城市各方面用水的需要，每个城市都应该具有自己的取水水源。在确定水源时，一般要从可供水量的多少、水质的好坏、提取或采集的条件、水源地的保护等多方面进行综合比较。在技术经济条件许可的情况下，最大限度地利用有限的水资源，使有限的水资源发挥更大的效益，做出最为适宜的规划，并尽可能地节约利用水资源。

6.1.1 城市水源选择

6.1.1.1 城市水源的种类与特点

狭义的城市给水水源一般是指清洁淡水，即传统意义的地表水和地下水，是城市给水水源的主要选择；广义的水源除了上面提到的清洁淡水外，还包括海水、微咸水、再生污水和暴雨洪水等。

（1）地下水

地下水指埋藏在地表下岩石孔隙、裂隙或溶洞等含水层介质中储存运移的水体。地下水按埋藏条件可分为上层滞水、潜水、承压水。地下水具有水质清洁、水温稳定、水量随季节变化不大、不易污染、开采方便、比较经济等特点，一般优先利用地下水作为供水水源，尤其是作为饮用水水源。但地下水水量不如地表水充沛，径流量小，矿化度和硬度较高，有些地区在水质方面有时不能满足用水要求。若水质符合要求，一般都优先考虑，开发地下水具有以下特点：a. 地下水在地层中渗透经过天然过滤，水质透明无色，一般不需净化处理。

故水处理过程简单，简化了给水系统，节省投资和运行费用；b. 地下水取水条件好，取水构筑物可适当靠近用水户，输水管道较短，构筑物较简单，便于施工和运行管理，基建费用较低，占地面积小，降低输配管网的造价，提高给水系统的安全可靠性；c. 便于分期修造，减少初期投资；d. 地下水（特别是深层地下水）因有上部岩层作为天然蔽障，自然、人为因素干扰较少，一般不易受地表污物的影响，便于卫生防护和采取人防措施，卫生条件较好；e. 地下水水温变化幅度小，常年变化不大，适用于冷却和恒温空调用水，利于节能。

(2) 地表水

地表水主要指江河、湖泊、蓄水库等中的水，易受地面各种因素的影响，具有浑浊度较高、水温变幅大、易受工农业污染、季节性变化明显等特点，但具有地表径流量大、矿化度和硬度低、含铁锰量低等优点。由于开采地表水源时需考察地形、地质、水文、人防、卫生防护等复杂的因素，且需要完备的水处理工艺，所以投资和运行费用较大。地表水源水量充沛，能满足大量用水需要，但严重的环境污染使不少地表水丰富的地区不能利用其周围的水源，造成"水质型"缺水。

6.1.1.2 城市水源选择

在工农业生产和城镇生活供水规划中，水资源的合理评价和水源地的正确选择是供水规划设计能否实施的重要基础保证。水源地选择的正确与否关键在于对所规划水资源的认识程度。城市给水水源选择影响到城市总体布局和给水系统的布置，应进行认真深入的调查、勘探，结合有关自然条件、水质监测、水资源规划、水污染控制规划、城市远近期规划等进行分析、研究。通常情况下，要根据水资源的性质、分布和供水特征，以供水水源的角度对地表水和地下水资源从技术经济方面进行深入全面比较，力求经济、合理、安全可靠。水源选择必须在对各种水源进行全面的分析研究、掌握其基本特征的基础上进行。一般情况下应综合考虑下列因素。

① 水源具有充沛的水量　除满足当前的生产、生活需要外，还要考虑到满足城市近远期发展的需要。地下水源的最大取水量不应大于其允许开采储量（补给量）；若地下水径流量有限，一般不适用于用水量很大的情况。河流的取水量应不大于河流枯水期的可取量；采用地表水水源须先考虑自天然河道和湖泊中取水的可能性，其次考虑采用挡河筑坝蓄水库水，而后考虑需调节径流的河流。

② 水源具有良好水质　水质良好的水源有利于提高供水水质，可以简化水处理工艺，减少基建投资和降低成本。其中生活饮用水源的水质必须符合《生活饮用水源水质标准》（CJ 3020—93）。标准中把水源分为两级：一级水源要求水质良好，地表水只需经简单净化处理、消毒后即可供生活饮用，地下水只需消毒处理；二级水源水要求水质受轻度污染，经常规净化处理，其水质达到《生活饮用水源卫生标准》（GB 5749—85）。若水质浓度超过二级标准限值的水源水，不宜作生活饮用水的水源，若限于条件需加以利用时，应采用净化工艺处理，达到标准，并经主管部门批准。水源中含有其他有害物质时，其含量应符合《工业企业设计卫生标准》（TJ 35—79）中的有关要求。对于工业企业生产用水水源的水质要求，则随生产性质及生产工艺而定。

③ 全面考虑、统筹安排、综合利用　水是关系到国民经济各部门的重要资源，在水源的规划、设计以及开发利用的过程中必须始终贯彻全面考虑、统筹安排、综合利用的原则。正确处理各种用水的相互关系，尽量做到一水多用；协调与其他经济部门，如农业、水力发电、航运、水产、旅游、排水等的关系。水源选择要密切结合城市近、远期规划和发展布局，从整个给水系统的安全和经济来考虑。给水水源的选择对给水系统的布置形式有重要的影响，应根据技术经济的综合评定认真选择水源。选择水源时还应考虑取水工程本身与其他各种条件，如当地的水文、水文地质、工程地质、地形、人防、卫生、施工等方面的条件。

④ 优先选用地下水　如果采用单水源供水，则要优先考虑地下水。不仅饮用水要优先选用地下水，在水质、水量能满足的工业企业的生产中也应首先考虑以地下水作为供水水源。当城市有多种天然水源时，应首先考虑水质较好的简易净化的水源作供水水源或考虑多水源分质供水。符合卫生要求的地下水，应优先作为生活饮用水源，按照开采和卫生条件，选择地下水源量，通常按泉水、承压水（或层间水）、潜水的顺序。对于工业企业生产用水水量不大或有影响当地生活饮用需要，也可采用地下水源。

⑤ 地下水与地表水联合使用　一是对一个地区或城市和各用水户，根据其需水要求的不同，分别采用地下水和地表水作为各自的水源；二是对各用水户的水源采用两种水源交替使用，在河流枯水期引地表水困难时或洪水期河水泥沙多得难以使用时，可改用抽取地下水作为供水水源。国内外的实践证明，这种联合使用的供水方式，不仅可同时发挥各种资源的供水能力，而且可降低整个给水系统的投资，还可加强给水系统的安全可靠性。

⑥ 保证安全供水　为了保证安全供水，大中城市应考虑多水源分区供水，小城市也应有远期备用水源。在无多个水源可选时，结合远期发展，应设两个以上取水口。

6.1.2　城市供水水源的卫生防护

按照生活饮用水卫生标准的有关规定，集中式给水水源卫生防护地带的范围和防护措施，应符合下列要求。

（1）地表水

① 取水点周围半径不小于100m，其水域内，不得停靠船只，不得游泳、捕捞和从事一切可能污染水源的活动，并应设有明显的范围标志。

② 河流取水点上游1000m之下有100m的水域内，不得排入工业废水和生活污水，其沿岸防护范围内，不得堆放废渣，设置有害化学物品的仓库或堆栈，设立装卸垃圾、粪便和有毒物品的码头，沿岸农田不得使用工业废水或生活污水灌溉，及使用有持久性或剧毒的农药，并不得从事放牧。

③ 在水厂生产区域单独设立泵站、沉淀池和清水池外围不小于10m的范围内，不得设立生活居住区和修建禽牧饲养场、渗水厕所、渗水坑，不得堆放垃圾、粪便、废渣或铺设污水渠道，应保持良好的卫生状况，并充分绿化。

（2）地下水

① 取水构筑物的防护范围，应根据水文地质条件、取水构筑物的形式和附近地区的卫生情况确定，其防护措施应按地表水水厂生产区要求进行。地下取水构筑物按其构造可分为：管井、大口井、辐射井、渗渠等，它们分别适用于不同的情况。

② 在单井或井群的影响半径范围内，不得使用工业废水生产或进行污水灌溉，也不得使用有持久性或剧毒性的农药，不得修建渗水厕所、渗水坑、堆放废渣或铺设污水渠道，并不得从事破坏深层土的活动。如果取水层在水井影响半径内部露出地面或取水层与地面水没有相互补充关系时，可根据具体情况设置较小的防护范围。

③ 在水厂生产区的范围内，应按地下水水厂生产区的要求执行。

6.1.3　城市水资源量与水资源开发利用

（1）城市水资源量

在城市总体规划时，应了解该城市的水资源量和可开采量，这与城市用水供需平衡、确定城市发展规模、功能布局、给水工程系统布置都有密切关系。一个城市水资源量的多少，主要是由城市所在区域的天然条件决定的。

（2）区域水资源可利用量

区域水资源可利用量是指在经济上合理、技术上可行和生态环境不遭受破坏的前提下，最大可能被控制利用的、不重复的一次性水量。它与天然水资源总量、当前的技术经济都有密切关系。考察区域水资源可利用量是为了弄清水资源承载能力，研究水资源的开发利用途径和潜力，为资源的合理配置和利用提供依据。

（3）城市水资源的开发利用

① 存在的问题　城市在发展过程中，习惯了就近开发成本低廉、水质安全可靠的地下水或地表水。随着城市用水的急剧增加，开始超量开采地下水，产生了地下水位下降、水量锐减、水质恶化以及地面沉降、机井报废、海水倒灌等问题。我国华北地区尤为突出，现已形成北京、保定、石家庄、邢台、安阳、邯郸等总面积 $1.5 \times 10^4 km^2$ 的地下水超采区。由于开发利用地下水日益受到制约，以及城市周围水污染的日益严重，据环保局统计，全国工业和城镇生活的废水排放量每年达 $445 \times 10^8 m^3$，其中 80% 左右未经处理直接排入水域，引起大面积水体污染，造成环境恶化。城市开始筑坝蓄水和引水，甚至进行远距离跨流域调水。尽管建坝蓄水和远距离引水起了很大作用，但投资越来越高，困难也越来越大。我国近来建造了一批蓄水和远距离调水工程，一定程度上缓解了城市用水紧张状况，但也投入了大量资金。

供水量增长缓慢，与经济增长速度不相适应；工业与生活用水的迅速增长，挤占了农业与生态环境用水；部分供水工程由于老化失修严重，不少处于超期使用或带病运行状态，严重影响了供水工程效益的发挥；缺水地区还缺乏节水机制，仍具有较大的节水潜力。不少人士已提出疑问，认为单纯靠远距离引水不仅耗资巨大，而且不能真正解决水资源竞争日益加剧的现状，只能一定程度上延缓用水缺时代的到来；另外，许多"水质型"缺水城市过于依赖外区域的引水，而忽视对本地水资源的保护和水环境的治理。于是人们开始把注意力转向采用科学技术手段，提高合理用水水平，减少用水量，逐步使水资源的开发利用从一次消耗转向重复利用型。国内外的事实证明，采用节约用水的战略是一种卓有成效的方法，不仅充分利用了已开发的水资源，还减少了污水排放。

② 水资源的开发利用　在水源的开发利用过程中，努力贯彻兴利除害、综合利用、全方位服务和开源节流并重的原则，在供水工程规划中，从水源条件、社会经济、技术实力、工程建设的难易程度等因素考虑，本着分清层次，切合实际地对规划工程的必要性和可行性做出科学的论证。将各种水资源都充分地加以利用，做到近远期结合。

在一定的经济条件下，每一个城市存在着一种极限水资源量，在一定时期保持相对稳定。尽管城市的水资源条件和经济发展情况不同，开发历程也不同，但大体上每个城市的水资源开发利用都可划分为三个阶段：第一阶段为自由开发阶段；第二阶段是水资源基本平衡到制约开发阶段；第三阶段是综合开发利用水资源、重复用水开发阶段。

从总体上来说，我国北方水资源短缺城市可能会较早地向下一阶段过渡，南方丰水地区城市可能会在前两个阶段停留较长时期；但从宏观上看，城市水资源的开发最终要受到有限水资源量的制约。

6.1.4　完善强化城市水资源管理

水是一种不可替代的自然资源，尽管可以再生，但开发强度超过其自然再生能力，水就会枯竭。所以对城市水资源应进行可持续利用开发和优化配置，保证人类和城市的持续发展。水资源管理是人类对水资源的一种干预和组织。水管理的目标是为了保证水资源的供求，满足人类生活和社会经济发展对水的需求。从经济的观点看，即要以最小的水资源消耗取得最大的经济效益；从社会的观点看，即要保证生产和生活对淡水的最低要求，确保社会的安定。关于水资源的新管理思想，即基于水是一种有价值的有限资源，并且具有不可替代性。到目前为止，人类还没有找到一种物质可以替代水的功用。水资源的价值在于：水资源具有使用价值，能满足人类对水的生命需求，和衣、食等人类基本生存物质具有同样的重要性；水是构成地球的重要因素，是重要的生产要素，通过合理地开发和利用水资源，能增加社会净福利，能促进社会经济发展；水是构成地球生态系统的主要因素之一，具有生态环境保障的作用，具有生态价值；水资源具有所有者权益，有限水资源开发利用是需要付出代价的，具有被占有和排他使用的交易价值或价格；从可持续观点来看，水资源的开发利用应体现社会的公平性，应考虑到后代的需求，因而，水资源在空间和时间上具有不同的价值衡量。水资源的利用带来了人类现在的文明，推进了社会经济的发展，但水资源也成了社会经济发展的制约因素。因此，水资源管理的生态-经济学的概念应运而生，它是运用经济学和生态学的一些概念来构建水资源的管理。

逐步建立城市供水的全成本核算价格体系，本着"取之于水，用之于水"的方针，为水的治理和保护筹集一定的资金。水价的构成应包括水资源开发、利用、污水处理及水生态环境的恢复和保护过程中的全部费用，主要包括供水费用、排水与污水处理费用、水资源与生态环境恢复费用、建设资金的回收、国家税收等，并保证企业有一定的赢利。一方面，充分体现了商品水的二元性，遵循水在社会循环的自然规律，把传统的割裂给水与排水的体制统一到水价上来；另一方面，体现了由于水资源的开发过程中造成破坏与污染所消耗的环境容量资源所产生的成本，即外部环境成本。

在我国传统的社会价值体系中，水不是一种纯粹的商品，而是一种半福利品，供水价格远低于成本价格，难以促进用户主动节水。在福利价格下，水费在生产成本或家庭支出中的比例非常小，生产成本（或家庭支出）相对于水费的弹性增长系数低。目前，我国大部分工业企业生产成本中水费的比重都不到1%，火电、纯碱等耗水型工业也只有2%左右。对于生活用水，水费在中等收入家庭的生活支出中的比例也仅占1%～2%左右。这种情形下，调动不了用户的节水积极性，从而造成用水浪费。同时，供水企业则不断亏损，不能扩大再生产。新的水资源管理战略的要旨是加强用水管理，提高水利用率，实现节水型经济。加强用水管理、提高水利用率的思想指提高单位用水的产值，包括重新分配用水重点，把有限的水资源用于产值高的部门；节约用户水，降低人均和单位产品用水量，减少污水排放量和增加污水的回收量等；改变经济结构，发展节水、少污染的工业和农业，同时调整产业布局，使之和水资源分布相适应。

6.2 城市水资源供需平衡分析

根据城市水源规划确定的规划年的可供水量，与城市需水量预测的结果，进行分析比较，以确定在规划期内水资源的余缺情况，以此制定节水规划和节水措施。

城市水资源供需平衡分析是指在一定区域、一定时段内，对某一发展水平率和某一保证率的各部门供水量和需水量进行平衡关系的分析。水资源供需平衡关系是建立在水资源开发、利用和保护基础上的，涉及水文学、环境水力学、水利经济学、水利工程学等学科，并与自然地理条件、社会、经济和科学发展水平等方面密切相关。

从水资源量的供需关系来看，城市水资源供需平衡分析建立在供水系统、用水系统和排水系统的基础上，这三个系统是密切相关且相互作用的，其中任何一个系统发生变化，都会对其他系统产生相应的影响，因此，在进行水资源量的供需分析时，必须把这三个系统作为一个综合的大系统来考虑。城市具有人口密集、工业集中、经济和文化发达的特点。20世纪80年代以来，随着改革开放的深入，我国经济改革的重点由农村转移到城市，故城市发展十分迅速，城市需水量大大增加。但由于部分城市供水增长未能满足蓄水要求，使城市缺水现象日益严重，给人民生活和经济发展带来了一定的影响。鉴于世界上许多地区淡水资源普遍稀缺，而且逐渐被破坏，污染日益严重，加之人口的增长和城市化的发展，对水资源进行统筹规划和管理已成为共识。

水资源供需平衡分析必须遵循以下原则：近期与远期相结合，宏观与微观相结合，科技、社会、经济三位一体及水循环系统综合考虑。

6.2.1 近期与远期相结合

水资源供需平衡分析实质上就是对水的供给和需求进行平衡计算，水资源的供与需不仅受自然条件的影响，更重要的是人类活动对供与需的影响。在社会不断发展的今天，人类活动对供需关系的影响已经成为基本的因素，而这种影响又随着经济条件的不断改善而发生阶段性的变化。因此，在进行水资源供需平衡分析时，必须把远期和近期结合起来考虑。

在对水资源供需平衡做具体分析时，根据远期和近期原则，可以分成几个分析阶段：一是现状水资源供需平衡分析，即对近几年来本地区水资源实际供水、需水的平衡情况，以及在现有水资源设施和各部门需水的水平下，与不同保证率的水文年时，对本地区水资源供需平衡情况进行分析；二是今后五年内水资源供需平衡分析，它是在先状水资源供需平衡分析的基础上，结合国民经济五年计划对供水与需水的变化情况进行供需分析；三是今后十年或二十年内水资源供需平衡分析，这属于长期的供需分析，必须结合本地区的长远规划来考虑，同样也是本地区国民经济远景规划的组成部分。

下面以河北省廊坊市为例来论述城市水资源供需平衡分析。

（1）城市供水系统

地下水是目前廊坊市区唯一可资利用的水源，因水质原因以开采深层地下水为主。城区有自来水公司和自备水源两个供水系统。

自来水公司的供水范围仅限于市区中的城区。城区现有自来水厂三座：一水厂位于新华路东侧，最高日供水量 $0.8 \times 10^4 \, \mathrm{m^3/d}$；二水厂位于和平路东、北排渠南侧，最高日供水量 $1.7 \times 10^4 \, \mathrm{m^3/d}$；三水厂位于铁路南、大皮营引水渠以西，水厂设计规划为 $5 \times 10^4 \, \mathrm{m^3/d}$，现日最高供水能力 $3 \times 10^4 \, \mathrm{m^3/d}$，主要供新区用水。另外，自来水公司还辖有直供井 9 眼，最高日供水量为 $0.9 \times 10^4 \, \mathrm{m^3/d}$。

城区工业用水基本来自各单位的自备水源，共有水源井 150 眼，年平均开采量 $1400 \times 10^4 \, \mathrm{m^3}$（平均日 $3.84 \times 10^4 \, \mathrm{m^3/d}$）。

（2）城市生态需水量预测

随着城市的迅速发展，环境恶化也日益严重，城市生态用水的提出对维护城市的生态平衡，实现生态环境建设规划具有十分重要的意义。城市生态用水包括城市绿化用水和城市河湖生态用水。

① 绿化用水　按《廊坊市城市总体规划》城市绿地可分为：公共绿地、生产防护绿地、城市道路绿地、运河两岸绿化绿地等。城市园林绿化规划采取点（公园、花园、小游园）、线（防护林带道路绿化）、面（街场绿化、庭院绿化）相结合，近期与远期相结合的方法，使公园、花园、小游园、道路广场绿地、防护林带、苗圃、花圃和近郊绿地系统有机地联系起来，形成一个比较科学的、完整的、布局合理的园林绿地系统。

根据园林、绿化部门提供的绿化用水量测算依据为 $0.002 \mathrm{m^3}$，即用水定额以 $2 \mathrm{L/(m^2 \cdot d)}$，浇灌面积按绿地面积的 70％计，每年浇水按 204 天计，廊坊市园林建设绿化用水量为 $1028 \times 10^4 \, \mathrm{m^3/a}$，城区街道绿化用水量为 $2162.7 \times 10^4 \, \mathrm{m^3/a}$

② 城市河湖、地下水生态用水

a. 河流的生态用水是维系一个地区城市生态环境的重要方面，但如果城市相当一部分河道被排入城市污水，会给人以不悦感，危害生态环境，危害人们健康。因此为了改善生态环境，需提出利用再生水补充受污河道，以维持其水环境容量和基流流量的生态需水量的计算方法。

可根据排污水量与水环境容量的方法预测河流生态需水量。

河流的环境容量可按照下式计算：

$$W = 86.4(C_N Q_N - C_0 Q_0) + \frac{Q_0 + Q_N}{2} C_N k \frac{x}{u}$$

式中，W 为河流水环境容量，kg/d；C_N 为水环境质量标准，mg/L；C_0 为河流中原有的污染浓度，mg/L；k 为耗氧速率常数，d^{-1}；x 为沿河流经的距离，m；u 为平均流速，m/s。

实际进入河道的污染物负荷为：

$$W^* = C_0 Q_0 + C_w Q_w$$

由此，环境容量为：

$$W = 86.4(C_N Q_N - C_N Q_N) + \frac{Q_0 + Q_N}{2} C_N k \frac{x}{u}$$

$$= 86.4[C_N(Q_0 + Q_w) - C_0 Q_0] + \frac{2Q_0 + Q_w}{2} C_N k \frac{x}{u}$$

式中，Q_0，W，W^* 为待定量，以 $W^* \leq W$ 为控制条件，经过多次迭代比较，得出运河的生态需水量 Q_0。

但目前，就廊坊市而言，多年以来无天然径流，河流基本断流或成为季节性河流，故此时生态用水不予考虑。

b. 廊坊市的湖泊较多，多为人工湖，一般采用补充新鲜水来满足其景观用水量，由于换水次数较少，湖泊的水质只能达到Ⅴ类标准，要使河湖水质达到Ⅳ类标准，就应加大湖水的流动性，在频繁的替换中保持水质新鲜，避免湖中厌氧以及富营养化的出现。但这样无疑大大增加了城市的取水量，进一步加剧了水资源的短缺。将中水管线铺到各公园湖边，这样就为连续补水提供了可能，使每年 6～8 次的补水量平均分配到每月或更小的时间段内，使湖体在不断流动中自我更新。

对城区外环两侧三个坑的规划设计可成为点睛创意，将东外环许各庄段西侧的面积为 10000m² 的水坑，稍加整修，四周栽植垂柳花草，做成水憩园；北环外约 50000m² 的浅水坑，可通过清坑注水，种植芦苇，做成芦苇池；西环处约 14000m² 的不规则坑，由于盐碱度高，夏天寸草不生，可引入抗盐碱的柳树，做成柳林。三个坑的设计将经济效益、旅游效益、水保优势有机地结合起来，为整个廊坊市的园林绿化又增添了几处丽景。

其需水量按照景观用水的年换水量和年蒸发量计算。

年换水量按换水次数乘以每次换水量计算（每次换水 1m 深）。每年换水按 6 次计，水体的蒸发补给量按 2.1mm/d 计，每日需补水 $0.073 \times 10^4 m^3$，廊坊市湖泊生态用水量见表 6-1。

表 6-1　廊坊市湖泊生态用水量

公园名称	水池面积/m²	河湖、地下生态需水量/(万吨/年)	公园名称	水池面积/m²	河湖、地下生态需水量/(万吨/年)
三个水坑	7.4 万	86.78	宁园	370	15.11
人民公园	2.6 万	30.49	文明游园	154	14.98
安和园	2800	16.57	总计	10.33 万	163.93

综合廊坊市绿化用水和城市河湖、地下水生态用水，廊坊市城市生态用水需求量预测如表 6-2 所列。

表 6-2　廊坊市城市生态用水需求量

项　目	需水量/(万吨/年)	项　目	需水量/(万吨/年)
园林绿化需水量	1028	河湖、地下生态需水量	163.93
城市街道绿化需水量	2162.7	总计	3354.63

③ 需水总量（见表 6-3）

表 6-3　规划期内廊坊市需水总量预测结果

项　目	2010 年	2015 年	项　目	2010 年	2015 年
工业需水量/$\times10^4 m^3$	6698.30	7723.66	生态需水量/$\times10^4 m^3$	3354.63	
生活需水量/$\times10^4 m^3$	5378.34	6485.93	需水总量/$\times10^4 m^3$	15431.27	17564.22

(3) 城市供需平衡分析

廊坊市区无地表水源，浅层地下水因污染无法用于生活与工业，只能用于农业灌溉。本市唯一赖以生存的是深层地下水。廊坊市区深层地下水开采强度大，根据 10 多年统计数据表明，开采系数 $K=7.12$，远远超出 $K>1.2$ 的严重超采区的标准；降速率 3.3m/年，大于 1.5m/年 的严重超采区标准，足以证明廊坊城区为深层地下水严重超采区。由于深层地下水连年严重超采，形成了以市区为中心，面积为 $355km^2$ 的地下水位下降漏斗。

由此可见，廊坊市的水资源供需矛盾十分突出，如何解决这一矛盾已成为廊坊市经济可持续发展的迫切需要。解决水资源供需矛盾的重要途径就是开源、节流，而污水资源化正是开源和节流的最佳结合。污水资源化不仅为城市用水开辟了稳定可靠的非常规水源，而且从广义上讲，污水资源化也是重要的节水措施，是更大规模、更高效益的节水措施，提高了用水效率，减少了新鲜水和洁净水的用量。

6.2.2　宏观与微观相结合

(1) 大区域与小区域相结合

水资源具有区域分布不均匀的特点，在进行水资源供需平衡分析时，往往以整个区域内的平衡值来计算，势必造成全局与局部的矛盾，大区域内水资源平衡而小区域内可能有亏有盈。因此在进行大区域的水资源供需平衡分析后，还必须进行小区域的供需平衡分析，只有这样才能反映各小区的真实情况，从而提出切实可行的措施。下面以河北省各地市城市水资源供需平衡分析为例进行说明。

① 石家庄市供需平衡分析（见表 6-4）

表 6-4　石家庄市供需平衡分析　　　　　　　　　　　单位：亿立方米

	年份	2005	2010	2020	2030
可供水量	地表水	1.45	1.45	1.45	1.45
	市区地下水	1.10	1.10	1.10	1.10
	污水回用	0.27	0.53	0.82	0.95
	合计	2.82	3.08	3.37	3.50

	年份	2005	2010	2020	2030
需 水 量	城市工业	3.54	4.05	5.04	5.83
	城市生活				
	郊区农业	0.55	0.55	0.55	0.55
	合计	4.09	4.60	5.59	6.38
	缺水量	1.27	1.52	2.22	2.88
	供需比	0.69	0.67	0.60	0.55

注：1. 市区有一地表水厂（引岗南和黄壁庄水库水），目前日供水能力可达 40 万吨/日，即 1.45 亿立方米/年。

2. 现状年石市地下水可开采量为 2.2 亿立方米，但黄壁庄水库副坝加固工程实施后，年均衡地下水可开采量将降到 1.1 亿立方米（相当于一座 30 万吨/日水厂的供水量）。

3. 目前石家庄市区集中供水能力 58.37 万吨/日（2.5 亿立方米/年）。

② 邯郸市供需平衡分析（见表 6-5）

表 6-5　邯郸市供需平衡分析　　　　　　　　单位：亿立方米

	年份	2005	2010	2020	2030
可 供 水 量	地表水	0.73	0.73	0.73	0.73
	市区地下水	0.89	0.89	0.89	0.89
	污水回用	0.30	0.79	1.22	1.55
	合计	1.92	2.41	2.84	3.17
需 水 量	城市工业	3.72	4.18	4.99	5.98
	城市生活				
	郊区农业	0.20	0.20	0.20	0.20
	合计	3.92	4.38	5.19	6.18
	缺水量	2.00	1.97	2.35	3.00
	供需比	0.50	0.55	0.55	0.51

注：1. 目前铁西水厂一期工程（即引岳济邯工程）供水能力 10 万吨/日，二期工程（10 万吨/日）已于 2001～2004 年施工，2005 年总供水能力达到 20 万吨/日，即 0.73 亿立方米/年。

2. 0.89 亿立方米为市区范围（包括峰峰矿区）地下水可开采量。其中三堤水厂（20 万吨/日）取自峰峰矿区羊角铺水源地的地下奥灰水 0.73 亿立方米；峰峰矿区三个水厂（二里河水厂、郭庄水厂、党校水厂）所取的地下奥灰水量 0.15 亿立方米（4.5 万吨/日）。

③ 邢台市供需平衡分析（见表 6-6）

表 6-6　邢台市供需平衡分析　　　　　　　　单位：亿立方米

	年份	2005	2010	2020	2030
可 供 水 量	地表水	—	—	—	—
	市区地下水	1.20	1.20	1.20	1.20
	污水回用	0.09	0.13	0.24	0.30
	合计	1.29	1.33	1.44	1.50
需 水 量	城市工业	1.13	1.25	1.53	1.90
	城市生活				
	郊区农业	0.38	0.38	0.38	0.38
	合计	1.51	1.63	1.91	2.28
	缺水量	0.20	0.30	0.47	0.78
	供需比	0.85	0.82	0.75	0.55

注：1. 1.20 亿立方米为市区范围可开采的地下水量。其中，可开采的浅层地下水 0.30 亿立方米，取自 0.90 亿立方米百泉泉域的岩溶水（深层水）。

2. 邢台市区共有三个地下水厂：紫金泉水厂、韩演庄水厂、董村水厂，总供水能力为 10 万吨/日，年采水量约为 0.35 亿立方米。

④ 保定市供需平衡分析（见表 6-7）

表 6-7　保定市供需平衡分析　　　　　　　单位：亿立方米

	年份	2005	2010	2020	2030
可供水量	地表水	0.58	0.95	0.95	0.95
	市区地下水	0.45	0.45	0.45	0.45
	污水回用	0.05	0.32	0.53	0.72
	合计	1.10	1.73	1.94	2.13
需水量	城市工业	1.52	1.79	2.18	2.53
	城市生活				
	郊区农业	0.45	0.45	0.45	0.45
	合计	1.98	2.25	2.54	2.99
缺水量		0.88	0.52	0.70	0.85
供需比		0.55	0.77	0.73	0.71

注：1. 保定地表水厂（西大洋水库水）一期工程设计规模 15 万吨/日（约 0.58 亿立方米/年），二期工程（2005 年以后）竣工后，总供水能力将达到 25 万吨/日（约 0.95 亿立方米/年）。

2. 0.85 亿立方米为市区范围浅层地下水可开采量。保定市供水总公司以地下水为水源的集中水厂有：一亩泉水源、江城水源、市区水源、东北郊水源、红旗苗圃水源、大车辛水源，总供水能力年均为 24 万吨/日（0.88 亿立方米）。

⑤ 沧州市供需平衡分析（见表 6-8）

表 6-8　沧州市供需平衡分析　　　　　　　单位：亿立方米

	年份	2005	2010	2020	2030
可供水量	地表水	0.73	1.10	1.10	1.10
	市区地下水	—	—	—	—
	区外水源	(0.23)	(0.23)	(0.23)	(0.23)
	污水回用	0.03	0.10	0.21	0.30
	合计	0.75	1.20	1.31	1.40
需水量	城市工业	0.79	0.89	1.22	1.53
	城市生活				
	郊区农业	0.55	0.55	0.55	0.55
	合计	1.34	1.44	1.77	2.08
缺水量		0.58	0.24	0.45	0.58
供需比		0.57	0.83	0.74	0.57

注：1. 目前沧州市只有东水厂（以大浪淀水库水为水源，供水能力 10 万吨/日）运行供水。2001 年建成新西水厂（以大浪淀水库水为水源，供水能力 10 万吨/日）；2007 年再建成东郊 10 万吨/日的地表水厂。因此，2005 年地表水供水约为 0.73 亿立方米，2010 年约为 1.10 亿立方米。

2. 市区范围浅层地下水可开采量为 0.43 亿立方米，但由于含氟量高，水厂没有运行。

3. 区外水源指的是崔尔庄水源地、沧州化肥厂水源地和沧州炼油厂水源地，可供水能力为 0.23 亿立方米/年，但是以上水源均属于超采地下水，此处只作为后备水源处理。

⑥ 廊坊市供需平衡分析（见表 6-9）
⑦ 衡水市供需平衡分析（见表 6-10）
⑧ 唐山市供需平衡分析（见表 6-11）

表 6-9 廊坊市供需平衡分析　　　　单位：亿立方米

	年份	2005	2010	2020	2030
可供水量	地表水	—	—	—	—
	市区地下水	0.40	0.40	0.40	0.40
	污水回用	0.02	0.05	0.14	0.20
	合计	0.42	0.45	0.54	0.50
需水量	城市工业	0.49	0.51	0.82	1.07
	城市生活				
	郊区农业	0.81	0.81	0.81	0.81
	合计	1.30	1.42	1.53	1.88
缺水量		0.88	0.95	1.09	1.28
供需比		0.32	0.32	0.33	0.32

注：1. 市区可开采的地下水量为 0.53 亿立方米。其中，浅层地下水 0.42 亿立方米，深层地下水 0.11 亿立方米。由于浅层地下水水质差，不能作为生活及工业水源，故深层水成为唯一的水源，这样势必会加剧供水压力。

2. 大古营水源地（位于安次区，4 万吨/日）、北马水源地（位于固安，7 万吨/日）总供水规模为 11 万吨/日，合 0.40 亿立方米/年。

表 6-10 衡水市供需平衡分析　　　　单位：亿立方米

	年份	2005	2010	2020	2030
可供水量	地表水	0.52	0.52	0.52	0.52
	市区地下水	0.18	0.18	0.18	0.18
	污水回用	0.01	0.05	0.12	0.17
	合计	0.71	0.75	0.82	0.87
需水量	城市工业	0.33	0.45	0.52	0.88
	城市生活				
	郊区农业	0.55	0.55	0.55	0.55
	合计	0.89	1.01	1.18	1.44
缺水量		0.18	0.25	0.35	0.57
供需比		0.80	0.74	0.70	0.50

注：1. 衡水市引湖入衡供水工程规模 10 万吨/日，约为 0.37 亿立方米/年。此外，衡水电厂利用的引黄济冀水量 0.15 亿立方米。因此，地表水可供水量为 0.52 亿立方米。

2. 0.18 亿立方米为衡水市区地下水可开采量；衡水地下水厂（新华水厂、大庆水厂、南门外水厂、红旗水厂、开发区水厂）供水总规模为 10.9 万吨/日（0.40 亿立方米）。

表 6-11 唐山市供需平衡分析　　　　单位：亿立方米

	年份	2005	2010	2020	2030
可供水量	地表水	1.23	1.23	1.23	1.23
	市区地下水	2.0	2.0	2.0	2.0
	污水回用	0.25	0.57	1.01	1.25
	合计	3.48	3.90	4.24	4.48

年份		2005	2010	2020	2030
需水量	城市工业	3.15	3.54	4.12	4.80
	城市生活				
	郊区农业	3.04	4.57	5.84	5.84
	合计	5.20	8.11	10.95	11.54
缺水量		2.72	4.21	5.72	7.15
供需比		0.55	0.48	0.39	0.38

注：1. 1.23亿立方米为市区的地表水供水量。其中，0.73亿立方米为引滦入唐水量（含二期工程），0.50亿立方米为可利用的陡河水量。

2. 2005年由于唐山市供水工程（27.1万吨/日）和唐山市中心区供水工程（15万吨/日）的建成，地下水厂的供水规模远远超出市区地下水可利用量（2.0亿立方米/年）。因此，采用地下水可利用量为市区地下水的可供量，其中浅层地下水可利用量为1.14亿立方米，深层奥灰水为0.85亿立方米。

⑨ 秦皇岛市供需平衡分析（见表6-12）

表 6-12　秦皇岛市供需平衡分析　　　　　　单位：亿立方米

年份		2005	2010	2020	2030
可供水量	地表水	0.92	0.92	0.92	0.92
	市区地下水	0.11	0.11	0.11	0.11
	污水回用	0.12	0.25	0.47	0.54
	合计	1.15	1.29	1.50	1.57
需水量	城市工业	1.41	1.55	2.02	2.31
	城市生活				
	郊区农业	1.23	1.23	1.23	1.23
	合计	2.54	2.88	3.25	3.54
缺水量		1.49	1.59	1.75	1.87
供需比		0.44	0.45	0.45	0.47

注：1. 地表水数据来源于《河北省城市供水水源规划》。

2. 市区地下水可开采量为0.11亿立方米（数据来自《秦皇岛市区水资源综合评价》）。

⑩ 张家口市供需平衡分析（见表6-13）

表 6-13　张家口市供需平衡分析　　　　　　单位：亿立方米

年份		2005	2010	2020	2030
可供水量	地表水	0.25	0.25	0.25	0.25
	市区地下水	1.97	1.97	1.97	1.97
	污水回用	0.05	0.15	0.30	0.38
	合计	2.28	2.39	2.53	2.51
需水量	城市工业	1.52	1.78	2.18	2.47
	城市生活				
	郊区农业	2.97	3.80	3.80	3.80
	合计	4.49	5.58	5.98	5.27
缺水量		2.21	3.19	3.45	3.55
供需比		0.51	0.43	0.42	0.42

注：1. 市区北水厂取自地表水，供水能力为3万～7万吨/日，大约0.11亿～0.25亿立方米/年。

2. 市区可开采的地下水量为3.43亿立方米/年；地下水水厂（含宣化、下花园区）总供水能力为53.92亿立方米/日（即1.97亿立方米/年）。

⑪承德市供需平衡分析（见表 6-14）

表 6-14　承德市供需平衡分析　　　　　　　　　　单位：亿立方米

	年份	2005	2010	2020	2030
可供水量	地表水				
	市区地下水	0.85	0.85	0.85	0.85
	污水回用	0.03	0.08	0.13	0.15
	合计	0.88	0.93	0.98	1.00
需水量	城市工业 城市生活	0.85	1.04	1.41	1.74
	郊区农业	0.31	0.35	0.35	0.35
	合计	1.15	1.39	1.75	2.09
缺水量		0.28	0.45	0.78	1.09
供需比		0.75	0.57	0.55	0.48

注：1. 0.85 亿立方米为市区水厂综合供水能力。其中，1995 年集中供水能力为 13.3 万吨/日，2005 年建成承德市供水工程后，新增加供水能力 10 万吨/日。

2. 承德市供水全部取自地下水，且以各单位自备井供水为主，因而在自备井取水被逐渐取缔的情况下，供需矛盾会更加突出。

⑫ 河北省 11 个省辖市供需平衡分析（见表 6-15）

表 6-15　河北省 11 个省辖市供需平衡分析　　　　　　　单位：亿立方米

	年份	2005	2010	2020	2030
可供水量	地表水	5.43	7.17	7.17	7.17
	市区地下水	9.15	9.15	9.15	9.15
	污水回用	1.23	3.15	5.19	5.53
	合计	15.82	19.48	21.52	22.95
需水量	城市工业 城市生活	18.54	21.20	25.08	30.93
	郊区农业	11.15	13.55	15.83	15.83
	合计	29.70	34.75	41.91	45.75
缺水量		12.88	15.28	20.39	23.80
供需比		0.57	0.55	0.51	0.49

⑬ 关于河北省供需平衡分析的说明

a. 此供需平衡分析中可供水量不计南水北调工程实施后各地市调水量。

b. 为了实现采补平衡，此供需平衡分析中"市区地下水"一栏，采用各地市地下水的合理采量（此处指维持地下水位降落漏斗不再发展的采量），但对于供水设施能力小于合理采量的城市，此栏取供水设施的供水能力值。

c. 由于城市自备井供水属于逐渐被取缔的部分，故此次供需平衡分析不再将其计入可供水量范畴，仅考虑集中供水、地表水供水和污水回用。

d. 除唐山、秦皇岛、张家口和承德农业用水量采用《河北省城市供水水源规划》数据外，其余城市农业用水量按照现状年（1999 年）水量计算。

e. 供需平衡分析用水量单位均采用亿立方米。

（2）单一水源与多个水源相结合

在进行水资源供需平衡分析时，除了对单一水源地（如水库、合闸和机井群）的供需平衡加以分析外，应更重视多个水源地联合起来的供需平衡分析，这样可以最大程度地发挥各水源地的协调能力和提高供水的保证率。

（3）单一用水部门与多个用水部门相结合

由于各用水部门对水资源的量与质的要求不同，对供水时间的要求也相差较大，因此，在实际中许多水源是可以重复交叉使用的，比如，内河航运与养鱼、环境用水相结合，城市河湖用水、环境用水和工业冷却水相结合等。一个地区水资源利用得是否科学，重复利用量是一个很重要的指标。因此，在进行水资源供需平衡分析时，除考虑单一用水部门的特殊需求外，本地区各用水部门应综合起来统一考虑，否则往往会造成很大的损失。这对于一个地区的供水部门尚未确定安置地点的情况相当重要，这项工作完成后可以提出哪些部门设在上游，哪些部门设在下游，哪些部门可以放在一起等合理的建议，为将来水资源的合理调度创造条件。

6.2.3 科技、经济、社会三位统一考虑

对现状或未来水资源供需平衡的分析都涉及技术和经济方面的问题和行业间的矛盾，以及省市之间的矛盾等社会问题，在解决实际的水资源供需不平衡的许多措施中被采用的可能是技术上合理而经济上并不一定合理的措施，也可能是矛盾最小但技术与经济上都不合理的措施。因此，在进行水资源供需平衡分析时，应统一考虑以下三种因素，即社会矛盾最小，但技术与经济都较合理，并且综合起来最为合理而对某一因素并不一定是最合理的。

城市污水资源化是解决城市缺水的可行办法，是节制用水的必然之路。同时污水回用也远比长距离输水经济，可以节省水资源费、长距离输水管建设费和电费，在经济上是有优势的。

① 比长距离引水便宜　将城市污水处理到可以回用作杂用水的程度，其基建投资只相当于从 30km 外引水；若处理到可回用作较高要求的工艺用水，其投资相当于从 40～50km 外引水。

② 比海水淡化经济　城市污水中所含的杂质少于 0.1%，而且可用深度处理方法加以去除；而海水则含有 3.5% 的溶解盐和大量有机物，其杂质含量为污水二级处理出水的 35 倍以上。因此无论基建费或单位成本，海水淡化都超过污水回用。

③ 双重经济效益　污水回用既节约了水资源也消除了环境污染，其经济效益是双重的。

6.2.4 水循环系统的综合考虑

水循环系统指的是人类利用天然的水资源时所形成的社会循环系统。人类开发利用水资源经历三个系统：供水系统、用水系统、排水系统，这三个系统彼此联系、相互制约。从水源地取水，经过供水系统净化，提升至用水户系统经过使用后，受到某种程度的污染，流入排水系统，经过污水处理厂处理后，一部分退至下游，一部分达到再生水回用的标准，重新返回到供水系统中，或回到用户再利用，从而形成了水的社会循环。

6.3　水资源供需中的系统分析

城市水资源的供需平衡分析不仅与技术、经济、环境、社会、政策和法制等各方面紧密相关，而且要考虑大区域中的上、中、下游协调和衔接，并要照顾到各个分区单元地理条件

的差异性，同时考虑近期、中期、远期不同水平年的国民经济发展前景及相应的需水要求，并提出本地区水资源供需关系的发展趋势，以及决定这类趋势的因素。因此，在城市水资源供需平衡分析过程中，需研究多种平衡关系，探索最优的解决方案，最终找到解决供需不平衡的途径。实践表明，在水资源供需平衡研究中应用系统分析方法，并借助计算机技术方法，将收到既快又省的效果。

6.3.1 水资源系统分析概念

系统分析是从运筹学派生出来的一种实用的分析方法。它是一种以系统论的观点从总体出发，去观察、思索、分析、解决问题，综合系统地掌握与外界的关系，并迅速做出判断和最优化的方法。从20世纪50年代开始，该方法引进到水资源学科后，许多国家和地区在水资源规划、电站管理调度、城市供水、灌区规划和管理、水资源枢纽工程的设计和施工方面，都得到了推广和应用，并逐步完善和形成了水资源系统分析这一行之有效的方法。

水资源系统是由参与水文循环过程的各种状态的水（包括固态、液态和气态）与各种自然和社会因素所组成的一个复杂系统。其承载力，即所能承受各种自然和人类活动的能力是有限的。水资源系统的承载力一般可由此系统所能承受的供水能力（包括生活供水、工业供水、农业供水、发电、航运等供水）以及抵御洪水能力和抵御污染的能力等表示，水资源系统越大，它的承载力越大，同生态系统一样，人类或自然的活动超越了系统的承载力，将导致系统平衡的破坏，表现为供水不足、防洪能力破坏、水质污染等。

城市水资源系统多为自然系统与人工系统相互结合的复杂系统。它包括来水与储水系统、输水系统、用水系统和排水系统等，呈现出具有多目标、多层次系统结构的特点。在水资源系统中，常会遇到系统规模较大、模型结构复杂、变量较多的问题，因此，常常要采用分解模型，进行多层次的多级优化。

6.3.2 水资源系统分析的步骤及应用范围

水资源系统分析是从系统论的观点对所研究的水资源问题进行最优决策，一般可归纳为以下步骤。

(1) 问题的确立

在进行水资源系统分析时，首先应明确研究的对象和问题，并把研究的对象从周围的环境中划分出来以便组成系统。系统内部可以包括许多相互联系又相互制约的分系统或子系统，系统的周围环境则为系统的边界。在水资源系统分析中，确立一个完整的问题，至少包括三大因素：服务目标（系统分析的出发点）、可行的决策集（即有哪些可行方案）及环境对系统的约束条件。

(2) 模型的建立

常用的数学模型有优化模型和模拟模型两类。模型的规模和复杂程度取决于描述问题的需要，并非越复杂越好。

① 模型的求解和验证　模型一旦建立，其求解方法也随之产生。但对于一些过于复杂的模型，即使应用现代计算机手段也常常遇到求解的困难。模型能否真实地描述系统的动态过程，符合客观实际，务必要进行验证。验证方法有两种：一是再现过去的历史过程，并与实际记录相对照；二是无实测记录的情况下，也要用模型进行相互检验。

② 灵敏度的分析　在系统分析时，对建议的方案可能存在一些不确定因素，如自然条件或国家方针政策的变化；由于当前资料和数据的缺乏，因而造成预测的失误等。灵敏度的分析就是对这些不确定因素进行分析，了解它们对系统的影响程度，通常是用改变模型的输入量和有关的参数值，观察和研究相应的变化对输出结果的影响，以判断该方案的稳定性。

③ 可行方案的综合评价　综合评价指利用模型计算的结果和各种定性或定量的分析资料，对比各种可行方案的利弊得失，从系统的整体观点出发，进行综合分析，优选出满意的方案。

④ 成果的实施　当决策某一方案后，应将有关文件和软件一并移交给实施单位，并应对所附软件的使用进行说明和解释，以便在情况发生变化时，能适应情况的变化，及时进行调整修改。系统分析在城市水资源研究中应用很广，如城市水资源供需平衡战略研究及对策、水资源的需求预测、城市水资源的管理政策和水价的制定、节约用水的措施和对策。

参 考 文 献

[1]　刘俊良. 城市节制用水途径及其实施策略的研究. 哈尔滨建筑大学. 2000.

[2]　陈践，戴慎志等. 城市给水排水工程规划. 合肥：安徽科学技术出版社，1999.

[3]　刘昌明，何希吾等. 中国 21 世纪水问题方略. 北京：科学出版社，2001.

[4]　翁焕新. 城市水资源控制与管理. 杭州：浙江大学出版社，1998.

[5]　李广贺，刘光昌，张旭. 水资源利用工程与管理. 北京：清华大学出版社，1998：25.

[6]　张杰等. 城市污水处理与利用. 中国工程院咨询项目（内部）. 1999.

[7]　王菊思. 废水再生利用是缓解水资源短缺的行之有效的途径. 华北地区水资源合理开发利用（论文集）. 北京：水利电力出版社，1990.

[8]　马志毅. 城市污水回用概述. 中国城市供水节水报，1998.

[9]　Study of the Concentration of Fecal Colifoms in the Two Aerated Treatment Cells at the Chancellory's (Itasca. IL) Wastewater Reclamation and Reuse. System University of Illinois at Chicago School of Public Health. July 11. 1995.

[10]　Preliminary Surrey of Toxic Pollutants at the Muskegon（MI）Wastewater Management. System Sheaffer and Roland Inc. December 4. 1996.

[11]　Exclusive Deep-cell No-discharge Wastewater Reclamation and Reuse System. Shesffer and Roland Inc. December 1996.

7 城市节水规划目标及其实施技措

7.1 城市节水规划目标

节约资源是我国的一项基本国策。节约用水是我国缓解水资源供需矛盾和保护水环境的重要措施，是保障可持续发展的一项战略性任务。城市是人口、经济和用水最集中，水资源供需矛盾最突出、水环境污染压力最大的区域，必须把节约用水作为城市建设的一项重要工作。坚持"节水优先、治污为本、多渠道开源"，是城市水资源可持续开发利用与保护的指导方针；把节约用水放在首位，努力创建节水型城市是《国务院加强城市供水节水和水污染防治工作的通知》（国发［2000］36号，以下简称《通知》）中明确提出的一项重要任务。国家建设部、经济贸易委员会、计划委员会为有效地开发和利用城市水资源，科学、合理用水，使有限的水资源满足人民生活，适应经济持续发展和城市建设的需要，开展了"创建节水型城市活动"，制定了节水型城市目标导则。《通知》在加强基础管理、用水考核指标等方面都做了明确的要求。"城市节约用水规划目标"就是要求在贯彻实施《导则》的基础上，结合城市用水现状与特点以及所存在问题来制订城市五年计划和《节水型社会建设"十一五"规划》，促进早日实现"节水型城市"目标和提高城市用水科学技术管理水平，使各项用水指标分别达到发达国家80年代和90年代水平，以期获得较好的经济效益、社会效益和环境效益。

典型节水城市的基本条件是：a. 建立节水和水资源管理的配套法规，健全有效的管理体系；b. 市民普遍树立了节水意识；c. 对城市现有可用水资源有合理的评价，对近期、远期用水、节水有科学可行的规划；d. 城市用水结构和体系较合理，达到了较高的合理用水水平；e. 节水管理基础工作做到制度化、规范化、标准化；f. 有效地控制了地下水资源的开采，基本做到了采补平衡；g. 代表合理用水水平的一些量化指标处于全国领先地位。

由于城市水资源比较缺乏，因此，从长远来看，今后城市用水的供需矛盾将会更加突出，必须不懈地坚持"节流重于开源"的方针，为实现城市国民经济的可持续发展创造条件。

城市节水的总体目标：根据节水型社会建设"十一五"规划以及国家已经颁布实施的有关法律法规和管理政策，以及有关的发展规划、工作要点等文件，确定近期的具体规划目标为到2010年，节水型社会建设要迈出实质性的步伐，取得明显成效，水资源利用效率和效益显著提高，单位GDP用水量比2005年降低20%以上。农田灌溉水有效利用系数由0.45提高到0.50左右；单位工业增加值用水量低于115m³，比2005年降低30%以上；全国设立城市供水管网平均漏损率不超过15%。生活节水器具在城镇得到全面推广使用。北方缺水城市再生水利用率达到污水处理量的20%，南方沿海缺水城市达到5%～10%。

节水规划的总体目标：建立安全可靠的水资源供给与节水型经济社会发展保障体系，通过节水、治污和跨流域调水，基本实现区域水资源供需平衡。2010年初步建立节水型国民经济与社会发展体系，2030年建立节水型国民经济与社会发展体系。

7.2 城市节制用水规划目标的实施

7.2.1 加强节制用水的宣传工作，提高全民的节水意识

水是重要的资源，属国家所有，任何单位和个人都有节约用水的义务。加强节水的宣传工作，在全民中建立节水的意识，是促进节水的有效途径。节水工作涉及千家万户，必须进行广泛的宣传，增强全社会的节水意识，才能取得成效。

节约用水有两个最重要的方面：一是节水意识（软件支持）；二是节水技术（硬件支持）。全面强化节水宣传，提高全民的节水意识，是实现节约用水、可持续利用的关键。

(1) 公众认识方面的误区障碍

节制用水的公众参与，不仅包括公众积极参加与实施节约和保护水资源的有关项目或有关行动，更重要的是要改变自己的思考方式，建立可持续发展的世界观，进而运用符合可持续发展的方法去改变自己的行为方式。现实当中，公众的思想认识中存在诸多误区和障碍，直接影响着节水的深入实施。

① 水资源无限性的认识误区　认为地球上的水资源是无限的，这种意识的危害在于如果我们没有节制地无限制开采，就会使环境的变化超过不可逆转损害的阈值，进而危害到人类的自身生存。

② 环境的相互依存性认识的障碍　仅凭浅显的感观印象或狭窄的学科知识来判断因果关系，有意或无意地破坏环境各部分之间、环境与人类之间的相互依存性和微妙的平衡。

③ 水是自然资源，是无价值的　现实当中人们难以用货币估价被转移和已造成的污染和资源衰减所造成的影响。

④ 即使有危机也不可能及时显现出来　对未来的线性外推和狭义的经验主义思维，并不知道一旦一些事情进入"正反馈"，就有可能出现突变而带来意想不到的后果。

⑤ 技术的进步会处理一切　这是一种既包含希望，又在制造危机的观念，其必然导致出一种单纯的"迷信"，为急功近利者制造借口。

⑥ 杞人忧天的认识误区　人没有必要为后代考虑，那是一种杞人忧天。缺乏对人类整体最深层基础的观念和十分自然而又最起码的觉悟。

(2) 强化节水宣传教育的内容与形式

节约用水，是以社会节水、全民节水为目标的。在宣传节约用水时，应立足于本地的水资源状况，充分考虑其开发利用的前景及社会现实状况，因地制宜地选择不同的宣传方式，针对公众节水意识的认识误区及障碍，展开富有成效的宣传及教育活动。首先要强化对政府官员的法律、政策和理论认识上的宣传，使其树立正确的节水意识和水资源的管理观念，在决策中更自觉地重视到节约用水；其次要面向公众，发动群众，把宣传节约用水的重点放在公众中间，放在基层，通过举办专题文艺晚会、进行知识竞赛、举办节水成果展览和举行各种以节约用水为主体的各种群艺活动，并注重运用板报、公益广告、宣传标语、有线广播、电视及公众互联网等媒体形式进行常年不懈的渗透性宣传，逐步提高公众的节水意识；最后要立足长远的宣传教育活动，应当把我国现实的水环境及水资源状况纳入中、小学教育，使公众从小就接受到水忧患意识的熏陶。

水资源的有效保护与合理利用，实施可持续发展，从概念到行动，主要取决于两个因素：一是公众的觉悟和道德，即环境美德；二是研究开发公众参与的有效途径。塑造公众美德，开展充满创造力的群众的自我教育活动，为实施公众充分参与探讨了可供选择的途径。

7.2.2 提高水资源、节水的管理水平

(1) 进一步完善水法，建立健全的、权威的节水管理机构

目前节水管理机构存在的问题是：在市节水办之上没有一个明确的主要领导团体，在区、县、乡镇、街道、厂矿没有一个固定的节水管理部门与其相连接，这样造成节水工作上不着天、下不着地，使节水工作不能形成政策，并且往往不能贯彻到底，致使节水工作不能有大的飞跃和突破。各地区应建立权威的、统一的管理机构，负责统筹管理城市（或流域）范围内的供、排、用水，以使地表水、地下水能够统一规划、合理调配，供水与排水能够协调配套。同时，市政府成立权威性的节水领导小组，支持、协调、监督节水办的工作，在县、区有必要成立相应的节水机构，使节水工作能够按计划稳步向前发展。目前，水资源管理的比较好的城市均是由城市立法成立或责成专门的机构专管、统管。

(2) 节约用水应纳入国民经济和社会发展计划

《水法》总则第七条规定："国家实行计划用水，厉行节约用水，各级人民政府应当加强对节约用水的管理。各单位应当采用节约用水的先进技术，降低水的消耗量，提高水的重复利用率。"为此，要把城市节约用水工作纳入社会经济发展计划。建立计划指标体系，把节水指标列入企业考核指标。要在深入调查分析的基础上，确定政府任期内的节水目标，推行节水目标责任制，层层分解、层层落实、各行业系统要设专门部门或专人制定本行业的节水计划，协助节水管理部门管理本行业的用水节水工作。

(3) 进一步健全城市节约用水管理网络，完善组织领导体系

① 各级政府部门节约用水单位都应有管理机构或专（兼）职人员负责城市节约用水工作，并建立责任制，落实城市节约用水的各项工作。

② 健全节水法规体系，加强法制管理，以政令推行节水中心工作。建设部、国家经贸委、国家计委联合发出了《关于印发节水型城市目标导则的通知》，通知要求按导则制定的目标，在全国范围内开展创建"节水型城市"活动。要使节约用水工作达到"节水型城市"的考核标准，需要政府有关职能部门和各行各业承担目标任务，像这样重要的节约用水中心工作，应以政府文件推动落实。要运用法律手段使制定规划、计划与落实政策、措施相结合，采取经济手段与依靠科技进步相结合，并制定和进一步完善有关节约用水管理的配套法规，加强节水管理。

例如对新建的技术改造项目及生活小区、商业建筑等建设，节水部门应从用水申请、项目审核、批准、立项、设计实施到投入运行执行严格的用水管理，并且明确协调节水与供水的关系，以保证新建项目的用水水平始终是合理的、科学的、先进的，避免新建项目的用水浪费现象。

③ 充分发挥和增强节约用水管理部门的权威性，管理好城市节约用水工作。人民政府应按照国家的有关法规规定支持和帮助节约用水部门建立集中统一、精干高效的水资源管理新体制，运用市场机制建立水资源有偿使用制度。在城市规划范围内，利用市场价格有效调整和优化水资源结构，加强用水管理，合理配置、开发、利用和保护水资源，发展资源节约型经济，提高水资源的综合利用和循环利用水平。

(4) 建立稳定可靠的节水基金，加大节水投资力度

保证经济健康迅速发展的一个主要因素是水，因此，必须加大节水的投资力度，建立稳定可靠的节水基金，使节水技措能够尽快落实，这样才能保证城市经济的稳定发展。

(5) 建立科学的节水管理模式

节水工作作为一项主要的社会工作，不单纯是一个经济和技术的问题。因此，必须有一套完善的、科学的、合理的、行之有效的管理方法，才能保证各项节水工作按计划发展。加

强企业用水管理的考核也是节约用水行之有效的方法。制定严格的、合理的考核指标，使考核指标分层落实到分厂、车间、班组和个人，使人人头上有指标，考核指标与每个人的切身利益挂钩，每月对各用水单位进行考核，对超计划用水部分，从其工资扣除超计划用水金额的一部分作为惩罚。每月进行全面节能缉查，对违章浪费的现象进行严格的扣发制度，将会大大降低跑、冒、滴、漏、长流水现象。

（6）逐步降低自备水源在城市和工业供水中的比例

由于企事业单位的自备水源增长迅速，自备水源独立于市政供水之外，不便于统一管理和优化调配城市水源，使得节水工作很难进行，而自来水公司大都亏损，无法扩大再生产，不能满足需求。因此，一方面应加强对自备水源的许可证管理、提高水资源费，另一方面要降低自备水源在城市和工业中的比例。

7.2.3 节制用水管理程序

实现城市节制用水是一项复杂的社会系统工程，它包括健全节水管理体系，建立节水法规和有关规章制度；科学地评价当地水资源状况及其合理开发调度；充分利用经济手段，制定合理水价，促进自觉节水机制形成；进行用水调查，分析节水潜力，制定合理的用水定额，确定节水目标；依靠科技进步，落实节水措施，提高合理用水水平等多项子系统。由于水资源的不可替代性和在经济发展及人民生活中占有不可缺少的极端重要位置，紧缺的水资源不可能像其他商品一样，仅靠单一的市场经济就能调节，而且还必须要靠用水计划管理来调节。我国《水法》明确规定："国家实行计划用水，厉行节约用水"。按照节水工作的客观规律，城市节水管理应符合以下程序，以用水计划管理为核心，综合用水分析为基础，科技进步为动力，集经济、技术、行政管理为一体的节约用水管理程序（见图7-1）。

（1）节制用水管理程序的关键

用水定额的制定与修订是计划用水管理的核心，也是节水管理程序的关键之一，定额定高了，用户形不成节水压力，激发不了用户的节水积极性；定低了，可望而不可即，形成逆反心理，也达不到节约的目的，因此这就要求用水定额制定要科学、合理。所谓科学就是让用户了解制定的用水定额是有充分依据的，让其认可；所谓合理就是让用户认识到该定额在经济、技术上是合理的，经过努力是可以达到的，而且首先获益的是用户本身，从而使用户重视节水工作，并积极自觉地完成诸如水平衡测试、节水技改工程的实施与科研课题的完成等。

节水管理程序的关键之二是综合用水分析，这是节水工作的基础。它包括定性与定量分析两个内容。定性分析就是通过现场调查了解供水、用水方式，各种水的用途，用水设施及影响用水的各种因素等，从而对用户的用水合理性做出初步判断，而定量分析则是按照国标、部标进行水平衡测试，全面掌握用水变化规律，了解各种用途的水和排放废水的水质、水量等情况，在此基础上再做深度的合理化用水综合分析，提出全厂供水、用水、排水全面统一的节水规划和节水方案，从而为制订用户用水计划提供可靠的依据。

节水管理程序的关键之三，则是下达节水技措工程项目或科研课题，这是节水工作的动力。随着计划用水管理工作的不断深入，进一步提高用水水平，依赖于对落后生产用水工艺的改造和废水的再生利用，且节水技措又是一项涉及面广、技术性强、投资较大的工程。因此，对节水技措工程或科研课题，必须下达计划，并在技术上给予热情指导，在经济上设专项基金给予资助，从行政、技术、经济三个方面保证节水技措计划的实施，使先进的节水技术能够有计划地推广应用。

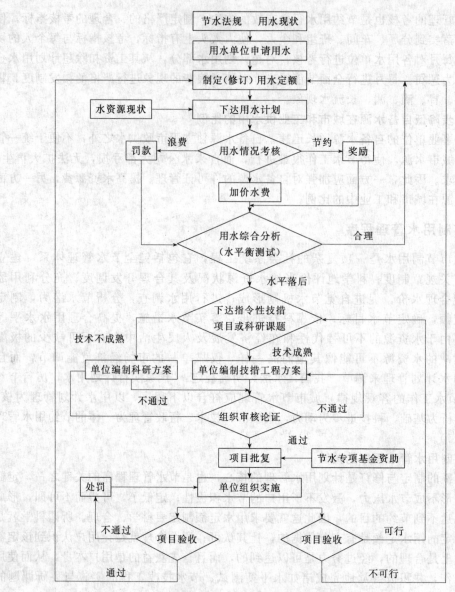

图 7-1　城市节制用水管理程序

（2）节制用水管理程序的特点

节制用水管理程序是一个集行政、经济、技术手段为一体的管理程序，它对用户的用水考核不是简单地兑现奖罚，而是通过用水考核对用户的用水进行全面综合分析，制定统一的节水规划和实施方案，并提供经济上和技术上的支持，从而保证节水规划实现，从根本上解决用户合理化用水问题。

节制用水管理程序是靠下达指令性节水工程项目或节水科研课题来解决用户合理化用水的。这里强调的一是"指令性"，即在目前水价过低，节水意识淡薄，而节水技措工程的社会效益远远大于经济效益，且水资源又十分紧缺的情况下，"指令性"对加快实现合理化用水具有十分重要的现实意义；二是科学性，即对技术成熟的项目可直接下达工程计划，而对技术不够成熟或需要试验后才能决定的项目，则先下达科研课题，课题完成后，鉴定其成果可行，再上工程项目，从而克服了用户自行上节水项目的盲目性、随意性与短期行为。

节制用水管理程序是一个循环往复、螺旋式上升的管理程序。在用水水平较低的情况下，可以只通过行政、经济手段来提高用水水平。但提高到一定水平后，仅靠行政、经济手段就不行了，必须要靠科技进步来推动节水事业的发展，而且随着科技进步的不断发展，用水水平将逐渐提高。本程序恰恰是按照这一客观规律，通过用水计划的调整，促进节水技术改造，从而达到新的用水水平，待科技向前发展了，又提高新的用水计划，再进行节水技术改造，就这样循环往复，使用水水平呈螺旋式上升。

7.2.4 节水器具的开发与推广

(1) 节水器具的开发

目前，我国城市生活用水水平较低，但却存在许多浪费现象，如由于用水器具设计、质量存在问题，造成漏水和用水不合理。据不完全统计，我国目前有便器水箱 4000 万套和大量的其他卫生器具，每年因马桶漏失的水量达上亿立方米。今后随着城市建设的不断发展，人民生活水平的不断提高，城市生活用水量将逐年增大，若不杜绝浪费现象，必定给我国的城市供水和水资源带来更严重的问题。

城市生活用水主要通过给水器具的使用来完成，给水器具是城市集中供水各个环节中最直接与用户接触的部位，而在给水器具中，卫生器具又是与人们日常生活息息相关的，可以说，卫生器具的性能对于节约生活用水具有举足轻重的作用。节水器具的开发、推广和管理对于节水工作是极其重要的。节水器具有两层含义：一层含义是其在较长时间内免维修，不发生跑、冒、滴、漏的浪费现象，是节水的；另外一层含义是其设计先进合理，制造精良，可以减少无用耗水量，与传统的卫生器具相比有明显的节水效果。我们所说的节水器具是指后面这层含义。这里应指出，节水首先应做到不跑、冒、滴、漏，在满足使用功能下节约用水。

用水器具的节水方法不外乎几种：a. 限定水量，如限定水表；b. 限定（水箱、水池）水位活水为实施传感、显示，如水位自动控制装置、水位报警器；c. 防漏，如低位水箱的各类防漏；d. 限定流量或减压，如各类限流、节流装置、减压阀；e. 限时，如各类延时自闭阀；f. 定时控制，如定时冲洗装置；g. 改进操作或提高操作控制的灵敏性，前者如冷热水混合器，后者如自动水龙头、电磁式淋浴节水装置；h. 提高用水效率；i. 适时调节供水水压或流量，如微机变频调速给水设备。

鉴于同一类节水器具和设备往往可根据不同的方法，以致某些常用节水器具和设备的种类繁多、效果不一。鉴别或选择时，应根据其作用原理，着重考察是否满足该四种基本要求：a. 实际节水效果好；b. 安装调试和操作使用方便；c. 结构简单，经久耐用；d. 经济合理。

任何一种好的节水器具和设备都应比较完整地体现以上几个要求，否则就没有生命力，难以推广应用。

(2) 卫生洁具

若干年以来，城市房屋建筑中安装使用的卫生洁具基本上是结构落后、质量较差的老式产品，不仅耗水量大、噪声大，而且漏水严重。高、低水箱配件，其他大、小便冲洗器具，耗水量大固然不可取，但也需能保证最低的需水量。经实测，根据目前通用的便器及下水系统，冲洗流量要 $\geqslant 1.5L/s$，冲洗小便器约需水 $4\sim5L/$次，冲洗大便器约需 $7\sim9L/$次。冲洗流量过低、水量过小，污物不能被送入下水道主管，仍沉积在便器底部或存水弯内，造成臭气四溢、污染环境，不符合卫生要求，更容易造成淤塞下水管道的后患。所以在选择这类器具时，切不能认为水量越小越好。

① 高位水箱及其配件　与蹲式便器配套的高水箱配件，原国家标准计量局发布的国家标准（GB 5346—85）要求：

进水阀强度　0.88MPa　稳压　30s 无变形

进水阀密封　0.59MPa　稳压　30s 无渗漏

进水阀流量　$2mH_2O$ 全开启时，不小于 0.1L/s

排水阀流量　水箱水量 11L 时≥1.5L/s

国内市场上按照国标生产的高水箱配件，结构上可分为提水虹吸式、压水虹吸式、延时自闭式、波纹管式等。

虹吸式排水结构杜绝了老式排水阀密封不严的漏水现象。

提水虹吸式配件分挡排水的方法，一般是用手柄拉动提水盘，拉下立即松手或拉下稍停几秒钟再松手来控制不同的排水量，冲小便每次排水 4～5L，冲大便每次排水 7～11L，使用这种分挡排水的配件，约可节约水 40%，两挡排水的虹吸式配件，是在排水量小时，提水形成虹吸以后，在虹吸管腰部的通气孔呈开启状，箱内水位降到气孔位置，虹吸管进气，排水立即停止。通气孔开在虹吸管顶端的，是在适量冲水后，拉动气孔手柄，开启通气孔，水流立即停止。排大水量时，使通气孔封闭，水箱水位降至虹吸管进水口，停止排水。应用这个原理，可以自己动手改造不能分挡排水的虹吸式配件。

压水虹吸式是一种特制水箱，用发泡塑料纸做的浮圈，代替了进水阀的浮球及排水阀的提水盘。拉动手柄，浮圈被压下降，箱内的水位上升至虹吸水位，立即排水，有效水量 7L，比标准水箱（11 L）少用水 36%。这种水箱零部件少，经久耐用。它不能分挡，适用于另设小便器的单位厕所的蹲式大便器。延时自闭式高水箱按力大，排水时间长，排水量大；按力小，排水时间短，排水量小。其排水量可控制在 5～11L，节水量也近 40%。

② 低水箱及配件　与坐便器配套的低水箱配件的国家标准（GB 8219—87）要求：

进水阀强度　0.9MPa　稳压　30s 无变形

进水阀密封　0.6MPa　稳压　30s 无渗漏

进水噪声　0.3MPa 时≤50dB

进水阀应有防虹吸装置及补水管

排水阀密封　水箱水位 180mm

排水阀流量　水箱水量 9L 时≥1.5L/s

按照国际生产的低箱配件的进水阀有浮球式、浮筒式和水压式；排水阀是翻球式。

这几种进水阀的进水口都设在水箱下部，淹没在水中，以降低进水噪声，因此，也必须有防虹吸装置，以防给水管路出现负压时水箱水倒流污染水源，而且都设有水箱水位调节装置，以控制水量，达到节水的效果。

节水型低水箱配件是利用旋钮或套筒式按钮使挑杆排水部件——翻球翻转的高度不同来控制排水量的大小，同样可节水 30%～40%。

(3) 水龙头阀门

龙头、阀门是每个自来水用户必不可少的取水器具。多数用户现在安装使用的传统龙头，普遍存在流量大、水花飞溅、水的有效利用率低等缺点。使用稍久，还会发现密封不严，阀杆漏水。更何况有一部分人用完水不是随手及时关严龙头，这一部分水的浪费也是惊人的。据实测，一个 D_g 15mm 的水龙头，在 0.2MPa 压力时的漏失量如下：

滴漏　3.6L/h　$0.086m^3/d$

线流　17L/h　$0.4m^3/d$

大流　670L/h　$1.6m^3/d$

要消除这部分水的浪费，除增强节水意识、加强维修防止漏失外，还要能方便地控制流量。

控制流量的方法可以再现用现有龙头上更换部件或搞一些附加装置，也有些新兴节水龙头供选用。更换部件是花钱少、简便易行的方法，就是把龙头由原来的平面阀芯，换成节水阀芯。在洗脸、洗手或在厨房洗菜、刷洗餐具时，只要稍微拧开龙头，就能得到所需水量（盥洗最佳流量 6L/min），防止水流过急、水量过大而无效浪费。如果需要大水量，可以把龙头旋杆开满，流出的水量与普通龙头相似，不影响使用。另一种做法是在传统龙头出水口套上一个附加装置。一种是充气头，使水流中充有无数微小气泡，手感水流柔软；另一种是喷淋头，可以洗菜或刷洗餐具。有的产品是将充气、喷淋合为一体，可以交替变换。这些装置都有节流作用，出水不飞溅四散，更加有效地利用自来水。需要大流量时，将附加装置拔下即可。

新型节水龙头阀门形式多样，既方便又节水，可根据不同需要选用。

(4) 公共浴室的淋浴装置

公共浴室的淋浴装置，多年来沿用截止阀控制启闭和调节水温（冷、热水双管式），洗浴人往往不及时关阀停水以及由于反复调温，造成洗浴水大量流失。近几年，节水工作逐步深化，人们认识到节约洗浴水大有可为，因而从"人离阀闭"、"减少反复调温"、"控制流量"几个方面着手，研制开发一些新型淋浴装置。但这种产品目前还没有国家标准，产品形式各异，给选用工作带来一定困难。

① 机械式脚踏淋浴阀 当人们站在淋浴喷头下方，利用人体重力直接作用或通过杠杆、链、绳等力传递原理开启阀门，人离阀门，达到节水目的的。

这类淋浴阀从安装位置上可分地面以下安装和沿墙（隔板）架空安装的两类，沿地面或地面以下安装的淋浴阀是人体重力直接作用于踏板，通过杠杆推动阀杆。沿墙（隔板）架空安装的是当人站在踏板上，通过踏板支架、链、绳的力传递启闭阀门。从实际情况看，架空安装的淋浴阀，更便于维修及调节阀门开启等。

从淋浴阀结构上分为单管式和双管式。单管式是控制已经调节为 35～40℃ 水温的混合水，双管式可通过分别装设于冷、热水管路上的两个截止阀（有的用安装于冷、热汇合处的单柄节阀）调节冷、热水混合比，取得满意的水温。由此可见，单管式淋浴阀需与经人工监测混合或自动化控温混合的混水装置配套使用，公共浴室中的所有喷头水温一致，洗浴者方便，节水显著。双管式淋浴阀，冷、热水在阀体内混合，可省去一套混水装置，冷、热水混合比调整好之后，一般可不再动，只是在不同的人有不同的水温要求时再做微调。可以看出，使用双管式淋浴阀整套淋浴设备简化、投资省、占地少，可因人而异调节水温。但是，双管式淋浴阀的适用条件，要求冷、热水压力相对稳定，冷、热水压力差≤0.15MPa，热水最高温度75℃。封出水口的双管式淋浴阀，在关闭淋浴阀时，往往由于冷、热水压力不一定而发生串流，再开启淋浴阀反复调温浪费水，应在冷、热水入口处分别设置止逆装置。因此，选用单管式还是双管式，要根据自身条件确定。

淋浴阀的密封结构，有顺水流密封或逆水流密封，有出水口密封或入水口密封，有柔性材料平面密封或金属材料锥形密封。在现有产品中，逆水流密封的，适用日久，弹簧疲劳，容易发生漏水。阀杆加工粗糙，以使封闭材料磨损，使用不久就会产生上（喷头）下（阀杆处）一起流水的现象。因此，在单管式淋浴阀中宜选用橡胶折囊（波纹管）密封的产品，在双管式淋浴阀中宜选用双启闭式橡胶膜片密封的产品。

这两种产品阀内的弹簧和阀杆都与水隔开，阀杆处不会漏水，双启闭式橡胶膜片密封，因为同时封闭冷、热水两个进水口，防止了串流，不必另设止逆装置，结构简单可靠。

无论何种形式的淋浴阀，对其共同的要求一般认为应该满足：a. 耐压强度应能承受0.9MPa 水压不损坏；b. 密封性强，再通入 0.6MPa 压力水时（逆水流密封的产品按其规定的最高使用压力的 1.1 倍），出水口及阀杆密封处不准渗漏；顺水流密封入水口的淋浴阀，阀杆密封处应能耐 1MPa 的压力水不渗透；c. 不得使用混有石棉或其他有害添加物的材料作密封材料及涂装；d. 淋浴阀与人体接触部位应光滑、圆顺，不准对人体造成伤害；e. 同一厂生产的同一型号产品的零部件应能互换；f. 阀扣密封表面粗糙度不得大于 R_a 3.2μm，阀杆滑动密封处表面粗糙度不大于 R_a 0.8；g. 作用于踏板中的力不应大于 30N；h. 淋浴阀全开，流出水头为 0.02MPa 时，流量应不少于 0.12L/s，流出水头为 0.2MPa 时，流量应不大于 0.3L/s。

一个好的节水型淋浴阀，应除满足上述 a～h 的要求外，其流量应不随给水压力的增高而波动太大，例如压力由 0.02MPa 升至 0.2MPa 时，流量变化宜在 0.12～0.2L/s 之间。这样既能满足淋浴的需要，又能达到节水的目的。

② 红外传感式淋浴装置 红外传感式淋浴装置类似于小便池冲洗控制器，红外发射器和接受控制在一个平面上，当人体进入探测有效距离之内，电磁阀开启，喷头出水。人体离开探测区，电磁阀关闭，喷头停止出水。单管式，适用于混合水。这是一种新型产品，正在逐步改进完善。目前，有的产品在冬季使用时，因室内雾气重而发生误动作（类似人体进入探测区），有的防潮密封性不良。难以长期在湿热环境中工作，有的是电磁阀易出故障。改进成功后，无疑既节水又方便洗浴。

除此之外，还有人制成延时自闭式淋浴阀，也有人制成电子式币投限量给水装置用于淋浴，都是在探求节水之道。

(5) 节水器具的推广

当前，城市供水面临的形势极其严重，供需矛盾十分突出，严重影响了城市经济的发展和人民生活水平的提高，已成为制约国民经济和社会发展的重要因素。因此在城市用水方面，推广应用节水型器具是节约用水工作的当务之急。

7.2.5　工业企业节水措施

(1) 加强企业用水管理

要把节约用水工作纳入市计委制定的市经济和社会发展计划，必须建立必要的机构和用水管理制度，以便易于考核并进行必要的奖惩制度，并按实际情况安装水表，以便于检查管理，也使水的使用者能做到心中有数，切实达到节流的作用。企业内部对工厂各车间或工段的水应具体分析，哪些可以回用、哪些要做处理排放，分门别类。要做到这一点，必须了解各个行业各种水的水质特点、处理工艺、投资核算、运行费用等。经过技术经济比较后，能达到回用要求的就一定要回用，例如工厂中的生活用水、冷却水，相对来说，比一般工艺过程中排出的水清洁一些，这些水应分别收集、处理或回用。对于工厂比较集中的地方，还应加强工厂之间的联系，进行排水综合处理及利用，以提高水的重复利用率和降低水处理费用。如有条件，还应创造条件、建立统一的地区性中水回用站或废水处理站。

(2) 通过工艺改革来节约用水

生产过程所需的用水量是由生产工艺决定的，因而，通过生产工艺的改革来节约用水，减少排污是根本措施。大致有以下三个方面。

① 通过工艺改革使生产主要过程中少用水或不用水 这是一个根本性的改进方法，是今后工业生产的发展方向。但由于从根本改革生产工艺，往往会导致原材料、操作、设备等方面的较大变动，牵涉面广，必须结合原、辅材料的供应、产品的数量和质量的影响以及成本和设备等方面做出统筹考虑。目前，在一些车间或产品的生产实践中已获得成功，如化工厂甲苯、二异氨酸酯、巴黎绿生产的不用水流程，纺织厂采用溶剂进行织物漂染，焦化厂采用惰性气体干法熄焦，造纸厂采用气体工艺制造木质纤维等。这些生产工艺少用水或不用水，但这种生产工艺在很多工业部门尚处在研究阶段，应用不很广泛，在有些地区基本还处在空白阶段。

② 通过工艺改革使生产洗涤过程中少用水 在工业生产中，为保证产品质量，往往需

要对成品或半成品进行洗涤以去除杂质。采用何种形式洗涤对需要的水量有较大的影响：首先是加强操作管理，减少洗涤次数，或通过工艺改革使产品或半成品不经洗涤即能达到质量指标，从而节约用水。目前洗涤的方法有正流洗涤和逆流洗涤。前者为每次洗涤均用新鲜水，洗后即排放；后者则清水洗涤最后一次洗涤过程中的产品或零部件，洗涤水不予排放，而是用来洗涤倒数第二次洗涤过程中的产品或零部件，这样逆流洗涤 3～4 次后再排放处理，可大大节约用水。目前不少工厂纷纷采用逆流洗涤的方法，都取得了良好的节水效果，节水 50% 以上。如纸浆洗涤、玻璃纸水洗工艺、镀铬、镀件的漂洗都可用逆向清洗工艺，这是一种行之有效的节水方法。

③ 通过对冷却用水的管理来节水　在很多工业中，由于工艺上的要求，需以水作为冷却剂进行降温，冷却水的用量是较大的。在工业用水中，冷却水所占百分比在石油炼制部门为 82%，化工部门为 65%，钢铁部门为 66%。一般情况下，在使用冷却水后，水温升高，其他污染较少，故降温后可以回用。

7.3　城市水资源可持续利用的主要策略

长期以来，我国的水资源一直按"开采——利用——污水排放"的粗放型模式被消耗和破坏，缺乏有效的水体保护，尤其是污水排放的有效控制和充分净化，最终导致水资源的日趋枯竭和恶性水污染循环。

以往的经验和教训已使我们认识到，应该采用保护和利用相协调的水资源开采利用模式。在满足水质水量要求的同时，还必须保持或恢复水体的清洁和生态平衡，使水资源不受到破坏，并能进入良性的再生循环，以便最大限度地利用有限的水资源。这种被称之为"水的可持续利用和保护"的水资源开采利用模式，为解决我国的水危机提供了唯一的机会和途径。为实现水资源的可持续利用有以下几条策略。

(1) 应在法律、政策和实践中确保"节流"的优先地位

这既是对我国水资源匮乏这一基本水情的客观要求，也是降低供水投资、减少污水排放、提高用水效益的最佳选择。

现实情况表明，水资源短缺已越来越成为我国社会经济发展的制约因素，另一方面我国在水资源开发利用方面还有相当大的潜力。如果不尽快把解决城市水资源短缺的局面全面提高到议事日程上来，我国许多地区特别是城市将面临水危机的严重威胁。在这方面，党和政府的方针是：开源与节流并举，以节水为主，这是关系到我国社会经济可持续发展的大计。为了贯彻落实上述方针，合理开发利用城市水资源，发挥有限水资源的最大效益和潜力，并在发展经济的同时逐步减少用水量，根据我国城市与工业节水现状及存在的问题，我们要大力发展节水型器具、节水型工业乃至节水型城市。政府应严格按照国家《节水型城市目标导则》的要求，将创建"节水型城市"作为一项重要工作来抓，并按《节水型城市考核验收细则》对城市实行节水目标强制考核。

(2) 明确"治污"是实现城市水资源与水环境协调发展的根本出路

要充分发挥"治污"对改善环境、保护水源、增加可用水资源量、减少供水投资的多重效益。"治污"不仅是一项措施，更应该作为长期坚持不懈的一项制度，在制定城市用水规划时，用水量的增加应已达到"治污"目标和充分利用再生水为前提，谨防忽视污水治理，因盲目调水而陷入调水越多、浪费越大、污染越严重，直至破坏当地水资源的恶性循环。

"治污"的指导思想是：环境建设、经济建设和城市建设应同步进行，以达到经济、社会、环境效益的统一，最终促进城市或地区朝着环境、经济、社会稳定协调的方向发展。

(3) 应将"多渠道开源"作为城市可持续发展的基本战略

应统筹规划城乡用水，合理开发、优化配置和高效利用地表水、地下水、雨水、微咸水、再生水等各类资源。具体方案的制定和实施，应以资源、环境和社会的协调发展为前提，充分论证技术上的可行性和经济上的合理性。

(4) 应充分认识到污水深度处理是集"节流"、"治污"、"多渠道开源"为一体的城市水资源可持续利用的有效战略

城市的给水排水系统对于水自然驯化至关重要，是大自然水循环的一个旁路，是水社会循环的重要组成部分。城市排水系统是水自然循环与社会循环的连接点，污水处理厂是水循环中水质与水量的平衡点。若在二级处理的基础上进行深度处理，将排放的处理水变成再生水，使之成为稳定的城市水源，那就可以把远距离调水的巨额费用用于污水的再生，开发污水资源，财政就可以承担，一举两得，事半功倍。因此，污水的深度处理回用是维系水资源的有效途径，是通向健康水循环的桥梁。再生水有效利用的每一点实际进步都是对地球环境、人类进步的贡献，推进污水深度处理和普及再生水利用是人类与自然兼容协调，创造良好水环境，促进发展进程的重要举措。

(5) 疏通资金渠道，以解决工程设施和生产能力的严重不足

排水管网是重要的城市基础设施，也是城市污水得到有效处理的前提条件，但我国城市排水管道普及率仅为 65％ 左右，远不能适应城市发展和水环境污染控制的需要。另一方面，我国 17000 多个建制镇的污水排放量也是相当可观的。目前这部分污水量尚未纳入城市污水统计范围，其管网系统和污水处理设施的建设基本上属于空白状态。

给水行业是城市基础设施投资的主要方向之一，目前我国许多城市供水设施不满足要求，全国近 50％ 的城市供水设施高峰负荷超过标准，部分自来水系统所供应的自来水含有不合格指标，供水管网的建设和更新明显不足，供水的二次污染较普遍。

参 考 文 献

[1] 节水型社会编制组. 节水型社会建设标准指南. 北京：中国水利水电出版社，2007.

[2] 刘俊良等. 需求侧管理模式对城市节约用水的作用. 中国给水排水，2000，16（2）：49～50.

[3] 刘俊良. 城市节制用水途径及其实施策略的研究：[博士论文]. 哈尔滨：哈尔滨工业大学，2000.

[4] 张忠祥等. 城市可持续发展与水污染防治对策. 北京：中国建筑工业出版社，1998.

[5] 朱成章等. 需求侧管理（DSM）. 北京：中国电力出版社，1999.

[6] 杨志荣等. 需求方管理（DSM）及其应用. 北京：中国电力出版社，1999.

[7] Anastas P T, Williamson T C. Green Chemistry-Designing Chemistry for the Environment. ACS Symposium Series. American Chemical Society. Washington D C，1996，1～15.

[8] 崔玉川主编. 城市与工业节约用水手册. 北京：化学工业出版社，2002.

[9] 陈忠校等. 建设人工湖——实现企业废水排放的有效途径. 中国环境管理，2000，（1）：40～41.

[10] 中国科学院自然综合考察委员会译. 世界资源（1986）. 北京：能源出版社，1987.

[11] 王相. 我国实施清洁生产的法制建设的探讨. 上海环境科学，2000，19（2）：63～65.

[12] 尚跃清，刘俊良等. 邯郸市城市节约用水规划（2001—2010），2001.

[13] 史捍民主编. 企业清洁生产实施指南. 北京：化学工业出版社，1997.

[14] 冯锋. 有机反应中的清洁工艺及绿色化学. 环境化学，2000，19（1）：88～92.

8 城市节水规划实例

8.1 总 论

8.1.1 指导思想与原则

根据《HS市城市总体规划》，充分运用经济杠杆，合理安排多项供水和节水工作，坚持"开源与节流，引水与节水并重"的方针，到2010年把HS市建成为节水型城市。

以创建"节水防污型城市"为目标，实事求是地反映现实问题，经过科学地分析城市用水的历史发展规律，力求提出相对合理的预测结果和切实可行的对策及措施，以利于有效保证HS市的供用水安全。在具体工作中应坚持以下三个原则。

(1) 坚持"节流优先，治污为本，科学开源，综合利用"的原则

在预测城市用水需求、确定相应配套工程规模时，要优先考虑节水潜力，重点安排污水处理及回用工程，重视对雨洪水非传统水资源的开发利用。

(2)"先地表水、后地下水，先当地水、后外调水"的用水原则

在制定城市水源规划时，要按"安全、可靠、高效、经济"的要求，合理调整供水水源结构，长距离调水应作为城市需水缺口的补充和应急水源。

(3)"城市发展与水资源、水环境相协调"的原则

京、津、冀、鲁、豫是我国水资源条件最差、水环境问题最突出的地区。HS市的发展也必然要受到水资源条件的制约，故不能盲目扩大城市规模，要严格限制高耗水和高污染项目的发展。因此，在实际工作中，要从以超采地下水维持经济增长转变为目标，在以大力节水治污和合理利用当地水资源的基础上，充分利用南水北调受水的机遇，把HS市城市供水、节水和污水处理统一规划，实现水社会循环的良性发展，保证水资源可持续利用和国民经济的可持续发展。

8.1.2 研究依据与基础

① 中华人民共和国《水法》、《城市规划法》等有关法规。

②《城市供水条例》、《城市供水价格管理办法》和《城市节约用水管理规定》等行政法规及部分规章。

③ 国务院及有关部委的最新政策，如国务院《关于加强城市供水节水和水污染防治工作的通知》，国家经委、水利部、建设部等六部委《关于加强工业节水工作的意见》等。

④ 中国城镇供水协会《城市供水统计年鉴》和《城市节水统计年鉴》（1990～1999年）以及《HS市城市总体规划》（1999～2020年）。

⑤ HS市人民政府关于《HS市国民经济和社会发展第九个五年计划及2010年远景目标纲要》。

8.1.3 研究目的与意义

(1) 研究目的

分析HS市（主城区）历年城市供水、用水、节水和污水处理统计资料，评价HS市在城市供水、节水和污水处理等方面的优势和所存在的问题，预测 HS 市 2010 年的城市需水量（包括工业用水量和生活用水量），研究 HS 市可供利用的水资源量及 HS 市总供水能力预测，进而对 HS 市城市用水进行供需平衡分析，提出水资源不足量，以及城市（主城区）2010 年节水规划目标和实施技术，并对节水设施经济效益与投资进行综合分析，保证 HS 市水资源的可持续利用和国民经济的可持续发展。

(2) 研究意义

① 解决城市缺水的根本途径是城市节制用水　节制用水的实质是在合理的生产布局和生产组织的前提下，为实现统一的社会经济目标和社会经济的可持续发展，通过采取行之有效的、符合经济规律的可持续管理手段对有限的水资源进行优化配置和可持续利用。

节制用水应该精心管理和保护水资源，应该合理地开发和利用水资源，节制用水要向管理要水，向科技要水。

② 城市节约用水规划是实施城市节水策略的基础工作，是城市总体规划的重要组成部分，和国民经济发展密切相关，是指导城市节水并为政府提供节水决策的重要依据。

③ 城市节约用水规划的关键是节水潜力分析和城市用水量预测。

④ 城市节约用水规划的核心是如何解决城市缺水问题，也就是城市节制用水的实施策略。

8.2　HS 市城市水资源

8.2.1　自然地理及经济概况

1. 地形地貌
2. 气候特征
3. 水系、河流
4. 地质和水文地质概况
5. 社会经济

8.2.2　HS 市城市水资源概况

1. 地表水资源
2. 地表水调、蓄、灌水量
3. 地下水允许开采量
4. 水资源总量

8.3　HS 市供水、用水与污水处理现状及存在问题

8.3.1　城市供水、用水现状及分析

(1) 现状供水、用水情况

1999 年全市年供水 $17.71 \times 10^8 \, m^3$，其中地表水 $3.12 \times 10^8 \, m^3$，地下水 $14.37 \times 10^8 \, m^3$。地表水供水中，各河道蓄水工程供水 $0.32 \times 10^8 \, m^3$，引水工程供水 $2.8 \times 10^8 \, m^3$，地下水供水 $14.37 \times 10^8 \, m^3$，其中超采深层地下水 $10 \times 10^8 \, m^3$ 左右。

各项用水量见表 8-1。

表 8-1 1999 年全市供水情况表　　　　　　　　　　单位：×10⁴ m³

行业	全市				
	地表水	地下水	外调水	污水利用	合计
工业	0	5068	3000	—	8068
城镇生活	0	1948	—	—	1948
城市环境	0	411	—	—	411
合计	0	7427	3000	—	10427

本次城区供水规划范围内，现状地表水蓄水工程一处（HS 湖），地下水供水工程分为城市自来水供水和企业自备井供水两类，规划区内 1999 年总供水量为 $14038 \times 10^4 \, \text{m}^3$。

（2）现状分析

1999 年 HS 市区用水 $4972 \times 10^4 \, \text{m}^3$，人均综合用水量为 517L/人，其用水情况如表 8-2 所示。

表 8-2 1999 年 HS 市区用水量情况表　　　　　　　　　　单位：×10⁴ m³

工业用水	城镇生活用水	环境用水	合计
3163	1809	—	4972

① 工业用水　1999 年市区工业总产值为 52.9816 亿元，共用水 $3163 \times 10^4 \, \text{m}^3$，平均万元产值用水量为 59.70m³，其中电力为 106.7m³，一般工业为 44.4m³，详见表 8-3。

表 8-3 1999 年市区工业用水情况表

电力		一般工业		合计	
产值/万元	用水量/×10⁴ m³	产值/万元	用水量/×10⁴ m³	产值/万元	用水量/×10⁴ m³
130100	1388	399716	1775	529816	3163

② 城镇生活用水　城镇生活用水分为居民生活用水和公共事业用水，经调查 1999 年失去生活用水总量 $1809 \times 10^4 \, \text{m}^3$，居民和公共事业用水定额分别为 125L/人和 67L/人，详见表 8-4。

表 8-4 1999 年市区生活用水量情况表

居民生活		公共事业		合计	
定额/[L/(人·d)]	用水量/×10⁴ m³	定额/[L/(人·d)]	用水量/×10⁴ m³	定额/[L/(人·d)]	用水量/×10⁴ m³
125	1178	67	631	192	1809

③ 环境用水　现状存在的主要问题：一是由于地下水长期超采，补采失调，水位持续下降，地下水位下降漏斗区面积增加到 8790km^2，漏斗中心平均水位埋深下降了 3.28m，供水紧张，高层楼房时常无水，平房区也常有断水现象；二是城市地表水缺乏，降雨差异大，时间分布不均；三是水价偏低，影响供水企业的效益和技术改造资金的投入，同时也影响城市节水工作的深入开展；四是城市规模发展过快，用水供需矛盾突出。由于城市经济迅速发展，人口增长和人民生活水平的不断提高，城市供水事业的发展处于滞后状态，水源开发满足不了城市发展的需要，供水能力不足，调节能力差，既影响城市的经济发展，又给人们的生活带来不便；五是工业生产工艺、设备落后，单位产品耗水量大，公共用水和生活用水存在浪费现象。

8.3.2　存在的问题

(1) 水资源极度短缺

HS市所处的海河流域属资源型缺水地区，人均水资源占有量仅为120m³，而现状供水区用水量为$1.4\times10^8m^3$，近二十年的经济发展都是以超采地下水牺牲环境为代价来维持的。目前，我市地表水开发利用程度已经很高，平水年各河来水的95％以上已被各类水利工程所控制，我市地表水消耗利用率高达85％，地下水连年超采。缺水形势已成为工业及城镇生活全面缺水、生产、生活整体性缺水、影响人类生存的现实危机。水资源短缺是HS市水资源开发利用所面临的最主要、最迫切的问题。

(2) 水污染及水环境恶化

由于我市处于海河流域中下游，上游对地表水资源的过度开发，同时污水处理率低，大量污水直接排放，致使下游地区受到不同程度的污染。地下水的过度开采又导致了地裂、地面沉降、建筑物破坏、机井报废等环境恶化问题。

(3) 水资源开发利用已无潜力

考虑到近年的连续干旱，降水渗入量连续增加，地表水资源还会减少，同时各河道还需要一定的环境用水，因此该市的地表水资源开发已达到了相当水平，不易再度开发。

8.3.3　污水处理现状及回用的可行性

(1) 污水处理现状及评价

据污水回用调查，市区生活污水回用量为0；工业污水内部处理回用率现状为43％，特别是一些大型企业，如HS电厂、老白干酒厂等用水大户均建有内部处理回用设施，回用率均达到较高水平。

据HS市1999年工业污染源调查，城市废水排放量逐年增大，对地下水污染严重，水源的超量开采，使水资源极度匮乏。一方面城市污水的处理和回用是今后工作的重点；另一方面重点企业的污水治理、中水回用在该市整个水环境污染防治中占有举足轻重的地位，是实现水体还清和水资源再利用的关键。

(2) 城市污水回用的可行性

据目前国内外污水利用的经验，城市污水经适当处理后，可以作为城市的第二水源利用，以缓解水资源短缺的问题。

① 缺水城市利用再生水替代新水源的可行性　目前城市水资源出现短缺的趋势，而开发新水源有很大的难度。因此，污水回用对于节约水资源，维护经济、社会的可持续发展具有长远的意义。

② 再生水回用水质的可行性　随着污水处理技术的不断革新和进步，生活污水和大部分工业污水都可以通过不同的治理工艺和技术加以处理，满足生产和农灌需要。目前，国内外的一些处理工艺较为成熟，为我们开展污水回用工程提供了依据。

a. 工业回用再生水水质　在工业用水中，冷却水用水量大，在总用水量中占有很大比例，对水质要求不高，因此，城市再生水回用于工业冷却水是国内外应用较广的用途之一。若污水集中处理厂运转正常，可保证电厂等工业企业的冷却水水质要求。此外，由于医药、食品行业对卫生指标要求，产品直接影响人民的身体健康，因此污水回用不考虑这两个行业。

b. 农业回用再生污水水质　为了合理有效地利用污水灌溉，我国颁布了《农田灌溉水质标准》（GB 5084—92），此标准适用于全国以地表水、地下水和处理后的城市污水为水源的灌溉用水，因此，经污水处理厂集中处理后可用于农业灌溉。

8.4 节水现状及潜力分析

8.4.1 政策法规体系基本形成

HS市依照国家有关政策法规制定了相应的节约用水管理办法，完善了节水法规，强化了节水监管力度，标志着HS市城市节约用水工作步入了法制管理轨道。成立了城市节水办公室，主管全市的计划用水和节约用水管理工作；许多大中型企事业单位成立了节水管理科，具体负责本单位的节水工作。

HS市1991～1999年历年工业用水效率如表8-5所列。

表 8-5　HS 市 1991～1999 年历年工业用水效率一览表（不含电力）

年份	产值/亿元	万元产值用水量/(m³/万元)	重复利用量/×10⁴m³	重复利用率/%
1991	47762.00	286.00	874.00	39.02
1992	141427.00	104.36	9996.00	40.29
1993	151326.00	115.45	1187.00	40.46
1994	181239.00	98.32	1012.00	36.22
1995	107264.00	140.31	3654.00	70.83
1996	125839.00	119.82	3701.00	71.05
1997	139835.00	89.97	3250.03	72.09
1998	152986.00	75.07	3463.65	75.10
1999	138329.00	75.40	3112.00	74.60

据《城市节水统计年鉴》数据分析，从1991～1999年除电力工业外，工业用水重复利用率由1991年的39.02%增加到1999年的74.60%，万元产值用水量由1991年的286.00m³/万元降至1999年的75.40m³/万元，可见，工业用水效率正逐步提高。

HS市与省内其他城市水资源对照和HS市历年节水量统计分别见表8-6和表8-7。

表 8-6　HS 市与省内其他城市水资源对照表

行政分区	面积/km²	年均降水量/mm	年均水资源总量/×10⁸m³	年均地表水资源量/×10⁸m³	年均地下水/×10⁸m³
全省	187693	536	203	125	130.4
邯郸	12047	549.9	13.3	6.19	11.05
邢台	12456	530.6	12.5	5.49	9.93
石家庄	14077	542.3	22.4	11.4	16.80
保定	22112	574.1	31.1	17.5	22.08
HS	8815	517.6	4.96	0.77	4.67
沧州	14056	563.9	12.3	6.21	6.18
廊坊	6429	568.8	9.39	2.77	7.47
唐山	13385	651.3	25.6	15.6	14.98
秦皇岛	7750	681.3	16.2	12.7	6.55
张家口	36965	423.5	19.6	11.7	14.54
承德	39601	536.2	35.8	34.9	16.58

表 8-7　HS 市历年节水量统计表

年　份	1990	1991	1992	1993	1994
节水量/(×10⁴m³/d)	0.22	—	0.34	—	1.78
年份	1995	1996	1997	1998	1999
节水量/(×10⁴m³/d)	2.65	0.85	2.69	1.16	1.02

据表8-6和表8-7分析，HS市水资源十分匮乏，因此节约用水对于HS市来说，意义十分重大。近年来HS市通过对生活和工业用水的行政和计划管理，节约用水效果显著。各种渠道的节水成果，不仅在一定程度上缓解了城市水资源的短缺，也大大减少了城市污水排放量，减轻了城市水污染。

(1) 存在问题

对城市水危机的严重性认识不足，社会节水意识差。

HS市的缺水属于资源性缺水，随着地下水匮乏加剧，市区工农业和居民生活用水日益紧张，每逢枯水期，高层楼房时常无水，平房区有时也出现断水现象。另一方面其地表水水质较差，水量保证率低。现在无论是工业用水还是居民生活用水都存在着浪费现象，对水资源的缺乏认识性不高，节水意识差。

(2) 对城市节水的管理缺乏科学的研究

近20年来的节水管理实践证明，目前制订用水计划的方法中，无论是万元产值取水量法、产品单耗定额法、取水量法，还是几种方法的综合利用，都有很大的局限性。大部分工业企业的产值、产量与取水量并非线性关系，且产值、产量直接受市场的影响，以至有些企业年初时报不出生产计划和预计取水量。面对错综复杂的用水情况，应有一套较为科学的管理技术和方法，这就需要做专项研究及获得必要的资金支持，这也是我们的薄弱环节。

(3) 其他原因

各用水单位负责节水工作的人员队伍缺乏稳定。节水设施的完好率和使用率有待提高，自觉执行法规的意识有待加强。

8.4.2 城市节水现状

自1982年以来，HS市开始对节水工作实行行政管理，生活用水方面的具体措施是：推广使用先进的器具，更换所有宾馆及公共场合的厕所冲洗，如水箱配件上导向改为下导向这一装置，杜绝跑、冒、滴、漏，实行一户一表，按表计量，按量收费，取消"包费制"。

生活用水现状及工业节水情况见表8-8和表8-9。

表8-8　生活用水现状统计表

城市名称	时间	节水措施	节水投资/万元	节水器具及普及率/%	总节水量/×10⁴m³
HS市	20世纪80年代	成立节水机构，水资源收费，取消"包费制"	50	15	200
	20世纪90年代	使用节水器具，杜绝跑、冒、滴、漏，提高水价	180	20	400

工业用水方面具体措施是：提高水费价格，工业用水高于生活用水价格，使用自备水源的工业用水由1982年的0.02元/t逐步提高到现在的0.35元/t，督促用水大户更换用水设备，对自备井全面实行计划用水。

表8-9　工业节水情况统计表

城市名称	时间	节水措施	节水投资/万元	形成的节水能力/(万吨/年)	总节水量/万吨
HS市	20世纪80年代	水资源收费，提高水价	80	30	300
	20世纪90年代	更换设备，计划用水	500	300	2000

8.4.3 工业节水潜力分析

一提到节水潜力，人们往往首先想到的是总体及各行业的万元产值取水量是多少、单位产品取水量是多少、重复利用率是多少，还能降低、提高多少，以及节水技术节水设施等。这些无疑是正确的，但是，人们观念的转变和认识的提高对节水产生的影响也是十分重要的。

影响工业用水量大小的主要因素是工业结构及其发展水平、工业用水结构和用水水平、管理水平等。

(1) 从万元产值看 HS 市工业节水潜力

HS 市万元产值取水量由 1990 年的 281.64m³/万元降至 1999 年的 75.40m³/万元，差值为 1999 年的 2.7 倍多，可见其还有很大的开发潜力。

(2) 从重复利用率看 HS 市工业节水潜力

提高重复利用率是城市节水的主要途径之一。目前，发达国家的工业用水重复利用率一般在 70% 以上。我国 2010 年远景目标：工业用水重复利用率达到 85%。

工业用水重复利用率要根据城市实际情况来决定。城市用水的工业结构不同，各个城市可能达到或接近的高限值也就不同，即极限重复利用率不同。

HS 市工业用水重复利用率由 1990 年的 39.00% 增加到 1999 年的 74.60%，发展虽然很快，但是和省内其他城市比较起来，还有一定差距。对于 HS 这样的缺水城市来说，在提高工业用水重复利用率上下工夫是很有必要的。

(3) 从节水率（见表 8-10）**看工业节水潜力**

表 8-10 HS 市节水率（1990～1999 年）

年份	1990	1991	1992	1993	1994
节水率/%	3.7	—	5.0	—	23.3
年份	1995	1996	1997	1998	1999
节水率/%	18.7	6.4	21.8	9.2	9.0

从 HS 市 1990～1999 年节水率来看，其节水率最高只为 23.3%，而 1999 年仅为 9.0%，低于最高值将近 14.3%，可见其节水潜力还有很大的发展空间。

目前，城市中的工业取水量一般占城市总取水量的 60% 左右，因此科学、合理地使用工业用水，对保证城市总体供水和实现城市水资源可持续发展，都具有十分重要的意义。

城市工业取水量由多种因素所决定，如工业结构、工业产值、科技进步、政策，以及工业用水重复利用率等。目前国内多采用工业用水重复利用率和万元产值取水量作为考核工业用水状况改善与否的主要指标。万元产值取水量下降，说明工业用水状况有了改善。实际中，降低万元产值取水量的方法有几种：a. 加强工厂管理，减少水的漏失和浪费；b. 工厂采用节水型卫生洁具节约用水；c. 对用水多的老设备进行技术改造，采用用水少的工业设备；d. 增加一些经济效益好、产值高的产品；e. 城市新建一些产值高、用水少的企业。

8.4.4 HS 市各行业节水潜力分析

(1) 化学工业

积极引进国内外先进技术工业，尤其是节水工艺、技术，淘汰高耗水、污染重、无市场前景的产品。HS 市化学行业与国内外先进水平相比，其节水潜力仍比较大，我们可以在几方面进一步挖掘潜力：a. 今后一段时间仍以冷却水回用为主；b. 化工厂管道较多，年久失修，泄漏也比较严重，应加强管理，严防泄漏；c. 工艺改革，回收蒸汽冷凝水。

(2) 机械工业

除用水结构特殊的企业外，技术节水措施主要是提高冷却水的循环率和提高工艺水的回收利用，改革工艺。HS市机械行业用水重复利用率距离先进的水平还有一定的差距，故而还应进一步提高用水重复利用率。

（3）食品工业

由于本工业包含的各类行业结构不同，产品种类复杂，用水特点与用水设备各有差异，因此，不可能像其他工业一样单纯以重复利用率提高的水平推算节水潜力，但也应采取冷却水循环措施，使间接冷却水循环达到一定程度。食品工艺废水，一般条件下处理回用难度较大，但也有一些生产工艺可以通过改革用水流程达到节水目的，因为食品行业工艺用水流程很多，改革用水工艺的技术与所需设备和材料一般并不复杂，此行业水的重复利用率仅为36.19%，远远低于全国先进水平，因此，大力推广工艺改革节水措施，对于挖掘节水潜力具有普遍意义。

（4）电力行业

目前电力系统用水的重复利用率已有很大提高，生产用水的节水潜力较小，但生活用水尚有一定潜力可挖，可采取安装节水器具、冲灰水重复利用、循环水及排污水再处理回用及强化节水管理等措施来提高节水率。

（5）冶金行业

与国外冶金行业用水水平相比，HS市冶金行业经过多年努力，用水效率提高较快，基本达到了合理用水的水平。但进一步挖潜的可能性仍然存在，如工业水系统用水效率较高，但深井水系统重复利用率还有待进一步提高。另外，进一步推广生活节水器具，维修管道，减少渗漏也有部分潜力可挖。

（6）建材行业

HS市建材工业的用水重复利用率已达到57.21%，基本达到了先进指标，故节水方面除继续采取冷却水循环措施外，还应该对工艺污水采取处理回收措施，提高工艺水的回用率。

（7）纺织行业

目前，纺织行业节水潜力最大的是空调冷却水，应提高重复利用率，提高排放水浓缩倍数，主要存在的问题是空调水的排放过大，今后发展趋势是将冷却水和空调水形成封闭循环，综合利用回水。另外，纺织行业的生活用水普遍存在浪费现象，故节约生活用水应加强日常管理。安装节水器具，提高职工节水意识。

改革工艺是节水的关键措施，如推广逆流洗涤工艺和回流漂洗、单口进水工艺等。

从以上各行业用水资料分析来看，目前 HS 市工业用水相对节水来说主要存在的问题是：a. 用水方式落后，大厂普遍采用直供水方式，缺乏水量调节措施，造成用水浪费；b. 间接冷却水设施缺乏水处理措施，造成冷却效益低，循环水量偏大，排污量大，亏损量大；c. 锅炉冷凝水回收利用率低，中小型厂普遍没有回收措施；d. 锅炉除尘、除灰等高浊高水回用率低，回用设备原始落后，造成水资源浪费。

8.4.5　城市生活节水潜力分析

城市生活用水量的多少与用水人口、生活水平、住房条件和用水设施情况（有无卫生间、淋浴、洗衣机）等因素有关。它是反映一个国家和地区生活水平的重要指标。随着人民物质文化水平的提高，城市生活用水量有不断增长的趋势，应从以下几个方面挖掘其潜力。

（1）管理方面

加强生活用水管理，实行目标责任制，层层考核，是生活节水的一个重要方面。

（2）节水器具的推广

节水技术的发展和新型节水器具的使用给城市节水开拓了广阔的前景。据有关统计，选用适当的节水器具，可节水 30%～60%。

（3）生活污水回用

采用中水回用技术，实行分质供水，既减少了新鲜水的取水量、缓解了供水紧张的局面，又减少了对环境的污染。经处理后的污水，除可作为冲厕用水外，还可用于绿化、清洁、空调、洗车等。

8.4.6 其他节水潜力分析

污水资源化是城市节制用水的必然途径。城市污水处理系统达到水体自净的要求，就能满足天然水不断循环再利用的要求，也就在普遍意义上实现了水的回收再利用。因此，污水处理的达标排放或深度处理都是污水资源化的过程。城市污水资源化技术上可行、经济上合理。污水处理和深度净化用于农田灌溉、工业用水、市政用水的技术已经解决，相应规范和水资源标准正在建立，而且经济上远比长距离调用投资少、运行费用低。污水回用的经济效益还能带动污水处理事业的发展，取得更大的环境效益和社会效益（污水处理厂资料）。

（1）城市雨洪的调蓄利用

城市中道路、房屋等大量不透水面积的存在，使城市的降雨入渗量大大减少，雨洪峰增加，汇流时间缩短，并且随着城市面积的增加，雨洪量也将增加，导致城市下游的雨洪威胁加剧。扩大城市绿地面积，通过工程措施加强雨洪利用，既可减少城市的雨洪灾害，又可缓解城市水资源短缺，故对城市雨洪的调蓄利用是未来城市节水的方向之一。

（2）提高近郊农业用水效率

HS 市近郊农业灌溉用水量很大，应加大投资力度，大力发展防渗渠道、管道灌溉，适度发展喷灌、滴灌，调整种植结构，改进收费制度，使灌溉用水得以充分利用，减少浪费。

（3）合理利用其微咸水

2000 年 HS 市地下含 2～3g/L 和 3～5g/L 微咸水量为 $5.48×10^8 m^3$，而其地下总水量为 $10.02×10^8 m^3$，占地下水总量的 55% 左右，HS 本来水资源就不足，加之现在用水日趋紧张，所以应加大微咸水的利用率，实行分质供水，回用于电力或其他行业作为冷却用水，可节省大量的淡水资源。

（4）减少城市管网漏失率（见表 8-11）

表 8-11　1999 年 11 个省辖市管网漏失率一览表

城市	管网长度 /km	总供水量 /×10⁴m³	漏失水量 /×10⁴m³	漏失率 /%	产销差率 /%
保定	451	8979	659.7	7.3	10.2
唐山	694	12678	972	7.67	16.10
邢台	167	3553	282	7.9	14.0
秦皇岛	547	10264	845.5	8.2	11.7
张家口	338	3075	276	8.99	9.2
邯郸	429	8681	976	11.24	15.4
廊坊	57	1385	169	12.2	17.7
石家庄	1022	21322	2656	12.46	13.78
衡水	77	1745	230.7	13.2	13.0
沧州	382	2798	441	15.76	15.76
承德	123	2706	441.1	16.36	26.2

城市管网漏失率较大的原因：一是供水管网老化，年久失修；二是管材质量差，管道施工质量低劣；三是管网压力控制不当，管网维护不及时。1999 年 HS 在河北省 11 个省辖市管网漏失率中列第三位，高于河北省的平均水平 10.3%，远远高于国家管网漏失率控制标

准 8%，如果达到国家标准，则其 99 年可节水 $230.34 \times 10^4 m^3$，因此，可见减少管网漏失率对于节水来说是十分重要的，并且是十分可行的一条途径。

8.5 水资源可持续发展实施的主要战略对策

8.5.1 确定新的战略指针

(1) 应在法律、政策和实践中确保"节流"的优先地位

这既是我国水资源匮乏这一基本水情的客观要求，也是降低供水投资、减少污水排放、提高用水效益的最佳选择。要大力发展节水型器具、节水型工业乃至节水型城市，HS 市政府应严格按照国家《节水型城市目标导则》的要求，将创建"节水型城市"作为一项重要工作来抓，并按《节水型城市考核验收细则》对城市实行节水目标强制考核。

(2) 确定"治污"是实现城市水资源与水环境协调发展的根本出路

要充分发挥"治污"对改善环境、保护水源、增加可用水资源量、减少供水投资的多重效益。"治污"不仅是一项措施，更应该作为长期坚持不懈的一项制度，在指定城市用水规划时，用水量的增加应以达到"治污"目标为前提，谨防忽视污水治理因盲目调水而陷入调水越多、浪费越大、污染越严重，直至破坏当地水资源的恶性循环。

(3) 将"多渠道开源"作为城市可持续发展的基本战略

应统筹规划城乡用水，合理开发、优化配置和高效利用地表水、地下水、雨水、微咸水等各类资源。具体方案的制定和实施，应以资源、环境和社会的协调发展为前提，充分论证技术上的可行性和经济上的合理性。

8.5.2 综合利用各类水资源

(1) 污水量的再生利用

城市污水是由生活污水和工业废水组成，就实际运行的污水处理厂而言，城市工业废水占 56%，城市生活污水占 44%。随着城市化的发展，城市生活污水所占比例将会逐渐增加。污水资源化是城市节制用水的必然途径。城市污水经处理后，能达到水体自净能力的要求，就能满足天然水不断循环再用的要求，也就在普遍意义上实现了水的再生回用。因此，污水处理的达标排放或深度净化都是污水资源化的过程。城市污水资源化技术上可行，经济上合理。污水处理和深度净化用于农田灌溉、工业用水、市政用水的技术已解决，响应规范和水质标准正在建立，而且经济上远比长距离调水投资少，运行费用低。污水回用的经济效益还能带动污水处理事业的发展，取得更大的环境效益和社会效益。HS 市现正在建的污水处理厂对 HS 市的污水回用会起到很大的带动作用，应加快污水处理厂建设，更好地完善其性能。

(2) 城市雨洪的调蓄利用

随着城市化的发展，大量的道路、房屋等不透水面积的存在，使城市的降水入渗量大大减少，雨洪峰值增加，汇流时间缩短，导致城市下游地区的雨洪威胁加剧。扩大城市绿地面积，通过工程措施增加雨洪利用，既可减少城市雨洪灾害，又可缓解城市水资源短缺的矛盾。

(3) 合理利用其微咸水

HS 市地下含微咸水量为 $5.48 \times 10^8 m^3$，占地下水总量的 55% 左右，所以应加大微咸水的利用率，实行分质供水，回用于电力或其他行业作为冷却用水，可节省大量的淡水资源。

8.6 节水投资综合效益的分析

8.6.1 节水投资效益分析

8.6.1.1 工业节水投资效益分析

(1) 工业节水投资指标

工业节水投资指标是估算城市工业节水投资额的重要依据，目前，一些城市工业节水投资规律特点并不突出，这是由于各城市在影响工业节水投资方面的诸项因素，如节水措施类型、技术水平、材料价格、资金来源等不同，形成了各城市工业节水投资标准的差异。据统计，不同类型节水措施的日节水能力投资差别是很大的。表 8-12 和表 8-13 列举了多项节水措施的分类投资情况。

表 8-12　节水措施类型投资情况

节水措施分类	项目数	节水能力/(m³/d)	节水投资/万元	节水能力投资/[元/(m³·d)]
重复回用	392	331527	3445.5	104
串联使用	113	35526	305	86
节水器具	69	3266	68.56	210
工艺改造	66	19264	1056.2	548
用水管理	82	4430	74.42	168
合计	722	394013	4949.68	1116

表 8-13　节水措施用水分类投资情况

节水措施分类	项目数	节水能力/(m³/d)	节水投资/万元	节水能力投资/[元/(m³·d)]
间冷水	299	155859	1750.3	112
工艺水	260	223438	2596.2	116
锅炉水	32	9920	524.8	529
其他水	131	4795	74.5	155
合计	722	394012	4945.8	912

不同类型的节水措施是在不同的节水水平环境中形成的。在节水工作展开初期，水平还比较低时，往往都采用一些简单易行、回收方便、成本低、效率高的节水措施，如间接冷水的回用和工艺水的串联使用等。这使万元产值取水量比较高，而相应的日节水能力投资却较低。随着节水工作的深入开展，工业节水水平逐步提高，会对节水措施的技术水平以及设备材料不断提出更高的要求，使得节水投资影响因素往高标准化方面转移，由此而带来节水投资指标随之增高的现象。多数城市的日节水能力投资是随万元产值取水量下降而提高的。

研究证实，单位节水能力的建设投资指标与其所在的节水水平环境存在一定的关系，通过横向比较也可体现出来。节水水平较高的城市，如青岛，近年的工业节水投资每日每立方米平均为 405 元，北京为 167 元，而一般大中城市仅为 90 多元。这些情况说明随着城市节水水平的不断提高，节水工作的难度增大，同等工业节水能力所需投入的建造投资也增多。

由此可以得出，节水水平对节水投资影响是普遍存在的，节水水平的提高是宏观影响节水投资指标的主要原因。

根据对华北地区 9 个不同类型城市近年形成的节水能力和相应的节水投资资料汇总，以各城市的万元产值取水量代表其节水水平，日节水能力投资代表其投资指标，采用了 29 组"万元产值取水量-日节水能力"样本数据，经过大范围的参数调试，取得最大相关时的回归方程：

$$T = 20.79 + 31692.7/Q$$

式中，T 为相应节水水平环境下的节水投资指标，元/（$m^3 \cdot d$）；Q 为代表城市工业节水水平的万元产值取水量，m^3。

方程的最大相关系数为 0.76。

按以上回归方程计算，当某城市万元产值取水量为 $400m^3$ 时，每日每立方米节水投资约需 100 元，当万元产值取水量达到 $200m^3$ 时，每日每立方米投资约需 180 元，当万元产值取水量低于 $100m^3$ 时，所需节水投资将近 340 元，并以很高的速率增长。

以上回归方程的计算结果大致符合实践中的多数情况，可用于估算城市处于不同节水水平时的节水投资指标，将城市预测年份的万元产值取水量 Q 带入方程求得节水投资指标 T 后，再乘以增加的日节水能力，以此概略推算城市不同工业节水规模时相应所需的节水设施投资总额。

（2）效益分析

以华北地区 49 个城市的 2020 年工业用水节水预测指标为依据，对各城市实现指标所需落实的各年节水能力，可形成的节水量、所需建设投资、运行折旧费以及节水所产生的直接经济效益进行估算。

① 历年万元产值取水量预测值的确定 按照万元产值取水量预测值的变化趋势，以阶段预测值为控制点，分别对各城市的万元产值取水量预测值进行模拟分析，按预测值基本线形，选用万元产值取水量下降曲线模型，并计算出各城市历年的万元产值取水量的预测值。

② 年增节水能力和节水量的确定 工业万元产值取水量逐年降低，说明节水能力在不断扩大并发挥作用，年增节水能力是以城市上年的万元产值取水量和当年的万元产值取水量之差乘以当年的工业产值计算出来的，工业产值按阶段平均增长率推算。计算结果可认为是当年的新增节水能力。设定历年形成的节水能力都能正常运行，并通过折旧费的继续投入一直保持已建成的能力，自 1988 年开始对历年新增节水能力进行累积，截至某年的累积节水能力即为该年的节水量。

某年节水量＝某年总节水能力＝基准年至该年的累积节水能力

③ 投资指标和运行折旧费 日节水能力的投资指标依据上式进行，取各城市的万元产值取水量预测值，计算出日节水能力投资指标，并由此计算出节水设施的建设投资额。

累计节水设施的建设投资额＝日节水能力×日节水能力投资指标×365

节水设施运行需要运行费用，据北京、太原等城市的有关资料，单位节水运行费在 0.05～0.07 元/m^3 左右，此处以 0.06 元/m^3 计算。

累计节水运行费用＝∑（年节水量×每立方米节水运行费）

节水设施经若干年运行后逐渐失去效力，为保持原先所形成的节水能力，设施投入运行后必须提取折旧费，以保证设施大修和重建的需要。节水设施的平均年限以 15 年计，年折旧率为原值的 6.7%。

累计节水设施折旧费＝∑（累计节水设施建设投资额×折旧费）

累计运行折旧费＝累计节水运行费用＋累计节水设施折旧费

产生节水效果需要设施建设投资和运行折旧费这两部分资金保障，两部分之和即为节水的总费用：

累计节水总费用＝累计节水设施的建设投资额＋累计运行折旧费

④ 节水效益 节水有广泛的经济效益、环境效益和社会效益，其中经济效益是目前最主要的节水推动因素。经济效益可分为直接效益和间接效益，直接效益就是节约的各类水费扣除节水总费用的余额；间接效益是节省排污费和从废水中回收部分原材料等诸项效益；由于间接效益的计算很多尚难确定，故仅以直接经济效益来做对比。考虑到未来水价的趋势，工业综合水价平均以 0.3 元/m^3 计。

累计年节水直接经济效益＝∑（年节水量×综合水价－年节水总费用）

华北地区 1988～2020 年各项累计节水效益分析见表 8-14。

表 8-14 华北地区 1988～2020 年累计节水效益分析

地区名称	节水总能力 /(×10⁴m³/年)	投资总额 /万元	运行折旧费 /万元	总费用 /万元	节约水费 /万元	直接效益 /万元
京津唐地区	189521	122488	324626	447114	994006	546892
山西能源基地	82534	35176	116395	151571	408235	256664
燕太地区	143774	49956	197188	247144	728404	481260
陡骇地区	15296	6668	21981	28649	76089	47440
黑龙港地区	11353	4548	16233	20781	57921	37140
胶东地区	80121	49168	130085	179253	406273	227020
合计	522599	268004	806508	1074512	2670928	1596416

(3) 节水措施分类型投资指标

各类节水措施的建造投资指标各不相同，这主要由节水措施的难易程度、耗材质量、措施规模以及是否定型产品等诸项因素决定。一般来说，技术简单、材料便宜、批量设置、水量大而集中的节水措施单位造价会低一些，如间接冷却水的串联使用、重复回用，收效大，投资却比较小，而技术复杂、材料要求较高、水量较小的节水措施，相对单位造价就会高，如有些小型节水器材的使用。还有些节水措施是通过工艺改造完成的，如冶金工业中采用耐热材料替代水冷却，高温设备冷却用汽化冷却代替水冷却，锅炉用水中汽暖改水暖等，这类措施从根本上改变了用水方式，技术或用材要求较高，因而造价就会稍高一些。

以上几类情况，通过对近几年的工业节水措施实例可反映出来。

8.6.1.2 城市生活用水节水投资效益分析

(1) 经济效益

北京市曾对 24 个节水工作展开较好的单位（包括机关、学校、饭店、商场、医院等）做了调查和研究，它们采取的主要措施如下：

① 凡是有空调冷却水的单位都安装了冷却塔、凉水池，使水得到了回收或将空调冷却水一次用过后送入高位水箱，作为厕所卫生或绿化用水；

② 把淋浴器截门开关、洗手龙头改装成脚踏板式，或将淋浴用水回收不处理或稍加处理后用于冲洗厕所；

③ 对厕所水箱、截门式开关、洗手龙头进行设备改造，改装水箱或安装延时自闭冲洗阀门；

④ 空调的冷却水用于回灌地下。

这些节水措施效果较好，节水工程投资费用一般经过 2～4 年即可收回，由于各单位采取节水措施的时间、工程条件和节水设备使用率的不同，单位节水投资相差较大（见表 8-15），北京市环境保护研究所的中水道（处理住宅全部污水）试点工程的供水能力为每日 120m³，投资 14 万元，单位节水投资 1167 元/(m³·d)〔3.2 元/（m³·a）〕。由于是试点工程，规模小，投资偏大。劲松宾馆的中水处理设施，把淋浴洗涤水处理后用于冲洗厕所，投资只有 0.33 元/(m³·a)。

表 8-15 生活用水节水措施投资

用水类别	投资/[元/(m³·a)]		投资/[元/(m³·d)]	
	变化幅度	一般	变化幅度	一般
空调冷却水	0.09～5.27	0.40～1.00	32.9～1924	146～365
厕所用水	0.11～1.76	0.30～0.80	40.2～642	110～292
淋浴用水	0.03～0.92	0.05～0.30	11～336	18.3～110

实践证明，采用重复回用等措施与开发其他水源相比，确实有一定的经济优势。有一些城市由于严重缺水，不得不兴建远距离引水工程。青岛市引黄济青工程，每天供青岛市 $30\times10^4\,m^3$ 水，概算投资为 8 亿元。实际引水工程所耗的投资比概算的还要大。北京市已通水的水源九厂一期工程日供水能力 $50\times10^4\,m^3$，工程投资 7 亿元，单位投资达 1400 元/$(m^3 \cdot 日)$ [3.84 元/$(m^3 \cdot 年)$]，如表 8-16 和表 8-17 所列。

表 8-16　工程扩充设计的概算投资

工程名称	投资/[元/$(m^3 \cdot 年)$]	投资/[元/$(m^3 \cdot 日)$]
引滦入津	1.40	510
北京水源九厂	2.19	800

表 8-17　引水工程投资和成本

工程名称	投资		成本
	元/$(m^3 \cdot 年)$	元/$(m^3 \cdot 日)$	元/m^3
引滦入津	2.16	788	0.106
引青济秦	4.02	1467	0.206
万家寨引黄	5.07	1851	0.72

若将污水回用于中水工程，规模越大，其基础建设费用与运行成本就越小（见表8-18）。

表 8-18　小区和建筑中水投资及成本估算表

水量/(m^3/d)	投资/[元/$(m^3 \cdot d)$]	年运行费/万元	回用水成本/元
100	9074.00	7.80	2.14
200	7422.00	11.68	1.60
300	6598.60	14.7	1.34
500	5690.00	22.42	1.23
1000	4654.00	43.74	1.20
2000	3806.50	67.52	0.93
3000	2284.50	94.50	0.87
5000	2918.22	134.20	0.74
10000	2386.82	222.92	0.61
20000	1952.20	388.93	0.533
50000	1496.64	829.40	0.454

由此可见节水措施所花的投资比远距离引水工程要小得多。有些引水工程比处理全部生活污水（包括粪便污水）的中水道的投资还要大。另外，由于采取了节水措施，减少了水费开支，按目前的生活用水的水价每立方米自来水以 0.20 元计，排污费按每立方米 0.10 元来计，污水量按用水量的 80% 来计，节水设备的运行费按每立方米 0.05 元来计，则每节约 $1\,m^3$ 水可减少水费支出 0.23 元，年节水 $1\,m^3$ 的投资约为 0.35 元，节水工程的投资约一年半的时间即可收回。

(2) 环境效益和社会效益

由于节约用水，不仅减缓了城市生活用水量的增长速度，而且也相应地减缓了城市生活污水量的增长速度，提高了城市污水浓度，有利于城市污水的处理，降低污水处理费用。这对改善污水排放水体的税制，保护水源，缓解城市用水的供需矛盾，提高环境质量，为人民提供一个良好的生活环境，保证人民身体健康、促进社会安定和城市发展都有重大的意义。

8.6.2　节水设施投资效益评价

节水的直接效益表现为节省用水，降低用水量，从而保证了现有供水设施为城市提供稳定、可靠的水源。解决了为开辟新水源所花费的昂贵资金，当然也节省了因节省水量而少花的供水费用、排污费、污水处理费及相应的基础建设费用。

节水环境效益也较明显，因减少用水量，排放废水的量也减少，这对我们的环境是有益的，废水的减少避免了水环境及其他环境的污染，历史已告诉我们水环境对我们造成的各方面危害是非常惨痛的，另外水污染也是导致我们缺水的重要原因。节水减污与企业降低生产成本和提高经济效益是完全一致的，也是企业依靠技术进步求得自身发展的一种具体表现。节水另一方面环境效益就是通过节水减少了对地下水的开采量，可使地面沉降得到缓和。目前在大部分地区都有不同程度的地面沉降现象，在水源缺乏的年代里，明知地下水超采的严重后果，但亦束手无策。节水设施投资后，使得开采水量减少，使地沉的速度减慢。

节水设施的投资保证了我们的用水效率，从而保护了我们的水源，为社会经济的可持续发展提供了保障，维护了我们的生态环境，为我们的子孙后代创造了财富，其社会意义是非常深远的。

当然节水设施投资的经济效益、环境效益及社会效益这三方面是相互联系、不可分割的，在某一方面的效益同时也是其他方面的效益，由此可见节水投资效益的可观性。

8.6.3 节水投资效益评价方法

对于任何投资项目来说，其效益的好坏直接影响着投资的投入，同样节水项目效益的好坏也直接影响着它的投入，因此需对节水项目的效益进行评价。如前所述，节水项目的投资不仅具有经济效益，还具有社会效益和环境效益，对其评价也应是多方面的，再次拟采用费用-效益分析法。

费用-效益分析（cost-benefit analysis）法的理论基础是福利经济学，就是将全部效益或全部费用进行比较，同其他一般经济分析相比，它有三个特点：a. 它包含了一般企业分析中不考虑的那种与本项目无直接关联的效益和损失，也就是说包括了所有的效益和费用，并尽可能地把所有的效益和费用都转换成货币单位来表示；b. 假定所有的货币值都是有相同的时间效应，即资金具有相同的贴现率；c. 不考虑收入再分配的社会效果。这三个特点恰恰与我国节水项目投资的特点相对应，表现在：a. 我国节水设施投资是全社会乃至全球性的公共事业投资，不考虑投资本身获得多大效益，而是从全社会的整个效益来考察；b. 发展我国商品经济理应考虑资金的时间效益，节水投资也应考虑到这一点。

费用-效益分析的具体方法有很多种，有本质区别的是三种：一种是净现值法（net present value）；再一种是内部收益率法（internal rate of retune）；第三种方法是费用效益比（cost-benefit ratio）。这三种方法各有优缺点和适应的对象。

费用-效益分析法（CBA）是动态地分析投资经济效果的一种重要方法。经济效果是反映投入产出关系的，即要求用一定量的劳动耗费能提供尽可能多的有用效果；或者提供一定量的有用效果，最大限度地节约劳动费。因此，经济效果是指所费与所得的关系。

根据节水设施投资的经济效果的特点，我们采用费用效益比较适于反映节水设施的投资经济效果。这种方法是衡量经济效果的相对值指标，是经济成果与取得这种成果所需的耗费比，是表示包括直接经济成果与间接经济成果的全部经济成果，同直接费用和间接费用的全部费用相关的综合质量指标，此外，这种评价方法的好处是计算简单、结果明了。如费用效益比为1:6，就是说1元投资所带来的全部效益是6元。

费用效益分析方法的要求：一项投资方案按现值计算的效益同按现值计算的费用之比达到最大。按现值计算的效益为

$$PB = \sum_{i=1}^{n} \frac{B_i}{(1+r)^n} \tag{8-1}$$

按现值计算的费用：

$$PC = F \frac{C_i}{(1+r)^n} \tag{8-2}$$

式中，PB，PC为按现值计算的效益和费用；B_i，C_i为在i周期里的效益和费用；r为贴现率；n为规划年限。

将按现值计算的效益PB同费用PC进行对比，公式为：

$$PB/PC = \frac{\sum B_i/(1+r)^n}{\sum C_i/(1+r)^n} \tag{8-3}$$

在费用效益分析计算中，为了对各年的效益和费用都统一进行计算，一般采用以下两种折算的方法。

第一种方法是把每年的效益和费用都用复利公式折算到最后一年（N年）的数值，即所谓最后一年的时值，时值的计算可按下式：

$$F = P(1+r)^n \tag{8-4}$$

式中，F为时值；P为现值；r为利率；n为年数。

时值的计算方法是：譬如现在有T元，折算到一年后的时值等于$T(1+r)$元，两年后的时值等于$T(1+r)^2$，依此类推。

第二种方法是把未来每年的效益和费用都用复利公式折算到现年数值，即所谓现值，现值的计算可按下式：

$$P = F \frac{1}{(1+r)^n} \tag{8-5}$$

时值和现值的计算如表8-19所示。

表8-19　时值和现值的计算　　　　　　　　　　　　　　　　单位：元

项目	现在	一年后	两年后	n年后
时值	T	$T(1+r)$	$T(1+r)^2$	$T(1+r)^n$
现值	T	$T/(1+r)$	$T/(1+r)^2$	$T/(1+r)^n$

8.6.4　节水效益分析实例

某城市在1999年实施节水工程项目数为6项，总投资272.00万元，形成节水能力为$4380 \times 10^4 \, m^3/$年。

(1) 节水工程年费用分析

节水工程费用由两部分组成，一是运行费用，二是折旧费用。

① 运行费C_1　根据目前实际节水工程运行成本统计结果，通过对运行成本影响因素（包括人工费、电费、药剂费等）的分析与综合测算，运行费用大约在1.0元$/m^3$。

② 折旧费C_2　按设备投资的6.7%计算（节水设备的运行年限按15年计），则总费用为：

$$C = C_1 + C_2 = 4380 \times 1.0 + 0.067 \times 272 = 4398.22（万元/年）$$

(2) 节水工程效益分析

节水的经济效益由五部分组成：一是节约水量的水费B_1；二是节约的城市给水基础设施建设费B_2；三是节约的城市排水设施建设费B_3；四是污水处理费B_4；五是减少污染排放的社会效益B_5。参考相关资料，各项参数取值如下：$B_1 = 1.0$元$/m^3$（保定市实际水资源费）；$B_2 = 1500$元$/m^3$；$B_3 = 1326$元$/m^3$；$B_4 = 0.6$元$/m^3$；$B_5 = 2.03$元$/m^3$。其综合效益计算结果见表8-20。

表 8-20　节水工程综合效益分析表

项目	年效益/(万元/年)	项目	年效益/(万元/年)
B_1	4380	B_4	2365.2
B_2	1200	B_5	8002.26
B_3	9540.72	总效益 B	25488.18

(3) 效益费用比

$E=B/C=25488.18/4398.22=5.80$

由以上分析可见，该项节水设施投资具有一定的效益，即每投资 1 元可获得 3.84 元的效益，并且随着水价与污水处理费的进一步调整，这一效益还会提高。

8.6.5　节水投资效益分析

节约用水是解决水资源短缺的关键，节约用水不仅可以改善供需平衡，还可减少污染，使污水治理与节水和节能相结合，正如前边所述，其社会和环境效益是深远的，无法用货币来量化。然而，对用水单位来说，节水核心考虑的是经济效益。影响节水成本的一个重要因素就是节水水平，在节水初期，节水措施一般简单易行、回收方便、成本低、效益高，但随着节水工作的深入开展，尤其是对工业节水水平逐步提高，对节水措施的技术水平、设备材料及管理人员等提出了更高的要求，使节水投资随之增加。

一般来讲，节约单位水量的投资随万元产值取水量的降低而升高。经过对全国近百个城市万元产值取水量和节约单位水量的投资资料的汇总，我们发现它们之间存在着一定的线性关系。

数据处理：先按照万元产值取水量进行排序，为了消除城市间的变动，采用移动平均法对数据进行处理。该方法对于大多数城市比较适用，个别城市由于独特的产业结构决定了万元产值取水量与节水设施单位投资关系的独特性，因而对个别城市不太适用，在数据处理前已对个别城市数据进行了剔除。以万元产值取水量的值作为横坐标，节水设施单位投资作为纵坐标，做拟合曲线，如图 8-1 和图 8-2 所示，根据散点的发展趋势选取数学模型进行拟合。

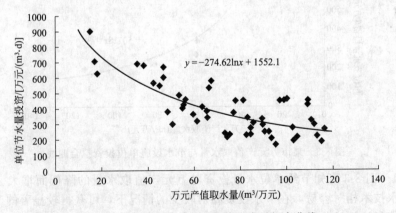

图 8-1　单位节水量投资与万元产值取水量拟合曲线（一）

经拟合得到单位节水量的投资与万元产值取水量的数学模型有如下关系：

$$V=-274.62\ln x+1552.1 \quad (20<x<140)$$
$$V=-46.987\ln x+488.71 \quad (x>140)$$

式中，V 为相应节水水平下单位节水量的投资，万元/（m^3·日）；x 为城市工业平均万

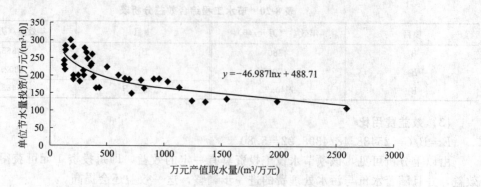

图 8-2　单位节水量投资与万元产值取水量拟合曲线（二）

元产值取水量，m^3/万元。

对缺乏统计资料的城市可运用上面的综合曲线法，但是得到的数据不够准确，因而对于统计资料比较健全的城市单独进行拟合能得到更为准确的结果。下面以某市为例介绍单独拟合的过程。该市万元产值取水量与节水设施单位投资的统计资料见表 8-21，以万元产值取水量为横坐标，节水设施单位投资为纵坐标，拟合曲线见图 8-3。节水设施单位投资与万元产值的关系为：

$$V = 50728x^{-1.2051}$$

表 8-21　某市万元产值取水量与节水设施单位投资的统计表

年份	1990	1991	1992	1993	1994	1995	1996
万元产值取水量 /(m^3/万元)	114.37	80.78	70.99	61.41	61.12	51	47.03
节水设施单位投资 /[万元/(m^3·日)]	200.2	220	320.2	274.19	331.03	467.12	623.69

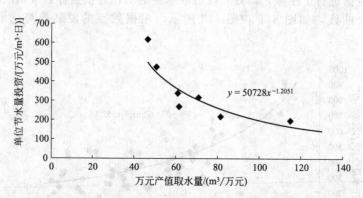

图 8-3　某市万元产值取水量与节水设施单位投资拟合曲线

由图 8-1～图 8-3 可知节约单位水量投资随万元产值取水量的降低而增大。在节水的初期，由于节水技术相对容易，在节水投资相对较少的情况下，可获得较显著的节水效果，由于节水的直接经济效益大于节水投资，一般用户都能积极配合当地政府，主动采取节水措施，节水效果显著。

节约用水相当于水资源生产，符合传统工业经济的边际效益递减规律，也就是说，随着节水达到一定水平后，其投入就不再与节水量成正比。因此，就要根据节水曲线进行核算，当节水的投入高于调水或节水的投入高于水价时，这时应考虑调水或调整水价了。

节水投入的限度也靠水价，当节水投入边际效益递减规律起作用的时候，如果水的供需仍不能平衡，就应该提高水价，使得节水有更大的投入，促进更大量地节水。节水应本着"谁节约，谁受益；谁浪费，谁受罚"的原则，鼓励各行各业和各个部门更大量地节水。

节水是企业节能降耗的重要途径，除了节省用水量、减少水资源开采外，还减少了污水的排放量，减轻了环境的污染。因此，节水不仅具有经济效益，同时还具有更重要的社会效益和环境效益。

参 考 文 献

刘俊良编. HS市城市节水规划及其水资源可持续利用实施策略研究. 2002.

9 国家节水型城市创建

2001 年发布了《关于进一步开展创建节水型城市活动的通知》，并提出了《节水型城市目标考核标准》，推动了城市的节水工作。至今已有北京、上海、深圳、河北唐山市、廊坊市等 30 座城市被评为全国节水型城市。

2002 年 12 月印发了《开展节水型社会建设试点工作指导意见》，在甘肃张掖市和四川绵阳市启动了节水型社会建设试点工作。

随着我国城市化进程加快，城市用水显著增多，水资源供求矛盾日趋突出。加快节水型城市建设步伐，是实现城市水资源可持续开发利用的迫切需要。它不仅是防治水环境恶化的重要举措，而且能够预测未来城市化进程中城市用水状况，可以全面指导城市合理开发利用水资源，实现城市国民经济可持续发展和人民生活水平不断提高。为此，原国家建设部出台了《节水型城市考核标准》（见附录五和附录六），以全面促进创建全国节水型城市的开展。

本章以节水型城市考核标准和节水型社会建设评价指标体系为基础，以 LF 市为实例形象地介绍了节水型城市创建的基础条件、考核指标及其创建过程。

9.1 《节水型社会建设评价指标体系（试行）》概述

建设节水型社会，重点是建立三大体系：一是建立以水权管理为核心的水资源管理制度体系，这是节水型社会建设的核心；二是建立与区域水资源承载能力相协调的经济结构体系；三是建立与水资源优化配置相适应的节水工程和技术体系。《节水型社会建设评价指标体系（试行）》（以下正文简称为《评价指标体系》）围绕三大体系而构建，力图系统、全面、科学地反映节水型社会建设的进展。通过评价工作，及时掌握试点建设的进程，分析、总结试点建设工作中的薄弱环节，明确工作重点，加强对试点建设的指导，促进节水型社会建设工作的深入开展。

本《评价指标体系》主要适用于节水型社会建设试点地区的节水型社会建设评价工作，也可用于其他地区节水型社会建设的评价。本《评价指标体系》为试行，将在节水型社会建设的实践中不断予以完善。

9.1.1 《节水型社会建设评价指标体系（试行）》的构建原则

《评价指标体系》的构建遵循以下原则：
① 力求全面　所选指标尽量涵盖节水型社会建设的各个方面；
② 体现层次　所选指标既能反映总体情况，又能反映各分类、各单项情况；
③ 相对独立　所选每个指标均反映一个侧面情况，指标之间尽量不重复交叉；
④ 定性与定量相结合　所选指标既有定性描述的，又有可量化的；
⑤ 综合性与单项性相结合　所选指标既有反映综合情况的，又有反映单项情况的。

9.1.2 《节水型社会建设评价指标体系（试行）》的内容

《评价指标体系》包括综合性指标、节水管理、生活用水、生产用水、生态指标共五类 32 项主要评价指标，具体内容见表 9-1。评价单位可从中选择适合本地区的指标，也可视情况增补其他评价指标。

表 9-1 　《节水型社会建设评价指标体系（试行）》具体内容

类别	序号	指标
综合性指标	1	人均 GDP 增长率
	2	人均综合用水量
	3	万元 GDP 取水量及下降率
	4	三产用水比例
	5	计划用水率
	6	自备水源供水计量率
	7	其他水源替代水资源利用比例
节水管理	8	管理体制与管理机构
	9	制度法规
	10	节水型社会建设规划
	11	用水总量控制与定额管理两套指标体系的建立与实施
	12	促进节水防污的水价机制
	13	节水投入保障
	14	节水宣传
生活用水	15	城镇居民人均生活用水量
	16	节水器具普及率(含公共生活用水)
	17	居民生活用水户表率
生产用水	18	灌溉水利用系数
	19	节水灌溉工程面积率
	20	农田灌溉亩均用水量
	21	主要农作物用水定额
	22	万元工业增加值取水量
	23	工业用水重复利用率
	24	主要工业行业产品用水定额
	25	自来水厂供水损失率
	26	第三产业万元增加值取水量
	27	污水处理回用率
生态指标	28	工业废水达标排放率
	29	城市生活污水处理率
	30	地表水水功能区达标率
	31	地下水超采程度(地下水超采区使用)
	32	地下水水质Ⅲ类以上比例

9.1.3 《节水型社会建设评价指标体系（试行）》的说明

指标解释与计算分析方法见表 9-2。

表 9-2　指标解释与计算分析方法

序号	指标	指标解释	计算分析方法
1	人均 GDP 增长率	地区评价期内人均 GDP 年平均增长率	用平均法计算
2	人均综合用水量	地区取水资源量的人口平均值	评价取用水资源总量/地区总人口
3	万元 GDP 取水量	地区每产生一万元国内生产总值的取水量	地区总取水量/GDP
	万元 GDP 取水量下降率	地区评价期内万元 GDP 用水量年平均下降率	用平均法计算
4	三产用水比例	第一、第二、第三产业用水比例	—
5	计划用水率	评价年列入计划的实际取水量占总取水量的百分比	计划内实际取水量/总取水量×100%
6	自备水源供水计量率	所有企事业单位自建供水设施计量供水量占自备水源总供水量百分比	所有企事业单位自建供水设施计量供水量/自备水源总供水量×100%
7	其他水源利用替代水资源比例	海水、苦咸水、雨水、再生水等其他水源利用量折算成的替代常规水资源量占水资源总取用量的百分比	海水、苦咸水、雨水、再生水等其他水源利用量折算成的替代水资源量/水资源取用量×100%
8	管理体制与管理机构	涉水事务一体化管理;县级及县级以上政府都有节水管理机构,县以下政府有专人负责,企业、单位有专人管理,建立农民用水者协会	定性分析
9	制度法规	用水权分配、转让和管理制度;取水许可制度和水资源有偿使用制度;水资源论证制度;排污许可和污染者付费制度;节水产品认证和市场准入制度;用水计量与统计制度等;具有系统性的水资源管理法规、规章,特别是计划用水、节约用水的法规与规章	定性分析
10	节水型社会建设规划	县级及县级以上政府制定节水型社会建设规划	定性分析
11	用水总量控制与定额管理两套指标体系的建立与实施	具有取用水总量控制指标;具有科学适用的用水定额;两套指标的贯彻落实情况	定性分析
12	促进节水的水价机制	建立充分体现水资源紧缺、水污染严重状况,促进节水防污的水价机制	定性分析
13	节水投入保障	政府要保障节水型社会建设的稳定投入;拓宽融资渠道,积极鼓励民间资本投入	定性分析
14	节水宣传	将水资源节约保护纳入教育培训体系,利用多种形式开展宣传;节水意识深入人心,全社会形成节水光荣的风尚;加强舆论监督,建立健全举报机制	定性分析
15	城镇居民人均生活用水量	评价年地区城镇居民生活用水量的城镇人口平均值	城镇综合生活用水总量(生活用水,不含第三产业用水)/城镇人口数
16	节水器具普及率(含公共生活用水)	第三产业和居民生活用水使用节水器具数与总用水器具之比	第三产业和居民生活用水使用节水器具数/总用水器具数×100%
17	居民生活用水户表率	居民家庭自来水装表户占总用水户的百分比	居民家庭自来水装表户数/总用水户数×100%
18	灌溉水利用系数	农作物生长实际需要水量占灌溉水量的比例	灌溉农作物实际需要的水量/灌溉水量
19	节水灌溉工程面积率	节水灌溉工程面积占有效灌溉面积的百分比	投入使用的节水灌溉工程面积/有效灌溉面积×100%
20	农田灌溉亩均用水量(平水年)	农业实际灌溉面积上的亩均用水量	实际灌溉水量/实际灌溉面积

序号	指标	指标解释	计算分析方法
21	主要农作物实际灌溉用水定额	地区(平水年)每种主要农作物实际灌溉亩均用水量	根据地区实际确定需要评价的主要农作物,统计每种主要农作物(平水年)亩均灌溉用水量的平均值
22	万元工业增加值取水量	地区评价年工业每产生一万元增加值的取水量	评价年工业水资源取用总量/工业增加值
23	工业用水重复利用率	工业用水重复利用量占工业总用水的百分比	工业用水重复利用量/工业总用水量×100%
24	主要工业行业产品用水定额	地区主要工业行业产品实际用水定额	根据地区实际确定高用水行业及其主要产品,统计高用水行业主要产品实际用水定额
25	自来水厂供水损失率	自来水厂产水总量与收费水量之差占产水总量的百分比	(自来水厂出厂水量—收费水量)/出厂水量×100%
26	第三产业万元增加值取水量	地区评价年第三产业每产生一万元增加值的取水量	评价年第三产业水资源取用总量/第三产业增加值
27	污水处理回用率	污水处理后回用量占污水处理总量的百分比	污水处理后回用量/污水处理总量×100%
28	工业废水达标排放率	达标排放的工业废水量占工业废水排放总量的百分比	达标排放的工业废水量/工业废水排放总量×100%
29	城市生活污水处理率	城市处理的生活污水量占城市生活污水总量的百分比	城市处理的生活污水量/城市生活污水总量×100%
30	地表水的水功能区达标率	水功能区达标数占水功能区总数的百分比	水功能区达标水面面积/划定水功能区水面总面积总数×100%
31	地下水超采程度	对地下水超采进行评价	按照 SL 286—2003《地下水超采区评价导则》进行
32	地下水水质Ⅲ类以上比例	地下水Ⅲ类以上(Ⅰ、Ⅱ、Ⅲ类)水面面积占地下水评价面积的比例	评价区地下水Ⅰ、Ⅱ、Ⅲ类水面积/评价面积×100%

注:《评价指标体系》仅列出具有典型性、代表性的评价指标,各地区可结合当地实际情况,根据需要增补其他指标。

9.2 LF市国家级节水城市创建实例

9.2.1 LF市基本情况

目前,LF市已经是全国创建文明城市先进市、全国双拥模范城市、中国优秀旅游城市、全国首家通过 ISO 14001 环境管理体系区域认证的中等城市、全国投资环境诚信安全区和省级环保模范城市、文明城市、卫生城市、园林城市,并于 2003 年度荣获中国人居环境范例奖。

9.2.2 创建节水型城市的意义

创建节水型城市,是维持该市水资源供需平衡的重要手段,通过创建活动,可进一步提高城市计划用水、节约用水的管理水平,强化水资源、水环境的宏观管理,实现水资源的合理配置;通过创建活动,可建立起更为科学、合理的用水体系,提高水的综合利用效率,减少浪费、减少污水处理和水污染的压力,使有限的水资源更好地满足城市经济发展和人民生活的需要。

创建节水型城市,是促进节水技术进步,推动"经济体制从传统的计划经济体制向社会主义市场经济体制转变"、"经济增长方式由粗放型向集约型转变"的重要举措。创建节水型城市，首先必须创建一大批节水型的企业和单位，通过创建活动，可引导企业通过科学管理和技术改造提高水的重复利用率，节水降耗，增收节支。

创建节水型城市，是实施可持续发展战略的重要组成部分，不仅有利于改善该市的投资环境，还有助于提高全体市民的公德意识，树立健康、文明的城市形象，促进对外开放和经济社会的发展。

9.2.3　创建节水型城市的概况

对此，LF 市委、市政府极为重视，把开展城市节约用水工作提上了重要议事日程，充实了市水资源管理办公室，批准成立了市节约用水办公室，采取积极有效措施，大力开展城市节约用水和水资源管理工作，缓解水资源的供需矛盾。尤其近几年，在开展城市节约用水和水资源管理方面，市委、市政府不断加大工作力度，使城市节约用水工作收到了一定成效。主要体现在以下几方面。

(1) 基本条件方面

① 法规制度健全　LF 市自 1999 年以来就制定了一系列有关供水、节水、地下水管理等方面的规范性文件，如《LF 市城市供水管理办法》、《LF 市市区节约用水管理办法》、《LF 市水资源管理办法》、《LF 市水资源费征收管理办法》等，形成了健全的节水管理制度和节水奖惩制度，特别是《LF 市市区节约用水管理办法》一直作为全市城市节水工作规范管理的指导性文件。

② 城市节水管理机构健全　由于该市是一个严重缺水的城市，所以市委、市政府把节水工作作为一项关系国际民生的大事来抓，1983 年成立了 LF 市节约用水办公室，主要职责是城市计划用水、节约用水以及城市规划区范围内的地下水资源管理，有独立的法人。编制为全额财政拨款事业单位，各用水单位成立了专兼职管理机构，实行厂、车间、班组三级管理。

③ 重视节水投入　2001 年根据《河北省城市节约用水管理实施办法》等有关法律、法规的规定，结合本市实际，印发的《LF 市市区节约用水管理办法》，其中第二十八条规定由市财政每年拨出一定比例的专项资金用于节水宣传、节水奖励、节水科研、节水技术改造、节水技术推广、再生水利用设施建设及公共节水设施建设等方面的投入。

LF 市建设局《关于加强推广科学节水工作的通知》中阐明了为进一步强化该市节水工作，采用科学方法加强节水工作，鼓励节水科研、节水技术改造、节水技术推广、再生水利用设施建设等节水措施的实施，决定在该市开展科学节水推广工作。

④ 建立节水统计制度　LF 市实行节水统计制度始于 1989 年，按照河北建设厅统一印制的节水统计报表上报，到 2002 年 LF 市建设局《关于实行城市节水统计报表制度的通知》发布后，建立了完备的节水指标统计、考核体系，完成了节水计算机管理应用系统的开发工作，加强了城市用水与经济增长的对比分析，为用水宏观调控提供了科学依据。2003 年 LF 市城市供水节水办公室《关于实行城市节水统计报表制度的通知》进一步细化了节水考核指标体系，为向市统计局和建设部门填报有关的报表奠定了基础。

⑤ 广泛开展节水宣传　2004 年根据建设部建城〔2004〕57 号文件精神，紧紧围绕"增强全民节水意识，建设节水型城市"宣传主题，LF 市城市供水节水办公室下达了 LF 市城市供水节水办公室《关于城市节水宣传周活动安排的通知》，开展了以宣传贯彻《中华人民共和国水法》、《中华人民共和国水污染防治法》、《节水型生活用水器具标准》、《城市居民用水量标准》等法规和标准为核心的宣传活动。节水宣传周期间，首先重点宣传了"创建节水型城市"及其配套法规、标准，宣传了新建、扩建、改建工程节水"三同时"的重要性，增

强了各取水单位依法取水、科学用水的自觉性;其次,在水法宣传周期间,出动宣传车一辆,播放《水法》等宣传磁带,深入到社区、学校、重点取水单位等检查有关情况。特别是一些对节水意识淡薄的单位进行了重点宣传。

2005年按照建设部、省建设厅关于"节水宣传周"活动的统一部署,以"减少漏失,杜绝浪费,建设节水型城市"为宣传主题,下达了LF市城市供水节水办公室《关于城市节水宣传周活动安排的通知》,开展了一系列宣传活动:一是组织了声势浩大的集中宣传活动,以丰富多彩的表演宣传节水,将宣传活动推向了高潮;二是组织了"节水杯"有奖征文活动,市供水节水办在《LF日报》上刊登出面向全市的节水有奖征文的通知,要求参赛者紧紧围绕节水主题,不拘体裁,撰写节水文章;三是与LF日报社合办一期节水专版,刊登在《LF日报》上,宣传该市节水政策,介绍用水单位节水先进经验和市民百姓生活节水小常识等;四是与市电台综合新闻频道和时尚生活频道联办两期联通百姓的互动的节水专题节目;五是在市电视台连续播出节水新闻,并滚动播出节水公益广告。这次宣传活动进一步推进了LF市创建节水型城市工作,提高了公众的水资源忧患意识和节约意识,营造了全民节水的社会氛围。

⑥ 全面开展创建活动 在1997~1999年间河北省建设委员会在全省范围内评选省级节水型企业,LF市先后有15家企业(单位)被评为省级节水型企业。1998年LF市节约用水办公室和城市水资源管理办公室《关于命名表彰城市节水先进单位和先进工作者的通报》中表彰了一大批市级节水先进单位和先进工作者个人。

LF市建设局《关于LF市创建省级节水型企业(单位)的通知》发布后,在全市全面开展了创建节水型企业(单位)活动,这对于落实科学发展观,促进各项节水措施、制度在企业(单位)的落实,有效地保护利用水资源,降低生产成本都具有重要的意义。

虽然最近几年由于体制问题,没有在全省范围内对节水型企业(单位)进行及时评审,但是LF市没有放松对企业节水的管理,LF市供水节水办公室《关于表彰节水先进单位和个人的通知》表彰了5家节水先进单位和10名节水先进个人,LF市供水节水办公室《关于表彰节水先进单位和个人的通知》又表彰了5家节水先进单位和10名节水先进个人。LF市会继续加强对企业(单位)节水的管理,号召各企业继续加强企业职工节水意识,大力实施节水工程,依靠科技进步和强化管理,努力提高终端用水效率,着力打造节水型企业。

(2) 基础管理方面

① 城市节水规划。LF市水利局和LF市水文水资源勘测局2001年6月共同编制了《LF市水资源保护规划》。LF市建设局与河北建筑工程学院2002年4月共同编制了《LF市城市节水规划(2002—2015)》,2003年8月共同编制了《LF市城市污水资源化规划及其实施技术研究(2003—2015)》,2003年12月共同编制了《LF市城市雨水资源化规划(2003—2015)》,2005年8月共同编制了《LF市城市供水规划(2005—2020)》,这些规划都得到了上级行业主管部门省建设厅组织的专家审查,并得到政府批准。

② 地下水管理 LF市人民政府下达《关于加强全市城区地下水管理的通知》,自此全市开始实行地下水计划开采,自备井审批、验收统一管理,并逐渐形成了一套规范的手续,包括新建自备井批准书、取水许可申请书及成井验收证。《关于调整城市规划区内自备井地下水资源费标准的通知》下达后,对地下水资源费进行了合理的调整。LF市建设局下达《关于计划关停部分企事业单位自备井的通知》,通知发布后,2004年比2003年减少了14眼自备井,2005年比2004年又减少了13眼自备井。关于成立以市政府副市长刘智广同志为组长的LF城区自备井关停工作领导小组,并且LF市人民政府下达《关于LF城区自备井关停实施方案的通知》,为全面关停自备井提出了日程安排和组织保证,并责令集中供水企业完成供水管网的完善工作。

③ 节水"三同时"制度 LF市建设委员会《关于建设工程实行节水设施"三同时"的通知》，明确了凡在市规划区内新建、改建、扩建工程项目必须执行节水用水设施与工程建设"同时设计、同时施工、同时使用"的规定，并且由市节水办参与设施市检和竣工验收。LF市人民政府办公室《关于加强城市节水管理工作的通知》进一步明确，LF市城市供水节水办公室是全市建设项目节水三同时工作的管理和监督部门。凡在城市规划区内新建、改建、扩建的建设项目必须配套建设节约用水设施，采用先进的节水器具、设备。节约用水设施与工程项目应当同时设计、同时施工、同时使用。市建设局、LF市发展和改革委员会《关于加强建设工程项目节水三同时管理工作的通知》进一步要求，凡在城市规划区内新建、改建、扩建的建设工程项目（以下简称建设项目），建设单位须持项目建议书、项目用水凭证申请到LF市节水办公室办理用水批复手续后，方可办理立项手续。建设项目可行性研究报告和初步设计的审查、论证必须有LF市节水办公室参加。建设单位须按要求填报《LF市建设工程项目节水"三同时"批复书》，按照批复的意见和要求进行节水设施的施工图设计。

④ 计划用水及定额管理 按照国务院的《城市供水条例》、《城市节约用水管理规定》以及《河北省城市节约用水管理实施办法》、《LF市市区节约用水管理办法》的有关规定和要求，结合该市各单位用水现状和节水潜力，2004年和2005年LF市供水节水办公室分别下达了2004年度和2005年用水计划的通知，对计划用水单位提出了一系列要求，通知发布后，各用水单位遵照执行。

LF市建设局关于加强和规范市区用水定额和超计划用水加价费征收管理工作的批复中指出要严格按《河北省用水定额（试行）》有关规定科学合理确定市区各用水单位用水计划指标，加强对自建设施供水单位的管理。对超计划用水单位按《河北省城市节约用水管理实施办法》、《LF市市区节约用水管理办法》规定标准征收超计划用水加价费。

⑤ 价格管理 LF市人民政府《关于调整城市规划区内自备井地下水资源费标准的通知》对自备井地下水资源费标准稍加调整，并全面征收水资源费。LF市人民政府关于印发《LF市规划区污水处理费征收办法》的通知中阐明了对污水处理费征收的细则，LF市物价局关于对城市污水处理费收费标准的批复批准了对《关于调整城市污水处理费收费标准的请示》中对污水处理费的调整，而且对污水处理费的征收可以补偿运行成本，建立了良性运行机制。LF市物价局关于对城市再生水价格的批复中阐明了再生水价格标准，并严格执行这一标准。LF市物价局关于对城市水价收费标准和超计划用水加价收费的批复，自此定额用水和阶梯式水价开始启动，相应进行供水系统和计量表具的改造，并力争到2008年全部实行。LF市人民政府关于印发《LF市市区水资源费征收管理办法》的通知中又强调了对水资源费的征收管理办法及实行阶梯式水价制度。

⑥ 加强替代水资源利用工作 制定污水处理后回用、中水利用的规划，开展对雨、污水回用的应用研究和试点工作。2003年8月LF市建设局和河北建筑工程学院共同编制了《LF市城市污水资源化规划及其实施技术研究（2003—2015）》，2003年12月LF市建设局和河北建筑工程学院共同编制了《LF市城市雨水资源化规划（2003—2015）》，在此规划中详细阐述了雨水资源利用的途径和方法。

⑦ 大力加强节水器具的管理力度 1992年LF市城乡建设委员会《关于营用新式节水型房屋卫生洁具监督管理办法》的通知中结合我市实际情况，提出了一系列节水型房屋卫生洁具和监督管理办法。

2002年根据LF市人民政府办公室《关于加强城市节水管理工作的通知》制定了《LF市节水设备、器具产品认证推荐暂行办法（试行）》，现予以发布，实施几年来对新建住宅选用的卫生洁具进行验收，查处销售使用淘汰洁具的单位，管理很见成效。近两年没有发现使用淘汰的用水器具的单位，并对在用的耗水型器具逐步实施改造。适时发布节水型用水设备、设施、器具和淘汰产品名录，加强市场指导。

(3) 技术考核方面

① 万元地方生产总值取水量　万元地方生产总值取水量是指年取水量与年地方生产总值（GDP）的比值。降低率标准要求≥5％，如表 9-3 所列。

$$万元地方生产总值取水量 = \frac{年取水量}{年地方生产总值}$$

$$= \frac{上年度万元地方生产总值取水量 - 本年度万元地方生产总值取水量}{上年度万元地方生产总值取水量} \times 100\%$$

表 9-3　万元地方生产总值取水量降低率

年份	年地方生产总值 /万元	年取水量 /万吨	万元地方生产总值取水量 /(m³/万元)	年降低率 /%
2003	1079023	7132.12	66.10	—
2004	1255281	7164.00	57.07	13.7
2005	1348375	7209.00	53.46	6.33

② 万元工业增加值取水量　万元工业增加值取水量是指年工业取水量与年工业增加值的比值。降低率标准要求≥5％，如表 9-4 所示。

$$万元工业增加值取水量 = \frac{年工业取水量}{年工业增加值}$$

$$= \frac{上年度万元工业增加值取水量 - 本年度万元工业增加值取水量}{上年度万元工业增加值取水量} \times 100\%$$

表 9-4　万元工业增加值取水量降低率

年份	年工业增加值 /万元	年工业取水量 /万吨	万元工业增加值取水量 /(m³/万元)	年降低率 /%
2003		3566.25	93.28	—
2004	437954	3722.49	85.00	8.88
2005	491106	3675.85	74.85	11.90

③ 高用水工业取水量指标　LF 市区高用水工业只有一家冶炼厂、一家棉印染企业、一家啤酒制造厂，高用水工业很少。

按照国家发布的 GB/T 18916.2—2002、GB/T 18916.4—2002、GB/T 18916.7—2004 考核标准，对包括钢铁联合企业、棉印染产品和啤酒制造企业进行考核，得出这些企业都能达到取水指标的要求。

其中冶炼厂 2004 年钢产量是 66036.79t，年生产取水量为 369805t，吨钢取水量为 5.6m³/t；2005 年钢产量是 70539.23t，年生产取水量为 366804t，吨钢取水量为 5.2m³/t，均小于吨钢取水量定额 15m³/t。

棉机织印染厂 2004 年生产棉产品 1670×10⁴m，年生产取水量为 517727t，每百米取水量为 3.1m³/100m，小于棉机织印染产品取水量定额 4.0m³/100m；2005 由于该厂效益不好，基本停产。

啤酒制造厂 2004 年生产啤酒 76084.40kL，取水总量为 692368t，单位产品取水量为 9.1m³/kL；2005 年生产啤酒 77426.74kL，取水总量为 665870t，单位产品取水量为 8.6m³/kL，均小于取水定额 9.5m³/kL。

④ 工业用水重复利用率　工业用水重复利用率是指在一定的计量时间（年）内，生产过程中使用的重复利用水量与总用水量的比值。考核标准要求工业用水重复利用率≥75％，

如表 9-5 所列。

$$工业用水重复利用率 = \frac{重复利用水量}{总用水量} \times 100\%$$

表 9-5 工业用水重复利用率

年份	总用水量 /$\times 10^4 \mathrm{m}^3$	取水量 /$\times 10^4 \mathrm{m}^3$	重复利用水量 /$\times 10^4 \mathrm{m}^3$	重复利用率 /%
2004	15256.11	3722.49	11533.62	75.60
2005	15316.04	3675.85	11640.19	76.00

这两年加强了对工业生产中落后的高耗水陈旧设备的淘汰，特别是对重点行业用水重复利用率的提高；要继续加强冷凝水回收利用力度，使该市工业用水重复利用率逐步提高。

⑤ 节水型企业（单位）覆盖率 节水型企业（单位）覆盖率是指省级及以上节水型企业（单位）年取水量之和与非居民取水量的比值。考核标准要求节水型企业（单位）覆盖率≥15％，如表 9-6 所列。

$$节水型企业（单位）覆盖率 = \frac{省级及以上节水型企业（单位）年取水量之和}{非居民取水量} \times 100\%$$

表 9-6 节水型企业（单位）覆盖率

年份	省级及以上节水型企业 （单位）年取水量/$\times 10^4 \mathrm{m}^3$	非居民取水量 /$\times 10^4 \mathrm{m}^3$	覆盖率 /%
2004	739.61	5581.37	13.25
2005	748.58	5582.25	13.41

据统计资料，2004 年和 2005 年节水型企业（单位）覆盖率都没达到考核标准 15％，但接近这一标准，为继续增大节水型企业的覆盖率，号召各企业继续加强企业职工节水意识，大力实施节水工程，依靠科技进步和强化管理，努力提高终端用水效率，着力打造节水型企业。

⑥ 城市供水管网漏损率 城市供水管网漏损率是指城市供水总量与有效供水量之差值与供水总量的比值。结合 CJ J92—2002《城市供水管网漏损控制及评定标准》和该市具体情况，城市供水管网漏损率要求≤13％，如表 9-7 所列。

$$城市供水管网漏损率 = \frac{城市供水总量 - 有效供水量}{供水总量} \times 100\%$$

表 9-7 城市供水管网漏损率

年份	城市供水管网总供 水量/$\times 10^4 \mathrm{m}^3$	有效供水量 /$\times 10^4 \mathrm{m}^3$	漏损量 /$\times 10^4 \mathrm{m}^3$	漏损率/%
2004	4704.00	4191.26	512.74	10.90
2005	4803.00	4293.88	509.12	10.60

据统计报表资料，2004 年和 2005 年城市供水管网漏损率均比考核标准（根据 LF 市具体情况已修正）13％低了 2％，两年内对供水管网的漏水进行了有效的控制。为继续降低城市供水管网漏损率，市自来水公司要加强内部管理和对供水管网的维修养护，并及时做好爆漏抢修工作；加强对供水管网的动态管理，并实施分区装表考核；加大测漏人员、设备的投入；加快对老管网的改造步伐，积极探索并推行对农村供水的有效管理模式；做好绿化养护等用水的装表计量和收费工作；加大对偷盗用水的执法管理力度。

⑦ 城市居民生活用水量 城市居民生活人均日用水量是指每人每日生活用水量。

$$城市居民生活人均日用水量 = \frac{城市居民生活年用水总量}{市区用水人口 \times 365}$$

根据统计报表资料，2004 年和 2005 年城市居民生活用水量都低于标准 140L/(人·日)，如表 9-8 所列。

表 9-8 城市居民生活用水量

年份	城市居民生活总用水量 /×10⁴m³	市区用水人口 /万人	城市居民生活人均日用水量/[L/(人·日)]
2004	1582.63	31.42	138
2005	1626.75	33.26	134

⑧ 节水器具普及率 节水器具普及率是指在用用水器具中节水型器具数量与在用用水器具的比率。考核标准要求节水器具普及率达到 100%。

$$节水器具普及率 = \frac{节水型器具数}{在用用水器具总数} \times 100\%$$

由于节水办对节水器具的严格管理，故没有发现使用淘汰用水器具，而且 2004 年和 2005 年节水器具普及率都达到了 100%，所以应继续保持这一水平（见表 9-9）。

表 9-9 节水器具普及率

年份	在用用水器具 /个	节水型器具数 /个	节水型器具普及率/%
2004	128691	128691	100
2005	130319	130319	100

⑨ 城市再生水利用率 城市再生水利用率是指城市污水再生利用量与污水排放量的比率，城市污水再生利用量包括达到相应水质标准的污水处理厂再生水和建筑中水，包括用于农业灌溉、绿地浇灌、工业冷却、景观环境和城市杂用（洗涤、冲渣和生活冲厕、洗车等）等方面的水量，不包括工业企业内部的回用水。

$$城市再生水利用率 = \frac{城市污水再生利用量}{污水排放总量} \times 100\%$$

2003 年 8 月 LF 市建设局和河北建筑工程学院共同编制了《LF 市城市污水资源化规划及其实施技术研究（2003—2015）》，努力实现全市污水资源化，近两年继续下大力气，花大投入解决城市污水处理后回用的政策、经济、技术问题，逐步实现了城市污水资源化。据表 9-10 可知，2004 年和 2005 年城市再生水利用率都达到了考核标准 20%。

表 9-10 城市再生水利用率

年份	污水排放总量 /×10⁴m³	再生水利用量 /×10⁴m³	非再生水利用量 /×10⁴m³	再生水利用率 /%
2004	5731.20	1241.37	4489.83	21.66
2005	5767.20	1291.85	4475.35	22.40

⑩ 城市污水处理率 城市污水处理率是指达到规定排放标准的城市污水处理量与城市污水排放总量的比率。污水处理量包括城市污水集中处理厂和污水处理设施处理的污水量之和。污水排放总量是指生活污水、工业废水的排放总量，包括从排水管道和排水沟（渠）排出的污水总量。

$$污水处理率 = \frac{污水处理量}{污水排放总量} \times 100\%$$

据表 9-11 可知，2004 年和 2005 年城市污水处理率都达到了 60% 的标准。

表 9-11　城市污水处理率

年份	污水排放总量 /×10⁴m³	污水处理量 /×10⁴m³	未处理量 /×10⁴m³	污水处理率 /%
2004	5731.20	3473.10	2258.10	60.60
2005	5767.20	3473.10	2294.10	60.22

⑪ 工业废水排放达标率　工业废水排放达标率是指工业废水处理达到排放标准的水量与工业废水总量的比率。

$$工业废水排放达标率 = \frac{排放达标量}{工业废水排放总量} \times 100\%$$

为保证该市创建国家节水城市目标如期实现，根据国家关于创建节水城市的考核验收的要求，市政府自 2004 年 3 月开始，在全市范围内集中开展清理整治工业废水超标排放工作。2004 年和 2005 年工业废水排放达标率都接近考核标准 100%（见表 9-12）。

表 9-12　工业废水排放达标率

年份	工业废水排放总量 /×10⁴m³	排放达标量 /×10⁴m³	工业废水排放达标率 /%
2004	2977.99	2956.55	99.28
2005	2940.68	2923.92	99.43

(4) 鼓励性指标方面

① 居民用水实行阶梯水价　LF 市对非居民用户用水实行"阶梯水价"，即对用水实行分类计量收费和超定额累进加价制，以鼓励非居民用户节约用水。LF 市物价局《关于对城市水价收费标准和超计划用水加价收费的批复》中阐明了居民用水实行阶梯式水价的细则，自此在全市范围内实施阶梯式水价制度。

② 非常规水资源替代率　非常规水资源替代率是指雨水、海水、微咸水等非常规水资源利用量（不含再生水）与非常规水资源利用量和城市总取水量之和的比率。用于直流冷却的海水利用量，按其用水量的 10% 纳入非传统水资源利用量（LF 市只利用了雨水）。

$$非常规水资源替代率 = \frac{非常规水资源利用量}{全市总取水量 + 非常规水资源利用量} \times 100\%$$

根据 2004 年 LF 市雨水资源化规划，LF 市开始进行雨水利用实践，使非常规水资源（雨水）替代率达到 0.55%，2005 年达到 0.60%，都还没有达到 5% 的标准（见表 9-13），该市将继续开发利用雨水，并试着利用微咸水，提高非常规水资源的替代率。

表 9-13　非常规水资源替代率

年份	非常规水资源利用量 /×10⁴m³	全市总取水量 /×10⁴m³	非常规水资源替代率 /%
2004	39.80	7164.00	0.55
2005	41.60	7209.00	0.60

③ 节水专项资金投入占财政支出的比例　节水专项资金投入包括节水宣传、节水奖励、节水科研、节水技术改造和节水技术推广、再生水利用设施建设和公共节水设施建设（不含城市供水管网改造）等的投入。

$$节水专项资金投入占财政支出的比例 = \frac{节水专项资金投入}{财政支出}$$

2004 年和 2005 年节水专项资金投入占财政支出的比例都达到了 1‰ 的标准（见表 9-14），要继续加大节水专项资金的投入，进一步搞好该市的节水工作。

表 9-14 节水专项资金投入占财政支出的比例

年份	节水专项资金 /万元	总财政支出 /万元	节水专项资金投入占 财政支出的比例/‰
2004	200	179837	1.11
2005	250	214119	1.17

9.2.4 LF 市创建节水型城市自查评分结果

2004 年 2005 年自评分结果（见表 9-15 和表 9-16）。

表 9-15 2004 年自评分结果

分类	序号	指标	考核内容（指标标准）	评分依据	得分
基础管理指标	1	城市节水规划	有经政府或上级政府主管部门批准的城市节水中长期规划，节水规划包括非传统水资源利用内容	有城市节水中长期规划，得4分	8
				节水中长期规划中有雨水水资源利用规划，得4分	
	2	地下水管理	地下水必须实行有计划的开采；公共供水服务范围内凡满足供水需要的，不得新增自备井供水。有逐步关闭公共供水范围内自备井的计划	地下水实行计划开采，得2分	8
				自备井审批、验收等手续齐全，得2分	
				公共供水服务范围内逐渐关闭自备井，得2分	
				有逐步关闭自备井的计划，得2分	
	3	节水"三同时"制度	新建、改建、扩建工程项目，节水设施必须与主体工程同时设计、同时施工、同时投产使用	有市有关部门联合下发的对新建、改建、扩建工程项目节水设施"三同时"管理的文件，得4分	8
				有市有关部门节水设施项目审核、竣工验收资料，得4分	
	4	计划用水与定额管理	在建立科学合理用水定额的基础上，非居民用水实行定额计划用水管理，超定额计划累进加价	非居民用水全面实行定额计划用水管理，得3分	8
				有当地主要工业行业和公共用水定额标准，得3分	
				实行超定额计划累进加价，2004年加价部分水费实收51.8万元，得2分	
	5	价格管理	取用地表水和地下水，均应征收水资源费、污水处理费；污水处理费征收标准足以补偿运行成本，并建立良性运行机制；有政府关于再生水价格的指导意见或再生水价格标准，并应用	全面征收水资源费，2004年共征收水资源费3774.94万元，得3分	8
				依据2004年的资料全面征收污水处理费的，得3分	
				有再生水价格标准并应用，得2分	
技术考核指标	6	万元地方生产总值取水量/(m³/万元)	低于全国平均值50%或年降低率≥5%	2004年比2003年万元地方生产总值取水量降低率为13.6%＞5%，得6分	6
	7	万元工业增加值取水量/(m³/万元)	低于全国平均值50%或年降低率≥5%	2004年比2003年万元工业增加值取水量降低率为8.88%＞5%，得5分	5
	8	工业取水量指标	按 GB/T 18916 定额系列标准：GB/T 18916.1—2002、GB/T 18916.2—2002、GB/T 18916.3—2002、GB/T 18916.4—2002、GB/T 18916.5—2002、GB/T 18916.6—2004、GB/T 18916.7—2004 等	LF市只有钢铁联合企业、棉印染产品和啤酒制造几个行业，通过2004年资料，按照：GB/T 18916.2—2002、GB/T 18916.4—2002、GB/T 18916.7—2004，各行业都能达到标准	5

分类	序号	指标	考核内容（指标标准）	评分依据	得分
技术考核指标	9	工业用水重复利用率	≥75%	2004年工业用水重复利用率为75.6%,得5分	5
	10	节水型企业（单位）覆盖率	≥15%	2004年节水型企业覆盖率达到13.25%,得2分	2
	11	城市供水管网漏损率	低于CJJ92—2002《城市供水管网漏损控制及评定标准》的指标（指标为13%）	2004年供水管网漏损率为10.90%,降低2%以上,得10分	10
	12	城市居民生活用水量/[L/（人·日）]	不高于GB/T50331—2002《城市居民生活用水量标准》的指标[指标为85~140L/（人·日）]	2004年城市居民生活人均日用水量为138L/（人·日）,没有超过标准,得5分	5
	13	节水器具普及率	100%	没有使用淘汰用水器具,2004年节水器具普及率为100%,得6分	6
	14	城市再生水利用率	≥20%	2004年城市再生水利用率为21.66%,得5分	5
	15	城市污水处理率	直辖市、省会城市、计划单列市≥80%、地级市≥60%、县级市≥50%	LF市属于地级市,2004年城市污水处理率为60.60%,得5分	5
	16	工业废水排放达标率	100%	2004年工业废水排放达标率为99.28%,得5分	5
鼓励性指标	17	居民用水实行阶梯水价	有按不同梯次制定的不同用水价格	查看物价主管部门的批准文件和实际执行的资料可知,有按不同梯次制定的用水价格,得2分	2
	18	非常规水资源替代率	≥5%	2004年非常规水资源替代率为0.55%,不得分	0
	19	节水专项资金投入占财政支出的比例	≥1‰	查看财政部门或节水管理部门的年度报告中可知,2004年节水专项资金投入占财政支出的比例为1.11‰,得2分	2

注：1. 由于我市2004年供水管网管道总长为90km,平均日供水量为$3.9×10^4 m^3$,得出单位供水量管长为2.31km/（km^3·日）,所以对第11项指标标准做了修正,比CJJ92—2002标准增加了1%,修正为13%。

2. 各项指标综合总得分为103分。

表9-16　2005年自评分结果

分类	序号	指标	考核内容（指标标准）	评分依据	得分
基础管理指标	1	城市节水规划	有经政府或上级政府主管部门批准的城市节水中长期规划,节水规划包括非传统水资源利用内容	有城市节水中长期规划,得4分 节水中长期规划中有雨水水资源利用规划,得4分	8
	2	地下水管理	地下水必须实行有计划的开采;公共供水服务范围内凡满足供水需要的,不得新增自备井供水。有逐步关闭公共供水范围内自备井的计划	地下水实行计划开采,得2分 自备井审批、验收等手续齐全,得2分 公共供水服务范围内逐渐关闭自备井,得2分 有逐步关闭自备井的计划,得2分	8
	3	节水"三同时"制度	新建、改建、扩建工程项目,节水设施必须与主体工程同时设计、同时施工、同时投产使用	有市有关部门联合下发的对新建、改建、扩建工程项目节水设施"三同时"管理的文件,得4分 有市有关部门节水设施项目审核、竣工验收资料,得4分	8

分类	序号	指标	考核内容(指标标准)	评分依据	得分
基础管理指标	4	计划用水与定额管理	在建立科学合理用水定额的基础上,非居民用水实行定额计划用水管理,超定额计划累进加价	非居民用水全面实行定额计划用水管理,得3分	8
				有当地主要工业行业和公共用水定额标准,得3分	
				实行超定额计划累进加价,2005年加价部分水费实收额51.8万元,得2分	
	5	价格管理	取用地表水和地下水,均应征收水资源费、污水处理费;污水处理费征收标准足以补偿运行成本,并建立良性运行机制;有政府关于再生水价格的指导意见或再生水价格标准,并应用	全面征收水资源费,2005年共征收水资源费3657.51万元,得3分	8
				依据2005年的资料全面征收污水处理费,得3分	
				有再生水价格指导意见或再生水价格标准并应用,得2分	
技术考核指标	6	万元地方生产总值取水量/(m³/万元)	低于全国平均值50%或年降低率≥5%	2005年比2004年万元地方生产总值取水量降低率为6.31%>5%,得6分	6
	7	万元工业增加值取水量/(m³/万元)	低于全国平均值50%或年降低率≥5%	2005年比2004年万元工业增加值取水量降低率为11.9%>5%,得5分	5
	8	工业取水量指标	按GB/T 18916定额系列标准:GB/T 18916.1—2002、GB/T 18916.2—2002,GB/T 18916.3—2002,GB/T 18916.4—2002,GB/T 18916.5—2002,GB/T 18916.6—2004,GB/T 18916.7—2004等	LF市只有钢铁联合企业和啤酒制造几个行业,通过2005年资料,按照:GB/T 18916.2—2002、GB/T 18916.7—2004,各行业都能达到标准	5
	9	工业用水重复利用率	≥75%	2005年工业用水重复利用率为76%,得5分	5
	10	节水型企业(单位)覆盖率	≥15%	2005年节水型企业覆盖率达到13.41%,得2分	2
	11	城市供水管网漏损率	低于CJJ92—2002《城市供水管网漏损控制及评定标准》的指标(指标为13%)	2005年供水管网漏损率为10.6%,降低2%以上,得10分	10
技术考核指标	12	城市居民生活用水量/[L/(人·日)]	不高于GB/T 50331—2002《城市居民生活用水量标准》的指标[指标为85~140L/(人·日)]	2005年城市居民生活人均日用水量为134L/(人·日),没有超过标准,得5分	5
	13	节水器具普及率	100%	没有使用淘汰用水器具,2005年节水器具普及率为100%,得6分	6
	14	城市再生水利用率	≥20%	2005年城市再生水利用率为22.40%,得5分	5
	15	城市污水处理率	直辖市、省会城市、计划单列市≥80%、地级市≥60%、县级市≥50%	LF市属于地级市,2005年城市污水处理率为60.22%,得5分	5
	16	工业废水排放达标率	100%	2005年工业废水排放达标率为99.43%,得5分	5

分类	序号	指标	考核内容（指标标准）	评分依据	得分
鼓励性指标	17	居民用水实行阶梯水价	有按不同梯次制定的不同用水价格	查看物价主管部门的批准文件和实际执行的资料可知，有按不同梯次制定的用水价格，得2分	2
	18	非常规水资源替代率	≥5%	2005年进行雨水规划，替代率为0.60%，不得分	0
	19	节水专项资金投入占财政支出的比例	≥1‰	查看财政部门或节水管理部门的年度报告中可知，2005年节水专项资金投入占财政支出的比例为1.17‰，得2分	2

注：1. 由于我市2005年供水管网管道总长为95km，平均日供水量为 $4.0 \times 10^4 m^3$，得出单位供水量管长为2.38km/（km³·日），所以对第11项指标标准做了修正，比CJ J92—2002标准增加了1%，修正为13%。

2. 各项指标综合总得分为103分。

参 考 文 献

[1] 李征，郑莉莉. 加快建设节水型社会，实现水资源可持续利用. 济宁师范专科学校学报，2006，27（5）：101-104.

[2] 徐樵利. 论创建节水型城市的战略意义. 华中师范大学学报，2003，37（4）：558-561.

[3] 刘俊良. LF市市区城市污水资源化规划（2001—2010年）. 2006.

10 商品水水费体制与节制用水

10.1 水的资源属性及其经济价值

10.1.1 自然资源内涵

资源，一般是指自然界存在的天然物质财富，是人类社会生产实践的自然条件和物质基础，资源包括自然资源、经济资源和人文资源，从狭义上讲，资源特指自然资源，如矿产资源、土地资源、水资源等。

对自然资源的认识，通常都强调其"经济价值"性。1972 年联合国环境规划署定义为：在一定空间时间的条件下，能产生经济价值以提高人类当前和未来福利的自然环境因素和条件。

一般认为，自然资源是指在一定的技术经济条件下，自然界中对人类生存发展有用的一切物质和能量。资源是一个动态的概念，有量、质、时间和空间的某种属性，信息、技术和相对稀缺性的变化都能把以前没有价值的东西变成宝贵的资源。

自然资源的特点如下：

a. 可用性 即可以被人们所利用，与资源的稀缺性有密切的关系；

b. 有限性 在一定的条件下，自然资源的数量是有限的，但随着人类利用自然的能力不断提高，物质资源化及资源潜力的发挥是无限的；

c. 整体性 自然资源不是孤立存在的，而是相互联系、相互影响、相互制约的复杂系统；

d. 空间分布的不均匀性和严格的区域性 因地制宜是资源利用的一项基本原则。

对水资源的认识基本上都是强调水资源具有可被利用的特性，水资源是一种具有经济价值的自然资源。

资源是有价值的，西方效用价值论认为，某种物质的价值来源于它的效用，并把该物质的边际效用定义为价值。价值大小是由某种物质的有用性和稀缺性共同决定的。因此，水资源由于其有用性和稀缺性而具有价值是毋庸置疑的。

水资源的经济价值在于：水资源具有使用价值，能满足人类对水的生命需求，和衣、食等人类基本生存物质具有同样的重要性；水资源是重要的生产要素，通过合理开发和利用水资源，能增加社会净福利，能促进社会经济发展；水资源具有生态环境保障作用，具有生态价值；水资源具有所有者权益，有限水资源开发利用是需要付出代价的，具有被占用和排他使用的交易价格或价值；从可持续观点看，水资源的开发利用，应体现社会公平性，应考虑到后代的需求，因而水资源在空间上和时间上具有不同的价值衡量。

10.1.2 商品水的二元性

城市供水与排水是水的社会子循环不可分割的统一体。自然水的加工制造、供应和使用是人类社会的动脉，污水的收集、处理与排放水体是人类社会的静脉，不可偏废一方。世界现代经济发展的一百年历程和我国五十年的经验教训，即偏废了污水处理，就要伤害自然水的水质、危害水的大循环，城市供水事业就岌岌可危了，断了人类用水的可持续发展之路。所以必须把城市供水与排水统筹管理起来，形成社会上专门的工业体系——水工业，按市场法则来运行，将"用水"与"废水"都注入商品的品格。

自来水是商品，废水也是商品，为了保证自来水的可持续使用，废水必须花费社会劳动来再生处理成自然水体可接纳的程度，它就应该有价值，这种价值体现在用水之中。如果把"用水"与"废水"的价值分别计算，割裂开来，废水处理就无人问津，用水的价值也就不完全了，其结果将遭到自然界的报复，就是用水的不可持续性。

发展中国的水工业，不能违背给水与排水两者间存在的相互依存的统一性。违背统一性是指：认为给水与排水是两门互不相关的事业，并不同程度地偏废排水一方。其表现形式：只建给水厂，不建废水厂；先建给水厂，后建废水厂（先污染，后治理）；重视给水厂，轻视废水厂；给水厂满负荷运行，废水厂减负荷运行，甚至停止运行；给水厂真运行，废水厂假运行；以罚款代替减轻废水治理任务。偏废废水处理的危害有：因遭受污染导致水资源短缺；水中污染物对人类健康造成即时的和长期性的潜在损害；给水处理不断出现技术难题；生态环境遭受破坏；农业渔业不断遭受损失；水污染灾害频传。这些危害实际是大自然对人类进行的惩罚。

给水与排水实际是人类繁衍和各种经济活动中，参与干扰大自然水循环所形成的一个人为子循环。在这个子循环中，给水和排水两者分别代表了人类向大自然"借用"和"归还"可再生资源"水"的两个环节。为了维持这个子循环持续为人类服务，"归还"水的水质必须是经过废水处理，成为大自然能够接纳的。人类从而认识到废水处理的不可偏废性，以及它所代表的给水与排水两者的相互依存的统一体性。

由于传统观点违背给水排水事业的误导作用，其后果集中表现为：因自来水隐含有福利性质，不能按真正的商品制定价格；自来水不值钱使得公司在微利亏损的情况下经营；由于缺钱无法及时扩大再生产或进行重大技术改造以增产，导致了城市缺水；另一方面，诱发了"水可浪费"的潜意识作用，导致了缺水城市的节水意识上不去；诱发了废水回用不划算意识，导致了废水回用难以推广；以及建成的中水设施使用率低等现象。

由于传统观点违背给水排水的统一性，认为废水处理是可以偏废的。这样，有限的政府投入就必然尽先用于给水事业，而不是建设污水处理厂，导致排水事业废水处理率长期在5%以下徘徊和种种偏废废水处理的现象出现。

给水排水事业的最核心部分是取水和水处理。取水特别是取集地下水，是一种采矿工业的行为。给水处理与废水处理是对质量不同的产品"水"（同时也是对品位不同的原料"水"）的加工行为。

按给水排水统一体性的观点，自来水（或其他形式的给水）是产品"水"在水的子循环中的"使用"形式，而废水厂出水则是产品"水"的"回水"形式，这是"水"独具的产品"二元性"特点。另外，给水管网和排水管网在水的供给和回收的子循环过程中，起的是运输业的作用。这样，取水、给水处理、废水处理以及给水与排水管网就组成了一个"水"（当然包括它的"使用"与"回收"形式）的企业，便构成了一个崭新的，即"水"的产、供、销、回收于一体的水工业企业。

因此，作为商品出售的"水"，必须根据它所独具的"二元性"来定义；水的价格，必须根据水工业企业所独具的结构特点，按市场经济的原则来制定。

在自来水水价之中应该也必须包括污水收集、处理与排放的费用。下水道设施的有偿使用和排污费都统一到自来水水价之中。自来水的价位应按商品经济规律定位，即包括给水工程和相应排水工程的投资成本和经营成本以及企业赢利。水费收入用于供水与排水设施的运营和再生产。这样从经济上保证了水的社会循环呈良性发展，保护天然水环境不受污染和水资源的可持续利用。现行环保系统征集的排污收费具有行政的属性，收上来的费用并非全部用以污水处理设施本身的运营。但另一方面水是人民生活的必需品，是城市建设和经济发展的保障，是城市的命脉，所以水工业还不能完全由商人来操纵，还必须由政府来经营，并且在国家有关机关严格监督之下进行。

也就是说，自来水的基本价格不仅包括了水工业企业的管理部门以及所属的给水厂等一切设施的修建、运营、折旧以及扩大再生产的费用，还必须把相应产生的废水的收集、回收再生处理、排放等设施的各种相应费用包括在内，当然还要加上利润。

10.2 国际水价经验

10.2.1 水价结构

水价结构表示的则是水服务企业提供各种服务的水价的集合，可能包含一个水价水平，也可能是多个水价水平的组合。在世界范围内，水价结构多种多样，下面将叙述这些水价结构。

(1) 固定收费与计量收费

固定收费可以是对所有用户在每个收费账单期内使用的一种收费，可按水表口径大小或用户其他属性来收费，而计量收费则随着用水量的增长而变化。只使用固定收费而不使用计量收费的水价结构称为统一水价，这时水费收入是稳定的，不随用水需求的变化而波动。统一水价收费通常在用户没有水表计量的城市中使用，几十年前北美各地也使用非常普遍，后来水表计量逐渐被采用成为标准，这种收费只在一些无法确定水表计量成本的小社区使用。统一水价收费一般只适用家庭用户，所有的非家庭用户都必须计量收费。统一水价收费有时因家庭人口多少、家庭用水器具数量或其他因素不同而有所差异。

发达国家最常见的两部制水价是和具有计量收费形式的水表收费结合起来的。有两种方法用来制定水表收费：一种是较小的收费但缓慢增加；另一种是较高的收费随水表增大而有较大的增加。较高的收费用以补偿与消防系统能力有关的成本。加拿大旱地区使用按水表大小收费的方式为：直径 15mm 水表收费 5.69 加元/月；25mm 水表收费 53.17 加元/月；150mm 水表收费 345.45 加元/月。

(2) 一部制和两部制水价

两者的区别主要在于水价结构中采用的是一种还是两种类型收费。两部制水价结构采用固定收费和计量收费两种方式，而一部制水价结构只采用二者之一。虽然两部制水价的计算较为复杂，但是其符合社会发展的规律，为多数国家普遍采用。

(3) 单一水价

单一水价结构是对所有用户收取单一计量水费。固定收费可以包括也可以不包括在水价结构中。无固定收费的单一水价在中国极为普遍，易于计算及应用。在最简单的情况下，单一水价的计算是将从水价补偿的总预算除以预计总售水量。

(4) 递减水价

递减水价是随着用水量的增加，计量水费减少的水价结构，是小用户支付最高的计量水费。供水企业为了满足由小居民用户造成的高峰日和高峰时的用水量，需要付出较高的成本，此时可采用递减水价。大部分递减水价结构第一级的用水限量常包括单一家庭可能使用的最大水量，以后各级的用水限量常包括大型的商业用水（第二级水价）和大的工业用水（第三级水价），至于具体的分级则需要视地方具体情况而定。因为递减水价随着用水量的增加而降低，所以并不利于节约用水。但是，当小用户多数是低效率用水时，因为需要交纳较高水费，就可能促进节约用水。

（5）递增水价

这是一种随用水量增加，价格也随之上升的水价结构。如果以大用户的需求作为水价的目标，则此种方法要求最大用户支付最高的水费，此时此方法是节水型的水价结构。这种结构最常用于减少用水量为优先考虑目标和大工业用户不多的城市。

（6）季节性水价

季节性水价在需水高峰季节收费高，常用在将季节性用水作为节水目标的城市以鼓励节水。例如，每年6～9月用夏季水价。当长年供水设备的能力不足以满足季节性高峰蓄水量时，需要扩大供水设备，增加供水成本，此时的季节性水价相应调高。

（7）最低承受水价

这种水价也叫做生活最低限水价，以低收入家庭能承受的水平来制定。它可以有选择地用于那些符合要求的用户，但不应用于非居民用户。

（8）混合水价

混合水价是上述各种水价的变种或混合，拱形水价就是其中一个例子。收费价格开始时上升，到最高总用水量之后，价格开始下降，并逐渐恢复到第一级的水平。

拱形水价结构通常较为复杂，不易被用户理解，一般不常使用，只有当某些地方情况较为特殊，也找不到别的水价结构时，才采用这种水价。

（9）最小收费

最小收费是指服务区用户不论用水与否都要在每一收费期间支付的水费。最小收费的水价结构可以按用水允许量或无用水允许量来制定。在无用水允许量时，用户支付最小收费加上用户所用水的水费。如果是按用水允许量，则用户支付最小收费再加上超过用水允许量的水费。通过最小收费可以稳定供水公司的收入。

10.2.2 排水收费体制

水污染收费是对污染者排放污水进行的收费。从世界范围看，污染收费已成为环境管理经济手段的主体。

污染收费具有刺激污染物削减、筹集资金、激励污染控制技术创新的作用，有利于落实"污染者负担，使用者付费"的原则，促进污染制约机制和治污筹资机制的形成。

水污染收费包含两方面的概念：直接排入环境所支付的排污收费和排入市政公共排水设施支付的使用者收费。排污收费是指对于向环境排放污染物的排污者按其排放污染物的质量和数量征收费用。使用者收费也称用户收费，是指支付集中处理或共同治理排放污染物的费用。污水的排放收费和使用者收费构成一个统一的系统——水污染收费系统。

由于各国的国情不同，水污染收费系统的目的、收费对象、收费依据、收费运行机制、收费标准制定方法等都大相径庭。P.E.Strensen 和 L.G.Calvo 对多个实际运行效果较好的水污染收费系统进行了分析比较，认为"不同系统有各自的特色，采用何种系统结构是一个复杂的政治决策问题"。

无论采取何种收费体制，费用回收原则（cost recovery principle）都受到重视。近年来，人们对环境质量的要求不断提高，污水处理设施建设的运行都需要很多资金，而以往供水和排水作为公益性事业由国家负担的体制正在转变，水是一种有价值的商品这一观念逐步为人们所接受。

这表现在各国的水污染收费标准都比以往有不同幅度的上升，在制定收费标准时都考虑收费额与实际处理成本之间的费用回收比率。在排污收费体制中，收费水平也有所提高，一方面提供更大的刺激削减污染物的动力；另一方面更有利于筹集资金用于污染控制。各国水污染收费系统出现的这些变化表明"污染者收费原则"（polluter pays principle）正受到应有的重视，完全费用回收在未来将成为可能。

环境收费在水污染控制领域有着最悠久的历史和最广泛的应用。最早在全国范围内进行水污染收费的是法国，1969 年在全国范围内按流域实行水污染收费。继法国之后，荷兰、意大利、芬兰、丹麦等许多国家在全国范围内实施了水污染收费。我国也于 1979 年开始了水污染收费。由于收费手段自身的长处，它逐步成为环境经济手段中应用最广泛的一种方法。世界上许多国家结合各自的具体情况采取了不同的水污染收费政策。据 1989 年对澳大利亚、法国、日本、美国、英国等 14 个发达国家的统计，这 14 个国家都实行了水污染收费。表 10-1 是若干国家水污染收费的一般描述。

表 10-1　若干国家水污染收费的一般描述

国名	收费目的	起始年份	收费对象
德国	RR、I	1904	公司、居民
日本	RR、I	1940	公司、居民
法国	RR	1969	公司、居民、市政
荷兰	RR、I	1972	公司、居民
意大利	I	1976	公司
美国	RR、I	1978	公司、居民
芬兰	RR	1974	公司、居民
英国	RR、I	1974	公司、居民
匈牙利	RR、I	1961	公司
丹麦	RR	不详	公司、居民
捷克	RR、I	1969	公司
中国	RR、I	1979	企事业单位

注：RR 代表筹集资金；I 代表刺激污染消减。

10.3　国内水价存在的问题及改革目标

10.3.1　国内水价存在的问题

（1）水价低于实际成本，严重背离价值

多数城市自来水的水价低于实际成本，导致大部分自来水企业连续亏损，靠政府补贴。这一方面影响了制水厂的积极性，"制水越多，售水越多，亏损越多"；另一方面导致用户对水的价格观念淡薄，造成用水的浪费。工厂也因为水价低廉而不情愿使用污水处理厂的再生净化水，导致城市缺水严重而净化水无人问津的局面。杭州市曾经对全市 162 家耗水量在5000t 以上的单位用水消费费用进行了系统调查分析，结果水费在产品成本中所占比例最高是造纸业：1991 年为 0.67%，1992 年为 0.58%；最低是电子仪表行业：1991 年为0.095%，1992 年为 0.078%。162 家调查单位平均比重：1991 年为 0.2385%，1992 年为0.213%。根据对我国一些典型城市的分析，目前城市居民生活用水的家庭支出约占消费总支出的 0.6%，表明我国城市用水价格调整空间还非常大。

（2）水的比价不合理

一是各类用水的水价比价不合理，突出反映在地下水水价与自来水水价之间比价的低下，这与一些城市地下水严重超采并引起地层下降有很大关系；二是水与其他商品的比价不合理。近年来，许多商品上涨幅度甚大，唯独水价变化甚微。自来水厂的水成本因输水、投药、工资、设备、零配件等价格或费用的增加而不断增加，而水的售价却不做调整，造成了

亏损越加剧烈，所需政府补贴也越多的恶性循环。

（3）水价范围不明确

"价格是价值的反映"，这是价格的本身含义，而以前水价长期偏低是水的价格和价值背离的普遍现象。但是目前除水的价格本身以外，还有许多收费和罚款本身也有价值。如各种附加费、用水增容费、水厂建设费、超计划用水罚款等，这些都是水价格以外的收费，这些收费也含有一定的价值。也就是说，我们现行的水价并不完全是价值的反映，价格以外还有部分收费反映价值。因此，目前水价格的范围是不明确的，也是不规范的。当然，在水价远远偏离于水的价值，供水企业难以维持正常运转和无法良性发展时，这些种类繁多的收费对供水企业正常运转和城市供水事业的发展起到了一定的作用。但是，不能不看到这种收费的弊端：一是价格本身的含义不清，会对今后的价格体系改革不利；二是不把各类收费纳入价格范畴，只单纯地调整价格，对水价核算体制不利，众多的收费就会产生出许多种的核算办法，使核算体系多样化和复杂化；三是与企业现代制度改革相违背。现代企业制度的改革，很重要的一条是明确产权，目前许多城市收取的水厂建设费、管网增容费等，对供水企业来说是价格以外的收费，而对用户来说是投资建设，但是这种投资建设对用户来说又是不具有所有权的，投资建设后的水厂或者管网的所有权和产权都不属于用户，而是属于供水企业；四是众多的水价以外的收费对改善环境不利，特别是对吸引外国投资是不利的。

（4）水价中没有反映商品水的二元性

现行的水价仅仅是供水水价的一部分，对排水部分水价根本就没有包含在内，因而违背了水工业对商品水的定义，不适合市场经济的发展。2000年部分华北地区供水企业现行价格及售水成本如表10-2所列。

表10-2　2000年部分华北地区供水企业现行价格及售水成本

城市	平均	工业	居民	机关团体学校	商业服务	单位售水成本/(元/千立方米)
北京	1.24	0.80~1.60	1.30	1.60	1.60	1481.60
天津	0.92	1.45~1.47	1.17	1.27	1.67	996.27
石家庄	0.76	1.35	0.83	1.35	1.55	605.00
邯郸	0.69	0.85	0.50	0.85	1.20	514.74
邢台	0.67	1.10	0.60	1.10	1.60	610.00
保定	1.20	1.34	0.60	1.50	5.00	560.00
张家口	1.20	1.26	0.65	1.08	1.80	497.57
承德	1.86	2.40	1.00	2.40	5.00	1042.40
唐山	0.94	1.03	0.70	1.65	1.65	751.00
秦皇岛	0.96	1.00	0.55	—	2.90	1000.93
沧州	1.42	1.70	1.30	1.70	2.80	1432.00
廊坊	1.14	1.40	0.80	1.40	2.80	1263.40
衡水	1.02	1.20	0.80	1.20	3.00	663.90
太原	1.39	1.69	1.13	1.13	1.69	515.73
大同	1.15	1.40	0.90	0.90	1.90	844.84
阳泉	1.31	1.61	1.60	1.90	2.10	1382.54
长治	2.63	1.50	1.10	1.10	1.90	1232.30
晋城	1.36	1.10	1.10	1.50	1.90	1620.00
呼和浩特	0.88	1.00	0.75	0.80	2.00	849.00
包头	1.12	1.13	0.95	1.10	2.50	821.00
乌海	0.82	1.00	0.65	1.00	2.00	535.97
赤峰	1.31	0.90	0.75	1.00	1.50	1136.60
锡林浩特	1.42	1.60	1.20	1.70	2.00	1387.00

（5）排污费指标与用水指标的确定缺乏理论依据，且没有进入市场经济

排污收费标准的合理与否是决定能不能充分发挥排污费这个经济杠杆的作用，促进企业进行污染治理，改善环境质量的关键。当然，收费标准越高，其刺激作用也越大。但是我国是一个发展中国家，国家财力有限，拿不出很多的钱来治理污染，现征收的排污费从企业的成本中列支，收费标准高，势必影响国家财政收入，即使实行社会主义市场经济，企业经营机制转换，污染者负担太重，也会造成相当企业减产、倒闭，不利于经济的发展，因此不具有可行性。收费标准过低，排污单位从自身的利益出发，宁可交费而不愿治理，以支付廉价的排污费，买取合法的排污权，加剧环境的恶化，排污收费表的制定是一项十分重要而复杂的工作，是一个需要同时考虑社会、环境、经济因素等多目标决策的过程。由此可见，收费标准的制定必须建立在科学研究的基础上，而不能靠单纯的行政命令。

用水指标是城市为节制用水而制定的，目前国内没有统一的标准。因为用水指标的确定涉及面广泛，是一项系统工程。

综上所述，在我国进行水价改革，建立一种科学的、适合市场经济的水价管理体系已经势在必行。

10.3.2　水价体制改革的目标

水价的改革，应当按照建立社会主义市场经济体制和转变经济增长方式的要求，逐步建立起有利于促进城市取水、用水、排放的良性循环，有利于促进节制用水政策的贯彻落实，建立水的商品化的城市供水价格体系，充分发挥水价格的经济杠杆作用和调节作用，实现水资源的优化配置，保证水资源的可持续开发利用，城市供水事业健康的发展，持续地满足城市经济发展和人民生活需要。

水价改革的目标就是逐步建立起企业良性发展的机制，按照现代企业制度的要求，最终实现企业经营机制的根本转换，使企业能够自主经营、自负盈亏，扩大再生产不需要由政府投入，政府只在供水设施的规划和建设、供水水质和服务质量、供水价格等方面进行监控，使企业能够保证供应，满足城市用水的需求。

10.3.3　水价调整后的影响实例

以石家庄市为例，可以看出水价的调整对节水具有重大的现实意义。

经石家庄市供水总公司统计分析，由于水价的调整提高，大部分工矿企业实行更为严格的节水措施，杜绝跑、冒、滴、漏和长流水现象，加强了管理和监督，提高了水的利用效率，广大居民也采取各种措施，如冲洗水重复利用率提高，从而使全市用水量逐渐减少，水价调整后，1999年4月份及5月份用水情况与1998年同期相比的结果见表10-3和表10-4。

表10-3　石家庄市供水总公司1998年4月及1999年4月用水统计表　　单位：m³

序号	用水分类	1998年4月	1999年4月	增长率
1	工业用水	2678544	2556410	−4.78%
2	居民生活用水	6898911	8575564	19.55%
3	机关、部队、团体	1555353	1412990	−10.08%
4	商业、医疗卫生、文化体育	1073886	972222	−10.46%
5	饮食服务业	1176267	1076720	−9.25%
6	学校	1191988	1101355	−8.23%
7	其他	460628	54805	−740.49%
8	生活用水（∑2～6）	11896405	13138851	9.46%
9	生活及工业用水（∑1～6）	14574949	15695261	7.14%
10	合计（∑1～7）	15035577	15750066	4.54%
11	团体用水量[∑（1～9）−2]	7676038	7119697	−7.81%
12	自来水产值（不变价）	3982095	4173468	4.59%

表 10-4　石家庄市供水总公司 1998 年 5 月及 1999 年 5 月用水统计表　　单位：m³

序号	用水分类	1998 年 5 月	1999 年 5 月	增长率
1	工业用水	2680767	2617342	−2.42%
2	居民生活用水	6748652	7801280	13.49%
3	机关、部队、团体	1671561	1630664	−2.51%
4	商业、医疗卫生、文化体育	1087368	971922	−11.88%
5	饮食服务业	1081575	1106253	2.23%
6	学校	1201739	1213462	0.97%
7	其他	79012	69537	−13.63%
8	生活用水(∑2~6)	11790895	1273581	7.33%
9	生活及工业用水(∑1~6)	14471662	15340923	5.67%
10	合计(∑1~7)	14550674	15410460	5.58%
11	团体用水量[∑(1~9)−2)]	7723010	7539643	−2.43%
12	自来水产值(不变价)	3865966 元	4066575 元	4.93%

在表 10-3 及表 10-4 中，由于第 7 项即其他用水受偶然因素的影响较大，故在分析中不予考虑。另外，由于居民生活用水量的增长幅度较大，故将 1~6 项的总和中剔去居民生活用水量，得出一个团体用水量（第 11 项），并以其作为标准来进行比较。

从表 10-3 中可知，同 1998 年同期相比，在 1~6 项用水中，1999 年 4 月除第 2 项居民生活用水增长外，其他 6 项均呈下降趋势。

从表 10-4 中可知，1999 年 5 月的用水量第 1、3、4 项及团体用水量也比去年同期减少。由此可以看出，水价的调整和提高，达到了预期的目的。

① 团体用户　提高水价对团体用户影响较大，用水量有了较大幅度的下降，起到了节约用水的作用；

② 居民　水价调整对居民生活用水量影响不大，这表明调整幅度仍在人们承受能力之内，对社会稳定没有影响，符合"小步快跑"的原则；

③ 供水公司　虽然团体用户用水量下降，但由于水价增加，不仅弥补了用水量减少造成的损失，而且还有盈余（自来水产值分别增长 4.59% 和 4.93%），有利于供水总公司尽快摆脱亏损，走上自负盈亏，自我发展的道路；

④ 水资源　减少了水的用量，有效地保护了水资源，涵养了地下水。

10.4　商品水水费体制的建立

10.4.1　水费与水资源费

供水工程的开发建设和管理，需要一定的资金、人力、物力的投入。无偿地使用供水工程供应的水，不仅使国家由于供水工程的建设背上一定的财政负担，压抑了集体建设供水工程的积极性，而且对浪费用水也是一种鼓励。为了改变无偿用水，逐渐向商品用水发展，《水法》第三十四条规定：使用供水工程供应的水，应当按照规定向供水单位缴纳水费。本着"取之于水，用之于水"的方针，为水治理和水保护筹集一定的资金，《水法》规定：对城市中直接从地下取水的单位，征收水资源费；其他直接从地下或者江河、湖泊取水的，可以由省、自治区、直辖市人民政府决定征收水资源费。

水费和水资源费的主要区别在于：所含内容不同，水费是根据 1985 年 7 月国务院颁布的《水利工程供水的水费核定计收和管理办法》的规定，使用城市自来水厂供应的水的用户按城市有关部门规定的办法缴纳的费用，水资源费则是直接从城市地下取水和从江河、湖泊取水作为自备水源的单位交纳的费用。

我们认为这里存在以下问题：

①《水法》中所指水费还带有传统观念的影响，没有考虑市场经济赋予商品水的二元性，人为把给水和排水分开，因此这种提法不利于商品水水费体制的建立，也不利于城市排水事业的发展；

② 资源费的征收并没有强调其资源的价值性；

③ 尽管水资源具有经济价值已为共识，但在实践中，人们对水资源价值的认识、估价方法是有差别的。

a. 各地征收过程中，没有一个合理、统一的标准。因为水费、水资源费的征收标准都是地方政府的行政行为，缺乏理论依据，甚至概念不清，导致用水部门和征收单位经常出现讨价还价的现象，致使水资源费的征收力度下降，形成无法控制的局面。如河北省某城市为鼓励企业用自来水，确定自备井水资源费：工业商业为 2.0 元$/m^3$，居民为 1.0 元$/m^3$，机关为 1.2 元$/m^3$，宾馆饭店为 10 元$/m^3$，特殊洗浴行业为 15 元$/m^3$，这些与自来水水费一样。显然如果自备井和自来水水费一致，说明二者的水资源费是不一致的，自来水的水资源费相当为零，概念混淆，同样抽取城市同一区域地下水，而付费不一致，导致使用自备井的企业少缴或拒缴，调查表明：城市实际收取的水资源费相当于应该收取费用的 70% 左右。

b. 缺乏制约手段，执行过程中法律依据不足；《水法》中仅仅明确了什么情况下征收水资源费，各地也相继出台了收取水资源费的管理办法，但是对于不缴纳水资源费的单位应该如何处罚没有规定，因此缺乏完善的制约手段，执行起来十分困难。

c. 对公益事业用水是否收费难以界定。城市的绿化用水、园林用水、人工河补水等这些用水属于城市公益事业，其水资源费能否征收，执行什么标准因无法界定，故无法收取。

d. 水费与污染治理费互不相关，影响水工业持续发展。用水大户往往也是污染大户，由于水费偏低且没有和排水治理联系，企业往往愿意担负排污费，而不愿去治理，去节制用水，结果造成水资源严重污染，环境恶化。

e. 对水资源的开发和利用收费，相当一部分企业误认为水资源并不是一种资源，而是一种付费即用的商品，不利于建立水属于资源的概念。

综上所述，寻求新型水费体制，克服以上不足，以适应市场经济的发展势在必行。为此，我们引入水资源税的概念，严格区分水费和水资源费，以此鼓励水的有效利用，阻止水的浪费和水质污染。

10.4.2　水费体制的改革构想

(1) 定价原则

城市供水通常是由政府控制的国有企业独家经营的，具有垄断性。由于其服务的广泛性和公益性，所采取的定价原则不同于其他工业企业，其定价原则应包括以下几个方面：

a. 有效性，通过定价使资源合理利用；b. 自给性，通过定价使供水企业财务自给；c. 公平性，通过定价尽可能做到合理负担；d. 政策性，水价调整要充分估计其社会影响；e. 实用性，水价体系的设计与审批程序要考虑管理上便于操作。

综上所述，城市供水价格应当按照生活用水保本微利、生产和经营用水合理定价的原则制定。对不同性质的用水实行差别水价。

① 公平性和平等性原则　水是人类共有的财产，是生产生活必不可少的要素，是人类生存发展的基础。每个人都有用水的权利，以满足其生活需求。因而水价的制定必须考虑到每个人，不管是高收入者还是低收入者，都有承担支付生活必需用水费用的能力。在强调减轻绝对贫穷者负担的同时，水价制定的公平性和平等性原则还必须注意水资源商品定价的社

会方面的原因，及水价将影响到社会收入的分配等。另外其公平性与平等性还必须在发达地区与贫穷地区、工业与农业用水、城市与农村之间有差别。

② 水资源高效配置原则　水资源是稀缺资源，其定价必须把水资源的高效配置放在十分重要的位置，这样才能更好地促进国民经济的发展。只有当水价真正地反映生产水的经济成本时，才能在不同用户之间有效分配。

从效率方面考虑，在市场经济条件下，若存在完全竞争，水资源商品的价格将由市场的供需关系决定，供需平衡时的价格，即均衡价格为水价。

③ 成本回收原则　成本回收原则是保证供水企业不仅具有清偿债务的能力，而且也有创造利润的能力，以债务和股权投资的形式筹措扩大企业所需的资金。水价收益才能保证水资源项目的投资回收，维持水经营单位的正常运行，才能促进投资单位的投资积极性，同时也鼓励其他资金的投入，否则无法保证水资源的可持续开发利用。目前水价偏低，使得水生产企业不能回收成本，难以正常运行。因此，水资源商品的供给价格应等于水资源商品的成本。

④ 可持续发展原则　可持续发展是对于边际之间的关系而提出的。水价必须保证水资源的可持续利用。尽管水资源是可以再生、循环往复、不断利用的，但水资源所赋存的环境和以水为基础的环境是不一定可再生的，必须加以保护。在目前有些城市所征收的排污费或污水处理费就是其中一个方面的体现。

（2）水价的构成

供水价格的制定，要按照供水的长期边际成本来确定。供水与污水处理价格的制定，应以回收成本为基础，既要考虑社会的公平，供水企业的财务平衡，又要考虑到高、中、低不同收入阶层用水需求和承受能力。除了材料、能源、用户服务和人员工资所需的成本外，还应考虑企业相应的利润和应纳的税率。根据不同用水需求建立不同类型、不同标准的水费系列，实行浮动价格，在考虑低收入家庭经济可承担的基础上，实行基本水价和超量累计加价制度。对于自备供水企业的合理用水，根据市场经济的经验，通过水价调节比和用水限额，使企业有更高的管理效率，通过提高水资源费使企业的自供成本达到市政供水的水价而控制其超量需求。

水是一种经济资源，水的开采应付资源费。由于水的过量开采将引发生态环境问题，处理后的污水不能完全达到源水的标准，也将对生态环境带来一定的影响，因此，水价中应包括水资源及生态恢复费用，具体的价格应根据水资源丰缺程度和环境要求确定。

水价的构成应包括水资源开发、利用、污水处理及水生态环境的恢复和保护过程中的全部费用，主要包括：供水费用、排水与污水处理费用、水资源与生态环境恢复费用、建设资金的回收、国家税收等，并保证企业有一定的赢利。

一方面充分体现商品水的二元性，遵循水社会循环的自然规律，把传统割裂给水与排水的体制统一到水费上来；另一方面，体现由于水资源的开发过程中不可避免地对外界环境造成破坏与污染所消耗的环境容量资源所产生的成本，即外部环境成本。因此制定水费时要依据排污许可制度，对达到排放标准的收取基本水费，作为城市排水管网维护费及建设费，对未达到排放标准超标排放的，视其严重程度（如污染负荷量）以及外部不经济性的大小收取不同水费。

（3）对水价体制改革的构想

① 水费体制的改革应从社会效益、环境效益出发，并兼顾供排水部门的经济效益。城市水资源项目，包括有关方针政策、建设改造、经营、大的技术措施，都应用国民经济评价方法进行评价。

② 提高水费基准，改变人们对水的低价值观念。

③ 不同类别用水，应采取不同的收费标准（费率），采取不同的收费制度。确定生活用水水费标准时，应注意人们的心理承受能力。

④ 提高工业用水的水费基准，以增加水在成本费中的构成比例，提高工业用水水平。

⑤ 对市政用水、公共建筑用水，取低费率，但需实行累进递增收费制。

⑥ 对服务行业用水，原则上应取高费率，实行累进递增收费制。

⑦ 增加工业和生活排污费用。

(4) 实行几种水价的建议

① 实行高峰供水期间季节水价　在高峰供水期间，为缓和供需矛盾，收取高峰供水差价，在5～9月可采取在原价基础上上浮15%～20%。

② 实行累进递增式水价　以核定的计划用水量为基数，计划内收取基本水价，超计划加价收费。

③ 实行增压加价　对新建成居民小区单独设增压泵站供水者实行增压加价。加价幅度为增压泵站供水月均动力消耗及管理费用。

④ 以核定用水量实行基本水价　然后以分段用水量，分别计价。例如，中国台湾自来水公司的几家方式（见表10-5）既体现了多用水、多交费，有利于节制用水，又体现了对工商业大户的优惠和鼓励。

表 10-5　中国台湾自来水公司价格计价方式

用水量/m³	单价/元	用水量/m³	单价/元
1～10	5.00	51～200	10.00
11～30	6.50	201～2000	8.50
31～50	8.00	2001 以上	7.00

⑤ 不同行业采用不同水费标准　为节制用水，考虑水特殊性，不同行业采用不同水费标准，以水为主要生产原料的行业如洗浴业，采用较高水费，对清洁生产耗水低的行业采用低费制，从政策上体现鼓励节制用水，从水费上提倡清洁生产。

10.4.3　水资源税的征收构思

(1) 资源税定义及其水资源税的合法性

资源税是以各种自然资源为课税对象的一种税；资源税在促进国有资源的合理开采、调节资源级差收入、增加国家财政收入等方面起到了重要作用。从理论上讲，资源税的征收范围应当包括一切开采的自然资源。虽然目前我国资源税的征收范围仅限于矿产品和盐，对其他自然资源不征收资源税。但是，水作为自然资源，征收资源税是符合税法规定的，因此水资源税的征收是合法的。

(2) 水资源税征收原则的构思

参照现行《中华人民共和国资源税暂行条例》，结合水资源税的具体特征，我们认为水资源税的设计应包括以下几个方面内容。

① 水资源的级差性　由于地域差异，水资源在开采的难易程度上存在着很大的差异。譬如说，我国北方地区尤其在华北地区，其水资源的开采利用主要依靠地下水，由于地下水的开采难以恢复，加速资源耗竭，故在计算水资源税时，要提高收取标准。而在南方地区，地表水资源相对丰富，要鼓励其开发利用地表水，故收取标准应当适当降低。

② 水资源的稀缺性　水资源对于人类的长远发展来讲是稀缺的，特别是我国人均水资源拥有量很少，它不能够满足人们无限制地开采和利用，只能节制使用，才能有利于人类社会的可持续发展。表10-6列举了我国部分城市水资源状况，表10-7列举了地下水开采状

况。从表 10-6 中可以看出，各主要城市之间人均（亩均）水资源占有量相差悬殊，从 270m³/人（172m³/亩）到最高 2986m³/人（3216m³/亩），相差约 11 倍（19 倍），因此稀缺程度相差很大，故体现在水资源税上应加以区别，越是稀缺的城市，税率越应提高。同样从表 10-7 也可以看出，对城市地下水的开采程度也是很不均衡的，从 9% 至 136% 对比强烈，有的城市已经超量开采，有的却亟待开发，因此在制定税率时，对超采者应提高税率，对开发程度很低的城市可适当降低。

表 10-6　部分城市水资源状况一览表　　　　　单位：$\times 10^8 m^3/a$

城市	地下水天然资源（淡水）			河川径流量	水资源总量	人均水资源占有量/(m³/人)	亩均水资源量/(m³/亩)
	平原	山区	合计				
北京市	20.61	17.14	39.51	23.0	41.34	405	665
天津市	7.09	0.78	7.57	30.82	38.57	439	595
唐山市	10.3	5.93	14.48	17.83	32.31	502	367
石家庄	6.12	3.86	9.98	3.07	13.24	481	677
太原市	1.45	3.9	4.27	8.89	13.16	327	449
郑州市	5.95	3.86	9.77	6.61	13.81	270	291
济南市	2.01	6.54	8.55	6.41	30.94	766	995
青岛市	—	10.47	10.47	20.5	30.97	471	414
烟台市	—	9.47	9.47	28.8	30.27	418	535
沈阳市	21.68	0.69	22.30	8.27	30.57	542	516
大连市	1.45	11.49	12.94	35.2	48.14	950	1120
长春市	13.87	2.23	16.10	12.87	28.38	440	172
哈尔滨市	6.45	0.69	7.07	6.18	12.93	306	289
呼和浩特市	6.09	—	6.09	4.58	10.67	784	460
西安市	16.01	1.83	17.84	24.87	46.66	781	939
兰州市	—	—	2.55	6.98	—	—	—
西宁市	3.79	6.15	7.67	13.28	20.95	807	598
银川市	4.04	0.08	4.05	—	—	—	—
乌鲁木齐市	6.44	3.25	6.92	8.07	11.0	795	1288
海口市	—		3.68	—	—	—	—
湛江市	75.53		75.53	83.01	128.29	2375	2577
北海市	12.31	1.55	13.86	21.98	35.83	2986	2920
桂林市	5.34	18.93	24.27	100.6	124.87	1046	1313
贵阳市	—	7.87	7.87	13.54	21.41	813	3216
昆明市			13.68	47.06	61.34	1809	2108

表 10-7　地下水开采现状调查一览表

城市	地下水天然资源（淡水）			地下水开采现状				
	平原	山区	合计	平原开采量	山区开采量	开采量总计	开采程度/%	开采潜力/%
北京市	24.55	1.78	26.33	25.45	1.88	27.33	104	超采
天津市	7.68	0.25	7.93	7.66	0.43	8.09	102	超采
唐山市	11.84	4.10	15.81	17.10	2.5	19.60	124	超采
石家庄	6.95	3.04	9.99	9.36	2.04	11.40	114	超采
太原市	1.31	2.32	3.65	3.06	1.89	4.95	136	超采
郑州市	6.3	3.21	9.51	2.98	5.73	8.71	92	8
济南市	1.72	6.07	7.79	6.77	1.33	8.11	104	超采
青岛市	—	6.27	6.27	—	4.94	4.94	79	21
烟台市	—	6.98	6.98	—	9.32	9.32	134	超采

城市	地下水天然资源（淡水）			地下水开采现状				
	平原	山区	合计	平原开采量	山区开采量	开采量总计	开采程度/%	开采潜力/%
沈阳市	22.14	0.10	22.24	17.88	—	17.88	80	20
大连市	0.87	1.67	2.44	—	—	3.27	134	超采
长春市	5.33	1.38	6.71	1.16	0.13	1.29	19	81
哈尔滨市	11.36	0.28	11.64	4.42	0.11	4.53	39	61
呼和浩特市	3.73	—	3.73	3.61	—	3.61	97	3
西安市	12.95	—	12.95	10.80	—	10.80	83	17
兰州市	1.54	0.057	1.60	1.31	—	1.31	82	18
西宁市	2.9	—	2.9	1.38	—	1.38	48	52
银川市	4.0	0.08	4.08	1.41	0.01	1.42	35	65
乌鲁木齐市	4.94	—	4.94	3.26	—	3.26	66	34
海口市	2.01	—	2.01	0.94	—	0.94	47	53
湛江市	45.27	—	45.27	4.15	—	4.15	9	91
北海市	7.62	0.90	8.52	0.79	0.03	0.82	10	90
桂林市	2.9	5.98	8.86	0.60	1.61	2.21	25	75
贵阳市	—	—	2.55	—	0.92	0.92	36	64
昆明市	—	—	8.69	—	4.17	4.17	48	52

应考虑有利于水资源持续利用的免税政策，如凡是利用城市污水再生水、城市雨水、海水等，应减免或部分减免水资源税。

（3）水资源税的作用

① 促进水资源合理性开采，节制使用，有效配置。根据水资源和开采条件的优劣，确定不同税额，最大限度地、合理有效节制地开发利用。

② 促进产业结构的调整，有利于发展节水型行业，促进清洁生产的推广，国家可以利用这一调节手段来优化生产力布局和地区经济结构。

③ 有利于体现水资源的价值，体现"谁开采利用谁保护，谁污染谁治理"的原则，有利于促进企业科学地确定水资源消耗水平，刺激企业改进技术，降低成本，促进水污染防治。

④ 有利于水资源费的收取法制化，执行起来有据可依。特别是税法不仅规定了收取办法，而且规定了拒缴和少缴的惩罚措施。

⑤ 有利于促进水工业的发展，有利于城市基础设施建设资金的筹集。

⑥ 有利于水的商品化，特别是用水指标和排污指标的横向商品化交易。避免目前地下水与地表水水资源开发与污染控制、污水回用之间严重脱节的现象。

（4）实现水费体制改革的政策环境

实现水资源费改为水资源税，是一项艰巨复杂的系统工程，因此需要观念和政策上的转变。

首先，应建立完善的水工业体系，遵循水的社会循环规律，从体制上建立符合市场经济需要的城市给水排水公司，负责从水资源保护、开采、净化、输送，到排放、治理、回收、再生等，统一管理商品水。

其次，建立国家和地方资源税银行。水资源税收取的基本单元是用户用水量，涉及范围广泛，因此水资源税应设专门机构收取。同时水资源税应有利于城市水工业发展的，其收入应设专门账户，作为城市水工业发展的专用基金，用于城市水资源的开发投资、保护性利用和废水处理的资源重组和最优化协调管理。

再次，加强宣传，转变观念，树立节制用水的意识。水费改水税后，应从取水、制水及处理、排放等全方面考虑水价，因此费用提高。但实际调研表明，水价提高150%左右，甚至更高，不会影响城市居民生活水平。北京市环境保护科学研究院王岩等人曾模拟自来水价格提高10%、50%、100%及150%后，对34个产业部门价格的影响及其承受能力进行了计算与预测。研究结果表明，石油加工业、金融保险业、金属冶炼延压加工业、金属矿采选业、电气机械及器材制造业、机械工业、电子与通信设备制造业及金属制品业等受自来水价格上升的影响并不显著，其产品价格仅会有0.6%～26%的变化，对废金属矿采选业的影响为1.61%。因此，可以认为，当城市自来水价格提高150%时，各行各业均能承受。对于城镇居民，若水价提高150%，每人月应交付的水费相当于1kg大米的价格，也不会给城市居民生活带来明显影响，也是可以承受的。随着水资源税的实施，人们的观念会逐渐转变，居民吃饭穿衣能按市场价付款，为什么吃水就不能按市场价格呢？强化公众的资源、环境和生态意识，提高节制用水和保护水资源的自觉性，转变传统观念，提高对中水回用、废水再生、水税等新生事物的承受能力。

最后，水管理模式的转变。改变传统的水供给管理模式为竞争性水需求管理模式，即引入"需求侧管理"模式，包括水资源补偿使用，发放可交易的取水许可证和排污许可证等，建立用水审计制度，制定用水标准，鼓励节水技术方法的应用和创新。

参 考 文 献

[1] 严伟，邵益生. 中国城市水价. 北京：中国建筑工业出版社，2006.

[2] 沈大军，梁瑞驹等，水价理论与实践，北京：科学出版社，2001.

[3] 肖干刚主编. 自然资源法. 北京：法律出版社，1999.

[4] 张俊萍主编. 中国税制. 北京：中国财政经济出版社，2000.

[5] 洪阳等. 跨世纪的水资源管理. 世界环境，1999，(1)：26～27.

[6] 马小俊译. 美洲的水资源管理. 水利水电快报，1999，20 (15)：26～27.

[7] 刘俊良. 城市节制用水途径及其实施策略的研究：[博士论文]. 哈尔滨：哈尔滨工业大学，2000.

[8] 黄建云. 城市基础设施经营机制的改革——市场化. 城市发展研究，2000，(1)：64～70.

[9] 刘鸿志. 国外城市污水处理厂的建设及运行管理. 世界环境，2000，(1)：31～33.

[10] William James. Water Development and the Environment. United States：Lewis Publishers. 1992：190～225.

[11] 常纪文. 城市污水集中处理市场化模式研究. 环境保护，2000. (2)：39～41.

[12] 邵益生. 城市用水问题与战略对策研究. 中国工程院咨询项目（内部）.1999.

[13] 方占强等. 工业废水处理水回用技术的研究进展. 环境保护，1999，(7)：16～17.

[14] 汪党献等. 水资源水资源价值水资源影子价格. 水科学进展，1999，10 (2)：195～200.

11 城市用水定额体系与节制用水

11.1 城市用水定额

11.1.1 基本概念

定额就是规定的数额。用水定额就是在用水过程中规定的一定标准的数额。用水定额根据用途的不同可分为生活用水定额和工业用水定额两种。

生活用水定额就是居民在日常生活中用水多少的一种数量标准，是指在一定的社会经济条件下，单位个体在单位时间内所规定的合理用水的水量标准。它一般随着生活水平的提高而相应增加。

工业用水定额就是产品生产过程中用水多少的一种数量标准，是指在一定的技术和管理条件下，生产单位产品或创造单位产值所规定的合理用水的水量标准。对工业用水定额做如下解释：

① 这里所提及的产品生产过程一般是包括主要生产、扶助产值和附属生产三个过程，定额所考虑和涉及的水量也是在上述三个过程范围内发生和需要的；

② 用水定额是在一定条件下制定的，它与具体的技术条件和用水条件相联系。换句话说，生产单位产品和它所需要的水量之间的依附关系受生产工艺和设备、产品结构、生产规模和条件、用水管理、操作者技术水平等各种主、客观因素的影响，而集中体现在用水量的变化上；

③ 凡是产品直接或间接与用水量发生关系，而又可进行计量、计算和考核的，都可规定为用水定额；

④ 用水定额定义中提到的产品从广义上来理解，可以是最终产品，也可以是中间产品或其他形式或性质的产品。

因此，用水定额的大小随着城市的区域范围、经济条件、用水习惯、卫生条件及时间序列等不同而不同。

11.1.2 用水定额的作用

(1) 定额可为制定供、节水规划提供可靠依据

城市节水规划的目的是解决城市水资源短缺问题，搞好城市水资源管理和节约用水工作，通过采用科学手段，促进合理用水，使有限的城市水资源得到最大的经济效益、社会效益和环境效益。用水定额的制定，对城市需水量的预测、城市用水供需平衡的分析都有所裨益。同时用水定额的制定也为节水的行政、经济管理决策及节水政策的落实提供比较可靠、准确的数据。

(2) 用水定额是合理编制用水计划、实现科学管理的基础

目前，我国大部分城市在编制用水计划时，都是采用以上年（或周期）实际用水量为基数并考虑节水等其他因素这一办法进行的。这不符合节水措施的运行，需要有一个相对稳定时期来检测这一客观规律。这样做，容易出现"鞭打快牛"的现象，不利于调动用水单位节水的积极性。许多用水单位提出了制定用水定额，按用水定额实行计划管理的要求。制定用水定额是节水管理深入改革的客观要求，也反映了基层各用水单位的迫切要求与希望。制定用水定额，并实行按产品用水定额实施用水计划管理，就能考虑到企业扩大生产规模对用水量增长的需求，按单位产品用水定额和产品产量，可以适当增加用水计划指标，以体现鼓励用水单位以"节水求发展"的精神。

然而，在许多缺水城市的节水和供水能力提高后，仍然满足不了生产大规模发展的用水需要的特定情况下，制定用水定额，可使企业在制定生产规划时避免盲目性，实现"以水定产"。

(3) 用水定额是推行用水经济责任制度的重要依据，并可增强节约用水方面的竞争意识

用水定额是考核和衡量节水水平的尺度。随着经济体制改革的不断深化，用水单位特别是工业企业，为增强活力和自身发展的后劲，纷纷建立和健全了以承包为中心的、包括用水在内的各种形式的经济责任制。做好用水定额制定和考核工作，有利于促进完善节水指标体系，落实经济承包责任制，进一步促进了科学管理和节水技术建设，深入挖潜，降低企业产品成本，创造良好的经济效益。

目前我国城市用水和节水管理正在从行政管理向科学管理转变，制定城市用水定额是实行科学用水、合理用水的基础。制定用水定额并按定额实施管理对用水单位核定计划用水量，超计划用水实行累进加价的收费办法，使各用水单位之间、单位内部各车间之间、班组之间及个人之间在节约用水方面有可比性，增强其节水竞争意识，进一步促进节约用水、合理用水。

11.1.3　用水定额的特征

用水定额作为一种标准，是经济、技术、科学及管理等社会实践中，对重复性事物和概念通过制定、发布和实施标准达到统一，以获得最佳秩序和社会效益。由此，用水定额要体现其科学性、先进性、法规性和经济合理性的特征。

科学性，表现在标准制定本身是一项综合性的科学研究工作，就是对所考察的事务进行实事求是的科学分析、验证，并对客观规律做出正确的判断的过程。随着科学技术的发展，生产与管理过程日趋精密和量化，数据标准的制定离不开现代科学技术知识和数学工具，尤其是数理统计方法和计算机技术等。

先进性，是制定任何一种标准的基本出发点之一，也是一种技术政策。它要求结合城市实际情况，从社会的全局和长远利益出发，通过标准化协调各部门某方面的经济活动以谋求最佳的秩序和社会经济利益。为此，用水定额应体现节水的先进性。

法规性，表现为标准是经有关规定协调一致，经主管部门批准，以特定形式发布并必须严格遵守的一种准则或依据。

经济合理性，是指以讲求最佳社会经济效果为目标，同时技术应切实可行。

用水定额的制定，除去体现上述标准化的科学性、先进性、法规性与经济和理性原则外，还应力求简便可行，要在保证正常生产和产品质量的基础上，提高工业用水（节水）水平，促进水资源的合理利用与科学管理，要在取得良好的经济效益、社会效益和环境效益的基础上推动工业生产技术和节约用水技术的发展，此外，应以严格而科学的企业水量平衡测试为基础。

11.2　用水定额体系的制定

11.2.1　生活用水定额的制定

(1) 制定思路

制定城市生活用水定额及其指标体系，首先应分析这些用水影响因素，但是各种影响因素很多，如城市的大、小，居民住房的卫生器具及用水设备的完善程度、器具类型和器具负荷人数、居民生活习惯和经济水平、气候条件、供水水压、用水计算办法及售水水价及供水资源满足程度等。这些影响因素之间的关系非常复杂，如果各单项用水因素都要建立数学模型或某种数学关系，将需要大量的原始数据，这在目前是无法达到的，基于此情况，我们只能从研究生活用水的用水因素入手。

城市生活用水一般包括以下主要用水因素：城市住宅居民、企事业单身职工及集体宿舍单身职工数，宾馆、旅馆、招待所床位类型及住宿率，医院、休养所、疗养所床位类型及其人数，公共浴室人数及其设施类型，理发美容人数，洗衣房、食堂类型及其人数，幼儿园、托儿所人数，绿化、浇洒道路，商业面积，洗车，影院、剧院人数及其设施类型，体育场，游泳池，采暖锅炉和蒸汽锅炉等。这些用水因素，涵盖了城市生活用水的各个部分，无论是机关院校生活用水还是企业、商业生活用水都是由上述用水因素中的某些因素组合而成，因而在给生活用水用户下达计划用水指标时，只要确定了上述用水因素的单一合理用水定额，就可以根据用水因素的种类和服务对象数量确定出合理的计划用水指标。因此，城市生活用水定额是一个相对稳定值，在不同时期可根据实际需要及时加以调整，我们称之为"虚拟定额"。

（2）虚拟定额制定的理论依据和方法

众所周知，目前在生活用水建筑（给排水系统）设计中，唯一的依据是国家标准GBJ 15—88，即《建筑给排水设计规范》（以下简称《规范》），《规范》中明确规定了住宅、集体宿舍、旅馆和公共建筑等生活用水最高日定额及其日变化系数以及工业企业建筑生活用水定额等。因此，制定虚拟定额时，可以此为理论依据，根据不同城市条件，选择不同的日变化系数，进而求得每项用水因素的平均用水定额。

生活用水定额是通过虚拟定额的方法经调整后确定的，虚拟定额为平均日用水水量，它是在国标中规定的最高日用水量，即在生活最高日用水定额的基础上除以日变化系数后得到。我国大中城市的日变化系数根据地理位置、气候、生活习惯等的不同，其值约在1.1～2.0之间变化。例如，保定市地处华北平原腹地，属缺水型城市，其日变化系数取1.5或1.6，对于考虑使用率的卫生器具则不考虑日变化系数的影响，即取其值为1，虚拟定额的计算公式为：

$$虚拟定额＝生活用水定额/日变化系数$$

[**例**] 洗衣房生活用水定额为40～60L/（kg·次），日变化系数为1.6，则虚拟定额为：（40＋60）/（2×1.6）=31.25L/（kg·次）；再如单设淋浴时生活用水定额为60L/（人·次），日变化系数为1.5，则虚拟定额为：60/1.5=40L/（人·次）。

（3）以保定市为例，研究制定生活用水虚拟定额

根据以上理论，我们研究制定了各个用水因素的虚拟定额，并与实际用水和实际用水指标进行比较，同时对各个用水因素进行适当调整，从而制定了保定市生活用水虚拟定额，见表11-1。

表 11-1　保定市生活用水虚拟定额

序号	用水因素	单位	生活用水定额（最高日）	日变化系数	使用率	虚拟定额
1	职工	L/（人·天）	30～50	1.6	—	25
2	单身职工	L/（人·天）	只有盥洗室 50～100	1.5	—	50
			有盥洗室且有浴室 100～200			100
3	住宿区	L/（人·天）	有淋浴 130～190	1.6	—	100
			有热水 170～250			130

序号	用水因素	单位	生活用水定额（最高日）	日变化系数	使用率	虚拟定额
4	宾馆、旅馆、招待所	L/(床·天)	普通床位 35	1	50%	35
			高级床位 150			150
5	医院、疗养院、休养院	L/(床·天)	普通病房 80	1	75%	80
			高级病房 200		85%	200
6	公共浴室	L/(人·次)	有淋浴器 100～150	1.6	—	80
			有浴盆、浴池 80～170			80
7	理发、美容	L/(人·次)	10～25	1.6	—	12
8	洗衣房	L/(kg·次)	40～60	1.6	—	30
9	食堂	L/(人·天)	10～15	1.6	80%	8
10	幼儿园、托儿所	L/(人·天)	有住宿 50～100	1.6	—	50
			无住宿 25～50			23
11	洗车	L/(辆·次)	小车 250～400	1.6	—	200
			中型、大型 400～600			312
12	办公楼	L/(人·班)	30～50	1.6	—	25
13	中小学	L/(人·天)	无住宿 30～50	1.6	—	25
14	高校	L/(人·天)	有住宿 100～200	1.6	—	95
15	电影院、剧院	L/(人·天)	3～8	1	65%	6
16	体育场	—	—	—	—	—
17	游泳池	—	—	—	—	详见说明
18	商业营业面积	L/(m²·天)	1	1	—	1
19	绿化	L/(m²·月)	20	1	—	20
20	基建	m³/(m²·天)	1	1	—	1
21	保龄球	L/(道·天)	100	1.6	—	63
22	单设淋浴	L/(人·次)	60	1.5	—	40
23	居民生活	L/(人·天)	无淋浴器 85～130	1.5	—	70
			有淋浴器 130～190			106
			有热水供应 170～250			140

注：1. 生活用水量定额为国家规定最高日用水量，虚拟定额为平均日用水量。

2. 考虑使用率则日变化系数可适当减小或取为1。

3. 日变化系数值在1.1～2.0之间变化，考虑给水区的地理位置、气候、生活习惯等，可适当选取系数值的大小。

4. 洗车按每周一次计算，体育场无草坪时不考虑用水。

5. 虚拟定额计算公式：

虚拟定额＝最高日生活用水量/日变化系数

［例］职工生活用水定额为30～50L/（人·天），日变化系数为1.6，则虚拟定额（30＋50）/（2×1.6）＝25L/（人·天）。

6. 高校、幼儿园、托儿所为生活用水综合指标。

7. 集体宿舍、旅馆、招待所、医院、疗养院、休养所、办公楼、中小学校等不包括食堂、洗衣房。

8. 取暖锅炉按三个月采暖期计算，用水量按循环水量的3%～5%计，循环水量＝吨位数×60×10⁴×25×10⁻³×24×10⁻³×4%＝吨位数×14.4（t）。

9. 游泳池每天按池容的10%～15%换新水量，每月换一次；

10. 汽锅炉按10%损耗计算，若工业中有冷凝水回收，应酌情减小用水指标。

（4）生活用水定额的检验方法

实践是检验真理的唯一标准，虚拟定额对城市的用水来说，是否切实可行还需与实际做比较。虚拟定额制定后，即可依据用水单元如一个机关或学校的各项用水因素，求得其用水指标，据此可以科学合理地下达用水指标。由于用水指标下达的目的是节制用水，因此虚拟定额制定后，有待进一步验证其合理性和科学性。在实际中，操作方法是根据各用水因素的虚拟定额，累积出用户的用水指标，再与其实际用水量比较，允许有一定范围（5%～10%）的超指标用水户。如果超计划用水户的数量控制在这一范围之内，说明制定的用水定额是合理的；如果超计划用水户的数量太大或太小，则需合理调整虚拟定额，以便使超计划用水户控制在这一范围内。当然，随着城市节制用水的深入开展，节水力度的不断加大，而虚拟定额亦应当适当调整，以实现最终节制用水、合理用水的目的。

（5）保定市生活用水虚拟定额可行性分析

1999 年保定市生活用水总量为 $4991.1 \times 10^4 \, \text{m}^3$，其中居民家庭生活用水量为 $2589.2 \times 10^4 \, \text{m}^3$，占生活用水总量的 51.9%；公共设施用水量（包括商业、机关、学校等）为 $2402.2 \times 10^4 \, \text{m}^3$，占 48.1%；保定市用水总人口 59 万人，人均生活综合用水量 231.8L/（人·天），其中居民人均生活用水量为 120.2L/（人·天），公共设施用水定额为 111.6L/（人·天）。保定市在河北省用水水平见表 11-2。

表 11-2　1999 年河北省主要城市人均生活用水定额一览表　单位：L/（人·天）

项目	石家庄	唐山	秦皇岛	邯郸	邢台	保定	张家口	承德	沧州	廊坊	衡水
综合	561.11	214.5	184.77	197.3	228.5	163.0	136.28	256.1	185.9	97.12	152.7
居民	167.08	101.0	121.63	135.6	162.9	104.3	78.3	135.5	122.1	22.7	116.7
比例/%	30	47	66	69	71	67	57	53	66	23	76
公共	394.03	113.5	63.14	61.71	65.61	58.69	57.95	120.5	63.85	74.39	36.03
比例/%	70	53	34	31	29	36	43	47	34	77	24

由表 11-2 可以看出，保定市用水水平在河北省各地市中处于中等水平，而我们虚拟定额的制定是在参考保定市历年用水情况下，根据保定市中等偏上用水户的用水水平制定，代表着保定市生活用水水平，将指导着保定市今后的生活用水方向，保证保定市向节水型城市顺利转变。

虚拟定额的制定是在保证科学性、先进性、合理性及实用性的基础上进行的。首先是虚拟定额的科学性：国家标准 GB J15—88，即《建筑给排水设计规范》，是我国各主要设计院根据我国环境特点制定各种住宅、集体宿舍、旅馆和公共建筑等生活用水最高日定额及其日变化系数以及工业企业建筑生活水定额，而虚拟定额是依据本规范科学制定出的，因此具有很高的科学性。其次是本定额的先进性：本定额是在一系列科学的计算公式基础上计算出来的，公式中的日变化系数是可以适当调整的，可以保证保定市超计划用水户控制在科学的范围内，此定额永远处于保定市用水水平的最前列，因此本定额是先进的、合理的。再次是本定额的实用性：本定额的制定方法科学、计算量小、操作简单，具有很强的实用性。因此，虚拟定额法是一种科学、合理的城市计划用水定额及其用水指标的制定方法，在实际操作过程中简单、可行，值得推广应用。

根据表 11-1 可以得出各类用水因素用水定额，见表 11-3～表 11-9。

表 11-3　企事业单位生活及部分设施用水定额草案

序号	用水项目	单位	定额	说明
1	员工生活用水	m³/(人·月)	3	为生活用水综合指标
2	绿化	m³/(m²·年)	0.8	—
3	车辆	L/(辆·天)	117	—
4	建筑施工	m³/m²	1	—
5	空调设备间接冷却水补水	占循环量	1.5%	—
6	工业设备间接冷却水补水	占循环量	3%	—
7	热水采暖锅炉	m³/(10⁴·日)	15	—
8	蒸汽锅炉冷凝水回收率	>80%		

表 11-4　宾馆饭店用水定额草案

序号	用水项目	单位	定额	说明
1	普通旅馆、集体宿舍	L/(床·日)	55~60	无淋浴设备
2	普通旅馆、集体宿舍	L/(床·日)	118~132	有沐浴设备
3	三星级以下宾馆客房	L/(床·日)	158~176	含三星级
4	四星级以下宾馆客房	L/(床·日)	213~238	含四星级
5	办公	L/(床·日)	79~88	为生活用水综合指标
6	室内游泳池每日补水	占池容积	3%	—
7	室外游泳池每日补水	占池容积	4%~5%	—
8	绿化	m³/(m²·年)	0.8	—
9	车辆	L/(辆·天)	117	—
10	洗衣房	L/(kg·干衣)	40~50	—
11	建筑施工	m³/m²	1	—
12	空调设备间接冷却水补水	占循环量	1.5%	—
13	热水采暖锅炉	m³/(10⁴m²·年)	15	—

表 11-5　各类住宅用水定额草案

序号	用水项目	单位	定额	说明
1	高级公寓	m³/(人·月)	300~400	每套按 3.5 人计
2	普通住宅	m³/(人·月)	130~190	每套按 3.5 人计
3	空调设备间接冷却水补水	占循环量	1.5%	—
4	绿化	m³/(m²·年)	0.8	—

表 11-6　学校、幼儿园用水定额草案

序号	用水项目	单位	定额	说明
1	中小学校(无住宿)学生	L/(人·日)	26	为生活用水综合指标
2	中小学校(无住宿)学生	L/(人·日)	70	为生活用水综合指标
3	高等院校(无住宿)学生	L/(人·日)	88	为生活用水综合指标
4	教师办公	L/(人·日)	26	为生活用水综合指标

序号	用水项目	单位	定额	说明
5	幼儿园(无住宿)儿童	L/(人·日)	22	为生活用水综合指标
6	幼儿园(无住宿)儿童	L/(人·日)	44	为生活用水综合指标
7	室内游泳池每日补水	占池容积	5%	—
8	室外游泳池每日补水	占池容积	10%	—
9	绿化	m³/(m²·a)	0.8	—
10	车辆	L/(辆·日)	117	—
11	建筑施工	m³/m²	1	—
12	空调设备间接冷却水补水	占循环量	1.5%	—
13	热水采暖锅炉	m³/(10⁴·d)	15	—
14	蒸汽锅炉冷凝水回收率		>80%	—

表 11-7　医院、疗养院用水定额草案

序号	用水项目	单位	定额	说明
1	门诊部诊疗所病人	L/(人·次)	15	不包括住院病人
2	医院疗养院病人	L/(床·天)	40~45	不带卫生间,为生活用水综合指标
3	医院疗养院病人	L/(床·天)	80~88	带卫生间,为生活用水综合指标
4	医务人员办公	L/(人·天)	100	为生活用水综合指标
5	绿化	m³/(m²·a)	0.8	—
6	车辆	L/(辆·天)	117	—
7	洗衣房	L/kg 干衣	40~50	—
8	建筑施工	m³/m²	1	—
9	空调设备间接冷却水补水	占循环量	1.5%	—
10	热水采暖锅炉	m³/(10⁴m²·d)	15	—
11	蒸汽锅炉冷凝水回收率		>80%	—

表 11-8　建筑业用水定额草案

序号	用水项目	单位	定额	说明
1	基建	m³/m²	1.2	砖混结构
			1.5	框架结构
			2.0	水磨石、框架结构
2	办公人员	L/(人·日)	36	为生活用水综合指标
3	绿化	m³/(m²·a)	0.8	—
4	车辆	L/(辆·日)	117	—
5	建筑车辆	L/(辆·日)	180	—
6	热水采暖锅炉	m³/(10⁴·d)	15	

表 11-9 商场等公共服务设施用水定额草案

序号	用水项目	单位	定额	说明
1	商场顾客、体育场观众	L/(人·次)	1.5	为生活用水综合指标
2	电影院观众	L/(人·次)	3.5	为生活用水综合指标
3	剧院观众	L/(人·场)	3.5	为生活用水综合指标
4	餐厅食堂	L/(人·次)	8~10	为生活用水综合指标
5	理发室	L/(人·次)	12	为生活用水综合指标
6	办公人员	L/(人·次)	70	为生活用水综合指标
7	桑拿洗浴中心、公共浴室	L/(人·次)	100~150	为生活用水综合指标
8	室内游泳池每日补水	占池容积	5%	—
9	室外游泳池每日补水	占池容积	10%	—
10	绿化	m³/(m²·a)	0.8	—
11	车辆	L/(辆·天)	117	—
12	洗衣房	L/kg 干衣	40~50	—
13	建筑施工	m³/m²	1	—
14	空调设备间接冷却水补水	占循环量	1.5%	—
15	热水采暖锅炉	m³/(10⁴m²·d)	15	—
16	蒸汽锅炉冷凝水回收率		>80%	—

11.2.2 工业用水定额的制定

在城市用水系统的用水结构中，工业用水的水量所占的比重较大，且污染严重，所以，从节水及环境污染方面来讲，节水重点更应该放在工业用水上，并且从工业生产工艺流程上来讲，我国与外国相同产业比较，工业节水水平普遍比较低，水的利用效率水平也较低，产品用水定额相对较高，因此促进合理用水、科学用水，制定合理的工业用水定额就显得尤为重要。目前我国关于工业用水定额制定还没有统一的、合理的方法，且这方面可借鉴的东西不多，探讨一个合理的计算方法成为研究的主要目的。根据我国这几年来在这方面的研究及经验，对有关制定工业用水定额的基本计算方法做如下简要介绍。

11.2.2.1 工业用水定额常用的计算方法

(1) 经验法（直观判断法）

① 基本内容 经验法，是运用人们的经验和判断能力，通过逻辑思维，综合相关信息、资料或数据，提出定量估计值的方法的统称。

经验法，通常是在有关专家、业务人员（统称"专家"）中，严格按照一定的组织方式、程序和步骤进行的。据此，又可分成多种多样的方法。

根据制定工业用水定额的特点，可考虑采用下列经验法。

a. 主观概率值 即对人们就某一经验的特定结果（如提出的定额或有关的节水考核指标）所持的个人信息量度的评价，即对事件估计概率的平均值（P）。

显然，P 应大于某一预定概率值（如 0.7~0.9），否则，应提出新的定额值重新评价。

b. 调查法 即综合调查"专家"对某项用水定额或节水考核指标估计值的方法。调查可通过书面表格形式进行，但应慎重选择"专家"与调查内容。调查结果，可以算术平均、加权平均或采用概率平均进行计算。若有调查得出三种（或三组）数值：先进的（乐观估计）为 a，一般的（可能性最大）为 m，保守的（悲观估计）为 b，则它们的平均值为：

$$\bar{V}=\frac{a+4m+b}{6} \tag{11-1}$$

设标准差：

$$\sigma=\left|\frac{a-b}{6}\right| \tag{11-2}$$

根据正态分布表，调整后的用水定额基准值为：

$$V=\bar{V}+\lambda\sigma \tag{11-3}$$

式中，λ 为 σ 的系数，从正态分布表中，可以查到对应 λ 值的概率 P（λ）。

c."专家会议"法 它是通过组织"专家会议"，运用"专家"各方面的知识与经验，互相启发，集思广益的一种集体评估方法。用这种方法了解情况快、易于扩展思路、便于协商一致。同上述个人判断方法相比，其信息量很大、考虑因素多、产生的方案多而具体。但由于受感情、个性、时间等因素的影响，估计值的准确性可能较差。为此，可在上述基础上召开会议对初评估结果进行质疑，其结果处理同上。

d.德尔菲法 它是系统分析方法在意见和价值判断领域中的延伸。这个方法与"专家会议"法的本质区别在于征询意见、统计分析以及对分析结果的重新评价（可能进行数轮）都是在组织设计者的安排下于"专家"之间"背靠背"进行的，因而可以克服上述方法的缺点。

总而言之，经验法的成败，同评估的组织设计者的主观评价、组织工作者情况以及"专家"状况密切相关。

② 主要特点 经验法的主要特点是简单易行、省时省事、耗费较少、便于调整定额，但受主观因素影响，易出现主观性、片面性和一定的盲目性，其结果也不够准确。因此，采用经验法制定定额时，对工作的设计组织者及"专家"素质要求较高，需要有一定的客观基础（如节水工作基础、资料、信息、数据等），此法可作为其他工业用水定额制定法的补充手段或基础，也可作为某些特殊情况下的主要手段。

(2) 统计分析法

统计分析法是指统计分析方法在时间序列分析法中的应用而言，即把过去同类产品生产用水的统计资料，与当前生产设备、生产工艺及技术组织条件的变化情况结合起来进行分析研究，以制定工业用水定额的方法。

根据定额水平判定方法，统计分析法又可分为：二次平均法、概率测算法、统计趋势分析法。

① 二次平均法 由于统计资料反映的是某项产品过去达到生产用水的水平，但没有也不可能消除生产过程中不合理因素的影响，如用统计资料的平均值判定定额的水平一般偏于保守。为了克服这个缺陷，可采用"二次平均法"计算平均先进值，以作为制定定额水平的依据。其步骤如下。

a.剔除统计资料中特别偏高、偏低、明显不合理的数据，实际上这些数据不能反映过去客观发生的事件，是由生产过程中偶然因素或数据统计的疏忽所致。

b.计算平均值：

$$\bar{V}=\frac{V_1+V_2+\cdots+V_n}{n}=\frac{1}{n}\sum V_i \quad (i=1,\cdots,n) \tag{11-4}$$

式中，n 为数据个数；V_i 为第 i 个数据（如单位产品新水量）。

或者

$$\bar{V}=\frac{\sum fV_i}{\sum f}=\frac{1}{n}\sum fV_i \tag{11-5}$$

式中，f 为频数，即某一数值在数列中出现的次数；$\sum f$ 为数列中各种不同数值出现的次数之和；$\sum fV_i$ 为数据中各个不同数值与各自出现的频数的乘积之和。

c. 计算第二次平均值：由上述平均值与数列中小于平均值的各数值的平均值相加，所得平均值即为第二次平均值，此即判定用水定额水平的依据。

小于全数列平均值的各个数值的平均值：

$$\bar{V}_e = \frac{V_1 + V_2 + \cdots + V_k}{K} = \frac{1}{K}\sum V_i \qquad (11\text{-}6)$$

式中，V_i 为数列中小于平均值 $\bar{V}$ 的数值；K 为数列中小于平均值 $\bar{V}$ 的数值个数。

故第二次平均 $\bar{V}_2$ 为：

$$\bar{V}_2 = (\bar{V}_e + \bar{V}) \div 2 \qquad (11\text{-}7)$$

本法是以二次平均值 $\bar{V}_2$ 为判定定额水平的依据，如果其值没有满足先进水平要求，可以按此步骤求出第三次、第四次……第 m 次的平均值，并以第 m 次平均值作为判定定额水平的依据。

② 概率测算法　用"二次平均法"求得的定额需经统计检验后方可知道是否为先进水平。概率测算法，即先知实现定额的可能性后，求定额值的统计分析方法，它可为确定定额提供依据，其步骤如下。

a. 确定有效数据，即对取得的用水数据进行分析整理，删掉明显偏高或明显偏低的不合理数据。

b. 求平均值 $\bar{V}$。

c. 求均方差 S^2：

$$S^2 = \frac{1}{n-1}\sum (V_i - \bar{V})^2 \qquad (11\text{-}8)$$

d. 运用正态分布判定定额水平。正态分布的概率函数为：

$$P(V) = \frac{1}{(2\pi)^{1/2}\sigma}\int \exp \frac{-(V-\bar{V})}{2\sigma^2}dV \qquad (11\text{-}9)$$

令

$$\lambda = \frac{V - \bar{V}}{\sigma}$$

上式变为：

$$\phi(\lambda) = \frac{1}{(2\pi)^{1/2}}\int \exp \frac{-V_2}{2}dV \qquad (11\text{-}10)$$

由上式得：

$$V = \bar{V} + \lambda\sigma \qquad (11\text{-}11)$$

当 V 取 V_e 时，λ 取 λ_e，则 V_e 与 λ_e 的相应关系为：$V_e = \bar{V} + \lambda\sigma$。

因此，$\Phi(\lambda_e)$ 即实现定额值的累计频率。若根据先进原则，则确定了 $\Phi(\lambda_e)$ 值，由正态分布表求得系数 λ_e，即可确定相应累积频率下的定额值。

③ 统计趋势分析法　前已述及统计资料是反映过去已经达到的生产用水水平。但随着科学技术的进步，设备不断改进，工艺不断更新，加之节水压力不断增强，生产单位产品用水水量应呈现下降趋势。如果掌握了大量统计资料，这种变化趋势是可以定量预测分析的。统计趋势分析法就是根据同类产品生产用水量多年统计的资料数据，分析其随时间的变化规律和发展趋势，来判断确定未来制定年限内定额水平的方法。其方法步骤如下。

a. 收集整理某产品在一确定生产条件下，过去多年用水资料，并加以分析，剔除明显不合理数据；b. 进行统计拟合，求出相应条件下的预测数学模型或曲线，即得到平均单位产品水量与事件的函数关系；c. 确定未来制定年限内的单位产品水量平均值$\bar{V}$；d. 求均值方差；e. 根据先进原则，确定累积频率；f. 先进水平的判定 $V_e = \bar{V} + \lambda_e \sigma$。

统计趋势分析法的优点：a. 准确，可靠性高；b. 可操作性强，便于组织实施；c. 根据较充分。

统计趋势分析法的缺点：a. 对定额制定人员素质要求较高，应有一定的数理统计知识；b. 需要大量的统计资料，样本容量越大，可靠性越高；反之，样本容量小，可靠性低，甚至失真。

统计趋势分析法的适用条件：a. 制定具有大量统计数据的生产用水定额（企业或行业生产用水定额）；b. 统计趋势分析，需收集到按时间（年份）序列变化的生产用水资料；c. 要求较高的传统产品或大批量产品的生产用水定额。

(3) 类比法

类比法体现了结构比例分析和因果分析方法的基本原理。

① 基本内容　类比法是以同类型或相似类型的产品或工序及典型定额项目的定额为基准，经过分析比较，类比出相邻或相似项目定额的方法，故也称为"典型定额法"。根据类比参数的确定方法又可分为比例数示法和曲线图示法。

a. 比例数示法　比例数示法又叫比例推算法，是以某些执行时间较长、资料较多、定额水平比较稳定的产品用水定额项目为基础，通过经验法、技术测定法、理论计算法或根据统计分析法求得相邻项目或类似项目的比例关系或差数制定用水定额的方法。

比例数示法实质是用已知的某产品用水定额，根据与其同类型或相似产品的比例关系推算用水定额的方法。

比例数示法可用下列公式表示：

$$W_M = K W_{MD} \tag{11-12}$$

式中，W_M 为需计算的单位产品用水定额；W_{MD} 为相邻或相似的典型定额项目的单位产品用水定额；K 为比例系数。

b. 曲线图示法　曲线图示法是以一组已知的典型用水定额项目为基准，根据其影响因素，求所需项目的用水定额的方法，故又称为"影响因素法"。它是因果分析法的简单情况，其具体步骤是：选择一组同类型典型产品项目，以影响因素为横坐标，与之相对应的用水定额为纵坐标。将这些典型的定额项目的用水定额值标在坐标纸上，依次连接各点即可定出所需项目的用水定额。

② 特点分析

类比法的优点：a. 方法简便，工作量小；b. 可操作性强，容易掌握；c. 定额数合理准确，若典型单位用水定额选择恰当、切合实际且具有代表性，类比定额是比较合理和能反映实际用水情况的；d. 可确定系列产品的单位用水定额。

类比法的缺点：要掌握典型产品的单位用水定额，相对独立性较小。对典型单位用水定额的依赖性强，如果典型数据有偏差，类比的单位用水定额也会出现偏差。

这种方法是用于同类型产品规格多、批量小的生产过程。随着机械化、标准化、产品系列化程度的提高，其适用范围还会逐步扩大。

为了提高单位用水定额的准确性，通常采用主要项目或相当成熟的典型单位用水定额，但要特别注意掌握产品工序、工艺过程和生产技术组织条件类似或近似的特征。深入细致地分析生产工艺过程中影响用水的各种因素及这些因素用水的量值变化规律，并且要在众多因素中找到最主要的因素，这种因素不仅是一个也可能是两个或两个以上。如果主要变化因素为两个，则需要采用三维坐标图法，应注意不能将影响因素变化很大的项目作为典型定额类比。

(4) 技术测定法

① 基本内容 技术测定法是在一定的生产技术和操作工艺、合理的生产管理和正常的生产条件下，通过对某种产品全部生产过程用水量及其产量进行实际测算，并分析各种因素对产品生产用水的影响，以确定产品生产用水定额的方法。

② 测定次数的确定 测定某一产品生产过程中用水水量时，其测定次数将直接影响测定水量、产量数据的精确度，故要认真确定测定次数，以保证测定资料的可靠性和代表性。尽管选择了比较正常的生产条件，但由于产品生产的复杂性和测定手段、测定人员的差异都会产生一定的偏差。一般来说，测定的次数越多，数据的可靠性越高，但要花费的时间和人力也越多。尤其对系统规模较大的水量平衡测试，这样既不经济，也不现实。根据误差理论，表 11-10 给出了测定所得数据算术平均值的精确度与观测次数和稳定系数之间的关系，可供测定时检查所测次数是否满足需要的参考。

表 11-10 测定次数和稳定系数的关系

稳定系数	测定精确度/%					
	3	5	8	10	15	20
K_p	测定次数					
1.1	6	4	4	3	—	—
1.2	12	7	5	4	3	—
1.3	22	10	6	5	4	—
1.4	31	14	7	6	5	3
1.5	45	19	9	7	5	4
1.6	60	22	11	8	6	5
1.7	75	27	13	10	6	5
1.8	91	33	16	11	7	5
2.0	125	45	22	14	8	6
2.5	205	75	30	21	10	8
3.0	278	100	40	25	11	10

稳定系数 K_p 是反映多次测定数据的波动参数，可由下式求出：

$$K_p = \frac{x_{max}}{x_{min}} \tag{11-13}$$

式中，x_{max} 为最大测定值；x_{min} 为最小测定值。

③ 测定数据的整理 测定所得数据的算术平均值，为确定产品生产用水定额值的基本依据。为使算术平均值更加接近于正确值，必须删去那些显然是错误的或误差极大的值，通过整理后所得出的算术平均值，通常为修正算术平均值。

但在清理偏差大的数据时，不能单凭主观想象，这样就失去了技术测定法的真实性和可靠性，同时，也不能预先规定出误差的百分率。根据表 11-11 给出下列调整系数表和误差极限公式，可参照此法清理此类误差。

表 11-11 调整系数 K

测定次数	调整系数	测定系数	调整系数
5	1.3	11～15	0.9
6	1.2	16～30	0.8
7～8	1.1	31～53	0.7
9～10	1.0	>53	0.6

极限算式为：

$$\lim_{\max} = \bar{x} + K(x_{\max} - x_{\min})$$

$$\lim_{\min} = \bar{x} - K(x_{\max} - x_{\min}) \tag{11-14}$$

式中，$\lim_{\max}$ 为最大极限；$\lim_{\min}$ 为最小极限；K 为调整系数（由表 11-11 查出）。

清理的方法是：首先，从测得的数据中删去因人为因素影响而出现的偏差极大的数据；然后，再从剩下的测定数据中，试删去偏差极大的可疑数据，求出最大极限和最小极限之外的可疑数据；最后，检验删去值，如删去值在极限值之外，则该值应删去，否则不应删去。

④ 技术测定程序

a. 选择正常的生产管理和技术条件。

b. 考虑产品生产周期和影响用水的季节变化因素，选择有代表性的时段，进行水量平衡测试。

c. 统计计算对应水量平衡测试期内的产品数量。

d. 按企业水量平衡测试表中水量数据，计算单位产品用水定额基准值的测定值 W_i。

$$W_i = \frac{V_i}{m_{pi}} \tag{11-15}$$

式中，V_i 为第 i 次测算水量值；m_{pi} 为与 V_i 对应的产品数量（t、kg…）。

e. 对 W_i 值进行处理，求其算术平均值，然后再根据影响因素加以调整，求出用水定额基准值。

在水量平衡测试中和对应期间产品数量统计过程中，各种指标的测算次数和数值处理均应按上述（4）技术测定法中第②、③的要求进行或按一般统计分析方法进行数据处理。

⑤ 特点分析 技术测定法制定用水定额能反映产品的客观真实过程和目前工艺水平，能客观反映各种因素对生产用水的影响程度。因此，这种方法有较高的准确性和科学性。

这种方法的缺点是工作量大，比较麻烦，尤其当产品周期长、生产稳定性差时，测试时间长，耗时费力。

凡产品数量与其用水量较易对应的生产过程，即连续生产、连续批量生产或间歇批量生产过程，均可用这种方法制定用水定额，尤其对生产过程稳定在较短时期内就可完成测定的情况。该方法是制定产品生产用水定额的基本方法之一。

（5）理论计算法

理论计算法是根据产品工艺的用水技术要求（参照设计和实际操作要求）和单台设备（包括附属设备）的设计水量（参照实际用水情况），用理论公式计算生产用水数量，从而制定用水定额的方法。

理论计算法计算的水量（理论水量）一般是产品生产过程中的用水量，而不是新水量（取水量）。为了节约新水量，一般的生产工艺都可程度不同地采取水的重复利用措施。新水量、理论水量和重复利用率可用下面关系式表示：

$$W_f = W_t(1 - P) \tag{11-16}$$

式中，P 为重复利用率；W_t 为理论水量，即最大（$P = 0$）新水量；W_f 为重复利用率为 P 时的新水量。

理论计算法可根据计算单元结构形式或计算方法不同分为生产工序法、用水结构法和影响因素法。

① 生产工序法　该方法是按在该产品生产过程的各工序依次逐项计算生产用水量，从而制定用水定额的方法。

② 用水结构法　该方法是按生产过程的用水结构分类逐项计算生产用水量，从而确定用水定额的方法。

尽管各种产品生产工艺不同，各工序水的用途、用水量和水质要求各异，但根据用水性质可归结为五种类型：a. 原料用水；b. 生产工艺用水；c. 冷却用水；d. 锅炉用水；e. 生产过程用水。

另外，生产过程必需的生活用水及其他用水也可单独列项。

有的产品生产中上述几种用水全部发生，有的可能只有其中1～2项，可以按实际需要归类计算生产用水量。

③ 影响因素法　该方法是在对产品生产过程中各类用水的影响因素分析基础上，通过建立数学模型计算用水量，从而确定用水定额基准值的方法。

对一般的产品生产用水都可建立以下数学模型：

$$W = IAB \tag{11-17}$$

式中，W 为单位水量，m^3/t；I 为单位向量，列数 m；A 为影响因素系数矩阵（m 行，n 列），$A = (\alpha_i)_{m \times n}$；$B$ 为理论结构用水量矩阵（n 行，1 列），$B = (b_1 b_2 \cdots b_n)^T$。

A 矩阵中元素 a_{ij} 为影响因素 i（$i = 1, 2, \cdots, m$）对第 i 类用水的影响程度，应根据实际分析确定，即受该项用水的重复利用率影响。B 矩阵中 b_j（$j = 1, 2, \cdots, n$）为第 i 类用水的理论基准量。

④ 特点分析　理论计算法的优点是简单、方便、工作量小、比较全面系统；缺点是存在于产品生产客观条件下所发生的实际用水量的偏差。

该方法可以确定产品用水定额基准值。理论计算水量可作为其他方法确定单位用水定额基准值的参考数据。

在城市工业生产用水定额的制定过程中，可以根据产品生产的具体情况选择其中一种方法计算，但多数情况下，应以统计分析方法为主，其他方法为辅，以使定额值更符合生产实际情况。

由以上分析可知，上述几种方法各有优缺点，为使定额更趋合理，我们需结合保定市具体情况来确定计算方法，综合上述各种方法的优缺点，建立更适合的工业用水特点的数学模型及方法。

11.2.2.2　用水定额影响因素分析

影响产品用水定额的因素很多，如产品结构、生产工艺、生产规模、用水工艺、技术管理、外部环境等。这些因素的种类和性质是不同的，对定额的影响范围和程度也是不同的，制定用水定额时，不能不分析各种影响因素，必须妥善、合理地处理各种因素的影响。工业取水量变化与这些影响因素间变化可用下列工业用水指数模型来描述，它是一种研究复杂总体中各种因素变化影响的宏观分析方法。

工业用水系统的指数模型形式如下：

$$\theta = \alpha \beta \gamma \omega \tag{11-18}$$

式中，θ 为取水量变化指数；α 为重复利用率变化指数；β 为生产工艺水平变化指数；γ 为工业产值变化指数；ω 为工业结构变化指数。

$$\theta = V_{fo} / V_{ft}$$

式中，V_{fo}、V_{ft} 为考察期前、后的取水量。

α 表示重复利用率变化前后对取水量的影响：

$$\alpha = (1 - P_{r2}) / (1 - P_{r1})$$

式中，P_{r1}、P_{r2}分别为考察期前、后水的重复利用率。

β表示单位产值用水量降低或提高对取水量变化的影响，即生产工艺水平对取水量的影响：

$$\beta = V_{wtt}/V_{wto}$$

式中，V_{wtt}、V_{wto}分别为考察期前、后的用水量。

γ表示工业总产值增长或下降对取水量的变化：

$$\gamma = C_t/C_o$$

式中，C_o、C_t分别为考察期前、后工业总产值。

ω表示工业结构变化对取水量变化的影响：

$$\omega = \sum V_{wtit} E_{it}/\sum V_{wtit} E_{io}$$

式中，V_{wtit}为考察期i行业单位产值用水量；E_{io}、E_{it}分别为考察期前、后i行业产值在总产值中的比重。

式（11-18）表明工业取水量总体变化指数是重复利用率、生产工艺水平、工业产值和工业结构四个单一因素变化指数之积。如果：a. 某单一变化指数（变化率）>1，则说明该因素变化导致取水量趋于增加；b. 某单一变化指数<1，则说明该因素变化导致取水量趋于减少；c. 某单一变化指数=1，则对取水量无影响。

根据此次制定保定市用水定额的宗旨，保定市的工业企业在短时期内的工业结构、生产工艺设备等变化不大，因此此次制定用水定额重点考虑重复利用率变化对工业用水的影响。

11.2.2.3 以保定市为例，制定产品用水定额的方法

(1) 指导思想与总体方案

为了保证定额的科学性、先进性，我们规定了几条定额制定过程中必须遵循的原则：一要符合国家水法和其他有关文件精神；二要体现先进合理性；三要有利于鼓励先进、鞭策落后；四是既要有理论依据，又要切实可行；五要便于宏观控制与微观管理。

在上述思想指导下设计的总体方案如图11-1所示，并将全过程分为四个阶段：准备阶段、方法研究阶段、试点阶段及推广试行阶段。

(2) 制定工业用水定额前的准备工作

制定工业用水定额前的准备工作就是做好企业水量平衡测试，水量平衡测试亦称水平衡，是指在一个确定的用水单元内，输入水量和输出水量之间的平衡。工业企业水量平衡测试，即是依照这一原理，以工业企业为主要考核对象，通过系统的实测分析，确定相应用水系统（包括其子系统）的各种水量值。

企业水量平衡测试是企业加强用水科学管理，最大限度地节约用水和合理用水的一项基础工作，它涉及企业的生产管理、技术管理、能源管理、后勤管理等方面，同时也表现出较强的综合性、技术性，搞好企业水平衡测试，有以下几方面作用。

① 掌握企业用水现状，确定工业用水水量（统计值）之间的定量关系。

② 定量分析企业用水合理化水平，为寻求进一步提高水的有效利用程度和挖掘节水潜力，制定合理用水规划提供依据。

③ 为制定企业各类工业产品用水定额提供数据。制定产品用水定额，需要掌握产品的生产工艺、用水工艺、用水量值及各类用水量参数关系，需要健全各种水量计量仪表，而这些正是水平衡测试所涉及的内容和所要解决的问题。因此，水平衡测试为企业制定产品用水定额奠定了技术基础。

(3) 保定市工业用水定额制定方法及研究思路

① 研究思路 制定城市工业用水定额及其指标体系，首先应分析这些用水影响因素，但是各种影响因素很多，如工业规模大小、工业结构、技术水平、装备水平、工艺水平、管

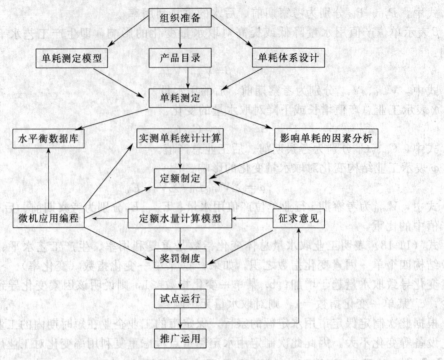

图 11-1 保定市产品用水定额研制系统方框图

理水平、经济水平、气候条件、厂区人口、供水水压、用水计算办法和售水水价及供水资源满足程度等。这些影响因素之间的关系非常复杂，如果各单项用水因素都去建立数学模型或某种数学关系，将需要大量的原始数据，这在目前是很难达到的，故此我们从研究工业用水的用水因素入手。

一般包括以下几项主要用水因素：一是生产取水量；二是生活取水量；三是其他取水量等。这些用水因素，涵盖了城市工业用水的各个部分，不论哪种行业，哪个企业，工业用水都是由以上这些用水因素组合而成，因而在给工业用水用户下达计划用水指标时，只要确定了上述用水因素的单一合理用水定额，就可以根据用水数学模型确定出合理的计划用水指标。因此，城市工业用水定额是一个相对稳定值，在不同时期应及时加以调整，我们定义为"虚拟定额"。企业内职工生活用水不与产品发生直接关系，因此在测定产品取水单耗时不记入生活水量。它与企业生产环境、对卫生条件的要求、生活用水结构及职工人数等因素密切相关，其定额的大小可参考生活用水定额，因此工业取水定额的制定重点是生产取水定额的制定。

② 产品用水定额制定的理论基础　根据 GB 7119—86 的规定，结合保定市的具体情况，同时考虑到今后全面考核、横向可比以及用水计划和其他后续工作的需要，我们分行业分企业分别制定行业和企业的取水定额，对行业取水定额的制定用综合万元产值取水量来推算，万元产值取水量是一个综合性指标，可以宏观上反映工业用水水平，其主要优点表现在可比性强（即本市、本行业、本单位当年与上年或历年相比），从中可以看出节约用水水平的提高或下降。

城市工业用水行业万元产值取水量一般用统计分析法，其方法如下：表 11-12 列出了某市各行业最近 11 年（1991～2001 年）的万元产值取水量统计资料。用格拉布斯（Grubbs）准则对表中的数据进行离群分析，选取危险率 $a=0.05$，将可疑数据剔除（在表中加 * 的数据），选择数学模型进行拟合。以冶金行业万元产值取水量为例来介绍离群分析方法。

表 11-12　各行业历年万元产值取水量统计　　　　　　　　　单位：m³/万元

行业	1991 年	1992 年	1993 年	1994 年	1995 年	
冶金	* 251	73.8	74.0	72.7	70.6	
电力	189.6	189.8	186.0	193.1	191	
煤炭	556.5	503.8	475.9	532.5	607.6	
化工	240.9	166.1	184.7	172.2	152.0	
机械	153.9	115.3	90.3	86.5	85.6	
建材	154.4	161.7	146.7	155.8	166	
陶瓷	213.3	156.5	154.8	137.2	135.8	
纺织	201.6	182.7	174.7	183.3	176.6	
食品	105.5	93.4	103.0	136.3	143.8	
造纸	♯2577	1483	1433.8	1203.3	954.3	
轻工	320.5	141.2	247.0	253.6	287.5	
建工	224.3	196.6	156.5	133.9	101.2	
行业	1996 年	1997 年	1998 年	1999 年	2000 年	2001 年
冶金	60.2	51.8	39.8	34.2	38.8	25.0
电力	169.6	161.8	133.8	150.7	126.3	137.6
煤炭	458.8	557.7	213.2	170.0	♯8.5	108.7
化工	121.2	109.0	50.5	150.0	97.2	79.5
机械	51.8	67.6	46.2	48.9	38.6	23.7
建材	127.6	101.2	74.3	70.0	54.7	51.9
陶瓷	95.0	72.8	78.9	63.5	55.4	61.0
纺织	166.2	135.6	127.4	99.6	23.4	49.6
食品	109.8	126.3	97.0	113.5	150.6	131.5
造纸	398.0	353.8	300.9	252.0	365.3	157.8
轻工	195.3	170.3	188.9	♯7.8	74.2	♯3.0
建工	111.4	100.1	47.7	43.0	125.6	69.1

注：加 * 者为离群分析剔除数据；加 ♯ 者为回归剔除数据。

$x_{max} = 251.7$；$x_{min} = 25.0$；$\bar{x} = 71.99$；标准差 $s = 61.833$；可疑数字为最大值时统计量 T_{max}：

$$T_{max} = (x_{max} - \bar{x})/s = 5.96$$

可疑数字为最小值时统计量 T_{min}：

$$T_{min} = (\bar{x} - x_{min})/s = 0.711$$

查离群数据分析判断表得 $M = 11$，危险率 $a = 0.05$ 时，$T_{0.05} = 2.23$；由于 $T_{max} = 5.96 > 2.23$，$T_{min} = 0.711 < 2.23$，故上述 11 年万元产值取水量中最大值 251m³/万元为不正常值，应剔除，通过离群分析另外 10 组数据为正常值。其余几个工业行业的离群数据分析方法同冶金行业一样。离群数据分析如表 11-13 所列。

表 11-13　行业万元产值取水量数据离群分析表

行业	$\bar{x}$	$\sum(x_i-\bar{x})^2$	s	T_{max}	T_{min}	$T_{0.05}$
冶金	71.99	38625	61.833	5.96	0.711	2.23
电力	166.3	6566	25.624	0.909	1.12	2.23
煤炭	381.2	452042.6	212.61	1.7530	1.065	2.23
化工	138.48	28932	53.79	1.9048	1.097	2.23
机械	73.491	14363	37.90	2.1217	1.314	2.23
建材	114.94	30552	55.274	0.1711	1.683	2.23
陶瓷	111.29	26348	57.326	1.987	0.98	2.23
纺织	138.25	34267	51.330	1.082	1.514	2.23
食品	119.15	3814.7	58.538	0.699	0.6321	2.23
造纸	861.77	5.68E+06	753.786	2.275	0.934	2.23
轻工	171.75	114542.9	107.03	1.380	1.577	2.23
建工	119.04	32863	110.537	1.836	0.871	2.23

　　数据进行处理后，建立数学模型进行拟合，以陶瓷业为例来介绍拟合的过程。用万元产值取水量作为纵坐标，年份（这里运用时间间隔的简约数即与起始年份的距离，起始年份取1991年）作为横坐标画图，如图11-2所示。分析图形可以发现，万元产值取水量的值是递减的，有比较明显的线性特征，拟合曲线如图11-3所示。因此我们建立数学模型来对城市行业取水定额进行预测及评判。

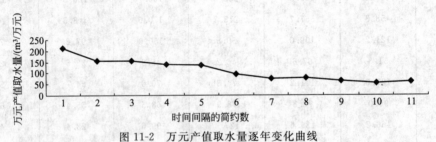

图 11-2　万元产值取水量逐年变化曲线

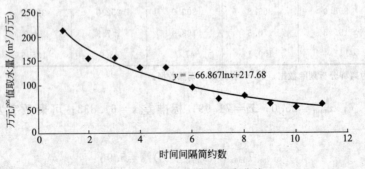

图 11-3　万元产值取水量拟合曲线

③ 数学模型的选择　根据拟合曲线的走势，我们可选择以下三种数学模型。

a. 乘幂型回归方程，数学表达式为：

$$Q=Ax^B \tag{11-19}$$

b. 指数型回归方程，数学表达式为：

$$Q=A\exp(Bx) \tag{11-20}$$

c. 对数型回归方程，数学表达式为：

$$Q = A\ln x + B \qquad (11\text{-}21)$$

式中，Q 为万元产值取水量；A, B 为回归系数；x 为表示时间间隔的简约数（$x=$ 预测年份－起始年份，起始年份取 1991 年）。

求出回归系数 A, B，再求得相关系数 R，R 值越大，拟合效果越好。用上面三种模型对陶瓷业数据进行拟合，回归系数即相关性系数见表 11-14，根据相关性系数的大小可以判断出数学模型拟合效果较好。

利用表 11-13 的数据对各行业数据进行回归计算，求出回归系数及相关性系数，详见表 11-14。

表 11-14　各行业万元产值取水量曲线拟合情况

行业	乘幂模型			指数模型
	A	B	R	A
冶金	98.453	−0.4375	0.832	98.705
电力	214.68	−0.1677	0.799	213.2
煤炭	823.8	−0.5332	0.653	879.15
化工	260.63	−0.4475	0.757	234.25
机械	185.07	−0.6587	0.915	164.56
建材	226.12	−0.479	0.787	226.24
陶瓷	254.01	−0.579	0.938	226.84
纺织	308.58	−0.5977	0.662	316.66
造纸	2341.8	−0.9937	0.908	2056.8
轻工	376.9	−0.4232	0.718	389.35
建工	261.62	−0.5691	0.798	222.49

行业	对数模型				
	B	R	A	B	R
冶金	−0.1206	0.947	−22.101	87.473	0.869
电力	−0.0433	0.896	−27.16	209.51	0.790
煤炭	−0.1563	0.824	−157.69	658.16	0.644
化工	−0.1009	0.759	−61.969	237.08	0.858
机械	−0.1551	0.959	−49.69	152.55	0.977
建材	−0.1271	0.929	−48.81	192.6	0.800
陶瓷	−0.1347	0.971	−66.867	217.68	0.971
纺织	−0.1628	0.802	−62.047	236.97	0.790
造纸	−0.2493	0.941	−669.38	1701.3	0.941
轻工	−0.1251	0.848	−78.905	333.08	0.797
建工	−0.1239	0.774	−69.12	229.02	0.898

根据相关系数的大小，可选择拟合较好的数学模型，代入所求年份简约数，即可求出行业的取水定额值。

由于食品行业万元产值取水量逐年变化无规律可循，故取多年平均值为 119.15m³/万元。

根据上述方法求出的行业用水定额值，我们可以比较其取水定额的大小，分析其用水水平，然后根据各行业用水的优缺点进行节水改革。通过行业用水定额的预测，再考虑各企业的用水定额值，确定其用水的先进水平。对各企业取水定额的制定将重点考虑产品用水单耗和取水单耗。用水单耗和取水单耗是全面衡量单位产品消耗总水量和新水量的指标，且后者是小于前者的，二者的差距是节水水平高低（在重复用水方面）的反映，差距越大，说明重复利用率越高，相反则越低。水费上涨、限制用水供给、减少废水及控制污染等问题导致用户不得不考虑水的再生回用。在各企业现有条件下，提高企业用水重复利用率来降低取水单耗是企业减少用水量、节能降耗的一种重要措施。因此我们重点考虑单耗和重复利用率的关系。

单耗的测定应根据单位水平衡测试所得数据来计算，其实测值等于取水量与产品产量实测值的比值。实测值的问题关键是需要对水量值进行分解或综合，使之与特定的产品形成一一对应的关系。在实际生产中，各产品的用水过程无论是在空间上或时间上都有穿叉重叠，有时区分很困难。其难点就在于生产过程错综复杂，使用水量与产品品种的对应关系不甚明朗，因此，为了简化，我们通常用最终产品来计算单位产品取水量（用水量），如最终产品的规格尺寸大小不一、难以统一时，也可用万元产值取水量（用水量）。

如前所述，制定定额的基数是测试单耗的均值 $\bar{x}_i$，定额就在其上下进行一定幅度的调整。节水先进企业的定额向上调或向下调，调整范围为 $\bar{x}_i \pm \sigma_i$，一般企业的定额则会处于均值左右。其目的是既要照顾到节水工作较差、单耗较高的企业的实现，有所促进；又不至于挫伤先进企业的积极性。

在具体制定定额前，首先我们引入"重复用水水平系数 α"这一概念。所谓重复用水水平系数 α，指的是在理论重复用水状态下，产品理论生产取水量（冷却水与工艺水之和）与实际取水量的比值，其值越高，表明重复用水水平越高。用公式表示如下：

$$\alpha = \frac{Q_{理取}}{Q_{实取}} = \frac{1 - R_{理}}{1 - R_{实}}$$

式中，$R_{理}$ 为理论重复用水率；$R_{实}$ 为实际重复用水率。

由于理论取水量目前难以确定，我们暂时借用保定市同行业先进的重复利用率即可计算出各企业产品的理论取水量 $Q_{理取}$。

显然，$Q_{实取}$ 越接近 $Q_{理取}$ 时，就说明该企业的循环率与回用水率越先进。另外，$Q_{理取}$ 必然小于等于 $Q_{实取}$。也就是说 α 在 0～1 之间，即：$0 < \alpha < 1$。

其次，经过进一步研究并建立了计算定额的数学模型：

$$x_i = \bar{x}_i + 2(\alpha_i - \bar{\alpha})\sigma_i$$

式中，x_i 为产品取水定额；$\bar{x}_i$ 为产品实测取水单耗均值；α_i 为产品重复用水水平系数；$\bar{\alpha}$ 为同行业平均重复用水水平系数；σ_i 为产品测定取水单耗均方差。

在已知各参数值条件下，利用此模型即可很方便地算出各企业产品取水定额。

(4) 企业定额水量计算数学模型

企业取水量可由三部分构成，即生产取水量、生活取水量与其他取水量。目前保定市主要对各企业下达自来水计划，在考用水计划时，无疑还要考虑到企业的节水、不同季节的水量调整及其他因素的影响。使计划中有一定的弹性，否则会使操作变得不够灵活。因此，经综合分析、研究，建立企业定额水量计算模型如下：

$$Q = K_1 \left[K_2 (K_3 Q_{生产} + Q_{生活}) + Q_{其他} \right]$$

$$Q_{生产} = \sum_{i=1}^{q} x_i Q_i$$

$$Q_{生活} = h_i M T$$

式中，Q 为企业定额考核总水量；$Q_{生产}$ 为生产总取水量；x_i 为第 i 种产品取水定额；Q_i 为第 i 种产品产量；$Q_{生活}$ 为企业内职工生活总取水量；h_i 为企业所属类型的生活取水量；

M 为企业职工数；T 为企业工作天数；$Q_{其他}$ 为企业内基建临时取水量和外供量等非生产、生活用水，基建用水按 $3t/m^2$ 分摊到整个施工周期；外供水应装表计量，具体数量核定解决；K_1 为不明水量系数，综合反映单耗测定时的水表误差及管网泄漏水量等因素影响，月取水量大于等于 10 万吨的企业，K_1 取 1.03；5 万～10 万吨企业取 1.04；5 万吨以下者取 1.05；K_2 为季变系数，用于调整不同季节取水量的差异，视各企业实际情况而定，据统计，取值范围一般为 0.9～1.1；K_3 为年节水率，鉴于定额一定，三年不变，为了促进节水工作，根据不同企业的节水潜力用于调整每年的定额水量，取值为 0.95～1.00，先进企业取上限，落后企业取下限。

根据各企业提供的有关数据，利用以上计算模型就可制定出各厂取水指标。

（5）保定市工业用水虚拟定额情况一览表

根据上述理论，我们暂定了保定市各个工业行业系统用水因素的虚拟定额，并与实际用水和实际用水指标进行比较，同时对各个用水因素进行适当调整，从而制订出保定市工业用水虚拟定额情况一览表。

（6）工业用水定额的检验方法

这种取水定额对保定市来说，是否切实可行还需与本市实际情况比较，但是保定市工业行业中门类繁杂，企业数量更是成百上千，所以我们无法全部进行书面验证，仅对其中各行业的典型企业进行验证。由工业用水定额可得出各企业单位的用水指标，再与保定市历年下达用水指标以及历年实际用水量做比较，允许有 5%～10% 的超计划用水户，不满足时，合理调整行业参数，以使超计划用水户控制在本范围内。

（7）保定市工业用水虚拟定额可行性分析

工业节水潜力同地区或城市的工业结构、工业用水管理水平、设备状况和生产工艺等密切相关。前已述及，保定市工业用水主要集中在电力、冶金、化工、纺织等行业，应作为工业节水的重点。

提高工业用水的重复利用率已证明是一项十分有效的节水措施，这种大规模的处理循环用水开始于 20 世纪 70 年代。根据国外先进水平及国内实际情况，规定的各种行业的合理重复用水水平为：钢铁工业（冶金）90%～95%；化学工业 80%～95%；纺织工业 50%～90%；食品工业 60%～90%；制浆造纸业 60%～90%。保定市电力、冶金、化工、纺织等主要耗水行业的重复利用率都处于合理水平，甚至有的已达到先进水平，因而从行业用水角度分析，若不考虑污水回用，则系统节水潜力有限。采用节水型生产工艺是工业节水的一个重要途径，它的直接效果是降低单位产品的用水量。

保定市虚拟定额是在分析保定市节水水平，根据保定市实际情况，保证科学性、先进性、合理性及实用性的基础上制定出来的，代表着保定市工业用水水平，将指导着保定市今后的生活用水方向。

（8）工业产品虚拟定额制定实例

① 化学工业

a. 化学工业概况　化学工业是一个生产与分布范围极广泛的工业部门。根据化学工业部门的统计口径，化学工业即为所谓的"大化工"口径。它包括化工系统、化学药品和日用化工等部分。我国化工系统企业数量庞大，其中产值占 45.5% 的大型企业约占企业总数的 5%，而产值占 26% 的小型企业数量占企业总数的 75.64%。这不得不对企业的规模效应和经济效益（包括用水效益）产生相当影响。另一方面，随着经济改革开放进程的发展，企业结构情况也在发生变化。这表现在：小型企业数量及其所占的比重在减少，但经济效益略有增加。这样有利于包括用水效率在内的经济效益的提高，也符合我国经济社会发展的总趋势。

在化工系统中基本化学原料、化肥、有机化学原料和制品、橡胶制品等行业的企业数量和产值所占的比重相对较大。

近三年来，我国化学工业在扩大对外开放、深化企业改革、提高经济效益、加速结构调整、加强企业内部管理以促进化学工业持续、快速、健康发展的思想指导下，总体上一直保持稳步发展的势头。截至 1995 年底，化工系统工业总产值已达到 2270 亿元。

下面以保定市合成洗涤剂厂、风帆精密塑料制品有限公司为例说明化工行业用水定额的制定方法。

b. 产品用水定额的制定　现将保定市合成洗涤剂厂 1999 年每月的产值、产量、取水量、再用量列出（见表 11-15）。

表 11-15　合成洗涤剂厂 1999 年年度用水统计表

月 份	产品名称	产值/万元	产量/t	工业取水量/m³		再用量/m³
				自来水	自备井	
1		28	50	814		0
2		28	50	675		0
3		22	40	1072		0
4		40	85			0
5		40	85	554		0
6	洗涤用品	30	50	923		0
7		20	42	575		0
8		18	40	840		0
9		32	55	845		0
10		19	36	851		0
11		22	39	670		0
12		40	65	950		0
合 计		339	637	9546		0

产品的用水定额可以用万元产值取水量或单位产品取水量表示。本行业用万元产值取水量计。原因：化工行业产品众多且产品的计量单位不同，如"m³/t"、"m³/100m"，如果用单位产品取水量表示，显得很混乱，也不容易进行行业内各企业之间单耗的比较，而用万元产值取水量就没有这些缺点，而且可以用产值和产品价格推算出产量，也可进行产量的比较。可见，用万元产值取水量是比较科学的。

根据表 11-15 中产品的产值与取水量，可以算出产品 12 个月的取水单耗（单位为 m³/万元）：

$x_1 = 29.07;$ 　$x_2 = 24.11;$ 　$x_3 = 48.73$

$x_4 = 19.43;$ 　$x_5 = 13.85;$ 　$x_6 = 30.77$

$x_7 = 28.75;$ 　$x_8 = 46.67;$ 　$x_9 = 26.41$

$x_{10} = 44.79;$ 　$x_{11} = 30.45;$ 　$x_{12} = 23.7$

为了使单耗样本更接近正态分布，我们舍去最大与最小的两个单耗（48.73 和 13.8），然后计算出测试单耗的均值 $\bar{x}$ 及均方差 S，分别作为以后制定定额的基数及调整范围。

$$\bar{x} = 30.42$$

$$S = 8.80$$

此企业的重复用水水平系数 α 为：

$$\alpha = \frac{Q_{理取}}{Q_{实取}}$$

由于理论取水量目前难以确定，我们暂时借用全市先进的再用率就可以计算出本产品的理论取水量。1999年化工行业最高的再用率是风帆精密塑料制品有限公司的96.8%，本企业的再用率是0。计算如下：

$$\alpha = \frac{9546 \times (1 - 96.8\%)}{9546} = 0.032$$

产品的取水定额可以用万元产值取水量或单位产品取水量表示。本行业用万元产值取水量计。

用同样的方法可以算出本行业其他企业的再用水水平系数，并可以算出全行业平均再用水水平系数 $\bar{\alpha} = 0.1255$。

本产品的取水定额为：

$$
\begin{aligned}
x &= \bar{x}_i + 2(\alpha_i - \bar{\alpha}) S_i \\
&= 30.42 + 2 \times (0.032 - 0.1255) \times 8.80 \\
&= 28.77 (\mathrm{m}^3 / 万元)
\end{aligned}
$$

用同样的方法可以计算出宝恒化工有限公司和风帆精密塑料制品有限公司的取水定额（产品产值取水定额）。

宝恒化工有限公司：

$$
\begin{aligned}
x_{染料} &= \bar{x}_i + 2(\alpha_i - \bar{\alpha}) S_i \\
&= 37.05 + 2 \times (0.1397 - 0.1255) \times 8.78 \\
&= 37.30 (\mathrm{m}^3 / 万元)
\end{aligned}
$$

$$
\begin{aligned}
x_{中间体} &= \bar{x}_i + 2(\alpha_i - \bar{\alpha}) S_i \\
&= 20.06 + 2 \times (0.1397 - 0.1255) \times 5.29 \\
&= 20.21 (\mathrm{m}^3 / 万元)
\end{aligned}
$$

风帆精密塑料制品有限公司：

$$
\begin{aligned}
x &= \bar{x}_i + 2(\alpha_i - \bar{\alpha}) S_i \\
&= 11.89 + 2 \times (1 - 0.1255) \times 1.95 \\
&= 15.30 (\mathrm{m}^3 / 万元)
\end{aligned}
$$

② 纺织工业

a. 纺织工业概况。纺织工业是保定市发展较早、有一定基础的工业部门之一，也是保定市传统的支柱产业之一。它与人民的生活和工业的发展有着密切的关系，多年来在保障人民衣着需要，为国家积累资金、增加出口创汇和为工业生产配套方面发挥了重要的作用。

纺织工业依靠国家和自己的力量建立了相当规模的新企业，改善了部分老企业和老设备，目前除了从国外引进一些先进设备和工艺技术外，棉纺织、毛纺织、麻纺织、丝纺织行业的机织、针织和染色设备均能自己制造，不仅供国内纺织企业生产需要，也有相当数量的设备出口外销。经过多年的不断努力，保定市纺织工业已居全国前列，已发展成为布局基本合理，棉、毛、丝、麻、化学纤维等原料和产品综合发展的部门，还拥有服装、鞋帽和纺织机械制造等行业，是一个门类齐全的工业部门。

改革开放十多年来，纺织企业获得飞速发展，特别是纺织印染行业，技术容易掌握，便于安排就业，因此获得较快发展，已成为保定市支柱性产业之一。与其他发达国家工业部门相比，我国纺织工业生产设备还较落后，产业结构还需调整，技术设备还需更新，还需要有大量的资金投入。纺织工业虽然生产设备数量较大，但生产效率不高，还属于劳动密集型企业，总体生产水平与发达国家相比还有较大差距，这些表现在我国纺织品品种少、档次低、质量还不够稳定、原料结构和产品结构不尽合理、产品附加值低、资源与能源程序消耗数高、实物劳动生产率和货币劳动生产率均大大低于发达国家。保定市纺织工业也有上述缺点。

b. 纺织工业行业的划分。纺织工业根据产品使用的原料、产品的品种、产品的加工方式和产品的用途不同，可有不同的行业划分方式。但从生产过程和用水指标方面考虑，由于使用原料不同，其产品加工方式和单位产品新水量不同，因此，按原料进行分类较为适宜，据此分为棉、毛、丝、麻和化学纤维行业。

c. 纺织工业用水情况。纺织工业是用水量较大的工业部门之一，无论从单位产品的耗水量或全行业用水总量来说均如此，从纺织工业的节水调查情况来看，纺织行业的节水潜力是很大的。

纺织行业可分为棉纺织行业、毛纺织行业、丝绸行业和化纤行业，现分别说明。

ⓐ 棉纺织行业用水的基本情况及工业节水指标情况。棉纺织行业用水情况是生产过程中的一个重要的技术统计，它代表了一定时期内特定产品生产工艺技术水平下单位产品所耗用的新鲜水量（或单位产值耗用新鲜水量），它与产品的生产工艺、设备、规模均有一定关系，显然这个系数具有综合的统计学概念，所以要获得该数据，必须进行大量的实际调查、分析、总结。

根据本次调查，工业节水指标情况反应如下：多数企业无工艺串联用水；冷却水的循环利用非常普遍，且使用量很大；棉纺织厂工艺用水的回用量非常小。针织业工艺水的回用率较低；棉纺织企业一般都有需要蒸汽，所以都有蒸汽锅炉，并按要求在管道上装有冷凝水回收装置，但本次调查中，大多数企业无冷凝水回用量的统计。

1998～1999年保定市棉纺织行业部分企业用水调查情况见表11-16。

表11-16　1998～1999年保定市棉纺织行业部分企业用水调查情况

厂　　名	产品名称	总用水量/(万吨/年)	单位产品新水量/(t/t)	再用率/%
保定市棉纺厂	棉纱、棉布	283.16	13.0	79
保定市二棉纺厂	纱线	133.00	31	43.3
保定市棉麻棉纺总厂	棉纱	23.07	68	84
保定市轻工用品总厂	棉纱	117.86	215	3.3
保定市织绒厂	棉布	4.90	100.5	0
保定市色织厂	色织布	32.36	194.35	87.43
保定市银河棉纺织厂	棉纱	6.78	35.9	45.6
依棉集团	棉纱	303.65	2.73t/100m	88.1

ⓑ 毛纺织行业工业用水基本情况及工业节水指标情况。毛纺织行业工业用水、节水情况的研究方法与棉纺织品相同。首先在保定市大、中型毛纺织厂进行调查，收集有关资料。根据本次调查，工业节水指标情况见表11-17。

表11-17　毛纺织工业节水指标

厂　　名	产品名称	总用水量/(万吨/年)	单位产品新水量/(t/100m)	再用率/%
天翔集团毛纺织有限责任公司	毛织品	148.59	72.47	68.2
保定市毛纺厂	毛织品	1213.43	28.04	80.85
毛纺织厂	毛织品	117.29	42.81	71.6
纺织地毯厂	毛织品	49.94	192.77	4.5

ⓒ 丝绸行业部分工业企业用水基本情况及工业节水指标（见表11-18）。

表 11-18　丝绸行业部分工业企业用水基本情况及工业节水指标

厂　名	产品名称	总用水量/(万吨/年)	单位产品新水量/(t/100m)	再用率/%
保定市二丝绸厂	丝织品	10.22	6.30	0
保定市丝绸厂	丝织品	32.41	8.3	15.4

ⓓ 化纤行业用水基本情况及工业节水指标情况。为制定本行业的节水规划，在保定市进行了调查，见表11-19。

表 11-19　化纤行业节水规划

厂　名	产品名称	总用水量/万吨	单位产品新水量/(t/t)	再用率/%
天鹅化纤集团公司	人造丝	1152.20	66631.27	75.3
化纤丝织厂	绣花线	1.09	39.45	0

ⓔ 保定市服装成衣厂用水基本情况及节水指标（见表11-20）。

表 11-20　保定市服装成衣厂用水基本情况及节水指标

厂　名	产品名称	总用水量/(万吨/年)	单位产品新水量/(t/万件)	再用率/%
保定市被服厂	防寒服	7.16	2195.46	0
中大针织有限公司	针织衬衫	2.71	460.20	0
保定市内衣针织厂	针织内衣	5.29	4054.75	0
保定市服装厂	服装	2.29	982.80	0
保定市兴华服装厂	服装	1.05	348.12	0
外贸编织厂	成衣	2.72	45.20	3.5

d. 产品取水定额的制定

ⓐ 部分工业企业取水单耗统计（见表11-21）。

表 11-21　部分工业企业取水单耗统计表

名称	A	单耗/(m³/万元)											
		x_1	x_2	x_3	x_4	x_5	x_6	x_7	x_8	x_9	x_{10}	x_{11}	x_{12}
1	0.119	103.3	108.6	102.6	100	100	102.6	100	105.4	100	91.1	87.5	96.7
2	0.220	29.5	38.6	46.2	41.1	39.6	35.5	40.6	42.2	39.6	30.9	26.5	23.4
3	1.00	1.9	1.8	2.5	2.0	2.6	3.8	5.1	5.6	3.2	1.9	2.4	1.7
4	0.119	2433	2747	2047	1521	1532	938	1291	3657	2950	2322	1455	4037

注：1—保定市一棉绒织有限公司；2—保定市银河棉纺织厂；3—保定市依棉集团；4—保定市被服厂。

ⓑ 工业产品取水定额的制定　1999年纺织行业最高的再用率是依棉集团的88.1%，最低为0。$\alpha_{最高}=1$，$\alpha_{最低}=(1-88.1\%)/(1-0)=0.119$，用同样的方法可以算出本行业其他企业的平均再用水水平系数 $\bar{\alpha}=0.278$，下面以依棉集团、保定一棉绒织有限公司为例说明纺织行业取水定额的制定方法与步骤。

依棉集团：

$$x=\bar{x}_i+2(\alpha_i-\bar{\alpha})S_i=2.73+2\times(1-0.278)1.06=4.26(t/100m)$$

该公司取水定额应为：

$$Q=xq=4.26\times1072989=4571619.85(t)$$

保定一棉绒织有限公司：

$$x=\bar{x}_i+2(\alpha_i-\bar{\alpha})S_i=100.50+2\times(0.119-0.278)\times3.84=99.28(\text{t/t})$$

该公司取水定额应为：

$$Q=xq=99.28\times697=69198.16(\text{t})$$

③ 建材行业

a. 建材行业概况。保定市建材行业存在的最大问题是生产技术比较落后，因此在"九五"计划期间到 2010 年，建材工业需进一步加快技术革新、技术改造的步伐，水泥工业优先采用以预分解技术为中心的水泥新型干法工艺、装备。提高再用水的比率，减少单位产品耗水量，以达到节制用水的目的。从对统计资料的分析可以看出，目前保定市建材行业的污水处理、冷却废水的回收利用、锅炉冷凝水的回用等先进节水技术的普及率比较低，这也是建材行业用水节水工作落后的主要原因之一。

b. 用水分析及发展前景。水泥企业生产用水可分为两大部分：一是原材料用水；二是设备用水。原材料用水主要是水泥生料配置添加水，根据工艺不同一般加水量为原料的 12%～40%。设备用水主要为设备冷却水和其他辅助用水。设备用水有水泥窑、生料磨机、空压机组等主要设备和余热锅炉、余热发电机、除尘增湿等辅助设备。除水泥窑窑头和熟料磨机一些厂家采用直接喷淋外，其他设备均为间接冷却方式。

水泥企业的新水消耗主要为：ⓐ原材料加水随着熟料煅烧而蒸发；ⓑ水泥窑和水泥熟料磨机直接喷淋受高温蒸发损失；ⓒ设备循环冷却水的补充；ⓓ生活用水消耗。

水泥行业的发展前景是采用回转窑干法窑预分解技术，它是当今世界最先进的水泥煅烧技术，具有优质、高效、低耗等优点，是水泥工业节能挖潜的主要方向，世界各国都毫无例外地普及发展新型干法生产线，该法为水泥工业的主导方向。

根据保定市建材行业的具体情况分析，将其分为水泥制造和构件制造两个行业进行计算。

c. 定额的制定

ⓐ 保定市建材行业单耗测定（见表 11-22）。

表 11-22 单耗测定统计表

企 业 名 称	单耗/(m^3/t)						
	x_1	x_2	x_3	x_4	x_5	x_6	x_7
保定市水泥厂	2.6	2.6	2.6	2.5	2.5	2.5	2.5
河北省一建构件厂	1.78	1.56	1.54	1.52	1.36	0.88	0.80
市政建设总公司	49.8	50.0	8.00	8.44	11.1	3.55	6.70
保定市航运石棉厂	0.03	0.01	0.01	0.02	0.02	0.04	0.02
金燕公司水泥厂	2.08	1.05	1.35	0.20	0.22	0.55	0.57
省四六公司	24.2	15.5	21.8	25.4	14.2	20.6	35.3
华美水泥厂	2.3	1.61	2.55	2.25	1.85	2.17	2.89
衬布总厂	16.6	25.8	24.5	17.4	17.0	15.9	30.0
市政管理处	2.97	1.78	1.22	7.25	0.46	0.35	0.51

企 业 名 称	单耗/(m^3/t)					单耗均值 $\bar{x}$	均方差 S
	x_8	x_9	x_{10}	x_{11}	x_{12}		
保定市水泥厂	2.5					2.54	0.05
河北省一建构件厂	1.57	0.62	1.36	0.92		1.26	0.39
市政建设总公司	129					33.3	43.2

企业名称	单耗/(m³/t)					单耗均值 $\bar{x}$	均方差 S
	x_8	x_9	x_{10}	x_{11}	x_{12}		
保定市航运石棉厂	0.02	0.02				0.04	0.05
金燕公司水泥厂	1.17	1.01	2.33	2.97		0.93	0.74
省四六公司	59.6	12.9				25.5	14.5
华美水泥厂	2.41	5.03	2.55	5.94		2.56	0.99
衬布总厂	35.4	20.1	15.6	14.8	11.9	20.5	7.10
市政管理处						2.07	2.44

ⓑ 水泥和构件企业定额制定（见表 11-23 和表 11-24）。

表 11-23　水泥制造行业数据

企业名称	单耗均值	均方差	再用率	再用水水平系数	平均再用水水平系数	产品定额
	$x_{平均}$	S	$R/\%$	α	$\alpha_{平均}$	Q
市水泥厂	2.5375	1.0	48.8	1.0		2.596
金燕水泥厂	0.93	0.52	0.0	0.52	0.68	0.69
华美水泥厂	2.56	0.52	0.0	0.52		2.39

表 11-24　构件制造行业

企业名称	单耗均值 $x_{均}/(m³/t)$	均方差 δ	再用率 $R/\%$	再复用水水平系数 α	平均再用水水平系数 $\alpha_{均}$	产品定额 Q
省一建构件厂	1.26	0.39	49.3	1.0		1.55
市政公司	33.3	43.2	0.0	0.51		
省四六公司构件厂	28.5	14.5	0.0	0.51	0.63	22.02
市政维修管理处	2.07	2.45	0.0	0.51		1.48

④ 石油行业

a. 石油行业概况　本行业主要单位为保定石油化工厂，该企业 1998 年取水量为 1821643m³/年，平均再用率为 87.6%，主要为间接冷却水和产品用水，其中间接冷却水占 56.1%，再用率为 99.20%，产品用水占 27%，生活用水占 2.6%。虽然冷却水已大部分回收，但仍存在一定的问题。ⓐ循环水浓缩倍数还比较低，在 2.0 左右，应采取新的水处理技术，使浓缩倍数提高到 3.0 左右，节水量可达 400m³/d；ⓑ利用现有污水处理厂对排放污水进行深度处理回用，可节水 50 万立方米/年。

b. 实例计算　根据该厂 1998 年月报表（见表 11-25）计算取水单耗 x（单位为 m³/万元）：

$x_1 = 98.8$ 　　　$x_2 = 102.5$ 　　　$x_3 = 111.7$
$x_4 = 567.4$ 　　$x_5 = 87.6$ 　　　$x_6 = 119.8$
$x_7 = 97.04$ 　　$x_8 = 175.2$ 　　$x_9 = 110.5$
$x_{10} = 110.1$ 　　$x_{11} = 85.7$ 　　$x_{12} = 96.8$

其取水单耗均值 $\bar{x} = 111.00$，均方差 $S = 24.42$，取水总量 $Q = 1821643m³/年$，再用水量为 12822720m³/年，再用率 $R = 87.6\%$。参考石油行业用水规划指标，再用率 $R = 92\%$，万元产值单耗取水量为 120m³/万元，企业职工人均生活新水量 0.200m³/（人·日）。所以，可计算该厂的再用水水平系数 $\alpha = (1-R_{理})/(1-R_{实}) = (1-0.92)/(1-0.876) = 0.645$，再用率为 92% 的企业的再用水水平系数为 1.0。平均再用水水平系数：$\bar{\alpha} = 0.82$。所以其取水定额为 $x = 111.00 + 2 \times (0.645 - 0.82) \times 24.42 = 102.453$（m³/万元），达到了石油行业用水规划定额值 120m³/万元。

表 11-25 1998 年用水综合统计表

月份	产品名称	产值/万元	产量/t	取水量/(m³/t)	再用量/m³	外单位取水量/m³
1		1648	39775	154957	1284645	5949
2		1446	32797	143175	1219765	4871
3		1485	31440	149256	1318013	16705
4		168	4282	81433	56515	13885
5		1459	35738	119289	1094091	13000
6	原料油	1460	34822	162164	1114042	12766
7		1619	40578	143191	1125640	13930
8		1753	40578	147142	1140127	15910
9		1473	35405	152381	1102532	10365
10		1478	365561	152381	1153182	10365
11		1638	40442	130638	1075452	9746
12		1677	39748	140838	1138716	21480
合计		17304	741166	1536147	10608553	148972

⑤ 食品行业

a. 食品行业概况。食品行业包括食品加工、饮料、肉类加工等企业。据本行业四个单位水平衡测试结果，取水量为 8669.1m³/d，占本行业总取水量的 87.3%，平均再用率为 60.4%。由于行业内部产品结构不同，用水结构差异较大。保定市罐头厂是该行业内的用水大户，取水量为 4654.4m³/d，占这四个企业总用水量的 53.7%，再用率为 27.8%，其中间接冷却水的再用率为 12.2%，洗涤水和生产工艺水的再用率分别为 77.3% 和 26.8%。因此保定市罐头厂的节水方向为提高间接冷却水的再用率和杀菌冷却水的回收利用。这两项应列入工厂节水计划，实施后可节水约 2000m³/d。其他企业循环冷却水普遍没有稳定措施，造成排污量大，循环水量过大，应采取水质稳定措施，降低排污量。本行业间接冷却水取水量占 48.6%，工艺水占 43%，生活用水占 8%，间接冷却水的循环率已达到 67.8%，工艺水中锅炉和洗涤用水可以回收利用。

目前本行业的再用率已达到《城市节约用水十年规划》中要求 2000 年达到的 50% 的要求，应充分利用食品行业废水污染程度较低的特点，使之大部分能回收利用。根据保定市食品行业中各企业的特点，经分析决定将该行业中的企业分为两类：一类是屠宰加工业；另一类是食品加工业。这样有利于对企业进行比较，其定额的实际指导意义会更强。

b. 定额制定。以保定市副食品公司为例，其用水情况见表 11-26。

表 11-26 保定市副食品公司用水报表

月份	产值/万元	生产取水量/万吨	再利用量/万吨	再利用率/%
1	21	430	30000	
2	65	1511	3600	
3	66	1435	38000	
4	9	11	40000	
5	8	13	46000	
6	10	138	46000	
7	30	1150	48000	98
8	38	900	48000	
9	50	1000	46000	
10	60	1500	45000	
11	48	1000	46000	
12	30	580	43000	
合计	435	9668	479600	

c. 保定市副食品公司以及其他部分企业单耗　定额计算见表 11-27。

表 11-27　定额计算

企业名称	单耗均值 $\bar{x}/m^3$	均方差 S	再利用率 $R/\%$	再利用水平系数 α	再用水水平系数平均值 $\bar{\alpha}$	定额 x
食品公司肉联厂	167.7	41.8	37.9	0.37	0.69	140.9
食品公司牛羊加工厂	173.9	194.9	42	1.0		294.7
保定农垦总公司	140.3	24.37	39.5	0.03	0.18	132.9
新中国面粉厂	18.85	10.35	20	0.02		15.2
保定副食品公司	18.28	7.22	98	1.0		30.1
建兴食品厂	241.5	65.0	0.0	0.02		220.7
北市区粮油新兴食品厂	272.9	80.0	0.0	0.02		247.3
罐头厂	70.9	40.1	30.1	0.03		—

⑥ 造纸行业以保定市第二造纸厂为例，其用水情况见表 11-28。造纸行业生产取水定额的制定方法与以上各行业类似，计算结果见表 11-29。

表 11-28　保定市第二造纸厂月报表

月份	产品名称	产值/万元	产量/t	取水量/t		再用量/t
				自来水	自备井	
1	机制纸板	136	332	4630	36566	16100
2		129	258	3433	23828	12900
3		47	154	2184	16952	7700
4		193	507	3210	32099	45630
5		265	542	—	33533	38000
6		177	454	4428	27328	31703
7		—	—	395	—	—
8		—	—	891	—	—
9		—	—	914	—	—
10		128	251	2527	13910	14310
11		—	—	—	—	—
12		—	—	225	—	—
合计		1075	2498	22837	184216	166343

表 11-29　定额计算表

企业名称	单耗均值 $\bar{x}$	均方差 S	再用率 $R/\%$	再用水水平系数 α	再用水水平系数 $\bar{\alpha}$	新水定额 x
第二造纸厂	85.3	27.8	44.3	0.269	—	84.9
第三造纸厂	28.3	16.6	46	0.28	—	28.4
证券印刷厂	6.2	3.04	0.0	0.83	0.87	5.95
新华印刷厂	12.4	6.19	17.5	1.0		14.0
外贸印刷厂	50.6	12.09	0.0	0.83		49.6
供销印刷厂	40.1	27.6	0.0	0.83		37.9
市日报印刷厂	31.18	8.6	0.0	0.83		30.49

其他各行业生产取水定额的制定方法均与以上各行业类似，现只给出过程计算表，具体过程不再继续举例。

11.3 城市用水定额实例

11.3.1 北京市主要行业用水定额（见表11-30～表11-34）

表11-30 北京市（山区）主要农作物节水灌溉定额　　　　单位：m³/hm²

序号	行业代码	行业名称	灌溉方式＼作物名称	水文年型	喷灌 砂壤土	喷灌 壤黏土	滴灌(渗灌) 砂壤土	滴灌(渗灌) 壤黏土	微喷灌(小管出流灌) 砂壤土	微喷灌(小管出流灌) 壤黏土	管灌 砂壤土	管灌 壤黏土	渠道衬砌 砂壤土	渠道衬砌 壤黏土	土渠灌 砂壤土	土渠灌 壤黏土
1	01	农业	水稻	50%	—	—	—	—	—	—	—	—	7950	7500	9150	8550
			水稻	75%	—	—	—	—	—	—	—	—	8550	8100	10050	9000
			冬小麦	50%	3000	3000	—	—	—	—	3450	3375	4275	3975	—	—
			冬小麦	75%	3300	3300	—	—	—	—	3750	3675	4650	4350	—	—
			夏玉米	50%	1050	1050	—	—	—	—	1050	1050	1350	1200	—	—
			夏玉米	75%	1350	1350	—	—	—	—	1500	1425	1800	1650	—	—
			露地菜	50%	—	—	7650	7650	8100	8100	8625	8400	—	—	—	—
			露地菜	75%	—	—	7800	7800	8250	8250	8775	8550	—	—	—	—
			露地瓜类	50%	—	—	2400	2400	2550	2550	2700	2625	—	—	—	—
			露地瓜类	75%	—	—	2850	2850	3000	3000	3150	3075	—	—	—	—
			经济作物	50%	1950	1950	—	—	—	—	2100	2025	2550	2400	—	—
			经济作物	75%	2550	2550	—	—	—	—	2550	2475	3150	2850	—	—
			牧草	50%	2400	2400	—	—	—	—	2550	2475	3150	2850	—	—
			牧草	75%	2850	2850	—	—	—	—	3000	2925	3750	3450	—	—
			其他作物	50%	1650	1650	—	—	—	—	1800	1725	2175	2025	—	—
			其他作物	75%	2100	2100	—	—	—	—	2400	2325	2925	2700	—	—
			设施农业	50%	—	—	7800	7800	8250	8250	8775	8550	—	—	—	—
			设施农业	75%	—	—	7800	7800	8250	8250	8775	8550	—	—	—	—
			果树-鲜果-桃	50%	—	—	3300	3300	3600	3600	3750	3675	4650	4200	—	—
			果树-鲜果-桃	75%	—	—	4050	4050	4200	4200	4500	4425	5550	5100	—	—
			果树-鲜果-苹果、梨	50%	—	—	2700	2700	2925	2925	3150	3075	3900	3600	—	—
			果树-鲜果-苹果、梨	75%	—	—	3300	3300	3450	3450	3600	3525	4500	4050	—	—
			果树-鲜果-其他	50%	—	—	1050	1050	1125	1125	1200	1125	1425	1350	—	—
			果树-鲜果-其他	75%	—	—	1575	1575	1650	1650	1800	1725	2175	2100	—	—
			果树-葡萄	50%	—	—	3150	3150	3375	3375	3600	3525	—	—	—	—
			果树-葡萄	75%	—	—	3600	3600	3900	3900	4200	4125	—	—	—	—
			果树-干果-柿子	50%	—	—	1050	1050	1350	1350	1200	1125	1425	1350	—	—
			果树-干果-柿子	75%	—	—	1650	1650	1650	1650	1800	1725	2175	2100	—	—
			果树-干果-板栗	50%	—	—	1950	1950	2100	2100	2250	2175	2775	2550	—	—
			果树-干果-板栗	75%	—	—	2400	2400	2550	2550	2700	2625	3300	3150	—	—
			果树-干果-其他	50%	—	—	1050	1050	1125	1125	1200	1125	1425	1350	—	—
			果树-干果-其他	75%	—	—	1575	1575	1650	1650	1800	1725	2175	2100	—	—
2	02	林业	苗圃	50%	2118	2098	1950	1950	2100	2100	2250	2175	2775	2550	—	—
			苗圃	75%	2541	2532	2400	2400	2550	2550	2700	2625	3300	3150	—	—
			植树	50%	—	—	1050	1050	1125	1125	1200	1125	1425	1350	—	—
			植树	75%	—	—	1575	1575	1650	1650	1800	1725	2175	2100	—	—

注：1. "其他作物"指以春玉米为代表的除水稻、冬小麦、夏玉米以外的其他粮食作物及青贮玉米等。

2. "经济作物"指棉花、花生、大豆等油料作物及药材等。

3. "设施农业"指温室、大棚栽培的蔬菜、瓜类及药材、花卉等高附加值作物。

4. "露地瓜类"指以地膜覆盖栽培条件为界定标准。

5. 露地菜和设施农业为典型茬口的年灌溉定额（即露地蔬菜为一年种三茬，早春：菠菜、水萝卜、油菜；露地春黄瓜、西红柿、茄子、甜椒、架豆、豇豆等。秋播：大白菜、萝卜、架豆、菠菜等；设施农业为一年种3～4茬）。

6. "牧草"以苜蓿为代表。

表 11-31　北京市（平原区）主要农作物节水灌溉定额　　（单位：m³/hm²）

序号	行业代码	行业名称	灌溉方式 / 作物名称			水文年型	喷灌		滴灌（渗灌）		微喷灌（小管出流灌）		管灌		渠道衬砌		土渠灌	
							砂壤土	壤黏土	砂壤土	壤黏土	砂壤土	壤黏土	砂壤土	壤黏土	砂壤土	壤黏土	砂壤土	壤黏土
1	01	农业	水稻			50%	—	—	—	—	—	—	—	—	7950	7500	9150	8550
						75%	—	—	—	—	—	—	—	—	8250	7800	9600	9000
			冬小麦			50%	2700	2700	—	—	—	—	3450	3375	4275	3975	—	—
						75%	3150	3150	—	—	—	—	3900	3750	4725	4350	—	—
			夏玉米			50%	525	525	—	—	—	—	600	600	750	675	—	—
						75%	1050	1050	—	—	—	—	1200	1200	1500	1350	—	—
			露地菜			50%	—	—	7350	7350	7800	7800	8250	8100	—	—	—	—
						75%	—	—	7800	7800	8250	8250	8775	8550	—	—	—	—
			露地瓜类			50%	—	—	2550	2550	2700	2700	2850	2775	—	—	—	—
						75%	—	—	2850	2850	3000	3000	3150	3075	—	—	—	—
			经济作物			50%	2100	2100	—	—	—	—	2250	2175	2850	2550	—	—
						75%	2400	2400	—	—	—	—	2550	2475	3150	2850	—	—
			牧草			50%	2250	2250	—	—	—	—	2700	2625	3300	3075	—	—
						75%	2700	2700	—	—	—	—	3000	2925	3750	3450	—	—
			其他作物			50%	1350	1350	—	—	—	—	1500	1425	1800	1650	—	—
						75%	2100	2100	—	—	—	—	2250	2175	2775	2550	—	—
			设施农业			50%	—	—	7800	7800	8250	8250	8775	8550	—	—	—	—
						75%	—	—	7800	7800	8250	8250	8775	8550	—	—	—	—
			果树	鲜果	桃	50%	—	—	3300	3300	3600	3600	3750	3675	4650	4200	—	—
						75%	—	—	4050	4050	4200	4200	4500	4425	5550	5100	—	—
					苹果、梨	50%	—	—	2700	2700	2925	2925	3150	3075	3900	3600	—	—
						75%	—	—	3300	3300	3450	3450	3600	3525	4500	4050	—	—
					其他	50%	—	—	1050	1050	1125	1125	1200	1125	1425	1350	—	—
						75%	—	—	1575	1575	1650	1650	1800	1725	2175	2100	—	—
					葡萄	50%	—	—	3150	3150	3375	3375	3600	3525	—	—	—	—
						75%	—	—	3600	3600	3900	3900	4200	4125	—	—	—	—
				干果	柿子	50%	—	—	1050	1050	1350	1350	1200	1125	1425	1350	—	—
						75%	—	—	1650	1650	1650	1650	1800	1725	2175	2100	—	—
					板栗	50%	—	—	1950	1950	2100	2100	2250	2175	2775	2550	—	—
						75%	—	—	2400	2400	2550	2550	2700	2625	3300	3150	—	—
					其他	50%	—	—	1050	1050	1125	1125	1200	1125	1425	1350	—	—
						75%	—	—	1575	1575	1650	1650	1800	1725	2175	2100	—	—
2	02	林业	苗圃			50%	2118	2098	1950	1950	2100	2100	2250	2175	2775	2550	—	—
						75%	2541	2532	2400	2400	2550	2550	2700	2625	3300	3150	—	—
			植树			50%	—	—	1050	1050	1350	1350	1200	1125	1425	1350	—	—
						75%	—	—	1650	1650	1650	1650	1800	1725	2175	2100	—	—

注：1. "其他作物"指以春玉米为代表的除水稻、冬小麦、夏玉米以外的其他粮食作物及青贮玉米等。

2. "经济作物"指棉花、花生、大豆等油料作物及药材等。

3. "设施农业"指温室、大棚栽培的蔬菜、瓜类及药材、花卉等高附加值作物。

4. "露地瓜类"指以地膜覆盖栽培条件为界定标准。

5. 露地菜和设施农业为典型茬口的年灌溉定额（即露地蔬菜为一年种三茬，早春：菠菜、水萝卜、油菜；露地春黄瓜、西红柿、茄子、甜椒、架豆、豇豆等。秋播：大白菜、萝卜、架豆、菠菜等；设施农业为一年种 3～4 茬）。

6. "牧草"以苜蓿为代表。

表 11-32　畜牧业、渔业用水定额

序号	行业代码	行业名称		定额单位	定额值
3	03	畜牧业	大牲畜	L/(头·日)	40
			猪	L/(头·日)	40
			羊	L/(只·日)	8
			家禽	L/(只·日)	4
4	04	渔　业		m³/hm²	15000

注：1. 大牲畜包括：牛、马、骡等。

2. 家禽包括鸡、鸭、鹅、兔等。

3. 渔业用水定额指鱼塘死水养殖条件下的定额。

表 11-33　北京市工业部分产品用水定额

序号	行业代码	行业名称	产　品　名　称		定额单位	定额值
5	06	煤炭采选业	采煤		m³/万元	55
6	13、14	食品加工与食品制造业	面粉加工		m³/t	0.05
			精炼食用植物油		m³/t	4.5
			色拉油		m³/t	3
			油脂产品		m³/t	50
			屠宰及加工业	熟肉制品	m³/t	50
				生猪屠宰	m³/头	0.5
				牛羊屠宰	m³/t	40
				家禽屠宰	m³/只	0.05
			水产品加工业	冷藏	m³/万吨	0.05
				制冰	m³/t	2
			糕点		m³/t	18
			乳制品制造业	鲜奶	m³/t	6
				玻璃瓶装酸奶	m³/t	30
				塑料瓶装酸奶	m³/t	10
				奶粉	m³/t	12
			酱油		m³/t	10
			食醋		m³/t	15
			酱菜制品		m³/t	10
			豆腐		m³/t	10
			豆制品		m³/t	40
			冰棍等系列制品		m³/万支	20
7	15	饮料制造业	碳酸饮料		m³/t	3
			果汁饮料		m³/t	2.4
			纯净水		m³/t(综合)	2
			白酒		m³/t	12
			葡萄酒		m³/t	23
			啤酒		m³/t	11

序号	行业代码	行业名称	产品名称	定额单位	定额值
8	17	纺织业	棉布	$m^3/100m$	3.8
			精纺毛织品	$m^3/100m$	39
			棉纱	m^3/t	51
			围巾	$m^3/万条$	200
			印染布	$m^3/100m$	5.26
			毛巾	$m^3/百条$	7.85
			袜子	$m^3/百双$	1.4
			羊毛衫裤	$m^3/百件$	6.2
			毛毯	$m^3/100m$	61
9	19	皮革、毛皮、羽绒及其制品业	重革	m^3/t	250
			轻革	$m^3/10^4 m^2$	3800
10	20	木材加工及竹、藤、棕、草制品业	湿法硬质纤维板	m^3/t	48.3
			中密度纤维板	m^3/t	2.3
			胶合板	m^3/m^3	15.5
			刨花板	m^3/m^3	2.6
11	21	家具制造业	家具	$m^3/件$	0.2
12	22	造纸及纸制品业	晒图原纸	m^3/t 纸	81
			复印纸	m^3/t 纸	160
			板纸	m^3/t 纸	70
13	26	化学原料和化学制品制造业	氧气	$m^3/10^4 m^3$	48
			烧碱	m^3/t	27
			液氯	m^3/t	27
			EVA	m^3/t	10.8
			VAE	m^3/t	6.4
			焦炭	m^3/t	0.3
			硫酸	m^3/t	20
			尿素	m^3/t	15
			磷酸二铵	m^3/t	25
			普通过磷酸钙	m^3/t	2.6
			醋酸乙烯	m^3/t	12.5
			聚氯乙烯	m^3/t	27
			乙烯	$m^3/10^4 t$	18
			丙烯酸	$m^3/10^4 t$	25
			当量还氧乙烷	$m^3/10^4 t$	18
			油漆	$m^3/10^4 t$	158
			聚乙烯醇	m^3/t	71.81
			低压聚乙烯	m^3/t	38
			乳液	m^3/t	7.1
			洗衣粉	m^3/t	3
			肥皂	m^3/t	15
			香皂	m^3/t	58
			甘油	m^3/t	48

序号	行业代码	行业名称	产品名称	定额单位	定额值
14	27	医药制造业	空心胶囊	m³/万粒	7
			烟酸	m³/t	1206
			磺胺二甲	m³/t	737
			异烟肼	m³/t	6500
			肌醇酯	m³/t	3200
			蜜丸	m³/t	120
			蜜小丸	m³/t	128
			蜂王精	m³/万元	13
			维生素C	m³/kg	2.2
			西药片剂	m³/万片	0.9
			西药水针剂	m³/万支	15
			冲剂	m³/t	150
			输液	m³/万瓶	91
15	29	橡胶制品业	轮胎内胎	m³/t	110
			胶板	m³/t	146
			橡胶板、管、棒、材制造业	m³/t	270
			再生橡胶	m³/t	100
			全胶靴	m³/万双	30
			胶靴	m³/万双	71
			胶管	m³/t	80
			翻新轮胎	m³/条	152
16	30	塑料制品业	大棚膜	m³/t	7.5
			农用薄膜	m³/t	5.4
			管材	m³/t	3
			合成革	m³/10⁴m²	110
			聚苯乙烯泡沫塑料	m³/t	20
			注塑产品	m³/t	5
			中空产品	m³/t	7
17	31	非金属矿物制品业	耐火材料	m³/t	7
			水泥	m³/t	1
			电杆/6m	m³/根	1.2
			电杆/8m	m³/根	1.35
			电杆/10m	m³/根	1.5
			电杆/12m	m³/根	1.7
			水泥平瓦(产量<千万片)	m³/万片	17
			水泥平瓦(产量>千万片)	m³/万片	13.5
			混凝土构件(年产量<1×10⁴m³)	m³/m³	2.3
			混凝土构件[年产量(5~10)×10⁴m³]	m³/m³	1.5

序号	行业代码	行业名称	产品名称		定额单位	定额值
17	31	非金属矿物制品业	商品钢筋加工		m³/t	0.1
			商品混凝土		m³/m³ 产量	0.35
			石棉瓦		m³/万块	0.06
			机制红砖、黏土砖		m³/万块	9
			红平瓦		m³/万片	15
			加气素块		m³/m³	2.4
			磨石		m³/m² 板材	0.22
			花岗石板		m³/m² 板材	8
			大理石板		m³/m² 板材	6
			水磨石板		m³/m² 板材	0.67
			卫生陶瓷		m³/t	9.56
			卫生洁具(树脂)		m³/t	20
			石灰		m³/t	0.1
			磨细灰		m³/t	0.1
			玻璃仪器		m³/t	46
			玻璃瓶		m³/t	14.2
18	32	黑色金属冶炼及压延加工业	钢材		m³/t 钢	9
			线材		m³/t 钢	0.6
			带钢		m³/t 钢	3.8
			合金材料		m³/t 钢	260
19	35	普通机械制造业	电站汽轮机		m³/kW	1.6
			汽轮发电机		m³/kW	1.5
			交直流电动机		m³/kW	1.4
			492 汽油机		m³/台	13
			4115 柴油机		m³/台	70
			无缝气瓶		m³/支	0.55
20	36	专用设备制造业	X 射线机	200mA	m³/台	68
				300mA		108
				500mA		586
21	37	交通运输设备制造业	轻型越野车		m³/辆	30
			大客车		m³/辆	65
			喷油泵		m³/台	4.5
			汽车减振器		m³/万支	190
			内燃机		m³/台	12.7
			汽车灯		m³/万只	380
			小客车大修		m³/辆	30

序号	行业代码	行业名称	产 品 名 称	定额单位	定额值
22	40	电气机械及器材制造业	彩色显像管	m³/只	0.7
			电冰箱	m³/台	1
			冰箱压缩机	m³/台	0.11
			洗衣机	m³/台	0.44
			空调器	m³/台	0.2
23	41	电子及通信设备制造业	综合单耗	m³/万元	1.28
			集成电路	m³/块	0.005
24	42	仪器仪表及文化、办公用机械制造业	水准仪	m³/台	0.7
			真空测量系列	m³/台	3
			分析仪器	m³/台	300
			照相机	m³/台	0.09
			望远镜	m³/台	0.6
			经纬仪系列	m³/台	3.9
			建筑测距系列	m³/台	11
			电工自动化仪表	m³/台	3.4
25	43	其他制造业	煤球	m³/t	0.08
			蜂窝煤	m³/t	0.1
26	44	电力、蒸汽、热水的生产和供应业	发电(火电厂)	m³/MW	6.85
			发电(热电厂开式)	m³/MW	80.2
			发电(热电厂半开式)	m³/MW	34.2
			发电(热电厂闭式)	m³/MW	6.89
			蒸馏水	m³/t	1.5
27	45	煤气生产	煤气	m³/10⁴m³	12.5
28	47	土木工程建筑业	新建建筑(商品混凝土)	m³/m²	1.0
			新建建筑(现场搅拌混凝土)	m³/m²	1.5
			房屋维修	m³/m²	0.5

表 11-34 北京市居民生活和公共用水定额

序号	行业代码	行业名称	产品名称	定额单位	定额值
29	53	公路	汽车运输	m³/t	0.01
30	75	公共设施服务业	摩托车	L/(辆·日)	1.5
			轿车	L/(辆·日)	25
			中型客车 0.75~1.0t 货车(4~9 月)	L/(辆·日)	300
			中型客车 0.75~1.0t 货车(10~3 月)	L/(辆·日)	200
			微型车(4~9 月)	L/(辆·日)	350
			微型车(10~3 月)	L/(辆·日)	250
			大客车(4~9 月)	L/(辆·日)	300
			大客车(10~3 月)	L/(辆·日)	200
			大货车(4~9 月)	L/(辆·日)	400
			大货车(10~3 月)	L/(辆·日)	300
			绿地	m³/(m²·年)	1
			花房	m³/(m²·年)	2.4
			树木	m³/(株·年)	3
			喷洒道路和场地用水	L/(m²·次)	1.5

序号	行业代码	行业名称	产品名称		定额单位	定额值
31	76	居民服务业	理发		L/(人·次)	20
			公共浴室	有淋浴器	L/(人·次)	100
				设有浴池、淋浴器、浴盆和理发室	L/(人·次)	150
			商场		L/(顾客·次)	3
			菜市场		L/(m²·次)	3
			洗衣房		L/kg 干	50
			营业餐厅		升/(餐位·日)	100
32	78	旅馆业	旅馆、招待所	有集中盥洗室	升/(人·日)	80
				有盥洗室和浴室	升/(人·日)	150
				设有浴盆的客房	升/(人·日)	250
			宾馆		升/(人·日)	450
33	81	娱乐服务业	电影院		升/(观众·场)	5
			剧院		升/(观众·场)	10
			游泳馆	室内	%(占泳池容积)	5
				室外	%(占泳池容积)	10
				运动员淋浴	L/(人·场)	60
				观众	L/(人·场)	3
			体育场	运动员淋浴	L/(人·场)	50
				观众	L/(人·场)	3
34	85	卫生	门诊部、诊疗所		L/(人·次)	20
			医院、疗养院、修养所	有集中盥洗室	m³/(人·月)	2.5
				有盥洗室和浴室	m³/(人·月)	3
				设有浴盆的病房	m³/(人·月)	4.5
35	89	教育	学校	住宿	m³/(人·月)	3
				非住宿	m³/(人·月)	1.5
			幼儿园	住宿	m³/(人·月)	2.5
				非住宿	m³/(人·月)	1.5
36	99	其他行业	居民生活	设有洗涤盆无坐便器和沐浴设备	m³/(人·月)	2
				设有坐便器、洗涤盆无沐浴设备	m³/(人·月)	3
				设有坐便器、洗涤盆和沐浴设备	m³/(人·月)	3.5
			机关事业单位办公楼		m³/(人·月)	1.5
			工业企业、机关、学校食堂		m³/(人·月)	0.5
			汽车冲洗	高压清洗	L/(辆·次)	8
				电脑洗车	L/(辆·次)	15

11.3.2 江苏省工业及城市生活用水定额（见表 11-35）

表 11-35 江苏省工业及城市生活用水定额

行业代码	类别名称	产品名称	定额单位	定额值	备注
061	煤炭采选业	煤炭	m³/t	1	—
062	煤炭洗选业	选煤	m³/t	0.3	—
071	天然原油开采业	原油	m³/t	6	—
081	黑色金属矿采选业	铁精矿	m³/t	7	—
		铜精矿	m³/t	34	—
095	贵金属矿采选业	黄金	m³/kg	40	—
101	土砂石开采业	石料	m³/t	0.8	—
131	粮食及饲料加工业	面粉	m³/t	0.7	—
		大米	m³/t	0.06	—
		挂面	m³/t	3.5	—
		饲料	m³/t	1.5	—
132	植物油加工业	植物油	m³/t	8	—
		精炼油	m³/t	4.2	重复利用率95%
		浸油	m³/t 大豆	8	—
		二级菜油	m³/t	8.5	—
133	制糖业	绵白糖	m³/t	18.3	—
134	屠宰及肉类、蛋类加工业	生猪屠宰	m³/头	1	—
		肉制品加工	m³/t	25	—
		油脂	m³/t	6.8	—
136	盐加工业	食用盐	m³/t	7	井盐
				0.8	海盐
139	其他食品加工业	冷冻蔬菜	m³/t	115	—
		脱水香葱	m³/t	100	—
141	糕点糖果制造业	糕点	m³/t	28	—
		方便面	m³/t	1.5	—
		糖果	m³/t	15	—
142	乳制品制造业	豆奶粉	m³/t	20	—
		奶粉	m³/t	58	—
		鲜奶	m³/t	12	—
		麦乳精	m³/t	22	—
143	罐头食品制造业	八宝粥	m³/万罐	74	—
		酱菜	m³/t	13	—
		罐头	m³/t	43	—
144	发酵制品业	柠檬酸	m³/t	170	—
		味精	m³/t	228	—

行业代码	类别名称	产品名称	定额单位	定额值	备 注
145	调味品制造业	酱油	m³/t	8	—
		醋	m³/t	10	—
		调味品	m³/t	25	—
149	其他食品加工业	淀粉	m³/t	32	
		麦芽糖	m³/t	30	
		豆腐	m³/t	32	
		豆制品	m³/t	45	
		粉丝	m³/t	25	
		冷饮	m³/t	28	
		制冰	m³/t	12	
151	酒精及饮料酒制造业	白酒	m³/t	40	
		黄酒	m³/t	18	
		酒精	m³/t	55	
		麦芽	m³/t	15	重复利用率97%
		啤酒	m³/t	11	
		果酒	m³/t	45	
152	软饮料制造业	碳酸饮料	m³/t	4	
159	其他饮料制造业	纯水	m³/t	2.5	
162	卷烟制造业	卷烟	m³/箱	1.6	—
171	纤维原料初步加工业	白厂丝	m³/t	1257	
		洗毛	m³/t	20	
172	棉纺织业	床单	m³/件纱	80	—
		床单用纱	m³/件纱	105	—
		化纤布	m³/万米	130	—
		化纤纱	m³/t	19	—
		涤纶布	m³/件纱	200	—
		腈纶纱	m³/t	30	—
		锦纶帘子布	m³/t	153	—
		精制棉	m³/t	100	—
		脱脂棉	m³/t	250	—
		毛巾	m³/万条	425	—
		棉布	m³/万米	100	—
		棉纱	m³/t	45	—
172	棉纺织业	牛仔布	m³/10⁴m	222	—
		漂布	m³/10⁴m	132	—
		色布	m³/10⁴m	210	—
		染色纱	m³/t	180	—
		色织布	m³/10⁴m	360	—
		筒纱	m³/t	40	重复利用率83%
		脱脂纱布	m³/10⁴m	45	—
		印花布	m³/10⁴m	235	—
		印染布	m³/10⁴m	263	—

行业代码	类别名称	产品名称	定额单位	定额值	备注
		炭化毛	m³/t	110	—
		人造毛皮	m³/10⁴m	1350	—
		粗纺呢绒	m³/10⁴m	2500	—
		精纺呢绒	m³/10⁴m	1824	—
		毛呢	m³/百米	53	
		维尼纶	m³/10⁴m	3500	—
174	毛纺织业	毛纱	m³/t	120	—
		毛毯	m³/万条	1950	—
		毛条	m³/t	60	—
		毛线	m³/t	180	—
		天鹅绒	m³/10⁴m	1700	—
		针织绒	m³/t	190	—
		绒线	m³/t	80	—
		帆布	m³/10⁴m	120	—
176	麻纺织业	精干麻	m³/t	287	—
		麻棉布	m³/10⁴m	300	—
		亚麻布	m³/10⁴m	560	—
		涤塔夫	m³/10⁴m	300	—
		化纤绸	m³/10⁴m	1300	—
177	丝绢纺织业	绢丝	m³/t	1055	—
		丝绸	m³/万米	477	—
		丝织品	m³/万米	237	—
		棉内衣	m³/件纱	35	
178	针织品业	化纤内衣	m³/件纱	30	
		针织服装	m³/万件	1700	
		袜子	m³/万双	200	—
178	针织品业	针织布	m³/t	120	—
		羊毛衫	m³/万件	350	—
181	服装制造业	服装水洗	m³/万件	445	—
191	制革业	牛皮革	m³/张	1.1	—
		羊皮革	m³/张	0.1	—
195	羽毛(绒)加工及制品业	羽绒服	m³/万件	725	—
		胶合板	m³/m³	10	—
202	人造板制造业	刨花板	m³/m³	5	—
		纤维板	m³/m³	6	—
211	木制家具制造业	木制家具	m³/百件	60	—

行业代码	类别名称	产品名称	定额单位	定额值	备　注
222	造纸业	漂白化学木(竹)浆	m³/t	90	1998 年后新、扩、改建成投产
			m³/t	150	1998 年前投产
		本色化学木(竹)浆	m³/t	60	1998 年后新、扩、改建成投产
			m³/t	110	1998 年前投产
		漂白化学非木(麦草、芦苇、甘蔗渣)浆	m³/t	130	1998 年后新、扩、改建成投产
			m³/t	210	1998 年前投产
		脱墨废纸浆	m³/t	30	1998 年后新、扩、改建成投产
			m³/t	45	1998 年前投产
		未脱墨废纸浆	m³/t	20	1998 年后新、扩、改建成投产
			m³/t	30	1998 年前投产
		机械木浆	m³/t	30	1998 年后新、扩、改建成投产
			m³/t	40	1998 年前投产
		新闻纸	m³/t	20	1998 年后新、扩、改建成投产
			m³/t	50	1998 年前投产
		印刷书写纸	m³/t	35	1998 年后新、扩、改建成投产
			m³/t	60	1998 年前投产
222	造纸业	生活用纸	m³/t	30	1998 年后新、扩、改建成投产
			m³/t	50	1998 年前投产
		包装用纸	m³/t	25	1998 年后新、扩、改建成投产
			m³/t	50	1998 年前投产
		白纸板	m³/t	30	1998 年后新、扩、改建成投产
			m³/t	50	1998 年前投产
		箱纸板	m³/t	25	1998 年后新、扩、改建成投产
			m³/t	40	1998 年前投产
		瓦楞原纸	m³/t	25	1998 年后新、扩、改建成投产
			m³/t	40	1998 年前投产
231	印刷业	PS 印刷版	m³/10⁴m²	567	—
252	原油加工业	原油加工	m³/t	2.1	—
253	石油制品业	烷基苯	m³/t	3.2	—
		磺酸	m³/t	17.6	—
		轻蜡	m³/t	0.5	—
257	炼焦业	焦炭	m³/t	2.4	—
261	基本化学原料制造业	纯碱	m³/t	20	—
		工业磷酸	m³/t	2.8	—
		亚磷酸	m³/t	120	—
		硅酸钾	m³/t	6.1	—
		硅酸锆	m³/t	30.7	—
		磷酸	m³/t	3	—
		磷酸一氮	m³/t	3	—
		硫酸	m³/t	11	—
		浓硫酸	m³/t	9.1	—
		三氯化磷	m³/t	92	—
		氧气	m³/10⁴m³	45	—
		ADC	m³/t	144	—
		烧碱	m³/t	16	—

行业代码	类别名称	产品名称	定额单位	定额值	备 注
261	基本化学原料制造业	碳酸钙	m³/t	5.5	—
		液氯	m³/t	10	—
		轻质碳酸钙	m³/t	2	—
		碳酸氢铵	m³/t	30.4	—
		稀土氧化物	m³/t	133	—
		盐酸	m³/t	9	—
262	化学肥料制造业	复合肥	m³/t	0.8	—
		合成氨	m³/t	28.3	重复利用率95%以上
				198.1	重复利用率75%以下
		磷肥	m³/t	1.7	—
		尿素	m³/t	24	—
		普钙	m³/t	0.9	—
		碳铵	m³/t	18.5	—
264	化学农药制造业	百菌清	m³/t	155	—
		多菌灵	m³/t	117	—
		多效唑	m³/t	420	—
		氧乐果	m³/t	205	—
		井冈霉素	m³/t	14	浓度40%
		赤霉素	m³/kg	30	—
		代森锰锌	m³/t	53.6	—
		三唑酮	m³/t	48	—
		草甘膦	m³/t	28	浓度98%
		吡虫膦	m³/t	1220	—
		菊酯类农药	m³/t	50	—
265	有机化学产品制造业	油漆	m³/t	24.5	—
		C酸	m³/t	95	—
		丙烯酸酯系列	m³/t	4.9	—
		醋酯系列	m³/t	37	重复利用率50%以上
				159	重复利用率50%以下
		对苯二酚	m³/t	420	—
		对苯醌	m³/t	450	—
265	有机化学产品制造业	对甲酚	m³/t	200	—
		分散染料	m³/t	299	—
		甘油酯	m³/t	43.3	—
		涂料	m³/t	55	—
		颜料	m³/t	211	—
		还原染料	m³/t	614	—
		非涂料钛白粉	m³/t	100	—
		金红石钛白粉	m³/t	339	—
		涂料钛白粉	m³/t	210	—
		炭黑	m³/t	29.2	—
		白炭黑	m³/t	86	—
		山梨醇	m³/t	42	—
		溶解乙炔	m³/t	145	—
		染料	m³/t	63	—

行业代码	类别名称	产品名称	定额单位	定额值	备　注
266	合成材料制造业	醋片	m³/t	16	—
		聚苯乙烯	m³/t	43.6	—
		聚乙烯	m³/t	44	—
266	合成材料制造业	聚氯乙烯	m³/t	41	—
		可发性聚苯乙烯	m³/t	8	—
		聚酯切片	m³/t	3.6	重复利用率98%
		树脂	m³/t	85	—
		氯化聚乙烯	m³/t	25	—
		有机玻璃	m³/t	147	—
267	专用化学产品制造业	纺织助剂	m³/t	22.3	—
		双氧水	m³/t	73	—
		阻燃剂	m³/t	128	—
		水质稳定剂	m³/t	5	—
268	日用化学品制造业	洗涤剂	m³/百件	43	—
		消毒液	m³/百件	9	—
		肥皂	m³/t	15	—
		明胶	m³/t	564	—
		洗发水	m³/t	0.7	—
		洗衣粉	m³/t	3.5	—
		香皂	m³/t	10	—
		牙膏	m³/t	2.5	—
272	化学药品制剂制造业	白加黑	m³/箱	1	—
		输液	m³/万瓶	228	—
		红霉素	m³/kg	10	—
		土霉素	m³/t	2500	—
		洁霉素	m³/t	7700	—
		法典螺旋霉素	m³/kg	15.3	—
		硫酸核糖酶素	m³/十亿单位	21.7	—
		硫酸西索霉素	m³/十亿单位	126.2	—
		硫酸奈替米星	m³/kg	100.7	—
		氟罗沙星	m³/kg	12	—
		固体制剂	m³/万瓶	30	—
		维生素 B_6	m³/t	413	—
		空心硬胶囊	m³/百万粒	20.6	—
		胶囊	m³/万粒	10	—
		片剂	m³/万片	0.7	—
		氢化可的松	m³/kg	128	—
		软膏	m³/万支	63	—
		葡萄糖液	m³/t	42	—
		针剂	m³/万支	14	—
		大针剂	m³/万瓶	45	—
		叶酸	m³/t	2200	—
		扑热息痛	m³/t	95	—
		胰岛素系列	m³/万瓶	800	—

行业代码	类别名称	产品名称	定额单位	定额值	备 注
273	中药材及中成药加工业	药酒	m³/t	84	—
		胃苏冲剂	m³/万袋	2.5	—
		银杏叶片	m³/万片	2	—
		糖浆	m³/万瓶	28	—
274	动物药品制造业	粉针	m³/万支	30	—
281	纤维素纤维制造业	化纤浆粕	m³/t	130	—
282	合成纤维制造业	涤纶长丝	m³/t	12	重复利用率90%
				20	重复利用率50%
		涤纶空度丝	m³/t	28.6	—
291	轮胎制造业	汽车轮胎	m³/万条	2000	—
292	力车轮胎制造业	轮胎	m³/万条	150	—
296	橡胶靴鞋制造业	布胶鞋	m³/万双	450	—
		全胶鞋	m³/万双	900	—
297	日用橡胶制品业	乳胶手套	m³/万双	60	—
301	塑料薄膜制造业	薄膜	m³/t	14	—
303	塑料丝、绳及编织品制造业	打包带	m³/t	155	—
304	泡沫塑料及人造革、合成革制造业	人造革	m³/10⁴m	72	—
		PE 电缆料	m³/t	2.9	—
		PVC 电缆料	m³/t	3.1	—
		泡沫制品	m³/万元	44	—
306	塑料鞋制造业	EVA 定型底	m³/万双	0.7	—
307	日用塑料杂品制造业	塑料制品	m³/t	13	—
311	水泥制造业	立窑水泥	m³/t	1.2	—
		新型干法	m³/t	0.8	—
		湿法	m³/t	1.5	—
312	水泥制品和石棉水泥制品业	加气混凝土	m³/m³	1	—
		混凝土构件	m³/m³	2	—
		电杆	m³/根	1.6	—
313	砖瓦、石灰和轻质建筑材料制造业	红标砖	m³/万块	12	—
314	玻璃及玻璃制品制造业	玻璃管	m³/t	9.5	—
		药用玻璃管	m³/t	2.8	—
		玻璃制品	m³/t	7.5	—
		浮法玻璃	m³/重箱	0.22	—
		钢化玻璃	m³/m²	0.5	—
		普通玻璃	m³/重箱	1.45	—
		日用玻璃	m³/t	10	—
		幕墙玻璃	m³/m²	1.5	—
		保温瓶(保温容器)	m³/万只	468.5	—

行业代码	类别名称	产品名称	定额单位	定额值	备　注
		墙地砖	m³/10⁴m²	960	—
315	陶瓷制品业	陶瓷制品	m³/万元	38.5	—
		工业陶瓷	m³/t	20	—
		电子陶瓷	m³/万只	580	—
316	耐火材料制品业	耐火器材	m³/万元	43.2	—
318	矿物纤维及其制品业	玻璃纤维纱	m³/t	91	—
319	其他类未包括的非金属矿物制品业	电石	m³/t	90	—
321	炼铁业	生铁	m³/t	11.6	—
322	炼钢业	炼钢	m³/t	26	—
		螺纹钢	m³/t	3	—
		钢锭	m³/t	9.1	重复利用率92.7%
		钢材	m³/t	9	—
		带钢	m³/t	4	冷轧
		扁钢	m³/t	6	冷轧
				12.2	热轧
324	钢压延加工业	等边角钢	m³/t	10.2	热轧
		线材	m³/t	2.7	—
		钢管	m³/t	31.7	—
		不锈钢管	m³/t	54.1	—
		无缝钢管	m³/t	19.5	—
		异型钢管	m³/t	17.1	—
		镀锌钢管	m³/t	19	—
		轧辊	m³/t	44	—
331	重有色金属冶炼业	电解铜	m³/t	66.1	—
		锆	m³/t	96	重复利用率51%
		锗单品	m³/t	42	—
334	稀有稀土金属冶炼业	锗锭	m³/t	3	—
		金属锶	m³/t	75.7	重复利用率48%
		稀土	m³/t	450	
336	有色金属合金业	铝合金型材	m³/t	27.4	—
		铝型材	m³/t	26.8	—
338	有色金属压延加工业	铝制件	m³/t	27.1	—
		铜管	m³/t	78.9	—
341	金属结构制造业	钢结构件	m³/t	2.6	—
		输变电铁塔	m³/t	3.9	—
343	工具制造业	刀具	m³/万件	400	

行业代码	类别名称	产品名称	定额单位	定额值	备　注
345	金属丝绳及其制品业	钢丝	m³/t	14.9	—
348	日用金属制品业	搪瓷铁皮	m³/t	66	—
		易拉罐	m³/万只	3.7	—
349	其他金属制品业	焊条	m³/t	4.1	—
351	锅炉及原动机制造业	柴油机	m³/台	2.4	年生产能力100万台
				14.3	年生产能力5万台以上
		4102、4105型柴油机	m³/台	19.5	—
		485型柴油机	m³/台	12.9	—
		495型柴油机	m³/台	10.6	—
		发动机	m³/kW	3.4	—
		锅炉	m³/蒸吨	140	—
352	金属加工机械制造业	机床	m³/台	238	—
353	通用设备制造业	电动头	m³/台	9	—
		电梯	m³/台	17	—
		水泵	m³/台	3.7	中小型
		潜水泵	m³/台	4.5	—
		真空泵	m³/台	25	—
		空调压缩机	m³/万元	12	—
		家用冷冻箱	m³/万台	1495	—
		化工设备	m³/t	200	—
354	轴承、阀门制造业	轴承	m³/万套	75	年生产能力1000万套
				200	年生产能力1000万套
		阀门	m³/t	100	—
356	其他通用零部件制造业	标准件	m³/万件	15	—
		齿轮	m³/万件	13	—
356	其他通用零部件制造业	飞轮	m³/万件	342	—
		弹簧	m³/万件	85	—
		偶件	m³/万元	9.5	—
357	铸、锻件制造业	锻件	m³/t	10.6	—
		铸件	m³/t	15	—
364	农、林、牧、渔、水利业、机械制造业	手扶拖拉机	m³/台	4	—
			m³/万元	16.2	—
		轮式拖拉机	m³/台	10	—
367	其他专用设备制造业	压路机	m³/台	249	—
			m³/万元	12.6	—
		装载机	m³/台	185	—
			m³/万元	9.6	—

行业代码	类别名称	产品名称	定额单位	定额值	备注
371	铁路运输设备制造业	(东风11、东风813新造)机车头	m³/台	5000	—
372	汽车制造业	客车	m³/辆	71	—
			m³/万元	6.5	—
			m³/辆	291	亚星-奔驰牌
		农用车	m³/辆	2.3	—
			m³/万元	3.3	—
		汽车水箱	m³/只	1.5	—
		总成	m³/万件	342	—
		汽车轮圈	m³/百只	13	—
		缸套	m³/百只	10	—
374	自行车制造业	自行车	m³/百辆	40	—
378	交通运输设备修理业	机车厂修	m³/台	2500	—
		车辆厂修	m³/辆	30	—
402	输配电及控制设备制造业	变压器	m³/(10⁴kW)	562	—
		电容器	m³/万只	4.3	—
		断路器	m³/千件	333	—
		高压电路板	m³/台	11	—
		遥控器	m³/万只	116	—
404	电工器材制造业	电磁线	m³/t	23	—
		电线	m³/万米	2	—
		裸铜线	m³/t	42.1	—
		电力电缆	m³/km	8	—
		碱锰电池	m³/万只	23	—
		扣式电池	m³/万只	22.2	—
		手电池	m³/万只	7.4	—
		蓄电池	m³/(10⁴kW·h)	0.3	—
406	日用电器制造业	空调	m³/万元	2	—
		电冰箱	m³/百台	100	—
		洗衣机	m³/百台	25	—
407	照明器具制造业	灯泡	m³/万只	34	—
		日光灯	m³/万只	78.5	—
		荧光灯	m³/万只	121.6	—
411	通信设备制造业	电力线载磁机	m³/台	230	—
414	电子计算机制造业	显示器	m³/万台	288	—
415	电子器件制造业	半导体	m³/千只	0.5	—
		集成电路	m³/万只	1100	—
		PCB(印刷线路)	m³/10³m²	20	—

行业代码	类别名称	产品名称	定额单位	定额值	备 注
416	电子元件制造业	磁芯	m³/万只	4	—
		C形磁芯	m³/t	125	—
		E形磁芯	m³/t	84.7	—
		罐形磁芯	m³/t	236.9	—
		磁性元件	m³/万只	12.5	—
		电子元件	m³/万只	10	—
		塑封硅堆	m³/万只	45	—
		半导体分立器件	m³/万只	12	—
		半导体集成电器	m³/万只	18	—
		晶圆制造	m³/万只	2	6寸线
			m³/万只	4	8寸线
417	日用电子器具制造业	录音机	m³/百台	20	—
		DVD	m³/百台	13	—
		彩电	m³/百台	20	—
		微波炉	m³/百台	40	—
421	通用仪器仪表制造业	经纬仪	m³/台	8.2	—
424	计量器具制造业	大型电子衡器	m³/台	163	—
425	文化、办公用机械制造业	照相机	m³/百架	40	—
426	钟表制造业	手表	m³/万只	1200	—
431	工艺美术品制造业	丙纶地毯	m³/10⁴m²	106	—
		织绣	m³/万件	250	—
435	日用杂品制造业	眼镜	m³/万副	65.5	—
441	电力生产业	电	m³/(10⁴kW·h)	1700	开式 50MW以下
				1260	开式 50MW以上
				275	半开半闭式
				66	闭式
				15	海水循环电厂淡水用量
443	蒸汽、热水生产和供应业	供热	m³/t	2	—
451	煤气生产业	煤气	m³/10⁴m³	55.5	—
461	自来水生产业	供水管网漏损率	%	12	—
479	其他土木工程建筑业	建筑施工	m³/m²	1.5	—
641	食品、饮料和烟草零售业	农贸市场	L/(m²·d)	105	—
642	日用百货零售业	商场	L/(m²·d)	9	营业面积 20000m²
				12	10000~20000m²
				13	5000~10000m²
				10	1000~5000m²
				3	1000m²以下

行业代码	类别名称	产品名称	定额单位	定额值	备 注
671	正餐	正餐	L/(m²·d)	48	营业面积 1000m² 以上
				40	200～1000m²
				37	200m² 以下
672	快餐	快餐	L/(m²·d)	82	—
679	其他餐饮业	小吃	L/(m²·d)	60	—
		茶馆	L/(m²·d)	22	—
682	商业银行	商业银行	L/(人·日)	300	—
761	理发及美容化妆业	美发美容	L/(m²·d)	15	—
762	沐浴业	沐浴	L/(m²·d)	85	—
763	洗染业	洗染店	L/(m²·d)	19	—
780	旅馆业	宾馆	L/(床位·日)	2600	五星
				2300	三星、四星
				1800	一星、二星
		招待所、旅社	L/(床位·日)	950	
810	娱乐服务业	歌舞厅	L/(m²·d)	8	—
		保龄球馆	L/(m²·d)	60	—
849	其他类未包括的社会服务业	洗车	L/(辆·次)	600	大型车
				400	中型车
				200	小型车
		网吧	L/(m²·d)	1	
851	医院	医院	L/(床位·日)	1700	三级
				1450	二级甲等
				900	二级乙等
				400	二级以下
860	体育	游泳池	占泳池容积%/天	18	—
891	高等教育	高等教育	L/(人·日)	220	注册学生 10000 人以上
				190	注册学生 10000 人以上
892	中等教育	中等教育	L/(人·日)	160	有住宿、食堂
				46	无住宿、食堂
893	初等教育	初等教育	L/(人·日)	50	无住宿
894	学前教育	学前教育	L/(人·日)	90	无住宿
904	图书馆	图书馆	L/(建筑面积·日)	1.6	
999	其他类未包括的行业	商贸办公写字楼	L/(人·日)	210	有中央空调
				110	无中央空调
		党政机关办公楼	L/(人·日)	260	
		居民住宅	L/(人·日)	120～150	—

表11-36　山东省分区各种作物保证率 $P=50\%$ 时农业灌溉的净、毛用水定额表

作物名称	灌溉方式	净灌溉定额					灌区类型	毛灌溉定额				
		分区						分区				
		I区	II区	III区	IV区	V区		I区	II区	III区	IV区	V区
小麦	地面灌	125	135	120	115	122	井灌区	208	225	177	188	174
							水库、引河(湖、泉)灌区	216	233	207	198	203
							引黄灌区	227	245	218	—	—
	喷灌	86	88	80	75	82		108	110	100	94	103
玉米	地面灌	66	70	62	60	65	井灌区	110	117	92	100	93
							水库、引河(湖、泉)灌区	114	121	107	103	108
							引黄灌区	120	127	113	—	—
	喷灌	58	60	57	55	58		73	75	71	69	73
水稻	地面灌			410	430		井灌区	—	—	662	—	—
							水库、引河(湖、泉)灌区	—	—	707	741	—
							引黄灌区	—	—	745	—	—
棉花	地面灌	115	120	95	90	92	井灌区	192	200	138	142	131
							水库、引河(湖、泉)灌区	198	207	164	155	153
							引黄灌区	209	218	173	—	—
裸地蔬菜	地面灌	245	252	235	220	240	井灌区	408	420	338	369	343
							水库、引河(湖、泉)灌区	422	434	405	379	400
							引黄灌区	445	458	427	—	—
	喷灌	210	220	206	200	208		247	242	235	245	245
葡萄	地面灌	140	145	130	125	135	井灌区	233	242	192	208	193
							水库、引河(湖、泉)灌区	241	250	224	216	225
							引黄灌区	255	264	236	—	—
苹果	地面灌	115	120	105	100	110	井灌区	192	200	154	169	157
							水库、引河(湖、泉)灌区	198	207	181	172	183
							引黄灌区	209	218	191	—	—
	微灌	86	90	85	83	88		96	100	94	92	98
梨树	地面灌	110	115	100	95	105	井灌区	183	192	146	162	150
							水库、引河(湖、泉)灌区	190	198	172	164	175
							引黄灌区	200	209	182	—	—
	微灌	86	90	85	83	88		96	100	94	92	98
大棚蔬菜	地面灌	165	165	155	140	155		220	220	207	187	207
	微灌	125	130	120	115	122		139	144	133	128	136
其他	地面灌	105	110	100	98	108	井灌区	175	183	151	166	154
							水库、引河(湖、泉)灌区	181	190	172	169	180
							引黄灌区	191	200	182	—	—

表 11-37 山东省分区各种作物保证率 $P=75\%$ 时农业灌溉的净、毛用水定额表

作物名称	灌溉方式	净灌溉定额 分区					灌区类型	毛灌溉定额 分区				
		I区	II区	III区	IV区	V区		I区	II区	III区	IV区	V区
小麦	地面灌	160	170	155	150	157	井灌区	267	283	231	242	224
							水库、引河(湖、泉)灌区	276	293	267	259	262
							引黄灌区	291	309	282	—	—
	喷灌	111	113	105	100	107		139	141	131	125	134
玉米	地面灌	92	96	88	86	91	井灌区	153	160	132	140	130
							水库、引河(湖、泉)灌区	159	166	152	148	152
							引黄灌区	167	175	160	—	—
	喷灌	78	80	77	75	78		98	100	96	94	98
水稻	地面灌			470	490		井灌区	—	—	754	—	—
							水库、引河(湖、泉)灌区	—	—	810	845	
							引黄灌区	—	—	855		
棉花	地面灌	140	145	120	115	117	井灌区	233	242	177	180	167
							水库、引河(湖、泉)灌区	241	250	207	198	195
							引黄灌区	255	264	218		
裸地蔬菜	地面灌	285	292	275	260	280	井灌区	475	487	400	431	400
							水库、引河(湖、泉)灌区	491	503	474	448	467
							引黄灌区	518	531	500	—	—
	喷灌	235	245	231	225	233		276	272	265	274	274
葡萄	地面灌	170	175	160	155	165	井灌区	283	292	238	254	236
							水库、引河(湖、泉)灌区	293	302	276	267	275
							引黄灌区	309	318	291	—	—
苹果	地面灌	143	148	133	128	138	井灌区	238	247	197	212	197
							水库、引河(湖、泉)灌区	247	255	229	221	230
							引黄灌区	260	269	242	—	—
	微灌	106	110	105	103	108		118	122	117	114	120
梨树	地面灌	135	140	125	120	130	井灌区	225	233	185	200	186
							水库、引河(湖、泉)灌区	233	241	216	207	217
							引黄灌区	245	255	227	—	—
	微灌	106	110	105	103	108		118	122	117	114	120
大棚蔬菜	地面灌	190	190	180	165	180		253	253	240	220	240
	微灌	145	150	140	135	142		161	167	156	150	158
其他	地面灌	135	140	130	128	138	井灌区	225	233	197	212	197
							水库、引河(湖、泉)灌区	233	241	224	221	230
							引黄灌区	245	255	236	—	—

参 考 文 献

［1］ 郝桂珍. 城市计划用水定额及其节水指标体系的研究：［硕士论文］. 哈尔滨：哈尔滨工业大学，2002.

［2］ 臧景红等. 生活计划用水定额及其指标体系. 中国给水排水，2001（1）.

［3］ Colenbander H J. Complied in Nov. 1986. Water in the Netherland. The Hague，TNO Committee on Hydrological Research. The Netherlands Organization for Applied Scientific Research.

［4］ 戴涛，刘俊良等. 保定市城市供水科技进步规划（2002—2010）.

［5］ 乔钟炜，刘俊良等. 保定市城市节水规划（1996—2010）.

12 城市污水资源化规划

12.1 城市污水资源化规划的意义

12.1.1 城市污水资源化的意义

城市污水再生利用作为传统水资源的替代选择，是实现水资源可持续利用的重要组成部分。国内外的研究均证明污水具有量大而集中、水质水量相对稳定的特点，经过不同程度的处理可成为安全可靠的第二水资源，并能起到保护水资源、减轻水污染的双重效益。尽管各地区水问题的原因不尽相同，但不同国家推动污水再生利用的根本动力基本上是一致的——缺水和水质恶化。

城市污水资源化是将污水进行净化处理后，进行直接或间接的回用，使之成为城市水资源的一个重要组成部分。

直接回用和间接回用是城市污水资源化的两种有效途径。城市污水的直接回用由再生水厂通过输水管道，或者其他掺水设施直接送给用户使用；间接回用则由二级污水处理厂，或者由再生水厂将处理后出水直接排入水体，由用户再从水体中取用。直接回用有三种通用的模式：a. 在再生水厂系统敷设再生供水管网，与城市供水管网一起形成双供水系统：一部分专供低质工业用水使用，另一部分专供城市绿化和景点使用；b. 由再生水厂敷设专用管道供大厂使用，这种方式用途单一，比较实用；c. 大型公共建筑和住宅楼群的污水，就地处理、回收、循环再用。间接回用方式可以分为有意图间接回用和无意图间接回用。有意图间接回用是有计划地将再生水和新鲜水混合后再使用，这就取决于时间和空间的安全保证。再生水从排入水体到被利用的时间滞后，以及混合后的物理化学净化作用，使再生水在自然生态系统中获得进一步的净化。在这个过程中，微生物由于自然死亡和被吞噬而减少，挥发性有机物在水的表面丧失，有机物因光化学作用而转化，但另一方面，水质也会因藻类的增长，以及初期雨水的排入而变坏。无意图的回用是更加普遍使用的方式。目前河流都受到不同程度的污染，取用地表水实际上都包含城市污水间接回用。

(1) 建立第二供水系统，提供新水源

对于严重的缺水地区，搞污水回用，建设中水道系统工程，实现污水资源化势在必行。处理后的再生水可以作为一种水源，缓解水资源紧缺的局面。据统计，在城市用水中只有1/3的水用于直接或间接饮用，其他2/3的水理论上都可以由再生水代替。加上河湖等所需的环境生态流量，污水回用的潜力会更大。如果处理后的污水大部分就近排入自然水体，这不仅给自然水体造成了污染，而且浪费了宝贵的淡水资源。随着在污水处理厂建设的基础上污水回用设施的逐步完善，必将给社会带来更大的经济效益。

(2) 节省水资源建设与水环境治理投资

城市污水在城市水资源规划中占有非常重要的地位，并且与开发其他的水资源相比，具有非常可观的经济优势。它可以节省水资源费和巨额远距离引水的管道建设费和输水电费。污水回用基本上是就地取水。据报道，发达国家20世纪80年代用于环境治理的投资占国民生产总值（GNP）的比例，一般均在 0.5% 以上，而我国 90 年代用于环境治理的投资仅占 GNP 的 0.033%，投资强度与发达国家相比相差了 20～30 倍，污水回用在解决水资源短缺的同时，水环境污染也得到了改善，使有限的资金得到更高效的利用。

（3）进行污水回用是城市性质的内在要求

为了城市经济、社会、环境协调发展，使之建设成为经济繁荣、环境优美、生活便利的现代化城市，建设健康、良好的水环境是非常必要的，也是现代化城市的重要基础条件和内在要求。但目前，市区的主要河流污染已经十分严重，基本上已断流，甚至干涸，严重影响了人们的健康生活和城市形象。根据《中国可持续发展水环境战略研究综合报告及专题报告》，如果仅靠加快城市污水处理厂的建设，使城市废水处理率在 2010 年、2030 年、2050 年分别达到 50%、80%、95%，我国城市的水环境状况在 2010 年还会有较严重的恶化，至 2050 年也还不能得到根本性的好转，因此，必须进行污水的深度处理和回用。

（4）改善和恢复城市水环境

长期以来，人们对水资源的脆弱性没有足够的重视，随着城市的飞速发展和人口的急剧增长，大面积的城市工业和居住区的拓展，废（污）水排入河道，使得市区内的河流受到严重的污染，甚至丧失了原有的功能。城市污水再生回用为城市水环境的改善提供了一个契机。从污水处理厂来看，单纯依靠传统的污水二级处理技术并不能从根本上解决水污染问题，只能延缓水污染的发展趋势。城市二级处理水再稍加处理（三级或深度处理），然后将处理后的水作为工业、农业、生活杂用等非饮用水，一方面可以缓解城市对新鲜水的需求，另一方面也减少了排向城市自然水体的污染物量，由此而带来的直接和间接的社会、环境效益不可估量。

因此，污水再生回用是缓解城市水资源日趋紧张、维持水体健康、良性循环的有效途径，也是城市节制用水的必然要求。

12.1.2 城市污水资源化规划的原则、依据

城市污水资源化规划是以国家现行的法规及政策为指导方针，努力建设"节水减污型"城市，建立健康良好的水环境，使城市经济、社会、环境协调发展。力求通过科学合理地分析城市用水及排污的规律，提出符合实际的城市未来规划年污水量预测结果，规划出科学合理的再生水回用方案和回用工艺，提出切实可行的实施策略，以保证城市用水的健康良性循环和水资源的可持续利用。

（1）规划目的

分析城市历年城市用水及排污资料，评价污水资源化的潜力，研究科学的数学模型预测未来规划年的城市需水量及污水排污量，提出污水再生水回用的途径及规模，结合城市总体规划，建设再生水厂和再生水系统，并为政府决策提供依据。

（2）规划原则

① "城市发展与水资源、水环境相协调"的原则　城市的发展要以水资源可持续利用与水社会循环的良性健康发展为前提，把城市供水、节水和污水处理与回用统一规划，使之协调发展。

② "先立足于当地水，再外调水"的原则　要按"安全、可靠、高效、经济"的要求，合理规划水源结构，将再生水视为城市第二水源，积极加以利用，之后再考虑远距离调水。

③ 在保证人体健康不受到威胁的前提下，尽可能将污水的处理与回用相结合，逐步提高污水再生回用水平。

④ 按照"优水优用、一水多用、重复利用"的原则，将污水处理厂的再生水优先用于绿化、河湖环境和市政杂用，位于城市下游的农业灌溉用水要优先使用处理后的城市污水。

⑤ 再生水用户的选择按照"先近后远、先易后难"的原则，逐步扩大再生水的用户和用量。

⑥ 再生水处理设施及管道系统的规划原则　再生水厂的布局应遵循集中与分散相结合的原则，既要体现规模效益，又要尽量减少回用距离，降低工程的投资。对于城市再生水管道供水困难的地区，继续鼓励建设中水设施。

再生水厂应尽量与现有的或规划的污水处理厂相结合，以节省投资、方便管理，但是再生水厂的数量和位置并不局限于污水处理厂的数量和位置，在适当的地方通过经济技术比较来决定再生水厂的数量和位置。

依据再生水厂用户的分布和各自的再生水用量，各污水处理厂的规划处理规模、处理程度和所处理的地理位置，初步确定再生水厂的数目以及各再生水厂的供水规范和供水规模。

为减少再生水输送过程中的能量损失，降低日常供水能耗，再生水厂应尽量位于城市水系的上、中游。

再生水的输送方式应采取重力输水和压力管道送水相结合的方式，在有条件的地方，采用重力输送或者利用天然河道输送再生水，以降低再生水供水管网投资。

再生水输水管道应充分考虑再生水用水大户的分布，采用环状和枝状网相结合的形式，既要较少的供水距离，又要考虑便于远景城市中水道系统联网供水。

管道尽量布置在有条件的现状道路或沿河道布置，尽量避免穿越铁路、河流和高速公路，便于维护管理。

（3）规划依据

主要包括：a. 中华人民共和国《水法》、《城市规划法》等有关法规；b.《城市节约用水目标导则》、《城市节约用水管理规划》与行政法规及部分规则；c. 国务院及有关部委的最新政策，如国务院《关于加强城市供水节水和水污染防治工作的通知》，国家经委、水利部、建设部等六部委《关于加强工业节水工作的意见》等；d. 中国城镇供水协会《城市供水统计年鉴》和《城市节水统计年鉴》；e.《城市国民经济计划和社会发展纲要》；f.《城市总体规划》。

12.2　国内外城市污水资源化现状

12.2.1　国内外污水资源化现状

世界上不少城市把处理过的城市污水和废水回用到各个方面，已成为城市节制用水的途径之一。在 1981 年召开的美国第二次全国水回用会议上，当时美国给排水协会（AWWA）主席 K．J．Miller 在大会上强调："全球只有有计划地回用污水，才能避免水质继续恶化。"该句话给予污水回用对改善水质的作用以高度评价。美国不少城市污水处理厂改名为水回收厂（water reclamation plant），世界上大多数城市，已修建有汇集城市居民和公共设施的污水管路，城市污水经二级或三级处理净化后可回收利用，例如用于冲刷厕所、浇灌绿化，作为工业和商业设施冷却水，也可作为人工补给地下水的水源。

阿根廷采用城市污水一级处理出水灌溉农田 $200hm^2$。此外，将稳定塘净化水与河水混合灌溉蔬菜作物。

巴西圣保罗市需水量日益增长，该城在利用城市污水再生水灌溉公园、花园、冲刷厕所、冲洗马路、清洗街道和汽车、净化空气和美化环境等方面做了大量研究和实践。

智利圣地亚哥市的 70%～80% 城市污水用于农作物灌溉。

截至 1985 年，印度至少有 200 个农场利用城市污水进行灌溉，面积达 $2300hm^2$。

截至 1995 年，德国有大小污水处理厂 10390 座，1995 年德国的日排污水量为 $1 \times 10^7 \, \text{m}^3$，约有 80.3 %的污水通过下水道送至污水厂处理，余下的 19.7 %则通过简易的污水处理装置或化粪池处理。

科威特利用经三级处理的城市污水净化水进行农田灌溉，灌溉作物包括谷物、牧草及森林等。

墨西哥利用再生水灌溉农田 $50000 \, \text{hm}^2$，并计划将再生水使用于工业的量从 $38 \times 10^4 \, \text{m}^3 / \text{d}$ 增至 $114 \times 10^4 \, \text{m}^3 / \text{d}$。

沙特阿拉伯 1975 年再生水量为 $9 \times 10^4 \, \text{m}^3 / \text{d}$，2000 年计划用水量为 $190 \times 10^4 \, \text{m}^3 / \text{d}$，其中将有 10 %取自经二级处理乃至三级处理后的城市污水再生水。

纳米比亚（西南非）首都温得和克市城市污水再生后供作自来水水源。该城市的污水经二级处理后如熟化塘（停留 14d）进一步熟化，出水经浮上法除藻，再经加氯及活性炭吸附后，与经处理（过滤、消毒）过的水库水混合后加氯消毒，供作城市给水水源。经卫生学评价，认为当地的流行性疾病情况并未因使用再生水而发生变化，证明水质合格。

日本是开展污水回用研究较早的国家之一，主要用于小区和建筑物生活杂用水。据报道，目前仅东京的大型建筑物内已建成的中水道系统就达 60 余处，总供水能力达 $10 \times 10^4 \, \text{m}^3 / \text{d}$。日本 1986 年城市污水回用量达 $63 \times 10^6 \, \text{m}^3 / \text{a}$，占全部城市污水处理量的 0.8 %。污水再生后主要回用于中水道系统、农田或城市灌溉、河道补给水等。表 12-1 列出了日本再生水的利用途径及其所占的百分率。表 12-2 列出了日本双管系统再生水的利用途径及其所占的百分率。

表 12-1　日本再生水的利用途径及所占的百分率

用　途	百分率/%	再生水利用量/$10^4 \, \text{m}^3 / \text{d}$
双管供水系统	40	11.0
工业	29	7.7
农业	15	4.0
景观与除雪	16	4.3
合计	100	27.0

表 12-2　日本双管系统再生水的利用途径及所占的百分率

用　途	百分率/%	用　途	百分率/%
冲洗厕所	37	冲洗马路	16
冷却水	9	其他（景观、消防等）	16
洗公园、草地，美化环境	15	合计	100
冲洗汽车	7		

美国 20 世纪末期，在水领域的总体战略目标发生了调整，由单纯的水污染控制（water pollution control）转变为全方位的水环境可持续发展（watersheds）。"watersheds"的含义是：由可划分的水系、排放系统以及接收水体所界定的地区或范围，权且称之为"水区"。"水区"提出的背景是基于美国经济和社会的可持续发展。正如《美国水区新概念》一书中所说："这个国家在 20 世纪将水和水生环境作为一种物品或商品来对待，所以我们花掉了数万亿美元修建控制水的设施，如修堤、建坝、挖运河、调水等，这明确地反映了国家致力于经济发展和对自然过程的控制"。在这个时期，人与自然之间处于对立地位，为了经济的发展，对地球上亿万年来所形成的自然生态现象进行控制，以便在几年之内取得效益。但是，如果在这个过程中破坏了生态，大自然对人类的报复是等不到亿万年的，往往在几十年后就受到报复。因此，在全面总结和检讨了以往的经验、教训之后，在 20 世纪的后二十年，提出了把恢复和修复国家水体的物理、化学和生物的自然完整性作为新的目标。"水区"这一

概念就是为了完成这个新目标而提出的。"水区的"管理方式基于综合协调人和自然之间的关系，以保证经济发展和环境质量，这是一种将生态、经济、社会以及公众参与综合起来的新的管理模式。随着战略目标的调整，带来了美国水的管理体制和技术路线两方面的变化。在污水处理的技术路线上，关键性的转变是由单项技术转变为技术集成。以往是以达标排放为目的，针对某些污染物去除而设计工艺流程，现在要调整到以水的综合利用为目的，将现有的技术进行综合、集成，以满足所设定的水资源化规划目标。

总体看来，在水环境污染治理战略目标与技术路线方面，许多国家已经进行了重大调整，水污染治理的战略目标已经由传统意义上的"污水处理、达标排放"，转变为以水质再生为核心的"水的循环再用"，由单纯的"污染控制"上升为"水生态的修复和恢复"。很多国家，尤其是水资源比我国丰富的国家都十分重视污水回用，现已实施污水回用设施的建设，并给予了相关的法律保护。这些国家在开展污水回用过程中所积累的宝贵经验值得我国借鉴和学习。

我国在 20 世纪 50 年代就开始采用污水灌溉的方式回用污水，但真正将污水经深度处理后回用于城市生活和工业生产仅有 30 多年的历史。我国的污水回用事业大致经历了三个阶段，早在 1958 年就开始列入国家科研课题。60 年代关于污水灌溉研究达到了一定水平。1965 年前的"六五"期间是起始阶段，70 年代中期进行了城市污水以回用为目的的污水浓度试验，80 年代初，我国北京、大连、西安等缺水的城市相继开展了污水回用于工业与民用的试验与研究，有的还修建了中水回用试点工程并取得了积极成果。例如，北京高碑店污水处理厂利用处理后的城市污水用于电厂冷却水，北京市环保所和北京市政设计院先后在大院内和住宅小区内开展了中水道试点工作，起到了示范和推广作用。1986～2000 年的"七五"、"八五"、"九五"是技术储备和示范工程引导阶段，1987 年，北京市人民政府颁布了《北京市中水设施建设管理办法》，明确规定：凡新建建筑面积 2 万平方米以上的旅馆、饭店、公寓及建筑面积 3 万平方米以上的机关、科研单位、大专院校和大型文化、体育等建筑应配套建设中水设施并应与主体建筑工程同时设计、同时施工、同时交付使用。2001 年"十五"纲要明确提出以污水回用为标志，进入启动阶段，2007 年 11 月 22 日的《国家环境保护"十一五"规划》使污水资源化进入全面实施阶段。

目前，我国的污水处理技术力量已相当雄厚，"六五"至"十一五"期间，在水行业科技攻关项目上，国家拨经费近亿元支持攻关。特别在"八五"以后，在研究内容上重心转到技术上更加紧迫的污水处理技术，并首次在攻关内容上实现了从水资源保护的综合治理、饮用水微污染处理技术、城市和工业污水处理技术到污水回用技术的水的闭合循环，直接强调研究污水净化与资源化技术，见表 12-3。

12.2.2 污水资源化工程实例

(1) 回用于农业

农业回用水一般要求处理程度不高，通常还含有较高的氮、磷等成分，用于给土壤增肥，增加农作物的产量。但必须考虑到可能存在的致病微生物对卫生方面的影响，水中不能含有过量的有毒物质；不得含有污染环境的杂质和废物；进入土壤后，不会给土壤地下水和作物带来危害。

常用处理工艺如下。

对旱作物和蔬菜：二级出水──→过滤──→消毒──→农灌。

对水作物：二级出水──→脱氮除磷──→过滤──→消毒──→农灌。

对牧草：二级出水──→消毒──→农灌。

① 加利福尼亚州的蒙特里地区 以往由于过度使用当地地下水用于灌溉，使含水层受

到海水的入侵。蒙特里地区水污染控制局制订了一项计划，即每年使用高达 2000m³ 从蒙特里和附近村镇来的回用水用于灌溉地势较低的盐碱谷的 5000hm² 的种植作物。

表 12-3　国家水行业科技攻关一览表

时 间	经 费	项 目 名 称	课 题 名 称
六五	1500 万元	环境保护和污染综合防治技术研究	京津地区环境污染综合防治技术
			黄浦江综合防治技术
			环境背景值和环境容量的研究
七五	2370 万元	水污染防治及城市污水资源化技术研究	工业污染源治理技术及排放总量控制技术
			城市污水土地处理系统的研究
			城市污水资源化的研究
			太湖水系水质保护研究
八五	2500 万元	污水净化与资源化技术	武汉东湖污染综合防治技术
			湖泊与地下水城市饮用水源的污染防治技术
			高效节能水处理技术
			城市污水强化自然净化技术
			城市污水回用技术
			高浓度有毒有机工业废水处理技术及设备
九五	3000 万元	污水处理与水工业关键技术研究	城市污水处理实用新技术研究
			污水处理成套关键技术设备与器材研究
			安全饮用水净化技术和成套设备与器材
			重点耗水工业节水减污清洁生产技术研究示范
			难降解有机工业废水治理技术与关键设备
十一五	4920 万元	污水治理与资源化	清洁生产与循环经济的关键技术与示范研究
			重点耗水行业节水技术开发与示范
			典型脆弱生态系统重建技术与示范
			卤水资源综合利用技术研究
			黄河健康修复关键技术研究
			东北地区水资源全要素优化配置与安全保障技术体系研究

② 墨西哥城　墨西哥城的 90% 的废水用于灌溉墨西哥山谷和附近的一个降雨量较少且土壤贫瘠的 Mezquital 山谷。流量约为 45m³/s 的回用废水运送至此，灌溉 Mezquital 山谷面积为 9 万公顷的区域。废水回用于灌溉庄稼，极大地提高了庄稼的产量。这种灌溉方式的另一益处是提高了 Mezquital 山谷的地下水水位，形成了一个新的浅含水层，当地河流的基础流量也提高了。

③ 以色列的丹地区　以色列的可用水资源量为 $1800 \times 10^8 m^3/a$，其总的需水量已超过了这个量。为了满足供水需求，回用水广泛用于灌溉，约有 60% 以上的废水得到回用。从 Tel Aviv 来的废水经过处理（大约 $130 \times 10^8 m^3/a$）渗透到含水层，含水层能够对其进行深度处理。然后水从回复井中抽取，用泵打到丹地区的管线，以此满足丹地区和内盖夫沙漠的灌溉水需求。

④ 澳大利亚的弗吉尼亚　在澳大利亚南部已经执行了一项重要的计划，即以高达 $30 \times 10^8 m^3/a$ 的回用水作为供水。此回用水从 Adelaide 的 Bolivar 污水处理厂而来，运输到 Adelaide 北部的弗吉尼亚区用于灌溉园艺作物。这项计划包括一个 $12 \times 10^4 m^3/d$ 的再生水厂，水厂中有溶气气浮和过滤处理工艺。

（2）回用于工业

工业回用对象一般是水量较大、要求不高的冷却水和一些低质用水，只进行简单处理就可以满足要求。冷却水应考虑的问题有结垢、堵塞、腐蚀、生物繁殖等。

常用处理工艺如下。

对循环冷却水：二级出水──→澄清──→过滤──→消毒──→除氨氮──→回用。

对锅炉用水：二级出水──→过滤──→活性炭吸附──→离子交换──→回用。

对造纸工业用水：二级出水──→过滤──→活性炭吸附──→超滤──→回用。

对化工用水：二级出水──→生物接触氧化──→混凝沉淀──→双层滤料过滤──→回用。

① 亚利桑那州的 Palo Verde 电站　凤凰城的回用水用于 Palo Verde 电站的冷却水。此电站位于凤凰城西部 55km 处的 Sonoran 沙漠地带，年平均降雨量为 175mm。电站的产电量是 3810MW。回用水供给冷却用水补给量大约为 $25 \times 10^4 m^3/d$。

② 澳大利亚的 Eraring 电站　在澳大利亚，从 Dora Creek 污水处理厂来的回用水用泵抽升到悉尼北部 100km 处 Macquarie 湖边的 Eraring 电站。在电站对水进行了微滤和反渗透膜的深度处理，从而达到了饮用水级别，然后在现有的脱盐厂对水进一步处理，得到的纯净水用于锅炉补给水为电站涡轮机提供蒸汽。回用水取代了以往由城镇供水系统供给的 $1 \times 10^6 m^3/a$ 的饮用水。

③ 钢铁生产　回用水供给钢铁厂以满足不同处理过程中的用水，包括冷却用水、焚烧炉熔渣的淬火和焦炭炉的淬火。对澳大利亚现有的 Port Kembla 铁厂的回用水系统进行扩展，计划水量至少达到 $35000m^3/d$。

④ 炼油厂　在加利福尼亚 Richmond 的 Chevron 炼油厂，从市政水区来的回用水作为冷却工艺用水。

⑤ 新加坡的 NEW 用水　新加坡公用局计划使用 $10000m^3/d$ 的回用水示范工程展示回用水的适用性，向高技术和半导体工业供给经深度处理达到高纯度的水，处理方法采用微滤和反渗透的双膜工艺再接紫外线消毒。据最新报道，处理水量为 $45000 m^3/d$ 的项目正在建设中。

（3）回用于饮用水

再生水回用于饮用水对水质的标准要求较为严格，所需处理工序也较多。

常用的处理工艺为：处理后污水──→混凝──→气浮──→氯、石灰消毒──→沉淀──→砂滤──→定点加氯──→氯接触──→活性炭过滤──→氯消毒──→出水回用。

① 温得和克　温得和克是纳米比亚的首府，位于纳米比亚中心高地，处于喀拉哈里沙漠东部和纳米比沙漠西部之间，离此最近的常年河流是距离为 750km 外的 Kavango 河。为了解决旱季严重缺水的问题，1968 年在温得和克建造了一座产量为 $4800m^3/d$ 的再生水厂，此水厂是世界上第一座饮用水的再生水厂。首次将生活污水回用于城市饮用水，以缓解干旱造成的水资源危机。运行 30 年中，水厂一直稳定地生产出可接受的饮用水水质的回用水。到 1995 年，由于城市人口的大幅度增加，温得和克又一次面临饮用水的危机，使污水处理系统由当初的 $4800m^3/d$ 提高到现在的 $21000m^3/d$。污水分两部分处理以达到饮用水标准，先在 Grmmams 的污水处理厂将生活污水进行二级处理，然后在 Goreangab Dam 回用水处理厂进行深度处理，回用于饮用水。该系统从 1968 年开始运行到现在，先后进行了 4 次工艺改进。

由于回用于饮用水的健康风险很大，所以该工艺中污水在氧化塘停留时间高达 14d，并进行多次消毒，以去除病原微生物，降低回用的风险。

从 1968 年以来，回用水占温得和克总供水量的 4%。但是在旱季严重缺水的季节，回用水所占的比例可以达到 31%。回用水配水之前同 Goreangab 水处理厂处理后的水相混合，旱季时最大的混合比为 1:1，1968 年以来平均的混合比为 1:3.5。从 Goreangab 水处理厂来的混合水再同来自几个其他水源水库的水相混合，所以通常情况下，回用水在任何时期和任何区域所占的最大比例是 25%。

② 以色列　以色列是十个水资源极其贫乏的国家之一，为争夺水资源曾与阿拉伯国家发生过多次战争。目前以色列已有 70% 的废水经过处理并用来灌溉 1.9 万公顷的农田，全国所需水量的 16% 由废水回用来解决，甚至经处理后的废水已达到饮用水标准。

（4）回用于市政及生活杂用水

市政杂用水包括城市绿化、建筑施工、洗车、扫除洒水、冲厕等。其水质介于上水和下水中间，又名中水。市政杂用水水质要满足卫生和设备的要求，还要注重人们的感官要求。常用处理工艺如下。

绿化冲厕用水：二级出水──→消毒──→回用。

空调冷却水：二级出水──→过滤──→消毒──→农灌。

洗车消防施工用水：二级出水──→混凝沉淀──→砂滤──→消毒──→回用。

绿化除尘等用水：二级出水──→生物陶粒滤池──→消毒──→回用。

① 阿拉伯联合酋长国的 Abu Dhabi　Abu Dhabi 从 20 世纪 50 年代的不到 5000 人口的小城镇快速发展成为如今拥有 65 万人口的大城市。Abu Dhabi 和临近的卫星城镇消耗 $350000m^3/d$ 的脱盐水。从城市来的所有的污废水用泵运送到 Mafraq 唯一的处理厂，运送距离离市中心大约有 40km。Abu Dhabi 市政府的排水工程委员会在近 25 年中负责设想和实施对本地区的 100% 的污水进行处理，以达到灌溉公园、道路景观和草料牧场的用水标准的战略。如此这般，Abu Dhabi 就不受高温和少雨天气的限制而发展成为一个花园景色城市。回用的水要经过砂滤和氯消毒的补充处理。约有 $200000m^3/d$ 的回用水输送到城市用于绿色景观场地的浇灌。绿色景观场地的灌溉用水规模已扩大到如此程度，但在夏季高峰用水时仍会出现回用水的短缺问题，因而下排水工程计划正在找寻克服缺水的方法，包括采用更加有效的灌溉方法和选用用水量少的植物和草地。

② 沙迦　同 Abu Dhabi 一样，阿拉伯联合酋长国的沙迦也依靠脱盐海水作为主要供水水源。脱盐水厂建在 Al-Layyah 电站，每天能生产 $(9\sim10)\times10^4m^3$ 的淡水。沙迦执行了一项雄心勃勃的回用水计划以便能够扩大其满足绿色景观的空间。沙迦市政府已建造了 $500hm^2$ 的绿色用地，其中的 $150hm^2$ 在随后的两年中种上了植物。公园、花园和林荫大道提高了当地的环境条件。沙迦污水处理厂现在已经扩展成为总处理能力超过 $10\times10^4m^3/d$ 的水厂。水厂中运行采用的是生物活性污泥处理法。回用水通过双层砂滤料和砾石的重力滤池过滤和氯消毒得到深度处理。回用水用泵运送 3km 到 Sammnan 的高地蓄水池，来满足绿地景观灌溉水网需求的水压。

③ 佛罗里达州的圣彼得堡　佛罗里达州的圣彼得堡从 1977 年以来执行了一项大范围的回用水的计划，现在能够供给 10000 个业主使用，其中包括 9300 个住户业主使用。回用水使用包括城镇和居民景观场地使用，用于工业使用、空调冷却水和消防补给水。这项供水计划平均提供 $8\times10^4m^3/d$ 的回用水，具体使用的数量由天气情况而定。在 1993 年，每天有 $10\times10^4m^3$ 以上的回用水供给消费者，$7\times10^4m^3$ 的回用水用于注射深井以防止盐水入侵饮用水含水层。

④ 加利福尼亚州的 Irvine 大农场　Irvine 大农场水区（IRWD）1977 年着手建造了一项双网的回用水方案。回用水用于灌溉景观场地，其中包括居民的花园（2000 公顷）；用于灌溉食用性作物（400 公顷）；用于补给观赏性湖水；用于冲洗汽车；用于包括地毯厂包括

在内的工业使用。IRWD授权使用回用水冲洗高层办公楼的卫生间。IRWD双网供水系统供给1750户消费者$57 \times 10^3 m^3/d$的用水，每年输送的回用水水量超过$15 \times 10^6 m^3$。

⑤ 加利福尼亚州的南海岸　在加州的硅谷，圣约瑟和圣克拉拉县政府限定了淡水排放到旧金山海岸南端的量，要求不要超过$45 \times 10^4 m^3/d$，以便减轻对敏感的盐碱湿地环境的毁坏。他们不再建造海水排水口，而是实施南海岸回用水计划来给城镇、工业和农业用户输送回用水。第一期的$6 \times 10^4 m^3/d$的回用水项目已于1998年建成使用。

⑥ 澳大利亚的罗斯山脉地区　在澳大利亚的罗斯山脉地区回用水主要用于居民用水。此地区是悉尼西北部的新的住宅发展区，计划最终有30万人在这里定居，第一期为10万人建造35000座房屋。计划建造二级水网系统给冲洗卫生间和浇灌花园提供回用水。计划的第一部分于2001年8月运行能供给10000座房屋的用水。

⑦ 澳大利亚的Homebush海岸　澳大利亚悉尼的Homebush海岸采用了水的回用形式供水，此海岸是悉尼奥运会的比赛所在地。来自雨水和处理后的污水高达$7000m^3/d$的回用水，用于冲洗比赛地点的卫生间，浇灌露天运动场地、2000个住户的花园和冲洗卫生间。对回用水进行微滤和反渗透膜处理能够获得所需的水质。这项措施将减少悉尼的淡水供给量约为$85 \times 10^4 m^3/a$。

⑧ Adelaide的Mawson湖区　Adelaide澳大利亚的Mawson湖区的住宅发展将要给10000个住户提供3700套住房，还要建造一所大学和一个商业工业区。从住宅来的污水经过处理、回用于冲洗卫生间和灌溉景观场地。另外，将房屋的雨水进行收集、处理和回用供给湖水补给水、住宅用水和景观用地的灌溉。含水层的蓄水和恢复功能利于储存冬季额外的回用水量，并且在夏季高峰灌溉用水时提供水量。

⑨ 深圳　1992年在深圳滨河水质净化厂建造的污水回用示范工程采用二级处理出水直接过滤工艺进行深度处理，处理出水回用于污水处理厂风机冷却水、冲洗马路与厕所、浇洒绿地、洗车等用水。该厂二级处理出水以聚合氯化铝为混凝剂，混凝1.7min，反应7 min后，再以纤维球为滤料直接过滤。在过滤前先加一次氯杀死二级出水中的微生物，以避免滤床挂膜出现堵塞，出水也要加氯杀菌防止微生物堵塞管道、风机等设备。出水水质除NH_3-N略高外，其他指标均达到国家生活杂用水冲洗扫除用水标准。经过五年的使用，未发现对设备、管网构成严重腐蚀，也未发现堵塞现象。该生产装置的处理水量为$1000m^3/d$，处理成本为0.22元/m^3（不包括二级生化处理成本），深圳市水价为0.85元/m^3，该装置生产的再生水每年可产生效益23万元。

⑩ 青岛市中水回用以实现污水资源化　青岛高峰日用水量期为54万吨，而日排放的污水量约为40万吨，排放量约为用水量的80%多。若通过各种渠道，充分把排放的污水利用起来，将大大解决水资源的短缺问题，相当于开辟了一个新水源。

⑪ 河北省保定市建设集团住宅办公区　河北省保定市建设集团住宅办公区36#综合楼东邻向阳路，北临七一路。该工程主要属于办公用途，用水单一，且主体工程配楼为居民楼。中水回用规模为$10 \sim 30m^3/d$，项目投资20万元。

根据进水水质特点以及其较高的处理要求，该工程采用膜生物反应器（MBR）为主体工艺生化处理系统，其工艺流程见图12-1。

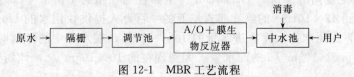

图12-1　MBR工艺流程

集中废水由化粪池自流进入MBR生化处理系统，再经隔栅去除粗大颗粒杂质后进入均衡调节池，并在池中进行搅拌，使水质均匀。

调节池出水用泵抽升至缺氧池，在该池中与 MBR 好氧池中回流液进行混合，进行硝酸盐与亚硝酸盐的反硝化作用，反硝化过程中同时可去除进水中部分有机物，还可以补偿后续硝化过程中所需的大量的碱度，以利于硝化作用的进行。

缺氧池出水进入将膜分离技术与生物处理技术直接相结合的 MBR 好氧池。MBR 好氧池的第一功能是去除废水的 BOD 和 COD，间接去除原废水带入的有机污染物；第二功能是硝化作用，使有机氮转化为硝化氮；第三功能是除磷，通过聚磷菌对磷的过剩吸收，取得良好的除磷效果。MBR 好氧池中设置 9 组 SM-L105 型膜组件，混合液经膜过滤实现活性污泥与出水分离，免除了系统的二级沉淀池以及混凝、过滤等三级处理构筑物，并能完全地截留去除悬浮物。通过膜组件过滤，能使 MBR 好氧池中维持很高的活性污泥浓度，延长了污泥龄，提高了好氧池的容积负荷，有利于难降解物质的去除。另外 MBR 还具有截流细菌、病菌的作用，去除率可达到 99％以上。

出水经消毒后进入清水池，回用作生活杂用水。

该套工艺在技术上具有很强的先进性，MBR 工艺具有污染物处理率高、出水水质好、流程简单、结构紧凑，并能大幅度去除细菌和病菌等许多常规工艺无法比拟的优势。目前，国内外对废水处理工艺的研究非常活跃，说明这一技术具有很大的生命力。随着膜制造技术的进步、膜质量的提高和成本的降低，膜生物反应器在废水处理与回用事业中所起的作用必将越来越大，应用的前景也越加广阔。另外，该项目具有显著的经济、环境和社会效益，节约用水效果明显。

(5) 回用水补给水资源

再生水回注于地下含水层可以防止地面沉降和海水入侵；或者通过机械过滤物化作用自净后补充地下水作为饮用水的原水。地下水回灌过程中一定要防止地下水污染，即注意回灌水中传染细菌、总的有机物含量、重金属等的污染。

常用处理工艺如下。

二级出水──→粉末活性炭──→沉淀──→好氧土壤渗滤──→地下水。

二级出水──→厌氧土壤渗滤──→地下水。

二级出水──→混凝沉淀──→砂滤──→粉末活性炭──→好氧土壤渗滤──→地下水。

① 加利福尼亚州的洛杉矶　自从 1962 年以来，洛杉矶县卫生区利用回用水回灌地下饮用水层，回灌是通过 Whittier Narrows 渗水盆地实现的。在 1978 年，回用的水首先是对二级出水进行消毒，然后通过三级过滤的高级处理。回灌进地下水域的回用水的数量每年平均为盆地流入总水量的 16％。根据回灌的位置和含水层的特性，饮用水水井中的回用水占的比例为 0～23％。通过对获得的大量数据的分析，加州的独立科学小组得到的结论是 Whittier Narrows 的地下水回灌与通常采用的地表水供给一样是安全的。

② 加利福尼亚州的 Orange 县　从 1976 年以来，Orange 县的第 21 水厂生产 $57 \times 10^3\,\mathrm{m}^3/\mathrm{d}$ 的达到饮用水标准的回用水，在压力的作用下，注入过量开采后的饮用水含水层以避免盐水的入侵。通过对地下水长达 15 年之久的严格监控，Orange 县还没有发现地下水对公众健康有影响。水厂目前已得到扩建，扩建后计划产水量为 $20 \times 10^4\,\mathrm{m}^3/\mathrm{d}$，使用双膜处理工艺。

③ 美国弗吉尼亚州的 Upper Occaquan　从弗吉尼亚州的 Upper Occaquan 再生水厂出来的回用水排放到 $42 \times 10^6\,\mathrm{m}^3$ 的给北弗吉尼亚的一百万人提供饮用水的 Upper Occaquan 水库。一般情况下，回用水占水库总进水量的 10％～15％，在水库中的停留时间是 26 天。再生水厂从起初的 $5.5 \times 10^4\,\mathrm{m}^3/\mathrm{d}$ 的产水量扩大到现在的 $10 \times 10^4\,\mathrm{m}^3/\mathrm{d}$，计划要进一步扩展到 $20 \times 10^4\,\mathrm{m}^3/\mathrm{d}$。

④ 美国得克萨斯州的 EI Paso　从 1985 年以来，得克萨斯州的 EI Paso 使用产水量为

$3.8 \times 10^4 \, \mathrm{m^3/d}$ 的 Fred Harvey 再生水厂的回用水对 Hueco Bolson 饮用水含水层进行回灌。从 EI Paso 饮用水井抽取供水之前，回用水的停留时间大约是 2 年。还没有发现对与人类健康相关的水质参数有不利影响，但是含水层的总溶解固体含量有所提高。

表 12-4 列举了世界上几项再用利用废污水的大型工程。

表 12-4　世界上几项再用利用废污水的大型工程

序　号	国　家	工厂或项目名称	再生水量/$(10^4\mathrm{m^3/d})$	用　途
1	美国	马里兰州伯利恒钢铁公司	40.1	炼钢冷却水
2	以色列	达恩地区	27.4	灌溉
3	美国	加州奥兰治和洛杉矶	20.0	工业冷却水
4	波兰	弗罗茨瓦夫市	17.0	灌溉补充
5	美国	密执安市	15.9	浇灌
6	墨西哥	联邦区	15.5	浇灌美化
7	沙特阿拉伯	利雅得市	12.0	石油提炼
8	美国	内华达州动力公司	10.2	火电冷却水
9	日本	东京	7.1	工业用水

综合国内外城市污水资源化的经验可以看到以下几点。

a. 生活污水和工业废水均可作为水资源再加以开发利用。

b. 城市污水经处理后可回用的范围：ⓐ用于工业，主要是作为一次通过冷却水和循环冷却水的补充水，因为工业用水中冷却水量占 75%～80%，且相比起工艺用水的水质要求偏低；ⓑ作为农业灌溉用水，这在干旱地区对保证农作物生长起着重要作用；ⓒ作为市政用水或称杂用水，如冲洗厕所，浇洒地面，浇灌树木、绿地，清洗道路及车辆等，杂用水的使用可大大节省饮用水质自来水的消耗量；ⓓ作为地下水回灌，以防止地下水超采和地面下沉，是蓄水和调配水资源的一种方法，在沿海地区回灌地下水还可防止海水倒灌；ⓔ作为娱乐用水，美化环境。当然这种娱乐用水应是不与人体直接接触的景观水和其他用水，如划船、水生植物养殖等。

c. 城市污水再生回用技术与方法：总结废水再生利用的实施经验，废水再生利用方式可分为开放式循环和闭路式循环。开放式是将处理后的城市污水还原到地面水体中，再次作为资源加以利用；闭路式是把处理后的城市污水直接作为水资源加以利用，城市污水再生利用的技术及工艺流程要根据废水的来源及水质情况以及回用目的来选择，是从高效、廉价的原则来考虑的。

d. 城市污水回用的经济评价：由城市污水回用的实例看到，不仅水资源短缺的国家开展城市污水再生利用如日本，而且水资源相当丰富的国家如美国、前苏联也发展城市污水回用，说明污水回用在某种意义上是合算的。并且：ⓐ回灌与开采相比，用二级出水代替抽用地下水，可以少开采或不开采地下水，有利于防止地面下沉，城市污水回用比回灌要经济和安全；ⓑ回用于工业和市政杂用水比用于农灌更合适；ⓒ城市污水回用可以减轻地表水的污染。

12.3　城市污水资源化需求途径

污水回用需求量不仅与当地城市的水环境、产业结构、居民生活水平等密切相关，而且主要受当地的政策和经济能力的制约，在不同的国家和地区，污水回用具有不同的用水对象和用户，用水量也就相差甚多。如日本，作为中水道技术的发源地，再生水主要用于生活冲厕和小溪河流恢复生态环境用水，而很少用于农业，而在以色列污水回用率高达 70% 以上，广泛用于农业。在污水处理厂的二级出水由于水质较低，也只适于农业灌溉，而工业用户用水量很高，并有逐年上升的趋势。因此，根据城市目前的用水情况和相关规划，确定城市的污水回用对象为农业用水、工业用水（冷却用水）、市政杂用水及城市生态用水等几个方面。

12.3.1　农业用水

我国土地资源丰富，农业用水占每年耗用水资源的大部分，每年用于灌溉水约为$1200 \times 10^8 m^3$，它是城市用水的3倍。城市污水经处理后用作农田灌溉有广阔的前途。农业用水是再生水回用的一个重要用户。与其他用途相比，农业灌溉用水有以下几个特点：a. 对水质要求不高（生食瓜果蔬菜类灌溉用水除外），一般二级处理水经过适当稀释即可满足水质要求；b. 对水中N、P等污染物不需额外单独处理，可作为肥料进行充分利用；c. 可利用原有沟渠输送回用水，需要的投资和运行费用较低；d. 比工业和市政用水量大，易于形成规模效益；e. 不仅节省了水资源，同时还使回归自然水体的处理水得到进一步净化。因此，农业用水是污水回用的首选用途。

农业用水受季节、气候的影响比较大，灌溉用水主要集中在春、夏、秋三季，而污水处理厂的出水是比较均匀的，这就要求有适当的存储冬季污水处理厂出水的用地，或者在冬季的时候供给农业用水的管道关闭检修，将水量转移到其他用途当中，已达到最大限度地利用再生水、节省新鲜水的目的。

12.3.2　工业用水

目前工业用水占城市用水量的40％～60％，其中大部分又为冷却水。污水再生水用作工业冷却水的市场非常广阔。

工业用水是城市用水的重要组成部分，根据用途的不同，工业用水对水质的要求差异很大，水质要求越高，水处理的费用也越高。目前，一般主要应用于需水量较大而水质要求又不高的部门。

许多国家建有工业水道，是专门供给工业大户用水的系统，要求水质低，往往比用城市自来水大为便宜。城市污水经深度净化后正好用于工业水道。工业水道的最大用户是生产设备冷却用水，约占工业用水总量的40％～50％。工业冷却水质只要求在冷却设备的壁上不结垢、不腐蚀、不过量产生生物黏泥，但希望有稳定的较低的水温。污水再生水还可以作为产品处理用水、原料用水及锅炉用水，因其对水质要求较苛刻，不是再生水回用的主要对象，所以各地工业水道的水质大都按冷却水质考虑，个别用户有其他要求可以进一步自行处理。经过"七五"、"八五"十年攻关，污水深度净化水对冷却设备的腐蚀、结垢和生物黏泥堵塞均已解决。大连市污水再生回用系统已经运行10年，没有产生不能解决的问题，运行正常，已成为不可缺少的工业水源。

污水回用是节水措施之一，是规模大、效益高的节水措施，比一般的节水措施更有潜力。污水回用并不排斥工业内部的循环用水。对于工业用户应先搞厂内节水，提高循环用水率，但工业节水有限度，实际上还需要补充新鲜水，必要的新鲜水补给应优先使用城市回用水。缺水城市能使用并且有条件使用回用水的工业企业，不应供给自来水和使用自备井。大连红星化工厂过去每天用自来水2000多立方米，因为临近春柳污水处理厂，改为污水回用作为冷却水和工艺水。除了饮用水外，全部停用自来水，每年节约用水73万立方米。

(1) 冷却水

工业用水中冷却水用量所占的比重较大（我国约占84％），考虑循环使用之外，补充用水量占工业总取水量的30％以上。冷却水对水质的要求较低，间接冷却水对水质的要求，如碱度、硬度、氯化物以及铁锰含量等，城市污水的二级处理出水均能满足，其他水质指标，如SS、氨氮、COD_{Cr}等，二级处理出水经适当净化后也能满足要求。因此城市污水再生水回用于工业冷却水是目前国内外应用较广的回用用途之一。

（2）工艺用水

工艺用水包括产品处理水、洗涤用水和原料用水等。这部分用水或与产品直接接触，或作为原材料的一部分添加到生产过程中。因此，工艺用水比较复杂，各行各业对水质要求也不尽相同，其适用性相对较差。

（3）锅炉用水

锅炉用水在工业用水中占较大的一部分，高、低压锅炉对水质有不同的要求，主要集中在硬度、腐蚀性和结垢等方面，这部分水质要求较高，利用再生水管网供应的深度处理的再生水一般较难直接满足其水质要求，但是可以作为锅炉用水的水源，在需要使用的地方设置更高程度的处理设施，例如使用离子交换、超滤、反渗透、纳滤等处理工艺，使得出水可以满足不同用水的需要。

工业生产范围广泛，对用水水质的要求差异很大，因此比较有利于城市废水或工业废水回用。应该看到，废水回用对工业企业是仅次于水循环利用的另一种比较容易见效的节水途径，除间接回用外，大体上有三种直接回用方式。

① 城市废水经适当处理或再生后的出水作工业补充水以替代新水，通常是作为冷却水、各种生产过程用水和锅炉补给水等，这在国外已不乏先例。英国的城市废水回用即大部限于作工业冷却水，且多集中于发电厂，此外还用于炼油、钢铁、造纸和化工等行业。美国于 20 世纪 30 年代就开始将城市废水回用作工业冷却水，例如伯里恒钢铁公司，因海水入侵，地下水盐分增加，而改用巴尔迪摩市废水处理厂二级出水作直接冷却水，截至 1970 年回用水量达 $54.42\times10^4\,m^3/d$，取得良好效果。前苏联也有大量工业企业利用城市废水处理厂的出水。日本 1986 年利用城市废水处理厂出水的工业企业达 32 个，总回用水量为 $9.8\times10^4\,m^3/d$。

② 工业企业之间的废水回用或称"厂际串联用水"，这显然需要在不同工业企业之间具备逐级串联用水的水质、水量和实施条件，有时也应辅之以适当的水处理设施。"厂际串联用水"也是新建工业区节约用水应考虑的措施之一。

③ 厂内回用 由于工业生产的多样性和复杂性，工业废水的厂内回用范围十分广泛、类别庞杂，它与生产工艺、系统和运行管理的关系往往十分密切，影响因素甚多。工业废水厂内回用的可靠性主要取决于生产工艺或过程用水的水质与水量要求、生产工艺和生产用水系统情况、废水或废物回收处理技术、环保要求以及技术经济条件等。目前，我国工业废水回用率不高的原因，除上述因素外，在很大程度上还与生产设备陈旧落后有关。一般而言，工业废水回用的可行性及回用率的大小呈下列情况：联合（综合）生产企业高于单一性生产企业；钢铁、有色金属、石油化工、化工、重型机械行业高于轻工、纺织和食品等行业；缺水地区高于不缺水地区；大型、新型企业高于小型企业、旧企业。

各缺水城市应调查实际情况进行统一规划，建立以城市废水为水源的工业水道，它的节水效果、经济效益和环境效益是小区与大厦中水道不可比拟的。废水回收再用于工业水道，合理化的推进方法如图 12-2～图 12-4 所示。

今后，随着城市废水处理厂发展或处理程度的提高，将为废水回用于工业创造更加良好的条件。

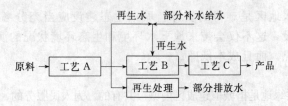

图 12-2　废水用于工业水的局部再生使用

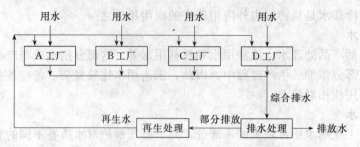

图 12-3　废水以工厂为单位的再生使用

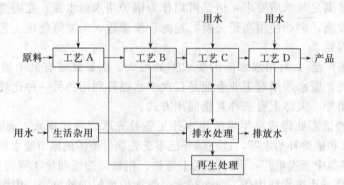

图 12-4　废水用于工业以地区为单位的再生使用

12.3.3　市政杂用水

市政杂用水主要包括环卫用水、消防、建筑施工降尘用水、洗车用水及空调冷却设备补充用水。

（1）环卫用水

环卫用水主要是指道路、广场浇洒用水和公共厕所用水。道路广场浇洒可以增加空气的湿度，减少地面扬尘。目前，环卫部门在夜间和早晨对市区主要道路广场进行浇洒，浇洒的季节主要集中在秋、冬两季。浇洒道路用水一般由洒水车在固定的取水栓取水，再浇洒到附近的道路广场上，每个取水栓的服务半径约为 1.2～1.5km。

（2）建筑施工降尘用水

建筑施工降尘用水与城市固定资产和基建投资有密切的相关关系，据相关资料，用水量 y（$\times 10^4 \mathrm{m}^3$）与基建投资 x（万元）公式为：$y=0.0005x+1190.5$，相关系数 $R=0.99$。

（3）洗车用水

中水洗车在水质、水量上都能满足要求，并具有一定的优势：第一，节约优质水源；第二，中水水价一定比现行洗车水价低廉，各用户容易接受，推广起来容易；第三，水量丰富，可以节省循环设备的投资，用于引进洗车先进设备，提高工作效率；第四，能发挥洗车站的宣传效应，在已铺中水管线的适宜地点多建洗车站点，宣传中水使用，给人以较直观的印象。

12.3.4　城市生态用水

城市淡污水在缺水地区是难得的资源，城市生态建设应当充分考虑运用再生水资源优势，开发生态恢复建设，这不仅会带来地下水环境和生态环境状况的演替、变化，大大改善本地区的地表环境状况，而且成本低廉。

（1）绿化用水

① 公共绿地　公共绿地是指城市建成区内城市共有的、为人民服务的、向市民开放的公园和集中绿地。这部分绿地一般是需要经常浇灌的草坪、林地。公共绿化用水水量较集中，且用水地点便

于管道敷设，是再生水回用较易实现的一个大用户，而且根据实际调查结果，管理人员普遍希望能尽快落实中水回用，具备良好的公共心理承受基础，是近期再生水规划的重点用户之一。

② 生产防护绿地　铁路沿线两岸设防护林带，其宽度由相应规划而定。

③ 城市道路绿化　城市道路都要及时种植行道树，红线宽度大于 60m 的道路原则上都要设立大于 8m 的绿化带，三块板道路分割带要种植灌木和花草。

（2）城市排污用水

城市污水管网尚未完善，污水大部分排入河道，造成河道和环境污染。排污用水是为了改变这种污染情况，使水体拥有自净能力，满足环境容量而不会对水体造成危害的用水量。实质是指河流或湖泊具有通过物理、化学和生物的作用进行降解污水中的有机物能力的需水量即基流流量。

现状河流的主要问题是水质污染和泄洪能力不强，两者的结合将造成更大的环境问题，在洪水季节，河水可能使全河的污水向两岸泛滥，遍地积水，使环境恶化，对居民健康造成危害。针对以上情况，应采用截流两岸污水，并以再生水作为河湖的景观补给水源，可以在一定程度上弥补现有河流治理计划的不足，既补充了河道的基流流量，增加非雨季时期的河水流量，又可以改善河流中的水质污染情况，使河流治理与环境美化结合起来，可以起到复活天然河道、创造优美城市水环境、给市民提供一个良好的亲水空间等多方面的作用。

维护良好的河流生态是创建良好的投资环境的重要基础条件，因此，河流的生态用水是污水再生回用的重要用途之一，排污用水规划是建立在水体健康循环的基础之上的，也受到经济条件的制约，虽然环境效益和社会效益显著，但并无眼前的经济效益，不宜过大，以免增加再生水厂的经济负担，从而达不到预期效果。近期根据各城市的现状，可暂时考虑一部分，远景规划可根据市区的实际情况，逐步增大其再生水的用量，为城市创造更良好的城市生态环境。

12.4　城市污水资源化处理方法与流程

12.4.1　城市污水回用水处理的基本方法及功能

表 12-5 和表 12-6 所示分别为回用水处理的基本方法和回用水处理部分操作单元的处理功能与效果。所谓操作单元即为按水处理流程划分的相对独立的水处理工序，它可以是一种或多种水处理基本方法的组合运用。

12.4.2　城市污水回用水处理的工艺流程

城市污水回用于工业和市政杂用，一般都必须以二级处理水为原水，经过不同程度的净化，达到不同的水质目标。其处理流程可根据不同的用水对象和地方条件在下列流程中选用。回用水处理单元技术和组合流程的处理效果见表 12-7。

（1）混凝、澄清、过滤法（见图 12-5）

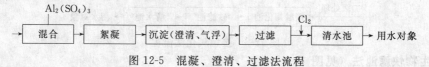

图 12-5　混凝、澄清、过滤法流程

（2）直接过滤法（见图 12-6）

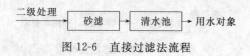

图 12-6　直接过滤法流程

表 12-5　回用水处理的基本方法

方　法　分　类	主　要　作　用
物理方法	
筛滤截留	格栅：截留较大的漂浮物
	格网：截留细小的漂浮物
	微滤（微滤机及微孔过滤）：去除细小悬浮物
重力分离	重力沉降分离悬浮物
	气浮：上浮分离不易沉降的悬浮物
离心分离	惯性分离悬浮物
高梯度磁分离	磁力分离性或被磁化颗粒
化学方法	
化学沉淀	以化学方法析出并沉淀分离水中的无机物
中和	中和处理酸性或碱性物质
氧化与还原	氧化分解或还原去除水中的污染物
电解	电解分离并氧化或还原水中污染物
物理化学方法	
离子交换	以交换剂中的离子交换法去除水中的有害离子
萃取	以不溶于水的有机溶剂分离水中相应的溶解性物质
汽提与吹脱	去除水中的挥发性物质
吸附处理	以吸附剂吸附水中的可溶性物质
膜分离技术	
电渗析	在直流电场中离子交换树脂选择性地定向迁移、分离去除水中离子
扩散渗析	依靠半渗透膜两侧的渗透压分离溶液中的溶质
反渗透	在压力作用下通过半渗透膜反方向地使水与溶解物分离
超过滤	通过超滤膜使水溶液的大分子物质同水分离
生物方法	
活性污泥法（好氧处理）	以不同方式使水充氧利用水中微生物分解其中的有机物
生物膜法（好氧处理）	利用生长在各种载体上的微生物分解水中的有机物
生物氧化塘（好氧、厌氧、兼氧）	利用池塘中的微生物、藻类、水生植物等通过好氧或厌氧分解、降解水中的有机物
土地处理（好氧处理）	利用土壤和其中的微生物以及植物根系综合处理（过滤、吸咐、降解水中污染物质）
厌氧生物处理	利用厌氧微生物分解水中有机物，特别是高浓度有机物

（3）微絮凝过滤法（见图 12-7）

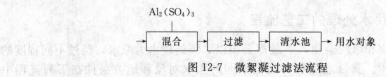

图 12-7　微絮凝过滤法流程

（4）接触氧化法（见图 12-8）

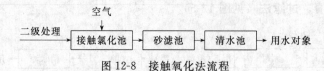

图 12-8　接触氧化法流程

（5）生物快滤池法（见图 12-9）

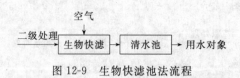

图 12-9　生物快滤池法流程

(6) 流动床生物氧化硝化法（见图 12-10）

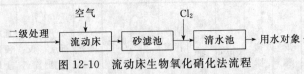

图 12-10　流动床生物氧化硝化法流程

(7) 活性炭吸附法（见图 12-11）

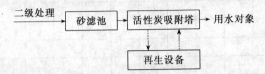

图 12-11　活性炭吸附法流程

(8) 超滤膜法（见图 12-12）

图 12-12　超滤膜法流程

(9) 半透膜法（见图 12-13）

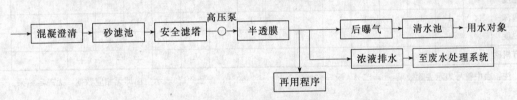

图 12-13　半透膜法流程

表 12-6　回用水处理部分操作单元的处理功能与效果

项目	一级处理	二级处理	消化	脱氮	生物滤池	RBCS	混合、絮凝、沉淀	活性污泥法后过滤	活性炭吸附	脱氨氮吹脱	离子交换	折点加氯	反渗透	地表漫流土地处理	灌溉	渗滤土地处理	氯化	臭氧化
BOD	×	1	1	0	1	1	×	1			×		1	1	1	1		0
COD	×	+	+	0	+		+	×	×	0	×		+	+	+	+		+
悬浮物	+	+	+	0	+	+	+	+			+		+	+	+	+		
氨氮	0	+	+	×	+													
硝酸盐氮				+					0					×				
磷	0		+				+		+					+	+	+		
碱度		×					×	+										
油、脂肪	+	+	+		0		×		×					+	+	+		
大肠菌值		1	1				1		1			1		1	1	1	1	1
总溶解性固体													+					
砷	×	×	×				×	+	0									

241

项目	一级处理	二级处理	消化	脱氮	生物滤池	RBCS	混合、絮凝、沉淀	活性污泥法后过滤	活性炭吸附	脱氨氮吹脱	离子交换	折点加氯	反渗透	地表漫流土地处理	灌溉	渗滤土地处理	氯化	臭氧化
钡		×	0				×	0										
钙	×	+	+		0	×	+	×	0							0		
铬	×	+	+		0	×	+	×	×									
铜	×	+	+		+			0								+		
氟化物							×		0							×		
铁	×	1	1		×	1	1	1	1									
铅	+	+	+				×									×		
锰	0	×	×		0		×	+						+				
汞	0	0	0		0													
硒	0	0	0															
银	+	+	+		×													
锌	×	+	+		+			×	+							+		
色度	0	+	+		0							+	+		+	+		
泡沫	×	1	1		1		×		1					1	1	1	1	1
浊度	×	+	+		×		+	+						+	+			
总有机碳	×	+	+				+	×	+		0	0				+		

注：表中符号表示去除效果：0＝25%、×＝25%～50%，＋＞50%，符号"1"表示空白即无相应数据、无确定结果。

表 12-7　回用水处理单元技术和组合流程的处理效果

处理流程	SS	浊度	BOD₅	COD	TN	TP	色度	臭味	细菌	适用对象	注意事项
混凝澄清过滤法	√	√	√	√	—	√	√		√	工业冷却市政杂用	
直接过滤法	√	√	√							工业冷却市政杂用	
微絮凝过滤法		√	√			√	√			工业冷却市政杂用	适用于悬浮物小者
接触氧化法	√	√	√							工业冷却市政杂用	
生物快滤池法	√	√		√			√	√		工业冷却市政杂用	
流动床生物氧化硝化法	√	√	√							适于要求高质量的再生水者	注意避免载体流失
活性炭吸附法				√			√	√		适于要求高质量的再生水者	活性炭定期更换、再生
超滤膜法		√							√	适于要求高质量的再生水者	用化学方法清洗和再生
半透膜法			√	√	√		√	√	√	适于要求高质量的再生水者	事先必须除浊

12.5 城市污水资源化的经济性、可靠性和可行性

12.5.1 污水回用的经济性

(1) 污水回用供水系统建设费用低廉

与远距离引水相比，输水管路方面具有绝对优势。以 CZ 市来说，CZ 市的开源方式中，主要是引黄济冀等远距离跨流域调水和污水再生回用两种。跨流域调水是一项耗资巨大的增加供水工程，是从丰水流域向缺水流域调节，对环境破坏严重。

(2) 再生水供水系统运行费用经济

再生水厂与污水处理厂相结合，省去了许多相关的附属建筑物，如变配电系统、机修车间、化验室等，与此同时，再生水厂的反冲洗系统和污泥处理也可并入二级处理厂的系统之内，从而大大降低了日常运行费用。

再生水与二级处理厂合作办公，自然节约许多管理人员，减轻了经济上的负担，提高了人力资源的有效利用率。

(3) 再生水被视为"第二水源"，可以适当收取费用，从而带动污水处理厂的良好运行和维持财政收支平衡

长期以来，不仅仅是在我国，即使是在发达国家，污水处理费用也是相当昂贵的。有效、经济地提高污水处理的质量和效率的途径是污水再生回用，它是被世界所公认的唯一途径。从市场经济的角度考虑，污水再生回用时的污水变成"产品"或"商品"，使得公益事业开始向经营单位转变，可大大激发污水处理厂的活力，通过出售"再生水"这一产品，将得到一部分收入，以此补贴污水处理的部分费用。使得污水这一资源进入市场，污水处理厂的运行进入生产—销售—生产的良性循环。

(4) 污水再生回用具有巨大的环境效益，由此可带来显著的经济效益

污水回用提供了新水源，减少了新鲜水的取用量，减少了市政管道的污水量，可以降低城市排水设施的投资运行环境，减少了排入环境的污水量，改善了自然水环境，更好地改善了投资环境，使旅游业、房地产业逐步升温，由此带来不可估量的经济效益。

12.5.2 污水回用的可靠性

(1) 水源稳定

城市污水二级处理水是可贵的淡水资源，相比其他水源而言，城市污水水源具有以下特点。

① 方便易得　只要有人类生存和活动的地方，就有污水的产生。因此，污水水源无异于就地取水，即无需远距离调水，也不需要集中从河湖上游取水。

② 不受洪枯水文年变化的影响　如前所述，污水是人类取水利用之后的排放水，污水的产生量是与用水人口和工业规模紧密相关的。只要人们生活水平不发生急剧的变化，不管是否为洪枯水文年，排放的污水量都是相当稳定的。

③ 比自然水源更为可靠，不易受自然变化和人为事故的影响　一般来说，城市污水是从用水户排出以后，通过污水管网收集送至污水处理厂，基本上不受地面污染源和意外事故的影响，而地面自然水资源在发生有毒物质进入河流、山洪暴发等突发事件时，不但不能保证供水水源的可靠性，若处理不当，甚至会造成不可弥补的损失。

（2）水质安全

首先，再生水要求水质清澈透明，色度不能超过 25 度，浊度应该小于 5NTU，在感官性状指标上是能满足的；其次，再生水在矿化度、含盐量、Cl⁻、pH 值等指标与自来水相仿，变化甚微；再次，再生水在卫生毒理学指标上是安全的，例如大肠菌群要求≤50 个/L，高于日本用于亲水空间的再生水水质标准要求。另外，有机物及还原性物质代表指标 BOD_5、COD_{Cr} 等均满足循环冷却补充水、景观用水、河流生态水质标准的要求。

（3）供水系统安全可靠

再生水供水系统按最高日最高时设计，采用环状网和枝状网相结合的供水方式，既可以节省工程投资，又可以保证供水的安全可靠。每个再生水厂还设置蓄水调节容量，处理工艺设施自动化水平较高，机械设备均有备用。同时，在用户改造给水网络时，保留自来水供水管道，再生水供应出现问题时，可以临时改由自来水供应。不至于影响工业生产生活的正常进行，确保供水系统的安全可靠。

总之，污水回用无论是水源、水质，还是供水系统都是相当安全可靠的。目前国内外污水回用工程不但将污水回用于工业、农业、市政杂用、城市生态用水，甚至用作生活饮用水。运行数十年来没有出现任何危害人体健康的问题，这充分说明了污水再生回用的安全可靠性。

12.5.3 污水资源化实施的可行性

污水资源化不仅改善了环境，而且缓解了部分水短缺的现状，因此许多国家和地区都积极地开展污水资源化技术的研究与推广，污水再生回用技术已经引起人们的高度重视。

首先，污水资源化的技术已经比较成熟，新的处理技术也不断涌现。目前国内外大量的工程实例表明，污水回用于农业、工业、市政杂用及生态用水是完全可行的。

其次，城市污水处理厂的建设为污水再生回用提供了充足的水源。

再次，国内外相关的标准，进一步保障了水质的安全卫生要求。例如，1989 年世界卫生组织颁布的《污水回用于农业的微生物含量标准》，1992 年美国环保局的《水回用手册》，我国于 1989 年颁布的《生活杂用水水质标准》，以及中国工程建设标准化协会于 1995 年颁布的《污水回用设计规范》，对于绿化、道路浇洒等市政用水和循环冷却水、景观河道补给水水质均做出了明确的要求。

最后，污水回用普遍得到公众的认可，公众心理接受程度日益提高。

据国内外抽样调查，随着人们对水资源短缺的认识日益深刻，对于冲厕、绿化等不与人体直接接触的杂用水，人们是普遍赞成使用回用水。尤其是一些公园的管理人员、电厂的技术人员等普遍希望能够尽快实施使用回用水。随着我国水工业的发展和社会舆论的正确宣传与引导，人们对污水资源化的接受率越来越高。

综上所述，污水回用不仅是经济的，而且是可靠的，更是可行的。实施城市污水资源化，将会大大改善城市的水环境，为水资源的可持续利用和社会的延续发展，具有重大的理论意义和现实价值。

12.6 阻碍污水回用的主要因素

城市污水量稳定集中，不受季节和干旱的影响，经过处理后再生回用既能减少水环境污染，又可以缓解水资源紧缺矛盾，是贯彻可持续发展战略的重要措施。但是目前污水在普遍范围上的应用还是不容乐观的，除了污水灌溉外，在城市回用方面还未广泛应用。其原因主要有以下几个方面的因素。

（1）缺乏必要的法规、条令强制进行污水处理与回用，特别是缺乏鼓励污水回用的政策

目前城市供水价格普遍较低，使用处理后的再生水比使用自来水特别是工业自备井水在经济上没有多大的效益。如某城市污水处理厂规模 16 万吨/日，污水主要来自附近几家大型国有企业，这些企业生活杂用水和循环冷却水均采用地下自备水源井供水，造成水资源的极大浪费，利用污水资源应该说是非常适合的。但是由于没有必要的法规强制推行，而且污水再生回用处理费用又略高于自备井水资源费，导致多次协商均告失败，污水资源白白地浪费。因此，推行污水再生回用必须配套强制性法规来保证。

（2）污水灌溉的影响

随着污水灌溉的发展，灌溉污水中的污染物一部分被土壤吸附，另一部分则经过土壤向下移动，最终进入地下含水层，对浅层地下水水质造成一定的影响。这些污染包括重金属污染、无机盐 N、P、K 的污染、有机物污染、病原体的污染等。据估算，全国每年因重金属污染的粮食达 1200 万吨，造成的直接经济损失超过 200 亿元。另外，世界卫生组织也表示，肠道疾病是发展中国家最大的杀手之一，每天有 6000 人死于这种疾病，很多人在吃了使用未经处理的废水灌溉的农作物后生病。

（3）再生水系统未列入城市总规划

城市污水处理后作为工业冷却、农田灌溉和河湖景观、绿化、冲厕等用水在水处理技术上已不成问题，但是由于可使用再生污水的用户比较分散，用水量都不大，处理后的再生水输送管道系统是当前需要重点解决的问题。没有输送再生水的管道，任何再生水回用的研究、规划都无法真正落实。为了保证将处理后的再生水能输送到各用户，必须尽快编制再生水专业规划，确定污水深度处理的规模、位置、再生水管道系统的布局，以指导再生水处理厂和再生水管道的建设和管理。

（4）再生水价格不明确

目前，由于污水再生水价不明确，导致污水再生水生产者不能保证经济效益，污水再生水受纳者对再生水水质要求得不到满足，形成一对矛盾。因此，确定一个合理的污水回用价格，保证污水再生水生产者与受纳者的责、权、利，是促进污水回用的重要前提。

（5）再生水的水质和环境质量要求始终是再生水回用技术的核心问题

国内外污水再生回用的经济表明，城市污水处理后再生回用已成为解决缺水城市水资源不足问题的有效途径，但再生水的回用是一个比较复杂的问题，特别是应根据不同回用目的，研究解决几个可行性的工艺流程，寻求最佳的经济方案。

12.7　城市污水再生回用的对策及其展望

（1）城市污水处理统一规划为城市污水资源化提供前提

世界各大中城市保护水资源环境的近百年经验归结为一点，就是建设系统的污水收集系统和成规模的污水处理厂。

城市污水处理厂的建设必须合理规划，国内外对城市污水是集中处理还是分散处理的问题已经形成共识，即污水的集中处理（大型化）应是城市污水处理厂建设的长期规划目标。结合不同的城市布局、发展规划、地理水文等具体情况，对城市污水处理厂的建设进行合理规划、集中处理，不仅能保证建设资金的有效使用率、降低处理能耗，而且有利于区域或流域水污染的协调管理及水体自净容量的充分利用。如位于英国伦敦东部泰晤士河北岸的贝克顿（Beckton）污水处理厂，是当前英国和欧共体的最大污水处理厂，其规模在当今世界上也是屈指可数的。它主要承担泰晤士河北岸 300km² 范围内的工业废水和伦敦市 240 万人口的生活污水处理，日处理能力达 240 万吨。俄罗斯莫斯科市每天的 620 万吨污水也主要是由三座污水处理厂进行处理，它们是库里扬诺夫污水处理厂、留别列兹污水处理厂和留布林斯基污水处理厂。

一个城市的总体规划必须重视城市供水和污水处理与排除（利用）的系统规划，即水工业系统的专业规划。该规划既要符合当地地方条件和城市供排水本身的规律，又要满足流域整体水资源调配及排污总量的分配限额。

城市生活污水、工业废水要统一规划，工厂废水要进入城市污水处理厂统一处理。因为各工厂的工业废水的水质、水量变化多、差别大、规模有限、技术水平参差不齐，千百家工厂自建的污水处理厂造成再用劳动和巨大的人力、物力、财力的浪费。统一规划和处理，做到专业管理，可以免除各家大小工厂管理的麻烦，保障处理程度。政府环保部门的任务是制定水体的排放标准，并对污水处理企业进行监督。

城市污水处理系统是容纳生活污水与城市区域内绝大多数工业废水的大系统（特殊水质如放射性废水除外）。但各企业排入城市下水道的废水应满足排入下水道标准，不符合标准的个别企业和车间经局部除害处理后再排入下水道。需要局部除害的废水，无非是含重金属废水、含有毒物的废水等。局部除害废水的水量有限，技术上也很成熟，只要管理跟上是没有问题的。这样才能保证污水处理统一规划和实施，使之有序健康地发展，并走上产业化、专业化的道路。

为贯彻工业废水与生活污水统一处理方针，应大力建设市政排水管网和污水处理厂等骨干水污染控制工程。加强城镇市政排水管理部门的技术力量，按照国际惯例，统一责权，使之担负起工业废水排入市政管道的职责。环保部门则应监控城市污水处理厂的出水水质，检查其是否达到规定的标准。与此同时，城镇政府或市政排水主管部门经环保部门同意，有权制定适合地方情况的工业废水预处理的补充规定，发放进入市政管道的排放许可证，审查、批准新扩建项目工业废水的预处理措施，审查、批准现有工业排污达标的计划。明确各级卫生行政部门协助市政排水部门监测、控制工业废水中影响人体健康的有毒、有害物质排放的职责。

（2）尽快出台污水再生回用的强制性政策，以确保水资源可持续利用

城市污水经深度处理后可回用于工业，作为间接冷却水、IV 类景观河道补充水以及居住区的生活杂用水。

对于集中的居民居住小区和具备使用再生水条件的单位，采取强制措施，要求必须建设并使用中水和再生水。对于按照规定应该建设中水或污水处理装置的单位，如果因特殊原因不能建设的，必须交纳一定的费用和建设相应的管道设施，保证使用城市污水处理厂的再生水。

对于可以使用再生水而不使用的，要按其用水量核减新水指标，超计划用水应加价。对使用再生水的单位，其新水量的使用权在一定程度上予以保留，鼓励其发展生产，不增加新水。

对于积极建设工业废水和生活杂用水处理回用设施并进行回用的，要酌情减、免征收污水排放费。

（3）多方面利用资金，加快进行污水处理和再生回用工程建设

城市污水处理厂普遍采用由政府出资建设（或由政府出面借款或贷款），隶属于政府的事业性单位负责运行的模式。这种模式具有以下缺点：财政负担过重、筹资困难、建设周期长、不利于环境保护等，如果将污水处理厂的建设与运行权委托给具有相应资金和技术实力的环保市政企业，由企业独立或与业主合作筹资建设与运行，企业通过运行收费回收投资。

通过这种模式，市政污水治理和回用率有望在今后几年得到大幅度的提高。政府投资、企业贷款，完善排污收费的制度，逐步实现污水处理厂和再生水厂企业化生产。

（4）从不够重视节水、治污和不注意开发非传统水资源转变为节流优先、治污为本、多渠道开源的城市水资源可持续利用的战略

在新中国成立国 60 年来，伴随着城市化进程在不同阶段的特征，城市水资源的开发利用由单纯开源逐步转向重视节流与治污，先后经历了"开源为主、提倡节水"，"开源与节流并重"和"开源、节流与治污并重"等几次战略性调整。提倡"节流优先"，这不仅仅是根据水资源紧缺的情况所应采取的基本政策，也是为了降低供水投资、减少污水排放、提高资源利用效率的最合理的选择。

（5）城市自来水厂与污水处理厂统一经营，建立给排水公司

世界现代经济发展的二百多年历程和我国六十年经济发展的教训告诉我们，偏废污水处理，就要伤害自然水的大循环，危害子循环，断了人类用水可持续发展之路。给水排水发展到当今，建立给水排水统筹管理的水工业体系，按工业企业来运行是必由之路。

既然由给水排水公司从水体中取水供给城市，就应将城市排水处理到水体自净能力可接纳的程度后排入水体，全面完成人类向大自然"借用"和"归还"可再生水的循环过程。使其构成良性循环，保证良好水环境和水资源的可持续利用。给水排水公司自然要对此负责。

（6）调整水价体系，制定再生水的价格，突出水的商品属性

长期以来，执行低水价政策导致了错误的用水导向，节水投资大大超过水费，严重影响了节水积极性。因此，在制定水价时，除合理调整自来水、自备井水价外，还应将再生水或工业水道的水价逐步做到取消政府补贴，利用水价这一经济杠杆，促进再生水的有效利用。

实践证明，当水价调整为 2.0 元/t 时，再生水的处理成本相当于水价的 50%～70%，此时，企业利用再生水的经济效益、社会效益都将十分显著。

12.8 CZ 市城市污水资源化规划实例

12.8.1 CZ 市基本概况

（1）自然地理及地形地貌

（2）气象、水系

12.8.2 CZ 市城市水资源概况

（1）地表水资源

（2）地下水资源

12.8.3 CZ 市区水环境与水处理现状

（1）水体污染现状

（2）给水工程现状

（3）排水体制及城市排水系统

（4）污水处理设施

（5）污水处理现状

CZ 市历年取水结构表见表 12-8。CZ 市区 1997～1999 年污废水排放情况和重点工业废水处理及排放情况见表 12-9。

表 12-8　CZ 市历年取水结构表

年份	取水量 /$10^4 m^3$	自来水		自备水		工业取水		生活取水	
		取水量 /$10^4 m^3$	占取水量比重 /%	取水量 /$10^4 m^3$	占取水量比重/%	取水量 /$10^4 m^3$	占取水量比重/%	取水量 /$10^4 m^3$	占取水量比重/%
1986	3218	1243	39	1975	61	2173	68	1045	32
1987	3307	1225	37	2082	63	2220	67	1087	33
1988	3633	1556	43	2077	57	2549	70	1084	30
1989	3992	1783	45	2209	55	2434	61	1558	39
1990	3984	1843	46	2141	54	2619	66	1365	34
1991	3067	1700	55	1367	45	1937	63	1130	37
1992	4250	1816	43	2434	57	2688	63	1562	37
1993	4536	2034	45	2502	55	2752	53	1784	47
1994	4342	2300	53	2042	47	2605	60	1737	40
1995	4233	2115	50	2118	50	2334	55	1899	45
1996	4153	2117	51	2036	49	2264	55	1889	45
1997	4550	2583	57	1967	43	2283	50	2039	50
1998	4339	2413	56	1926	44	2209	51	2130	49
1999	4188	2038	49	2150	51	2028	48	2160	52
2000	4545	2309	51	2236	49	2114	47	2431	53

表 12-9　CZ 市区 1997～1999 年污废水排放情况和重点工业废水的处理及排放情况

年份	污废水生产量/($10^4 t/d$)			污废水排放量/($10^4 t/d$)			污废水达标排放量/($10^4 t/d$)		
	工业	生活	合计	工业	生活	合计	工业	生活	合计
1997	6.4	5.27	11.67	6.4	5.27	11.67	4.9	—	4.9
1998	6.0	5.66	11.66	6.0	5.66	11.66	5.1	—	5.1
1999	6.8	5.81	12.61	6.8	5.8	12.61	5.7	—	5.7

年份	主要污染物排放量/(t/d)		工业废水处理率/%	工业废水达标处理率/%	污水排放去向
	COD	BOD_5			
1997	38.5	21	88.3	76.9	沧浪渠
1998	35	18	88.8	83.6	沧浪渠
1999	35	16	89.2	84.2	沧浪渠

12.8.4　城市污水资源化规划

12.8.4.1　城市污水回用现状及污水量的预测

(1) 污水回用的历史与现状

由于 CZ 市现状排水和污水处理设施的不完善，污水回用工程不能很好地实施。城区目前实施雨污合流制排水体制，排水管沟总长度为 210.98km，主干路下大部分为双排方沟，次干路下大部分为混凝土管。管道服务面积为 30km^2，基本覆盖了整个城区，然而，却没有再生水的回用管道及设施。虽然 CZ 市于 1999 年在沧县前李寨村东南建成一座日处理能力为 $4×10^4 m^3$ 的污水氧化塘，但至今未正常运行。因此，目前除污水灌溉农田以外，无其他回用方式。

(2) 污水回用存在的主要问题

① 污水处理率和污水处理程度有待提高，排水管网和各河流的截流管有待完善，应进一步提高污水处理率，完善配套管网建设。

② 没有健全的关于城市污水处理、回用及管理方面的法律法规，缺乏必要的鼓励污水回用的政策。

③ 缺乏城市污水深度处理及回用的总体规划，现有各项专业规划中没有考虑污水处理回用的因素。

④ 目前的水价政策影响污水回用　由于水价水平偏低，污水回用并没有显示一定的经济性，不利于污水回用的实施与推广。

⑤ 由于长期以来对水环境的流域性、全球性认识不足，没有意识到污水处理回用对水资源可持续利用及水环境健康循环的重要作用，同时对水资源短缺和水环境恶化的关系研究不足，对于城市缺水的客观事实基本上以境外引水的方式来考虑解决，对于污水回用产生消极影响。

(3) 污水量现状及污水量预测

根据预测城市需水量，采用排污系数递减的经验数据，规划 2010 年污水排水量按 75% 计，产生污水 $6484 \times 10^4 \, m^3/a$，约为 $18 \times 10^4 \, m^3/d$。

12.8.4.2　城区污水再生水需求潜力及回用规模

污水回用需求量不仅与当地城市的水环境、产业结构、居民生活水平等密切相关，而且主要受当地的政策和经济能力的制约，在不同的国家和地区，污水回用具有不同的用水对象和用户，用水量也相差甚多。如日本，作为中水道技术的发源地，再生水主要用于生活冲厕和小溪河流恢复生态环境用水，而很少用于农业，而在以色列污水回用率高达 70% 以上，广泛用于农业。因此，根据城市目前的用水情况和相关规划，确定 CZ 的污水回用对象为工业用水（冷却用水）、市政杂用水、城市生态用水等几个方面。

规划 2010 年 CZ 市的污水处理率为 85%，处理规模为 $15 \times 10^4 \, m^3/d$，其中运东污水处理厂规模为 $10 \times 10^4 \, m^3/d$，运西污水处理厂为 $5 \times 10^4 \, m^3/d$。

(1) 工业潜在的再生水用量

经调查的 CZ 市区的工业用水有其自身的特点，用水结构见表 12-10。

表 12-10　CZ 市工业用水结构表

行业名称	取水量/$10^4 \, m^3$	产值/亿元	取水比重/%	万元产值取水量/(m^3/万元)
火力发电	190	4.438	4.18	42.815
石油	444	5.5	9.77	80.727
化学工业	787	8.2	17.32	95.97
造纸	502	0.82	11.05	612.195
冶金	—	—	—	—
纺织	58.7	0.68	1.292	86.323
医药	12	0.31	0.26	38.71
机械制造	68	2	1.497	34
食品制造及饮料配置	68	0.6	1.497	113.33
合计	2129.7	22.548	—	—

由表 12-10 可以看出，CZ 市万元产值取水量最低的是机械制造行业为 34m^3/万元，最高的是造纸行业，其万元产值高达 612.195m^3/万元，两者相差 18 倍，CZ 市主要的用水大户分别为：CZ 纸业有限公司、沧化股份有限公司、CZ 炼油厂、CZ 发电厂、CZ 化肥厂、棉纺厂等，其取水量约占市区取水量的 75%，占市区总取水量的 43%，因此，大用户是再生水用户的主要部分，据调研资料，工业取水量是考虑了冷却水重复利用等因素所取得的新鲜水量，大用户取水量结构见表 12-11。

工业冷却水量比例较高的约为 40%，尤其是化工行业比例高达 87.5%，现阶段，中水回用试行初期，先规划回用于几个工业用水大户（见表 12-12），其他较小的工业企业可根据中水回用运行情况以及管线的不断完善，逐步进行中水回用。因此 CZ 市的工业用水中取水量的循环冷却水部分约为 60%，预测潜在可用中水量 2010 年为 $2230.41 \times 10^4 \, m^3/a$。

表 12-11 CZ 市工业大用户取水量结构表

用户名称	取水量/$10^4 m^3$				重复利用率/%
	冷却水		工艺用水		
	数量	比例	数量	比例	
CZ 大化	298.3	68.7	135.6	31.3	90
化工厂	350	87.5	50	12.5	90
发电厂	181	70.5	75.6	29.5	—
炼油厂	78	16.67	390	83.33	90

表 12-12 CZ 市工业用水大户潜在再生水分配表

用户名称	CZ 大户	化工厂	市棉纺厂	发电厂	炼油厂	造纸分厂	TDI	合计
再生水需水量/($10^4 m^3/a$)	559.12	657.81	89.76	338.7	147.02	365	73	2230.41

注：按现状，大用户取水量约占工业取水量的 75%，占总取水量的 43%。

(2) 市政杂用水

① 环卫用水　环卫用水主要是指道路、广场浇洒用水和公共厕所用水。道路广场浇洒预测洒水量按标准为 $1.5L/(m^2 \cdot 次)$，每日浇洒 1 次，每年浇洒天数按 210 天计，浇洒的路面面积由规划确定，规划 2010 年城市主干道密度 $1.4km/km^2$，总长 84km，红线宽度 50～80m，道路面积 $530.934hm^2$；次干道密度 $1.5km/km^2$，总长 88km，红线宽度 30～50m，道路面积 $384.241hm^2$，因此得出市区的道路面积为 $915.175hm^2$，预测 2010 年的市区环卫再生水需水量为 $288.28 \times 10^4 \, m^3/a$。

② 洗车用水　中水洗车在水质、水量上都能满足要求，并具有一定优势。洗车用水由于没有相对完整的长期实测资料，因此采用定额法进行预测，按规划，到 2010 年汽车数量将达到 3 万辆，公共汽车达到 300 辆。汽车冲洗用水定额，应根据道路路面等级和沾污程度等确定，洗车用水标准按照《给水排水标准规范实施手册》中汽车冲洗用水定额：小轿车为 250～400L/(辆·次)，公共汽车和载重汽车为 400～600L/(辆·次)。

本规划分别按照 350L/(辆·次) 和 500L/(辆·次) 计。汽车平均冲洗周期按一个月冲洗一次计算。2010 年汽车再生水需求量按照预测洗车用水量的 60% 计算，结果见表 12-13。

表 12-13 CZ 市洗车用水再生水需求量

年　份	洗车需水量/($10^4 m^3/a$)	再生水需求量/($10^4 m^3/a$)
2010	12.78	7.67

(3) 城市生态用水量预测

随着城市的迅速发展，环境恶化也日益严重，城市生态用水的提出对维护城市的生态平衡，实现生态环境建设规划有十分重要的意义。城市生态用水包括城市绿化用水和城市河湖生态用水。

① 绿化用水　按《CZ 市城市总体规划》城市绿地可分为：公共绿地、生产防护绿地、城市道路绿地、运河两岸绿化绿地等。CZ 市绿地建设以运河沿岸绿化走廊为主体，以选择适合树种、草种、花种为重点。公园建设与林带建设相结合形成点、线、面的系统。据规划，2010 年绿化面积为 $432hm^2$，人均用地 $7.2m^2$，根据园林、绿化部门提供的绿化用水量测算依据为 $0.002m^3$，即用水定额以 $2L/(m^2 \cdot d)$，浇灌面积按绿地面积的 70% 计，则 2010

年绿化需水量为 $127.01 \times 10^4 \mathrm{m}^3/\mathrm{a}$（每年浇水按 210 天计）。

a. 公共绿地　公共绿地是指城市建成区内城市公有的、为市民服务并向市民开放的公园和集中绿地。这部分绿地的大部分是需要经常浇灌的草坪、林地。由规划设立 4 个市级公园，每个公园面积都在 $20\mathrm{hm}^2$ 以上。南湖水上公园充分利用水面建设、水上活动设施种植水生植物。城市东部新区中心公园建成以花草为主的植物园。为了便于居民就近使用，规划设立了 6 个区级公园，每个面积在 $5 \sim 10\mathrm{hm}^2$，分布比较均匀，结合广场和不便利用的三角地设立了 10 余处街头绿地。

所以到 2010 年即将建成 4 个市级公园、6 个区级公园，公共绿地用水较为集中，到 2010 年的公共绿地面积将达到 $160\mathrm{hm}^2$。浇灌面积按绿地面积的 70％计，绿化用水定额取 $2\mathrm{L}/（\mathrm{m}^2 \cdot \mathrm{d}）$，用水量见表 12-14。

表 12-14　CZ 市公共绿地用水量表

年　份	公共绿地面积/$10^4\mathrm{m}^2$	公共绿地再生水用水量/$(10^4\mathrm{m}^3/\mathrm{a})$
2010	160	47.04

b. 生产防护绿地　按规划：京沪铁路沿线两岸设防护林带，因目前两侧均有建筑物、构筑物，结合城市改造，适当预留防护林带用地，宽度根据具体情况确定，高速铁路靠近城区一侧，设 100m 宽防护林带，在城市东北炼油厂区西侧设 50m 宽的防护带，其他工业区也应建不少于 20m 宽的防护林带。绿化用地约为 $160\mathrm{hm}^2$，按照绿地灌溉用水标准和实际调查的资料，确定生产防护绿地的绿化用水量，定额取 $2\mathrm{L}/（\mathrm{m}^2 \cdot \mathrm{d}）$，每年按浇灌 210 天计。绿化用水量见表 12-15。

c. 城市道路绿化　所有新建道路都要及时种植行道树，红线宽度大于 60m 的道路原则上都要设立大于 8m 的绿化带，三块板道路分割带要种植灌木和花草。道路绿化用水定额同公共绿地。用水量见表 12-16。

d. 运河两岸绿化带　运河两侧防洪堤内用作绿地，中心区段防洪堤外侧各留出 50m 的绿化带，建设带状公园。用水定额同上。用水量见表 12-17。

表 12-15　CZ 市生产防护绿地用水量表

年　份	绿地位置	绿化面积/hm^2	再生水用水量/$(10^4\mathrm{m}^3/\mathrm{a})$
2010	京沪高速铁路两侧	35	10.29
	307 国道内侧	24	7.05
	炼油厂西侧	10	2.94
	东北部工业区南侧	42	12.35
2010	其他	9	2.65
2010	总计	120	35.28

表 12-16　CZ 市道路绿化用水量表

年　份	绿化面积/hm^2	绿化用水量/$(10^4\mathrm{m}^3/\mathrm{a})$
2010	108	31.75

表 12-17　CZ 市运河绿化带用水量

年　份	绿化面积/hm^2	绿化用水量/$(10^4\mathrm{m}^3/\mathrm{a})$
2010	44	12.94

② 城市河湖生态用水

a. 河流生态用水量　河流的生态用水是维系一个地区城市生态环境的重要方面，但如果城市相当一部分河道被排入城市污水，不仅会给人以不悦感，而且会危害生态环境及人们的健康。因此为了改善生态环境，提出利用再生水补充受污河道，以维持其水环境容量和基流流量的生态需水量。

可根据排污水量与水环境容量的方法预测河流生态需水量。

河流的环境容量可按照下式计算：

$$W = 86.4(C_n Q_n - C_o Q_o) + \frac{Q_o + Q_n}{2} C_n k \frac{x}{u}$$

式中，

W 为河流水环境容量，kg/d；C_n 为水环境质量标准，mg/L；C_o 为河流中原有的污染物浓度，mg/L；k 为耗氧速率常数，d^{-1}；x 为沿河流经的距离，m；u 为平均流速，m/s。

实际进入河道的污染物负荷为：

$$W^* = C_o Q_o + C_w Q_w$$

由此，环境容量为：

$$W = 86.4(C_n Q_n - C_n Q_n) + \frac{Q_o + Q_n}{2} C_n k_i \frac{x}{u}$$

$$= 86.4[C_n(Q_o + Q_w) - C_o Q_o] + \frac{2Q_o + Q_w}{2} C_n k_i \frac{x}{u}$$

式中，Q_o，W，W^* 为待定量，以 $W^* \leqslant W$ 为控制条件，经过多次迭代比较，求得运河的生态需水量 Q_o。

但目前，就 CZ 市而言，南运河贯穿整个城区南北，自 1965 年以来，经常干涸，1978年之后，基本断流，按南水北调相应规划，其河道已作为外调水运行河道，故此时生态用水不予考虑。

b. 湖泊　CZ 市的湖泊较多，多为人工湖，一般采用补充新鲜水来满足其景观用水量，由于换水次数较少，湖泊的水质只能达到 V 类标准，要使河湖水质达到 IV 类标准，就应加大湖水的流动性，在频繁的替换中保持水质新鲜，避免湖中厌氧以及富营养化的出现。但这样无疑大大增加了城市的取水量，进一步加剧了水资源的短缺。将中水管线铺到各公园湖边，这样就为连续补水提供了可能，使每年 6～8 次的补水量平均分配到每月或更短的时间段内，使湖体在不断流动中自我更新。

其需水量按照景观用水的年换水量和年蒸发量计算。

年换水量按换水次数乘以每次换水量计算（每次换水 1m），每年换水按 6 次计。水体的蒸发补给量按 2.1mm/d 计，每日需补水 $0.073 \times 10^4 m^3$，CZ 市湖泊生态用水量见表 12-18。

表 12-18　CZ 市湖泊生态用水量

公园名称	2010/($10^4 t/a$)	公园名称	2010/($10^4 t/a$)
人民公园	120.44	荷花池	15.16
南湖公园	100.88	总计	236.48

由上述分析可得，2010 年再生水回用量为 $2889.85 \times 10^4 m^3/a$，即 $7.92 \times 10^4 m^3/d$。回用水率按 60% 计，并考虑到再生水供水的未预见水量，规划再生水厂的处理规模为 $9 \times 10^4 m^3/d$，其中运东再生水为 $6 \times 10^4 m^3/d$，运西再生水为 $3 \times 10^4 m^3/d$，详见表 12-19。

表 12-19　CZ 市再生水回用量规划表

项　目		2010 年再生水利用规模/($10^4 m^3/a$)
工　业		2230.41
市政杂用		295.95
城市生态用水	绿化用水	127.01
	河湖生态用水	236.48
合　计		2889.85
处理规模		3285($9 \times 10^4 m^3/d$)

12.8.4.3　再生水管道系统的总体布局

（1）再生水处理设施及管道系统的规划原则

① 再生水厂的布局应遵循集中与分散相结合的原则，既要体现规模效益，又要尽量减少回用距离，降低工程的投资。

② 再生水厂应尽量与现有的或规划的污水处理厂相结合，以节省投资，方便管理，但是再生水厂的数量和位置并不局限于污水处理厂的数量和位置，在适当的地方通过经济技术比较来决定再生水厂的数量和位置。

③ 依据再生水厂用户的分布和各自的再生水用量，各污水处理厂的规划处理规模、处理程度和所处的地理位置，初步确定再生水厂的数目以及各再生水厂的供水水质和供水规模。

④ 为减少再生水输送过程中的能量损失，降低日常供水能耗，再生水厂应尽量位于城市水系的上、中游。

⑤ 再生水的输送方式应采取重力输水和压力管道送水相结合的方式，在有条件的地方，采用重力输送或者利用天然河道输送再生水，以降低再生水供水管网投资。

⑥ 再生水输水管道应充分考虑再生水用水大户的分布，采用环状和枝状网相结合的形式，既要较少的供水距离，又要考虑便于远景城市中水道系统联网供水。

⑦ 管道尽量布置在有条件的现状道路或沿河道布置，尽量避免穿越铁路、河流和高速公路，便于维护管理。

（2）CZ 市再生水管道规划

CZ 市区的地势总体上为西南高，东北低。目前仅有一座城市污水处理厂，日处理量仅为 $4 \times 10^4 m^3/d$，采用氧化塘工艺。但是，原来的城市污水处理厂并没有考虑污水回用，且至今污水处理厂也没有正常运行。因此，市区的再生水应在已有和规划的污水处理厂的基础上，根据再生水用户的分布、再生水用量、回用距离、地势地形等因素，统筹考虑再生水厂的位置和数量、供水范围和供水规模，初步制定总体布局方案。再生水厂可与污水处理厂合建在一起，也可单独建设。本规划考虑到再生水厂建在污水处理厂内可节省部分基建费用，同时也有利于再生水厂与污水处理厂的协调运行。因此，再生水的管道系统总体规划布局如下。

① 运东再生水厂　规划运东再生水厂建在运东污水处理厂内，位于鞠官屯村东 0.5km。其主要特征指标如下。

供水范围：北外环以南，南运河以东的市区部分。

供水规模：$6 \times 10^4 m^3/d$。

供水干线：呈环状与枝状相结合布置。

西线沿北环—北大街—南大街（北环中路—东环中街）敷设，供给 CZ 炼油厂、CZ 化肥厂、南湖、荷花池及部分果园用水；中线由交通大街—北环中路-东环中街，供给市政杂用水、周围地区绿化用水。东线沿东外环北街-东外环中街布置，供给附近湖泊、近郊农业用水。

另外一条支路为运东污水处理厂—TDI厂—造纸厂，向两厂供给工业用水。

供水干线的管径为DN(100~800)mm，总长度约为37.7km。

② 运西再生水厂　运西再生水厂建在运西污水处理厂内，规划在市区的西北部，其主要指标如下。

再生水供水范围：北外环以南，南运河以西的CZ市区。

供水规模：3×10^4 m^3/d。

供水干线：西线从再生水厂沿西外环路—南环西路敷设，主要供给部分果园用水，并为部分湖泊提供生态用水。

东线沿北外环—西环北街—西环中街—南环中路-朝阳南街布置，供给CZ市发电厂、棉纺厂等工业大用户供水，并向人民公园提供绿化、湖泊生态用水，以及运河绿化带绿化用水。东西线之间由北环西路、光荣路、南环西路连接呈环状，以保证供水的安全性，并可向市区提供浇洒道路及绿化用水。

供水干线的管径为DN(100~600)mm，总长度约为29.6km。

12.8.4.4　再生水供水水质指标、标准（见表12-20）

表12-20　CZ市城市污水再生水回用的推荐标准

项　目	本规划推荐水质标准	项目	本规划推荐水质标准
外观	无不快感	TN/(mg/L)	10
pH值	6.5~8.5	TP/(mg/L)	0.5
色度/度	25	总硬度($CaCO_3$)/(mg/L)	450
臭味	无不快感	氯化物/(mg/L)	250
浊度/NTU	5	阴离子合成洗涤剂/(mg/L)	0.3
溶解性固体/(mg/L)	1000	铁/(mg/L)	0.3
SS/(mg/L)	5	锰/(mg/L)	0.1
BOD/(mg/L)	4~8	细菌总数/(个/L)	100
COD_{Cr}/(mg/L)	30	总大肠菌群/(个/L)	50

12.8.4.5　再生水厂的安全措施与检测控制

(1) 再生水厂的安全措施

污水回用必须采取有效措施保证供水水质的稳定，其主要措施如下。

① 在老厂改造采用再生系统应保留原新鲜水系统，当再生水系统发生事故时，仍能用新鲜水补充，以保证生产安全。

② 再生水管道严禁与饮用水给水管道连接，再生水管道必须防渗防漏。埋地时应做特殊标志，明装时应涂上标志颜色，闸门井井盖应标注再生水字样，再生水管路严禁安装饮用水器和龙头，防止误饮误用。

③ 再生水管道应位于饮用水给水管道下面、排水管道上面，净距不得小于0.5m。

④ 不得间断供水泵房，应设两个外部独立电源或备用动力设备。

⑤ 再生水厂主要设施应设故障报警器装置。

⑥ 在回用水源收集系统中，对水质特殊的接入口，应设置水质监测器和控制阀门，防止接入水质不符合标准的工业废水。

(2) 再生水厂的检测控制

① 再生水厂和工业用户应设水质分析室，并应设用水设备监测仪器，监测供水质量和

用户使用效果，避免事故发生。

② 在主要处理构筑物和用户设施上，宜设置取样装置，在出水管和用户进户管上应设计量装置，再生水厂在有条件时，宜采用自动化控制。

③ 操作人员应经过专门培训，各工序应建立操作规程，操作人员应执行岗位责任制，做到持证上岗。

④ 再生水厂与各用户保持畅通的通信联系。

参 考 文 献

[1] Doppelt B, Scurlock M, Rissell C F, Karr J. Entering the Watershed. A New Approach to Save America's River Ecosystems. Island Press. Washington D. C., 1993.

[2] Holdren J P, Daily G C, Ehrlich P R. The Meaning of Sustainability. The Biogeophysical Foundations. New York, 1~7.

[3] Ismail S. Water Reseources Management. 1995, 20 (1): 15~21.

[4] Naiman R J, Magnuson J J, Mcknight D M, Stanford J A. The Freshwater Imperative. Island Press, Washington D. C., 1995.

[5] Vitousek P M, Lubchenco J. Limits to Sustainable Use of Resources: From Local Effects to Global Change. Defining And Measuring Suring Sustainablity. The Biogeophysical Foundation, New York, 1996: 57~64.

[6] 储俊英, 陈吉宁. 中国城市节水与污水再利用的潜力评估与政策框架. 北京: 科学出版社, 2009.

[7] 王颖, 王琳. 我国城市污水资源化回用现状探析. 山西建筑, 2006.

[8] 董辅祥等. 城市、工业节水战略和技术. 中国工程院咨询项目（内部）. 1999.

[9] 侯捷等. 中国城市节水 2010 年技术进步发展规划. 上海: 文汇出版社, 1998.

[10] 刘昌明等. 中国 21 世纪水问题方略. 北京: 科学出版社, 1998.

[11] 刘鸿志. 国外城市污水处理厂的建设及运行管理. 世界环境, 2000, 1: 31~33.

[12] 刘俊良. 城市节制用水途径及其实施策略的研究: [博士论文]. 哈尔滨: 哈尔滨建筑大学, 2000.

[13] 邵益生. 城市用水问题与战略对策研究. 中国工程院咨询项目（内部）. 1999

[14] 唐鹓等. 国外城市节水技术与管理. 北京: 中国建筑工业出版社, 1999.

[15] 翁焕新编. 城市水资源控制与管理. 杭州: 浙江大学出版社, 1998.

[16] 许京骐. 城市废水回用中的法规、执行机构和项目实施问题. 中国城市供水节水报, 1998 年 12 月 2 日.

[17] 于尔捷, 张杰主编. 给水排水工程快速设计手册 (2) 排水工程. 北京: 中国建筑工业出版社, 1996.

[18] 张杰. 水资源、水环境与城市污水再生回用. 给水排水, 1998, 24 (8): 1.

[19] 张杰等. 城市污水处理与利用. 中国工程院咨询项目（内部）. 1999.

[20] 张忠祥, 钱易. 城市可持续发展与水污染防治对策. 北京: 中国建筑工业出版社, 1998.

[21] 张晓昕. 浅谈北京市城市污水处理综合利用的可行性. 城市与节水, 1999, 3: 6~9.

[22] 李国欣, 李旭东. 污水资源化利用技术现状及其应用实例. 给水排水, 2001, 5.

[23] 沈小南. 中水回用 实现污水资源化. 21 世纪国际城市污水处理及资源化发展战略研讨会与展览会. 2001.

[24] 周彤. 污水回用是解决城市缺水的有效途径, 中国给水排水.

[25] 钱正英, 张辉编. 中国可持续发展水资源战略研究综合报告及各专业报告. 北京: 中国水利水电出版社, 2001.

[26] 高湘, 李耘. 污水资源化是水资源可持续开发及利用的重要途径. 地下水, 2000, (6).

[27] 茹继平, 李大鹏. 城市污水再生利用新模式的探讨. 中国给水排水, 2001.

[28] 杨向平. 北京市污水再生回用现状分析及远景规划. 21 世纪国际城市污水处理.

[29] 聂梅生. 美国污水回用技术调研分析. 中国给水排水, 2001, 17.

[30] 刘俊良, 刘兴坡编. 沧州市城市节约用水规划及其实施技术研究. 1999.

[31] 城市节水统计年鉴（1990—2001）. 中国城镇供水协会.

13 城市雨水资源化规划

13.1 城市雨水资源化及其规划意义

雨水利用是一个含义非常广泛的词，从城市到农村，从农业、水利电力、给水排水、环境工程、园林到旅游等众多的领域都有雨水利用的内容。城市雨水利用可以有狭义和广义之分：狭义的城市雨水利用主要指对城市汇水面产生的径流进行收集、调蓄和净化后利用；广义的城市雨水利用是指在城市范围内，有目的地采用各种措施对雨水资源的保护和利用，主要包括收集、调蓄和净化后利用，利用各种人工或自然水体、池塘、湿地或低洼地对雨水径流实施调蓄、净化和利用，改善城市水环境和生态环境，通过各种人工或自然水体渗透设施使雨水渗入地下，补充地下水资源。

雨水利用的用途应根据区域的要求和具体项目条件而定。一般首先考虑补充地下水、绿化、冲洗道路、停车场、洗车、景观用水、建筑工地等杂用水，有条件的还可作为洗衣、冷却循环、冲厕和消防的补充水源。在严重缺水时也可作为饮用水水源。

由于我国大部分地区降雨量全年分布不均，直接利用雨水往往不能作为唯一的水源满足要求，一般应与其他水源互为备用。在许多情况下，如果雨水直接利用的经济效益不突出，雨水间接利用往往成为首选的利用方案。有条件时最好根据现场条件二者结合起来，建立生态化的雨水综合利用系统。

现代城市雨水利用是一种新型的多目标综合型技术，其技术应用有着广泛而深远的意义。可实现节水、水资源涵养与保护、控制城市水土流失和水涝、减轻城市排水和处理系统的负荷、减少水污染和改善城市生态环境等目标。具体包括以下几个方面。

① 雨水的蓄集利用，可以缓解目前城市水资源紧缺的局面，有效节约城市水资源量，是一种开源节流的有效途径。

② 雨水的间接利用，可将雨水下渗回灌地下，补充涵养地下水资源，改善生态环境，缓解地面沉降，减少水涝等。

③ 雨水的综合利用还可以为城市提供更多的湿地，增加生物栖息环境，改善城市景观和生态环境。

④ 通过雨水回渗地下可增加城市地下水补给量，维持地下水资源的平衡，有效地防止海水回灌入侵，从而改善水环境。

⑤ 合理有效的雨水利用可减缓或抑制城市雨水径流，提高已有排水管道的可靠性，防止城市洪涝，减少合流制排水管道雨季的溢流污水，减轻污水处理厂负荷，改善收纳水体环境，减小排水管中途泵站提升容量等，并使其运行的安全性提高。

雨水作为自然界水循环的阶段性产物，其水质优良，是城市中十分宝贵的水资源，通过合理的规划和设计，采取相应的工程措施，可将城市雨水加以充分利用。这样，不仅能在一定程度上缓解城市水资源的供需矛盾，还可以有效地减少城市地面水径流量，延滞汇流时间，减轻雨水排除设施的压力，减少防洪投资和洪灾损失。

13.2 国内外城市雨水资源化现状

雨水利用是水资源开发最早的方式，已有几千年的历史。公元前 2000 多年的中东地区，许多家庭就有雨水收集系统，存储雨水用于灌溉、生活、洗浴等。现代意义的城市雨水利用是从 20 世纪 80 年代发展起来的。它随着城市化带来的水资源短缺和环境生态问题的恶化引起人们的重视。

20 世纪 80 年代初，建立了国际雨水收集系统协会（IRCSA），1995 年 6 月在北京举行的第七届大会全面展示了近 10 余年雨水利用的进展。国际上普遍的看法是：雨水利用将成为解决未来 21 世纪世界水资源短缺问题的重要途径。

美国的雨水利用常以提高天然地面入渗能力为目标。1993 年大水之后，美国兴建地下隧道蓄水系统，建立屋顶蓄水和由入渗池、井、草地、透水地面组成的地表回灌系统，让洪水迂回滞留于曾经被堤防保护的土地中，既利用了洪水的生态环境功能，同时减轻了其他重要地区的防洪压力。关岛、维尔金岛广泛利用雨水进行草地灌溉和冲洗。美国不但重视工程措施，而且制定了相应的法律法规对雨水利用给予支持，如制定了《雨水利用条例》。该条例规定了新开发区的暴雨洪水洪峰流量不能超过开发前的水平，所有新开发区必须实行强制的"就地滞洪蓄水"。

德国在雨水综合利用方面的研究始终位于世界科技的前沿，德国在 20 世纪 90 年代把雨水的管理利用列为水污染控制的三大课题之一。修建大量的雨水池来节流、渗透雨水，以削减雨水径流，减少雨季合流制管网系统的溢流污水，降低处理厂的负荷，减轻城市洪涝等，另外德国还制定了一系列有关雨水利用的法律法规。

丹麦 98% 以上的供水是地下水，但是地下水开发利用率都比较低，一些地区的含水层已被过度开采。为此，在丹麦开始寻找可替代的水源，以减少地下水的消耗。在城市地区从屋顶收集雨水，收集后的雨水经过收集管底部的预过滤设备，进入储水池进行储存，再经过浮筒式过滤器过滤后，用于冲洗厕所和洗衣服。

日本于 1963 年开始兴建滞洪和储蓄雨水的蓄洪池，许多城市在屋顶修建用雨水浇灌的"空中花园"，有些大型建筑物如相扑馆、大会场、机关大楼，建有数千立方米容积的地下水池来储存雨水，以充分利用地下空间。建在地上的设施也尽可能满足多种用途，如在调洪池内修建运动场，雨季用来蓄洪，平时用作运动场。近年来，各种雨水入渗设施在日本得到迅速发展，包括渗井、渗沟、渗池等，这些设施占地面积小，可因地制宜地修建在楼前屋后。在日本，集蓄的雨水主要用于冲洗厕所、浇灌草坪、消防和应急用水。日本于 1992 年颁布了"第二代城市下水总体规划"，正式将雨水渗沟、渗塘及透水地面作为城市总体规划的组成部分；要求新建和改建的大型公共建筑群必须设置雨水就地下渗设施。

泰国在 20 世纪 80 年代，建造了 0.12 亿个 2m³ 的家庭集雨水缸，解决了 300 多万农村人口的吃水问题。

在澳大利亚、加拿大、瑞典、印度、以色列、巴西和墨西哥等国家，采取修建小型水池、水仓、塘坝、淤地坝等工程措施，拦蓄雨水进行灌溉，都取得了良好的效果。

我国这方面的研究和工作起步较晚，但近年来也取得了一些成绩，2000 年 12 月 1 日北京市政府 [66] 号令中明确要求开展市区雨水利用工程。2001 年国务院批准了包括雨洪利用规划内容的"21 世纪初期首都水资源可持续利用工程"，2001 年 9 月我国政府和德国政府间的科技合作项目"城市水资源可持续发展利用——雨洪控制和地下水回灌"在北京召开通报会，目前已完成包括天秀花园小区在内的多处雨洪利用示范工程。这些示范工程完成了各自区域内的屋面雨水和路面雨水的收集处理和回用，对今后城市企事业单位、学校和生活小区的雨水收集利用有着很强的示范和指导意义。此外，还有一些省区发展较快，如甘肃的"121雨水集流工程"、内蒙古的"112集雨节水灌溉工程"、宁夏的"窖水蓄流节灌工程"等。其中，甘肃的"121雨水集流工程"获得了特等奖。这些省区雨水利用技术的研究与应用，取得了一批成果，产生了明显的经济效益、社会效益和生态效益，显示出强大的生命力。

13.3 城市雨水资源化处理方法及流程

13.3.1 城市雨水资源化处理方法

雨水资源化从大的方面说，可以分为雨水储留（直接利用）、雨水渗透（间接利用）两大类。图13-1描述了雨水资源化的基本途径。

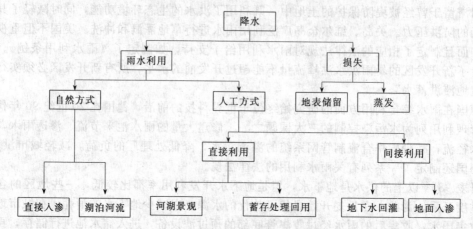

图 13-1 雨水资源化的基本途径示意

(1) 雨水渗透

雨水渗透作为一种间接的雨水利用方式，可以达到补给地下水、延缓汇流时间、改善城市下垫面环境、调节城市气候等多种效果。其形式主要有绿地渗透、自然水体渗透、透水路面渗透、排水构筑物渗透、人工渗透构筑物等几种形式。

① 绿地渗透　绿地由于其本身的特点有着良好的渗透性，其渗透系数可高达0.9，随着植物覆盖率的增加，不同时段的累计入渗量呈指数增加，是各国公认的具有经济、环境双重效益的最佳渗透方式。但对于同种植被，不同的设置方式有着不同的渗透效果。北京市科学研究所和园林所曾联合开展过高、平、低于路面不同形式草坪的蓄雨入渗试验和常用观赏草种的耐淹试验，结果表明：低于路面的绿地效果最好，如果遭遇强度超过150 mm的暴雨时，基本上不积水或积水时间很短，滞蓄汛期雨水量大，同时由于滞留时间长，入渗量较大。因此，在进行城区建设规划时，一般要求城市绿化覆盖面积应大于市区用地的30%。若将城区内的公园、苗圃、草坪等现有绿地，改造成良好的入渗场地来接纳居民区和道路上的雨水径流，即可加大入渗量。

② 自然水体渗透　自然水体渗透是自然界中的水循环的渗透补给方式。市区内的坑塘注淀有着储水、防洪调蓄、渗透补给、水景娱乐等多种功能。利用自然水体储水后，自然渗透的功能是经济可靠的办法。因此在城市规则中对市区内现有的坑塘注淀采取保护的原则，使之成为雨水资源化的载体，起到促进水环境协调发展的作用，为市区提供良好的水文环境。

③ 透水路面渗透   透水型路面由于具有成本低，可减低暴雨径流的流速、流量，延长滞时等优点，故在一些对路面强度要求不高的地区（如人行便道、广场、停车场等）得到广泛的应用。目前廊坊市大部分地区都在使用环保、渗透型便道砖，经改造后，在城区内将增加可观的地下水资源。

④ 排水构筑物渗透   传统的城市雨水排放没有考虑雨水的渗透利用，采用的是标准型雨水管道，起到的是单一的排放作用，存在泄流能力差、原材料消耗多、制作成本高和安装难度大等缺点。新的渗透型管道克服了这些缺点，达到了雨水利用和雨水排放的较好的结合。

该方法即在传统雨水排放方案的基础上，将排水构筑物改为渗透管或穿孔管及渗透压检查井等，周围回填砾石，断面示意见图 13-2 和图 13-3。渗排水构筑物兼具渗透和排放两种功能，在设计时应兼顾此两方面的要求。该方案较适合旧雨水管系统的改造，但廊坊市属于浅层地下水埋深较浅的地区，且为雨污合流管道系统，在这种情况使用很难达到预期效果，且会产生环境污染，当前情况下不适宜应用。

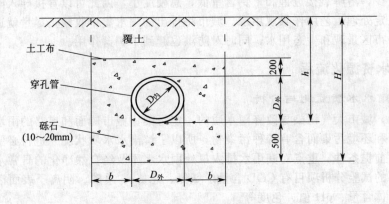

图 13-2   渗透管断面示意

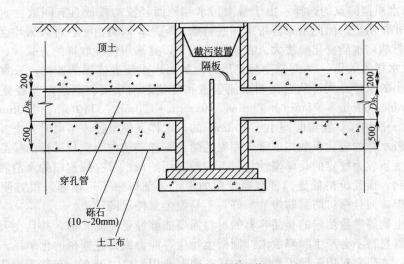

图 13-3   渗透压检查井

⑤ 人工渗透构筑物   人工渗透构筑物是指对自然水体渗透的模仿和人工强化，其主要形式有渗透池、渗透井等。径流也应尽量引入花坛、绿地，经自然净化、渗透后再进入人工渗透设施，因此其不如自然水体经济适用。廊坊市降雨多集中于 8～9 月份，设置人工渗透设施存在着容积大，水源单一，春、冬季闲置，维护费用高等缺点，因此不适用于统一设

置，但可在学校、生活小区中设置应用。

（2）雨水储留

由于城市化使城市水文条件发生了变化（如硬化率提高、管网的建设，甚至产生积水等负面因素），使雨水可收集、输送、处理，从而城市雨水易于储留，许多城市市区内都分布有一定面积的低洼地，有些是其下垫面入渗性较好的坑、塘之类的天然设施，而有些则是其下垫面已被"水泥化"了的停车场等大型场所。在以往的排洪过程中，这些天然水体起到了调蓄雨水的作用，当洪水减少时，就将其中的积水排泄掉，起到调洪的作用。对低洼积水地区进行优化改造，并配以适当的引水设施，可作为大型公共场所的消防水池用水（消防用水量是十分可观的），也可用作附近绿地的绿化用水，但其优缺点不同于人工渗透设施，因此不适用于统一设置，只适合局部设置。为了能使这些低洼地尽可能多地储留汛期雨水，在规划设计时应尽可能进行综合考虑，使这些场所在雨期与无雨期的功用发挥到最优。

雨水资源化和园艺水景的综合利用也是比较有效的利用方式。雨水作为轻污染水，水中有机污染物较少，溶解氧接近饱和，钙含量低，总硬度小，因此可以直接导入附近河流、湖泊，或经过一定处理工艺用作景观用水。城市将排出的雨水集中收集，尽量就近排入城市天然水体，作为市区景观和生态用水，同时对防洪也起到了调蓄作用。

13.3.2 雨水资源化流程

13.3.2.1 雨水水质监测与分析

总的来看，城市大气污染导致降雨水质的一定污染，城市屋面和道路的雨水径流也因污染材料的使用和环境污染而含有各种污染物，所以了解雨水水质状况并进行必要分析是雨水资源化的重要前提条件。重点对其雨水排入口处雨水水质及经自然净化的日常水质进行测定和分析，主要的试验分析项目有 COD 含量、氨氮、总氮、总磷、阴离子表面活性剂、总大肠杆菌、总固体含量、pH 值、色度等。

（1）雨水水质监测

① 雨水水质监测点的选择　由于暴雨污水和地面径流的排放具有间歇性质，在排放期内质量变化非常明显。因此给采样带来一些特殊的问题，同时由于各种因素均会对水质产生不同程度的影响，水质变化幅度大。在这种情况下，宜采用连续取样的方式。

② 雨水水样的采集　为对整个径流历时内的雨水水质进连续的监测，采集水样时选择时间间隔较小的取样方式：从合流制溢流管道和分流制雨水溢流管道产生径流起，15min、30min、45min、60min、75min、90min、105min、120min、140min、160min、180min、200min 各取一次水样。径流时间小于 200min 的，水样采集至径流结束时为止。

测定一般水样的理化参数，通常采用聚乙烯和硼硅玻璃作为常规采样的样品容器，要求高的则使用性质较为稳定的化学惰性材料。一般选用细口、带有螺旋帽的聚乙烯瓶子。这些瓶子易于得到，而且价格低廉。带有螺旋帽的聚乙烯细口瓶子运输起来很方便，材料韧性好、不易破碎，而且瓶口防漏防渗效果好，不易发生水样泄漏污染。

用于微生物等参数测定的样品容器的材料需要能够经受高温灭菌，并且在灭菌和样品存放期间，容器材料不会产生和释放出抑制微生物生存能力或促进繁殖的化学品。为保证采样和保存要求，本研究对用于微生物测定的样本容器选用细口、带有纱布包裹棉芯制作而成的瓶盖的普通玻璃瓶。带有纱布包裹棉芯瓶塞的玻璃瓶相比之下在运输和放置时需注意轻拿轻放，要注意瓶口应竖直放置，避免水样泄漏或渗漏。此玻璃瓶采集的水样用于水样菌群的测定，因此需在 105℃烘干并消毒。样品在注入样品容器后，随即贴上标签，标记编号，以免颠倒顺序、误放或丢失。

③ 雨水水样的保存　如采集的水样，不能做现场分析化验，则需运送至实验室后进行

分析。运送过程中，需要采取必要的保存措施以尽量减小水样的变化。样品在运到实验室打开前，应保持密封，并包装好以防污染。参考《水质采样样品的保存和管理技术规定》（GB 12999—91），为避免样品在运输途中的振荡，以及空气中的氧气、二氧化碳对容器内样品组分和待测项目的干扰，应使水样充满容器至溢流并密封保存。

水样变质的原因主要有生物作用、化学作用和物理作用三个方面。

a. 生物作用　细菌、藻类及其他生物体的新陈代谢会消耗水样中的某些组分，产生一些新的组分，改变一些组分的性质，生物作用会对样品中待测的一些项目如溶解氧、二氧化碳、含氮化合物、磷等的含量及浓度产生影响。

b. 化学作用　水样各组分间可能发生化学反应，从而改变某些组分的含量与性质。例如溶解氧或空气中的氧能使二价铁、硫化物等氧化；聚合物可能解聚；单体化合物也有可能聚合。

c. 物理作用　光照、温度、静置或振动，敞露或密封等保存条件及容器材质都会影响水样的性质。如温度升高或强振动会使得一些物质如氧、氰化物及汞等挥发；长期静置会使 $Al(OH)_3$、$CaCO_3$ 及 $Mg_3(PO_4)_2$ 等沉淀。某些容器的内壁能不可逆地吸附或吸收一些有机物或金属化合物等。

现实中的水样又是千差万别，对保存的要求没有一个绝对的准则。因此应结合具体工作验证这些要求是否适用，在制定分析方法标准时，也应明确指出样品采集和保存的方法。

投加一些化学试剂可固定水样中某些待测组分，保护剂应事先加入空瓶中，亦可在采样后立即加入水样中。本研究的样品保存采用后者。经常使用的保护剂有各种酸、碱及生物抑制剂，加入量因需要而异。所加入的保护剂不能干扰待测成分的测定。所加入的保护剂，因其体积影响待测组分的初始浓度，在计算结果时应予以考虑；但如果加入足够浓的保护剂，因加入体积很小而可以忽略其稀释影响。本研究的部分水样中滴入浓硫酸作为保护剂，加入体积相比之下极小，所以忽略它对水样的体积影响。所加入的保护剂有可能改变水中组分的化学或物理性质，因此选用保护剂时一定要考虑对测定项目的影响。如因酸化会引起胶体组分和悬浮在颗粒物上固态物的溶解，如待测项目是溶解态物质，则必须在过滤后酸化保存。

④ 雨水水质监测的污染物种类及其测定方法　以所选取的雨水水质监测标准为国家景观娱乐用水水质进行雨水水质监测的污染物种类及其测定，详见表13-1。

表 13-1　雨水水质监测项目试验方法

序　号	标准项目	测定方法
1	pH 值	玻璃电极法
2	溶解氧（DO）	DO 测定仪法
3	化学需氧量 COD	COD 测定仪法
4	生化需氧量（BOD_5）	稀释与接种法
5	总固体 TS	重量法
6	氨氮	纳氏试剂比色法
7	总磷	钼酸铵分光光度法
8	悬浮物 SS	重量法
9	阴离子表面活性剂	亚甲蓝分光光度法
10	总大肠菌群	多管发酵法，滤膜法

（2）雨水水质特征分析

① 水质指标波动范围（见表13-2）

② 污染物初期效应分析　研究表明，雨水径流中合流制溢流与分流制集流的初期效应均不甚明显：降雨历时比较短的情况下，不存在所谓的雨水径流污染物浓度初期效应，污染

物浓度始终在比较高的水平波动；降雨量较大时，存在明显的污染物浓度的峰值，但污染物浓度维持在较高水平的时间较长（约 40～50min）。

表 13-2　各项水质指标波动范围

水质指标	波动范围	
	分流制	截流式合流制
pH 值	7.9～9.2	7.9～9.2
溶解氧/(mg/L)	4～6	5～7
总氮/(mg/L)	3～50	1～9
总磷/(mg/L)	0.1～3.7	0.2～0.9
总固体/(mg/L)	100～2200	0～600
COD/(mg/L)	100～800	9～300
总大肠菌群个/L	＜3	0～20000

宏观角度的雨水利用方式是以城市为对象的利用方式，其汇水区域比较大，整个区域中的若干小区域汇水时间不一，造成各个小区域的污染物浓度峰值相继到达监测点（见图 13-4），这势必延续污染物浓度在较高水平的维持时间；原因之二是部分地段存在短时间积水的现象，这一现象在平原城市中极为常见，却又是易于被忽略的问题。这种积水包含了部分初期径流的污染物，污染物浓度比较高，污染物慢慢地被稀释、携带转输，延续了初期径流污染物到达检测点的时间。

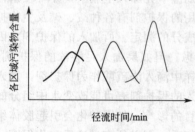

图 13-4　汇流区域影响示意

③ 溢流雨水生化性分析　对 BOD_5/COD 的数值进行列表分析，可知雨水 BOD_5/COD 的数值，该数值可说明雨水可生化性差这一特征。

此结论对雨水处理工艺的选择有着指导意义：决定雨水采用物化处理工艺去除污染物还是采用生化工艺。

④ 雨水污染物相关性分析　由于城市径流水质变化随机性大，给分析检测和确定控制对策带来一定的困难。分析一些主要污染指标之间的关系，可以简化雨水径流水质的监测和定量分析，为制定有效的控制措施提供参考依据。

2001 年为初步探讨雨水径流污染指标相关性，路面雨水分别采用北京城区典型交通路段、西直门立交桥及校园内道路（以下分别简称外路、立交、内路）。以 7 月 10 日、8 月 23 日、10 月 8 日、10 月 27 日采集的四场雨水进行分析。对 2002 年的 5 场降雨种不同汇水面 COD、SS、浊度、TN、TP 等指标中 COD、SS、TN、TP 进行了相关性的补充与汇总分析。

所测主要污染物指标为 COD、SS、氨氮、浊度、TN、TP 等，其中 COD、SS、TN、TP 为每场降雨形成径流后固定时间间隔所采取的雨水测定值，氨氮为上述雨水上清液的测定值。

13.3.2.2　雨水的水质控制

(1) 工艺选择

根据雨水的不同用途和水质标准，城市雨水一般需要通过处理后才能满足使用要求。一般而言，常规的各种水处理技术及原理都可以用于水处理。

但也要注意雨水的水质特性和雨水利用系统的特点，根据其特性来选择、设计雨水处理工艺，以实现最高效率。

雨水处理可以分常规处理和非常规处理。常规处理指经济适用、应用广泛的处理工艺，主要指沉淀、过滤、消毒和一些自然净化技术；非常规处理则是指一些处理效果较高或适用于特定条件下的工艺，如活性炭技术、膜技术等。

（2）雨水的初期弃流

对城市雨水利用系统和径流的污染控制中，初期径流的控制显得非常关键。

以监测的某地几次降雨为例，对雨水径流污染物初期排放量占次降雨污染物排放量的比例进行计算，如表 13-3 所列。以径流产生开始至径流历时为 15min 作为弃流时间。为简化计算，监测点的雨水流量按平均流量计算。一般来说，初期 15min 内的径流平均流量小于次降雨径流的平均流量，因此计算得到的污染物比例 η 一般大于实际值，即实际值将比表中计算出的数值还要小：

$$M_{15} = C_{15} \times Q_{15} \times 15\text{min} \tag{13-1}$$
$$M_t = \text{EMC} \times Q_t \times T_t \tag{13-2}$$
$$\eta = M_{15} / M_t \tag{13-3}$$

式中，M_{15} 为径流历时 15min 的径流污染物累积量；C_{15} 为径流历时 15min 的径流污染物浓度；Q_{15} 为径流历时 15min 内的径流平均流量；M_t 为次降雨的径流污染物累积量；EMC 为次降雨径流污染物平均浓度；Q_t 为次降雨径流总流量；T_t 为次降雨的径流总历时；η 为 15min 初期弃流雨水污染物量占次降雨污染物量的比例。

表 13-3　初期弃流雨水污染物量占次降雨污染物量的比例

指标	2004 年 9 月 17 日		2005 年 7 月 12 日	2005 年 7 月 14 日	2005 年 7 月 16 日			2005 年 7 月 24 日		
	合 a	合 b	合 a	合 a	合 a	合 b	分流	合 a	合 b	分流
TN	21.1	35.6	8,6	14.4	11.0	12.7	14.9	17.5	13.8	21.7
TP	20.3	33.4	11.5	15.7	9.4	6.1	14.5	19.5	16.1	15.6
活性剂	20.3	15.7	9.0	11.4	19.3	9.6	18.6	15.0	10.1	20.7
COD	16.1	31.1	6.5	15.9			19.1	16.0	17.2	9.7
NH₃-N	16.2	22.5	11.5	8.7			16.2	8.4	9.0	8.6
TS	14.3	18.8	10.0	26.6			16.2	16.6	9.0	11.9

由表 13-3 可知，通常意义上讲的初期弃流中的污染物量占次降雨的污染物量的比例并不大，在以上所述情况下弃去初期 15min 的径流达不到控制污染物的目的，大部分的污染物会随中后期的雨水径流流入水体。若采用弃流的方式势必要有更大的弃流量，所占雨量的比例十分大（甚至达整场降雨量的 45%），这意味着对水资源的浪费，这显然是与雨水资源化的初衷相违背的。在此情况下采用物化处理方法对源水水质的适应能力强，是有可能接纳不经弃流的雨水的。因此在上述的情况下对雨水径流做初期弃流意义不大，故可不对初期雨水进行弃流处理。

（3）雨水沉淀静态试验研究

试验主要研究分流制集流中期雨水的静态沉淀性能，试验所需主要设备见表 13-4。

表 13-4　雨水沉淀静态试验所需主要设备

设备名称	数量	规格
有机玻璃沉淀试验柱	6 个	直径 100mm,工作深度 2.0m
抽滤设备	1 套	—
分析天平	1 台	精度 1/10000g
烘箱	1 台	—

试验步骤：将收集的已知悬浮物浓度 C_0 的分流制集流雨水分别注入 1# ～6# 沉淀柱，

启动水泵，循环搅拌均匀后停泵，并同时开始做沉淀试验。取样点深度设在1500mm处。在沉淀时间分别为5min、15min、30min、45min、60min、90min、120min时，分别从1♯～6♯沉淀柱取样口取出100mL水样，并分析各水样的悬浮物浓度C_1～C_6，并记入表13-5。

图13-5中的去除率是U_t颗粒的去除率，总去除率η由式（13-3）和图13-6通过图解法计算得出。经过计算，沉淀时间$t=30min$时，$\eta=37.2\%$。由此可见单纯静态沉淀对雨水SS的去除效果不佳；在沉淀初期，15min时去除率达到23%，但其污染物颗粒主要是沉速较快的大颗粒，这些颗粒在单位质量条件下携带污染物的能力小，有机污染潜力比较小，也就是说，去除较大的颗粒对于控制雨水水质效果不明显。

表13-5　沉淀试验记录

取样时间 t/min	悬浮浓度 C_i/(mg/L)	去除率 $1-P_0$	沉速 v_t		剩余量 $P_0=C_i/C_0$
			mm/s	m/min	
0	493	0	0	0	1
5	382	0.23	5.00	0.30	0.77
10	354	0.28	2.50	0.15	0.72
15	346	0.30	1.67	0.10	0.70
30	328	0.33	0.83	0.05	0.67
45	293	0.41	0.56	0.03	0.59
60	272	0.45	0.42	0.03	0.55
90	248	0.50	0.28	0.02	0.50
120	228	0.54	0.21	0.01	0.46

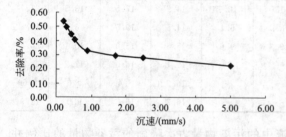

图13-5　U_t颗粒的去除率与沉速关系曲线

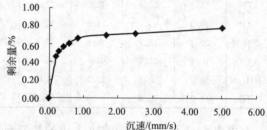

图13-6　剩余量 P_0-沉速 U_t 关系曲线

$$\eta=(100-P_0)+\frac{100}{u_0}\int_0^{P_0}u_t\,\mathrm{d}P \qquad (13-4)$$

由以上分析得知，分流制集流雨水沉淀过程属于自由沉淀，颗粒沉速比较慢。在平行试验中同样得到相似结论：暴雨时合流制溢流雨水的静态沉淀性能也比较差，其效果不如分流制集流雨水的沉淀性能；初期雨水的沉淀性能比中期雨水的沉淀性能差。因此，在雨季大量的雨水要通过此沉淀方式去除污染物几乎是不可能的，或者需要的处理构筑物的占地面积会很大；所以根据实际情况需要采用相应的措施，增加沉淀效率，如考虑采用投加絮凝剂来提高沉淀速度和改善去除效果。

13.3.3　雨水资源化规划实例

实例1　东京穹顶体育馆雨水利用工程

东京穹顶体育馆利用巨大的膜屋面收集雨水，经储存、过滤后与经过净化的厨房排水、杂用水一起用于厕所冲洗。雨水混入中水中，能提高中水的水质标准。收集的部分雨水pH值呈弱酸性，但雨水在调蓄池内pH值上升，调蓄池出水与上水混合后水质良好，如图13-7所示。

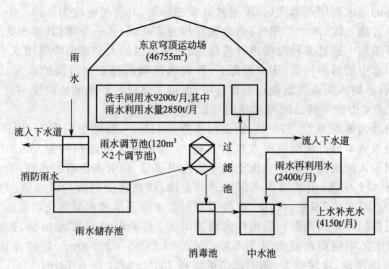

图 13-7　东京穹顶体育馆雨水利用

该系统提高了都市治水安全性和合理利用水资源等的社会要求。

实例 2　东京都厅大楼雨水利用工程

都厅大楼给水分为上水、中水、雨水三个系统。上水用于饮用水、洗漱用水；中水用于冲洗厕所的杂用水；雨水用于厕所冲洗水的补充水、种植水及景观补给水。图 13-8 为东京都厅第一本厅给水系统流程示意。

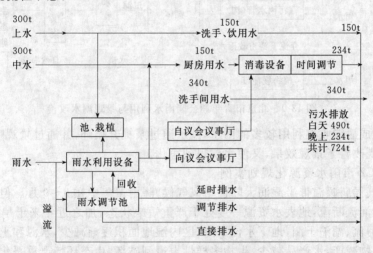

图 13-8　东京都厅第一本厅给水系统流程示意

作为暴雨时的治水对策，将雨水储入建筑物内设置的雨水调节池内进行延时储存，利用时间差，用泵向下水主管放流。调蓄池内剩余的雨水经沉淀、消毒，最后用作中水或用于灾害时发生的非常用水。

实例 3　伦敦世纪圆顶的雨水收集利用系统

为了研究不同规模的水循环方案，英国泰晤士河水公司设计了 2000 年的展示建筑——世纪圆顶示范工程。在该建筑物内，每天回收 500m³ 水用以冲洗厕所，其中 100 m³ 为从屋顶收集的雨水，经过 24 个专门设置的汇水进入地表水排水管，然后流入储水池。

初期雨水含有从圆顶上冲刷下的污染物，通过地表水排放管道直接排入泰晤士河。由于储存容积有限，收集的雨水量仅为 100m³/d，多余的雨水也排入泰晤士河。

收集储存的雨水利用芦苇床(高度耐盐性能的芦苇,其种植密度为 4 株/ m^2)进行处理,处理工艺包括预过滤系统、两个芦苇床(每个表面积为 $250m^2$)和一个塘(其容积为 $300m^3$)。

雨水在芦苇床中通过多种过程进行进化,如芦苇根区的天然细菌降解雨水中的有机物;芦苇本身吸收雨水中的营养物质;床中的砾石、沙粒和芦苇的根系起过滤的作用。此外,在外观上,芦苇床很容易纳入圆顶的景观点的设计中,取得了建筑与环境的协调统一。

实例 4　北京市青年湖公园雨水利用与景观湖水改善工程

该公园的地面面积为 $10.87hm^2$,湖面面积为 $6.11hm^2$,绿地面积为 $7.6hm^2$。

湖北岸雨水基本通过地面或雨水口进入湖内,湖南岸区域面积约为 $5hm^2$ 的雨水径流通过雨水管道则排入市政雨水管系。由于城市的发展建设,湖失去原有的水源,近年来公园内修建了游乐池和水上乐园,用湖水作水源。另一方面,该湖还受到园内非点源和少量污水的污染,夏季容易发生"水华"现象。因此,该公园湖面临水源不足和水质恶化双重压力。

考虑利用湖的容量来调蓄利用南岸区域的雨水。综合径流系数为 0.69,按北京市降雨量 600mm 计,则南区年均雨水径流量为 $50000×0.69×0.6=20400m^3$,湖的总面积为 $6.11×10^4m^2$,若不考虑蒸发、渗漏损失,湖中水位可提高 20400/61100=0.34m。

故设计方案将湖的溢流闸板加高 0.3m,　雨水利用总体方案如图 13-9 所示。此外,还对公园少量点污染源采取了节流措施。

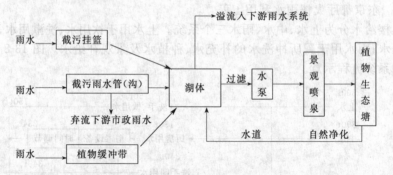

图 13-9　北京市青年湖公园雨水利用与景观湖水改善

该系统建成后能收集利用较多的雨水,湖水通过泵提升循环,并通过景观喷泉和原有的植物塘(湿地),既改善了景观效果,又使水质得到净化。

实例 5　CZ 市雨水资源化规划实例

CZ 市区气候属暖温带半湿润大陆性季风气候,降雨量集中在 6~9 月。但近年来由于 CZ 市区内的诸多河流断流,地表水资源一度处于严重短缺状态,加之近年来干旱少雨,农业大量用水,造成了河流、湖泊干涸,地下水位下降,区内湿地面积逐渐减少,水源和土地被污染、土地干旱、沙化,作物减产,水产品减少,生物多样性也遭到破坏,生态环境严重恶化,不仅制约了工农业的发展,也影响了人民的正常生活。

CZ 市多年平均淡水资源只有 $13.82959×10^8m^3$,产水模数 $9.84×10^4m^3/km^2$,为全国平均值的 34%,也低于全省平均值 $12.4×10^4m^3/km^2$。人均、亩均占有水量也大大低于全国和全省平均数,见表 13-6。

表 13-6　CZ 市水资源可利用总量表　　　　　　　　　　单位:×10^4m^3

项目	地表水		地下水		合计
	自产	外来	深层	浅层	
75%	180.35	0	661.8	1407.4	2249.55
95%	42.01	0	661.8	1407.4	2111.21

根据 CZ 实地情况，灵活地选用三种方式蓄积利用雨水。

（1）利用天然河湖蓄积雨水

利用天然河湖蓄积雨水，在雨水排放口附近修建固定式雨水处理设施，集中处理雨水，雨水用作水体景观用水以及用于喷洒道路、灌溉绿地。

雨水处理设施和雨水利用设施均依河湖水体而建，不必另选地点修建，水处理构筑物在闲置期间作为水体景观的一部分。水处理构筑物进水采用水泵提升，出水采用溢流出水，构筑物附近设置配电装置，为水泵提供电能并实现对水泵的控制。处理构筑物前设置集水池，同时起调节水量的作用。水处理构筑物采用混凝沉淀去除悬浮固体颗粒的工艺，沉淀池池形选用辐流沉淀池。雨水收集处理工艺见图 13-10。

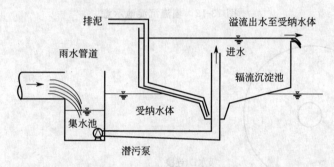

图 13-10　雨水收集处理工艺

雨水利用处理设施共用上述水处理构筑物，即在晴日回用雨水时，连通受纳水体与集水池，使受纳水体水不断流入集水池中；运行水泵从集水池向沉淀池吸水，沉淀池低水位运行，不产生溢流出水。取水设备从沉淀池上层吸水，雨水利用工艺见图 13-11。

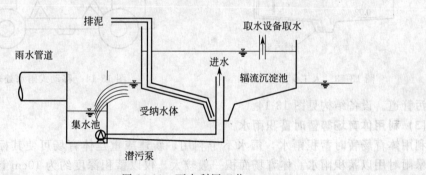

图 13-11　雨水利用工艺

沉淀池采用圆形辐流沉淀池，利用集水池内潜污泵提升进水，溢流出水，采用静水压力排泥。辐流沉淀池示意见图 13-12。

（2）修建人工储水池

修建人工储水池，配合移动式雨水处理设备，雨水不经处理（或只拦截大的悬浮垃圾杂物等）直接进入人工储水池，雨水一方面在人工储水池中静沉，另一方面利用移动式雨水处理设备处理雨水用于喷洒道路、灌溉绿地、建筑用水以及洗车等。人工储水池示意见图 13-13。

移动式雨水处理设备是由机动车牵引能够自由移动位置的小型雨水处理设备。由于它处理的水量很小，采用竖流式沉淀池，车载一座沉淀池。该设备主要由吸水设备（含加药装置）、沉淀池，控制装置、静水压排泥装置等几部分组成。工作时，将吸水管连接吸水设备，吸水口放入人工储水池，由控制面板控制吸水设备工作；出水口连接洒水车，排泥管连接市

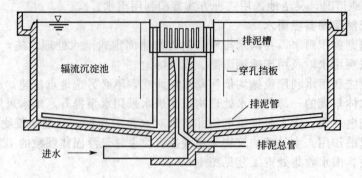

图 13-12 辐流沉淀池示意

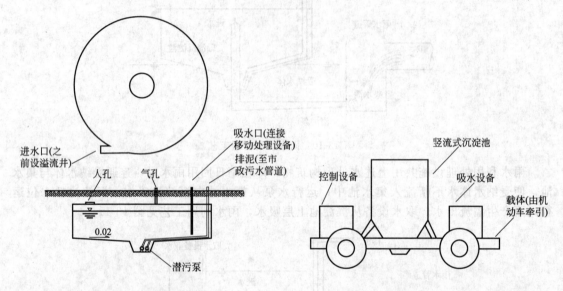

图 13-13 人工储水池示意　　　　　图 13-14 移动式雨水处理设备结构

政排污管道。设备结构见图 13-14。

(3) 利用体育场等暂时蓄积雨水

利用体育场暂时蓄积雨水，雨水不予利用。新建或重建体育场可使其标高低于周围道路，暴雨时用以蓄积雨水。体育场面积一般较大，仅以蓄积深度约为 10cm 计算，蓄积的雨水量就很可观。已建成的体育场也可进行改造，比如周围修建矮堰，设置水泵将雨水吸入其中储存。体育场的储水，会给体育场的使用带来一些不便，因此其储水深度依实际情况而定。CZ 市体育场数量比较多，但一些学校的体育场不考虑收集雨水，以免对其日常教学造成影响。

实例 6　住宅区雨水综合利用

某住宅小区一期工程包括多栋住宅及一处会所。住宅楼地上为 2.5～4.5 层，地下为 −1～0 层。地下水位深 3.40～4.80m，场地土层 15m 内以朝白河冲积形成的沙层为主，渗透性好。

该小区周围无市政雨、污管线，生活污水经中水处理后排入人工湖，雨水亦排入人工湖。然后从人工湖抽水用于小区绿地灌溉。小区一期总面积 29hm²，其中：住宅用地 3.9hm²，道路（含广场和绿化停车场）用地 6.0hm²，绿化用地 15.30hm²，人工湖占地 3.8hm²。另外，该小区二期总面积 51.7hm²，水体面积 4.5hm²，绿地 13.7hm²，还建有高尔夫球场面积 66.7hm²，喷灌用水也将从一期人工湖中取水。设计方案如图 13-15 所示。

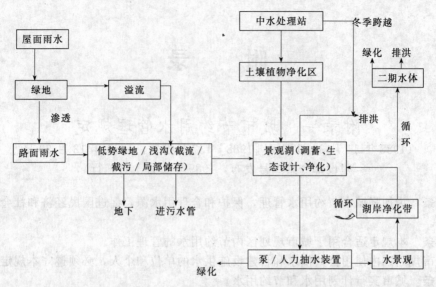

图 13-15　住宅区雨水综合利用设计方案

该系统以景观湖为核心，以截污、截流、循环、生态恢复、"自然净化"和"自然排放"为关键技术手段，使景观湖的水质得到保障，实现雨污水资源综合利用、排洪、景观效果等目标。

参 考 文 献

[1]　车伍，李俊奇编．城市雨水利用技术与原理．北京：中国建筑工业出版社．2006.
[2]　魏群编．城市节水工程．北京：中国建材出版社，2006．
[3]　沧州市城市雨水资源化规划．
[4]　北京市节约用水办公室．节水新技术与示范工程实例．北京：中国建筑工业出版社，2004.

附　　录

附录一　城市节约用水管理规定

(1988 年 11 月 30 日国函〔1988〕137 号批复，1988 年 12 月 20 日
建设部令第 1 号发布，1989 年 1 月 1 日施行)

第一条　为加强城市节约用水管理，保护和合理用水源，促进国民经济和社会发展，制定本规定。

第二条　本规定适合用于城市规划区内节约用水的管理工作。

在城市规划区内使用公共供水和自建设施供水的单位和个人，必须遵守本规定。

第三条　城市实行计划用水和节约用水。

第四条　国家鼓励城市节约用水科学技术研究，推广先进技术，提高城市节约用水科学技术水平。

在城市节约用水工作中做出显著成绩的单位或个人，由人民政府给予奖励。

第五条　国务院城市建设行政主管部门主管全国的城市节约用水工作，业务上受国务院水行政主管部门指导。

国务院其他有关部门按照国务院规定的职责分工，负责本行政业的节约用水管理工作。省、自治区人民政府和县级以上的城市人民政府城市建设行政主管部门和其他有关行业行政主管部门，按照同级人民政府规定的职责分工，负责城市节约用水管理工作。

第六条　城市人民政府应当在制定城市供水发展规划的同时，制定节约用水发展规划，并根据节约用水发展规划制订节约用水年度计划。

各有关行业行政主管部门应当制定本行业的节约用水发展规划和节约用水年度计划。

第七条　工业用水重复利用率低于 40％（不包括热电厂用水）的城市，新建供水工程时，未经上一级城市建设行政主管部门的同意，不得新增工业用水量。

第八条　单位自建供水设施取用地下水，必须经城市建设行政主管部门核准后，依据国家规定申请取水许可。

第九条　城市的新建、扩建和改建工程项目，应当配套建设节约用水设施。城市建设行政主管部门应当参加节约用水设施的竣工验收。

第十条　城市建设行政主管部门应当会同有关行业行政主管部门制定行业综合用水定额和单项用水定额。

第十一条　城市用水计划由城市建设行政主管部门根据水资源统筹规划和水长期供求计划制定，并下达执行。

超计划用水必须缴纳超计划用水加价水费。超计划用水加水费，应当从税后留利或者预算包干经费中支出，不得纳入成本或者从当年预算中支出。

超计划用水加价水费的具体征收办法由省、自治区、直辖市人民政府制定。

第十二条　生活用水按户计量收费。新建住宅应当安装分户计量水表；现有住户未装分户水表的，应当限期安装。

第十三条　各用水单位应当在用水设备上安装计量水表，进行用水单耗考核，降低单

位产品用水量；应当采取循环用水、一水多用等措施，在保证用水质量标准的前提下，提高水的重复利用率。

第十四条　水资源紧缺城市，应当在保证用水质量标准的前提下，采取措施提高城市污水利用率。

沿海城市应当积极开发利用海水资源。

有咸水资源的城市，应当合理开发利用咸水资源。

第十五条　城市供水企业、自建供水设施的单位应当加强供水设施的维修管理，减少水的漏损量。

第十六条　各级统计部门、城市建设行政主管部门应当做好城市节约用水统计工作。

第十七条　城市的新建、扩建和改建工程项目未按规定配套建设节约用水设施或者节约用水设施经验验收不合格的，由城市建设行政主管部门限制其用水量，并责令其限期完善节约用水设施，可以并处罚款。

第十八条　超计划用水加价水费必须按规定的期限缴纳。逾期不缴纳的，城市建设行政主管部门除限期缴纳外，并按日加收超计划用水加价水费 5‰ 的滞纳金。

第十九条　拒不安装生活用水分户计量水表的，城市建设行政主管部门应当责令其限期安装；逾期仍不安装的，由城市建设行政主管部门限制其用水量，可以并处罚款。

第二十条　当事人对行政处罚不服的，可以接到处罚通知次日起十五天内，向做出处罚决定机关的上一级机关申请复议；对复议决定不服的，可以在接到复议通知日起十五日内向人民法院起诉。逾期不申请复议或者不向人民法院起诉又不履行处罚决定的，由做出处罚决定的机关申请人民法院强制执行。

第二十一条　城市建设行政主管部门工作的人员玩忽职守、滥用职权、徇私舞弊的，由其所在单位或者上级主管部门给予行政处分；构成犯罪的，由司法机关依法追究刑事责任。

第二十二条　各省、自治区、直辖市人民政府可经根据本规定制定实施办法。

第二十三条　本规定由国务院同建设行政主管部门负责解释。

第二十四条　本规定自 1989 年 1 月 1 日起施行。

附录二　城市用水定额管理办法

（建设部、国家计委建城〔1991〕278 号，1991 年 4 月 23 日发布）

第一条　为加强城市用水定额管理，实行计划用水，厉行节约用水，合理使用水资源，根据《城市节约用水管理规定》，制定本办法。

第二条　用水定额是规定单位的用水量。本办法所称城市用水定额，是指城市工业、建筑业、商业、服务业、机关、部队和所有用水单位各类用水定额和城市居民生活用水定额。

第三条　凡在城市规划区范围内制定、修改和实施用水定额都必须遵守本办法。

第四条　建设部和国家计划委员会组织推动全国城市用水定额的编制。省、自治区、直辖市和城市人民政府城市建设行政主管部门会同同级计、经委根据当地实际情况，组织制定、修改和实施本辖区城市用水定额。

省、自治区、直辖市和城市人民政府其他行业行政主管部门协同城市建设行政主管部门做好本行业用水定额的制定，修改和管理工作。

第五条　制定城市用水定额，必须符合国家有关标准规范和技术通则，用水定额要具有先进性和合理性。

第六条　城市用水定额是城市建设行政主管部门编制下达用水计划和衡量用水单位、

居民用水和节约用水水平的主要依据，各地要逐步实现以定额为主依据的计划用水管理，并以此实施节约奖励和浪费处罚。

第七条　遇有严重干旱年、季或非正常情况下供水不足时，经当地人民政府批准，城市建设行政主管部门有权调整用水量。

第八条　城市建设行政主管部门负责城市用水定额的日常管理，检查城市用水定额实施情况。

第九条　各级城市建设行政主管部门和计划、经济行政主管部门根据经济和科学技术发展，结合用水条件和用水需求的计划，组织修订城市用水定额，修订过程按原程序进行。

第十条　省、自治区、直辖市和各城市可根据本办法，结合当地情况，制定具体实施细则。

第十一条　本办法由建设部负责解释。

第十二条　本办法从颁布之日起施行。

附录三　国务院关于加强城市供水节水和水污染防治工作的通知

（国发［2000］36号）

各省、自治区、直辖市人民政府，国务院各部委、各属机构：

我国是水资源短缺的国家，城市缺水问题尤为突出。随着经济发展和城市化进程的加快，当前相当部分城市水资源短缺，城市缺水范围不断扩大，缺水程度日趋严重；与此同时，水价不合理、节水措施不落实和水污染严重等问题也比较突出。为切实加强和改进城市供水、节水和水污染防治工作，促进经济社会的可持续发展，现就有关问题通知如下。

一、提高认识，统一思想

（一）水资源可持续利用是我国经济社会发展的战略问题，核心是提高用水效率。解决城市缺水的问题，直接关系到人民群众的生活，关系到社会的稳定，关系到城市的可持续发展。这既是我国当前经济社会发展的一项紧迫任务，也是关系现代化建设长远发展的重大问题。各地区、各部门要高度重视，采取切实有力的措施，认真做好城市供水、节水和水污染防治工作。

（二）做好城市供水、节水和水污染防治工作，必须坚持开源与节流并重、节流优先、治污为本、科学开源、综合利用的原则，为城市建设和经济发展提供安全可靠的供水保障和良好的水环境，以水资源的可持续利用，支持和保障城市经济社会的可持续发展。

二、统一规划，优化配置，多渠道保障城市供水

（一）各地区研究制定流域和区域水资源规划，要优先考虑和安排城市用水。要依据流域和区域水资源规划，尽快组织制定城市水资源综合利用规划，并将其作为城市总体规划的组成部分，纳入城市经济和社会发展规划。城市水资源综合利用规划应包括水资源中长期供求、供水水源、节水、污水资源化、水资源保护等专项规划。水资源极度短缺的城市，要在综合考虑当地水资源挖潜、大力节水和水污染治理的基础上，依据流域水资源规划实施跨流域调水。

（二）加强城市水资源的统一规划和管理，重点加强地下水资源开发利用的统一管理。要科学确定供水水源次序，城市用水要做到先地表水、后地下水，先当地水、后过境水。逐步改变过去一个水系、一个水库、一条河道的单一水源向城市供水的方式，采取"多库串联，水系联网，地表水与地下水联调，优化配置水资源"的方式。建立枯水期及连续枯水期应急管理制度，编制供水应急预案，提高城市供水保证率。严格控制并逐步减少地下水的开

采量，建立河湖闸坝放水调控制度，保证城市河湖环境用水。严格限制城市自来水可供区域内的各种自备水源。今后，在城市公共供水管网覆盖范围内，原则上不再批准新建自备水源，对原有的自备水源要提高水资源费征收额度，逐步递减许可取水量直至完全取消。地下水已严重超采的城市，严禁新建任何取用地下水的供水设施，不再新批并逐步压减地下水取水单位和取水量。

（三）大力提倡城市污水回用等非传统水资源的开发利用，并纳入水资源的统一管理和调配。干旱缺水地区的城市要重视雨水、洪水和微咸水的开发利用，沿海城市要重视海水淡化处理和直接利用。

三、坚持把节约用水放在首位，努力建设节水型城市

（一）城市建设和工农业生产布局要充分考虑水资源的承受能力。各地区特别是设市城市的人民政府要根据本地区水资源状况、水环境容量和城市功能，合理确定城市规模，调整优化城市经济结构和产业布局。要以创建节水型城市为目标，大力开展城市节约用水活动。城市节约用水要做到"三同时、四到位"，即建设项目的主体工程与节水措施同时设计、同时施工、同时投入使用；取水用水单位必须做到用水计划到位、节水目标到位、节水措施到位、管水制度到位。有条件的城市要逐步建立行业万元国内生产总值用水量的参照体系，促进产业结构调整和节水技术的推广应用。缺水城市要限期关停并转一批耗水量大的工业企业，严格限制高耗水型工业项目建设和农业粗放型用水，尽快形成节水型经济结构。工业用水重复利用率低于40%的城市，在达标之前不得新增工业用水量，并限制其新建供水工程项目。

（二）加大国家有关节水技术政策和技术标准的贯彻执行力度，制定并推行节水型用水器具的强制性标准。积极推广节水型用水器具的应用，提高生活用水效率，节约水资源。要制定政策，鼓励居民家庭更换使用节水型器具，尽快淘汰不符合节水标准的生活用水器具。所有新建、改建、扩建的公共和工用建筑中，均不得继续使用不符合节水标准的用水器具；凡达不到节水标准的，经城市人民政府批准，可不予供水。各单位现有房屋建筑中安装使用的不符合节水标准的用水器具，必须在2005年以前全部更换为节水型器具。

（三）采取有效措施，加快城市供水管网技术改造，降低管网漏失率。20万人口以上城市要在2002年底前，完成对供水管网的全面普查，建立完备的供水管网技术档案，制定管网改造计划。对运行使用年限超过50年，以及旧城区严重老化的供水管网，争取在2005年前完成更新改造工作。

四、坚决治理水污染，加强水环境保护

（一）认真贯彻执行《中华人民共和国水污染防治法》，限期改善地表水水质。严格按照有关规定和城市总体规划的有关要求，组织编制水污染防治规划，划分水功能区，确定污染物排放容量，实行水污染物总量控制，并分解到排污单位。各直辖市、省会城市、经济特区城市、沿海开放城市及重点旅游城市的地表水水环境质量，必须达到国家规定的标准。"十五"期间，所有设市城市都要制定改善水质的计划，并实施跨地区河流水质达标管理制度。要组织制定饮用水源保护规划，依法划定饮用水源保护区，严禁在饮用水源保护区内进行各项开发建设活动，禁止一切排污行为，重点保护好城市生活饮用水水源地。20万人口以上城市应在2002年底前，建立实施供水水源地水质旬报制度，并在北京、上海等47个环保重点城市实施生活饮用水水源水环境质量公报制度。

（二）加强对地下水资源的保护。因地下水资源超采出现大范围地面沉降或海咸水倒灌的城市，要划定超采区范围，向社会公布，并规划建设替代水源和地下水人工回灌工程。城市绿地建设、河道砌衬和非道路覆盖等，应兼顾自然水生态系统循环的需要。要积极开展农

业面源污染防治，特别是畜禽和水产养殖污染的综合治理。要严格执行《中华人民共和国水法》和《中华人民共和国防洪法》，严禁向湖滨、河岸、水体倾倒固体废弃物，并限期整治和清理河道。

（三）积极推行清洁生产，进一步削减污染物排放量，加大对工业污染源的治理。工业污染防治是城市水污染防治工作的一项重要任务。要大力推行清洁生产，加快工业污染防治从以末端治理为主向生产全过程控制的转变。进一步加大"一控双达标"工作力度。对不能达标排放的企业，要责令其限期停产整顿或关闭。"十五"期间，要使工业企业由主要污染物达标排放转向全面达标排放。

（四）"十五"期间，所有设市城市都必须建设污水处理设施。到 2005 年，50 万以上人口的城市，污水处理率应达到 60％以上；到 2010 年，所有设市城市的污水处理率应不低于 60％，直辖市、省会城市、计划单列市以及重点风景旅游城市的污水处理率不低于70％。今后，城市在新建供水设施的同时，要规划建设相应的污水处理设施；缺水地区在规划建设城市污水处理设施时，还要同时安排污水回用设施的建设；城市大型公共建筑和公共供水管网覆盖范围外的自备水源单位，都应当建立中水系统，并在试点基础上逐步扩大居住小区中水系统建设。要加强对城市污水处理设施和回用设施运营的监督管理。

五、健全机制，加快水价改革步伐

（一）积极引入市场机制，拓展融资渠道，鼓励和吸引社会资金和外资投向城市污水处理和回用设施项目的建设和运营，加快城市污水处理设施的建设步伐。国家将采取积极有效的措施筹集建设资金，进一步加大建设投资力度，对小城镇及西部地区污水处理设施建设给予资金倾斜；对各地收取的污水处理费，免征增值税；对城市供水和污水处理工程所购置的设备可加速折旧。各地要继续落实好国家投资的城市污水处理工程项目的配套资金；对收取的污水处理费实行专款专用、滚动使用，采取有效措施，确保城市污水处理设施的正常运营和建设贷款及债券本息的偿还。

（二）逐步提高水价是节约用水的最有效措施。要加快城市水价改革步伐，尽快理顺供水价格，逐步建立激励节约用水的科学、完善的水价机制。要提高地下水资源费征收标准，控制地下水开采量。地方各级人民政府特别是城市人民政府要根据国家有关规定，尽快制订本行政区域内的用水定额和城市水价调整方案，并结合本地区经济发展水平和水资源的供求情况，适时调整。在逐步提高水价的同时，可继续实行计划用水和定额管理，对超计划和超定额用水要实行累进加价收费制度；缺水城市，要实行高额累进加价制度。

（三）全国所有设市城市都要按照有关规定尽快开征污水处理费。各地在调整城市供水价格和污水处理费标准时，要优先将污水处理费的征收标准调整到保本微利的水平，满足污水处理设施建设和运营的需要。供水和污水处理企业也要不断深化改革，转换经济机制，加强管理，降低成本。国务院有关部门要抓紧研究确定回用污水的合理价格，促进和鼓励污水的再利用。

六、加强领导，完善法规，提高城市供水、节水和水污染防治工作水平

（一）各地区、各有关部门要切实加强对城市供水、节水和水污染防治工作的组织领导，把这项工作纳入国民经济和社会发展计划，统筹安排，综合部署。地方各级人民政府的主要领导，特别是城市人民政府的主要领导，要对城市供水、节水和水污染防治工作负总责。国务院各有关部门要严格按照国家有关法律法规规定的程序和职责分工，加强协作，密切配合，及时协调解决工作中遇到的矛盾和问题。

（二）各地区、各有关部门在制定和实施水资源规划中，要明确目标，优化项目，落实

措施，协调行动。要把有关水资源的保护、开发、利用等各个环节协调统一起来，统筹考虑城市防洪、排涝、供水、节水、治理水污染、污水回收利用，以及城市水环境保护等各种水的问题，妥善安排居民生活、工农业生产和生态环境等不同的用水需求，处理好各种用水矛盾。

（三）强化取水许可和排污许可制度，建立建设项目水资源论证制度和用水、节水评估制度。各地要加强取水许可监督管理和年审工作，严格取水许可审批，凡需要办理取水许可的建设项目都必须进行水资源论证。今后城市新建和改扩建的工程项目，在项目可行性研究报告中，应有用水、节水评估的内容。要严格执行环境影响评价制度，实行污染物排放总量控制及排污许可制度，排污必须经过许可。

（四）按照社会主义市场经济发展和加强城市供水、节水和水污染防治工作的要求，加快立法步伐，进一步补充、修改和完善有关法律法规，尽快建立起符合我国国情的、科学的城市供水、节水和水污染防治法律法规体系。各地区、各有关部门要坚决依法办事，严格执法，进一步加大执法监督力度，逐步将城市供水、节水和水污染防治工作纳入法制化、规范化轨道。

（五）各地区、各部门和各新闻单位要采取各种有效形式，开展广泛、深入、持久的宣传教育，使全体公民掌握科学的水知识，树立正确的水观念。加强水资源严重短缺的国情教育，增强全社会对水的忧患意识，使广大群众懂得保护水资源、水环境是每个公民的责任。转变落后的用水观念和用水习惯，把建设节水防污型城市目标变成广大干部群众共同的自觉行动。要加强舆论监督，对浪费水、破坏水质的行为公开曝光。同时，大力宣传和推广科学用水、节约用水的好方法，在全社会形成节约用水、合理用水、防治水污染、保护水资源良好的生产和生活方式。

附录四　城市再生水利用分类 GB/T 18919—2002
（2002-12-20 发布，2003-5-1 实施）

中华人民共和国国家质量监督检验检疫总局发布。

为贯彻我国水污染防治和水资源开发利用的方针，提高城市污水利用效率，做好城市节约用水工作，合理利用水资源，实现城市污水资源化，减轻污水对环境的污染，促进城市建设和经济建设可持续发展，制定《城市污水再生利用》系列标准。

《城市污水再生利用》系列标准日前拟分为五项：

——《城市污水再生利用分类》
——《城市污水再生利用城市杂用水水质》
——《城市污水再生利用景观环境用水水质》
——《城市污水再生利用补充水源水质》
——《城市污水再生利用工业用水水质》

本部分为第一项。

本标准为首次制定。

本标准的附录 A 为规范性附录。

本标准由中华人民共和国建设部提出。

本标准由建设部给水排水产品标准化技术委员会归口。

本标准由建设部标准定额研究所、上海沪标工程建设咨询公司、哈尔滨工业大学、建设部城市建设研究院、上海技源科技有限责任公司负责起草。

城市污水再生利用分类

范围

本标准规定了城市污水再生利用分类原则、类别和范围。

本标准适用于水资源利用的规划，城市污水再生利用工程设计和管理，同时也为制定城市污水再生利用各类水质标准提供依据。

规范性引用文件

下列文件中的条款通过本标准的引用而成为本标准的条款。凡是注日期的引用文件，其随后所有的修改单（不包括勘误的内容）或修订版均不适用于本标准，然而，鼓励根据本标准达成协议的各方研究是否使用这些文件的最新版本凡是不注日期的引用文件，其最新版本适用于本标准。

GB/T 4754—2002 国民经济行业分类与代码

3. 术语和定义

本标准采用下列术语和定义。

3.1 城市污水

该市城市和建制镇排入城市全污水系统的污水的统称，在河流制排水系统，还包括生产废水和截流的雨水。

3.2 城市污水再生利用

以城市污水为再生水源，经再生工艺净化处理后，达到可用的水质标准，通过管道输送或现场使用方式予以利用的全过程。

4. 城市污水再生利用分类

4.1 本标准按用途分类。

4.2 城市污水再生利用分类类别见表1。

4.3 城市污水再利用分类类别与 GB/T 4754—2002 对照见附录 A（规范性附录）。

表1　城市污水再生利用类别

序号	分类	范围	示例
1	农、林、牧、渔业用水	农田灌溉	种子与育种、粮食与饲料作物、经济作物
		造林育苗	种子、苗木、苗圃、观赏植物
		畜牧养殖	畜牧、家畜、家禽
		水产养殖	淡水养殖
2	城市杂用水	城市绿化	公共绿地、住宅小区绿化
		冲厕	厕所便器冲洗
		道路清扫	城市道路的冲洗及喷洒
		车辆冲洗	各种车辆冲洗
		建筑施工	施工场地清扫、浇洒、灰尘抑制、混凝土制备与养护、施工中的混凝土构件和建筑物冲洗
		消防	消火栓、消防水炮
3	工业用水	冷却用水	消火栓、消防水炮
		洗涤用水	冲渣、冲灰、消烟除尘、清洗
		锅炉用水	中压、低压锅炉

序号	分类	范围	示例
3	工业用水	工艺用水	溶料、水浴、蒸煮、漂洗、水力开采、水力输送、增湿、稀释、搅拌、选矿、油田回注
		产品用水	浆料、化工制剂、涂料
4	环境用水	娱乐性景观环境用水	娱乐性景观河道、景观湖泊及水景
		观赏性景观环境用水	观赏性景观河道、景观湖泊及水景
		湿地环境用水	恢复自然湿地、营造人工湿地
5	补充水源水	补充地表水	河流、湖泊
		补充地下水	水源补给、防止海水入侵、防止地面沉降

附录 A（规范性附录）

表 A.1　本标准与《国民经济行业分类与代码》对照表

序号	本标准分类名称	国民经济行业分类与代码	
		大类	小类
1	农、林、牧、渔业用水	A	01-05
2	城镇杂用水	E	47-50
		N	80-81
3	工业用水	B-D	06-46
4	景观环境用水	N	79-80
5	补充水源水		

附录五　节水型城市考核标准
建城〔2006〕140 号

一、基本条件

基本条件共六条，是节水型城市所应具备的必备条件。如有任何一条不符合要求，不得申报节水型城市。考核范围为市区。

（一）法规制度健全　具有本级人大或政府颁发的有关供水、节水、地下水管理方面的法规、规章和规范性文件；具有健全的节水管理制度和节水奖惩制度。

（二）城市节水管理机构健全　有根据市编委文件专门设立的节水管理机构且职责明确；依法对用水单位进行全面的节水检查、指导和管理；有效组织节水科学研究、节水技术推广。

（三）重视节水投入　建有节水专项财政投入制度。

（四）建立节水统计制度　建立科学合理的节水指标体系；实行规范的节水统计制度；定期报告本市节水统计报表。

（五）广泛开展节水宣传　利用全国城市节水宣传周、世界水日、中国水周、世界环境日等开展定期及日常节水宣传活动。

（六）全面开展创建活动　开展节水型企业、节水型单位等有关创建活动。

二、基础管理指标

（七）城市节水规划　有经政府或上级政府主管部门批准的城市节水中长期规划，其中包括非常规水资源利用内容。

（八）地下水管理　地下水必须实行有计划的开采；公共供水服务范围内凡能满足用水需要的，不得新增自备井供水；有逐步关闭公共供水范围内自备井的计划。

（九）节水"三同时"管理　新建、改建、扩建工程项目，必须配套建设节水设施，并与主体工程同时设计、同时施工、同时投产使用。

（十）计划用水与定额管理　在建立科学合理用水定额的基础上，对非居民用水单位实行定额计划用水管理，超定额计划累进加价。

（十一）价格管理　取用地表水和地下水，均应征收水资源费和污水处理费；污水处理费征收标准要足以补偿运行成本，并达到保本微利；有政府关于再生水价格的指导意见或再生水价格标准，并且已在实施。

三、技术考核指标

（十二）万元地区生产总值取水量（GDP）（单位：立方米/万元）低于全国平均值50％或年降低率≥5％。

统计范围为市区。采用最近两年的数据。

（十三）万元工业增加值取水量（单位：立方米/万元）低于全国平均值50％或年降低率≥5％。

统计范围为市区工业企业。采用最近两年的数据。

（十四）工业取水量指标　达到国家颁布的GB/T 18916定额系列标准。即：

GB/T 18916.1—2002、GB/T 18916.2—2002、GB/T 18916.3—2002、GB/T 18916.4—2002、GB/T 18916.5—2002、GB/T 18916.6—2004、GB/T 18916.7—2004等。

统计范围为市区。

（十五）工业用水重复利用≥75％（不含电厂）。

统计范围为市区工业企业。

（十六）节水型企业（单位）覆盖率≥15％。

统计范围为市区。

（十七）城市供水管网漏损率　低于CJ J92—2002《城市供水管网漏损控制及评定标准》规定的修正值指标。

考核范围为城市公共供水。

（十八）城市居民生活用水量［单位：L/（人·日）］不高于GB/T 50331—2002《城市居民生活用水量标准》的指标。

（十九）节水器具普及率100％。

考核范围为城市建成区。

（二十）城市再生水利用率≥20％

（二十一）城市污水处理率　直辖市、省会城市、计划单列市≥80％、地级市≥70％、县级市≥50％。

（二十二）工业废水排放达标率100％。

考核范围为市区。

四、鼓励性指标

（二十三）居民用水实行阶梯水价　居民阶梯水价指居民用水在一定标准基础上，按不同梯次制定的不同用水价格。

（二十四）非常规水资源替代率≥5％。

（二十五）节水专项资金投入占财政支出比例≥1‰。

附录六　节水型城市考核标准评分表

表1　节水型城市考核标准评分表

分类	序号	指标	考核内容（指标标准）	评分标准	分数
基础管理指标	1	城市节水规划	有经政府或上级政府主管部门批准的城市节水中长期规划，节水规划包括非传统水资源利用内容	有城市节水中长期规划，得4分	8
				节水中长期规划中有非传统水资源利用规划，得4分	
	2	地下水管理	地下水必须实行有计划的开采；公共供水服务范围内凡满足供水需要的，不得新增自备井供水。有逐步关闭公共供水范围内自备井的计划	地下水实行计划开采，得2分	8
				自备井审批、验收等手续齐全，得2分	
				公共供水服务范围内逐渐关闭自备井，得2分	
				有逐步关闭自备井的计划，得2分	
	3	节水"三同时"制度	新建、改建、扩建工程项目，节水设施必须与主体工程同时设计、同时施工、同时投产使用	有市有关部门联合下发的对新建、改建、扩建工程项目节水设施"三同时"管理的文件，得4分	8
				查最近两年资料，有市有关部门节水设施项目审核、竣工验收资料，得4分	
	4	计划用水与定额管理	在建立科学合理用水定额的基础上，非居民用水实行定额计划用水管理，超定额计划累进加价	非居民用水全面实行定额计划用水管理，得3分	8
				有当地主要工业行业和公共用水定额标准，得3分	
				实行超定额计划累进加价，得2分	
	5	价格管理	取用地表水和地下水，均应征收水资源费、污水处理费；污水处理费征收标准足以补偿运行成本，并建立良性运行机制；有政府关于再生水价格的指导意见或再生水价格标准，并应用	依据最近两年的资料全面征收水资源费得3分；未全面征收的，扣2分	6
				依据最近两年的资料全面征收污水处理费的，得3分；未全面征收的，扣2分；收费标准不足以补偿运行成本的，扣1分	
				有再生水价格指导意见或再生水价格标准并应用，得2分	
技术考核指标	6	万元地方生产总值取水量（立方米/万元）	低于全国平均值50%或年降低率≥5%	依据最近两年的资料，低于标准的，不得分	6
	7	万元工业增加值取水量（立方米/万元）	低于全国平均值50%或年降低率≥5%	依据最近两年的资料，低于标准的，不得分	5
	8	工业取水量指标	按GB/T 18916定额系列标准：GB/T 18916.1—2002、GB/T 18916.2—2002、GB/T 18916.3—2002、GB/T 18916.4—2002、GB/T 18916.5—2002、GB/T 18916.6—2004、GB/T 18916.7—2004等	查看最近连续两年资料，每种指标超过10%的扣1分，本项指标分数扣完为止	5
	9	工业用水重复利用率	≥75%	查看最近连续两年资料，每低5%的，扣1分	5

分类	序号	指标	考核内容（指标标准）	评分标准	分数
技术考核指标	10	节水型企业（单位）覆盖率	≥15%	查看上一年资料，达到5%的，得1分；达到10%的，得2分；达到15%以上的，得3分	3
	11	城市供水管网漏损率	低于CJJ92—2002《城市供水管网漏损控制及评定标准》的指标	查看最近连续两年资料，达到标准的，得6分，每降低1%的，加2分；降低2%以上的，加4分；高于标准的不得分	10
	12	城市居民生活用水量[L/（人·日）]	不高于GB/T 50331—2002《城市居民生活用水量标准》的指标	超过GB/T 50331—2002《城市居民生活用水量标准》的，不得分	5
	13	节水器具普及率	100%	以现场抽查为评分依据：（1）使用淘汰的用水器具不得分（2）节水器具普及率，每低3%扣1分，本项指标分数扣完为止	6
	14	城市再生水利用率	≥20%	查看最近连续两年资料，每低2%，扣1分，本项指标分数扣完为止	5
	15	城市污水处理率	直辖市、省会城市、计划单列市≥80%、地级市≥60%、县级市≥50%	查看最近连续两年资料，每低5%扣1分，本项指标分数扣完为止	5
	16	工业废水排放达标率	100%	查看最近连续两年资料，每低1%扣1分，本项指标分数扣完为止	5
鼓励性指标	17	居民用水实行阶梯水价	有按不同梯次制定的不同用水价格	查看物价主管部门的批准文件和实际执行的资料	2
	18	非常规水资源替代率	≥5%	查看相关工程的竣工报告及有关数据	2
	19	节水专项资金投入占财政支出的比例	≥1‰	查看财政部门或节水管理部门的年度报告	2

注：基础管理指标40分，技术考核指标60分，鼓励性指标6分，总计106分。